ՍԱՍՈՒՆՑԻ ԴԱՎԻԹ

ՄՇԱԿՈՒՄԸ՝
ՄԱՆՈՒԿ ԱԲԵՂՅԱՆԻ

Սասունցի Դավիթ

Copyright © 2022 Indo-European Publishing

© Հնդեվրոպական Հրատարակչություն, 2022

Հրատարակված է Ամերիկայի Միացյալ Նահանգներում:

ISNB: 978-1-64439-877-7

ՀԱՅԿԱԿԱՆ ՀԵՐՈՍԱԿԱՆ ԷՊՈՍԸ

ՆԱԽԱԲԱՆ

Հայ ժողովուրդը դարերի ընթացքում ստեղծել է բազմաթիվ դյուցազներգություններ, որոնց մեջ ամենաբնորոշը, առավել նշանակալիցը, ամենից ավելի արտահայտիչն ու հերոսականը, մեծն ու համայնապարփակը «Սասունցի Դավիթ» էպոսն է:

«Սասունցի Դավիթ» էպոսը հայ ժողովրդական ավանդության մեջ, բանասացների բերանում կրում է մի քանի անուն, որոնք և ընդգծում են նրա միասնությունն ուամբողջականությունը:

Էպոսը կոչվում է «Սասնա ծռեր»: «Ծուռ» բառը հայերենում ունի մի քանի նշանակություն՝ դիվահար, խենթավուն, խելահեղ քաջ, և իմաստային այս տարբերակներից յուրաքանչյուրը էպոսի հերոսների համար բնորոշ է նրանց կյանքի այս կամ այն պարագայում:

Էպոսն անվանում են նաև «Զոջանց տուն», այսինքն՝ «Մեծերի տուն», «Ավագների տուն» (տարիքով և դիրքով ավագների), «Հսկաների տուն»:

Կա նաև մի անուն՝ «Քաջանց տուն», որ նշանակում է «քաջերի տուն», կամ դրսևորում է էպոսի առնչությունը քաջքերին, ոգիներին վերաբերող մի շարք ավանդությունների հետ: Այդ քաջանց տոհմին պատկանող կանանցից է ծնվում հերոսների երեք կրտսեր սերունդ:

Ինչպես Մուրոմցի Իլյան ոչ թե Մուրոմի, այլ ամբողջ Ռուսաստանի հերոսն է, այնպես էլ Սասունցի Դավիթը ոչ միայն Սասնա, այլև, ամբողջ Հայաստանի հերոսն է:

Միշտ չէ, որ բանասացներն էպոսը լրիվ են հաղորդում, նրանք հաճախ պատմում են միայն մեկ կամ երկու հատված, էպոսի միասնությունն ընդգծելով այն ողորմիներով, որոնք փառաբանում են մնացած բոլոր հերոսներին: Պատմվող հատվածը կոչվում է այն հերոսի անունով, որի մասին հյուսվածէ էպոսի տվյալ ճյուղը:

Էպոսի հիմնական մասը երրորդ ճյուղն է, որն անմիջականորեն կապված է ամբողջ դյուցազնաշրջանի չորս սերնդի հերոսներից գլխավորի, ըստ ավանդության երրորդ դյուցազնի՝ Դավթի հետ, որն առավել մոտ ու հարազատ է ժողովրդի սրտին, նրա հիշողության մեջ առավել փայփայված, առավել երկրային, ամենից ավելի ժողովրդական:

Էպոս ասացողները,տղամարդ թե կին, գերազանցապես եղել են ավագ սերնդի ներկայացուցիչներ, հաճախ՝ ալեզարդ ծերունիներ. էպոսը նրանք պատմել են հայկական տարբեր բարբառներով, մեծ մասամբ Մոկաց, Մշո, Սասնա, ինչպես և արարատյան բարբառներով:

«Սասունցի Դավիթը» պատմվում է երգածայն, ռիթմիկ առոգանությամբ, իսկ նրա առանձին դրվագներ երգվում են և հանգավոր բանաստեղծության ձև ունեն: Միմյանցից երբեմն շատ հեռու բարբառներից յուրաքանչյուրի բնորոշ առանձնահատկությունը ավելի ցայտուն է դրսևորվում էպոսի չերգվող մասերում, քանի որ մեզեղու, հանգի ու չափի հետ կապված երգի մեջ միշտ էլ ավելի լավ է պահպանվում հնագույն տեքստը:

Մոտ երեք քառորդ դար է հավաքվում և գրի են առնվում «Սասունցի Դավթի» տարբեր վարիանտները: Այդ գործի առաջին նախաձեռնողը եղել է հայ ժողովրդի բանահյուսության հայտնի հետազոտող Գարեգին Սրվանձտյանը: Այնուհետև նույն գործը շարունակել են մի շարք մարդիկ, և առաջին հերթին՝ հայ անվանի գիտնական, Հայկական ՍՍՌ Գիտությունների ակադեմիայի իսկական անդամ հանգուցյալ պրոֆ. Մանուկ Աբեղյանը, որն էպոսի վարիանտներից մեկը գրի է առել 1886 թվականին, Վաղարշապատում, և այնուհետև մի ամբողջ հիսնամյակի ընթացքում բազմիցս անդրադարձել է էպոսին, նրա մասին գրել երկու ծավալուն ուսումնասիրություն:

Բանահավաքներից ոմանք գրի են առել էպոսի բոլոր չորս ճյուղերը, ոմանք էլ՝ միայն նրա առանձին մասերը:

Ի մի հավաքված նյութերը կազմում են շուրջ երկու և կես հազար տպագիր էջ և ունեն ավելի քան հիսուն վարիանտ:

Տարբեր ժամանակ հրատարակված բազմաթիվ վարիանտներից բացի, «Սասունցի Դավիթ» էպոսն ունի երկու հիմնական հրատարակություն: Դրանցից առաջինը, որ լույս է տեսել Մ. Աբեղյանի ընդհանուր խմբագրությամբ և Կ. Մելիք-Օհանջանյանի աշխատակցությամբ, բաղկացած է երկու ստվար հատորից, որտեղ զետեղված են էպոսի բոլոր տպագիր և անտիպ վարիանտները (1936, 1944 և 1951 թթ.): Երկրորդը՝ ՍՍՌՄ

Գիտությունների ակադեմիայի Հայկական ֆիլիալի Գրականության և լեզվի ինստիտուտի կողմից պատրաստված և 1939 թվականին տպագրված «Սասունցի Դավթի» համահավաք տեքստն է, որ պարունակում է ավելի քան տասը հազար տող (կազմողներ Մ. Խ. Աբեղյան, Գ. Ա. Աբով և Ա. Տ. Ղանալանյան, խմբագրություն և առաջաբան՝ ակադեմիկոս Հ. Ա. Օրբելու):

«Սասունցի Դավիթ» էպոսում չորս սերնդի պատկանող հերոսները, միմյանց լրացնելով, ավելի ճիշտ՝ միասին մի ամբողջություն կազմելով, արտացոլել են իրենց կերպարներն ստեղծող ժողովրդի պատկերացումները,նրա լավագույն երազանքներն ու ակնկալությունները:

Այդ կերպարների մեջ ժողովուրդը մարմնավորել է նաև այն մարդկանց ընդհանուր հայացքները, ովքեր պատերազմ չեն հրահրում, բայց ստիպված են կռվել, ովքեր չեն ուզում հեղել ո՛չ իրենց, ո՛չ էլ այլոց արյունը ի հաճույս իշխելու տենդով բռնված զավթիչների: Այդ հայացքները խարսխված են այն դարավոր փորձի վրա, որ ժողովուրդը ձեռք է բերել կործանարար պատերազմների, ասպատակությունների, արյունահեղ կոտորածների, օտար նվաճողների և սեփական թագավորների լծի ներքո կրած տառապանքների բովում:

Մեզ առանձնապես մոտ և հասկանալի է ժողովրդի գիտակցության մեջ անհիշելի ժամանակներում ստեղծված Սասունցի Դավթի կերպարը, հերոս, որը ջերմ ու անաղարտ սիրտ ունի, արձագանքում է օգնության ամեն մի կանչի և սխրագործություններ է կատարում ի բարօրություն իր ժողովրդի, իր հայրենիքի:

ԷՊՈՍԻ ԲՈՎԱՆԴԱԿՈՒԹՅՈՒՆՆ ՈՒ ԿԵՐՊԱՐՆԵՐԸ

Էպոսի հիմնական սյուժեի զարգացումը բնության ուժերի՝ իսկական մարդու վերամարմնավորվելու ընթացքն է, որոնք մարդկային հասարակության պատմության արշալույսին սկսեցին ընդունել կենդանական կամ մարդկայնացված ձևեր: Հերոսների յուրաքանչյուր հաջորդ սերանդը ավելի ու ավելի է մոտենում երկրին, ավելի ու ավելի է մոտենում երկրավոր մարդու կերպարանքին:

Էպոսի հերոսները, ինչքան էլ իրենց ծագմամբ, գերբնական հատկություններով ու արարքներով կապված լինեն բնության և նրա ուժերի հետ, այն ուժերի, որ հնագույն մարդն անհամեմատ ավելի սուր էր զգում, քան այն մարդը, որն արդեն վարժվել էր իրեն ենթարկել այդ ուժերի թեկուզ մի մասը — խորապես մարդկային են: Սրանք կենդանի մարդիկ են օժտված արիությամբ ու բարձր հատկություններով, սակայն իրենց մեջ կրում են նաև մարդկային թուլություններ: Նրանց երկրային կյանքը պատկերող զրույցներում վառ արտացոլում են գտել ոչ միայն նրանց սխրագործությունները, այլև մարդկային զգացմունքները: Էպոսի հերոսները սխրանքներ են կատարում, որովհետև այդպես է պահանջում՝ ժողովրդի բարօրությունը, և, որովհետև նրանք իրենց մեջ այդ կատարելու ուժ են զգում, այդ սխրանքները նրանց ոչ մի առավելություն չեն տալիս, հերոսները չեն խզում իրենց կապը ժողովրդի հետ: Հասակ առնելուց հետո էլ նրանք չեն կորցնում իրենց հոգու մանկական անաղարտությունը, պարզասրտությունը, օգնության ամեն մի կանչի անհապաղ արձագանքելու հատկությունը:

Չնայած էպոսի լեզվի սեղմությանը, բառերի անսովոր ճլատությանը, ոճի մոնումենտալությանը, մանրամասնություններ նկարագրելուց խուսափելու ձգտումին, «Սասունցի Դավթի» էջերից իբրև կենդանի մարդիկ հառնում են հերոսների կերպարները՝ տղամարդ թե կին, որոնք այնքան տարբեր լինելով իրարից իրենց բնավորությամբ, միևնույն ժամանակ ունեն ինչ-որ ընդհանուր բան:

Էպոսն սկսվում է այն պատմությամբ, թե ինչպես Բաղդադի խալիֆի ուղարկած հարկահանները Հայաստան գալով՝ մի վառ լուսավորված աշտարակում հանկարծ տեսնում են հայոց Գագիկ թագավորի դստերը՝ Ծովինարին (ծովածին, ծովազն): Խելքահան լինելով նրա հիասքանչ ու հմայիչ կերպարանքից, նրանք թողնում են իրենց գործը, շտապում Բաղդադ և խալիֆին հայտնում, որ անհրաժեշտ է, ինչ գնով էլ լինի, ձեռք բերել այդ գեղեցկուհուն:

Խալիֆը դեսպաններ է առաքում Հայաստան, որոնք նրա անունից պահանջում են գեղեցկուհի Ծովինարին և սպառնում են չտալու դեպքում պատերազմի դուրս գալ:

Հայաստանում տարբեր կարծիքներ են ծայր առնում: Ոմանք պնդում են, թե պետք է տալ Ծովինարին, ոմանք էլ առաջարկում են պատերազմել և չտալ արքայադստերը, քանի որ խալիֆը կռապաշտ է, իսկ աղջիկը խաչապաշտ (այստեղ և էպոսի մնացած բոլոր մասերում մահմեդականները ներկայացված են իբրև կռապաշտներ): Սակայն Ծովինարն ինքը միանում է այն մարդկանց կարծիքին, ովքեր գտնում են, որ ավելի լավ է տալ աղջկանն խնայել հազարավոր մարդկանց կյանքը:

Ծովինար խանում ասաց.
— Որ ես էն կռապաշտ թագավոր չառնեմ,
Զամեն տի սպանի իմ պատճառով,
Աղեկն էն է, ես էրթամ,
Ուրիշ մարդու թող բան չըլնի:
Ե՛ս մենակ մեռնիմ իմ հոր թերեն.
Ես մեկ ջան եմ, էրթամ, կորսըվիմ,
Քանց մեր Հայաստան էրկիր ավերի,
Էն հազար-հազար հոգիք կորուսանին:
Դարձավ ասաց.— Հա՛յրիկ, ինձ տուր էնոր:

Ծովինարը պայման է դնում, որ խալիֆը մի ամբողջ տարի չմոտենա իրեն: Խալիֆը համաձայնվում է և արքայադստեր համար հատուկ դղյակ է կառուցել տալիս:

Մի օր Ծովինարը դուրս է գալիս ծովափ զբոսանքի: Համբարձման տոնն է լինում (հայ կանայք այդ օրը դուրս են գալիս դաշտ և բախտագուշակ կատակերգերով վիճակ հանում): Զբոսանքից հոգնելով, Ծովինարը առանձնանում է. հանկարծ նա ծարավ է զգում: Երկնքին ուղղած նրա աղերսով ժայռի միջից վճիտ աղբյուր է բխում, և աղջիկն իր խմած ջրից հղիանում է:

Այնուհետև Ծովինարին տանում են Բաղդադ: Պարզվում է, որ նա երեխա է ունենալու: Խալիֆը մահվան դատավճիռ է կայացնում: Արքայադուստրը խնդրում է մահապատիժը հետաձգել մինչև ծննդաբերության օրը, քանի որ այլապես իր հետ կմեռնի մի անմեղ էակ: Ժամանակ են տալիս: Ծովինարը երկու տղա է ծնում, մեկի անունը՝ Սանասար, մյուսինը՝ Բաղդասար: Կրկին հայտնվում են դահիճները: Բայց Ծովինարը դարձյալ ժամանակ է խնդրում երեխաներին կերակրելու և մեծացնելու համար: Պատիժը մի քանի անգամ հետաձգվում է: Այդ ժամանակամիջոցում խալիֆը մտերմանում է Ծովինարի հետ, և արքայադուստրը բարեհաջող կերպով խուսափում է մահապատժից: Տղաները ոչ թե օրով, այլ ժամով են մեծանում և տակավին հինգ տարեկան չդարձած՝ ահ ու սարսափի մեջ են գցում Բաղդադի ավազանու երեխաներին, որոնց հետ նրանք խաղում են: Այս հողի վրա վիճաբանություն է տեղի ունենում վեզիրի և խալիֆի միջև: Վճռում են արտակարգ ուժի տեր տղաներին հեռացնել տանից, քանի որ խաղի մեջ նրանց ամեն մի հարվածից՝ մեկի վիզն է ծռվում, մյուսի ոտքն է ջարդվում: Եղբայրները ճանապարհ են ընկնում իրենց պապի մոտ: Կարճ ժամանակամիջոցում պատանի դյուցազուններ դառնալով, Սանասարն ու Բաղդասարը գնում են նույն ծովի ափը, որտեղ ժայռից բխող աղբյուրը նրանց կյանքի էր կոչել: Ուզում են լողանալ: Բաղդասարը սիրտ չի անում նետվել ծովի ալիքների մեջ, իսկ Սանասարը համարձակորեն ծով է մտնում, և այստեղ հրաշք է կատարվում: Սանասարի առաջ ծովը հետ է քաշվում, տղան իջնում է նրա հատակը, ընկնում ստորերկրյա թագավորություն և այստեղ Մարութա Բարձրիկ Աստվածածինը նրան շնորհում է հռչակավոր Թուր-Կայծակին և Քուռկիկ Ջալալին: Սա բացառիկ հատկություններ և արտակարգ ուժ ունի, օժտված է մարդկային լեզվով խոսելու ձիրքով, կարող է երկար ճանապարհ անցնել, թռչել մինչև արևը և իսկույն իջնել երկիր: Քուռկիկ Ջալալին ամենից առաջ փորձում է Սանասարի ուժը, հսկային մինչև արևն է բարձրացնում, որ այրի, բայց Սանասարը իրեն զգում է ձիու փորատակը: Քուռկիկ Ջալալին նետվում է ժայռերի վրա, որպեսզի ջախջախի Սանասարին, բայց դյուցազնը ճարպկորեն թռչում է ձիու մեջքին: Ի վերջո նժույգը հնազանդվում է:

Սանասարը ծովի հատակում ձեռք է բերում զենք ու զրահ: Նրա բազկի վրա դրոշմվում է հրաշագործ մի խաչ: Խմելով ծովի ջուրը, նա այնպիսի հսկա է դառնում, որ եղբայրը նրան չի ճանաչում և սարսափահար փախչում է: Սանասարին դժվարությամբ է հաջողվում Բաղդասարին համոզել, որ ինքը իրոք նրա եղբայրն է:

Շարունակում են իրենց ճանապարհը: Եղբայրներին զարմացնում է այն, որ կապույտ ջրի մի բարակ շերտ կտրում-անցնում է մի մեծ գետի ամբողջ հոսանքը: Գայթակղված այդ փոքր ջրի մեծ ուժից, Սանասարն ու

Բաղդասարը գտնում են կապույտ ջրի ակունքն ու այնտեղ վիթխարի ապառաժներից ամրոց կառուցում:

Ու գնացին, գտան զաղբուր:
Էդ աղբրի շուր լուլա մի ջուր է,
Կէրթա, կը կտրե զիր տակի մեծ գետ:
Տեսան, անուշ ջուր էր, ու տեղն էլ էր անուշ:
Սանասար ասաց. — Էստեղ խորոտ է.
Աղեկ է, որ մենք էստեղ մնանք.
Մեզ համար տուն մի ու քոշք շինենք:

Իրենց ամրոցի շուրջը բնակչություն հաստատելու համար եղբայրները 40 ընտանիք են բերում, ամրոց շինելուց առաջ նրանց համար 40 տուն են պատրաստում: Երբ նրանք ավարտում են ամրոցի կառուցումը, վճռում են նրան անուն տալ, քանի որ վերջինս թե՛ գեղեցիկ է, թե՛ մեծ, բայց անուն չունի:

Եվ ահա հանդես է գալիս մի կերպար, որ հանդիպում է նաև ռուսաց բիլինաներում ու իրանական էպոսում՝ ծերունի սերմնացանը: Պատանի եղբայրները նրան բերում են իբրև պատվավոր հյուրի, Քուռկիկ Ջալալու մեջքին նստեցրած ման են ածում ամրոցի շուրջը, և ծերունին քարաժայռերի մեծությունից ապշած՝ կնքում է ամրոցի անունը, ավելի ճիշտ ասում է, որ անուն փնտրելու հարկ չկա, քանի որ ամրոցը տեղով-տեղ Սասուն է (ժողովրդական մեկնաբանությամբ՝ սարսափելի, ահռելի, ահարկու):

Հալվոր նայեց դարզաիի վերա,
Էդոր վերին հարկեր տեսավ,
Քարեր հանած էդա բարձր հարկեր,
Տեսավ քարափներ պատ շարած,
Զարմացած մնաց, հարցուց, ասաց.
— Էդո՞ր անուն դնեմ:
Աստված ձեր տուն շինի,
Ես ի՞նչ անուն դնեմ էս տան:
Աստված բարի տա ձեզ,
Դուք ինչքա՞ն ուժ ունիք,
Որ վեր հաներ եք էս մե՛ծ-մեծ քարեր:
Վա՜, էս ի՞նչ սասան քարեր են.

Դուք էն սասուն քարեր
Ի՞նչպես հաներ եք էն վերին տեղ,
Ու քարե սան սուն եք զարկե.

Էս տո՛ւն շեք շինե դուք.
Ապա սասուն մ'եք շինե:
Վա՛, քանի սասուն բերդ մի.
Էս տուն չէ, էս սասուն է:
Սանասար ասաց.— Բա՛վ է, պապիկ,
Էլ ձեն մի՛ հանի. էլ անուն մի՛ դնի.
Ա՛յ պապի, անուն դրվավ.
Անուն էղավ Սասուն:
Քանց էդա ավել ի՞նչ անուն:
Որ դու ասիր՝ սասուն քարեր,
Քարե սանսուն եք զարկե.
Մեր բերդի անուն էղավ Սասուն, Սասուն,
Մեր տան անուն՝ Սասնա տուն:

Այսպես է մեկնաբանվում ամրոցի անունը: Այստեղից էլ հենց ծագում է ամբողջ մարզի անունը, որը և հասել է մինչև մեր օրերը[1]:

Ահա ալեզարդ այս ծերունին է այն իմաստունը, որ կնքել է Սասնա ամրոցի անունը:

Սանասարն ամուսնանում է Քաջանց արքայադստեր՝ Դեղձունի հետ: Երեք որդի են ունենում, դրանք են Միհրը, Ձենով Հովանը և Վերգոն:

Սանասարը էպոսի առաջին ճյուղի գլխավոր հերոսն է:

Ոչ միայն իր իրեղեն ծագմամբ, այլև իր արարքներով նա բազմաթիվ թելերով դեռևս կապված է հնագույն առասպելների հետ, մարմնավորում է կոսմիկական էակի մի շարք գծեր, էակ, որ մարդկային արտաքին ունի, բայց իր մեջ բնության ուժեր է բովանդակում, կապված է բնության կենարար ու բարեբեր տարերքի՝ ջրի հետ: Ջրից ծնված այս հսկան ջրից է ստանում իր անխոցելի զենք ու զրահը, ամենակործան սուրը, ջրից է ստանում իր հասակը, անսահման ուժն ու զորությունը: Ջրից է ստանում իր հրաշալի Քուռկիկ Ջալալին, որն օժտված է մարգարեական ձիրքով, կարող է մարդու պես խոսել, սլանալ հողմից արագ, ծովի խորքերից սուրալ մինչև արևը:

Առաջին ճյուղի հիմնական կերպարներից է գեղեցկուհի Դեղձունը: Նա իր մեջ խտացնում է մայրիշխանության ժամանակների տան տիրուհու (և ո՛չ թագուհու) մի շարք գծեր, որոնցով նա տարբերվում է իր շրջապատի կանանցից և շատ-շատերից բարձր է կանգնած:

Չափազանց մոնումենտալ է այն դրվագը, երբ Դեղձունը Սանասարի

---

[1] Այս պատմությունը հիշեցնում է այսպես կոչված «կիկլոպյան» շինությունները, որ մեզ են հասել Հայաստանի հնագույն բնակիչներից և տարածված են Հայաստանի, Ադրբեջանի ու Վրաստանի տերիտորիայում: Հավանաբար նման շինություններ եղել են նաև Սասունում:

մահից հետո բազմամյա կամավոր ինքնաբանտարկումից հետո մոտենում է պատուհանին նայելու իր թոռանը, որը կարողանում է կրել իր հսկա հոր ասպազենը, բարձրացնել ծանր թուրը: Դեղձանի խոսքերը ուղղված սքանչելի Քուռկիկ Ջալալուն հնչում են ազնիվ մետաղի պես.

Էլավ, իրան տեղեն կայնեց, ասաց.
— Իմ մուրազ կատարվեց, տ'էլնեմ դուրս.
Գնաց գլուխ փանջարեն վեր կախեց,
Աչքեց տեսավ՝ նորամանուկԴավիթ
Միհրի ձին հեծե, կայնե: Կանչեց.
— Քուռկի՛կ Ջալալի, մեռնե՛մ քե, մուրազ:
Դավիթ շատ զարմացավ, կայնեց:
Դեղձուն շարունակեց.— Քուռկի՛կ Ջալալի,
Իմ Դավիթ հեւ չունի՝ անես հերություն,
Իմ Դավիթ մեր չունի՝ անես մերություն,
Իմ Դավիթ դու տանես իր նորԿաթնով Աղբուր,
Դավիթ ձիուց իջնի, իջնի ջուր խմի,
Իմ Դավիթ դու տանես իր հոր փորձաքար,
Դավիթ իր թուր զարկի, զարկի սան, փորձի:
Քուռկի՛կ, քե ամանաթ իմ նորամանուկ Դավիթ:

Դժվար է հավատալ, թե դա հենց այն Դեղձունն է, որն իր նամակով մի օր կախարդեց երկվորյակ եղբայրներին և նրանց սրտում բորբոքեց նոր, նրանց տակավին անծանոթ մի կրակ, հմայեց այնպես, ինչպես չէր կարողանա հմայել ոչ մի կախարդուհի, եթե չունենար այն հրապույրը, որ հատուկ է Դեղձունին՝ և՛ Սպիտակ ամրոցի դեռափթիթ միանձնուհուն, և՛ Տան մորը՝ Սասնա տիրուհուն, և՛ կովի գնացող թոռանը բարի ճանապարհ մաղթող զառամյալ տատիկին:
«Սասունցի Դավիթ» էպոսի երկրորդ ճյուղի հերոսը Սանասարից և Դեղձունից ծնված Մեծ Միհրն է, որը հայտնի է Առյուծձան Միհր (առյուծ պատառող) մականունով: Նա հորից ժառանգում է ոչ միայն հրաշագործ ասպազենը և իմաստուն նժույգը, այլև անմահական Կաթնաղբյուրից գերբնական ուժ ստանալու հատկությունը:
Օժտված լինելով անպարտելի ուժով, նա մարդկային միջավայրում, երկրային կյանքի բովում ձեռք է բերում մարդկային թուլություններ: Մեծ Միհրը տոգորված է այն կրակով, որի համար Պրոմեթեոսը մարդու հանդեպ տածած սիրուց զանց առավ աստվածների կամքը, կրակ, որը մեծ Հերակլեսին կիսաստծուց դարձրեց մարդկային ցեղի հավատարիմ ծառա, ոչ թե անձնական փառքի, այլ մարդկային բարօրության համար սխրագործություններ կատարող հերոս:
Ունենալով գերբնական ծագում, անսպառ աղբյուրի թոռը՝ Միհրը

իր կյանքի առաջին իսկ օրերից ոչ թե տարիներով է մեծանում, այլ ժամերով:

Երիտասարդ հսկան, որը կարող է արմատահան անել ծառերը և տանել դրանք թեթև մահակի պես ուսին դրած, մտքովն էլ չի անցկացնում ձի նստելու հնարավորությունը, իսկ երբ առիթ է լինում նժույգ ընտրելու, ապա նրա ձեռքի ծանրության տակ ճկվում են մարտական լավագույն ձիերը:

Մանկական հոգու տեր միամիտ հսկան պատրաստ է իր բոլոր ուժերը նվիրաբերելու հանուն մարդկային բարօրության: Լսելով, որ երկիրը սովի է մատնված (հացի ճանապարհին մի հրեշավոր առյուծ է պառկած լինում), նա նետվում է թշնամու դեմ, մի կողմ է քաշում ամեհի գազանի հետ կռվելու եկած զորքը և մեն-մենակ, իր զորավոր ձեռքերով, երկու կտոր է անում առյուծին:

Կանչեց, մի ձեռ թալեց էդ առյածի վերի՛ ծնոտ,
Մյուս ձեռ թալեց ներքի՛ ծնոտ,
Ճղեց էդ առյուծ մեջտեղեն,
Արե՛ց էնոր երկու կտոր:
Մեկ դրեց ճամփու էս, դին, մեկէլ՝ էն դին:

Այնուհետև Միհերը կռվի է դուրս գալիս հարևան երկրի վրա իշխող ճերմակ Դևի դեմ, որը փակել է աղբյուրի ճանապարհը, սպանում է Դևին և ամուսնանում նրա ամրոցում գերության մեջ տառապող չնաշխարհիկ արքայադստեր՝ Արմաղանի հետ:

Միհերը կռվի է դուրս գալիս նաև Մըսրա Մելիքի՝ Մոսուլի թագավորության դեմ:

Ժամանակ անց, երբ մեռնում է Մըսրա Մելիքը, նրա կինը՝ Իսմիլ խանումը, Միհերին խնդրում է գալ և օգնել իրեն իբրև անօգնական մնացած այրու:

Միհերը չի լսում Արմաղանին և վստահ իր հավատարմության ուժին մեկնում է Մըսր[2]: Այստեղ նրան հարբեցնում են, տանում Իսմիլ խանումի պալատը, և նա հակառակ իր ցանկության դառնում է կրտսեր Մելիքի Հայրը:

---

[2] Իրականում Մըսր անվան տակ այստեղ պետք է հասկանալ Մոսուլը: Եվ այն ժամանակ հասկանալի են դառնում էպոսի մի շարք մոմենտներ, մասնավորապես այն, որ երբ Դավիթը Սասնա մոտակայքում սպանում է բազմաթիվ ռազմիկների, գետը նետում վերջիններիս դիակները, Մըսրում ապրող նրանց հարազատները տեսնում են ջրի հետ եկած մարմինները: Հենց այդ գետը այն գետն է, որը Սասունը կապում է Մոսուլի հետ և պատկանում է Եփրատ գետի սիստեմին:

Մըսրա Մելիքի երակներում եռում է հսկա հոր արյունը, նա ժառանգել է նաև նրա ուժը, իսկ սրտում զգում է մարդկանց և բոլոր ժողովուրդների վրա իշխելու բուռն ծարավ, որը նրան ներշնչել է իր մայրը:

Լույս աշխարհ բերելով իր այդ որդուն՝ Միհրը դրանով իսկ Իսմիլ խանումի հոգում ծնում է այն հույսը, թե «հիմա կշողշողա Մըսրա աստղը, իսկ Սասնա աստղը կխավարի»: Իսմիլի կողմից Մելիքին տրվող այդ խրատները, իբրև հրաշագործ հակաթույն, սթափեցնում են Միհրին, և նա իր հոր հրեղեն ձիով Մըսրից (Մոսուլից) սլանում է հայրենի Սասուն:

Միհրը վերադառնում է իր սիրեցյալ կնոջ մոտ, որը երդվել է քառասուն տարի հրաժարվել ամուսնական կյանքից: Բայց Միհրը խախտել է տալիս նրան այդ երդումը, ցանկանալով վառել Սասնա ճրագը, որպեսզի վերջինիս լույսից խավարի Մըսրա աստղը, և իր ուստրերն ու դուստրերը պաշտպան ունենան այն աղետների դեպքում, որ կարող է նրանց գլխին բերել Մըսրա Մելիքը:

Իրականանում է Միհրի ու Արմաղանի երազանքը — ծնվում է Դավիթը, շիրիմ է իջնում Միհրը, շիրիմ է իջնում Արմաղանը:

Սկսվում է էպոսի երրորդ՝ գլխավոր ճյուղը:

Միհրի և Արմաղանի մահից հետո հարց է ծագում, ինչպե՞ս կերակրել մանուկ Դավթին: Սասունցի բոլոր ստնտուների կաթից երեխան հրաժարվում է: Վճռում են նրան տանել Իսմիլ խանումի մոտ: Գուցե Դավիթը չհրաժարվի այդ կնոջ կաթից, որը իր հոր հետ նույն մահիճն է կիսել: Բայց ինչպե՞ս ուղարկել: Ճանապարհը հեռու է և դժվար: Տղային կապում են Քուռկիկ Ջալալու մեջքին, և սա մանկանը հասցնում է Իսմիլ խանումի մոտ: Դավիթը սնվում է նրա կաթով, ինչպես և Սասունից բերած յուղով ու մեղրով, հասակ առնում իբրև մի դյուցազուն:

Նա ավելի արագ է աճում, քան Մըսրա Մելիքը, ոչ թե օրով, այլ ժամով, ոչ թե ժամով, այլ րոպեներով: Երեք-չորս տարում այնպիսի փահլևան է դառնում, որ խաղի ժամանակ բռնում ու դեն է շպրտում Մըսրա մելիքի նետած մկունդը: Դավիթը սարսափ է ազդում Մելիքին:

Մըսրա Մելիքը, տեսնելով փոքրիկ Դավթի ուժն ու դյուցազնությունը, նրան փակում է մթին զնդանում, ուր չի թափանցում արևի և ոչ մի շող:

Որպեսզի մանուկ հսկան զրկված լինի որևէ զենքից, նրա բաժին ճաշի միսն անգամ ոսկրահան են անում: Հանում են նույնիսկ մրգերի միջի կորիզները:

Բայց այնպես է լինում, որ ճաշ բերողին վիրավորում են Մըսրա Մելիքի պալատականները, և սա բարկությունից Դավթին ոսկրոտ միս է տալիս: Դավիթը ճաշն ուտում է և ոսկորը շպրտում պատի կողմն այնպիսի ուժով, որ զնդանի պատը քանդվում է, և ճեղքից ներս է ընկնում արևի շողը: Դավիթը չգիտե, թե ի՞նչ բան է դա, կարծում է՝ կենդանի էակ է և կատաղի գոտեմարտի է բռնվում հետը: Դաստիարակից Դավիթը իմանում է, թե ինչ բան է արևը: Երկար աղերսանքից հետո նրան դուրս են հանում զբոսանքի:

Դավթի ամեհի ուժը նորից տեսնելով, Մըսրա Մելիքը վճռում է ազատվել նրանից: Երկու հոգու ուղեկցությամբ նրան ետ են ուղարկում Սասուն, պատվիրելով, որ ճանապարհին սպանեն տղային: Ուղեկցողներից մեկը Դավթի հոր՝ Միհերի հավատարիմ ծառան է, մյուսը՝ ավագ Մըսրա Մելիքի մերձավորը: Բաթմանա կամրջին հասնելով, սրանք ուզում են սպանել Դավթին, բայց շրջահայաց տղան գլխի է ընկնում, գուշակելով իր ուղեկիցների մտադրությունը, երկուսին էլ կամրջից վեր է բարձրացնում և պահում օդի մեջ՝ մեկին աջ ձեռքով, մյուսին՝ ձախ, մեկին՝ գետի հոսանքն ի վեր, մյուսին՝ հոսանքն ի վար և Ապառնում, որ կխեղդի շան լակոտների պես:

Բանը նրանով է վերջանում, որ Դավթի հոր հավատարիմ ծառան տղայի կողմն է անցնում, վճռում ծառայել նրան, իսկ մյուսը ետ է դառնում Մըսըր, որ Մելիքին պատմի, թե այնքան էլ հեշտ չէ Դավթի «գլուխն ուտելը»:

Դավիթը Չար Բահար Քամու հետ գալիս է Սասուն: Սկսվում է Դավթի կյանքը Սասունում: Երբ նա տղաների հետ կատակ է անում, ծռվում են սրանց վզերը, դուրս են ընկնում ձեռքերը:

Գլուխներն ազատելու համար Դավթին գառնարած են կարգում: Պողպատե տրեխներ են հագցնում, պողպատե գավազան են ձեռքը տալիս: Դավիթը, գառների և ուլերի հոտն առաջն արած՝ սարերն է բարձրանում: Քնով է անցնում, գառներն ու ուլերը ցրվում են, իսկ երբ մանուկ հովիվը նրանց ուզում է հավաքել, չի ջոկում, թե ո՞րն է գառը, ո՞րն է ուլը, աղվեսն ու նապաստակը, բոլորին քշում-բերում է, լցնում քարանձավը: Երբ հորեղբայրը հաց է բերում, տեսնում է, որ փարախը լեփ-լեցուն է գազաններով:

Դավիթը գազաններին քշում-բերում է քաղաք: Սասունցիները մորթում են նապաստակները, միսն ուտում, մորթում են աղվեսները և ձմռան համար մուշտակներ կարում:

Հետագայում Դավթին նախրապան են կարգում: Սա էլ քշում, քաղաք է բերում արջեր, գայլեր, առյուծներ, վագրեր, ոչ ոք սիրտ չի անում գլուխը տնից դուրս հանել:

Դավիթը նետ ու աղեղ է պատրաստում և հրապուրվում թռչունների որսով: Մտքովն էլ չի անցնում, թե տրորում է այն պառավի արտը, որին մի ժամանակ (Դավիթն այդ չգիտեր) սիրել է Միհերը: Տեսնելով, որ իր արտը ոտնատակ է լինում, պառավը պատմում է Միհերի որսաարի մասին: Դավիթը գնում է այնտեղ և տեսնում այդ վիթխարի որսաար-գազանանոցի անվթար մնացած շրջապարիսպը:

Դավթին շրջապատող մարդիկ առաջարկում են նրան կրակել որսի վրա, բայց Դավիթը վճռականորեն առարկում է: Նա ասում է, որ պարսպի մեջ փակված կենդանիներին սպանելն անթույլատրելի է և մեղք է: Ձենով Հովան ասաց.

— Հրողբե՛ր մեռնի քեզ,Դավիթ,
Զա՛րկ, հա՛տ մի բսպանի, բոնենք զենենք:
Դավիթ ասաց.— Հրողբեր, ջանըմ,
Կապուկ տեղ պա՛պս էլ կզարկի.
Տղամարդն է՛ն է՝, որ արձակի ու նո՛ր զարկի.
Չէ՛ որ էնոնք գերի են, հրողբեր,
Մարդ էլ գերին զարկի՞:

Նա ցանկանում է, որ ուժի և ճարպկության մրցումը տեղի ունենա հավասար պայմաններում: Քանդում է պարիսպը, բաց է թողնում կենդանիներին, ապա ասում. «Որս անողը թող հիմա անի»,— և ինքն է սկսում որս անել:

Որսից հետո հոգնած Դավիթը քնում է ծառի տակ: Երբ հանկարծ արթնանում է, լեռան բարձունքին մի զարմանալի լույս է տեսնում: Գնում է դեպի լույսը, և նրա դեմ կանգնում է լուսաճաճանչ մի շինություն, որտեղից բոց է հառնում: Դավիթն այստեղ մի հրաշալի ձայն է լսում: Այդ ձայնն ասում է, որ երիտասարդ հսկան պետք է վերաշինի Մարութա վանքը: Դավիթը Ձենով Հովանին հարցնում է Միհրի մասին, իմանում է, որ այստեղ է Միհրի դամբարանը, այստեղ է եղել նրա կառուցած և արաբների ձեռքով ավերված Մարութա վանքը:

Դավիթը շրջահայաց է. լույսը տեսնելուն պես գետնի վրա իսկույն գծում է շենքի հատակագիծը, վճռում է վերակառուցել վանքը: Տեսիլը չքանում է, իսկ գծագիրը մնում է գետնին: Դավիթը մեծ թվով վարպետներ է կանչում և մի գիշեր, մի ցերեկ չանցած՝ շինում է վանքը: Բայց հենց որ լույսը բացվում է, վանքը քանդված են տեսնում, քարերը դես ու դեն են ընկած, կիրը մի տեղ է կիտված, ավազը՝ մի տեղ: Վանքի հետքն, անգամ չի մնացել: Նրան մի այլ տեսիլք է հայտնվում, և նա իմանում է, որ շենքի հիմքում պետք է դրված լինի իր թուրը: Թուրը դնում է շենքի հիմքում, տաճարը կրկին կառուցվում է, և այնտեղ են տեղափոխվում վանականները:

Այդ օրվանից Դավիթը փոխվում, հասուն մարդ է դառնում, թեև նրա մեջ տակավին շատ է մանկական չարաճճիությունը:

Դավիթն իր հոր որսասարում շարունակ որս է անում: Մի անգամ էլ, երբ նա այստեղ որս է անում, Մըսրա Մելիքի հարկահանները Սասուն են գալիս յոթ տարվա հարկը տանելու: Տուն վերադարձած պատանին տեսնում է, որ հորեղբայրը, Սասունն ավերելու սպառնալիքից ահաբեկված, արաբների համար ոսկի է չափում:

Դավիթը միջամտում է: Հարկահաններին ոչ մի ոսկի չի տալիս: Ավելին. ջարդում է գլխավոր հարկահանի՝ Կոզբադնի գլուխը: Այս դրվագը միակն է ամբողջ էպոսում, որտեղ խախտված է գեղարվեստական չափը, քանի որ ահավոր կերպով, վառ ու կոպիտ ձևերով տրված է հարկահանին այլանդակելու տեսարանը, Դավիթը նրա ատամները հանում, ճակատին է շարում, կտրում շրթունքները...

Որոտաձայն մարտակոչով և սեփական արյունով գրած հրովարտակով Մըսրա Մելիքը իր հպատակ բոլոր երկրներից զորք է հավաքում և գնում Սասնա դեմ պատերազմելու: Նրա հետ են Մըսրա զորքերը, յոթ հպատակ թագավորների զորքերը: Բանակն այնքան մեծաթիվ է, որ զինվորները մի-մի կում ջուր խմելով՝ ցամաքեցնում են գետը: Թշնամու դեմ ելնում է Դավիթը՝ Քեռի Թորոսի և նրա 39 որդիների հետ:

Արտատեր պառավի խորհրդով Դավիթը ձեռք է բերում հոր զենքն ու զրահը: Դրանք Դավթի համար չափազանց մեծ են, Քուռկիկ Ջալալուն էլ դժվար է հնազանդեցնել, բայց հրաշագործ աղբյուրի ջուրը խմելով, նա հսկա է դառնում և հոր զենքն ու զրահը հագած՝ արշավում դեպի արաբական բանակը: Հարձակվելուց առաջ նա երեք անգամ որոտաձայն գոչում է.

– Էհե՜յ,
Ով քնած է՝ արթուն կացեք.
Ով արթուն է՝ ձիե՛ր թամբեք,
Ուվ թամբեր է՝ զենքե՛ր կապեք,
Ով կապեր է՝ էլե՛ք, հեծե՛ք,
Չասեք Դավիթ գող-գող եկավ,
Գող-գող գնաց:

Եվ ահա սկսվում է զարհուրելի մի ջարդ: Դավիթը աջ ու ձախ կոտորում է, մինչև որ նրան մի արաբ ծերունի է մոտենում և ասում հիանալի խոսքեր, այն մասին, որ պատերազմողները թագավորներն են, իսկ ժողովուրդները կռվելու, իրար կոտորելու ոչ մի ցանկություն չունեն, քանի որ միմյանցից որևէ բան չեն ուզում խլել:

Մըսրա Մելքի զորքի մեջեն մարդ մի էլավ,–
Մեկ ալևոր — յոթ տղու հեր:
Մելիք էնոր յոթ տղեկներ զոռովեն էր բերեր կռիվ:
Էդ ալևոր ասաց.— Հե՜յ – վախ, հե՜յ-վախ...
Դուրս էկավ էն՝ առանց զենքի ու գլխբաց՝
Զորքի մեջեն վազեց,
Ասաց.— Ճամփա՜ տվեք, էրթամ Դավթի առաջ,

Մի խոսք ասեմ, էսա զորք ազատեմ կռվից:
Էկավ, կանգնեց Դավթի առաջ,
Ասաց.— Դավի՛թ, մեռնե՛մ քեզի,
Ակա՛նջ արա, ձիդ դադրեցրու,
Գամ՝ քեզի խո՛սք տ'ասեմ:
— Ի՞նչ տ'ասես ինձ, հալվո'ր,— հարցուց Դավիթ:

— Դավի՛թ,— ասաց;,– մեռնե՛մ քո արևուն:
Չէ՞ որ էնոնք էլ մարդ են, խսան են,
Ինչի՞ կըկոտորես, ինչի՞ կը սպանես.
Չէ՞ էդոնք է՛լ երեխանե՛ր ունեն,
Տո՛ւն ու կընիկ ունեն:
Էնոնց սպանես՝ ձժերու մեղք կ'ընկնի քո վիզ:
Աղքատ ու խեղճ մարդ են էդոնք.
Որը իր մոր մեկուճարն է,
Որը նոր պսակված տղա,
Որը իր օջախի սունն է,
Որբ հանգած մի տան ճրագ:
— Ապա ինչի՞ էկած են, հետ ինձ կը կռվեն:
Պատասխանեց— Մեզ ի՞նչմեղք կա.
Մըսրա Մելի՛քն է զոռովեն բռնե, բերե.
Մըսրա Մելի՛քն է քո դուշման,
Գընա իր հետ կռիվ արա:
— Ապա Մելիքն ո՞ւր է հիմա:
— Ա՛յ, էն կանաչ վրանի տակ քնա՛ծ է, տե՛ս,
Ոսկի խնձորն էնոր չադրի գլխին դրուկ.
Յոթն ազապ աղջիկ էնոր ճանճ կը քշեն,
Յոթն ազապ աղջիկ էնոր ոտ կը մաժեն:
Էն վրանից մուխ որ կ'ելնի՝
Էն մուխն էլ հո մուխ չի,
Էն շոգե՛քն է էնոր բերնի:
Դու որ էրթաս Մելիք սպանես՝
Էդ զորք քեզի աղոթք տ'անի,
Տի խնդա նա ու ամեն մեկն իր տուն տ'էրթա:
Էդտեղ Դավիթ խղճավորվավ,
Զորք ջարդել վերջացուց,
Դարձավ ասաց.— Հալվոր,
Աղե՛կ խոսք ասացիր,
Ես քո ասած տ'անեմ:

Դավիթը սլանում է Մըսրա Մելիքի վրանը: Հանդես բերելով մեծագույն ազնվություն, ուղղամտություն և մեծահոգություն, գոտեմարտում սպանում է Մըսրա Մելիքին, ոչնչացնում նրան, ում պատերազմ էր պետք, խաղաղությամբ ազատ է արձակում Մելիքի զորքը, նախազգուշացնելով, որ այլևս երբեք չհարձակվեն Սասնա վրա:

Դավիթ ձիու գլուխ շրջեց,
Էլավ, գնաց մեջ զորքերին,
Ինչ զորք, զորական մնացե՝
Կանչեց, հրամայեց, ասաց.
— Ամենիդ իրավունք կը տամ.
Ուրտեղեն էկեր եք՝ էլեք գնացեք՝ ձեր տեղ:
Էլեք, գնացեք ու ձեր տներ– նստեք,
Դուք ինձ համար աղո՛թք արեք.
Իմ հորն ու մորն էլ օղորմի՛ տվեք.

Հանդա՛րտ կացեք,
Մեկ էլ չ'էլնեք ու գաք վեր Սասնա:
Մեկ էլ որ զենք առնեք մեր դեմ,
Թե որ դուք կռվի գաք վեր մեզ՝
Քառսուն գազ խոր հորում ըլնեք,
Թե ջաղացի ջոջ քարի տակ,
Տ'էլնի Տեր դեմ Սասնա Դավիթ,
Տ'էլնի ձեր դեմ Թուր Կեծակին:

Հաղթական պատերազմից հետո վճռում են ամուսնացել Դավթին: Պարզվում է, որ հարսնացու արդեն գտնվել է: Դա գեղեցկուհի Խանդութ խաթունն է: Նա Դավթի մոտ գուսաններ է ուղարկում, որոնք և դյուցազնի ներկայությամբ գովում են աղջկա գեղեցկությունը:

«Տ'ասեմ, տի գովեմ Խանդութ խանում Դավթին.
Էնոր բոյ գյոլու եղեգ նման է:
Տ'ասեմ, տի գովեմ Խանդութ խանում Դավթին.
Էնոր սրտիկ Քուռկիկ Ջալալու մեյդանն է:
Տ'ասեմ, տի գովեմ Խանդութ խանում Դավթին.
Էնոր բերան մեղրով բացած է:
Տ'ասեմ, տի գովեմ Խանդութ խանում Դավթին.
Էնոր ատամներ մարգըրիտ շարած է:
Տասեմ, տի գովեմ Խանդութ խանում Դավթին.
Էնոր աչքեր գինու կթխա է:
Տ'ասեմ, տի գովեմ Խանդութ խանում Դավթին»:

Լսելով գուսանների գովքը, Դավիթը հիացած գնում է Խանդութի մոտ:

Խանդութի ամրոցում նա հանդիպում է 39 կտրիճների, որոնք

տարբեր երկրներից եկել էին նրա ձեռքը խնդրելու, բայց նրանցից և ոչ մեկը չէր կարողացել նվաճել աղջկա սիրտը: Դավիթն առաջին իսկ հայացքից տիրանում է Խանդութի սրտին և որպես ընծա ստանում է սիրո խնձորը:

Վերոհիշյալ կտրիճները որոշում են Դավթին մեջտեղից դուրս բերել: Խնջույքի ժամանակ նրանք իրենց թրերը թաքցնում են սեղանի սփռոցի տակ, որպեսզի Դավթին հարբեցնելով սպանեն: Տեսնելով այդ, Խանդութը պատվիրում է Դավթի առաջ արծաթյա մեծ սկուտեղ դնել, իսկ ինքը մի պարկ կաղին առած՝ բարձրանում է վերնասրահը: Ամեն անգամ, երբ քունը Դավթին հաղթահարում է, Խանդութը վերևից կաղիններ է գցում սկուտեղի վրա և չի թողնում, որ նա քնի: Երբ խնջույքը Դավթին ձանձրացնում է, նա պատվիրում է վերցնեք սփռոցը: Տեսնելով թաքցրած թրերը, Դավիթը ձեռքով դրանք կտոր-կտոր է անում, տալիս ախոռապանին, որ Քուռկիկ Ջալալու պայտերի համար մեխեր պատրաստեն:

Դավիթը լավ է հիշում մերձավորների և հարազատների հանդեպ ունեցած իր պարտականությունը: Երբ տակավին փոքրիկ տղա է լինում, նրան փորձում է գայթակղեցնել հորեղբոր՝ Ձենով Հովանի կինը: Ֆեդրայի և Իպպոլիտի այս պատմությունը էպոսում դրսևորված է արտակարգ ցայտունությամբ: Դավիթը փակում է աչքերը, երբ հորեղբոր կինը լողանալիս նրան պատվիրում է ջուր լցնել իր գլխին, որպեսզի տղան տեսնի իր մերկ մարմինը: Ամուսնուն զայրացած ասում է, թե Դավիթն իբր կամենում էր իրեն խայտառակել: Հորեղբայրը հավատում է և Դավթին վտարում տնից: Հորեղբոր կինը երկրորդ անգամ է տղային փորձում, բայց սա երկրորդ գայթակղությանն էլ տեղի չի տալիս: Դիմանում է նաև երրորդ փորձությանը, մնում է մաքուր ու անարատ:

Մի հանգամանք Դավթի կյանքում ճակատագրական է լինում: Նա անակնկալ սիրահարվում է Չմշկիկ-սուլթանին և խոստանում նրա մոտ վերադառնալ յոթ օր հետո, բայց այդ մասին հիշում է միայն յոթ տարի անց, երբ Չմշկիկից արդեն ծնված է լինում իր դուստրը:

Սասունի ճանապարհին հոր և որդու (որին Դավիթը դեռ չէր տեսել) միջև մենամարտ է սկսվում: Երկուսի համար էլ այդ մենամարտը շատ ծանր է լինում, որովհետև երկուսն էլ զորավոր ուժի տեր են: Թեև Միհերն ավելի ուժեղ է, բայց չի կարողանում հաղթել արդեն ուժասպառ եղած, բայց անխոցելի Դավթին: Կռվին վերջ է տրվում Դավթի կնոջ և Միհերի մոր՝ Խանդութ խանումի միջամտությամբ: Դավիթն անիծում է որդուն՝ դատապարտելով նրան ամլության և անմահության:

Վերադառնալով Չմշկիկ-սուլթանի մոտ, Դավիթը սպանվում է իր հարազատ աղջկա արձակած նետից:

Էպոսի կենտրոնական հերոսի՝ Դավթի կերպարը տրված է առանձին լիակատարությամբ:

Մեծահոգություն — ահա այն գիծը, որ հատուկ է Դավթին: Ի՞նչ

փույթ, որ թշնամին, ոխերիմ թշնամին, արդեն երեք անգամ հարվածել է մկունդով: Եթե նրան իր կաթով սնած կինը խնդրում է, ապա նա բաշխում է առաջին զարկը և իջեցնում վեր բարձրացրած սուրը: Երկրորդ զարկն էլ է բաշխում, քանի որ այս անգամ էլ խնդրում է թշնամու քույրը, որը Դավթին մի ժամանակ խաղացրել է իր ծնկներին: Նա իջեցնում է երրորդ կործանարար հարվածը, թեև գիտե, որ նենգավոր թշնամին մենամարտը համարձակորեն շարունակելու փոխարեն հորի խորքն է մտել, վրան քաշել քառասուն գոմշի կաշի և քառասուն ջրաղացաքար:

Դավթի մեծահոգությունը անխորտակելի ժայռի պես ամուր հիմք ունի՝ հաղթանակի հավատ, իսկ այդ հավատը բխում է հայրենիքն ու հարազատ ժողովրդին պաշտպանելու արդար գործի անսասան գիտակցությունից:

Դավթի համար բնորոշ է մի այլ գիծ ևս: Նույնիսկ ոխերիմ թշնամու դեմ կռվելիս, երբ մտադիր է նրան անխնա ոչնչացնել, աշխատում է իր համար չստեղծել առավել շահավետ պայմաններ, հանկարծակի չի հարձակվում չնախապատրաստված հակառակորդի վրա:

Դավիթը երկու անգամ է գրոհում թշնամու բանակի վրա: Առաջին անգամ նա պետք է բախվի Մըսրա Մելիքի անթիվ, անհամար զորքի հետ, երկրորդ անգամ՝ Պապ-Ֆրենկի վիթխարի բանակի: Երկու անգամն էլ, չնայած իր հուզմունքին, որն այնքան վառ են նկարագրում բանասացները, Դավիթը չի մոռանում կանգնեցնել, սանձահարել իր ձին և բանակի մի ծայրից մյուս ծայրը հնչող որոտանման ձայնով ազդարարել, որ թշնամին արթնանա, զենք վերցնի, ձի հեծնի, պատրաստվի կռվելու:

Սա նման չէ այն մարտակոչերին, որոնցով Իլիոնի պատերի տակ և բարձր պարիսպների վրա աշխատում են իրար բորբոքել հելլեններն ու տրոյացիները: Սա նման չէ այն լեզվակռվին, որով մխիթարվում է Սանասարը կտրիճների հետ գոտեմարտելիս: Ոչ էլ թշնամուն գրգռող այն խոսքերին է նման, որոնք հաճախ գոտեմարտի նախաբանն էին համարվում, ինչպես դա հայտնի է տարբեր ժողովուրդների, այդ թվում նաև հայ ժողովրդին պատկանող չափածո և արձակ բազմաթիվ նկարագրություններից:Դավթի մարտակոչը սեղմ,հատու և չգրգռող կոչ է:

Այդ կոչն արդյոք այն պատճառով չէ՞ այդքան սեղմ, հատու, հանդարտ և անմիջական, որ էպոսում նկարագրված է ոչ թե ասպետների համար սովորական դարձած տասնյակ ճակատամարտերից մեկը, այլ մարտական հանգամանքներին անսովոր մարդու՝ ոչ թե սուր, այլ հովվական մահակ ու գութանի մաճ բռնող ասպետի մուտքը ռազմաբեմ: Դավիթը կարիք չի զգում թշնամուն ծաղրելու, քանի որ նրան ոչ թե կռվի պրոցեսն է հրապուրում, նա ոչ թե փառքի համար է ուզում հաղթել, այլ հայրենիքի բարօրության: Հարկ չկա, որ նա բորբոքվի: Զավթիչների նկատմամբ Դավիթը լցված է այրող ատելությամբ և ուզում է նրանց հաղթել, կոտորել, արտաքսել և ոչ թե փառաբանվել:

Դավիթը, ինչ գործ էլ անի, կրակոտ է, կռվի մեջ անզուսպ, ամբողջովին կիրք ու կորով, սակայն կատաղության ամենախելահեղ նոպայում էլ կարող է հանկարծ մեղմանալ, դառնալ հեզ ու հնազանդ, եթե մոլեգնությանը հակադրվում է քնքշանք, թեկուզ զորովալից մի խոսք: Ինչպե՜ս է փոխվում Դավիթը, երբ հրաժեշտ է տալիս իր հորեղբորը՝ Ձենով Հովանին:

Դավիթը միշտ էլ աչքի է ընկնում ուղղամտությամբ, անկեղծությամբ և պարզությամբ: Սքանչելի է նրա հիացմունքի պոռթկումը, երբ զմայլվում է Խանդութի գեղեցկությամբ և ամբողջ կերպարով, սքանչելի են մանկական անաղարտ անմիջականությամբ համակված երեք համբույրը, որոնցով նա ողջունում է Խանդութին, և որոնցից մեկը՝ երրորդը, գեղեցկուհու զայրույթն է շարժում: Դավիթը հեռանում է դառնորեն վիրավորված ոչ թե այն պատճառով, որ Խանդութը բռունցքով հարվածում է նրան և քիթն արյունլվա տնում, այլ այն պատճառով, որ իրեն չհասկացան: Միայն սիրահարված զույգի հոգու մաքրությամբ կարելի է բացատրել այն անսովոր հմայքը, որով լի է երեք համբույրի, դրանց համար տրված պատժի և հպարտ Խանդութի ներումն հայցելու դրվագը: Խանդութ խաթունը, իր կյանքում առաջին անգամ, բոբիկ ոտքերը քարերին տալով, արյունլվա անելով, վազում է վիրավորված, դյուրաբորբոք դյուցազնի հետևից:

Դավիթը, որ ընդունակ է կատաղելու, ձեռք բարձրացնելու զառամյալ հորեղբոր վրա, հանգիստ և առանց վրդովմունքի է ընդունում իր անձին սպառնացող դավաճանությունը:

Էպոսի երրորդ ճյուղի երկրորդ կարևոր անձը Խանդութ խաթունն է: Սա կամքի տեր կնոջ կերպար է, կին, որ իր մոտ է կանչում հիանալի ընտրյալին, իր ձեռքին է պահում ընտրություն կատարելու իրավունքը: Ինչպես Դեղձունի պալատի պատերի տակ են տոչորվում նրանով կախարդված քառասուն կտրիճները, որոնց քմահաճ գեղեցկուհին զառամյալ ծերունիներ է դարձնում, այնպես էլ Խանդութի պալատի ներքնահարկի խնջույքասրահում յոթ տարի տառապում են քառասուն հիասքանչ կտրիճ: Եթե Խանդութը ժողովրդի գիտակցության մեջ ապրեր այն ժամանակ, երբ ստեղծվել է Դեղձունի կերպարը, ապա նա էլ, չնաշխարհիկ կնոջ հմայքին առընթեր, օժտված կլիներ նաև կախարդուհու ձիրքով:

Դեղձունին Խանդութը հարազատ է դառնում նաև նրանով, որ նա որոշ առնչություն ունի գրքացության հետ: Խանդութը «գրքերից» իմանում է, որ կռվի դաշտում Դավթի դեմ մարտնչողը նրա ազգականն է՝ պարոն Աստղիկը:

Դավթի մոտ գուսաններ ուղարկելիս Խանդութի մտքով չի անցնում,

թե առաջին իսկ հանդիպումը իրեն մեկընդմիշտ սիրո գերի կդարձնի, ո՛չ պակաս քան Դավթին: Բայց նույնիսկ, այն սերը, որն աղջկան ստիպեց վազել նժույգով հեռու սլացող վիրավորված սքանչելի պատանու հետևից, աղերսել, որ նա ետ դառնա, այն սերը, որ սովորեցրեց կաղիններ նետել արծաթյա սկուտեղի մեջ իր սիրեցյալի քունը վտանգի պահին վանելու համար, ստիպեց գիշերային խավարում, ռազմադաշտում ընկած դիակների մեջ որոնել իր սիրեցյալի դին, այն սերը, որ նրա հոտոտելիքը արել էր Դավթի թաշկինակը հոտառությամբ ճանաչելու աստիճան, նույնիսկ այդ մեծ սերը ի վիճակի չէ խախտելու այն երդումը, որ տվել էր Խանդութը՝ ամուսնանալ միայն այն տղամարդու հետ, ով կկարողանա իրեն գետնել:

Խանդութը թշնամու արյամբ ողողված դաշտում կռվի է բռնվում իր սիրեցյալի հետ: Աղջիկը նրան չի ճանաչում, բայց Դավիթը գիտե, թե ով է իր դեմ մարտնչողը: Խանդութի այս գոտեմարտը առավել ցայտուն է դրսևորում նրա դյուցազնական ներքնաշխարհը:

Որքան իր ուժի և հակասական ամբողջության մեջ գեղեցիկ է Խանդութը, նույնքան գեղեցիկ է և նրա մահը: Իր մահվամբ Խանդութը կյանք է տալիս երկու աղբյուրի, որոնք բխում են այն ժայռից, որի վրա փշրվում է իր «անմահ Դավթի» դին, տեսնելով աշտարակից իրեն ցած նետած հավատարիմ կնոջ կուրծքը:

Համա Խանդութ էլած տանիք,—
Բարձր էր իրենց տանիք,
Քարերու վրա էր շինած,—
Ամեն կողմ կ'իրիշկեր, տեսներ՝
Դավիթ ո ղջ կըգա, թե՝ մեռած:
Խանդութ իրիշկեց, տեսավ, որ
Ջրինդ խաղալով կը գան էդոնք,
Դավիթ հեծեր է մեկ ուրիշ ձի,
Իսկի չի խլվլա իր տեղեն:
Էն հասկացավ, որ Դավիթ մեռած է.
Ասաց.
«Որ աժեց, էկավ,
Որ չ'աժեց, էկավ,
Իմ կանաչ կտրիճ Դավիթ չէկավ»:

Էն քոփակ Ցռան Վերգոն
Էնտեղ տանքի վերան կայնած էր.
Առաջ էկավ՝ վերցուց, ասաց.
—Դավիթ մեռավ առանց կռիվ.
Էն մեռավ, ես քեզի անուշ.

Կը պակսի քե կտրիճ Դավիթ,
Չի պակսի պարոն էրիկ:
Խանդութ դարձավ ասաց.
— Ըստուց էտև արև-լուսին ինձի հարամ ըլնի,
Էտև Դավթին ես աշխարք չեմ մնա:

Էս անգամ Խանդութ էլավ բերդի գլուխ
Ու էնտեղեն իրեն թալեց.
Գլուխն առավ վեր քարին, քար ծակեց, էղավ փոս:
Էն փոսի մեջ՝ Սասունա կես շնիկ կորեկ
Կը լցնեն ու կը ծեծեն սանդի տեղ:
Էնոր ծծերի տեղ հիմի էլ էրկու աղբուր կը թալի:
Յոթ ճուղ ծամի տեղ էլ հիմի կ'էրևա,
Քանց յոթ սան կք սեվկըտի:
Ու հիմի էլ սանդ էնտեղ է, բերդի առաջ:

Դավիթն ու Խանդութը թե՛ կյանքում, թե՛ շիրիմում՝ օձերի ու կարիճների բների տակ, որտեղից վշտով ու իմաստությամբ լի պատասխան են տալիս իրենց շիրիմին խորհրդի համար այցի եկած Մհերին, մեծ վարպետի կերտած փոխադարձ վսեմ սիրո հուշարձան են:

Շատ չէ նման սիրահարների թիվը, որ պահպանել է մարդկային հիշողությունն իր ստեղծած գեղարվեստական կերպարների մեջ: Արևմուտքում Տրիստանի և Իզոլդայի, Պաոլոյի և Ֆրանչեսկայի, Իրանում՝ Վիսի և Ռամինի, քրդերի մոտ՝ Մամեի և Զինեի մեջ մարմնավորված փոխադարձ հարատև սիրո գաղափարը հայկական էպոսում իր դրսևորումն է գտել հանձինս Դավթի և Խանդութի:

Խանդութ խաթունի կատարյալ հակադրությունն է հանդիսանում Չենով Հովանի կինը՝ Սարիեն:

Նա չի հրապուրում, այլ վանում է իր անսանձ անառակությամբ, կեղծավորությամբ և կամակորությամբ: Սարիեն հանդես է գալիս հելլենական Ֆեդրայի դերում, այն տարբերությամբ, որ Դավթին զրպարտելուց և տնից վտարելուց հետո էլ նա չի հրաժարվում տղայի հանդեպ տածած կրքից: Էպոսում սա միակ կինն է, որն իր մարմնական սերը խառնում է համեղ ուտելիքի և գինու հետ, միակ կինը, ընդունակ որոշելու, թե որքա՛ն է թունդ այն գինին, որ մատուցվելու է նրան դուր գալու դժբախտությունն ունեցող պատանուն, գինի, որից Դավիթը պետք է թմրի և ոչ թե քնի:

Իսմիլ խանումն էլ թմրեցնում, հարբեցնում է Մհերին և յոթ տարի նրան պահում գինովության մեջ, սակայն Իսմիլին ոչ թե կիրք հագեցնող սիրեկան է պետք, այլ արիասիրտ կտրիճ, որը կամա թե ակամա, զգաստ թե հարբած վիճակում, նրան որդի պարգևի: Տակավին չծնված, թեկուզ գահն ամրապնդելու համար անհրաժեշտ, որդու հանդեպ ունեցած սերը արդարացնում է Իսմիլ խանումի գործադրած խորամանկությունը, երբ նա համոզվում է, որ ո՛չ իր գեղեցկությունը, ո՛չ էլ ընտրյալ կտրիճին ուղարկած գոտին — ոչինչ չի կարող Միհրին նետել իր գիրկը:

Նա էլ Դեղձունի, Խանդութի նման ի՛նքն է իր համար ընտրություն կատարում,թե ո՛ւմ հանձնվի, թե ո՛վ պետք է նրան որդի պարգևի:

Ո՞վ իմանա, գուցե սա մի հուշ է այն հեռավոր անցյալից, երբ մայր-կինը, իր տոհմի տնօրենը լինելով, ինքն էր վճռում, թե ո՛վ է արժանի իրեն պտղավորելու համար: Մայրիշխանության կարգերը մոռացության տված ժողովրդական գիտակցությունը իշխող կնոջ, իր համար ամուսին ընտրող կնոջ մասին եղած պատկերացումը պետք է իմաստավորեր նրան թագուհի դարձնելով: Գուցե սրա մեջ է թաքնված այն պատճառը, որ թե՛ Սանասարը, թե՛ Միհրը, թե՛ Դավիթը, թե՛ Փոքր Միհրը ամուսնանում են թագուհիների հետ, որոնց արքունական պալատը իսկույն անհետ չքանում է, հենց որ այդ թագուհիներն ամուսնանում են:

Սակայն իր մյուս բոլոր հատկանիշներով Իսմիլ խանումը մի կին է, որը զերծ չէ և կենդանի մարդու թուլություններից, և՛ թագուհու փառասիրությունից, և՛ իր որդու նկատմամբ ունեցած ջերմ սիրուց ու հոգատարությունից, ինչպես նաև այն էակի հանդեպ ունեցած սիրուց ու հոգատարությունից, որը նրա կաթով սնվելով, դառնում է նրա որդին: Հոգեորդու հետ ունեցած կապն ապրում է Իսմիլ խանումի սրտում, և, նույնիսկ Դավթի համար ծուղակ պատրաստելու նենգության ֆոնի վրա տրագիզմով է լի այն տեսարանը, երբ կուրծքը մերկացնելով նա Դավթին աղերսում է հանուն այդ կրծքից ծծած կաթի առաջին հարվածը բաշխել և Թուր-Կայծակով չսպանել Մըսրա Մելիքին:

Հեծավ Դավիթ Քուռկիկ Ջալալին,
Գնաց հասավ չար Ծովասար,
Քաշեց իր Թուր Կեծակին,
Քըշեց իր Քուռկիկ Ջալալին,
Էկավ, որ տի զարկեր
Իսմիլ խաթուն իրեն ծծեր հանեց,
Դավթի առաջ վազեց, ասաց.
— Դավիթ, քաղցր ծիծ եմ տվե քեզի,
Դու իմ կաթի խաթեր էղ զարկ ինձի բախշի:
Դավիթ ասաց— Մարե, ինչի՞ դուն չուր հիմիկ,
Մելիքի զարկ կրգար մեջ իմ գլխուն,
Մեկ մ'էլ չասիր՝ Մելի՛ք, զարկ մի ինձի բախշի:
Դավիթ իր թուր իջեցուց, տարավ բերեց,
Բարձրացուց էղ թուր, համբուրեց,
Դրեց ճակատին, ասաց.— Մարե՛,
Էս մեկ զարկ քո՛ խաթեր:

Այս դրվագը մի այլ միջադեպ է հիշեցնում, երբ Դավթի մանկության տարիներին նույն Իսմիլ խանումը կուրծքը մերկացնելով նույնպիսի աղերսով թույլ չի տալիս, որ Մըսրա Մելիքը խեղդամահ անի Դավթին:

Էպոսում Իսմիլ խանումի կերպարն այնպես է կերտված, որ չնայած նրա բոլոր խորամանկություններին ու փառասիրությանը, արդարացվում է այն կաթը, որով նա սնել է «աննման Դավթին»:

Միակ կինը, որ կարծես խորթ է թվում և էպոսում տրված է աղոտ նկարագրությամբ, կարծես այլատարր է, այլ արյուն է հոսում նրա երակներում, դա Չմշկիկ–սուլթանն է: Նա հանդես է գալիս միայն իբրև էպոսում առկա կանացի հինգ հրապուրիչ կերպարների հակադրություն և միայն այն նպատակով, որ իր փոքրիկ դստերը հաղորդած նենգությամբ կտրի Դավթի կյանքի թելը:

Չմշկիկ-սուլթանի դյուցազնական խառնվածքը, Դավթի հետ մենամարտելու ցանկությունը վիպերգության մեջ կյանքի են կոչված ոչ թե սիրածին փորձելու նպատակով, ստուգելու, թե արդյո՞ք տղան արժանի է աղջկան տիրանալու, ինչպես այդ անում են Խանդութ խաթունը և Գոհար խաթունը, այլ հետևանք են վիրավորված հպարտության, անսահման խանդի, սիրած երիտասարդին վերադարձնելու կամ նրա կյանքը խլելով, նրան մրցակցուհուց խլելու անզուսպ ցանկության:

Սա միակ կինն է ամբողջ էպոսում (եթե չհաշվենք խլաթցի պառավ ջադուի միջանկյալ, իր տրագիզմով հանդերձ անեկդոտային կերպարը), որն իր կյանքն ավարտում է ոչ թե սիրո հանգամանքներում և հանուն սիրո, այլ ատելության հանգամանքներում, հանուն վրեժի, ընկնում է Քուռկիկ Ջալալու սմբակների տակ և ջախջախվում:

Որպես էպոսի չորրորդ ճյուղի հերոս հանդես է գալիս Դավթի որդին Փոքր Միհերը:

Գերեզման է իջնում կապտաչյա աղջկա ձեռքով սպանված Դավիթը, նույն գերեզմանն է իջնում Դավթի մահվան վշտին չդիմացած Խանդութը, և մեն-մենակ է մնում Միհերը, որ երկրից երկիր է դեգերում, ջանալով վերականգնել արդարությունը, հաղթում է թշնամու զորքին, լեռներից վիթխարի ժայռեր գլորելով քաղաքին սպառնացող գետի մեջ, հեղեղից փրկում մի ամբողջ քաղաք: Սակայն նա շուտով ուժասպառ է լինում, այլևս չի կարողանում պայքարել անարդարության դեմ: Այցի է գնում հոր և մոր շիրմին: Աղերսում է հորը ուղի ցույց տալ իրեն, քանի որ այլևս ի վիճակի չէ ապրելու, իսկ հողը չի տանում նրա ծանրությունը: Դավիթը խորհուրդ է տալիս մտնել ժայռի մեջ և սպասել մինչև հին աշխարհը կործանվի, ստեղծվի նորը, երբ ցորենի հատիկը մասուրի չափ կլինի, իսկ գարին՝ ընկույզի չափ: Դա կլինի Միհերի ազատության օրը, և նա դուրս կգա քարանձավից: Միհերը ճանապարհ է ընկնում հիշյալ ժայռը գտնելու: Նրա երկրային կյանքի վերջին քայլերը կապված են հետևյալ միջադեպի հետ: Ռուստանա Կապանի իշխանը, ճանապարհին ցանց նետելով Միհրի և նրա նժույգի վրա, աշխատում է նրանց գերի վերցնել: Այդ ցանցի մեջ թփրտալով և ջանալով դուրս գալ որոգայթից, Միհրը տեսնում է, որ իր ոտքերն արդեն խրվում են ոչ թե ձյան, այլ հողի մեջ: Գետինը չի տանում նրան ձիու ծանրությունը:

Ձիու ոտ չէր դադրի վեր հողին,
Որ զոտքեր կըթալեր՝ կէրթար մեջ հողին.
Հող առջև թուլացեր էր,
Չէր դադրի առջև Միհրին:
Միհր ասաց, «Հայ-հո՜յ, զո՜ւր է,
Գետինն էլ հալնորցեր է,
Իմ ձիու ոտաց տակը չի դիմանա»:
Օր կեսօր էր, քանի քշեց,
Ձին թաղվավ չուր իրիկուն:

Միհրը մարտահրավեր է նետում աստծուն, նա ուզում է վերջ տալ անարդարությանը: Նրա դեմ հրեշտակների շքախմբով կռվի են ելնում երկրային ուժերը: Միհրն սպառնում է, սակայն անկարող է խոցել: Այդ ժամանակ, որպեսզի իմանա՝ ի՞նքն է իրավացի, թե՝ աստված, նա ինքն իր հետ պայման է կապում, եթե թրի հարվածին ժայռը չդիմանա, ուրեմն ինքն է իրավացի, իսկ եթե դիմանա, ուրեմն՝ իրավացի չէ: Ժայռը չի դիմանում թրի հարվածին, ճեղքվում է, և ոտքից գլուխ զինված Միհրը ձիով ներս է մտնում:

Ըստ ավանդության և էպոսի, ամեն տարի, Համբարձման և Վարդավառի գիշերը, Վանա միջնաբերդից ոչ հեռու գտնվող Ագռավու Քարը բացվում է, Միհրը դուրս է գալիս քարանձավից, փորձում է հողի ուժը և համոզվելով, որ հողը չի կարող դիմանալ իր ծանրությանը, վերադառնում է ետ:

Ժայռը հազվադեպ է բացվում: Մի անգամ ինչ-որ հովիվ տեսնում է, որ ժայռը բացվել է, բայց Միհրը դուրս չի գալիս: Հովիվը հարց է տալիս, թե ե՞րբ պետք է դուրս գա: Միհրը պատասխանում է, որ դուրս կգա այն ժամանակ, երբ ցորենի հատիկն ավելի խոշոր կլինի, քան մասուրը, և երբ գարին ավելի խոշոր կլինի, քան ընկույզը[3]:

---

[3] Հետաքրքրական է, որ Հայաստանի շատ վայրերում ցույց են տալիս Դավթի և Միհրի հետքերը: Մոկս գավառում ինձ ցույց են տվել Բաթմանա կամուրջը, ուր Դավիթն ընդհարվում է Մըսրա Մելիքի երկու փահլևանների հետ: Իսկ Վան քաղաքի մոտ, միջնաբերդից չորս կիլոմետր հեռավորության վրա տեսել եմ Միհրի հռչակավոր դուռը: Դա իրոք դուռ հիշեցնող մի քանդակ է վիթխարի ժայռի վրա՝ սեպատառ մակագրությամբ: Քարանձավի մուտքի առաջ ժայռի մեջ մի

Փոքր Միհրը հոր մահվան դաժան վրիժառուն է, բնութագրված մի քանի գծերով: Սակայն նրա մոտ ցայտուն են ընդգծված սասունցի բոլոր հերոսներին հատուկ կողմերը: Սա էլ իր պապի՝ Միհրի նման գետնի համար չափից դուրս ծանր է: Երբ քայլում է, ոտքերը խրվում են հողի մեջ: Մեծ Միհրը այս իմաստով նման է Սվյատոգորին: Փոքր Միհրի ոտքերն էլ հողի մեջ են թաղվում, բայց ոչ թե այն պատճառով, որ շատ է վիթխարի, ոչ թե այն պատճառով, որ շատ է ծանր, այլ այն պատճառով, որ հողը չի կարող և չի ուզում տանել նրա ծանրությունը, աշխարհը հոգնեցրել է դյուցազնին իր անարդարությամբ:

Այս ճյուղի հերոսուհին Գոհար խաթունն է:

Ինչ-որ նմանություն կա Արմաղանի՝ Մեծ Միհրի կնոջ և Գոհար խաթունի՝ Փոքր Միհրի կնոջ միջև: Դա ամուսնուն հնազանդվելն է, որի համար երկուսն էլ զոհվում են՝ Արմաղանը՝ հանուն լույս աշխարհ եկող մի նոր կյանքի, իսկ Գոհարը պարզապես այն բանի, որ հայրենի Սասունը պաշտպանելու համար Միհրը նրան բոլորովին միայնակ է թողնում և բռնում պանդխտության ճանապարհը: Գոհար խաթունին մահից չի փրկում Միհրի թողած մկունդը:

Ինչ-որ անսովոր նազանքով է լի Գոհար խաթունի կերպարը և՛ այն օրերին, երբ նա մրցում է Միհրի հետ, և՛ այն ժամանակ, երբ սրտաշարժ հոգատարությամբ պահպանում է Միհրի անդորրն ու առողջությունը, որն այնքան էլ ապահով չէր դյուցազնի համար նեղ վրանի տակ, և այն պահերին, երբ ճակատագիրը նրա շուրթերով նախազգուշացնում է Միհրին., «Արևից վախեցիր, Մհե՛ր»:

ԵՊՌՈՍԻ ՊԱՏՄԱԿԱՆ ՄԻՋՈՒԿՆ ՈՒ ՁԵՎԱՎՈՐՈՒՄԸ

Աներկբա է արաբական զորքի դեմ Դավթի մղած ճակատամարտի, օտարերկրյա հրոսակները հայրենի երկրից դուրս շպրտելու մասին ստեղծված զրույցի պատմական աստառը: Այդ զրույցը Բաղդատելի է դեպքի ժամանակակից Թովմա Արծրունու (10-րդ դար) այն վկայության հետ, թե ինչպես խութեցիները իրենց անառիկ լեռներից իջնելով, ջարդեցին արաբական զորախումբը և դուրս շպրտեցին արաբներին:

Պատմական Հայաստանի գործիչների անուններին համընկնող մի շարք անունների առկայությունը էպոսի տարբեր վարիանտներում հետազոտողներից ոմանց հանգեցրել է այն մտքին, թե հնարավոր է

փոքր փոս կա. դա այն տեղն է, ուր դուռը բացվելուց առաջ անհամբերությունից սմբակով խփել է Քուռկիկ Ջալալին:

էպոսի բովանդակությունը և առանձին մանրամասնությունները մեկնաբանել իբրև Հայաստանի քաղաքական պատմության գեղարվեստական, փոքր-ինչ գունազարդված շարադրանք:

Պատմական հավաստի, այսինքն՝ Հայաստանի գրավոր պատմության մեջ հայտնի անուններից մեկը, որը համընկնում է էպոսում նկարագրված իրադարձություններին, արաբական գերիշխանության դեմ հայերի մղած եզրափակիչ պայքարին, դա Գագիկ Արծրունու անունն է: 10-րդ դարում նա Վանա լճի հարավային ափին կառուցել է Ոստան քաղաքը, վերաշինել Աղթամար կղզու բերդերն ու ամրությունները և այնտեղ կերտել հայ ճարտարապետության ամենաաքանչելի հուշարձաններից մեկը՝ շքեղ բարձրաքանդակներով զարդարված Ս. Խաչ եկեղեցին, որի ավարտման հազարամյակը լրացավ մոտ քսան տարի առաջ:

Եռանդուն փորձեր են արվել էպոսի գործող անձանց փոխարեն տեղադրել հայոց այլ թագավորների և իշխանների անունները, որոնք առկա են վիպերգության մեջ կամ հիշեցնում են այս կամ այն հերոսի անունը: Սակայն մոռացության է տրվել այն հանգամանքը, որ յուրաքանչյուր նման փորձ կապված է անխուսափելի անախրոնիզմների հետ, քանի որ Գագիկ թագավորն ապրել է 10-րդ դարում, քաջարի իշխան Թեոդորոս Ռշտունին՝ 7-րդ դարում, փառապանծ զորավար իշխան Մամիկոնյանը հայտնի է 5—7-րդ դարերում (արաբական արշավանքից առաջ), իսկ Սանասարը (իր սխրագործությունները 9 — 10-րդ դարերում կատարած դյուցազն Դավթի պապը) էպոսում հանդես է գալիս իբրև 10-րդ դարում ապրած Գագիկ թագավորի թոռը, որին, երբ համեմատում ենք Ասորեստանի Սենեքերիմ թագավորի Սանասար որդու հետ, պարզվում է, որ նա ապրել է իր պապից տասնութ դար առաջ:

«Պատմական» մեկնաբանության այս բոլոր փորձերը անտեսում էին էպոսի բուն պատմական արժեքը, այն չէին դիտում որպես կուլտուրայի պատմության (ոչ քաղաքացիական, ոչ քաղաքական պատմության) փաստաթուղթ, ուր արտացոլված է հայոց նախահայրերի աշխարհայացքի մշակման պրոցեսը հեռավոր, անհիշելի դարերում, երբ մարդը իր գոյության համար պայքարելով, առաջին անգամ սկսեց փորձեր անել ըմբռնելու իրեն շրջապատող բնությունը, պարզունակ ձևով հաստատել բնական երևույթների փոխառնչությունը: Հաշվի չէին առնում այն, թե էպոսում որքան ցայտուն է դրսևորված Հայաստանի բնակչության բազմադարյան պայքարը (այդ հազարամյակների ընթացքում ինչ անուն էլ կրած լինեն հայերը և նրանց նախնիները), պայքար, որ մղվել է կյանքի, ապրուստի հնարավորություն ապահովելու, կենսական տարրական պայմաններ ստեղծելու համար՝ հողից բերք ստանալու, թե վայրի կենդանիներ ընտելացնելու ճանապարհով:

Մոռացության էին տրվում նաև էպոսի արժեքավոր տվյալները Հայաստանի լեռնային շրջաններում գոյություն ունեցող կենսաձևի վերաբերյալ, շրջաններ, որոնք էպոսի ստեղծման ու ձևավորման դարաշրջանում դեռևս չէին մտել ֆեոդալական կյանքի հունը և պահպանում էին տոհմական կարգերի(կլանի) տարրերը:

Մոռացության էր տրվում նաև ֆեոդալների և ֆեոդալական արտոնությունների դեմ ժողովրդի մղած պայքարը, որն իր արտահայտությունն է գտել էպոսում, հենց թեկուզ այն սքանչելի տեսարանում, երբ Դավիթը քանդում է գազանանոցի պատերը, դրանով իսկ (իբրև թե կենդանիների և որսորդական արվեստի նկատմամբ ունեցած հարգանքից) ժխտելով որսի տեր համարվելու ամեն մի իրավունք և նույնիսկ հաշվի չառնելով հարազատ հոր, իր համար սրբազան, հիշատակը: Չէ՞ որ դա արգելանոցի ոչնչացում էր, որի համար պայքարում էին (ոչ միայն Հայաստանում) աշխատավորական խավերը, որոնք չունեին ոչ հող, ոչ ջուր. ոչ էլ որսի հնարավորություն: Դավթի և Ռոբին Հուդի մտքերի զուգադիպությունը պակաս ուշագրավ չէ, քան արդարև քաջարի և հայոց պատմության մեջ փառաբանված իշխան Թեոդորոս Ռշտունու անվան հիշատակումը արդեն ոչ թե առասպելական, այլ ֆանտաստիկ մի զրույցում:

Մոռացության էր տրվում նաև հին Հայաստանի իրական կյանքի մի շարք կողմերի արտացոլումը, ինչպես, օրինակ, էպոսում չափազանց ընդգծված կրոնական հանդուրժողականությունը: Թեև «խաչապաշտ» (այդպես են անվանվում սովորաբար հեքիաթներում քրիստոնյաները) գեղեցկուհի Ծովինարին «կռապաշտ» խալիֆին կնության տալու անհրաժեշտությունը վրդովմունք է առաջացնում, սակայն ոչ ոք չի տարակուսում, թե աղջիկը կարող է տուժել հավատի հարցում, կարծես նախապես վստահ են, որ խալիֆը «խաչապաշտ» կնոջ հետ կընդունի նաև հայ հոգևորականին: Եվ հիրավի, խալիֆին բնավ չի զայրացնում այն, որ իր պալատներից մեկում ապրելու է քրիստոնյա քահանան: Էպոսում հետագայում էլ քրիստոնեությունը չի հակադրվում որևէ այլ դավանանքի: Պայքարը մղվում է բռնակալների, զավթիչների, Սասնա թշնամիների դեմ,անկախ նրանց դավանանքից, քրիստոնեական եկեղեցին ոտնձգությունից պաշտպանելու ձգտումից:

Չէ՞ որ Մարութա Բարձրիկ Աստվածածին վանքի կործանումը դիտվում է իբրև բռնության ակտ և ոչ թե սրբության դեմ կատարված ոտնձգություն, որն արտացոլեր բռնակալների և հարձակման ենթարկված սասունցիների դավանանքի տարբերությունը: Եկեղեցում կատարված չարիքից փրկված հոգևորականին Ղավիթը վերաբերվում է հեգնանքով, իմանալով, որ եթե նա իր մոտ է եկել, ապա կամ աղն է պակաս, կամ մաղը, կամ մոմ է ուզելու, կամ խունկ:

Դավիթ կանչեց սարկավագին, ասաց.
— Տեսնե՛մ, արի էստեղ, ի՞նչ կ'ասես,
Էն ի՞նչ է պակաս իմ վանքին.
Խունկն է պակաս, ձե՞թն է պակաս, ինչի՞ էկար.
Շուտ ա՛ռ, զընա՛, քո ժամուն հասի՛ր:

Հոգևորականների հանդեպ ցուցաբերվող վերաբերմունքի տեսակետից բնորոշ է այն դրվագը, երբ Արմաղանը հրաժարվում է Մըսըրից Սասուն վերադարձած իր ամուսնուն ընդունել, չուզենալով խախտել Մհերից քառասուն տարի բաժան ապրելու մասին իր արած ուխտը, իբրև պատիժ ամուսնու կատարած դավաճանության:
Ահա թե ինչ են ասում այդ կապակցությամբ հայտնվող եպիսկոպոսներն ու վարդապետները.

Օրհնած, օրենքն ի ձեռ վարդապետաց.
Քառսուն տարին բերենք, անենք քառսուն ամիս,
Քառսուն ամիսն բերենք, անենք քառսուն շաբաթ,
Քառսուն շաբաթ բերենք, անենք քառսուն օր,
Քառսուն օր բերենք, անենք քառսուն սհաթ:
Ծուռ տերտեր մ'էլ կար՝ ասաց.
— Քառսուն սհաթ բերենք, անենք մըկա:
Վարդապետ մ'էլ պահպանիչ մի ասաց.
Ասաց.— Աստված ձեզ թողություն շնորհե,
Էլեք, գացեք, էղեք էրիկ-կընիկ:

Ծանր երդման այս սրամիտ լուծումը, հատկապես «ծուռ տերտերի» ավելացրած խոսքերը իրենց հումորական հագեցվածությամբ մի կողմից կարծես արձագանքում են 5-րդ դարի պատմիչ Փավստոս Բյուզանդի մեջբերած զրույցին՝ Հովհան եպիսկոպոսի մասին, որն օգտագործելով իր հոգևոր աստիճանը ավազակից խլում է նրա ձին, մյուս կողմից, հիշեցնում են հումորով լի միջնադարյան հայ առակները, որտեղ վառ կերպով ներկայացված է հոգևորականության ուխտադրժությունը, կաշառակերությունն ու նենգությունը:

Արդյոք կարելի՞ է ասել, թե ո՞ր թվականին է լույս աշխարհ եկել ժողովրդական էպոսը՝ տասնյակ սերունդների կոլեկտիվ ստեղծագործության պտուղը, եթե նրա հիմնական առանցքը պատմական որոշակի իրադարձություն չէ, որի ժամանակաշրջանն ու վայրը նշված լինեին տեսնելու, շոշափելու, կարդալու կամ վերծանելու ենթակա որևէ հուշարձանով: Ժողովրդական դյուցազնավեպի ճշգրիտ թվականը որոշելու փորձն արդյոք նույնքան անիրագործելի չէ՞, որքան այն, որ գետի հոսանքը, ջրի համն ու գույնն ուսումնասիրելով փորձես որոշել, թե ե՞րբ է ծնվել այն առաջին առվակը, որը հզոր գետի վերածվելով՝ իր ալիքներն է տանում դեպի մեծ ծովի աղի ջրերը:

Բացի երկրաբանից, որը գիտե զանազանել շերտավորված նստվածքները, հաշվել հնէաբանական արժեքավոր մնացորդներ պարունակող հարյուրավոր ու հազարավոր նուրբ, խստորեն չափավորված պարբերական շերտեր, նրանից բացի ով կհանդգնի լուծել այս խնդիրը:

Սակայն ի՞նչը կարող է ավելի դյուրին լինել, քան որոշել՝ ե՞րբ է գետն իր հունը փոխել, եթե ջուրը քանդել տարել է իր նոր ճանապարհին ընկած, պատմական կյանքով ապրող մի քաղաք, որի ավերակները արևոտ օրերին պարզ երևում են վերևում ծփացող հստակ ջրի հատակին: Այստեղ երկրաբանն իր տեղը զիջում է պատմաբանին: Պատմական գիտությունը, որը տիրապետում է մարդկային ձեռքերի սխրագործությունները հետազոտելու բազմազան եղանակներին, կարող է մեծագույն ճշգրտությամբ որոշել, թե՛ այդ քաղաքի գոյության ժամանակը, թե՛ այն թվականը, որով նշված են նրա վերջին օրերը, վրա հասած աղետից առաջ:

Նույն դժվարություններն է հարուցում նաև ժողովրդական էպոսը, այն էլ մի այնպիսի էպոս, որն ընդգրկում է մի քանի սերնդի պատկանող հերոսների կյանքը, առասպելական գործերն ու սխրանքը: Այդ հերոսներն իրենց վրա և իրենց մեջ կրում են հարյուրավոր շերտավորումներ, որոնք գոյացել են մարդկային հասարակության աճին ու զարգացմանը համընթաց, երբ մարդն սկսում էր պատկերացում կազմել բնության, նրա ուժերի և այդ բնության մեջ տեղի ունեցող պայքարի մասին:

Էպոսի առասպելական մասերի թերագնահատումը, գրեթե արհամարհական վերաբերմունքը «հեքիաթային» տարրերի նկատմամբ (դրանք իբր թե եղծում են հայ հերոսների փառահեղ սխրագործությունների պատմությունը) հետազոտողներից ոմանց բերին այն եզրակացության, թե մենք էպոսի ծագումը պետք է վերագրենք մեզանից մեկ հազարամյակ առաջ ընկած ժամանակաշրջանին:

Իրականում գործը բոլորովին այլ բնույթ ունի: Հնարավորություն կա հաստատելու, որ էպոսում ընդգրկված հիմնական դրվագները իրենց ձևավորումն ստացել են մոտ մեկ հազարամյակ առաջ, առասպելական հերոսների սխրագործությունները հարմարեցվել են արաբ նվաճողների դեմ հայ ժողովրդի մղած համառ պայքարի իրադրությանը:

«Սասունցի Դավթի» ձևավորման ժամանակաշրջանը բնորոշելու համար մեծ նշանակություն ունի այն հանգամանքը, որ էպոսի բաժիններից մեկում մենք գտնում ենք 7-րդ դարում Հայաստանի դեմ կատարված արաբական արշավանքի արտացոլումը, արաբ հարկահանների առկայությունը:

էպոսի ստեղծումն ու ձևավորումը պետք է վերագրել այն ժամանակաշրջանին, երբ Հայաստանում հաստատվեց (ոչ անմիջապես) արաբական տիրապետությունը:

Այս կապակցությամբ չափազանց մեծ արժեք է ներկայացնում աննշան թվացող մի մանրամասնություն: Այնտեղ, ուր խոսվում է խալիֆի մասին, նա շարունակ «կռապաշտ» է հորջորջվում: Այդ հորջորջումը երկար ժամանակ պահպանվում էր Թուրքիայում ապրող հայերի շրջանում: Սա անշուշտ ոչ թե մահմեդականների «միաստվածությունը» ժխտելու ցանկությունից էր բխում, այլ մահմեդականների շրջապատում տեղի ունեցող խոսք ու զրույցի մեջ «մուսուլման», «մահմեդական», «իսլամ» բառերից խուսափելու անհրաժեշտությունից:

Սակայն էպոսում տրվում է «կռապաշտ» բառի հետագա մեկնաբանությունը, երբ այն գործ է ածվում խալիֆի հասցեին, «կռապաշտ» բառից կարծես հառնում է մի ամբողջ միջադեպ, մի ամբողջ պատմություն այն մասին, թե ինչպես խալիֆն աղոթում է իր կուռքերին, թե ինչպես խալիֆի մեհյանում դրված կուռքերից «Կրտսեր կուռքը» խալիֆին չի օգնում, և օգնության է հասնում «Երեց կուռքը», թե ինչպես կուռքերը խալիֆից մարդկային զոհաբերություն են պահանջում, թե ինչպես կարող է պահպանվել կամ չպահպանվել մարդկային զոհաբերության ծեսը: Մինչդեռ բոլոր բանասացները, առանց բացառության, տասնյակ տարիներ հարևանություն են արել մահմեդականների՝ թուրքերի կամ քրդերի հետ և հիանալի գիտեն, որ իսլամի մեջ ոչ մի կուռք էլ չկա:

Մովսես Խորենացու և Թովմա Արծրունու երկասիրություններում հիշատակված հայկական հինավուրց ավանդության համաձայն, Սանասարի (ո՛չ էպոսի հերոսի) հայրը ասորական Սենեքերիմ թագավորն է, որին, ըստ Աստվածաշնչի և ասորական աղբյուրների, սպանել է իր որդին: Այսպիսով, սույն մանրամասնության մեջ (բնավ ո՛չ պատահական) պահպանվել է էպոսի զարգացման նախնական էտապի արձագանքը, մի էտապ, որը նախորդում է հայերի ծանոթացմանը իսլամին, նախորդում է արաբական նվաճմանը և կապ ունի առավել հին շրջանի պատմական փաստերի հետ: Նշանակալից է այն, որ վարիանտներից մի քանիսում խալիֆի փոխարեն հանդես է գալիս Սենեքերիմ թագավորը:

Մյուս կողմից, երկրորդական թվացող մի մանրամասնություն ևս վկայում է, որ «Սասունցի Դավթի» մեջ արտացոլված են էպոսի ձևավորման ընդունված ժամանակաշրջանից ավելի ուշ կատարված պատմական մոմենտներ: Այն զորքերը, որոնց հետ Դավիթը կռվի է բռնվում Խանդութ խաթունի մոտ գնալիս, ուղարկված էին օտարազգի բռնակալ Պապ-Ֆրենկի կողմից, որի անվան մեջ դժվար չէ կռահել «ֆրանկների պապին» — Հռոմի պապին: Հայերը ֆրանկների և պապի մասին գիտեն միայն խաչակրաց արշավանքների շրջանից: Սակայն Հռոմի պապի «պատմությունը» և «ֆրանկությունը» էպոսում ոչ մի այլ կերպ չի արտացոլված, բացի նրա անվան հիշատակումից (հայերը ֆրանկ են անվանում առհասարակ բոլոր եվրոպացիներին, խաչակրաց արշավանքների մասնակիցներին, իսկ ժամանակակից խոսակցության մեջ՝ կաթոլիկներին, անկախ նրանց ազգությունից):

Չափազանց հետաքրքրական է այն հանգամանքը, որ էպոսում հիշատակված պատմական գլխավոր անուններից ոչ մեկը չի վերաբերում 10-րդ դարի առաջին կեսից ուշ ընկած ժամանակաշրջանին: Եթե շարունակեին էպոսի մեջ թափանցել հետագա շրջանի պատմական խոշոր անձանց հետ առնչվող փաստերը, ապա այդ անուններն իրենց արտացոլումը կգտնեին պոեմի այս կամ այն բաժնում: Ժողովրդական էպոսի առանձնահատկությունը, եթե այն որևէ չափով շոշափում է պատմական իրադարձությունները, այն է, որ այնտեղ նույնիսկ երկրորդական գործող անձինք ունեն իրենց անունները, քանի որ վիպերգության մեջ ոչ մի հերոս առանց անվան չի կարող գործել:

Էպոսի ձևավորման ժամանակաշրջանը որոշելու փորձեր կատարելիս պետք է հաշվի առնել նաև էպոսի առանձին մասերը, հատկապես Դավթին վերաբերող մասերը՝ փոքրասիական հույների և արաբ նվաճողների պայքարն ու սահմանագծային ընդհարումներն արտացոլող բյուզանդական «Ասք Դիգենիս Ակրիտասի մասին» էպիկական պոեմի հետ զուգադրելու հնարավորությունը: Այդ պոեմի մի շարք մոմենտներ, որոնք ռուս գրականության մեջ մուտք են գործել ոչ ուշ քան 12-րդ դարը, «Սասունցի Դավթին» վերաբերող ասքի մերձավոր զուգահեռներ են:

Հետազոտողները հայկական հին տարեգրություններում և հայ հին հեղինակների մոտ համառորեն տեղեկություններ էին որոնում հայկական մեծ էպոսի մասին, սակայն ապարդյուն:

Ինչպես Փոքր Մհերի համար տեղ չկար հին աշխարհում, այնպես էլ գրքերում տեղ չկար հայ ժողովրդի հույսերն ու ձգտումները հիշատակելու համար, ժողովուրդ, որ հող էր հերկում, իր անասուններն արածացնում, հանապազօրյա ծանր աշխատանքով վեր խոյացնում վիթխարի տաճարների և հզոր ամրոցների պատերը:

Չէ՞ որ այդ գրքերը տասնհինգ դար շարունակ գրել են այն դասակարգի մարդիկ, որոնք օգտագործելով նյութական ու հոգևոր բարիքներ ստեղծողների աշխատանքը, փակվում էին ամրոցներում, ոչ այնքան հայրենիքի պաշտպանության, որքան այդ ամրոցները կերտողների վրա իրենց իշխանությունն ամրապնդելու համար: Ո՞ւմ հայտնի չէ, որ ամրոցներ էին կառուցվում ո՛չ միայն այնտեղ, ուր կարող էին ներխուժել օտարազգի զորքերը, այլև այնտեղ, ուր բխում էր Հայաստանի կենարար ուժը՝ ջուրը: Ո՞ւմ հայտնի չէ, որ այդ ամրոցներում բազմում էին հող ու ջրի տերերը՝ ինչպես Սանասարի սպանած վիշապը կամ Մեծ Միհրի ձեռքով դիտապաստ ընկած դևը: Բազմում էին հողի ու ջրի տերերը:

Հին պատմիչների մոտ հիշատակություն չկա էպոսի, հատկապես նրա առավել իրական, սակայն ֆանտաստիկ բնույթ կրող մասերի վերաբերյալ, որտեղ գլխավոր հերոսների դերում հանգես են գալիս ներքնախավի ընդերքից ելած մարդիկ, որոնք սովոր են հովվական մահակ կամ գութանի մաճ բռնելու, սակայն չեն զանազանում հին, ժանգոտած զենքը իսկական կռվի համար պիտանի զենքից, մարդիկ, որոնք պատրաստ են մարտի նետվելու զինված նույնիսկ խաչերկաթով:

Սակայն էպոսի այն մասերի վերաբերյալ, որոնք զուտ առասպելական բնույթ են կրում, հին հեղինակների մոտ կան որոշ ակնարկներ: Դրանց թվում պետք է հիշատակել Մովսես Խորենացու անունը, որը խնամքով պահպանել է Հայաստանի հնագույն կոսմիկական էպոսի բազմաթիվ հատվածներ և սիրով հաղորդում է այն զրույցները, որոնք արտացոլում են հայոց թագավորների ու իշխանների փառահեղ գործերը, ասորական մեծ թագավորների հետ նրանց ունեցած ազգակցական կապերը, սակայն չի հիշատակում նրանց, ում այնքան սիրում և օգնում էր Դավիթը:

Հին հեղինակների ուշադրությունը չեն գրավել ո՛չ հովիվները, որոնց տնական հյուրասիրության մասին հոգալով՝ Դավիթը հարուստներից ու քահանաներից խլում է նրանց համեղ ուտելիքը, ո՛չ էլ հողի մշակները, որոնց իր հզոր ձեռքերի և իր ամեհի նժույգի զորությամբ օգնության է հասնում Դավիթը՝ մի ժամում գլուխ բերելով նրանց կատարելիք բազմօրյա աշխատանքը:

Սանասարի մասին Մովսես Խորենացու և Թովմա Արծրունու ասած խոսքերը վերաբերում են ոչ թե էպոսի հերոսներին, այլ կիսառասպելական հին իշխաններին՝ Արարատյան դաշտ տեղափոխված ասորական արքունի տան շառավիղներին: Նրանց մասին արված հիշատակությունները արտացոլումն են ասորական թագավորների այն բուն պատմական արշավանքների, որոնք ուղղված էին մի երկրի դեմ, որը երկու-երեք դար հետո կոչվեց Հայաստան, իսկ այդ արշավանքների ժամանակ կրում էր Ուրարտու անունը:

«Սասունցի Դավիթ» էպոսին ամենամակերեսային ձևով անգամ ծանոթանալիս պարզ է դառնում, որ կենտրոնական տեղը գրավում են ոչ թե սկզբում նկարագրված հնագույն հերոսները, ոչ թե այն հերոսը, որով վիպերգությունը եզրափակվում է,այլ ըստ ժամանակագրության միջանկյալ, երրորդ սերնդին պատկանող հերոսը: «Սասունցի Դավիթ» մեջ վիպերգված է ընդամենը չորս սերունդ: Մինչդեռ էպոսի հիմնական դեմքը Դավիթն է, որի սխրագործություններն արտացոլող զրույցը տիրապետող է վեպի բոլոր վարիանտներում, և որն օժտված է թե՛ իր նախնիներին՝պապին ու հորը, թե իր որդուն հատուկ բնավորության գծերով:

Երբ խոսվում է ժողովրդական էպոսի մասին, բնականորեն պետք է որոնել այն միջուկը, որի շուրջը հյուսված է տվյալ էպոսը, և այն ձնն ու նշանակությունը, որ նա ստացել է իր զարգացման ընթացքում:

Բերենք մի օրինակ բոլորովին այլ միջավայրից: Վերցնենք Տրիստանի և Իզոլդայի սիրավեպը: Կարելի է վիճարկել (անձնապես ինձ համար դա արդեն միանգամայն պարզ հարց է), թե ի՞նչն է տվյալ վեպում ավելի էականը՝ առասպելական կո՞րիզը, վեպը որպես կելտերի կոսմիկական պատկերացումների, գաղղիական աքերի, Բրիտանական կղզիներում, Իռլանդիայում և անգլո–սաքսոնական ապազա երկրում տիրապետող աքերի արտացոլումը դիտելու հնարավորությո՞ւնը, թե՞ այն, որով վեպը մեզ հասած իր ձևով բնորոշվում է որպես 12-րդ դարի ասպետական վեպ: Աներկբա է, որ այդ վեպն ստեղծվել է այն ձևով, ինչպես մենք գիտենք, համենայն դեպս ո՛չ կոսմիկական կերպարների շուրջը, այլ սքանչելի ասպետի և հիասքանչ ասպետական կնոջ, տվյալ դարաշրջանի համար միանգամայն իրական կերպարների՝ Տրիստանի և Իզոլդայի շուրջը, որոնք և կրում են իրենց վրա վեպը հորինող բանաստեղծներին ու բանաստեղծներին հնագույն դարերից հասած անթիվ, անհամար մտապատկերների շերտավորումները:

Նույնանման երևույթ է տեղի ունեցել նաև Սասունցի Դավթի հետ: Կասկածից դուրս է, որ մեզ հասած էպոսի բաղադրիչ միջուկը Դավթի մասին հյուսված աքն է: Հիշեցեք, թե խեցու մեջ ինչպես է մարգարիտ գոյանում: Քանի դեռ խեցու մեջ աննշան ավազահատիկի ձևով կողմնակի մարմին չի ներթափանցել, քանի դեռ այս առիթով կենդանին չի հիվանդացել, և նրա վրա չի գոյացել չնչին, աչքի համար անտեսանելի կրաշերտ, ոչ մի մարգարտի մասին խոսք լինել չի կարող: Այնուհետև այդ ելուստի շուրջը շերտավորվում են աղերի ազդեցության տակ գոյացած նստվածքները, և ի վերջո ստացվում է սքանչելի մարգարիտ, որը հետագայում կարող ենք դիտել ու հիանալ:

Նույնն է տեղի ունենում ժողովրդական յուրաքանչյուր ավանդության հետ. նրա հիմքում թերևս աննշան մի կորիզ է ընկած, սակայն այդ կորիզն իր վրա նորանոր շերտեր է ընդունում և հաճախ վերածվում մարգարտի, որը տասնյակ և հարյուրավոր սերունդների ստեղծագործության արգասիքն է: Այսպես է ստեղծվել նաև «Սասունցի Դավիթ» էպոսը:

Սասունցի Դավթի՝ հայ ժողովրդի սիրած հերոսի մասին հյուսված աքի հիմքում թերևս ընկած է աննշան մի փաստ, որի շուրջը և գոյացել են հերոսի չտեսնված սխրագործությունները փառաբանող մի շարք զրույցներ:

Եթե էպոսը բաժանենք բաղադրիչ մասերի, ապա կտեսնենք, որ

ամենապատմական մասը արաբներին Հայաստանից արտաքսելու դրվագն է: Երկրային ամենաիրական գծերով բնորոշվում է հատկապես այս բաժինը, այստեղ էլ միաժամանակ կարելի է նկատել մի շարք հանգամանքներ, որոնք հնարավորություն են տալիս էպոսի հիմնական կորիզի ստեղծումը վերագրելու նկարագրվող իրադարձություններից ավելի ուշ շրջանի: Իրադարձությունների ստեղծման միջև պետք է, որ ընկած լինի համեմատաբար ավելի քիչ ժամանակամիջոց: Սրա օգտին է խոսում և այն շրջանի Ճշգրիտ անվանումը, որտեղից զորքերն են եկել, և այն, որ հազարամյակի ընթացքում գոյացած անթիվ, անհամար անախրոնիզմների առկայությամբ, իսկ հիմնական կորիզում չկան իրականությանը բացահայտորեն հակասող անախրոնիզմներ: Ամեն ինչ մեզ տանում է դեպի 10-րդ դարը և ո՛չ ավելի ուշ ընկած շրջան:

Էպոսի առանցքը, անկասկած, կազմել է սասունցիների արաբ նվաճողների դեմ դուրս գալու և նրանց ջախջախելու իրադարձությունը: Այլ հարց է, որ Թովմա Արծրունու հիշատակած Սասնա ապստամբությունը փոքր տեղամաս է ընդգրկում, որ այդ ապստամբությանը միայն երկու հարյուր հոգի են մասնակցել, որ երկրից արտաքսվել է ոչ թե արաբական խալիֆը, այլ շարքային մի հարկահան: Ժողովրդի հիշողության մեջ պատմական կոնկրետ փաստին ավելացել են զանազան հարակից զրույցներ, և դրանց մեջ գերմարդկային հատկություններ են վերագրվել շարքային, սովորական մի մարդու, որը սակայն հերոս է, իր կյանքն է նվիրաբերել հայրենիքին, համախմբել իրոք թույլ, իրոք անօգնական, վատ զինված լեռնցիների ուժերը, նրանց հանել այն ժամանակվա իմաստով հիանալի զինված արաբական զորախմբերի դեմ: Նույն հերոսին են վերագրել այն բոլոր հատկանիշները, բնավորության այն բոլոր գծերը, որ այդ ժամանակ ունեցել է երգեր հյուսող, եղելություններ վիպող ամբողջ ժողովուրդը: Ժողովրդին հատուկ այս գծերի հանրագումարից էլ հենց ստեղծվում է հերոսի կերպարը, հերոս, որ գերազանցում է արդեն մարդկային չափանիշները, դառնում է հսկա, ընդունակ յուրացնելու մարդկային առօրյա կյանքի սահմաններից բացահայտորեն դուրս եկող հատկանիշներ:

Ճիշտ նույն եղանակով են գոյացել նաև այն զրույցները, որ մեզ են հասել Արևմտյան Եվրոպայի առանձին ժողովուրդների էպոսից և այլ կարգի ստեղծագործություններից: Հիրավի, հավաստի փաստ չի կարող համարվել այն, որ մի ասպետ, ինչքան էլ նա խիզախ լինի, կամրջին կանգնած կարողանա դիմագրավել մի ամբողջ բանակի, և ինքը մնա անխոցելի: Ոչ ոք չի տարակուսում, որ Ռոնսևալի դեմ փայլուն հաղթանակտարած Ռոլանդի պատմությունը արտացոլում է ոչ թե Ռոլանդի անձնավորությունը, այլ այն ամբողջ դասակարգը, որի ներկայացուցիչն էր նա:

Իսպանացի հերոս Սիդի պատմությունն անշուշտ պարունակում է տասնյակ գծեր, որ ոչ մի կերպ չի կարելի վերագրել առանձին մարդու: Նա այնպիսի ահավոր ուժով է օժտված, որը հատուկ չէ մի մարդու:

Նման պատմությունների գոյացման ընթացքը միանգամայն նույնն է և խոր անցյալում, և՛ մերձավոր ժամանակներում:

Հյուսելով իր զրույցը Յուսուֆի զորաբանակը կոտորող խութեցի պատանու վերաբերյալ, հայ ժողովուրդը պետք է որ մտածեր իր այդ հերոսի համար արժանավոր հարազատներ գտնելու մասին, քանի որ ժողովրդի պատկերացմամբ անտոհմ մարդը չի կարող հերոս լինել, մինչդեռ հերոսը, այն էլ բազմաթիվ դարեր ապրած հերոսը, ժողովրդի պատկերացմամբ պետք է ունենա և՛ հայր, և՛ պապ, պետք է քաջ հայտնի լինի իր ծագմամբ: Այստեղ կատարվում է նույն հետաքրքիր երևույթը, ինչ տեղի է ունենում մյուս ժողովուրդների տասնյակ հերոսների հետ: Զուտ երկրային ծագում ունեցող, հոգեկան բարձր հատկանիշներով օժտված և սխրագործությունների ընդունակ մարդուն վերագրվում են դյուցազնական առասպելական կերպարներին հատուկ գծեր: Ազգակցական կապ է հաստատվում տվյալ ժողովրդի մեջ ապրող առասպելական հնագույն կերպարների և այն հերոսի միջև, որը եղել է բանասացների պապերի ժամանակակիցը:

Դավիթը պետք է նախնիներ ունենար, և նրա համար ժողովուրդը հայր է ընտրում կիսաստված մի հսկայի: Միհրը այնքանով է մարդկային, որ երկնքից երկիր է իջել: Ավելին, պատմվում է նաև Միհրի հոր մասին, որը սաղմնավորվել է դեռևս այն ժամանակաշրջանում, երբ աղջիկը կարող էր հղիանալ ջրից: Այսպիսով, Սանասարը ծնվում է այն կույս աղջկանից, որի անունը զրույցներից մի քանիսում ակնբախ կերպով առնչվում է Առաջավոր Ասիայի աստվածուհիների հետ և, մյուս կողմից, ժողովրդական զրույցներում տարածված ձևով նշանակում է «ծովածին»: Ծովինարը Սանասարին ծնում է ժայռի միջից հանկարծ բխած աղբյուրի մի կում ջրից: Սանասարի և Քաջանց թագավորի հիասքանչ աղջկա – կիսահողածին կախարդների արքայի դստեր ամուսնությունից ծնվում է Միհրը, և այսպիսով, հաստատվում է Դավթի վերընթաց ծննդաբանությունը:

Սակայն էպոսի կառուցվածքի պատճառով, այն պատճառով, որ Դավթի կերպարը մարմնավորում է հայ ժողովրդի բոլոր իդեալները, այս պատճառով, որ այդ հերոսը պետք է մնա, ապրի, քանզի այլապես նրա հետ կմեռնի ամբողջ ժողովուրդը, հարուցվում է Դավթի որդու հարցը: Եվ ժողովուրդը նրան որդի է տալիս: Բայց քանի որ էպոսի գոյացման ժամանակ երբեք չեն ստեղծվում առանձին նշանակալից մանրամասնություններ, իբրև որևէ բանասացի նորաստեղծություն, ուստի և, ըստ անհրաժեշտության, Դավթի որդու կերպարը միայն պապի բնավորության գծերի կրկնությունն է:

Կարող է հարց ծագել, ինչո՞ւ միանգամայն հողածին Դավթի որդին պետք է ծնվեր իբրև հսկա, որն ավելի է կապված բնության ուժերի, տիեզերական ուժերի հետ, քան Դավիթը: Ուղղակի այն պատճառով, որ այդ որդուն վիճակված էր ինչ-որ միանգամայն հեքիաթային վախճանի հասցնել ժողովրդի իդեալները: Եվ ահա այս պատճառով Միհրը պետք է մնար անմահ, կամ էլ էպոսը պետք է նրա համար ստեղծեր անհամար հետնորդներ, որոնք աստիճանաբար մանրանալով հասնեին այն օրերի մարդու կերպարին, երբ ստեղծվել են «Սասունցի Դավթի» վարիանտները: Սակայն ոչ մի բանասաց խնդրին այդպիսի լուծում չի տվել: Հերոսական էպոսը միշտ էլ խզվում է, եզրափակվում զորավոր կերպարով: Դյուցազունները կամ առանց որևէ հետք թողնելու զոհվում են, կամ դառնում քար, պարփակվում այդ քարի խորքում, սակայն երբեք չեն թողնում բազմաթիվ և բազմադարյան կյանքի ընդունակ ժառանգներ:

«Սասունցի Դավիթ» էպոսում հին հայերի կոսմիկական հնագույն պատկերացումները, հնադարյան առասպելները, որոնք ստեղծվել են Հայաստանի նախապատմական կյանքի հազարամյակների ընթացքում, և ականատեսների ու նրանց հետնորդների հիշողության մեջ դրոշմված պատմական իրադարձությունները միաձուլվել, մի միասնական ամբողջություն են կազմել, երանգավորված պատմականության արտաքին երևույթով:

Այս իրադարձությունները իրենց լայնությամբ ու զորությամբ, ժողովրդի դրսևորած կոլեկտիվ հերոսության ուժով հարմար հիմք են ծառայել, որի վրա էլ հնագույն առասպելները կուտակվել են, ընդունել հստակ և կուռ ձևեր: Դրանք վեր են ածվել հերոսներին փառաբանող կապակցված պատմությունների, հերոսներ, որոնք այդ դյուցազնաշրջանի չորս սերնդի գոյաշրջանում ընթացել են իրենց տիտանական ուժի կրճատման, իրենց գերմարդկային չափերի նվազման ուղիով, աշխարհի վերևում ծավալվող արեգնափայլ անսահմանությունից և զեղածիծաղ ծովի անչափելի խորությունից իրենց անմիջական կապը խզելու ճանապարհով:

Հերոսները կորցնում են իրենց երկնա-ծովային հրեղեն ձիով ծովի անդունդից դեպի կիզիչ արևի սկավառակը սլանալու ունակությունը, որպեսզի հիմնավոր բնակություն հաստատեն երկրի վրա, անգիտակցորեն կապ են պահպանում միայն մի տարերքի, հույժ կենարար տարերքի՝ ջրի հետ:

ԷՊՈՍԻ ԺՈՂՈՎՐԴԱՅՆՈՒԹՅՈՒՆԸ

Հետազոտողներից ոմանք, նշմարելով էպոսի մեջ մտնող մի շարք զրույցների պատմական աստառը, ջանում էին այն բացահայտել, և այդ աշխատանքի ընթացքում ստեղծվեց էպոսի ծագման ֆեոդալական այն կոնցեպցիան, որն անհուսալիորեն փակուղու առաջ է կանգնում, հենց որ հաշվի է առնվում հերոսների աշխարհայացքը, նրանց խորշանքն ընչաքաղցության, իշխելու ծարավի նկատմամբ, բազմիցս դրսևորված անմիջական թշնամանքը թագավորների, կառավարողների, ազնվատոհմների հանդեպ: Այս փակուղին ֆեոդալական կոնցեպցիայի համար դառնում է անելանելի, քանի որ ժողովրդի ընդերքից ելած հերոսը գահ չի բարձրանում, ոչ էլ իշխանական դղյակի տիրակալ է դառնում, քանի Դավիթը ձգտում է վանել ոչ միայն զավթիչներին՝ թագավորներին, այլև ազնվատոհմներին, որոնց փոխարեն նա նշանակում է «հասարակ մարդկանց», քանի որ Միհերը դուրս է գալիս ո՛չ թե օտարերկրացիների, այլ Հայաստանում իշխող արյունակից բռնակալների դեմ՝ այն հաստատ հավատով, որ եթե նույնիսկ ընկնեն սասունցիները, միևնույն է՝ «նրանց գերեզմաններին էլ չեն կարողանա մոտենալ թագավորները»:

Չնայած այս բոլոր և բազմաթիվ այլ հանգամանքների, որոնք կարծես անհնարին են դարձնում էպոսը ֆեոդալական Հայաստանում գերիշխող խավերի ստեղծագործություն համարելը, համենայն դեպս էպոսի ծագման ֆեոդալական կոնցեպցիան ստեղծվեց: Դրա պատճառը հետևյալն է: Հաշվի չառնվեց այն, որ էպոսում արտացոլված աշխարհայացքի, դեռևս ֆեոդալական հասարակության աստիճանին չհասած հասարակության աշխարհայացքի, զգալի մասը զարգացման նախորդ փուլերի մնացուկներն ու արձագանքներն են, լինեն դրանք կոսմիկական առասպելներ, մետեորային երկաթի օգտագործման ասք, մայրիշխանությունն արտացոլող հերոսուհիների կերպարներ (Դեղձուն, Խանդութ խաթուն, Գոհար խաթուն), Քեռի Թորոսի ու նրա որդիների՝ նահապետական կարգերն ու տոհմական ընտանիքն արտացոլող նկարագրություն կամ տոտեմների մնացուկները պահպանած տոհմային կենսաձևի գծեր, որոնք արտացոլված են Սասնա կյանքի ընդհանուր նկարագրության մեջ և որոնք իրենց զուգահեռն են գտնում Թովմա Արծրունու տված Սասնա և Խութի նկարագրության մեջ:

Ֆեոդալական կոնցեպցիայի հիմքում, անկասկած, ընկած է ոչ միայն էպոսում հանդիպող հատուկ անունները բաղդատելու և անվերծանելի անախրոնիզմներն ու անատոպիզմները հաղթահարելու ճանապարհով էպոսը Հայաստանի գրավոր պատմության շրջանակների մեջ խցկելու ցանկությունը, այլև արմատապես սնանկ, սակայն ֆեոդալական աշխարհայացքով սնուցված կանխավարկումը(պրեզումցիա), որով ֆեոդալական վերնախավի շրջանակներում խստորեն սահմանափակվում է արիության ու հերոսության, սխրագործություններ կատարելու հնարավորությունը:

Հիրավի, հին դպրոցն անցած մարդկանց մեծամասնության մեջ (ինչ իմաստով էլ վերցնենք «դպրոց» բառը, լինի դա տարրական, միջնակարգ թե բարձրագույն) տասնյակ տարիներ շարունակ մի՞թե չի արմատավորվել այն գիտակցությունը, թե սխրագործություններ կատարողները եղել են ազնվական դասին պատկանող ասպետներ, որոնք կատարելապես տիրապետել են սուր և նիզակ գործածելու արվեստին և իրենց ձեռքերը երբեք չեն «պղծել» աշխատանքով, երբեք ձեռք չեն տվել աշխատանքի գործիքներին: Մի՞թե տասնյակ և հարյուրավոր տարիների ընթացքում չի մշակվել այն պատկերացումը, թե հոգու վեհությունը, առատաձեռնությունը, արիությունը, տառապյալին օգնելու պատրաստակամությունը, ուրիշներին բաժին ընկած չարքաշությունն իր վրա վերցնելու, հայրենիքը սրով պաշտպանելու պատրաստակամությունը կոչվում է «ասպետություն» («ասպետ», «հեծյալ» բառից, սակայն այդ հեծյալը, ի տարբերություն մյուս մահկանացուների, պետք է իր ծագմամբ իրավունք ունենար ձի նստելու): Մի՞թե տասնյակ և հարյուրավոր տարիներ շարունակ չի մշակվել այն հասկացողությունը, թե հոգու բարձր հատկանիշները պետք է որոշվեն «ազնվություն» բառով, որը մատնացույց է անում, թե իբր այդ առաքինությունները հատուկ են «ազնիվ» տոհմից սերած մարդկանց, և թե այդ առաքինությունները բնածին են:

Արդյոք զարմանալի՞ է, որ Սասնա տան հերոսների մեջ այս բոլոր բարձր ու վսեմ առաքինությունները տեսնելով, դրանք իրավացիորեն բնորոշելով իբրև ազնվության ու ասպետության դրսևորում, ֆեոդալական կոնցեպցիայի ստեղծողներն սկսեցին Սասնա հերոսների նախատիպերը որոնել այն հայ իշխանների մեջ, որոնք ըստ ծագման պետք է օժտված լինեին ազնվատոհմ ասպետներին հատուկ բնավորության գծերով և առաքինություններով:

Սակայն մենք լավ գիտենք, որ այդ վսեմ առաքինությունները բնավ էլ ազնվատոհմերին տրված շնորհ չեն եղել, լավ գիտենք, որ պատմության մեջ բազմաթիվ սխրագործություններ կատարել են այնպիսի մարդիկ, որոնք չեն ծնվել պալատական հարկի տակ, իսկ այժմ էլ շատ լավ դիտենք, որ իսկական հերոսությունը հատուկ է նրանց, ում համար մատչելի է սրի, մուրճի ու մանգաղի սխրագործությունը, գիտենք, որ սուրն ավելի ամուր է բռնում այն ձեռքը, որ սովոր է բռնելու մուրճը և գութանի մաճը, գիտենք, որ թշնամու գլխին սուրն ավելի ուժգին է իջեցնում այն ձեռքը, որը սովոր է սալի վրա երկաթ կռելու:

Սասնա դյուցազունները մնալով իբրև արիության ու հերոսության

օրինակներ, իրենց կապը չխզելով հովվի, հողագործի կամ որսորդի աշխատանքի հետ, եղել են «հասարակ ժողովրդի» զավակներ: Դավթի մահից հազար տարի հետո չարժե նրա գլուխը իշխանական խույրով զարդարել. դա նրան այնպես սազական չէ, ինչպես վայել է նրան ամենակործան Թուր-Կայծակին:

Էպոսի ծագմանը վերաբերող ֆեոդալական կոնցեպցիայի գոյացման պատճառը կարելի է մեկնաբանել երկու բառով: Հայ ժողովուրդը մեծարանքի ու հարգանքի հասկացությունը արտահայտելու համար ֆեոդալական դարաշրջանից ժառանգել է «պատիվ» բառը, որը տառացիորեն նշանակում է իշխանական խույր, ապարոշ: Եկեք Դավթին մատուցենք իրեն և մյուս դյուցազուններին վայել հարգանք ու պատիվ, առանց նրա գլխին հագցնելու իշխանական խույրը, որից հերոսը խորշում էր իր կենդանության օրով:

Վերջապես, եթե արաբների տիրապետության դեմ ուղղված պայքարը, օտարերկրյա զավթիչների արտաքսումը պատկերող էպոսը չստեղծվեր ամրապնդված ֆեոդալիզմի դարաշրջանում, ֆեոդալական հասարակության ներքնախավերում, ֆեոդալական Հայաստանի ժողովրդական զանգվածներում, ապա հերոսական գործեր դրսևորող զրույցները այս կամ այն կերպ կարտացոլվեին հայ պատմիչների գործերում, որոնց թիվը փոքր չէր ո՛չ 10-րդ դարում, ո՛չ էլ հետագայում: Սակայն ֆեոդալական ազնվականությունից սերած հայ պատմիչները անտեսել են էպոսն այնպես, ինչպես այն չէր ուզում ճանաչել նաև հայ բուրժուազիան, որը 19-րդ դարի վերջերին և 20-րդ դարի սկզբում, հետաքրքրություն ցուցաբերելով իր երկրի անցյալի նկատմամբ, տան պատերը զարդարում էր առասպելական հերոսների և հին Հայաստանի տիրակալների՝ Վաղարշակի, Արտավազդի և մյուսների նկարներով, մինչդեռ արհամարհանքով էր վերաբերվում այն առաջավոր անձանց աշխատանքին, ովքեր բանահյուսական նյութերի գրանցումով մոռացումից փրկեցին հայ ժողովրդի մեծ էպոսը:

Հայ բուրժուազիայի ծիծաղն էր շարժում այն իբր թե «պարծենկոտությունը», որ մի սասունցի կոտորում է թշնամու ամբողջ զորքը, թեև նույն բուրժուազիան հիանում էր ֆրանսիացի ասպետ Ռոլանդի և իսպանացի ասպետ Սիդի հերոսական արարքներով, առանց նկատելու, որ թե՛ Ռոլանդի, թե՛ Սիդի և թե՛ Բոյարդի սխրագործությունների նկարագրության մեջ նույնքան չափազանցված է մարդկային ուժը, որքան Փոքր Միհերի կամ Դավթի մասին հայ բանասացների պատմած զրույցներում:

«Սասունցի Դավիթ» էպոսը ժողովրդական է, ժողովրդական ո՛չ միայն այն պատճառով, որ ապրում է ժողովրդական զանգվածներում և պատմվում նրանց բերանով, ո՛չ միայն այն պատճառով, որ մինչև վերջին ժամանակներս, մինչև մեր օրերը ապրում է բանավոր պատմվելով,ո՛չ միայն այն պատճառով, որ բոլոր վարիանտներում լեզուն ժողովրդական է, իր կառուցվածքով հեռու հին կամ նոր գրական հայերենից, այլև, ամենից առաջ, այն պատճառով, որ հերոսների ողջ աշխարհայացքը անխզելիորեն կապված է ժողովրդական ներքնախավերի հետ, այն պատճառով, որ բոլոր հերոսները անխզելիորեն կապված են ժողովրդի հետ:

Միայն ճնշումից և հարկահանությունից հոգնած մարդիկ կարող էին ստեղծել Սասուն քաղաքի հիմնադրման հիասքանչ զրույցը, քաղաք, որտեղ Սանասարն ու Բաղդասարը ժողովրդից հարկեր չեն առնում, մարդկանց չեն շահագործում: Միայն իրենց՝ արյունակից հայ թագավորներից ու իշխաններից ձանձրացած մարդիկ կարող էին ստեղծել այն զրույցը, որտեղ Փոքր Միհերն ընդհարվում է ժողովրդին կողոպտող քյոխվայի հետ, որտեղ Ոստանա իշխանը որոգայթով փորձում է գերի վերցնել Միհերին և Քուռկիկ Ջալալուն, փորձ, որ չի հաջողվում հեծյալի ու ձիու դիմադրության շնորհիվ:

«Ազնվազարմների» ով և ինչ լինելը փորձելուց հետո միայն ժողովուրդը կարող էր գիտակցել «հասարակ» մարդկանցով նրանց փոխարինելու անհրաժեշտությունը:

Միայն հին աշխարհին անմիջապես կործանելու անհնարինությունից հուսաբեկված ժողովուրդը կարող էր Միհերին ուղարկել քարանձավ, որպեսզի նա այնտեղ սպասի իր օրվան, իսկ ինքը՝ ժողովուրդը մինչ այդ պետք է իրականացներ նախնական պայքարը, տեսներ և մազդեղական-բարսումեական ժողովրդական շարժման, և՛ Սյունյաց ապստամբության, և «ազնվազարմներին» հաղթելու մյուս փորձերի ձախողումը:

Չնայած իր արիությանը, ժողովրդի բարօրության համար կատարած իր սխրագործություններին, ավելի ճիշտ՝ հենց այդ առաքինությունների պատճառով հերոսներից ոչ մեկը, նվազագույն չափով անգամ, չի օգտվում իր ունեցած հնարավորություններից, չի ձգտում հատուկ իրավունքներ ձեռք բերել իր շրջապատում, չի ցուցաբերում փառասիրության նշույլ անգամ, չի ձգտում իր կամքով տնօրինել այն հողը, որի համար նա պատրաստ է տալու իր արյունը, տնօրինել այն ջուրը, որը բոլոր դյուցազունների ուժի ակունքն է, ամբողջ ժողովրդի կյանքի հիմնական պայմանը, այն ջուրը, որ նրանք ազատում են դևերից՝ նրա կենարար շիթերը ժողովրդին տալու համար:

Սասնա հերոսներից յուրաքանչյուրի համար առիթ է ընձեռվում (այն էլ ոչ թե մի անգամ, այլ բազմիցս) հասնելու բարձրագույն իշխանության և բազմելու գահին: Սակայն նրանք շարունակ հրաժարվում են այդ հնարավորությունից: Խալիֆի դատաստանը տեսնելուց հետո, ողջ մնացած զորախմբերն ու մյուս հպատակներին իրենց թրի տակով անցկացնելուց հետո Սանասարն ու Բաղդասարը հաղթողների իրավունքի համաձայն փոխանակ գահ բարձրանալու, հեռանում են խալիֆի երկրից: Նրանք մերժում են նաև իրենց պապի՝ Գագիկ թագավորի խնդրանքը, երբ սա առաջարկում է, ժառանգական իրավունքի համաձայն, բազմել իր գահին, և ճանապարհ են ընկնում դեպի իրենց կառուցած Սասունը:

Սանասարի որդի Միհրը մերժում է Իսմիլ խանումին, երբ սա առաջարկում է ստանձնել Մըսրա գահը, ինչպես Դավիթը Մըսրա Մելիքին հաղթելուց հետո չի ցանկանում բազմել Մըսրա Մելիքի գահին և այն հանձնում է Մելիքի մորը՝ Իսմիլ խանումին: Փոքր Միհրը նույնպես մերժում է իր պաշտպանության տակ առած հալեպցի քառասուն թագաժառանգներին, որոնք նրա հետ եղբայրանալով՝ խնդրում են ստանձնել Հալեպի գահը: Եվ գահից հրաժարվելու այս բոլոր դեպքերում էլ չորս դյուցազուններն իրենց հրաժարականը արտահայտում են պարզ ու անպաճույճ բառերով, մի տեսակ հուզիչ, սակայն անսասան հավատով լցված դեպի իրենց վարմունքի ճշմարտացիությունը:

Գահի հանդեպ Սասնա հերոսների ունեցած այդ վերաբերմունքին էպոսը չափազանց սուր ձևով հակադրում է իշխանների ու եպիսկոպոսների գահը ձեռք գցելու վարմունքը: Նշանակալից է իշխանների և եպիսկոպոսների պատասխանը Մեծ Միհրի այն հարցին, թե ինչպե՞ս վերաբերվի ինքը Իսմիլ խանումի առաջարկին.

Ուրիշ թագավորաց տեղ էլ կուզենք հալա զավթես:
Իսմիլ խաթուն որ կը կանչե՝ ինչի՞ չ'էրթաս:
Էտա հազըր տեղ է՛ շուտ գնա... Մըսըր տիրապետի:

Միհրը՝ ամբողջ Սասնա հույսն ու ապավենը, չի եղել ո՛չ թագավոր, ո՛չ իշխան, թեև (գուցե իր հոր՝ Սանասարի հետ ունեցած կապի հետևանքով) իրեն թույլ է տալիս կառուցելու պարսպապատ գազանանոց: Սասունցի Դավիթը և այս բոլոր հերոսները աշխարհից հեռանում են իբրև ներքնախավին պատկանող այնպիսի մարդիկ, ինչպիսիք նրանց շրջապատում էին: Այս չորս հերոսների անունները ժողովրդի հիշողության մեջ չեն աղարտվել ու խճողվել ոչ մի տիտղոսով կամ պատվավոր կոչումով:

«Սասունցի Դավթի» հերոսներն ամուսնանում են թագուհիների հետ: Սակայն այդ թագուհիները, էպոսի հերոսների հետ կապելով իրենց ճակատագիրը, կորցնում են արքունիքի հետ ունեցած իրենց առնչության ամեն մի հետք, եթե նույնիսկ տառացիորեն հասկանանք էպոսում տրված նրանց տիտղոսները:

Նշանակալից է այն, որ Փոքր Միհրի՝ աշխարհի անարդարության և շահագործման դեմ պայքարելու գաղափարը մարմնավորողի բերանով է էպոսը հայտնում հետևյալ խոսքերը.

Բա մենք Սասնա տնեն չե՞նք,

Չէ, մենք Սասնա տնեն ենք.
Մենք մեռնենք, մեր գերեզմանի վերա
Թագավորներ չեն կարնա գա.

Զարդելով Պապ-Ֆրենկի զորքերը և, ըստ երևույթին, հաշվի առնելով նաև արաբ ծերունու այն իմաստուն խորհուրդը, թե պետք է կոտորել ոչ թե բռնությամբ Սասուն բերված զինվորներին, այլ Մըսրա Մելիքին, Դավիթը գնում է հենց իրեն՝ Պապ-Ֆրենկ կոչված թագավորի հետ անձամբ իր հաշիվը մաքրելու:

Դավիթ ընկավ Բապ-Ֆրենկի էռև,
Բռնեց, էնտեղ գլուխ կտրեց:
Քաղքի մեջ ով մնացեր էր,
Էնոնց համար թագավոր դրեց.
Ջոջ մարդեր սպանեց,
Պստիկներ տեղ դրեց, ասաց.
— Քանի դուք ժիր եք, կռիվ միք էրթա:

Էպոսում հիշատակված թագավորներն ու իշխանները հանդես են գալիս որպես դժգույն ուրվականներ: Միայն Սանասարի և Բաղդասարի մասին հյուսված ճյուղում ենք տեսնում կենդանի ու լիարյուն (սակայն հեքիաթային) խալիֆին, որին հակադրվում է իր կերպարով նույնպես հեքիաթային Գագիկ թագավորը: Դա բնորոշ է մեր էպոսի համար, և մեր էպոսը խստորեն զանազանվում է ինչպես հայ, այնպես էլ Արևելքի մյուս ժողովուրդների մի շարք այլ էպիկական երկերից: Այս հանգամանքը առավել ևս համոզում է, որ «Սասունցի Դավիթը» հիրավի ժողովրդական ներքնախավերի ընդերքում ծնված վիպերգություն է:

Զավթիչ խալիֆի, Մըսրա Մելիքի կամ նրա զորավարների հասկացողությամբ գոյություն ունեցող պատերազմին սուր կերպով հակադրվում է պատերազմի այն ըմբռնումը, որն առկա է Սասնա դյուցազունների մոտ:

Խալիֆին և նրա զորաբանակը կոտորելուց հետո Սանասարն ու Բաղդասարը ոչ մի ավար չեն առնում: Գոհար խաթունի հորից կարևոր հարկ վերցնող թագավորին ջախջախելուց հետո Փոքր Մհերը գոհանում է նրանով, որ իր աներոջն ազատում է ահավոր լծից, ոչինչ չպահանջելով պարտված թշնամուց:

Առանձնապես ընգգծվում է Դավթի խորշանքը ռազմական ավարի նկատմամբ: Մըսրա Մելիքի դեմ փայլուն հաղթանակ տանելուց հետո Դավիթը մեծահոգաբար ազատ է արձակում Սասնա դեմ ելած նրա զորքը, թույլ է տալիս, որ Իսմիլ խանումը գնա Մըսըր, իսկ ինքը Քեռի Թորոսի հետ վերադառնում էՍասուն ավարով, բայց ի նչ ավարով.

Ինչ կբերեն հետներ էն կռվից.

Ոսկի բան չեն բերի:
Էնոնց բերած էղավ ջուխտ մի եզ,
Լծեցին սել. քցեցին հետևներ.
Մըսրա Մելիքի ականջ զարկեց Դավիթ նիզակի ծեր,
Դրավ վեր սելին, քաշեցին, բերին,
Քաշեցին, բերին՝ Սասնա քաղաք հասցնեն:

Դա ոչ թե «ավար» է, այլ Մըսրա Մելիքի կործանման ապացույցը, այդ «ավարն» առանձին սայլով Սասուն բերելը ավելի է ընդգծում այն, ինչ այդ անհավասար ճակատամարտում բոցավառում էր Դավթի, Քեռի Թորոսի և նրա երեսունինն ուստրերի սրտերը՝ հայրենիքի պաշտպանությունը, օտարերկրյա բռնակալների արտաքսումը, բայց ոչ երբեք զավթելու, ավար առնելու որևէ ցանկություն:

Եվ մի՞թե Դավիթը, արդարության ու մեծահոգության այդ մարմնացումը, կարող էր այլ կերպ վարվել: Երկրից հարուստ կողոպուտով հեռացած Խոլբաշու և Կոզբադնի զորախմբի դեմ անհավասար ճակատամարտում հաղթանակ տանելուց հետո Դավիթը կանչում է սասունցիներին, հայտնում, թե ինչպես պետք է ավարը բաժանել, ամեն մարդ պետք է վերցնի միայն այն, ինչ նրանից խլել են, վերցնի միայն իր սեփականությունը.

Ժողովուրդ, կընիկ, աղջիկ,
Քաղքեն տարած ալան-թալան ետ դարձուց,
Բերեց, հասուց Սասնա քաղաք,
Կանչեց ժողովուրդ, ասաց.
— Ամեն մարդ գա, իրեն ապրանք ճանչնա, վերցու:
Ուվ որ ապրանք տվե,—
Թող գա ապրանք վերցու:
Ով որ ոսկի, փող տվե,
Թող գա իրեն ոսկին վերցու:
Ով որ մեկ կոբեկ ավել վերցու,
Կը զարկեմ, գլուխ կը կտրեմ:
Ամեն իր տված թող վերցու:

Իսկ երբ Դավիթը բնաջնջում է տարիներ շարունակ Սասունը կողոպտող և իրենց քարանձավում ոսկե լեռներ կուտակող դևերին, ոսկին բաժանում է բոլորին: Ով ինչքան կարողանում է, տանում է: Դավիթը չի մոռանում նաև Քեռի Թորոսին ու նրա որդիներին, իսկ ինքը միայն մի ձի է վերցնում:

Սա նույնպես ավարառություն չէ, այլ սեփական բարիքի վերաբաժանում, բարիք, որ արդեն դադարել է առանձին մարդկանց սեփականությունը լինելուց: Այն, որ էպոսի և էպոսն ստեղծող ժողովրդի գաղափարակիր Դավիթը հրաժարվում է ավարից, բխում է ուրիշի սեփականությունը զավթելու հանդեպ տածած խորշանքից, իր սեփականությունը պաշտպանելու, սեփական բարիքները ամեն գնով վերադարձնելու պատրաստակամությունից:

Թերևս պատահականություն չէ հեքիաթներում ու զրույցներում հանդես եկող դևերի ու վիշապների բնակավայրի համընկնումը ոռոգման ակունքների մոտ ֆեոդալների կողմից ընտրված ամրոցատեղի հետ: Դևերի քարանձավներն արդյոք ժողովրդի պատկերացումը չե՞ն ֆեոդալների գանձարանների, ոսկով լեփ-լեցուն նկուղների մասին, որտեղ շեղջ–շեղջ դիզված է ոսկին, որտեղ ընկած են այնպիսի անօգտագործելի իրեր, ինչպիսին է ոսկե երկանքը:

Զարմանում ես, թե որքա՜ն խորն է ժողովրդական իմաստությունը, ժողովրդի նրբազգացությունը, որով նա ստեղծել է կերպարների մի ամբողջ շարք: Այդ կերպարները վկայում են, որ ժողովուրդը, թեկուզև աղոտ, պրիմիտիվ ձևով պատկերացնում էր իր գլխին այնքան հաճախակի եկած աղետների պատճառը: Ի՞նչ փույթ, որ այդ բարդ հարցի ըմբռնումը տրված է պրիմիտիվ ձևով, ի՞նչ փույթ, որ արաբ ծերունու խոսքը վերաբերում է միայն թագավորին, միայն Մըսրա Մելիքին: Մենք լավ գիտենք, որ պատերազմի պատճառը միայն թագավորը չէ, բայց արաբ ծերունու խրատից հետո Դավիթն ավելի շրջահայաց է դառնում, քան յոթ որդու հայր զառամյալ ծերունին: Պապ-Ֆրենկին սպանելուց հետո նա չի մոռանում, որ երկրի երեսից պետք է ջնջել բոլոր չար մարդկանց: Այստեղ ժողովուրդը արդեն բարձրանում է դեպի ազնվատոհմների մեղքով իր գլխին եկած դժբախտությունների պատճառը գիտակցելու հետևյալ էտապը, մյուս աստիճանը: Սակայն էպոսի վեհությունը ժողովրդի թշվառության իսկական պատճառների մեջ ներթափանցելն է: Ժողովուրդն իր հերոսներին ներշնչել է այն մեծ իմաստությունը, որ մարդը պետք է լինի ճշմարտացի և միշտ հավատարիմ մնա իր տված խոսքին: Միհերը գիտեր, որ իրեն աղետ է սպառնում, սակայն գնաց, քանի որ հավատարիմ էր իր տված խոսքին:

Ճշմարտացիություն — ահա այն հիմնական գիծը, որով ժողովուրդն օժտում է իր հերոսներին:

Էպոսի հերոսներն օժտված են բոլոր մեծ մարդկանց, առավել ևս ժողովրդական զանգվածներին հատուկ արդարամտությամբ ու մեծահոգությամբ: Հիշենք, թե ինչպես Միհերը չի ուզում զինված գոտեմարտել աղջկա հետ: Նա դեն է նետում սուրը, և մարդ ու զազան հավասար գոտեմարտի են մտնում իրար հետ: Հիշենք, թե ինչպես Դավիթը նախ քնից արթնացնում է հակառակորդի բանակը և ապա նետվում մարտի: Դավիթը նույնքան արդարադատ է նաև զազանների նկատմամբ, զազաններին չի կարելի սպանել զազանանոցում, որովհետև նրանք զերիներ են, իսկ գերիներին չի կարելի կոտորել: Էպոսի հերոսների մեջ խոսող այս մեծահոգությունն ու արդարամտությունը դրսևորված է նրանց մղած թեժ ճակատամարտերի պահերին անգամ:

Ժողովուրդն իր հերոսներին նկարագրելիս ճշմարտացիորեն երևան է հանում նաև նրանց թույլ կողմերը: Մհերը լավ իմանալով, որ ինքը պարտավոր է տուն վերադառնալ անարատ վիճակում, այնուհանդերձ տեղի է տալիս նենգավոր Իսմիլ խանումի գայթակղությանը և խմում է գինին:

Էպոսի հերոսներն իրենց առաքինություններով առանձնապես թանկ են մեզ՝ սովետական մարդկանց համար:

Հիշենք, թե ինչպես Սանասարն ու Բաղդասարը իրենք են տքնում (այդ հատկությունն ավանդում են նաև իրենց թոռ Դավթին), հսկայական ապառաժներ են կրում-բերում, որպեսզի նախ չքավորների համար տներ կառուցեն, ապա իրենց համար ամրոց:

Եթե նրանք իրոք ֆեոդալներ լինեին, ապա հազիվ թե այդ ձևով վարվեին: Նախ տներ չէին շինի չքավորների համար, որ նրանց չայրեր ամռան արևը, ապա՝ իրենց համար դղյակ:

Էպոսում հիանալի կերպով զուգակցված են աշխատանքից հառնող հերոսությունը ռազմի դաշտում ցուցաբերված հերոսության հետ, որը մեզ համար առանձնապես թանկ է, մենք գիտենք, որ միայն այս հերոսությամբ են զորավոր այն անունները, որ մենք հպարտությամբ ենք արտասանում, այն մարդկանց անունները, ովքեր այսօր մուրճ են բռնում, վաղը սրախողխող կանեն ոսոխին, այսօր դարբնի սալի հետ են կապված ոչ թե շղթայով, այլ աշխատանքի հանդեպ ունեցած սիրով, իսկ վաղը կսավառնեն եթերում, որպեսզի բնաջնջեն մայր երկրի սահմանները խախտողներին:

Սակայն մեզ համար Սասնա հերոսները թանկ են մի այլ պատճառով ևս: Նրանք թանկ են ժողովրդի հետ ունեցած իրենց միասնության գիտակցությամբ, այն ժողովրդի, որի զավակներն են իրենք:

Մասսաների հետ ունեցած կապը դրսևորված է էպոսի ամենահիասքանչ տեսարանում, երբ Դավիթը, Մըսրա Մելիքի դեմ կռվի գնալուց առաջ, հրաժեշտ է տալիս համաքաղաքացիներին ու համագյուղացիներին, անսահման սիրո ու խանդաղատանքի խոսքեր ասելով նրանց.

Դավիթ էլավ, թռավ վեր իր ձիուն,
Աստծու անուն տվեց,
Դարձավ, առավ խաթրը քաղքըցոց,
Դարձավ, առավ խաթրը գեղացոց,
Առավ Դավիթ խաթրը մարդ ու կնկըտոց. ասաց.

— Աղբերնե՛ր, քուրե՛ր, դուք մի՛ վախենաք,
Աստծու կամքով կ'էրթամ ես կռիվ.
Օ՛, քուրեր, դուք կացեք բարով,
Դուք ինձի քուրությո՛ւն եք արե.

Օ՛, մերեր, դուք կացե՛ք բարով,
Դուք ինձի մերությո՛ւն եք արե:
Բարի՛ դրկիցներ, դուք կացե՛ք բարով,
Դուք կացե՛ք բարով մեծ ու պստիկով.
Իմ դուռ-դրկիցներ, ձեր էրես շա՛տ եմ թռեր,
Ինձ հալա՛լ արեք:
Բարի տանտիկիննե՛ր, ինչ հա՛ց կը թխեք,
Դավթի անուն հիշեցեք:
Ջահելնե՛ր, դուք է՛լ, ինչ որ քե՛ֆ կ'անեք,—
Դավթի անո՛ւն հիշեցեք:
Իմ քուրե՛ր, մերե՛ր, իմ լա՛վ դրկիցներ,
Մնացե՛ք բարով:

Պրոֆ.-դոկտ, Մ. Խ. ԱԲԵՂՅԱՆ
Պրոֆ. Գ. Ա. ԱԲՈՎ
Ավագ գիտ. աշխ. Ա. Տ. ՂԱՆԱԼԱՆՅԱՆ

ՃՅՈՒՂ ԱՌԱՋԻՆ

ՍԱՆԱՍԱՐ ԵՎ ԲԱՂԴԱՍԱՐ

1

Դառնամ, զօղորմին տի տամ[4*]
Խանում Ծովինարին,
Դառնամ, զօղորմին տի տամ
Սանասարին, Բաղդասարին.
Դառնամ, զօղորմին տի տամ
Քեռի Թորոսիկյին.
Դառնամ, զօղորմին տի տամ
Ականջ արողների ծընողներին:

ՄԱՍՆ Ա

ԿՌԻՎ ԲԱՂԴԱԴԻ ԽԱԼԻՖԱՅԻ ԴԵՄ

2

Ըսկիզբն էր կըռապաշտ Խալիֆան,
Մեկ էլ Հայոց Գագիկ թագավոր.
Կռապաշտ Խալիֆան Բաղդադ կը նստեր,
Գագիկթագավոր՝ Բերդ-Կապոտին:

Գագիկ թագավոր ծեր, ալնոր էր.
Ջինք շա՛տ հարըստություն ուներ,
Ջարմ ու զավակներ չուներ.
Մեկ աղջիկ ուներ, շատ տեսակով,
Անուն՝ Ծովինար խանում:
Էն ժամանակ ո՛ր թագավոր զորեղ ըլներ,

[4] * Նախերգանքները երգվում են:

Էն մեկէլից հարկ կ՚առներ։
Բաղդադու Խալիֆան շատ զոր ու զորընդեղ էր.
Ասքար արեց, էկավ վեր մեր ազգին.
Շատ առ ու ավար առավ,
Ու շատ գերի բռնեց տարավ,
Շատ ըզմեր ազգ կտրեց, նվազցուց։
Ու Հայոց Գագիկ թագավոր
Բաղդադու Խալիֆային խարջդար էղավ։

Օրերից մեկ օր Խալիֆան էլավ.
Էրկու մարդ հարկ առնող ուղարկեց.
— Գնացե՛ք, իմ խարջ ժողվեցեք, բերեք։
Հարկ առնողներն էկան, անցան
Թագավորի քոշկ ու սարի առջևեն.
Որ կ՚անցնեին, լուսմի էնոնցէրնաց։
Իրիշկեցին, ի՞նչ տեսնեն,—
Էնպես խորոտ աղջիկ մի էրնաց,
Արևուն կ՚ասեր. «Դու դուրս մ՚էլներ, ե՛ս դուրս էլնեմ»։
Աղջիկ էնպես խորոտ, էնպես խորոտ,
Որ տասնուչորս ավուր լուսնին կը նմաներ,
Որ յոթ սարի էտևեն կ՚էլնի։
Էդ հարկ առնողներ ինչ տեսան զէդ աղջիկ,
Խելք գլխըներուց գնաց,
Էրկուսն էլ անհուշ, անակահ ընկան։
Մեկ սհաթեն թագավոր մարդ ուղարկեց,
Էկան, զէնոնք տարան իր պալատ։

Էդ մարդիկն իսկի բան չասին,
Էրկուսն էլ էլան, սուս ու փուս դարձան,
Իրենց Խալիֆայի մոտ գնացին։
Խալիֆան հարցուց.— Խարջ բերի՞ք։ Չբերի՞ք։
Ասին.— Թագավոր ապրած կենա, ի՞նչ խարջ, ի՞նչ բան,
Էնպես մեկ բան մ՚ենք տեսեր,
Աղեկ էր մենք չմեռանք։
Դու ըլնեիր, ավատաս, իրեք ամիս
Անհուշ գետին կ՚ընկնեիր։
Խալիֆան հարցուց.– Ի՞նչ էր ձեր տեսած։
Էնոնք ասին.— Քո տուն աստված շինի.
Դու ի՞նչ կ՚անես ապրանք ու գանձ, հարըստություն.
Քեզ ունիս հո՛ղ, երկի՛ր, ապրա՛նք ու գանձ, հարըստությո՛ւն,
Դու շա՛տ ունիս ոսկի, արծաթ, անգին քարեր.—

Էն խաչապաշտ Հայոց թագավորին
Մի է՛ն տեսակ աղջիկ ունի.
Աղջիկ մի իրենից շատ խորոտիկ,
Որ ամե՛ն մի բան կ'արժի։
Ահա, Խա՛լիֆա, զէդ իրեղեն աղջիկ տեսանք,
Որ գիշեր-ցերեկ չուտես, չխմես,
Հա՛ էնոր շենք ու շնորիքին թամաշա անես։
Խելք ընկավ կռապաշտ Խալիֆային,
Ջուղաբ ղրկեց Հայոց թագավորին.
Ասաց.— Քո աղջիկ տա՛ս ինձի։
Թագավորն ասաց.— Ես հայ եմ, դու՝ արաբ.
Ես խաչապաշտ, դու՝ կըռապաշտ,
Ի՞նչ բան է, որ ես իմ աղջիկ տամ քեզ։
Ես իմ աղջիկ չեմ ի՛տա քեզ։
Խալիֆան ասաց.— Գազի՛կ թագավոր,
Խաթրով ըլնի, տի տա՛ս։
Կռվով ըլնի, տի տա՛ս։
Թե քո աղջիկ չտա՛ս,
Քո ժողովուրդ առ ու գերի կ'անեմ,
Ձեզ ամենիդ կըմորթեմ,
Քո ազգ ամեն կը կտրեմ,
Քո քաղաք տակ ու վերն կ'անեմ,
Քո թախտ ու թագ կը քանդեմ։
Ասաց.— Կռիվ կ'անեմ, չեմ ի՛տա։

3

Բաղդադու Խալիֆան կանչեց, ասաց.
— Հա՛, ասքա՛ր, ասքա՛ր արեք, գնացե՛ք.
Աղջիկ կը տա՝ կը տա. չի տար,
Քար քաղեցե՛ք, ավազ մաղեցե՛ք,
Ժողվեցեք, բերե՛ք՝ ինչ կա։
Էլան, ասքար արին, էկան.
Էկան Հայոց թագավորի վերա։
— Ահա, թագավոր,
Քո աղջիկ կամ կը տաս տանենք,
Կամ քար քաղենք, ավազ մաղենք,
Ժողվենք, տանենք՝ ինչ կա։
Թագավորն իրիշկեց, ի՛նչ իրիշկեց,–
Քանց աստղ էրկինք՝ զորք է թափվե։
Կռիվ արին, շատ զորք սպանին.
Խաչապաշտ թագավոր կոտրվեց։

Ծովինար խանում էրդիք կայներ էր.
Միտք արեց իր մեջ. «Որ իմ հերն իմանար,
Էսքան մեղք ու արունք չէր ձգի իմ վիզ, ինձ կը տար—
Իմ պատճառով էսա ամեն մարդ տի սպանեն,
Էնոնց տղաներ տի մնան որբ, ինձ տ՛անիծեն,
Վերջըն զոռով ինձ տի տանեն:
Աղեկն էն է, որ ես իմ կամքով էրթամ,
Իմ հոր թագավորությունն էլ հաստատ մնա»:
Աղջիկն էլավ, գնաց իր հոր դիվան,
Ասաց.— Հա՛յրիկ, ինչի՞ կը մտածես:
Հեր պատասխան էտու էնոր, ասաց.
— Ես էնոր համար կը մտածեմ,
Որ էս զորքեր ամեն, էն քո համար է էկած
Կամ տ՛էրթաս, կամ մեր էրկիր տ՛ավերեն,
Խալիֆան մեր թագավորություն տ՛առնի,
Ջամեն տի սպանի, զերի տի տանի:
Թե իմ աղջիկ տամ, էն արաբ է, ես հայ եմ:
Ծովինար խանում ասաց.
— Որ ես էն կռապաշտ թագավոր չառնեմ,
Ջամեն տի սպանի իմ պատճառով,
Աղեկն էն է, ե՛ս էրթամ,
Ուրիշ մարդու թող բան չըլնի:
Ե՛ս մենակ մեռնիմ իմ հոր թերեն.
Ես մեկ ջան եմ, էրթամ, կորսըվիմ,
Ջանց մեր Հայաստան էրկիր ավերի,
Էն հազար հազար հոգիք կորուսանին:
Դարձավ ասաց.— Հա՛յրիկ, ինձ տուր էնոր:

Ժողով արին իրենց մեջ,
Թե ի՛նչպես անենք,տա՞նք, թե՞ չտանք:
Ջուղաբ արին թագավորի աներոջ,—
Ինչ Վարդպատրկա էպիսկոպոսն էր,— էկավ:
Ջուղաբ արին Քեռի-Թորոսին,— էկավ:
Թագավոր կանչեց իր ընտանիք,
Ժողով արեց, ասաց.
— Ժո՛ղովուրդ, դուք ի՞նչ կ՛ասեք.
Կամքով տա՛նք զաղջիկ, թե չէ՝ կռվենք.
Դուք ի՛նչ խորհուրդ կը տաք:
Մեկն ասաց.— Չկա՛ րնանք՝ կռիվ անենք.
Աղջիկ է՛ տանք՝ առնի, տանի:
Մեկն էլ ասաց.— Չէ՛, կռիվ կ՛անենք.:

Մենք զմե զամեն տի տանք կոտորել
Ու զմեր աղջիկ չենք ի՛տա կռապաշտ թագավորին: —
(Դե ազգություն է, թասիբ կ'անեն),
Էդտեղ Թորոս, տասյոթ-տասնութ տարեկան էր,
Տեսավ ժողովական կ'ուզեն՝
Պատիվ անեն թագավորին,
Կ'ուզեն կռիվ անեն, աղջիկ չտան,—
Ասաց.— Թագավոր ապրած կենա,
Ես գիտեմ ժողովական կ'ուզի՝
Կռիվ անի, աղջիկ չտա.
Աղեկ է, որ աղջիկ մի վերջանա,
Քանց թե ազգ մի վերջանա:
Թա՛ գավոր, որ դու ինձի ականջ անես
Արի աղջիկ տանք՝ տանի.
Մենք չկա՛րնանք՝ կռիվ անենք:
Էնպես հաշվենք, թե էդ աղջիկ
Իսկի չի՛ էղեր քեզի:
Էդտեղ խորհուրդք արին,
Էպիսկոպոսն էլ համաձայնավ, ասաց.
— Մեկ հոգու պատճառով ա՞զգ մի տանք կտրե՛լ.
Չէ՛, էդ մե՛կ հոգին թող էրթա:

Հեր չէր ուզի էդ բան.
Տեսավ, որ ճար վերան կտրավ,
Համաձայնավ, էլավ, աղջիկ տվավ:
Խաբար ղրկեց Խալիֆային,
Թե.— Հա՛, կը տանք, արի տա՛ր:
Խալիֆան էլ իր պատրաստություն տեսավ,
Զիր հարսնևոր առավ, էկավ:
Աղջիկ գնաց հոր մոտ, ասաց.
— Հա՛յրիկ, Խալիֆային ասա՝
Զոկ տեղ քոշկ ու սարայ մի շինի,
Ինձ որ տանի, էնտեղ դնի.
Մեկ տարի մոտ ինձ չգա,
Իմ հետ փարդան չմտնի:
Հա՛յրիկ, դու էլ մեկ քահանա դիր հետ ինձ,
Որ առավոտ, իրիկուն ժամ ասի,
Ես իմ աղոթք անեմ, մնամ մեր օրենքով.
Մեկ էլ քեռմե՛ր մի դիր հետ ինձ, ես կ՛էրթամ:
Ես ինչ ասի, Խալիֆային խնդրի,
Որ էն բաներ կատարի:

Հերն էլ իր աղջըկան ասածն ամեն
Բաղդադու Խալիֆային ասաց։
— Խա՛լիֆա, ասաց Գագիկ թագավոր.
Ես հետ քեզ կռիվ չեմ անի.
Ես հետ քեզ պայման տի կապեմ։
Որ ես իմ աղջիկ տամ քեզ,
Իմ աղջկան հետ քահանա մի տի գա.
Էն իր աստված կանչի, իր խաչ պաշտի,
Դու քո կռքեր պաշտես։
Էնոր ջոկ տեղ սենեկ մի տի տաս,
Մեկ տարի էլ մոտ ինք չէրթաս։
Կռապաշտ թագավորն ասաց.
— Զա՛նըմ, ես հետ քեզ կը հաշտըվիմ.
Հետ քեզ պայման կը կապենք։
Դու քո աղջիկ տուր ինձ,
Ես էլ քենե հարկ չեմ ուզի.
Իմ անուն քո աղջըկան վերա ըլնի,
Ինձ թող ասեն Հայոց թագավորի փեսա, բավ է։
Չէ թե չուր մեկ, ուխտ ըլնի.
Չուր յոթ տարի մոտ ինք չէրթամ։
Խըղամ մի կըղնես հետ,
Քահանա մի կըղնես հետ.
Աղջիկ կը տաք, ես կը տանեմ մոտ ինձ.
Իմ սարայի դիմաց էնոր համար
Ջոկ քոշկ ու սարայ կը շինենք։
Աղջիկ մնա ի՛ր օրենքով,
Ես մնամ ի՛մ օրենքով.
Չէ՞ մենք արաբ ենք, դուք՝ հայ։

4

Կռապաշտ թագավորն էկեր, Տեղտիս կը նստեր.
Գագիկ թագավորի նստած տեղ
Նորագեղա դաշտի մեջն էր։
Թագավորն էնտեղ ուներ ամառանոց,
Հոտավետ, անուշ արոտատեղեր,
Ծաղիկներով ու մարգերով զարդարված,
Էնտեղ կը զտնվի ԿաթնովԱղբուր։
Էնտեղ վրաններ զարկին,
Յոթ–ութ օր հարսնիք արին։

Ծովինար խանում խնդիրք արավ թագավորից,
Ասաց.— Հա՛յրիկ թագավոր,
Վաղ համբարձում է, հրաման տուր ինձ՝
էրթամ Հիլի, աղբրներու վերան զբոսանք.
Մեկ տասն իմ չափին աղջիկ դիր հետ ինձ,
Էրթանք սեյրան, ուրախություն անենք,
Ման գանք չուր իրիկուն,
Իրիկուն դառնամ, էրթամ իմ տեղ:
Թագավորն ասաց.— Քեզ հրաման է,
Գնա՛, մա՛ն արի, դարձի՛:

Ծովինար խանում, էնոր քեռմեր ու աղջիկներ
Գնացին պըտըտելու Կաթնով Աղբուր:
Ման էկան չուր իրիկուն:
Աղջիկ տեսավ՝ արև-աշխարք կա, արեգակ կա,
Ամեն մարդ հետ իր գործին.
Ոմանք հետ իրենց ջրին, օչխարին.
Ոմանք էլ հետ իրենց ռանչպարութնին:
Աղջիկ միտք արեց, ասաց.— Հե՜յ-վա՜խ,
Էսքան լուս աստնոր կա, ես չէի գիտի:
Գնացին, էլան սարի վերն,
Էնտեղ նստան չաիրի վերա, կերխում արին,
Հետո ման էկան, տեսան Կապուտ ծով.
Գնացին ծովափ սեյր անելու:

Իրիկուն որ տի դառնար, տուն գար
Ծովինար ասաց աղջիկներուն.
— Աղջի՛կներ, դուք քելեք, գնացեք,
Ձեզ համար ման էկեք, քեֆ արեք,
Ես էրթամ, քիչ ջուր խմեմ:
Մտածելով ծովու բերան վե գնաց.
Գնաց, կայնեց մեկ քարափ տեղ.
Նայեց, տեսավ, որ ծովին ծեր չկա:
Ինք ու քեռմեր ծովու պռուկ նստան, լացին:
Շատ նեղացավ աղջիկն ման գալով,
Էնոր խըղճամ շատ ծարվեցավ,
Ինքն էլ շատ ծարվեցավ, ասաց.
— Էս ծովի ջուր շատ աղի է:
Ա՜խ, երանի՜ մեկ կաթ ջուր ըլներ,
Ես խմեի, սրտի սպապակն անցներ:
Քեռմերըն շատ ֆըռաց, ջուր չգտավ,

Էն ժամանակ Ծովինար ասաց.
— Աստված, դու մեկ աղբյուր էստեղ բուցես,
Մեկ էլ ինձի մեկ լուս ու ճար անես:
Աստուծու հրամանով, ծովըն բացվավ,
Մի շատ համեղ ջուր դուրս էկավ:
Նայեց, տեսավ՝ մեկ ջոջ քար կա ծովու պռուկ,
Միպտակ աղբյուր մի էդ քարից կը թալի.
Ջուրն էլ էդ քարի չորս բոլոր բռներ էր.
Մարդ չէր կարնա առանց հալավ հանելու,
Էդ աղբյուր էրթա, որ ջուր խմի:
Ինքն իր շորեր էհան, գնաց էդ աղբյուր,
Բուռ էտու էդ անմահական աղբրի մեջ,
Մի բուռ լիք ջուր խմեց,
Մեկ էլ՝ մի բուռ կիսատ:
Աղբուրըն ցամաքավ:
Էդ էրկու բուռ ջրից հղացավ:
Ետ էնոր իր աղջիկներ ժողվեց,
Էնդից դարձան, էկին տուն,
Էկին Գագիկ թագավորի մոտ:

Առավոտուն Խալիֆայի զորքըն քաշվավ:
Թագավորն իր աղջըկա ձեռք-ոտք տեսավ:
Էլան, հեծուցին, տարան, հասուցին
Էն կռապաշտ Խալիֆայի քաղաք:
Երբ գնացին, քաղաք հասան,
Էդ թագավոր շատ ուրախացավ,
Յոթն օր, յոթ գիշեր հարսնիք արեց.
Մեջլիս, ուրախություն արեց:
Էնոր համար մեկ ջոկ սարայ շինեց,
Հաց, ջուր ղրկեց էնտեղ,
Ասաց.— Սարայից դուրս չգաք:
Ծովինար խանում գնաց, մտավ յոթոտանին,
Յոթ դուռ շինեց, սուգ արեց:

5

Մի ժամանակ վրա անցավ,
Ծովինար իմացավ, որ էրեխով է.
Ակիավ, որ էն ծովից է.
Ամա Խալիֆային չհայտնեց:
Խալիֆան էլ ակիավ, ասաց. «Իմ զարմից չէ»:
Գնաց դիվան նստեց, կանչեց վազրին,

Թե.— Չես ասի, էնպես բան է էղե.
Վազի՛ր, ապա ի՞նչ անենք:
Վազիրն ասաց.— Թագավոր ապրած կենա, սպանենք:
Հրամայեցին դահճին.
— Գնա, էնոր վիզ կտրի՛:
Դահիճն էկավ սարայ, ասաց.
— Թագավոր հրաման արե՝
Ըզքո վիզ տի կտրեմ:
Ծովինար խանում ասաց.
— Ձեր թագավորին դատաստան չկա՞,
Չէ՞ որ էրեխով կնկան վիզ կտրել
Մեկ անգամից էրկո՛ւ մարդ ըսպանել է:
Խալիֆային ասա՝ դադրե՛ք,
Չուր ես իմ էրեխան բերեմ.
Էն ժամանակ,— տեսնենք՝
Տղա է, ինչ է,— թող իմ վիզ կտրեն:
Թե որ կը հարցուցեք, ասաց,
Իմ հոր տնեն որ կուս էկեր եմ,
Մինչև էսօր դեռ կուս եմ ես.
Իմ էրեխան, աստծու կամքով,
Ծովի ջրից է գոյացե:
Դահիճ գնաց Խալիֆայի մոտ,
Ասաց.— Թագավոր ապրած կենա,
Քո կնիկ, Գագիկ թագավորի աղջիկ,
Էսպես, էսպես ասաց ինձի:
Վազիրն ասաց Խալիֆային.
— Աղեկ է ասեր Ծովինար խանում.
Թող մնա, իր էրեխան բերի,
Էն ժամանակ վիզ կտրենք:
Ժամանակ տվին. չուր էրեխան բերի:
Էն էլ ասաց.— Զգուշ կացե՛ք.
Իրիշկենք, չուր էրեխան ըլնի, իր կամքն է,
Ես տեր եմ. իմ կնիկն է Ծովինար.
Էլ դուք մի՛ խառնըվիք:
Մնաց: Ինն ամիս, ինն օր, ինը ժամ,
Ինը րոպե որ թամամավ,
Էնոր ժամանակ լըմընցավ,
Էրկու տղա է բեր.
Մեկըն թամամ, մեկըն կիսատ:
Մելքիսեթ քահանան էկավ,
Թոնդրան վերա կնքեց.

Զոջ տղի անուն էղիր Սանասար,
Պստիկին՝ էղիր Բաղդասար։

Ականջկլան տարան Խալիֆային.
Թե.— Քեզ ջուխտ մի լաճ էլավ։
Թե խալխ տարով կը ջոջանան,
Էնոնք օրով ջոջացան։
Խալիֆան հո իրիշկեց,
Տեսավ զէրկու տղան, աչքեր կուրցավ։
Ասաց.— Դահիճին ասէք,
Թող էրթա, էնոր վիզ կտրի։
Դահիճ գնաց Ծովինարի մոտ.
Ասաց.— Քո վիզ տի կտրեմ։
Ծովինար խանում ասաց.
— Ձեր թագավորին կանոն, օրենք չկա՞.
Ծծմոր տղեքըն ի՞նչպես կը շահեն,
Որ էն իմ վիզ կը կտրի։
Թող իմ տղեք մեծանան,
Նոր՝ իմ վիզն էն թող կտրի.
Ես հո էստեղից չեմ կա՛րնա փախնիմ։

Դահիճ գնաց Խալիֆային հայտնեց,
Էն էլ կանչեց վազրին հարցուց.
— Ի՞նչ խորհուրդ կը տաք էս բանի համար։
Վազիրն ասաց.— Տաս տարի ժամանակ էնոր,
Տղեք մեծանան, վիզ նոր կտրենք.
Էն էստեղից դո՞ր տի գնա.
Թող բռնավորի պես ներս մնան։
Թող սարայից դուրս չգան։

Կես տարի սարայի մեջ մնացին։
Հետո ջուղաբ ղրկեց Խալիֆային.
Ես հա՞վք եմ, որ դու ինձ դրեր ես վանդակ.
Ես բռնավո՞ր եմ էստեղ,
Որ ինձի դրեր ես բանտ,
Չես թողնի տանից դուրս գանք.
Արն էրդիս վե՝ կը տեսնենք,
Լուս էրդիս վե՛ կ'առնենք։
Խալիֆան ասաց.— Ես ի՞նչ անեմ։
Թող դուրս գան, գնան ման գալու։
Դռնապահներն իրավունք տվին,

Ու դուրս էկին ման գալու:
Քանի մի ժամանակ անցավ,
Էդ ճժերն օրըստօրե պետացան.
Ինչ էղան մեկ տարեկան,
Ինչպես հինգ տարեկան տղա:
Կ՚էլնեն դուրս, հետ ճժերուն կը խաղան.
Ջճժեր կը տփեն, կը լացուցեն:
Քաշեց հինգ-վեց տարի, չքաշեց,
Սանասար ու Բաղդասար պետ կտրիճներ դարձան.
Մերն ասաց քահանային.— Տե՛րտեր,
Իմ տղաներին դաս տուր՝ կարդան:
Դաս էտու տղաներին.
Էնոնք գրել-կարդալ սովորեցին:

Ավուր մեկին Խալիֆան
Էդ էրկու տղաներ կանչեց,
Տարավ դիվան, իրիշկեց,—
Էնոնց խոշորություն որ տեսավ,
Էնոնց խոսք ու զրուց որ լսեց,
Վախեցավ էնոնց մոտեն,
Ճամփեց, գնացին տուն:

Ճժեր էղան յոթ տարեկան:
Օր մի կը խաղային հետ էն մեկէլ ճժերուն.
Սիլա մի զարկեց Սանասար վազրի լաճուն,
Վիզըն ծռվեց, մնաց ծուռ:
Վազիր գնաց Խալիֆայի մոտ գանգատ,
Ասաց.— Էս ի՞նչ աստծու պատիժ է.
Մեզ ճիժ չթողին սաղամաթ:
Խալիֆան ասաց.— Իրավունք ունին.
Ես գիտեմ՝ էնոնք որ ջոջանան,
Տի կախվեն իմ մորուսից:
Կա՛ց, էնոնց համար բան մի կ՚անենք:

6

Տղեկներ որ ջոջացան,
Մեկ օր առավոտուն
Հետ ճժերուն կը խաղային:
Ճժեր թափվան էնոնց վերան,
Ասին.— Դուք բի՛ճ եք, դուք բի՛ճ եք:
Երբ որ էնոնց խոսք լսեցին,

Լալով էկան մոտ իրենց մեր, ասին.
— Կամ մեզ ասա՝ ով է մեր հեր,
Կամ կ՚էրթանք, մեզ կը թալենք գետ։
— Ո՛րդիք, ասաց, ձեր հեր Խալիֆան է։
— Չէ՛, ասին, թե էն մեր հեր ըլներ,
Խալխըն մեզ բիճ չէին ասի։
Մեկ ժամանակ էն էս խոսքով
Լաճեր բոնապետեց ներս։
Քանի մի օրեն լաճեր նորեն
Գնացին քաղաք խաղ անելու.
Տղեք նորեն թափվան վրաներ,
Թե.— Դուք բի՛ճ եք, դուք բի՛ճ եք.
Ինչի՞ կը զաք մեջ մեզի։
Է՛լի լալով դարձան,
Ջիրենք թալին իրենց մոր գոգ։
Շատ որ լացին, մոր դժվար էկավ,
Ասաց.— Ո՛րդիք, դադրե՛ք,
Չուր առավոտուն ձեզ կը տանեմ,
Ձեր հոր զրուց կը տամ։

Առավոտուն էլավ իր խըղամին ասաց.
— Ա՛ռ կապոց, հետ տղեկներուն էրթանք գետափ,
Որ քիչ մի սրտերնիս բացվի։
Երբ գնացին, Սանասար ասաց.
— Մարե՛, արի ասա՝ իմ հեր ով է.
Թե չէ՝ ինձ գետ կը թալեմ։
Մերն ասաց.— Ո՛րդի, դու հեր չունիս։
Տղան ասաց.— Մարե՛,
Ես հո քարի, թփի տակեն չեմ էլեր,
Հալբաթ ես էլ մարդուց էլեր եմ։
Ասաց.— Ո՛րդի, ես մեկ ժամանակ
Հետ իմ քեռմոր գնացի ծովափ,
Շատ ծարվեցա, քեռմոր ասի՝
Մեկ ջուր գտի ինձի համար.
Ծով բացվեց, մեկ համեղ ջուր էկավ.
Ես էլ էն ջուր խմեցի,
Մեկ բուռ լիք, մեկ բուռ կիսատ.
Աստված ձեզ էն ջրից էտուր ինձ.
Դու էն լիքըն բռնից ես,
Ծուռ Բաղդասարն էլ էն կիսատ բռնից։
Տղան ասաց իր մոր.

— Մենք իմացանք մեր էությունն.
Դե արի դու քո էությունն ասա մեզ:
Մերն ասաց.— Ո՛րդիք,
Ես Հայոց թագավորի աղջիկն եմ:
Չուր իրիկուն ման էկան.
Իրիկուն դարձան քաղաք,
Գնացին, մտան իրենց պալատ:

7

Շատ ժամանակ վերան անցավ.
Սանասար ու Բաղդասար տեսան՝
Իրենց մեր օր վեր ավուր կը կոտրվի.
Ասին.— Մարե՛, էսա քեզ ի՞նչ է էղեր,
Որ դու օր վեր ավուր կը կոտրվիս,
Քո աչից արտասուք չի պակսի.
Մենք կը նայինք՝ աստվածություն
Մեզ տվեր է քե՝ ջուխտակ մի լաճ.
Դու թագավորական կին ես.
Մենք կ'որոնենք՝ քե բան պակսորդ չկա:
Էկո՛ նայինք՝ քո դարդըն ինչ է.
Որ դու օր վեր ավուր կը կոտրվիս:

Մերն դարձավ, ասաց տղեկներուն.
—Հա՛յ, որդիք, որ ես չկոտրվի՛մ, ո՞վ կոտրվի.
Խալիֆան, էսօր էգուց է մնացեր,
Իմ ու ձեր երկուսի վիզն էլ տ'առնի:
Սանասար պատասխանեց, ասաց.
— Մարե՛, էդպես բան է՞լ կա:
Շատ լավ, տեսնենք՝ ինչպես կ'առնի–

Տաս տարին որ լըմընցավ,
Խալիֆան դահիճներ ուղարկեց.
Ասաց.— Գնացեք, էնոնց վիզ կտրեք:
Սանասար ու Բաղդասար,
Կշտի սենեկի մեջ քուրսիկների վերան նստած.
Կ'ասեն, կը ծիծաղան, մերըն կը լա:
Ներս մտան դահիճներն ու ասին.
— Էսօր ձեր վիզ տի կտրենք:
Մերն ասաց.— Մեր վիզ կտրե՛ք,
Իսկ իմ տղաներին՝
Ձեր ձեռ կերթա՞, որ վիզ կտրեք:

Դահիճների մեկն ասաց.
— Մեր ձեռն էլ չէ՛ րթա վեր քո տղաներին,
Ապա մենք ի՞նչ անենք.
Խալիֆայի հրաման է, որ կտրենք:
Մերն լալով ասաց.— Մի քիչ ցած խոսեք.
Իմ տղաներըն չլսեն, վախենան:
Մի քիչ էի թող ծիծաղան.
Դուք էլ նստեք, հանգստացեք:
— Չէ, ասաց, մեզ իրավունք չկա նստել:
Դե շուտ արեք, էրթանք դուրս.
Թե չէ էստեղ ձեր վիզ կտրենք,
Արուն սարայի մեջ կը թափի:
Բոռաց, ասաց.— Շո՛ւտ արեք:
Ձենն ընկավ Սանասարի ականջ,
Դուռն էբաց, տեսավ՝ քանի մի մարդ
Թրերով կայներ են սենեկի մեջ:
Ասաց.— Ի՞նչ մարդ եք, ի՞նչ կ'ուզեք:
Մերըն ծածուկ աղաչեց, ասաց.
— Իմ տղաներին չասեք,
Թե էկեր ենք, որ ձեր վիզ կտրենք:
Իմ տղաներ տանից դուրս հանենք,
Դահիճ մի կայնի էն կող, մեկն՝ էն կող.
Զարնեն, իմ տղի վիզըն թռուցեն,
Որ նա չտեսնի, վախենա:
Ապա առաջ ինձ սպանեք, նոր իմ տղեք:
Դահիճն ասաց.— Դե՛ էլ էրթանք:
Սանասար ասաց.— Մարե՛, դո՞ր տ'էրթաք:
— Մենք տ'էրթանք դուրս, տի գանք:
— Մարե՛, ինձի ասա՝
Մեկ բան կա ստա, որ քեզ կը տանեն:
Մերըն չուզեց ասել:
Սանասար չէ թող՝ էրթա, ասաց.
— Մեկ բան կա ստա, որ ինձ չես ասի:
Մոր սրտին դիպավ, ասաց.
—Ո՛րդի, որ ճշմարիտ կ'ուզես,
Խալիֆան ղրկե, որ իմ վիզ կտրեն:
Ասաց.— Կտրող ո՞վ է:
— Էս մարդ:
Մոտեցավ դահճին, բոռալով ասաց.
— Դո՞ւ իմ մոր վիզ տի կտրես:
Դահիճն ասաց.— Խալիֆայի հրաման տված,

Որ ձեր վիզ տի կտրեմ:
Սանասար մեկ սիլա կպցուց դաիձի էրեսին.
Գլուխ թռավ, ջանդակ մնաց կայնուկ:
Մեկէլներ որ տեսան, թողին փախան.
Գնացին, Խալիֆային ասին.
—Քո լաճ մեկ սիլա էզար դաիձին,
Գլուխ թռավ, ջանդակ մնաց կայնուկ:

Խալիֆան զորք ուղարկեց էնոնց վերան կռիվ:
Սանասար ու Բաղդասար տեսան,
Որ զորք էկավ՝ կռիվ անի,
Էլան, չուր իրիկուն էն զորքի կեսն ըսպանեցին,
Կովին դադար արին, էկին տուն:
Մեկէլ օր մարդ չեկավ կռիվ.
Խալիֆան ասաց զորապետին.
— Գնա կռիվ:
Զորապետն ասաց Խալիֆային.
— Փաթշա՛հ, մենք չենք կանա վեր էնոնց.
Էնոնք ազնավուր մարդ են, փահլևան են.
Քո թագավորություն կը փճացնեն:
Աղեկն էն է՝ չերթանք կռիվ,
Մեր զորքերն էլ չըսպանվին:

Խալիֆան էլ միտք արեց, ու միտք արեց,
Տեսավ, որ ճար չկա,
Կռիվ իրեն վնաս է, ասաց.
— Էլ գործ չունինք էնոնց հետ:
Հիմի կը հավատամ,
Որ Ծովինար խանում անմեղ է.
Էն ազնավուրներ ծովից են:
Իմ կնիկն է Ծովինար,
Էնոնք էլ իմ տղեկներն են:

8

Էդ Խալիֆան մեկ էլ ասքար արեց.
Ու էկավ վերմեր ազգին:
Որ պատրաստություն կը տեսներ.
Ծովինար խանում էրազ տեսավ:
Էլավ առավոտ, պատմեց իր էրազ.
Ասաց.— Խալիֆան ապրած կենա,
Արի՛ դու ինձ ականջ արա,

Դու մի՛ էրթա կռիվ։
Խալիֆան հարցուց.— Ինչո՞ւ։
Ասաց.— Էս գիշեր էրազ մ՛ եմ տեսե։
Ասաց.— Էդ ի՞նչ էրազ ես տեսե։
Ասաց.— Էս գիշեր տեսա՝ մանր աստղեր
Էնպես են բոլորած մեկ մեծ աստղի բոլոր,
Էդ մանր աստղեր մեկեն՝
Ամեն թափան էդ մեծ աստղի վրան։
Էդ մեծ աստղ ցոլըլաց, էկավ,
Էկավ, մեր դռան առաջ ընկավ։
Է՛հ, ասաց, խորո՛տ Ծովինար,
Քեզի համար կը քնես,
Ուրշի համար էրազ կը տեսնես։
Քանի որ իմ ջահել ժամանակն է,
Պիտի էրթամ կռիվ։
Էն էլ ասաց.— Կապված է քո կամքին,
Կ'էրթաս՝ դու գիտես, կը մնաս՝ դու գիտես։
Համա չէ՞ դու պայման ունիս հետ իմ հոր։
Ասաց.— Իմ միտք փոխեր եմ.
Տ'էրթամ կռիվ, իմ հարկ առնեմ։

Զորք ժողվեց, բանակ կազմեց,
Ամեն պատրաստություն տեսավ զորքի համար,
Էլավ, էկավ կռիվ։
Յոթըն տարի կռիվ արեց։
Էկավ Բերդ-Կապոտին քաղքի բոլոր փաթթեց.
Զորքն էդի փաթթեց, նստավ։
Քաղքի ապրանք, տավար մնաց իրա քաղքի մեջ.
Մնացին առանց վար ու ցանք,
Սերմ էլ գետին չթալին,
Քաղքի՛ մեջ թանկություն ընկավ։
Էնպես մի թանկություն էղավ,
Որ մեկ հաց մեկ ոսկու չեն տար։
Քաղքի մեջ թանկություն ընկավ։
Սովամահ կը մեռնեին շատեր։
Մարդիկ լցված են սենեկներն, իրար կ'ասեն.
— Աստված, կ'ըլնի՞, որ մե՛կ էլ
Մենք էժնություն տեսնենք.
Կուշտ փորով մեկ էլ հաց ուտենք։

Էնոնց մեջ մեկ բարի մարդ կար, ասաց.

— Վաղն էս ժամանակ հարուր լիտր հացն
Մեկ արծաթի առնող չիլնի:
Էնոնց մեջ մեկ անհավատ մարդ կար,
Կրո անունով, էլավ, ասաց.
— Առ էս մեկ ճանկ ոսկին, հաց տուր,
Տանեմ, տամ՝ իմ էրեխեքն ուտեն:
Ախար, ա՛յ մարդ, ո՞ւստ կը տաս:
Ես իմ աչքով հաց տեսնեմ,
Ես իմ բերնով հաց ուտեմ,
Ես չեմ հա՛վտենա, ես չեմ հա՛վտենա:
Էն բարի մարդն էդոր անիծեց.
— Կրո՛, հուս ունիմ իմ աստըծու,
Որ լուսուն հաց կ'ըլնի փալասանք.
Որ չես ա՛վատա իմ ասելուն,
Աչքով քո տեսնես, բերնով քո չուտես:

Գագիկ թագավոր ջահել տղաներ
Ժողվեց, էբեր զորք իր համար:
Իրիկուն մութ որ ընկավ,
Էնի իր զորք ժողվեց մեկտեղ,
Էնոնց սովրեցուց, ասաց.
— Զուր իրավունք չտամ, չ'զարկե՛ք:
Գիշերվան մի պահ ձեն-ձուն որ հանդարտեց,
Մեկ անգամ ձեն էտու.— Զարկե՛ք:
Էդոնք որ զարկեցին,
Էն կռապաշտ թագավորի զորքեր,
Առաջին դարձավ վեր ետինին,
Ետին դարձավ վեր առջինին,
Քեռի Թորոս, ջահել տղե՛ք
Սրով, թրով իջան Խալիֆայի զորքի մեջ,
Ու ջարդեցին, ու սպանեցին, ու կոտորեցին:
Էնպես մի կոտորում ընկավ զորքի մեջ,
Որ զորք զորքին չըճա՛նչեներ.
Ջիրար կը սպանեին, կը ջարդեին,
Էնպես որ արուն էլավ, գնաց:
Խաբար տվին էն կռապաշտ Խալիֆային,
Թե.— Ի՞նչ կ'անես, զորքըդ պրծավ կտրելով:
Խալիֆան ինքն էլավ, տեսավ.
Տեսավ, որ զորք զիրար կը ջարդի,
Էկավ, իր մոտ կը հասնի.
Մնաց ինք Խալիֆան մենակ:

Մեր ազգ էդ անգամ զինք շատ նեղ լծեց:
Ինք հեծավ մեծ դավեն ու փախավ:—
Էնոր Շամա ուղտ կ'ասեն,—
Ու հեծավ, ու փախավ:

Լուսուն էլան, տեսան՝
Խալիֆայի զորք բնաջինջ էղած:
Էն անհավատ բերին, դրին չափրար,
Որ էնտեղի մնացած հացն ու կերակուր
Մարդուն մարդագլուխ տա, որ տանեն, ուտեն:
Մեկ մարդու բաժնից պակաս էտու.
Իր ձեռի չափ վերցին, զարկին գլխուն,—
Էն անհավատ չափրար մեռավ.
Ուղորդ որ աչքով տեսավ ու չկերավ:

Որ Խալիֆան հեծավ, փախավ,
Էդ նեղութնի մեջ կանչեց իր կոքերուն.
— Կոքեր,արիք իմ օգնության,
Ինձ ազատեք էս հայ ազգի ձեռից.
Քառասուն անծին էրինջ ձեզի մատաղ կ'անեմ:—
Է՛յ, կոքեր ո՞ւր պիտի գան օգնության:—
Մեկ անգամ էլ դարձավ, ասաց.
— Կոքե՛ր, արիք իմ օգնության,
Ձեզի հարուր լիտր արծաթ կը բերեմ,
Ձեզի ոսկի ընծա կը բերեմ.
Դուք ինձ ազատեք էս թշնամուց:
Կոքեր օգնության չեն հասնի:—
Ախըր կուռք ի՞նչ է, որ օգնության գա:—
Էս անգամ կանչեց, ասաց.
— Ո՜վ Զոջ Կուռք,
Որ դու հասնիս, որ դու հասնիս,
Դու զիս ազատ անես էսա ազգից,
Ու երբ որ ես ողջ առողջ իգամ,
Սանասարն ու Բաղդասար քեզի մատաղ կը տամ:
Էն ժամանակ դիվանք էկան,
Մտան ուղտի փորտակ.
Ու փախցուցին ըզԽալիֆան, ու տարան:

9

Էն գիշեր Ծովինար քնավ, տեսավ էրազ.
Տեսավ որ իրան էրկու ճրագ կար.

Կը գար առջև անցընելուն որ անցըներ,
Ու կը դառնար հեղ մ' էլ լուս կը տար:
Էլավ գիշերանց, երբ որ զարթնեց,
Կանչեց, էբեր իր կուշտ էրկու տղան,
Մեկ վեր մեկ ծնկան էղիր.
Մեկէլ վեր մեկէլ ծնկան էղիր,
Էլաց, բռնեց տղեկներու էրես պագեց:

Տղեկներ հարցուցին.— Մարե՛, ինչո՞ւ կը լաս:
Ու մեր զիր էրազի էղելություն
Պատմեց տղեկներուն ու ասաց.
— Էս գիշեր սուրբ Կարապետ էրազ էկավ ինձի,
Որ Խալիֆան ընկեր է նեղութնի մեջ,
Ու զձեզի մատաղ կանչէ իր կռքերուն.
Երբ որ էկավ ձեզի մատաղ կ'անի.
Դուք ձեր գլխու ճարըն գտեք:
Որդիք, ձեզի մատաղ կ'անի,
Փախեք, գնացեք Հայոց թագավորի քաղաք:
Գիշեր պայծառ աստղըն բռնեք նշան,
Ցերեկն էլ հարցուցեք
Արնելից թագավորի էրկիր:

Տղեկներ էլան, մեկ մեկ զենք առին,
Նետ ու աղեղ, գուրզ ու թուր.
Վերուցին զիրանց ուտելիք,
Ու լցին մեկ ագուբե,

Գնացին Խալիֆայի ախոռ:
— Հե՛յ ձիապան, ասին,— էրկու լավ ձի՛,
Մեզ համար շուտ դուրս քաշի՛:
Ձիանք քաշեցին դուրս, հեծան, էլին,
Պագին իրենց մոր ծիծ, ասին.
— Մարե՛, դե՛ էն Խալիֆան թող գա,
Մեզ բռնե, տանի, մորթե իր կռքերուն:
Էրկու աղբեր կանչեցին զիրենց աստված,
Ու գիշերով ընկան Ճամփա,
Առան ու փախան չուրի լուսցավ:

Աղոթրանին էր, լուս բացվեր էր,
Ծովինար խանում էլավ դուրս:
Էլավ դիվանխանի տանիսն,

Տեսավ որ առանց զորք, առանց զորապետ,
Հեծեր է Շամա ուղտն ու կը գա.
Խալիֆան սևցեր է, էղե կուպր։
Էկավ էն կռապաշտ թագավոր,
Ափալ-թափալ իրեն թալեց դուռ։
Ծովինար խանում ասաց.
— Յա՛, թա՛գավոր, ապրած կենաս,
Աստված բարի անի.
Էդա յոթ տարի քո ձեն լավ կը գար.
Էդ ի՞նչ էղե քեզի։
Խա՛լիֆա, ո՞ւր է քո զորք,
Ո՞ւր է քո զորապետ։
Խալիֆան պատասխանեց, ասաց.
— Կնի՛կ, էնպես արի զգավուրներ.
Լցի բերդի պարսպի ներս.
Վերջին ժամ էր, որ պիտի թալիմ ըլներ,
Մեկ էլ աղոթրանին կրակ թափվեց վերնից,
Իմ զորքն ու զորապետ ամեն ջարդվեց.
Հրեղեն սուր ընկավ մեջ իմ զորքին,
Ջիրար կոտորեցին, բրդեցին։
Պիտի ես էլ ընկնեի մեջ,
Հեծա դավեն, փախա։
Ինչքան իմ կռքերուն մատաղ անի,
Ոսկի, արծաթ ընծա ասի,
Չեկան ինձի օգնության,
Չեկան ինձի ազատեին։

Սանասարն ու Բաղդասար
Մեր Ջոջ Կռքին մատաղ եմ կանչե,
Որ նո՛ր հազիվ ինձ ազատած, բերած է։
Ծովինար էստեղ իր մեջ միտք արեց, ասաց.
— Վալլա՛հ, իմ էրկու տղան պիտի տաներ,
Անմեղ տեղըն պիտի մորթեր։
Քանի մի ժամանակ վերան անցավ.
Կռապաշտ Խալիֆան գնաց կռքարան։
Հեռի լսողաց, չար թշնամին
Մտավ էնոնց կռքերի մեջ,
Իրենց մատաղ ուզեցին։
Ջոջ Կռքից ձեն էկավ, ասաց.
— Քո տղաներ, Սանասար ու Բաղդասար,
Բեր իմ առջև, ինձի մատղե,
Դու ինչ մուրազ անես,

Ես զքե քո մուրազին տի հասցնեմ։
Կոքապետն էլ էկավ Խալիֆայի առջև.,
— Կոքեր մատաղ կ'ուզեն։
Ասաց.— Ինչ կ'ուզեք՝ տարեք, մատղեք։
— Խաչապաշտ թագավորի աղջըկանից
Երկու տղա կա քեզի,
Զէնոնք մատաղ կ'ուզեն,
Ուրիշ բան չեն ուզի։
Ասաց.— Լա՛վ, տասն օրից ետ,
Մեր կոքեր տանենք վեր աղբըրներուն սեյր,
Ես իմ էրկու տղան էլ տանեմ,
Մեր կոքերուն մատաղ անեմ։

Խալիֆան էն օր էկավ, ասաց.
— Թագավորի՛ աղջիկ, գիտե՞ս՝ ինչ կա։
— Հա՛, ի՞նչ կա, հարցուց Ծովինար։
— Սպա չե՛ս ասի, իմ կոքեր մատաղ կ'ուզեն։
Ծովինար խանում ասաց.
— Քո տուն չավրի, քեզի չկա՞ էրինջ,
Չկա՞ օչխար, չկա՞ տավար,
Զէնի՛ արա մատաղ։
Խալիֆան ասաց.— Չէ՛, չէ՛, մա՛րդ կ'ուզեն։
— Է՛, մա՞րդ կ'ուզեն.

Չկա՞ քո քաղքի մեջ անտեր տղա,
Զէնի՛ արա մատաղ։
Խալիֆան ասաց.— Չէ՛, չէ՛, քո տղեկներ կ'ուզեն..
Կնիկ, քո տղեկնե՛ր մատաղ եմ ասե.
Պետք է տղեկներ տանեմ, մատղեմ կոքերուն,
Որ ինձ ազատեր էն թշնամուց։
Գազիկ թագավորի աղջիկն ասաց.
— Քո տուն չավրի, ինչո՞ւ.
Իմ տղեկներ քո տղեկներ չե՞ն.
Ինչպես գիտես, էնպես արա.
Տար, զէնոնք արա մատաղ։
Համա ո՛ւր է Սանասա ր, ո՛ւր է Բաղդասա՛ր.
Մենք ո՞ւր, մեր էրկու տղա՛ն ո՞ւր;

10

Էն գիշեր որ Սանասար ու Բաղդասար
Հեծան ձիանք, ընկան ճամփա ու քշեցին։

Չորս օր գիշեր ցերեկ քշեցին,
Խալիֆափ հողից էլան դուրս:
Շատ պըտըտվան, զարկին, էկան կարիբ երկիր,
Էկան նեղ ձոր մի մտան:
Տեսան, որ մեկ մեծ գետ կը գար, կ'անցներ էնտեղ.
Ու մեկ բարակ առու մի էնդիեն՝
Կ'իջներ, կը գար բարձր սարերից,
Կը զարկեր մեջ էդ գետին,
Ու կը կտրեր զէդ գետ,
Ու կը շերտեր չուրի մեջտեղ,
Ապա կը խառնըվեր մեջ էդ գետին ու կ'էրթար:

Էդտեղ երկու աղբեր իրար հարցուցին.
— Էդա բարակ առվի զորությունն ի՞նչ է,
Որ կը կտրի զէդ ահագին գետ, կը կիսի,
Կ'անցնի ու կը դիպնի էս փրլին:
Սանասարի միտքըն փոխվեց,
Վերուց, ասաց Բաղդասարին,
— Զարմացեր եմ, շատ եմ զարմացեր էդոր վերան:
Էդ բարակիկ ջուրն կըգա,
Հրե՛ն, էն սարի գլխեն կը գա,
Ու կը զարնե գետին, ու կը կտրե,

Ու նոր կ'էրթա հետ էս գետին:
Էդ իմալ ջուր է, Բաղդասար:
Աղբերն ասաց Սանասարին.
— Էդ ջուր ազնանցորդու ջուր է.
Ով որ էդոր ական ջուրըն խմե,
Էդպես կտրիճ կըլնի,
Էնոր մեջքըն գետին տվող չի՛ լնի:
Սանասար ասաց Բաղդասարին.
— Ով որ զէդա պստիկ ջրի ակըն գտնե,
Ու զիր տունըն էլ շինե վեր էդ ջրին,
Էնոր զավակն էլ որ ըլնի,
Էդպես զորեղ կ'ըլնի,
Էնոր մոտեն ազնանցորդի կ'էլնի.
Էնոր տղեք կտրիճ կ'ըլնին:
Սանասար էդտեղ երդում արեց.
— Հացն ու գինին, տեր կենդանին.
Էդ ջրի ակ որտեղ էղավ,
Էրթանք, էնտեղ մեր տուն շինենք,

Էնտեղ, ջրի վերան շենլիք շինենք:
Մենք զոռբա, էս ջուր զոռբա,
Էս ջուր խմող ազրայիլ մարդ կը դառնա:
Բաղդասար ասաց.— Դու գիտես, աղբեր:

Էդ ջոջ գետ անցան, գնացին էնդին:
Էլան, առան զառուն,
Ու բռնեցին զէն բարակ ջուր,
Ու գնացին երկու աղբեր:
Ու գնացին, գնացին լեռներ, լեռնե՛ր.
Էլան էդ սարերի գլուխ.
Գիշեր ցերեկ՝ արին մեկ,
Ու գնացին մեկ վերունի երկիր հասան,—
Քարափրթա՛, ձո՛ր,անդունդք, քարուկապա՛ն,
Անտա՛ռ, արջ ու գազա՛ն:
Շենլիք չկար էդ վերքեր:
Էդ երկրին շատ հավնեցան:
Ու գնացին, գտան զաղբուր:
Էդ աղբրի ջուր լուլա մի ջուր է,
Կ'էրթա, կը կտրե զիր տակի մեծ գետ:
Տեսան, անուշ ջուր էր, ու տեղն էլ էր անուշ.
Սանասար ասաց.— էստեղ խորոտ է.

Աղեկ է, որ մենք էստեղ մնանք,
Մեզ համար տուն մի ու քոշք շինենք,
Նստան վեր էդ ջրի ական,
Սահմանեցին՝ իրենց համար բերդ մի շինեն:
Մեծ աղբեր ասաց պստիկ աղբոր.
— Գնա, մեկ որս զարկ, բեր էփենք, ուտենք,
Ես էլ քարեր դնեմ իրար վերա.
Նշանակ շինեմ, որ գեղ շինենք:
Յոթն օր իրար վերա չուր կեսօրին՝
Բաղդասար հավքեր զարկեց, բերեց.
Սանասար էլ քար բերեց, նշանակ շինեց:
Ու բերին, զիրենց բերդի հիմ դրին:
Սանասար գնաց արևելի կողմ,
Բաղդասար գնաց արևմտի կողմ,
Ջոջ ջոջ քարափներ կրեցին, բերին:
Քարեր բերին, լրացուցին,
Ձեռ իրար տվին, աստված կանչեցին,
Էղան վարպետ, պատ շարեցին,

Իրենց համար վեր էն ջրին
Իրարու հետ տուն մի կը շինեին:
Ապա Սանասար նետ ու աղեղ կ'առներ,
Կ'էրթար որսի լուսաբացին չուր իրիկուն,
Ու Բաղդասար կը դատեր վեր էն բերդին:

11

Մեկ տաս-քսան օր բանեցին վեր էդ քոշքին:
Էն մեկ օր Սանասար էկավ,
Տեսավ, որ Բաղդասար թաշկեր էր,
Ու քուն անցեր էր վերան,
Արնոտ որսեր էնպես անեփել՝
Թալեր էր ի գետին ու քներ էր:
Շատ կսկծաց էնոր համար,
Ու ասաց.— Աղբեր, էլի էրթանք.
Մեր ապրուստ էսպես չիլնի.
Չուր ե՞րբ պիտի մնանք էստեղ,
Ու անալի՛ միս ուտենք:
Աստված որ տար մեզի,
Խալիֆայի քոշք ու սարեն կը տար.
Բաղդասար հարցուց Սանասարին,
— Ապա ի՞նչ անենք, աղբեր:
— Թողնենք, էրթանք աշխարի վե՛:

Էրկու աղբեր հեծան ու գնացին, հասան Մուշ:
Գնացին Մուշեղ թագավորի առաջ,
Գլուխ իջուցին, յոթն տեղով էրկիր պագին,
Ութի վերա ձեռներ կապին ու կայնան:
Ու թագավոր հարցուց էնոնց,
Թե.— Ի՞նչ պակասություն ունիք,
Ի՞նչ պիտի ձեզի, որդիք:
Տղեկներ դարձան, ասին.
—Պակասություն չունինք.
Վերի դին աստված ենք ապավինե,
Ներքի դին՝ քեզի, թագավոր,
Որ մեզի պահես ու պահպանես,
Քո աչք հովանի մեզի վերա ըլնի.
Ետև անցման աստված իրարուց չամաչեց ու:
Վերուց, հարցուց.– Որդիք, վի՞ր տղեկներն եք:
Թե.— Բաղդադու Խալիֆայի:
Ասաց.— Որ էդպես է, որդիք,

Մենք չենք ի՛շխենա ձեզի պահել.
Էնի զորեղ թագավոր է,
Կը գա մեր առ ու գերին կը տանի:
Ետ դարձեք, գնացեք, չենք կարնա պ՛ահել:
Էդա տեղեն էլան ու գնացին:

Ու միտք արին, թե.– Դո՞ր էրթանք:
Ու դեմ արին Արզրում նստող ամիրային:
Գնացին էդ մարդուն էրկու աղբեր,
Գլուխ իջուցին ու կայնան առաջ:
Աիազին ու քո ուզած՝ հաստաբազուկ
Ու հաղթուկ մարդ էին էդ էրկու աղբեր:
Արզրում նստող ամիրան
Որ տեսավ, շատ հավանեց էդոնց:
Հարցուց զիրենց ազգ ու տակ,
Ու ասաց.— Դուք ի՞նչ մարդ եք:
Սանասար պատասխանեց.
— Մենք՝ Բաղդադու Խալիֆայի տղեկներն ենք:
Էդ ամիրան ասաց.— Հա՛յ, հա՛յ, հա՛յ,—
Ու զիր փողպատ թրթվեց էնոնց մոտեն:

— Մենք էդոնց մեռելներուց կը փախնինք,
Էդոնց կենդանո՛ւն ռաստ կը գանք:
Ոչ, ձեզի տեր չենք կա՛րնա ըլնի.
Ուրվե կ'էրթաք, գնացեք:
Էդտեղեն էլ էլան ու գնացին:
Ճամփուն խորհուրդ արին:
Սանասար ասաց Բաղդասարին.
— Աղբեր, մենք էդ մարդու մոտեն կը փախնինք,
Ջէոր անուն ինչի՞ դրեր էնք մեր վերան:
Արի մենք էդ շան անուն չտանք.
Քանի որ մենք էդոր անուն տանք,
Մեզի պահող չկա:
Էս դիր ուր որ գնանք, ով որ հարցուց,
Տ'ասենք՝ մեզի բան չկա,
Ոչ հեր, ոչ մեր, ոչ տուն, ոչ հայրենիք,
Բալքի մարդիկ զմեզի տիրեն:

12

Ու էնտեղեն դարձան,
Թողին, էկին Մանձկերտու բերդ:
Թագավոր մի կար էնտեղ, անուն Թևաթորոս,

Էկին, էնոր դուռ կայնեցին,
Թագավորի մարդիկ էկին.
— Դուք ի՞նչ մարդ եք, հարցուցին:
Ասին.— էկանք, թագավորին ըլնինք ծառա:
Թագավորին իմաց տվին:
Գնացին, գլուխ իջուցին,
Յոթըն տեղով էրկիր պագին,
Ոտի վերա ձեռ կապեցին
Ու կայնան էնոր առջև:
Թագավորն ինչ զէղ էրկու խարտեշ,
Սիրունատես տղեք տեսավ,
Շատ հավանեց էնոնց, հարցուց.
— Որդիք, ի՞նչ պիտի ձեզի.
Ինչի՞ համար եք էկե:
Պատասխան տվին էնոր.
— Վերի դին աստված ենք ապավինե,
Ներքի դին՝ քեզի, թա՛գավոր,
Որ մեզի պահես ու պահպանես,
Քո աչք հովանի վերա մեզի ըլնի,
Էտև անցման աստված իրարուց չամաչեցու:
Ու թագավոր հարցում արեց.
— Որդիք, դուք ո՞ր տեղեն եք:
Պատասխան տվին, ասին.— Չենք գիտի:
— Ի՞նչ ունիք, ի՞նչ չունիք. հեր ու մեր ունիք:
Ասին.— Իսկի բան մ’էլ չունինք,
Ոչ տուն, ոչ տեղ, ոչ հայրենիք,
Մենք ինչ մորէ էլեր ենք,
Ոչ հեր ենք տեսե, ոչ մեր ենք տեսե.
Մեզի էսպես որբուկ տղա ենք տեսե:
Թագավոր նորեն հարցուց.
— Դուք ի՞նչ կ’ասեք, ինչի՞ ման կը գաք:
— Մենք էկեր ենք կո՛, կըլնինք քեզի ծառա:
Թագավորին շատ դուր էկան, ասաց.
—Տարեք էղ տղեկներ դրեք մեկ մաքուր տեղ,
Սենեկի մեջ անկողիններ փռեք:
Տարան, դրին մեկ սենեկի մեջ
Ու էնոնց ժամեժամ հաց կը տանեին:
Թագավոր զէնոնք շատ ուզեց.
Սանասարին արեց սեղանապետ,
Բաղդասարին՝ զինապետ:

Մեկ տարի թամամ պահեցին,
Տարին որ թամամավ, վազիր թագավորին ասաց.
— Թագավոր, մի բերե՛ս, փորձես զէղոնք.
Տեսնես՝ մեջերն հունար կա՞, թե չկա:
Թագավորն ասաց.— Աղեկ կ’ասես:
Ու կանչեցին էդ տղեկներ,
Բերին թագավորի դիվան,
Ու թագավորն ասաց էղոնց.
— Ո՛րդիք, լուսուն պիտի կռիվ էրթանք
Ու տղեկներ էդա տեղեն էլան,
Գնացին, նստան իրենց սենեկի մեջ.
Մնացին էնտեղ չուրի լուսացավ:
Առավոտ բարի լուսուն էլան,
Ամեն մեկ իր զենքեր առավ վերան,
Հեծան իրենց ձիա՛նք
Ու գնացին կռվի մեյդան.
Թագավորն էլ իր զորքով էկավ:
Վերուց, ասաց.— Սա՛նասար,
Զորքերն առ, դու մեկ դին կայնի,
Ես, Բաղդասար, վազիր մեկ դին կայնենք:
Սանասար ասաց.— էդպես չէ, թագավոր:
— Հապա ի՞նչպես, հարցուց թագավոր:
Ասաց.— Ես ու իմ աղբեր մեկ դին կայնենք.
Դու, քո զորքեր, վազիր՝ մեկ դին:
Թագավոր ասաց.— Քո խոսք ըլնի:
Ու էկան, առան իրար կռիվ:
Թագավոր մեկ էլ նայեց, տեսավ,
Որ էլ զորքեր չկան, ամեն ջարդած են:
Ասաց.—Վազիր, քո տուն ավերի,
Ինչպես որ դու իմ տուն ավերեցիր.
Մինչի հիմի էղոնք զիտեին,
Թե մեր մեջ որձ մարդ կա.
Հիմիկս իրենք մարդ են, մենք՝ կնիկ:
Վազիր վերուց, թե.— Որ էդպես է,
Քաղքից դուրս արա, թող էրթան:

Էն օր քաղքի նախիր ավազակներ տարան:
Էլավ, էբեր մի էրեսուն ձիավոր,
Տղեկներու հետ տի դներ,
Որ էրթային տանողների ետև:
Սանասար ասաց.— Թա՛գավոր,
Մենք չենք ուզի էդ էրեսուն ձիավոր.

Մենք երկուսով մենակ կ’էրթանք:
Առին զենքեր, հեծան ու գնացին:
Գնացին, հասան ավազակներուն.
Զարկին, ջարդին, նախիր թափեցին,
Զէդ ավազակներ խառնեցին նախրի տավրի հետ.
Դարձուցին, բերին քաղաք:
Թագավոր բռնեց, զավազակներ կապեց:
Էդա անգամ զտղեկներ է՛լ լավ պահեց:

Առավոտուն էլան, գնացին, պըտտտեցրն,
Տեսան ջահել տղեք վահանամարտ կը խաղան,
Վահան բռնած ձեռներ՝ փետ կը զարնեն իրարու:
Ասին.— Մենք էլ էրթանք, հետ էնոնց խաղանք:

Գնացին, ո՛ր մեկին ձեռ տվին,
Ուշաթափ էղան, ընկան գետին:
Գնացին, թագավորին խաբար տվին.
— Էլի տես՝ ինչ են արած:
Թագավոր կանչեց զէնոնք, ասաց.
— Տղեք, դուք էս ի՞նչ կ’անեք,
Էս ձեր արած բան ի՞նչ է:
Ասին.– Թագավոր ապրած կենա,
Մենք խաղացինք, էդպես էղավ:
Ասաց.— Դուք զորեղ, ազնավուր մարդ եք,
Էնոնք ձեզի կարնա՞ն դեմ կենան:
Դիր մ’էլ էդպես բան չանեք:
Ասին.— Էլ չենք անի:
Մեծ քաղաք էր. հարսնիք արին.
Ջահելներ էլան, գնացին, ձի խաղցուցին:
Թագավոր ասաց Բաղդասարին.
— Էլեք, դուք էլ գնացեք,
Ձիաթողս, ուրախություն արեք:
Էդոնք որ գնացին, ձիավորներ կայնան:
Էդ երկուս կայնան մեկ կողմ,
Ձիավորներ կայնան մեկ կողմ,
Էկան, իրարուց կրակ տարան,
Երբ մեծ աղբեր կ’էրթար ետև,
Զրինդ կը թալեր, վնաս չէր տա.
Երբ որ պստիկ աղբեր կ’էրթար,
Կը զարկեր, կող կը ջարդեր,
Էրկու-իրեք տղի վնաս էտու:

Սանասարին էդ դուր չեկավ,
Էլան, դարձան, էկին տուն:

Մեկ սինի պտուղ վերցուց մեծ աղբեր,
Էդի պստիկ աղբոր գլխու վերա,
Տարավ թագավորի դիվան:
Էն տղաներու տիրվանք էկած են,
Գանգատ կը տան, կ'ասեն.
— Թագավոր, էդ տղաներ ճամվու դիր.
Թե չէ՝ զորեղ են, քեզ կը վնասեն:
Սանասար որ պտուղ տարավ,
Տղաներու տիրվանք տղաներուն մոռցան.
Էկին, լցվան պտղի վերա, կերան:

13

Էնոնց ընկեր տղաներից մեկ գնաց, ասաց.
— Թագավոր բարկացեր է ձեր վերա,
Ձեզի քաղքից դուրս տի հանի:
Սանասար Բաղդասարին ասաց.
— Աղբեր, էստեղ մեզ տուն չիլնի,
Էրթանք, մեր տուն շինենք:
Էնքան ջանք թափեցինք էնտեղ,
Ու մեր էն ավերակն էնպես մնաց կիսատ:
Ասաց.— Դու գիտես, աղբեր, էրթանք:
Աուտուն ոչ դու հաց պատրաստիր,
Ոչ ես գինի լնում, խտամ.
Առավոտուն չէրթանք իրեն էրևանք:
Թագավոր քնուց զարթնեց, ոչ էն կա, ոչ էն.
Էդ հետ կանչեց զէնոնք:
Էկին թագավորի առաջ:
— Թա՛գավոր, ասին, մեր մեղքն ի՞նչ է,
Որ դու մեզի քաղքից դուրս կ'անես:
Ասաց.— Որդիք, խոսք է, բերնես գնացեր է,
Ձեզի պիտի դուրս անեմ:
Էստեղեն գնացեք ձեր սենեկ,
Ու միտք արեք, տեսնենք՝
Որ կողմ կ'ուզեք, տամ ձեզի,
Գնացեք, էնտեղ նստեք:
Տղեկներն էլ միտք արին,
Թե.— էրթանք էնտեղ, որ նշանզաի թալեր ենք:
Էրթանք, էնտեղ նստենք:

Մնացին գիշերն իրենց սենեկի մեջ։
Բարի լուսըն որ բացվեց,
Էկին թագավորի առաջ կայնան։
Ու թագավոր հարցուց.— Ո՛րդիք.
Ո՞ր կողմ ուզեցիք, որ դուք նստեք։
Ասին.— Թագավոր ապրած կենա,
Մենք, ուղորդ է, հեր ու մեր չունինք,
Համա քենե պահենք, աստըծուց ի՞նչ պահենք,
Ջանք մեկ ավերակի տվեր ենք մի քիչ.
Հետո թորկեր, էկեր ենք էստեղ։

Ու պատմեցին էնոր ասին.
— Էս օրինակ մեկ աղբերակ,
Էդ աղբրի կուշտ հիմք ենք թալե.
Կը խնդրենք, որ թողնես մեզի,
Էրթանք մեր տուն շինենք, տնավորվինք։
Թևաթորոս թագավոր վերուց, ասաց.
— Ախըր, որդիք, ես առաջ ձեզ հարցուցի,
Թե ձեզ ինչ կա, հեր, մեր.
Ու դուք ասիք, թե՝ բան չկա. ոչ տուն, ոչ տեղ։
Հիմի քանի որ էդպես է, ասաց.
Կ'էրթաք, հազար բարին,
Գնացեք ձեր տուն ու բերդ շինեք։
Սանասար ու Բաղդասար դարձան, ասին.
— Թագավոր, ապրած կենաս,
Մեկ բան էլ կը խնդրենք քենե,
Մենք մենակ չենք կարնա էնտեղ նստենք.
Կը խնդրենք՝ մեկ քանի տուն աղքատ,
Մեկ քանի տուն հարուստ տաս մեզի.
Գան հետ մեզի, մեզի մոտ տուն շինեն,
Որ իրիկնեց ժողովվինք մեկտեղ,
Զրուցենք մեզի մեր քաղքի մեջ։
Թագավորի սիրտ կոչաց վեր էնոնց.
Էտու էնոնց քառսուն տուն.—
Հե՛յ զիտի տո՛ւն...
Ամեն մեկուն մեկ էշ ու մեկ ճախրակ։

Առավոտուն իր վազիրին ճամփեց քաղքի մեջ,
Էդ քառսուն տուն էտու քոչել,
Էնոնց համար էտու հիսուն բեռ ալուր,
Հետներ էղիր ուտելիք։

Էլան, բարձան զիրենց տներ:
Աղբերներն էլ թագավորին կաց-բարով ասին,
Ու հետ իրենց քոչին գնացին:
Գնացին, սարերն էլան,
Հասան վեր իրենց աղբերակին,
Ու վեր իրենց բերդի հիման:
Սանասար ասաց Բաղդասարին.
— Առաջ զմեր բերդ շինենք,
Թե չէ՝ զէդա աղքատ-ուղքատի տներ:

Բաղդասար պատասխանեց.
— Առաջ շինենք զէդոնց տներ.
Ու նոր շինենք զմեր բերդ,
Էդ խեղճ մարդեր չեն կարնա
Արևուն առջև կենա:
Ու սկսեցին զտներ:

Սանասար էնքան զորեղ էր.
Որ օր տասըն տան տեղ կը փորեր,
Էն մեկէլն էլ զփետեր կը բերեր.
Ու բանվածքըն էրկուսով կը շինեին:
Էրկու աղբեր չորս ավուր մեջ լման
Զքառսուն տների պատեր շարեցին,
Էդա ջոջ սարերի գերաններ
Կտրեցին, բերին առանց թփռելու,
Թալեցին վերան, ծածկեցին, պրծան:
Ու քոչեր նստեցուցին տների մեջ:

Տղեկներ որ զտներ կը շինեին,
Օրեն մեկի տուն հաց կ'ուտեին,
Վիր տուն որ հաց կ'ուտեին,
Էնոր տաշտ ու մաղ կը կախեին:

Երբ որ քոչեր իրենց տներ նստան,
Տղեկներ կրկին ըսկըսեցին ըզբերդ շինել:
Սանասար ջոջ քարափներ շալկեց, էբեր.
Ջոջ ջոջ քարեր էլ իր աղբեր էբեր:
Գնացին հետո քաղաք,
Վարպետ ու բանվորներ բերին:
Վարպետ տեսավ բերած քարեր,
Ասաց.— Ես չեմ կարնա շինել:

Սանասար գնաց քաղաք.
Ուրիշ մեն վարպետ էլ էբեր:
Էս վարպետ էլ որ տեսավ էն ջոջ քարեր.
Ասաց.— Սանասար, էս ի՞նչպես տի շարենք.
Ես չեմ կարնա էս քարափներ իրար տալ:
— Ապա ո՞վ կարնա. հարցուց Սանասար:
Վարպետ պատասխանեց.
— Մարդ չի կարնա իրար տալ:
— Ապա ի՞նչպես տի շարենք:

— Ես էլ չեմ գիտի, ասաց վարպետ:
Էն ժամանակ Սանասար վերուց,ասաց.
— Դե դու, վա՛րպետ, լարեր կապի՛, տեղեր շտկի՛,
Ինձի ասա, ես քար դնեմ իր տեղ:
Էսպես իրենց բերդ շինեցին:
Ջոջ ջոջ քարեր կը բերեին հրեշալի,
Վարպետների հետ էլ մեկտեղ կը բանեին:
Էնոնք էնքան զորեղ էին,
Որ քարե սան քարե տուն զարկին, ձագ թալեցին:
Մեկ տարի բոլոր էնոնք էսպես աշխատեցին,
Մեկ տարին որ լրացավ,
Նոր էնոնց բերդն ու տուն էկավ գլուխ:
Դարձան փոքրիկ, էկեղեցի մ'էլ շինեցին:
Մնաց բերդի ու տան անուն:
Ու չեն գիտի, թե ինչ դնեն էդոր անուն:

14

Ապա Սանասար ասաց Բաղդասարին.
— Շատ աղեկ, մենք մեր տուն պրծանք.
Մեր տանանուն ի՞նչ տի դնենք:
Բաղդասար ասաց.— Ա՛ղբեր, դու գիտես.
Շինել վեր մեր էրկուսիս,
Անուն դնել վեր քեզ:
Ով որ էկավ, բռնեց, ասաց.
— Իմ տան անունն դրեք:
Մարդ չիմացավ, թե ինչ ասեր:
Քանի մարդ էկավ էդտեղ,
Բերաններ փակվավ, անուն չասին:
Ով էլ էկավ, անուն էդիր.
Անհարմար ասին դրած անուն:

Մնաց: Մի իրիկուն խորհուրդ արին:
Բաղդասար ասաց իր եղբոր.
— Լավն էն է որ էրթաս,
Մեկ ալնոր մարդ գտնես, բերես,
Էստեղ հացկերություն անի,
Էլնի, բերդին անուն դնի, էրթա:

Առավոտուն լուս որ բացվեց,
Սանասար էլավ, գնաց ման էկավ,

Սպտակմորուս պապիկ մի տեսավ.
Վեցկին լծեր էր մեջ օստնին,
Հետ հոտաղին վար կ'աներ:
Հալվոր ինչ էդ փահլեան տեսավ,
Ձեռքեր էլան դող, վար կայնեցուց:
Սանասար էկավ, ձեռ էթալ,
Հալվորի թն բռնեց, ասաց.
— Պապիկ, արի էրթանք մեր տուն:
Հալվորն ասաց.— Ձեռք վեր առ ինձենե:
Ասաց.— Մի վա՜խենա, պապիկ.
Արի էսօր մեր տուն հյուր.
Քեզ կը տանեմ, ետ կը բերեմ:
Հալվոր համաձայնավ, գնաց:
Ինչ մոտեցան, հոգնեց, ասաց.
— Հերիք է՝ ինձ տանես, ես նեղացա:
Ասաց.— Պա՛պիկ, հա՛—հա, մոտեցանք,
Հա՛մա ձեռ էտու զպապկի ճիվ,
Էթալ վերիր ձիուն,
Առավ, տարավ, մեջ տան էդիր գետին:

Տարավ տուն, հացկերություն արին,
Նստան, զրուցեցին չուր իրիկուն:
Ասաց.— Պապիկ, դու գիտե՞ս՝
Ինչի համար ենք քեզ բերե:
Ասաց.— Հա՛յ կանաչ կտրիճ,
Բա ես գիտե՞մ, ես ի՞նչ գիտեմ՝
Ինչի համար եք ինձ բերե:
Սանասար ասաց.— Հա՛յ պապիկ,
Տեր ալնոր, մեծ մարդ ես դու,
Աշխարք շատ ման էկեր ես.
Էս տուն մենք նոր ենք շիներ,

Դեռ մեր տուն անուն չունի,
Մեր բերդի անուն չենք գիտի՝ ինչ դնենք:
Պապիկ, ես քեզ բերի էստեղ,
Որ դու անուն դնես մեր բերդին:
Մեր տան անուշ անուն մի դիր,
Տեսնենք՝ ինչ տի դնես տան անուն:
Հալվորն ասաց.— Թող ըլնի:
Ապա դարձավ, հարցուց, ասաց.
— Ձեր հոգուն մեռնիմ, տղաներ,

Ի՞նչ անուն կ'ուզեք, ի՞նչ անուն դնեմ:
Էնոնք ասին.— Հալվոր պապի,
Մեր ուզածով չէ. դու քեզ համար ինչ կ'ուզես՝ դիր;
Հետո հալվորն ասաց.
— Հիմի մութն է. առավոտուն էլնենք, ման գանք,
Ես իրիշկեմ, էնոր գորա անուն մի գտնենք:

Քնեցին: Առավոտուն էլան վե,
Լվացվան, աղոթք արին.
Հալվոր կուշտ հաց կերավ,
Էլավ, գնաց, բակի մեջ մեկ ֆռաց, ֆռաց,
Խորոտ ու գեշ մտիկ էտու,
Դարձավ, ասաց.— Ես չեմ տեսնա՝
Ձեր տուն քանի մ'է, որ անուն դնեմ:
Սանասար ասաց.— Պապիկ,
Արի ես քեզ շալկեմ,
Մեր բերդի չորս բոլոր ման ածեմ,
Դու տես, նոր անուն դիր:

Շալկեց, էլավ դուրս, բերդի բոլոր ֆռաց,
Հալվորն աշեց էն տան չորս բոլոր,
Տեսավ՝ սար մի կո՛ շարած վեր իրարու:
Առավոտուն արևմտյան դռնեն էլավ,
Բերդի բոլոր պտըտեցուց,
Իրիկուն նոր պրծավ, էկավ մոտ էն դուռ,
Էկան, կայնան դռան առջև:
Իրենք էլ էսպես են մտածե.
«Հալվորի գալուն պես էլնենք դիմաց,
Ինչ խոսք էնոր բերնեն էլնի,
Մեր բերդի անուն էն թող ըլնի»:
Ասին.— Պապիկ, ի՞նչ կ'ասես:

Հալվոր նայեց դարգահի վերա,
Էդոր վերին հարկեր տեսավ,
Քարեր հանած էդա բարձր հարկեր,
Տեսավ քարափներ պատ շարած,
Զարմացած մնաց, հարցուց, ասաց.
— Էդո՞ր անուն դնեմ:
Աստված ձեր տուն շինի,
Ես ի՞նչ անուն դնեմ էս տան:
Աստված բարի տա ձեզ,
Դուք ի՞նչքան ուժ ունիք,
Որ վեր հաներ եք էս մե՜ծ մեծ քարեր:
Վա, էս ի՞նչ սասուն քարեր են,
Դուք էն սասուն քարեր
Ի՞նչպես հաներ եք էն վերին տեղ,
Ու քարե սան սուն եք զարկե.
Էս տո ւն չեք շինե դուց.
Ապա սասուն մ' եք շինե:
Վա, քանի սասուն բերդ մի.
Էս տուն չէ, էս սասուն է:

Սանասար ասաց.— Բավ է, պապիկ,
Էլ ձեն մի հանի, էլ անուն մի դնի.
Ա՛յ պապի, անուն դրվավ,
Անուն էղավ Սասուն:
Քանց էդա ավել էլ ի՞նչ անուն:
Որ դու ասիր՝ սասուն քարեր,
Քարե սան սուն եք զարկե,
Մեր բերդի անուն էղավ Սանսուն,Սասուն:
Մեր տան անուն՝ Սասնա տուն:
Ու էն բերդի անուն կոչվավ Սասուն,
Էն տան անուն մնաց Սասնա տուն:

Բերդի անուն դրին, պրծան,
Սանասար ասաց հալվորին.
— Պապիկ, էստեղ մնա.
Ես քեզ խորոտ կը պահեմ:
Հալվորն ասաց.— Աստված որ կը սիրես.
Էլի ինձ կը տանես, դնես իմ տեղաց վերա.
Էն վաթանն է, էստեղ իմ համբեր չգա:
Սանասար զհալվոր վերուց,
Տարավ, իր տեղ էդիր:

15

Ի՞նչ էր էնոնց սովորություն, արվեստ:—
Էրկու աղբեր ցերեկ սարեր ման կը գային.
Կ'էրթային, կը հասնեին չուրի ծովափ,
Որս կ'անեին, իրիկուն կը գայի նստում:

Ավուր մեկին Սանասար ասաց Բաղդասարին.
— Հա՛յ աղբեր, էրթանք ծովու բերան,
Մեկ լավ ձի մեզ համար գտնենք, բերենք:
Հրեղեն էին, գիտեին, որ ծովու ձի կա:—
Էլան, գնացին ծովու պռուկ.
Էրկուս նստան էնտեղ:

Սանասար ասաց Բաղդասարին.
— Աղբեր, արի մեզ տանք վեր էս ծովուն,
Տեսնենք՝ մարդ կըխրվի՞ մեջ:
Բաղդասար դարձուց, ասաց.
— Աղբեր, հոգիս քաղցր է.
Ես ինձ չեմ թա՛լի ծով:
Սանասար աղբրոն ասաց.
— Լավ, դու կայնի էստեղ, ես կ'էրթամ.
Թե ես չխրվա էս ծովի մեջ, դու է՛լ արի.
Թե ես խրվա, խեղդվա, դու էլ մի՛ գա,
Դու էստեղ ողջ կը մնաս:
Սանասար սիրտ արավ.
Մեկ աստծու անուն էտա,
Զինք շալապուտիկ արավ, էթալ ծով:
Աստծու հրամանքով ծով բացվեց,
Սանասարի աչից առջև էղավ չոր գետին,
Բաղդասարի աչից ծով կ'էրևար:
Բաղդասար մնաց էնտեղ ծովու պռուկ,
Հա՛մա կը լար, կ'ասեր.
«Վա՛յ, իմ աղբե՛ր գնաց ծովու մեջ կորսըվավ,
Իմ աղբեր գնաց ծով, խեղդըվավ»:
Որ էլ զէնի չտեսավ,
Ուշքըն գնաց կըսկըծու,
Ընկավ ծովու բերան:

Սանասար ծովու մեջ որ մտավ,
Ինչ չոր գետնի վերա գնաց:

Գնաց, հասավ ծովու տակ մեկ պարտեզ,
Տեսավ՝ քոշք ու սարայ մի կա էնտեղ.
Հավուզ մի կա մեջ էն պարտեզին.
Էն քոշք ու սարի առջև ջուր կըթալի:
Տեսավ Ծովային ձին. Քուռկիկ Ջալալին,
Էնտեղ կապուկ, թամք սադաֆին վերան պատրաստ,
Կեծական Թուր վերան կախած:
Նայեց՝ էկեղեցի մի կա էնտեղ:
Ինչ մտավ էկեղեցին,
Ակահ գնաց, թավալեց, ընկավ:
Մեջ քնուն էրազ տեսավ,
Մայր Աստվածածին էկավ էրազ, ասաց,
«Հե՜յ, Սանասար, էլի վե՜ր:
Խաչ Պատերազմին կո՜ էստեղ է.
Էլի՛, յոթ ծունր, աղոթք առջև արա.
Արժան ըլնիս, քեզ կը հասնի,
Դնես վեր քո աջ թևին, որ դարբ չառնի:
Ծովային ձին, Քուռկիկ Ջալալին,
Էնտեղ թամքած, սանձըն բերան զարկած,
Էրկնուց իջած Թուր Կեծակին վերան կախած.
Թե արժան ես, կ'առնես, կը հեծնես:
Էստեղ մեկ պահարան կա, բա՜ց.
Մեջըն շապիկ զրեհին.
Զրեհի քամարն ի մեջքին,
Գլխու գուտն զրեհին,
Զրեհի կոշիկն ի ոտին,
Ծանրիկ գուրզ փահլանին.
Ամուր նիզակ, նետ ու աղեղ,
Փող պղլորին, պինդ վահան.
Ամեն էստեղ է, կ'առնես:
Էն դարբասի աղբրի մեջ էլ կը լողանաս,
Կը ջոջանաս, կը զորանաս, կտըրճանաս,
Քո ուժ կ'ըլնի քան յոթ,
Մեկն յոթ կը հավելանա, կը լցվիս.
Կերթաս քոմուրազին կը հասնիս»:

Սանասար քնուց զարթնեց, էլավ, ասաց.
«Էն ի՞նչ էրազ էր, ես տեսա.
Տեսնես՝ ուղո՞րդ է, թե՞ սուտ է»:
Գնաց էնտեղ, ինչ շանց էտու,
Էն պահարան էբաց, տեսավ էնտեղ՝

Ինչ էրազի մեջ տեսեր էր:
Տեսավ մեկ զրեհի գուտ էնտեղ.
Էրկու լիտր բամբակ դներ մեջ,
Դներ գլուխ՝ չկայներ.
Մեկ զրեհի մեջկապ էնտեղ,
Յոթ փութ էկավ բոլոր մեջաց.
Մի ջուխտ զրեհի կոշիկ էնտեղ,
Մեկ մեկ լիտր բամբակ դներ մեջ,
Հագներ, հալա ջոջ էր:
Էկեղեցուց էլավ դուրս,
Գնաց, մտավ էն դարբասի հավուզ, լողացավ՝.
Աղբրի ջուր խմեց, քնեց.
Քնեց մի քիչ,աստծու շնորիք առավ.
Ջոջացավ, զորացավ,կտըրճացավ,
Լցվավ, դարձավ իրեղեն:
Վեր էլավ, էն զեստեր կապեց ամեն:

Ըզզրեհիշապիկ հագավ.
Ըզզրեհի քամար կապեց,— քամար մեջքով էր.
Ըզզրեհի գուտըն էդի գլուխ,— գլխով էր.
Ըզզրեհի կոշիկ հագավ,— ոտքով էր.
Ամեն զեստեր, զենքեր առավ:
Յոթ ծունր աղոթք արավ,
Ջթուր Կեծակին կապեց վեր իր:
Հրեշտակները ըղխաչ Պատերազմին
Դրին վեր աջ թևին,
Որ դարբ չառնիՍանասարին:

Էավ, սիրտ առավ, որ ին հեծներ:
Քուռկիկ Ջալալին դարձավ, ասաց.
— Հողածին, ի՞նչ կանես, քո միտն ի՞նչ է:
Ասաց — Քե կը հեծնեմ:
Ասաց.— Քե կը տամ արեգական, կ'էրեմ:
Ասաց.— Ծովային եմ, ինձ կըտամ քո փորի տա
Ասաց.— Քե կըտամ գետին, կ'էրթաս անդունդք:
Ասաց.— Ծովային եմ, ինձ կըտամ քո քամակ:
Թռավ քամակ, հեծավ ըզձին,
Որ կը տար արեգական՝ էրեր,
Ինք էտու ձիու փորի տակ.
Որ կը տար գետին՝ էրթար անդունդ,
Ինք էտու ձիու քամակ:

Ձին քիչ մ'էլ թռավ վեր-վեր,
Դես փախավ ու դեն փախավ,
Կայնավ վեր հետին ոտներին,
Փրփուր էտու վեր բերնին.
Չկարցավ ըզՍանասար ձգեր գետին:
Խելացացավ, կայնավ, հնազանդեց,
Ասաց.— Ես քո ձին, դուն իմ տեր:

Սանասար քշեց ըզձին, բաղչով կ'էրթար,
Էլի ճամփին ծով բացվեց,
Մեկ էլտեսավ ծովու էրես,
Դուրս էլավ, որ գա աղբոր մոտ:
Աղբեր գետին նստած կըլար.
Տեսավ՝ մեկ սար էլեր սարի վերա, կը գա:
Ասաց, «Էն գազան ինձի կ'ուտի.
Էն ըզիմ աղբեր քաշեց ի ծով,
Ըզիս էլ տի տանի, քաշի ծով»:
Չճանչեցավ, վախեցավ, լալով փախավ:
Սանասար կանչեց, ասաց.— Բա՛ղդասար, մի փա՛խի:
Գնաց, հասավ Բաղդասարին, ասաց.
— Ա՛յ տղա, ինչի՛ կը լաս:
Ասաց.— Էյ, ես չլամ, բա ո՞վ տի լա.
Ես եմ իմ մեկ աղբեր.
Իմ աղբեր զինք էթալ ծով, գնաց, խեղդըվավ.
Ես էլ մնացի էստեղ մենակ:
Ապա ես չլամ, ո՞վ լա:
Սանասար ասաց.— Է՛յ, տղա,
Մկա քո աղբեր տեսնես՝ կը ճանչենա՞ս:
— Ապա չե՞մ ճանչենար:
Ասաց.— Ես քո աղբերն եմ:
— Իմ աղբեր էդքան ջոջ չէր.
Քանց իս մեկ լար մի ջոջ էր:
Իմ աղբեր էդ ձին ո՞ւստ գտավ.
Իմ աղբեր էդա զենքեր ո՞ւստ գտավ:
Հասավ աղբոր գլուխ պաչեց, ասաց.
— Բա՛ղդասար, ես քո աղբերն եմ,
Սանասարն եմ. մի վախենար, մի՛ լար:
Բաղդասարն էլ Սանասարի գլուխ պագավ.
Ասաց.— Աղբեր, քանի դու կ'էրնայիր,
Ես կիրիշկեի քեզի.
Երբ դու չէրնացիր, ես նստա, լացի:

Էնոնք իրար գլուխ պագին.
Մեկտեղ էլան, գնացին տուն:

16

Էրկու աղբեր նստուկ էին Սասուն:
Բաղդասար քնուկ էր մեկ գիշեր.
Մեկ էլ տեսնի, ի՞նչ տեսնի լավ:—
Ձոջ Կուռք էղավ իծու օրինակ,
Էկավ գլխու վերն, մըկմըկաց,
Մինչի լուս չթողեց, որ էն քներ, սթրեր:
Մեկ ամիս թամամ էդպես կ՚աներ:
Ամիսն որ լրացավ,
Դեղնություն թափավ Բաղդասարի վերան,
Հիվանդացավ, նիաթ կախեց:
Սանասար հարցուց աղբոր.
— Ինչու՞ ես դու հիվանդացել.
Քանի կը բանինք, ուրախ էիր.
Հիմի նոթեր կախեր ես:
Բաղդասար պատասխանեց.
— Աղբեր, դու խաբար չես, ես գիշեր չեմ քնի.
Էդ մեկ ամիս Ձոջ Կուռք չի թողի,
Որ ես գիշեր քնեմ:
Կըլնի իծու պես, գիշեր կը գա,
Կը տըրճըկի չուր լուսվեր ինձի,
Իմ գլխու վերն կը մըկմըկա.
Չի թողի, որ ես քնեմ:
Աղբեր, ես կէրթամ Բաղդադ,
Կամ Խալիֆան ինձ տի մատաղ անի Ձոշ Կռքին,
Կամ ես՝ Խալիֆային:
Սանասար վերուց, ասաց.
—Աստուծով էն չի կարնա մեզ մորթի:
Բաղդասար դարձուց, ասաց.
— Համա, աղբեր, ինձի չի պա՛տկանի,
Որ ես մենակ էրթամ:
Մեկտեղ էրթանք. ըզԽալիֆան զարնենք, սպանենք.
Կռքատուն վառենք, չխուլ մարդիկ թալենք կրակ.
Մեկ էլ էրթանք մոտ մեր խեղճ մեր,
Տեսնենք՝ ինչպես է, ինչ կ՚անի:

Էլան, քանի մի մարդով ընկան ճամփա,
Էդ հաշվին գնացին, հասան Բաղդադ,

Ու քաղքից դուրս մեջ դաշտին
Իրենց վրան զարկին, նստան:
— Բաղդասար,— աղբրն ասաց Սանասար.
Դու շուտ գնա, մեր մորն աչքալուս տուր:

Գնացին, ջուաբ տարան Խալիֆային, ասին,
— Քո աչք ի լուս, տղեք էկան:
Խալիֆան ուրախացավ, զվարթացավ, ասաց.
— Զորավոր է մեր Ջոջ Կուռք,
Իր մատաղներ քաշեց, բերեց:
Վերուց, ասաց իր մարդոց.
— Դուք ինձ էրեսով կը տայիք.
Տեսա՞ք իմ կռքերի զորություն.
Ջոջ Կուռք քաշեր, իր մատաղներ բերեր է:
Մարդիկ ճամփեց, էկան տղեկներուն ասին.
— Խալիֆան ասաց՝ դուք բարի էկաք.
Դուք գիտցաք, որ իմ կռքերու օր է,
Ազիզ օր է, տի տանեմ ձեզի մատաղ անեմ:
Ասին.— Մենք գիտցանքկռքեր զոռ են.
Էկանք՝ մեզի մատաղ անի:
Էրկու աղբեր մեկէլ օր էկան,
Գնացին Խալիֆայի էրես:
Տեսան, որէն էլեր Դիվանխանի տանիք,
Թներ կանթե, կէրթա ու կը գա:
Որ զՍանասար ու Բաղդասար տեսավ, բոռաց.
— Դուք շան լակոտներ, շուն-շանորդիք,
Ո՞ւր անցիք, դո՞ր գնացիք, ինչի՞ շուտ չէկաք.
Դուք չգիտցաք, որ դոր էրթայիք,
Ջոջ Կուռք ձեզի կը բերեր:
Ասին.– Հերի՛կ, քե մեռնինք, հերի՛կ, քե մեռնինք.
Որ մենք մորե ծնվեր էինք,
Աշխարի չէինք տեսե.
Աշխարի տեսանք, մոռացանք:
Համա արևելք փախանք, չպրծանք,
Արևմուտք փախանք, չպրծանք,
Չազատվեցինք քո կռքերու ձեռնեն:
Քո Ջոջ Կուռք շատ զորավոր կուռք է,
Գիշերն էլ չէր թողնե,
Որ մենք էնտեղ սըթըրվինք:

Ասաց.— Դե՛ արիք, էրթանք կռոց տուն,
Ձեզի մատղեմ իմ կռքերուն:

Ասին.— Թագավոր, ապրած կենաս.
Դու զմեղ տ՚անես քո կոքերուն մատաղ.
Մենք թագավորի տղա ենք, մեզ չվայելա,
Իսկույն տանես, զաղտիկ-մաղտիկ զենեյ:
Մենք կ՚աղաչենք, որ դու, ինչքան ժողովուրդ կա,
Ժողովես, բերես էնտեղ,
Որ տեսնեն ու փառք տան կոքերուն:
Խալիֆան ասաց.— Շատ աղեկ.
Ինչպես որ դուք կ՚ուզեք, էնպես կ՚անեմ:
Ամեն էլ կը ժողվեմ, բերեմ:—
Տղաներ դարձան, էկան իրենց վրան:
Ու գնացին մոտ իրենց մեր:

Խալիֆան թուղթ ուղարկեց, ասաց.
— Իմ էրկու լաճ տի տանեմ,
Իմ կոքերուն մատաղ անեմ,
Էկեք, կոքերուն փառք տվեք:
Քաղաք քաղքով ու գեղ գեղով թափվան դաշտ,
Հազարավոր մարդեր էկան, դաշտ լցվավ.
Ասեղ թալեին, չէր ընկնի գետին:

Էնոնց մեր. Ծովինար, գիշեր չուր լուս նստավ,
Իր տղեկներն ապով արցունք թափեց:
Սանասար տեղից էլավ, ասաց.
— Բաղդասար, ձիու գլուխ բռնի, ես կէրթամ:
Որ ես կանչեմ, ձին ինձ կըհասուցես:
Ասաց, գնաց մոտ Խալիֆան.
Էնի տեսավ, որՍանասար կը գար,
Ճանչեցավ, ուրախացավ, ասաց.
— Է՜յ, մեռնիմ քեզի, Ջոջ Կուռք,
Ինչպես ըզքո մատաղ իր ոտով քաշիր, բերիր:
Հար երբ է մնացե,
Զմեկէլն էլ կը քաշես, բերես իր ոտով:
Ու դարձավ, ասաց.— Է՜յ, ո՜րդի,
Քո աղբեր ո՞ւր է. ինչի՞ շուտ չէկաք:

Սանասար պատասխանեց.
— Իմ աղբեր փոքր է, հետի-հետի կըգա.
Ինձ տար, զէնի, չուր իմ աղբեր կըգա:
Ասաց.— Դե կուզ ըլի, ըզքե զէնեմ:
Սանասար ասաց.— Խալիֆա, ինչո՞ւ.

Մարդ մատաղ սրբի դռա՛ն կը զէնի, թե՞ չոլ տեղ
Էրթանք կռատուն, էնտեղ զէնի,
Որ մատաղ ընդունելի ըլնի:

Խալիֆան ասաց.— Հա, վա՛լլա, քո խոսքն է:
Խալիֆան սուր ձեռն առավ,
Կանչեց, ասաց.— Արի, որդի, էրթանք,
Էրկրպագություն արա Ջոջ Կռքին,
Որ ըզքեզի զէնեմ, մատաղ անեմ:
Առավ զտղան ու երկուսով մտան կռատուն:
Տղան ասաց Խալիֆային.
— Երբ մենք գնացինք, պստիկ էինք.
Մենք զքո կռքի զորություն չգիտեինք.
Ես էդոր երկրպագություն չեմ տվե:
Չեմ գիտի, թե ինչպես կըպառկեն առջն,
Որ կռքերուն հաճո ըլնի.
Դե՛ արի, առաջ դա պառկի կռոց առաջ,
Դե՛ կզի, էրկրպագություն տուր,
Որ ես տեսնեմ՝ ինչպես կը տաս.
Ես էլ քեզնե ուսնեմ, էնպես անեմ:
Խալիֆան կզավ, էրկրպագություն էտու,
Ասաց.— Էսպես, տղա. էսպես տուր:
Սանասար կուզեկուզ արավ:
Խալիֆան դանակ էհան,
Քաշեց, որ վիզ կտրեր,մատղեր.
Սանասար տեսավ՝ ուղորդ, վիզ տի կտրի.
Ասաց. «Յա հացն ու գինին, տեր կենդանին»,
Աքուց մ'էզար Խալիֆային,
Որ գնաց իրեք շալապուտիկ
Վեր մեկմեկի էտև, շրջվեց էնտեղ:
Զխալիֆան բռնեց, կապեց:
Էնոր մարդիկ ձեն զցեցին քաղաք,
Զորք ժողվեցին, էկան.
Քաղաք քաղքով թափան վերա կռիվ:

Սանասար կանչեց.— Բաղդասար, ձի՛ն...
Բաղդասար ըզձին հասցուց:
Սանասար թռավ, հեծավ ըզձին:
Ասաց. «Այ-վա յ, այ-վա յ.
Էսոնք ըլնին բամբակ, ես էլ ըլնիմ կրակ,
Էսոնք չեմ կարնա վառել.

Էտոնք ըլնին կրակ, ես էլ ըլնիմ ջուր,
Էտոնք չեմ կարնա անցնել»:
Ձիուն լեզու էկավ, ասաց.
— Սանասար, ինչի՞ կը վախենաս.
Դու քո աստված կանչի.
Քանի դու քո Կեծական Թրով կտրես աջ-ձախ,
Էնքան ես իմ պոչով կը սպանեմ.
Ինչքան դու Կեծական Թրով կտրես,
Էնքան ես իմ շնչով կըսպանեմ,
Էնքան էլ իմ քամով կը սպանեմ.
Ինչքան դու Կեծական Թրով կտրես,
Էնքան ես իմ ոտներու տակ կը կոխոտեմ:

Էրկուս թրեր առան ձեռ,
Ու քշեցին էրկու աղբեր.
Մեկ էրկու դիր գնացին, էկան,
Ձիերու ոտաց փոշին էլավ էրկնուց էրես:
Ու փրթեցին, էնպես փրթեցին,
Ինչպես ձին իր գարին կտրի:
Ու Խալիֆայի մարդեր ընկան,
Խարի նման փռվան գետնին:
Դարձան ձիուց իջան տակ,
ԸղԽալիֆան բռնին, բերին մոտ իրենց մեր.
Չվանով ոտնեն չուր գլուխ փաթթեցին սան.
Տախտակ գլխով անցուցին,
Ճրագ գլխի վերա վառեցին,
Նստան տակ Սանասար, Բաղդասար,
Նռան գինին սեղնի վերա դրին.
Կարմիր գինին աչքի առաջ խմեցին,
Ուրախություն, խնջույք արին:

17

Խաբար գնաց, հասավ պապին,
Թե Սանասար ու Բաղդասար զորացեր են,
Կռապաշտ Խալիֆան բռներ, կապեր են.
Նստած՝ ուրախություն կ՚անեն:
Պապիկն ասաց.— Ա՜յ աստված,
Որ էն տղեր տեսնեի,
Թող իմ հոգին առներ:
Խաչապաշտ Գագիկ թագավորն էլավ,

Թուղթ մի գրեց, էտուր Քամուն, ասաց.
— Իմ թուղթ կը տանես Բաղդադ,
Իմ թոռ Սանասարի ձեռ կը տաս:
Քամին ըզթուղթ էբեր,
Ականատից էթալ Սանասարի ձեռ:
Սանասար ըզթուղթ կարդաց.
Պապիկ թղթի մեջ գրեր էր.
«Հազար բարին իմ թոռ Սանասարին:
Որ էս թուղթ կըհասնի քո ձեռ,
Գլուխ էդտեղ թրջես, էստեղ կնտես»:
Սանասար Բաղդասարին ասաց.
— Ես կ'էրթամ, Խալիֆային բաց չթողնես:
Ձձին քաշեց, հեծավ, գնաց պապի տուն:
Պապիկ մոր նմուշի վերա զթոռ ճանչեցավ.
Շա՛տմի ուրախացան, զրուց արին.
Ու շատ խոսքի ընկավ Սանասար,
Մոռացավ ըզմեր ու զիր աղբեր:

Ամեն օր Բաղդասար կէլներ, կ'էրթար որսի.
Օր մեկ վերու օշխար կը բերեր.
Կը գային, կը նստեին կերուխումի,
Քեֆ-ուրախություն կ'անեին:
Մեկ էլ որ էն գնաց որսի,
Խալիֆան փաթթած տեղեն՝ ասաց աղջըկան.
— Չէ՞ ես խեղճ եմ, քո տուն չավրի,
Փշուրմի իմ կապեր թուլցու:
Աղջիկ էլավ, զկապեր արձակեց, էդիր էնդին:

Խալիֆան էլավ, ի՞նչ էլավ:
Զամեն տեսավ, ժողվեց:
Գնաց քաղաք, ինչ իշխան մարդ կար մնացած,
Խալիֆայի մարդեր խորհուրդ արին,
Թե՝ «Ի՞նչ անենք, որ ազատվինք»:
Իշխաններից մեկն ասաց.
— Սանասար գնացե, մնացե Բաղդասար,
էրթանք, զէնի սպանենք:
Մեկն էլ ասաց. — Մենք չենք կարնա զէնի սպանենք.
Կանչենք հարսնիք, խմացընենք,
Տանենք, թալենք մեջ փոսին,
Փուշ ու փալաշ ժողվենք վերան, թող մեռնի:
Խալիֆան ասաց իր մարդերուն.

— Էկեք, յոթ ուղտաբեռ քացախ գինի
Լցեք, տարեք Ախմախու սար,
Որ ես վաղ ըղԲաղդասար խաբեմ, բերեմ,
Էնտեղ գինի տանք էնոր,
Խմացընենք, հարբեցընենք, սպանենք։
Մարդեր էկան էդպես արին։

Իրիկուն Ծուռ Բաղդասար որսից էկավ.
Տեսավ՝ Խալիֆան արձակած, բան չասաց։
Խալիֆան ասաց էնոր.
— Բաղդասար, գիտե՞ս ինչ կա։
Ասաց.— Ի՞նչ կա, Խա՛լիֆա։
Ասաց.— Ինձ թող, էրթանք Սև սար,
Էնպես որսի տեղ մի գիտեմ,
Որ վերու օչխար, վերու տավար,
Ամեն լցվեր են էնտեղ։
Ինձ թող, վաղ էրթանք, ամեն բռնենք,
Մեզ համար էնտեղ ուրախություն անենք,
Չն քո աղբեր ետ դառնա, գա։
Բաղդասար ասաց.— Թող ըլնի, էրթանք։
Էսպես Բաղդասարին համոզեց։

Մեկէ՛լ օր հեծան իրենց ձիանք, գնացին։
Որ հասան Ախմախու սար,
Էս դեհեն, էն դեհեն, գինու կթխեք ձեռքեր,
«Հազար բարի քե, Բաղդասար»
Ասին, ու չորս դեհեն տվին։

Ինչքան գինի բերին, մարդ չխմեց,
Զամեն տվին Բաղդասարին։
Էսպես Բաղդասարին խաբեցին,
Յոթն տարվան քացախ գինին գլուխ կապեցին։
Ո՛ր մեկին մեկ թաս գինի տվին,
Ասաց.— Հազար բարին Բաղդասարին։
Բաղդասար կանչեց.— Ձեր հազար կտրվի.
Լցեք տաշտեր, ես խմեմ։
Բաղդասար խմեց, էնպես հարբեց,
Որ տնական, անհուշ ընկավ։
Խալիֆան ասաց իր մարդերուն.
— Դե գուրզեր առեք, էլեք վերան։
Առան գուրզեր, էկան սպանելու։

Վախեն հեռվեն կը զարնեին:
Էնքան զարկին, էնքան զարկին,
Բաղդասարի չորս դեհեն՝
Էնպես խանդակ, փոս շինեցին,
Որ քառասուն գազ փոս կ’ըլներ—
Աստըծու հրամանքով,
Մեկ գուրզ Բաղդասարին չէր դիպնի:

Սանասար էլավ դուրս, իրիշկեց էրկինք.
Տեսավ՝ Բաղդասարի աստղ խավարեր էր,
Իր մտքի մեջ ասաց. «Իմ աղբեր նեղն է»:
Դարձավ, իր պապիկին ասաց.
— Ավա՛, պապիկ, ես տէրթամ, իմ ձին քաշեք.
Ես իմ աղբոր կամ լաշին կը հասնիմ, կամ ճաշին:
Պապիկն ասաց.— Քո տուն չավրի.
Քո աղբեր հիմի հանգիստ նստեր է,
Իր մոր հետ ուրախություն կ’անի,
Կը խնդանա, դուն էլ մեզ խնդացու:
Սանասար համբեր չարավ.
Էլավ, ինքն իր ձին քաշեց դուրս,
Հեծավ, աչք խփեց է բաց, հասցուց մոր մոտ:
— Մարե, ո՞ւր է իմ աղբեր Բաղդասար:
Թե.— Խալիֆան առե, տարե դաշտ ու սեյրան
Գնացած Ախմախու սար ուրախութեն:
Ասաց.— Ահա՛, իմ աղբեր խաբած, տարած:
Հե՛յ-վա՛խ, իմ աղբեր տի սպանեն:
Ասաց թե չէ՝ քշեց, հասավ Բաղդասարին:

Տեսավ՝ Բաղդասար էնպես խմեր է,
Ջոռ հարբած ընկեր է, ակահ չունի.
Էնոնք էլ առած գուրզեր, թրեր,
Էկած են, չորս կողմեն կը զարնեն, որ սպանեն:
Ինքն էլ աստծու անուն էտու,
Ծռանակ ընկավ մեջքեր,
Ու ծանրիկ գուրզ մի իջավ,
Ու զԲաղդադու Խալիֆան՝
Յոթն գազ գետին վե՛ իջուց,
ԶԽալիֆան, զէնոր մարդեր ամեն սպանեց:

Գնաց, կայնեց աղբոր վերա,
Ջուր էլից գլխուն, գլուխ լվաց, սիրտ մաժեց,

Որ հարբեցություն թողնի, լրջանա:
Կանչեց.— Բաղդասա՛ր, Բաղդասա՛ր:
Ուշք էկավ աղբոր վերան.
Գլուխ վերուց, ասաց.
— Հա՛յ, քո տուն չավրի:
Ինչ աղեկ քներ էի. չթողիր՝ ես քնեմ:
Ասաց.— Քո տուն չավրի.
Մի է՛լ, քո չորս բոլոր աչքի:

Էլան էրկու աղբեր, էկին քաղաք:
Բաղդասար կանչեց, ասաց.
— Որն որ է՛ն կը հավատա, ինչ ես կը հավատամ,
Թող գա անցնի իմ թրի տակով:
Քաղաք քաղքով թափան, էկին,
Անցան էնոր թրի տակով:

Էնոնց մերն էլ, Ծովինար խանում,
Կզավ վեր քիթ ու բերնին,
Էրկրպագություն արեց ու ասաց.
— Գոհանամ քենե, էրկնի ու էրկրի ստեղծող,
Որ ըզմեզի ու մեր ժողովուրդ
Ազատ արիր էն զալումի ձեռնեն:

18

Մի ժամանակ նստան էնտեղ:
Հետո էլան, առին իրենց մեր ու զքեռմեր,
Ու դեմ արին, էկին դեհ Հայաստան:
Էկին, Գագիկ թագավորի քաղքին մոտեցան,
Մեկ աղբրի վերա վրան դրին, նստան:
Տեսան, որ էն դեհեն մեկ մարդ կը գա,
Կանչեցին, ասին էնոր.
— Գնա թագավորին աչքալուս.
Շատ բարով տար էնոր ու Քեռի Թորոսին,
Ասա՝ ձեր Ծովինար ու իր էրկու տղան
Ողջ-առողջ էկած, աղբրի մոտ նստած են.
Աչք ձեր ի լուս ըլնի:
Գագիկ թագավոր ու Քեռի Թորոս
Էլան, էկին էնոնց առաջ:
Էկին, ընկան իրար վզով,
Պագին իրար, լացին ու խնդացին.

Կերան ու խմեցին, ուրախություն արին:
Թագավոր ու Քեռի Թորոս ասին.
— Դեհ, ելեք, էրթանք քաղաք:
Խոսք մեկ արին, գնացին քաղաք,
Իջան թագավորի պալատ:
Յոթն օր, յոթ գիշեր ուրախացան:

Սանասար վերուց, ասաց թագավորին.
— Քեռիեր, ես մեկ բան կը խնդրեմ քենե:
Ասաց.— Ի՞նչ կը խնդրես:
Ասաց.— Մեկ տեղ մենք մեզ համար
Մեկ տուն ենք շինե, էրթանք էնտեղ:
Թագավոր դարձուց, ասաց.
— Որդի, ես տղա չունիմ,
Ես կը մեռնիմ, իմ թագավորություն
Ձեզ կը մնա, կըլնի ձեր տուն:
Ասին.— Չէ՛, թագավոր, ապրած կենաս,
Էկանք, ձեզի տեսանք,
Գոյություն աստծու, ողջ-առողջ եք,
Իրարուց կարոտ առանք, կ'էրթանք մեր տուն:

Պատրաստություն որ տեսան,
Մերն իր էրկու որդուն խրատ էտու.
— Որդիք, թագավորից էս բան ուզեք.
Ասեք, թե՝ Ծովասար, Մարաթկա ջուր,
Ճապաղջրի Բաժն ու Քողեն տուր մեզ:
Թե էրդվավ՝ «Հացն ու գինին, տեր կենդանին», կը տա
Սանասար ասաց թագավորին.
— Մեկ բան էլ կը խնդրենք քենե:
— Որդիք, ասաց թագավոր,
Մեր հոգուց զատ՝ ինչ որ կ'ուզեք,—
Հացն ու գինին, տեր կենդանին,— կը տանք:
Ասին.— Ծովասար, Մարաթկա ջուր,
Ճապաղջրի Բաժն ու Քողեն տուր մեզ:
Ասաց.— Տվինք, որդիք:
Էլան Ծովինար խանում ու իր տղեկներ,
Հեծան, ճամփա ընկան ու գնացին.
Ու Քեռի Թորոս էլ իրենց հետ գնաց:
Ընկավ իրենց առջև Սանասար,
Ու գնացին, էլան վեր Սասնա բերդին:

Սանասար շատ զորընդեղ մարդ էր.
Սև սարի բոլոր ու չուրի Ծծմակաքիթ՝
Մշու վերևով պարիսպ քաշած,
Էլած էր չուրի Սեղանսարու գոտին ի վե՝
Ճապաղջրու Դուրան, Մուրադ գետի բերան,
Ու զէդ ամենն էլ տիրապետեց:
Չորս դարգահ էլ թողեց իր բերդին,
Ու միշտ հանապազ կը զարկեր զիր դարգահ,
Ու կը հեծներ զիր ձին, զՔուռկիկ Ջալալին,
Ու ինչքան գել ու գազան ըլներ, կը բռներ:
Օրերուց օր մ' էլ զարկեց, գնաց չուրի Մըսըր,
Չուրի Բաթմանա կամուրջ, չուրի Անգղա ձոր:

Էնպես փահլևան էղավ Սանասար,
Որ էնոր ձեն աշխարք բռնեց:
Շատ մարդեր որ լսեցին, ասին.
«Ա՛ղբեր, մենք նստեր ենք էստեղ, ի՞նչ.
Գող մարդեր ամեն ժամանակին՝

Կը գան, մեր ապրանք վարնեն, կը տանեն:
Ըիր՛, էն աստվածը, մենք կ'էրթանք էդա Սասուն,
Որ Սանասարի, Բաղդասարի պես՝
Երկու զորեղ փահլևան կա.
Որ էդ տեղի մարդուց ոչ հարկ կ'առնեն, ոչ տուրք.
Որ մեկ մարդ մեր ապրանք չզարնե տանի»:
Հա քիչ քիչ, հա քիչ քիչ գնացին էնոնց մոտ.

Շատացա՛վ, մե՛ծ քաղաք էղավ Սասուն:

ՍԱՆԱՍԱՐԻ ԵՎ ԲԱՂԴԱՍԱՐԻ ԱՄՈՒՍՆՈՒԹՅՈՒՆԸ

1

Օղորմի տի տամ, օղորմի
Էն խանում Ծովինարին.
Օղորմի տի տամ, օղորմի
Էն Սանասարին, Բաղդասարին.
Օղորմի տի տամ, օղորմի

Էն Դեղձուն-Ծամին.
Օղորմի տի տամ, օղորմի
Ականջ արողներու անցավորներին:

2

Խաբար ո՞րդուց տանք:—
Խաբար Պղնձե քաղքից տանք,
Քաջանց թագավորի աղջկանից տանք:

Սանասար-Բաղդասարի անուն բարձր էլավ.
Էնոնց ձեն ընկավ բոլոր էրկիր,
Թե էսենց, էսենց, էսենց.
Էրկու կտրիճ կա Սասուն:
Սանասարի քաջությա՛ն ձեն որ էլավ,
Խոսք ու զրուց գնաց, հասավ Պղնձե քաղաք,
Հասավ Քաջանց թագավորի աղջըկան,
Քառսուն-Ճուղ-Ծամ Դեղձուն-Ծամին:

Էդ թագավոր էրկու աղջիկ ուներ,
Էլ մարդ չկար էնոր:
Դեղձուն աղջիկ կախարդ էր, հմայիչ էր:
Մեջ էրազին զինք տեսավ Սանասար,
Ու շա՛տ սիրու տեր էղավ վեր էնոր:
Աղջիկն իմացավ էս բան, ասաց.
«Էնա մարդու անուն կտրիճ է.
Ես էնոր թուղթ մի տ'ուղարկեմ,
Էն գա, ես հավանիմ, զէն առնեմ»:
Էս Պղնձե քաղքի թագավորի աղջիկ
Մեկ կուժ լիք ջուր էլից, խնձոր բերան էդիր,
Մեկ կուժ էլ դատարկ՝ խնձոր բերան էդիր,
Էլավ, մեկ թուղթ գրեց Սանասարին:
Թղթի մեջ գրեց.

«Քաջանց թագավորի աղջիկ Դեղձուն-Ծամից
Շատ բարև Սանասարին.
Շատ բարև Բաղդասարին, Սանասարին:
Սանասա՛ր տղա,
Ես Պղընձե քաղքի թագավորի աղջիկն եմ:
Իմ սի՛րտ՝ քանց էսա դատարկ կուժ սար-ս՛րբ է
Իմ գլուխ՝ քանց էսա լիք կուժ լափ-լիքն է.
Աստըծու շնորիքով լցուկ եմ:

Շատեր էկած իմ վերա, ինձ ուզելու.
Քառսուն տեղե քառսո՛ւն մարդ է էկած,
Ես խոսք չեմ տվե, ես հա չեմ ասե.
Էրազով ըզքեզ տեսեր եմ, արի ինձի ա՛ռ.
Ինձի շա՛տ դուր կը գաս դու:
Սանասա՛ր տղա,
Էս թուղթ կը գրեմ քե՛զ համար.
Չուր ե՞րբ ես տի մնամ էստեղ քո ապով.
Գլուխ թացեր ես, չկնտես,
Արի, ինձի տար քեզ համար»:

Գրեց, իր պատկեր էդիր մեջ թղթին,
Կանչեց էրկու աղջիկ,
Կապեց էնոնց թևքերուն,
Ասաց.— Կը տանեք Սասուն քաղաք,
Տան էրդիսեն կը գցեք
Սանասար տղի տեղաց վերա.
Կժեր կը դնեք էնոր սնարքին,
Որ առավոտուն էլնի, տեսնի:
Երբ որ էնի կտրի՛ճ մարդ է,
Թող գա, ինձ իր համար տանի:
Չըլնիմ, չիմանա՛մ, ասաց,
Որ թալեք Բաղդասարի էրդիսն վեր:
Էդ աղջիկներ կախարդ էին.
Հավքեղեն հալավ հագան,
Էղան էրկու սիպտակ աղունիկ.
Թռթռալեն բերին Սասուն ըզթուղթ,
Էկան, իջան Սասնա Տան տանիքի վերան:
Աջակողմ էրդիսի վերա գնացին.
Տեսան, որ մեկ տեղաց շոր է գցած,
Մեկ ջահել-ջիվան տղա մեջ քներ է, քրտներ է,
Էնքան կարմրեր, արևուն կ՛ասի.
«Դու դե՛ն գնա, ե՛ս առաջանամ»:
Մեկ զույգ մոմակալ գլխին կը վառվի,
Մեկ զույգ մոմակալ ոտներին կը վառվի:
Թուղթ բերողներից մեկն ասաց.
— Ա՛յ քուրըս, արի էրթա՛նք,
Էն մեկէ՛լ էրդիսի վերա աչքենք,
Կարելի է, Սանասար տղան էդ չի:
Գնացին էն մեկէլ էրդիսի վերա.
Տեսան մարդ մի քներ է շորերի մեջ.
Աչքեցին. տեսան էնպես է քըրտնե,

Որ էսի էն տղից տասնապատիկ աղեկ է:
Քուրն ասաց.— Քո՛ւրըս, էս է Սանասար տղան,
Ըզթուղթ թալենք էս էրդիս վե՛:
Մեկէլ քուրն ասաց.— Աղջիկ, էն ա՛ստվածը,
Էս մարդ էլ շատ աղեկ մարդ է.
Չեմ գի՛տի՝ է՛ս է Սանասար,
Թե՞ էն մեկէլն է Սանասար:
Չիմացան՝ որն է Սանասար,
Տարան, թալեցին աջակողմ էրդիս վե՛,
Դրին Ծո՛ւռ Բաղդասարի տեղաց վերա:

3

Բաղդասար առավոտուն քնից վեր էլավ,
Շորեր հագավ, իրիշկեց, տեսավ
Թուղթ մի կո՛ էնտեղ է, իր տեղաց վերա:

Ըզթուղթ առավ ձեռ, էբաց, կարդաց.
Տեսավ՝ Քաջանց թագավորի աղջըկա գի՛ր.
Թղթի մեջ գրած՝ «Շատ բարև Սանասարին,
Շատ բարև Բաղդասարին, Սանասարին»:
Ասաց, «Էս ի՞նչ բան է. էրկու դիր՝
Բարև գրե Սանասարին, մեկ դիր՝ ինձի:
Լա՛վ. Սանասար ջոջ աղբերն է,
Առաջ էնոր է գրե. էն լավ է:
Ինչո՞ւ էրկու դիր գրե էնոր»:
Կարդաց, տեսավ՝ Քաջանց թագավորի աղջիկ
Սանասարի համար գրեր է մեջ թղթին.
«Արի ինձի ա՛ռ», «արի ինձի տա՛ր»:
Բաղդասարի հետ ծուռ էրակ մի կար,
Ըռըկավ, ասաց. «Ա՜ւր՛ յ, իմ աղբեր կնիկ ուզեր.
Առանց ինձի կը պսակվի, ինձի չի հարցնի.
Ինձի բանի տեղ չի դնի»:
Ասաց. «Ջանը՛մ, մենք աղբեր ենք.
Էս ե՞րբ էն խոսք տվեր է, ինձի չասիր.
Սանասար գաղտիկ բան մի կանի»:
Ըռըկա՛վ, նստավ վեր իր տեղաց.
Չէլա՛վ դուրս իր սենեկից:
Տեսավ թղթի մեջի պատկեր,
Հա՛մա խելք գնաց, արուն քթից փրթավ, էկավ:
Ասաց. «Կամ իմ աղբեր տի մնա ժի՛ր, կամ ես»:

Ըզթուղթ ծալեց, էդիր իր ծոց:
Մեջ իր սրտին արավ խոց.
Հետ Սանասարի զրուց չի տար.
Սանասար ինչ կ'ասի՝ պատասխան չի տար:
Առավոտուն էլան, էկան,
Սուփրեն բացին, նստան հացկերություն.
Տեսան՝ Բաղդասար տղան չէկավ:
Բաղդասար ըռըկեր, նստեր էնտեղ,
Չէ՛լնի դուրս իր սենեկից.
«Էյ-հա յ, կ'ասի, իմ աղբեր ի՛նչ բեբախտ աղբեր է.
Առանց ինձի գործ կը բռնի:
Որ էդպես է, ոչ էնոնց սեղան կ'էրթամ,
Ոչ էնոնց հաց կ'ուտեմ:
Տէլնեմ, իմ ձին հեծնիմ,
Էրթամ ուրիշ էրկիր, կորուսիմ.
Տեսնեմ՝ աստված ինձ ինչ կըտա»:

Էնոր մերն ասաց, «Էն ի՞նչ է,
Բաղդասար ինչո՞ւ չէկավ»:
Էլավ, էկավ վեր սենեկի դռան,
Ըզդուռ էբաց, էկավ մեջ սենեկին, ասաց.
— Բա՛ղդասար, ինչո՞ւ չէկիր՝ քո հաց ուտես,
Էդ ի՞նչ է էղե քեզ, չըլնի՞ հիվանդ ես:
Բաղդասար ասաց էնոր.
— Մարե, դու իմ մեր չըլնեիր, ուրիշ ով ըլներ:
Էսա դուռ բանար, գար նե՛րս,
Ես զէն կտոր-կտոր կ'անեի:
Ասաց.— Ինչո՞ւ, ի՞նչ է էղե քեզ:
Ըզթուղթ էհան, էտու մոր ձեռ, ասաց.
— Մարե՛, առ էսա թուղթ, կարդա՛,
Տես՝ ինչու չեմ իզա հաց ուտեմ.
Ի՞նչ սրտով տի գամ, սեղան նստեմ.—
Իմ աղբեր կնիկ ուզեր է, ինձ իմաց չարեր:
Ինչո՞ւ, ես մարդ չե՞մ, թող ինձ հարցներ,
Նոր՝ էնպես աներ, նոր՝ պսակվեր:
Էլի՛, գնա՛, Սանասարին ասա՝
Կամ էն տի մնա ժիր, կամ ե՛ս:
Մեր ըզթուղթ առավ, կարդաց.
Ասաց.— Որդի, ես խաբար չեմ,
Քանց քեզ շատ ըռըկա էդ գործեն:
Ըզթուղթ առավ, էկավ մոտ Սանասար,

Էն թուղթ էտու Սանասար տղին,
Ասաց.– Ա՛ռ քո թուղթ:
Սանասար առավ, կարդաց:

«Քաջանց թագավորի աղջիկ Դեղձուն-Ծամիցէ
Շատ բարև Սանասարին.
Շատ բարև Բաղդասարին, Սանասարին:
Սանասա՛ր տղա,
Ես Պղնձէ քաղքի թագավորի աղջիկն եմ:
Իմ սի՛րտ՝ քանց էսա դատարկ կուժ սար-սուրթ է.
Իմ գլուխ՝ քանց էսա լիք կուժ լափ-լի՞քն է.
Աստղծու շնորհքով լցուկ եմ:
Շատեր էկած իմ վերա, ինձ ուզելու.
Քառսուն տեղէ քառսուն մարդ է էկած,
Ես խոսք չեմ տվե, ես հա չեմ ասե,
Էրազով ըզքեզ տեսեր եմ, արի ինձի ա՛ռ.
Ինձի շա՛տ դուր կը գաս դու:
Սանասա՛ր տղա,
Էս թուղթ կը գրեմ քե՛զ համար.
Չուր ե՞րբ ես տի մնամ էստեղ քո ապով.
Գլուխ թացեր ես, չկնտես,
Արի, ինձի տար քեզ համար»:
Ըզթուղթ կարդաց, էրդվեցավ, ասաց,
— Մարե՛, ես քո աստծուն մեղա,
Ես էդ բանից խաբա՛ր չեմ:
Մերն ասաց.— Քո աղբեր քենե խռովեր է:
Սանասար ա՛սաց.— Ես ի՞նչ անեմ:
Էն աղջիկ կախարդ է, հմայիչ է.
Մեր անուն լսե, էտա թուղթ գրե.
Ի՞նչ անեմ, որ դա էդպես է:
Որ իմ աղբեր ըռըկեր,
Էնի փշուր մի ծուռ է.
Գնա, անուշքյունով էնոր ասա՛.
Թե որ իր բարկություն իջավ՝ աղեկ.
Թե չէ՝ թող գա դարբ մի էրկու զարնի ինձ,
Իր հավաս անցնի, իր փոր հովնա:
Մեր գնաց, անուշքյունով ասաց Բաղդասարին.
Բաղդասարի բարկություն չիջավ:

Էն իրիկուն Սանասար դրսեն էկավ տուն.
Բարև էտու, Բաղդասար չառավ:

Ասաց.— Ա՛ղբեր, ինչի՞ ես նեղացե։
Բաղդասար ասաց Սանասարին.
— Կամ ես քեզ տի սպանեմ, կամ դու՝ ինձ։
Սանասար հարցուց.— Ինչո՞ւ, պատճառ ինչ։
— Ապա ինչո՞ւ Քաջանց թագավորի աղջիկ
Էրկու դիր քե՛զ բարև գրե, մեկ դիր՝ ինձ։
Ասաց.— Ա՛ղբեր, բա ի՞նչ անեմ, էն է գրե։
— Չէ, ասաց, ես դու տի կռվե՛նք։
— Ինչի՞ կռվենք, մեկ դատարկ բարևի՞ համար։
Բաղդասար ասաց.— Դու զաղտիկ բան մի կ'անես
Դու թուղթ մի ուղարկեր էս էն աղջկան.
Ինչո՞ւ դու ինձ չես ա՛սի։
Սանասար ասաց.— Աղբեր, էն ա՛ստվածը,
Ես էնոր թուղթ չեմ գրե։

Բաղդասար ասաց.— Չէ՛, ես դու տի կռվենք,
Ես դու տի կուշտի կպնենք, իրար զարկենք։
Ասաց.— Աղբեր, ես չե՛մ զարկի քեզի.
Դու զարկի՛, ինձի սպանի՛։
Ինչքան ասաց, հնարք չէղավ աղբոր հետ։ —
Ինչու որ էնիկ հաստակող էր, էրակ ծուռ էր.
Էնոր կ'ասեին Ծուռ Բաղդասար։

4

Վերջն ինք զինք ասաց Սանասար.
«Էլնեմ, իմ աղբեր առնեմ, էրթամ դա՛շտ.
Էրթանք էն չիման տեղ, քիչ մի խաղամ հետ,
Փշուր մի ձիաթողս խաղանք,
Բալքի էնոր սիրտ իջնի»։
Էլավ, առավ իր աղբեր, գնաց։
Որ հասան դաշտ, էն չիման տեղ,
Ձիուց իջան, հասան իրար, կպան,
Առին կուշտի— գոտեկռիվ.
Ձեռ թալեցին իրար փողպատ,
Չուր կեսօրին զիրար տրորեցին։

Մերն ասաց. «Ի՞նչ էղավ, էտոնք չեկան»։
Որ տնեն էլավ, էնոնց ձեն ընկե քարեր,
Գետին թունդ կ'առներ էնոնց ոտաց տակ։
Գնաց, տեսավ էնոնց հալ.

Ծնկներ տփեց, կատամ կոտրավ.
Նստավ էնտեղ մտիկ արավ.
Ոչ է՛ն զէն կը հաղթի,
Ոչ է՛ն զէն կը դնի գետին:—
Էն ինչ Սանասարն է, հանաք կ’անի.
Էն ինչ Բաղդասարն է, սրտանց կը զարնի:

Մեր տեսավ, որ Բաղդասար նվազավ,
Ուժըն պակսավ, առավ հաղթվել,
Ելաց, բոռաց, իր ձենով կանչեց.

«Օ՜ սարեր, օ՜ քարեր, օ՜ թփեր*,
Ջուաբ տարեք քեռուն,
Թող գա, հասնի իր փահլևաններուն»:

Մեկ ժամ էլ մտիկ արավ,
Տեսավ, որ Բաղդասար գահ ա ընկնի,
Ելաց, կանչեց.
«Օ՜ ծովեր, օ՜ դընդեղներ*,
Ջուաբ տարեք քեռուն,
Թող գա, հասնի իր քեռորդիներուն»:

Չուր իրիկուն զիրար չըխչըփեցին.
Ոչ է՛ն զէն էդի գետին, ոչ էն՝ զէն:
Իրիկուն թողին, էկան տուն:
Բաղդասար ճամփին ասաց աղբոր.
— Վաղն էլ գանք, հասնինք իրար:
Էկան տուն, քնան չուր լուս:

Առավոտուն էլան, հաց կերան.
Էլան, իրենց ձիանք քաշին դո՛ւրս,
Իրենց գուրզեր առին,
Իրենց վահաններ կապեցին վեր իրենց,
Ձիանք հեծան, գնացին մեյդան կռիվ:
Իրենց մերն էն գնաց հետքեր.
Նստավ էնտեղ, էլաց.
Անեծք էտու կախարդ աղջկան, ասաց.

«Բարի չտեսնի պատճառ ըլնող.
Առավոտ լուսաթաթախ իմ էրկու տղան՝
Մեկմեկու փողպատ էհան.
Տի զարկեն, զիրար խեղեն»:

Էրկու աղբեր ձիաթողս խաղացին գուրզով,
Գուրզ կը զարկեն մեկմեկու:
Սանասար կայնեց նշանքարի գլուխ,
Բաղդասար գուրզ առավ, էզար,
Սրտից էզար Սանասարին, որ սպանի.
Գուրզըն գնաց գլխու վերեն:
Սանասար բռնեց ըզգուրզ,
Ետի էթալ, աղբոր մոտ չհասցուց:
Աղբեր առավ, մեկ էլ էզար:
Սանասար էլի բռնեց, մեկ էլ էթալ:
Սանասարն է, սիրտ մաքուր է, պարզ է.
Սրտե դարբ չզարնե Բաղդասարին,
Չուզե՝ զարկի աղբոր.
Մենակ իր վահան կը տա առջև դարբին,
Չթո՛ղնի, որ դարբ դիպնի իրեն:
Բաղդասար ինչքան ուժ ունի,
Կը զարնի Սանասարին.
Կ'ուզի զՍանասար ձիուց բերի տա՛կ.
Կ'ուզի տեղնուտեղ մեկ դարբով զաղբեր սպանի,
Ան ինչ Սանասարի գուրզ բարձր կ'անցնի:
Սանասար իր միտ վե կ'ասի.
«Բալքի դադարի ինձենե»:
Բաղդասար չդա՛դարի, հա կը զարկի:
Սանասար ինք զինք կ'ասի. «Չդադարի»:
Կռիվ արին չուր կեսօրին.
Չուր կեսօր կոտրավ իրիկվան:

Սանասար ինք զինք ասաց.
«Դեռ իր բարկություն չիջնի:
Ջանը՛մ, ես քանի կը տեսնեմ՝
Էն ինձի սրտե դարբ կը զարնի:
Նալինք՝ իմ աղբեր իմ չափ ուժ ունի՞,
Որ կը զարնի ինձ սպանելու,
Ես էնոր դարբի առջև կ'առնեմ,
Չդիպնի իմ ջանին:
Տեսնենք՝ ես է՛լ դարբ մի զարկեմ էնոր,
Էն էլ կարնա՞ դարբի առջև առնի,
Դեմ տա, դիմանա առջև իմ դարբին»:

Սանասար մեկ՛ դարբ, թեթև դարբ մի,
Ուշիկ էզար Բաղդասարին.

Բաղդասար վահան էտու առջև,
Չկարցավ դարբի առջև առնի։
Դարբ դիպավ, զաղբեր ձիուց էբեր տակ։
Սանասար բոռաց, ասաց.
«Վա՛խ, էս ի՞նչ արի, իմ ուժի չա՛փ,
Իմ ձեռաց դայդեն չիմացա.
Զարկեցի, իմ աղբեր սպանեցի»։
Ձիուց խսկույն իջավ տակ,
Ինք է՛ն կողմեն էկավ, մեր՝ մե՛կ դիեն,
Լալելեն էկին, զիրենք զարնեցին վերա.
Տեսան, որ չէր մեռե,
Գուրզ դիպե էնոր ոտաց,
Խելք գնացե, ընկե էնտեղ։

Սանասար շալկեց աղբեր, էբեր, էթալ տուն։
Ձեռ տարավ, էնոր սիրտ մաժեց, պորտ օլորեց։
Աչքեց՝ պատկերն ի ջեր կա...
Նստավ, չուր լուս էլաց։
Լուս որ բացվավ, աղբոր ուշք էկավ վերան,
Էլավ, նստավ, Սանասար հարցուց.
— Աղբե՛ր, էդ ի՞նչ էղավ, դու էդպես էղար։
Ասաց.— Ոտս ցավաց, իմ խելք գնաց։
Սանասար ասաց.— Աղբե՛ր,
Էս պատկե՞ր, էս թո՞ւղթ ապով է որ բռկեր ես,
Հետ ինձի զրուց չես իտա.
Ես մեռնիմ քո աչք-երեսին,
Ինձ պետք չէ, գնա բեր քե՛զ համար։
Բաղդասար ասաց Սանասարին.
— Ա՛ղբեր, ես չգիտեի,
Որ դու քանց իս էդքան ուժով էիր։
Արի հաշտվինք. դու վեր ինձի կտրիճ ես.
Ինձի թոբա, էլ ես վեր քեզ ձեռ չվերցեմ.
Ես քո պստիկ աղբեր, դու իմ ջոջ աղբեր.
Ինչ որ ասես՝ ես քեզ կը լսեմ։
Ես քեզ դաստուր տվեր եմ,
Էլի, գնա, էն աղջիկ ա՛ռ, բե՛ր քեզ համար։
Սանասար ասաց.— Ես չեմ գնա, բերի.
Դո՛ւ գնա, բեր քեզ համար։
Բաղդասար ասաց.— Դե, մի՛ դադրի,
Էլի՛ քո պատրաստություն արա,
Քո ձին հեծի՛, քո աստված կանչի՛, գնա՛։
Սանասար ասաց.— Ես չեմ գնա, բերի,

Էն կախարդ է, էն հմայիչ է։
Բաղդասար ասաց.— էլի՛ գնա, բե՛ր, քեզ կ’ասեմ
Էն լսեր է՝ մենք ջոջ մարդ ենք.
Էն մեր ձեն լսեր է, մեզ թուղթ ուղարկեր է։
Որ դու չէրթաս, էն աղջիկ բերես,
Մենք էլ կ’ըլնինք պատիկ.
Տ’ասեն՝ էնոնց ձեռեն չէկավ,
Ըրթային, աղջիկ մի իրենց համար բերեն։
Անկարելի՛ բան է՝ չէրթաս, բերես։
Էլի, գնա, բեր զէն աղջիկ։

5

Սանասար գնաց մոտ մեր, Ծովինար խանում,
Ասաց.— Մարե՛, իմ պատրաստություն տես,
Ես պիտի էրթամ Քաջանց էրկիր.
Էն թուղթ էկեր իմ հետև։
Մերն ասաց,— Ո՛րդի, մի՛ էրթա,
Էն Բաղդադու էրկրեն հազիվ փրթանք, էկանք։
Տղան ասաց.— Չէ՛, պիտի էրթամ,
Թե որ իմ գլուխ էլ գնացեր է։
Մեր՝ պատրաստություն տեսավ, պրծավ։
Սանասար էլ ինչ տ’էրթար,
Մոր ձեռ պագավ, կաց-բարին արավ.
Թռավ իր ձին հեծավ,
Էլավ, կայնավ ճամփի վերա, կանչեց.
— Բաղդասար, հոգուդ մեռնիմ,
Արի. ըզքեզ տեսնեմ։
Ա՛ղբեր, դու կաց էստեղ,
Կո ես կ’էրթամ հետև էն աղջըկան։
Իրեք ավուր վերա որ ես էկա՝ էկա,
Որ չէկա՝ նեղութեն մեջ կ’ըլնիմ.
Կը գաս հետև ինձի օգնություն։
Հետ իրարու ներում արին,
Հալալություն ուզին իրարուց,
Մատանիներ հետ մեկմեկու փոխեցին։
Կաց-բարով արավ ու գնաց։

Թե որ քառսուն ավուր ճամփա էր,
Էնի քշեց, գնաց մեկ օրեն։
Հասավ ճամփա-խառնուրդի մի մեջ։

Տեսավ՝ մեկ ծեր, ալևոր մարդ մի նստե էնտեղ:
Ասաց.— Բարև քեզ, հերացու:
— Աստծու բարին քեզ, Սանասար, ասաց հալվոր.—
Դե՛ ձիուց իջի՛ր, քեզ խոսք ունիմ ասելու:

— Պա՛պիկ, ասաց, դու ո՛վ ես,
Որ ինձ կըճանչենաս, թե Սանասարն եմ:
Ասաց.— Ես եմ հրեշտակն աստծուն.
Որ էստեղ նստեր եմ, ճամփաներ կը բաժնեմ:
Դո՞ր պիտի էրթաս, Սանասար:
Պատասխանեց.— Կ'էրթամ Քաջանց էրկիր.
Ինձ մեկ բարի ճամփա նշանց տուր:
Էն էլ ասաց.
— Թե էս ճամփան էրթաս,
Կ'ըլնիս մեծ թագավոր.
Թե որ մեկէլ ճամփան էրթաս,
Կ'ըլնիս վաճառական.
Ամա թե որ էրթաս Քաջանց էրկիր,
Էնտեղ վնաս կը քաշես:
Սանասար ասաց.— Էնտե՛ղ պիտի էրթամ.
Թե որ գիտնամ՝ իմ վիզ իրեք տեղով կտրեն:
Թե որ ուրիշ խրատ ունիս, ինձ ասա:
Էն էլ ասաց.– Որդի, որ կ'էրթաս,
Ինչ որ քեզ ռաստ կը գա,
Թե քար, թե թուփ, թե անասուն, թե գազան–
Ամենուն էլ բարև տաս.
Առանց բարև տալու չանցնե՛ս:
Թե որ առանց բարևի անցար,
Էն Քաջանց էրկիր հմայքի էրկիր է,
Քեզ շատ վնաս կը տա:
Սանասար ասաց.— Մնացի՛ր բարի:
Էլավ, հեծավ, հա՛մա քշեց դեհ Քաջանց էրկիր:

Գնաց, շատ-քիչ աստված գիտի,
Մեկել Քաջանց թագավորի հող դուրս էկավ,
Տեսավ մեկ հովիվ օչխարներու առաջ:
Մի՛ ասի՝ էդ հովիվ թագավորի հովիվն է,
Էնոր փահլաններից մեկն է:
Կանչեց, Սանասարին ասաց.
— Ա՛յ կանաչ կտրիճ, էդ դո՞ր կ'էրթաս:
Ասաց.— Կ'էրթամ Քաջանց թագավորի քաղաք

Ասաց հովիվ.— Արի նստի էստեղ,
Կաթ մի կթեմ, կե՛ր, նոր էլի, գնա՛։
Ասաց.— Չէ՛, ես վռազն եմ, ես կ՚էրթամ։
Հովիվ ասաց.— Էստեղեն էրթացողին,
Հնար չկա, անկաթ-ուտել չեմ թո՛ղնի էրթա։
Զոռով նստեցուց ըզՍանասար։
Էնոր հետ ջոջ տաշտ մի կար,
Որ չորս մարդ մեջն կը լողկանար,
Էդ տաշտ իլին կաթ արավ,
Էդի Սանասարի առջև հացի հետ։
Էդ հովըվու միտքն էլ ի՞նչ է.—
Կ՚ուզի փորձի խալխին,
Տեսնենք՝ էնոնց ուժեր քա՛ն մ՚է.
Էդ կաթ ուտելով՝ էն կը հասկանա՝
Էնոնց ուժեր քանի՛ մ՚ է։
Ով որ էդ ճամփով կ՚էրթա,
Էդ հովիվ էդ ցեղ կ՚անի,
Ապա կը թողնի, կ՚էրթան Դեղձան-Ծամի մոտ,
Էնտեղ փահլեւաններ զէնոնք կըսպանեն։

Հովիվ տաշտ իլին կաթ, էբեր,
Էդի Սանասարի առաջ ուտելու.
Ջինք գնաց իր օչխարի բոլոր ման գալ։
Մեկ փաթ որ ման էկավ, Սանասար բոռաց.
— Հովի՛վ, արի, քո կոտ վերցու.
Շնորհակալ եմ. կաց բարով, ես տ՚էրթամ։
Հովիվ էկավ, որ տեսավ՝
Սանասար կաթ կերե, կոտ կործե,
Իրա տեղ դողաց, ասաց.
— Սա՛նասար. գնա՛ բարով, մի վա՛խենա.
Դոր էրթաս, մարդ քեզ չի հաղթի։

Գնաց, հասավ Պըղնձե քաղքի դիմաց.
Նայեց, տեսավ ի՞նչ.— էնտեղ քաղքի պատի տա՛կ.
Քառսուն մարդ դաղրած, էնքան են մնացած,
Որ մորուսներն էկեր, դեղին է դարձած։
Ասաց.— Բարև ձեզ, մեծ մարդեր,
Սիպտակմորուս, կարմրամորուս
Ու թուխմորուս փահլևաններ։
Էդ մարդեր ասին.— Աստըծու բարին,
Ջահել տղա, վաղ չուր կեսօրին,
Դուն է՛լ կըլնիս մեր հալին։

Հալվորների մեկն էլ ասաց.
— Հեյ-վա՜խ, հե՜յ-վախ, կանաչ կտրիճ,
Դու է՞լ էկար ընկար էս քաֆրի ձեռ:
Ջահել տղեն վերուց, հարցուց.
— Ափո ջան, ի՞նչ, ինչո՞ւ կ ըլնիմ ձեր հալին:
Ասաց.— Մենք է՜լ քեզ պես կտրիճ էինք,
Էկանք էն աղջկա համար.
Ինչ ուշքի էկանք, դարձանք էսպես:
Ասաց.— Ա՜ղբեր, ասեք՝ ի՞նչ բան էղեր,
Որ դուք էղեր եք էդ հալին:
Ասին.— Էնի հնարք ունի, կախարդ է.
Մի քիչ համբեր արա,
Էն քաֆրին էնպես մեկ հավք մի կա,
Կը գա, պատի վերա կը ճվա,
Մեր հասակին ծեր մարդ կը դառնաս:
Սանասարն իմաստուն էր, չգնաց քաղաք,
Իր ձին դարձուց, քաղքից քիչ մի զատացավ,
Մնաց չուր մութ էտու գետին:

6

Մթնեց: Էդ ժամանակ դարձավ, էկավ քաղքի մոտ.
Քուռկիկ Ջալալին սանձ օլորեց,
Ջիու մեյդա՜ն բաց արավ,
Կանչեց ըզիր աստված,
Ջանգու զարկեց ձիուն,
Մեկեն թռավ, անցավ ըզպղընձե պարիսպ,
Իջավ, մտավ քաղքի մեջ:—
Չէ՞ էդ քաղաք բաց դուռ չուներ,
Տի թռներ, անցներ զպարիսպ:—
Շատ ման էկավ քաղքի մեջ,
Իրեն ուզած տեղ չգտավ, որ նստեր,
Էկավ, հասավ քաղքի կուշտ,
Մեկ հայի խան գտավ, իջավ էնտեղ:
Էդոր պահող՝ սիպտակամորուս հալվոր մարդ էր:
Հարցուց.—Ափո ջան, էս խանի վարձ ի՞նչ է:
Պատասխանեց.— Ո՜րդի,
Ջիուն մե՜կ արծաթ, մարդուն կե՜ս արծաթ:
Թե.— Ափո՜, ես քեզ կը տամ,
Ջիուս էրկու արծաթ,
Իմ գլխուն իրեք արծաթ.—
Ջինք քանց ձին ավելացուց.—

Իմ ձիուն աղեկ տիրություն կ՚անես։
Քուռկիկ Ջալալին էդտեղ կապեց,
Գնաց մեջ էդ քաղքին ման գալու։
Էլավ, մեկ հաց առավ փռնից,
Դարձավ, էկավ իր խան,
Էն հալվորի կուշտ նստավ։

Գիշեր էր։ Իր հաց կերավ, ասաց.
— Հալվո՛ր, հեքաթ մ՚ ասա, ականջ անենք։
Հալվորն ասաց.— Ես բան չեմ գի՚տի։
— Ափո՛ ջան, մեկ հարցմունս անեմ քենե։
Թե.— Որդի, ի՞նչ հարցմունս։
Հարցուց.— Էս քաղքի անուն ի՞նչ կ՚ասեն։
Պատասխանեց.— Ո՛րդի,
Էս քաղքի անուն Պըղնձե քաղաք կ՚ասեն։
— Դե՛, Պղընձե քաղաք էստե՞ղն է։
Պատասխանեց, թե.— Հա՛, էստեղն է։
Սանասար վերուց, հարցուց.
— Էս քաղքի թագավոր մեկ աղջիկ ունի,
Էդ աղջիկ ի՞մալ աղջիկ է։
Հալվորն ասաց.— Ո՛րդի, քեզ ի՞նչ կա հետ.
Իմալ կ՚ըլնի՝ թող ըլնի։
Ասաց.— Պա՛պիկ, էնպե՛ս, կը հարցընեմ։
Հալվորն ասաց.— Ո՛րդի,
Մեր թագավորի աղջիկ հմայք կ՚անի.
Քանի՛ քանի թագավորի տղա՝
Էկին, որ զէն առնեն.
Հմայք արավ, էթալ սարեր.
Մեկըն դըսա, մեկըն դընա։

Չըլնի՞ թե դու էկեր ես՝ զէն առնես.
Ես կ՚իրիշկեմ, որ դու ափսոս տղա ես։
Թե է՛ն ապով ես էկեր,
Թո՛ղ, թո՛ղ, դարձի՛, խեղճ ես, մեղք ես.
Էդ բաներեն ձեռք վեր առ.
Շատեր էկած, չկարցած։
Սանասար ասաց.— Չէ՛, պա՛պիկ,
Ես էն ապով չեմ էկի.
Ինձ ի՞նչ կա հետ էնոր։

Ապա էնոր հմայք չի խա՛փանի,
Պա՛պիկ, օղորմի քո հոր, ինձ ճիշտն ասես,

Տեսնենք՝ ինչ է էնոր հմայք:
Ասաց.— էնոր հմայք կո՛ մեջ ծովուն,
Ակունք կո՛ մեջ ծովուն վիշապի բերնի մեջ:
Հրեղեն մարդ մի տ’ըլնի,
Որ էրթա, մտնի էն ծով,
Ակ վիշապի բերնեն հանի.
Առավոտուն էլնի,
Աղջիկ մերկ մեջ իր սենեկին տեսնի,—
Էնոր հմայք էս է, կըխափանի.
Էլ հմայք վեր էնոր չքանի,
Կարնա զաղջիկ առնի, իրեն տանի:

Սանասար ասաց.— Պա՛պիկ, ի՞նչ կ’ըլնի,
Էնոր քոշք ու սարեն շանց տաս, ես էլ տեսնեմ:
- Քո ի՛նչ բան է էդ բաների հե՛տ:
Էն էլ խնդիրք արավ.— Ափո՛ ջան,
Աստված սիրես, ես կարիք էրկրից եմ.
Ի՞նչ կ’ըլնի, մեկ ինձի շանց տաս,
Ես էլ մտիկ անեմ,
Էրթամ մեր էրկիրներ, ասեմ՝
Էսպես քաղաք մի կա:
Հալվորն առավ զտղան,
Էլավ տանիս, ձեռ պարզեց, ասաց.
— Էն սև պատուհաններ, սև պալատներ կը տեսնե՞ս,-
Թագավորի աղջըկա քոշք ու սարեն է:
Էն սև փարդա է կապած պատուհաններին,
Որ աղջիկ դուռ չտեսնի:
Տղան հարցուց.— Պա՛պիկ,
Էն ի՞նչ է ճրագի՛ պես կը վառվի:
Ասաց.— Ո՛րդի, էնի ոսկի խնձոր է,
Էնոր դարզաhի սա՛ն գլուխ զարկուն:
Մեկ էլ զուրզ մի կա, կո՛ էն բրջի գլուխ:
Ով էն ոսկի խնձոր բերի տա՛կ, դնի իր ծոց,
Դիր մ’ էլ ձիով բարձրանա, դնի տեղ.
Ով որ ուժով ըլնի,
Էն զուրզ բրջի գլխեն թալի տա՛կ.
Ակ վիշապի բերնեն հանի,
Թագավորի հետ կռիվ անի, կտրիճ ըլնի,—

Աղջիկ իրեն կը տանի:
Ասաց.— Օֆ, ափո, ես ի՞նչ եմ,

Որ էդ բաներին ձե՛ռ թալեմ.
Հարցմունս էր՝ արի քենէ:
Կ'էրթամ ուրիշ էրկիրներ,
Կ'ասեմ՝ Պղընձե քաղաք էսպես քաղաք է:
Քելե՛, քելե՛, էրթա՛նք, ինձ քուն կը գա:
Գնացին խան, տեղ ձգեցին, պառկեցին:
Հալվոր քնավ. համա Սանասար չքընի:
Ասաց. «Խա՛չ, որ էնպես է,
Էս գիշեր պիտի գնամ, փորձեմ»:
Տղան տեսավ, որ հալվոր քնավ,
Քիչ մի հանդարտեց, խալխ պակսեցին,
Էլավ, դարձավ աղոթարան,
Իրեք անգամ ծունր էդի առաջի աստծու:
Էլավ, գնաց, ըզձին հեծավ, խանից էլավ դո՛ւրս:
Լուսնակ գիշեր մի, ինչպես ցերեկ:
Աստծու անուն էտու,
Խաչ Պատերազմին կանչեց.
Մեյդանի մե՛ջ գնաց, էկավ, ըզձին տաքցուց.
Զանգու զարկեց ձիու կո՛ղ,— ձին բարկացավ.
Ըզձին թռուց, էլավ սան գլխի հե՛տ,
Ջեռ էտու, զօսկի խնձոր առավ, էդի ծո՛ց,
Թափկան գնաց, մեկ ժամվա ճամփա հեռացա՛վ,
Նորեն դարձավ, էկավ մեյդանի մեջ:
Դիր մ'էլ ըզձին թռուց,
Էլավ բրջի գլուխ,
Աստծու անուն– էտու,
Խաչ Պատերազմին կանչեց,
Ջեռ էտու, ըզգուրզ բռնեց:
Օլրեց, տեղից էհան դո՛ւրս, թալեց,—
Գուրզ կես ժամվա ճամփա գնաց, դիպավ գետին,
Մեջ ամառվա չոր գետնին՝ զազ մի մտավ գետնի մեջ:
Ապա ըզձին քշեց մեջ ծովուն,
Գնաց, մտավ ծովու տա՛կ,
Տեսավ՝ վիշապ գլուխ բարձրացուցեր է.
Վեր վիշապի գլխուն դադրավ.
Գուրզ մի զարկեց վեր վիշապի գլխուն.
Վիշապ զինք թափ էտու,
Ակ բերնեն թռավ, գնաց մեջ դաշտին:
Վիշապ զինք թափ էտու, ջուր էլից քաղաք.
Ինչպես անձրև գա, էնպես զքաղաք էթաց.—
Ծով կատաղավ, վիշապ քամի քաղաք եղավ:

Դարձավ իր խան, ըզինք էտու քունջ մի,
Կող էլավ քնավ չուր լուսաբաց:

Առավոտուն ինչ լուս բացվավ,
Տեսան՝ Դեղձուն-Ծամի պատուհաններ բացվե.
Էնոր լուս տվեր է քաղաք:
Ինչ լուս բացվավ, տղան իր նինջ էհան,
Էլավ տանիս, իրիշկեց՝
Աղջկան պատուհաններու մեջեն՝
Աղջիկ մեջ իր սենեկին կ'էրներ,
Ջաղջիկ մեջ իր սենեկին տեսավ:
Էնոր հմայք խափաներ է՛ր:
Սանսաար դարձա՛վ, ասաց հալվորին.
— Պա՛պիկ, էս գիշեր քամի մի փչեց,
Մն ամպ մի Սասնա հե՛տ էկավ,
Անձրն էնոր մոտեն էկավ, քաղաք թրջեց:

7

Թագավոր էտու մունետիկ կանչել.
— «Տեսնենք՝ ո՛վ ակնունք վիշապի բերնեն հաներ է.
Ման էկեք, տեսնեմ՝ էն ի՛նչ մարդ է էկե,
Իմ աղջըկան ոսկի խնձոր կոտրե, տարե:
Բռնեցեք, բերեք էստեղ, գլուխ կտրենք»:
Մունետիկներ ընկան քաղքի մեջ ման գալու.
Էրկու ժամ ման էկան, մարդ չտեսան.
Գնացին, մտան էն հալվորի խան, ասին.
— Հալվոր, էստեղ կարիբ մարդ չկա՞,
Ասաց.— Չէ՛, էս գիշեր իմ խան՝
Մարդ չէ՛կեր, քանց էն տղան.
Էն էլ իմալ էկեր է, ընկեր քնուկ էր:
Էն տղան էնքան էն հալվորի աչքին չէր գա:
Որ ա՛սաց. «Չէ՛, կարիբ մարդ չկա»,
Տղան վերուց, ասաց.— Աղբե՛ր.
Ինչի՞ կարիբ մարդ չկա, ես կարիբ եմ:
Հալվոր բարկացավ.— Սո՛ւս կաց, զքեզ կը տանին, սպանեն:
Ասաց.— Ինչի՞ տի սպանեն:
Տղան զմունետիկներ կանչեց, ասաց.
— Աղբեր, ես կարիբ եմ, ի՞նչ հարցմունս կ'անեք:
Մունետիկներ տեսան՝
Էդ տղան էնենց ջահել, ջիվան տղա է,

Էնոնց արուն էռաց էնոր վերա,
Ասին.— Ա՛յ տղա. զքեզ պահենք,
Դու ափսոս ես, մի գա մեր թագավորի առաջ:
Հարցուց.— Թագավորին ի՞նչ է էղե՝
Չգամ թագավորի առաջ:
Էնոնք ասին.— Ո՛րդի,
Էս գիշեր զարկած, տարած են
Թագավորի աղջկան ոսկի խնձոր.
Թագավորից հրաման է՝
Ինչ մարդու մոտ էն խնձոր տեսան,
Թե կտրիճ էղավ, կռիվ արավ,— պրծա՛վ.
Թե որ կտրիճ չէղավ, զգլուխ կը զարկեն:
Սանասար էլ ձեռ տարավ ծո՛ց,
Ջոսկի խնձոր հանեց, նշանց էտու,
Դարձավ, ասաց էնոնց.
— Մունետիկնե՛ր, գնացե՛ք, թագավորին ասե՛ք,
Թե՝ ոսկի խնձոր տանող տեսեր ենք:

Էնոնք գնացին, թագավորին ասին,
— Մենք քո ոսկի խնձոր տանող տեսեր ենք:
Թագավոր ա՛սաց.— Գնացե՛ք, ասեք՝ գա էստեղ:
Թագավորի բռնավորն է:
Էկան, ա՛սին.— Դու թագավորի բռնավորն ես.
Էրթանք, թագավորին բռնըվի՛:
Ասաց.— Թագավո՞ր, ի՞նչ թագա՛վոր.
Հա՛, հա՛, ձեր թագավորից կռիվ կ՚ուզեմ.
Աստված կամ ինձ կըտա, կամ իրեն:
Ես ինչի՞ տի գամ թագավորին բռնվիմ,
Կռիվ կ՚ուզեմ, որ կռիվ անեմ:
Թագավոր լսեց, ասաց.
— Աղեկ, էս բան ով որ արե՝
Իմ աղջըկան համար է արե.
Թող գա, նայենք՝ ինչպես արե.
Թող ինձ ասի, ես իմ աղջիկ տամ էնոր:

Սանասար էկավ, ասաց. Ես եմ արե:
Հարցուց.– Էս բան դո՞ւ ես արե:
Պատասխանեց. Այո՛, ես եմ արե:
Թագավոր ասաց.- Որ դու ես արե,
Դե՛, ինչպես ոսկի խնձոր՝
Էն սան գլխից բերեր ես տակ,

Դիր մ’ էլ ցերեկով տա՛ր, դիր սան գլուխ,
Որ մենք տեսնենք, ես իմ աղջիկ տամ քե՛զ.
Կամ թե չէ՝ ես քո վիզ տի զարկեմ:

Սանասար ըզձին հեծավ, մեյդան առավ,
Մեյդանի մեջ մա՛ն էկավ, ըզձին տաքցուց,
Գնաց, էկավ, թռուց, էհան էն սան գլխու հետ,
Ջուկի խնձոր էզար էն սան գլուխ:
Թափկան ժամ մի ետ գնաց,
Մե՛կ էլ դարձավ, էկավ մոտ թագավոր:
Թագավոր ասաց.— Էտա էլավ:
Համա էն շնորիք քոն չէ, քո ձիուն է:
Ասաց.— Քենե կ’ուզեմ՝
Ինչպես էն գուրզ բրջի գլխեն
Քաշեր ես դո ւրս, թայեր ես տա՛կ,
Դիր մ’էլ հանես բրջի գլուխ, թալես վեր բրջին.
Որ մենք տեսնենք, Ես իմ աղջիկ տամ քե՛զ.
Կամ թե չէ՝ ես քո վիզ տի զարկեմ:

Սանասար էլավ, գնաց զէն գուրզ վերուց,
Վեր թևին վեր օլորեց, էթալ,
Էզար վեր էն բրջի գլխուն,
Հետ զարկելան ըզբուրջ փլուց, էրեր տա՛կ:
Թագավոր ասաց.— Կ՛էրնա,
Որ դու աղեկ կտրիճ, զորեղ ես:
Էտա էլավ իրեք փորձանալիք:
Ինձի վաթսուն հատ փահլևան կա,
Ջամեն էլ շղթայե, բանտ եմ դրե,
Թողնեմ դո՛ւրս, կռիվ արեք.
Թե դու զվաթսուն էլ հաղթեցիր,
Աղջիկ կը տա՛մ քեզ, կը տանես:

Սանասար մտածեց. «Ես իմ վաղեն դրեր եմ՝
Միայն իրեք օր մնամ էստեղ.

Էս թագավոր վեր ինձ կռիվ տի հանի
Մե՞կ մեկ փահլևան, թե՞ ամեն մեկղիր»:
Դարձավ, հարցուց.— Թա՛գավոր,
Դու քո վաթսուն փահլևան մեկղի՞ր տի հանես,
Թե՞ մեկ մեկ տի հանես դեհ ինձ:
Թագավոր ասաց.— Սա՛նասար,

Վաթսուն էլ մեկղիր հանե՛մ,
Ըզքեզ ցրիվ կը տան.
Մե՛կ մեկ հանեմ, կռվեցե՛ք:
Թե դու հաղթեցիր, աղջիկ տի տամ քեզ.
Թե չէ՝ կո՛ զքեզ տի սպանեն:

— Թա՛գավոր, ապրած կենաս,— ասաց.—
Ես չեմ դադրի էստեղ, չուր վաթսուն օր կռվի.
Վաթսուն էլ մեկղիր թող դո՛ւրս, կռվենք.
Աստված կամ ի՛նձ կը տա, կամ փահլևաններուն:
Թագավորն էլ ասաց.— Հա՛յ.
Վաթսուն մեկտե՛ղ թողնեմ դո՛ւրս,
Ըզքեզ տի փըրփըրթե՛ն.
Խեղճ ես, կաց, վաթսուն օր կռվի:
Ասաց.— Չէ՛, թագավոր,
Ես վաթսուն օր չեմ կա՛րնա կենա էստեղ.
Դու քո վաթսուն փահլևան մեկղիր հա՛ն:

Թագավոր ուղարկեց, մեկղիր էթող դուրս
Ըզիր վաթսուն փահլևան:
Սանասար զՔուռկիկ Ջալալին հեծավ,
ԶԹուր Կեծակին քաշեց, մեյդան կայնավ.
Փահլևաններ գոմշու պես մըռմըռացին,
Էկին դեհ Սանասար:
Մե՛կ էնոնց մոտեն, մե՛կ Սանասարի,
Առին իրար, զարկին իրարու:
Դեղձուն-Ծամ պատուհան կայնե, մտիկ կ՛անի:
Սանասար ընկավ մեջքեր,
Թուր կը զարնի փահլևաններուն,
Էնոնք չեն կարնա էնոր մոտենա:
Չուր իրիկուն կռվան,
Քսան փահլևանի վիզ կտրեց:
Գիշերն էլ փահլևաններ կռիվ արին,
Ասին.— Կը մթնի, մենք կը զարնենք,
Ձէնի կը սպանենք, գիշեր մութն է:
Չուր առավոտ տաս փահլևան էլ սպանեց:
Առավոտից չուր իրիկուն կռիվ արին,
Տասն էլ սպանեց, մնաց քսան:

Լեշեր ընկավ չորս բպոր,
Արուն կայնեց մեջտեղ.

Սանասար մնաց արնի մեջ,
Արուն Սանասարին բռնեց.
Էլ ոչ էնի կարցավ արնից դուրս գա,
Ոչ էնոնք կարցան զՍանասար սպանեն.
Էնոնք Սանասարի չորս բոլոր մա՛ն կը գան.
Չեն իշխենա մոտենա էնոր:
Սանասարի ձեռ կոմավ,
Էլ չկա՛նա աղեկ կռիվ անի.
Համա ըզինք կը պաշտպանի:
Կռիվ էդպես մնաց:

Դառնանք Բաղդասարի վերան:

8

Բաղդասարն էլ Սասուն էր:
Էն մեկ առավոտուն էլավ, կը լվացվեր,
Աչք ընկավ Սանասարի մատնիք,
Ինչ աղբեր աղբոր հետ փոխարկեր էր:
Տեսավ՝ մատնիք մատին սևցեր է:
— Ահա, ասաց, շտապեք, իմ ձին քաշեք դո՛ւրս.
Ես հեծնիմ, էրթամ իմ եղբոր հասնիմ:
Էլավ դուրս, տեսավ՝ ա՛մպն մթներ է:
Էկավ տո՛ւն, ասաց.— Հեյ-վա՜խ, հեյ-վախ, մարե՛,
Իմ աղբեր շատ նեղութնի մեջ է:
Հարցուց.— Դու ի՞նչպես գիտես:
— Մեկ հալվոր մարդ մի մեզ նշանց էտար,
Ասաց՝ Երբ էս ամպ կը մթնի,
Դուք էրկու աղբեր՝ որ մեկտեղ չեք ըլնի,
Իմացեք, որ մեկըն նեղ տեղն է.
Իրարու օգնություն հասեք:
Ես շուտ տ'էրթամ, հասնեմ:
Ասաց.— Ո՛րդի, համբեր արա,
Ով համբեր ունի՝ կյանք ունի:
Էրթանք, կտոր մի հաց ուտենք,
Գնա քո աղբոր հասի՛:

Էլավ զիրեղեն ձին քաշեց,
Թամք էդիր վերան, զիր գուրզ առավ,
Էլավ, հեծավ ըզձին,
Իր աստված կանչեց, քշեց:
Մոռցավ, հաց էլ չկերավ:

Գնաց, հասավ էն սարի մեջ.
Է՛ն աժդահար հովիվ նայեց, տեսավ՝
Մեկ ձիավոր, էնպես կը գա՝ քամու պես.
Ասաց. «Կա-չկա, էս Սանասարի աղբերն է»:
Գնաց առջև, ասաց.
— Ձիավո՛ր, արի՛, կաթ մի կթեմ, կե՛ր.
Նստի, հանգստացիր, էլի՛, գնա՛:
Բաղդասար ասաց.— Սատանա՞ ես դու.
Իմ աղբեր մկա մեռե,
Դու կ'ասես՝ արի կաթ կեր, ես կ'էրթամ:
Հովիվ ասաց.— Հնար չկա,
Չուր կաթ չուտես, չեմ թո դնի՝ էս տեղով էրթաս:
Բաղդասար տեսավ՝ էդտեղ կռիվ կ'ըլնի, նստավ:
Հովիվ իր կոտ իլին կաթ կթեց,
Հացի հետ էդիր Բաղդասարի առջև,
Զինք գնաց օչխարի բոլոր ման գալ:
Յոթ փաթ ման էկավ օչխարի բոլոր,
Նոր՝ Բաղդասար էդ կաթ կերավ,
Կոտ կործեց, կանչեց.— Հովի՛վ,
Արի, կոտ վերցու, ես կ'էրթամ:
Հովիվ էկավ, Բաղդասարին ասաց.
— Բաղդասար, քո աղբեր յո՛թ քո չափ ուժ ունի.
Էնոր չըլնիմ հակառ կենաս:
Գնա՛. քո աղբեր քառասուն փահլևան սպանե.
Մնացե քսան, էն էլ դու կը սպանես,
Ետ կը դառնաք, կը գաք:
Մի վա՛խենաք, մարդ չկարնա
Ձեր երկու աղբոր վերան:

Քշեց, գնաց Ղըլնձե քաղքի պարսպի տակ.
Տեսավ՝ քառսուն հալվոր կայնած են էնտեղ.
Տեսավ, որ էդ մարդիկ էնքան ծերացած են.
Որ չորեր, մորուս, վերան-գլուխ դեղին դարձե:
Բարև էտու հազրաց, ասաց.— Բարև ձեզ,
Սիպտակմորուս, կարմրամորուս, թուխմորուս մարդեր:
Էլի էն հալվոր բարև առավ, ասաց.
— Հեյ-վա՛խ, հեյ-վա՛խ, կանաչ կտրիճ, ջահել տղա,
Դու է՛լ էկար, էրթաս ընկնես էն քաֆրի ձեռ:
Ասաց.— Ի՞նչ կա, որ քաֆրի ձեռ ընկնեմ:
— Որդի, մեկ ժամ մնաս,
Էն քաֆրին մեկ հավք մի կա՝ կը գա կը ճվա,

Դու էլ մեր հասակին մարդ կը դառնաս:
Բաղդասար ասաց.— Ափո ջան,
Էրեկ, էռանդ իմ պես ջահել մարդ մի էկե,
Անցեր էստեղ վե՛, չե՞ք տեսե:
Էդա մարդեր դարձան, ասին.
— Էրեկ չէ էռանդ քեզ պես մարդ մի անցավ,
Դեռ քանց քեզ զորեղ, քանց քեզ կտրիճ էր.
Ո՛րդի, էնոր ձին էլ կրակե ձի էր.
Թռավ, անցավ քաղքի մե՛ջ:
Չուր էսօր էնոր կռվի ձեն կը գար.
Փահլևանների կռվի ձեն կը գար:
Էսօր մենք էլ ձեն չենք լսե,
Էլ չեմ գի՛տի՝ ի՞նչպես էղավ, ինչպես չէղավ:
Բաղդասար ասաց.— Հե՛յ-վա՛խ, էն իմ աղբերն է.
Որ էլ էնոր կռվի ձեն չէկեր՝ սպանած են:
Ուխտ ընի՝ ես էստուց առնեմ սպանել,
Էսա քաղաք ավերեմ.
Իմ աղբոր վրեժ առնեմ:
Ըզեն մարդեր անցավ, գնաց.
Ինչ բան որ ռաստ էկավ,
Ինչ որ իրար կ'առներ՝
Թե տավար, թե մարդ՝ սպանեց:
Գնաց, զուրզ մի զարկեց, պարիսպ փլուց,
Մտավ քաղաք, մոտ հասավ:
Սանասար ու էն քսան փահլևան
Էլած էն մեկ մեկի առջև կռիվ.
Սանասար էնպե՛ս էզեր.
Զոռով ըզինք կը պաշտպանի.
Արուն աչքեր բռներ է, թուր կը զարնի:
Բաղդասար ըզձին քշեց, գնաց,
Աղջկա պատուհանի առաջեն անցավ.
Ասաց.— Աղջի՛, կռիվ դեհ ո՞րն է:
Աղջիկ ճանչեցավ, պատասխանեց.
— Կռիվ դեհ քաղքով դե՛ս է:
Բաղդասար քշեց ըզձին.
Գնաց, մտավ մեջ կռվուն.
Ճոթից մի էն կտրեց զփահլևաններ.
Դարձավ, կանչեց,— Տռ, Սանասար. ա՛ղբեր:
Սանասար իմացավ՝ իր աղբերն է էկեր,
Ասաց.— «Օրհնյա՛լ է աստված.
Օգնականս հասավ. էլ ահ ա էրկուղ չունիմ»:
Կանչեց.— Հրամմե, Բաղդասար աղբեր.

Ուայ, էդ դո՛ւ ես, էկար իմ օգնություն:
Բաղդասար ասաց.— Հա՛, ես եմ:
Դե՛, էտա դեհեն առջև բռնի՛,
Ես էս դեհեն սպանեմ, գամ:
Գնաց, աղբորն արնից քաշեց դուրս,
Տարավ, լվաց, աղբոր աչքեր բացվավ, ասաց.
— Ո՛ւր է. քան փահլեան էլ մնացեր է:
— Ես զէնոք սպաներ եմ,— ասաց Բաղդասար:
Գնացին թագավորի առաջ:
Թագավոր որ էրկա աղբեր տեսավ.
Ասաց.— Էտա էղավ չորս փորձանալիք:
Հիմի տէրթաք Կանաչ Քաղաք,
Նոր գաք զաղջիկ տանեք:

9

— Կանաչ Քաղաք, ո՞ւր ես, էկանք:—
Գնացին, ընկան չոր ու ցամաք, ոստին տեղեր:
Մտան քաղաք, դես ման էկան, դեն ման էկան.
Վերջըն պառվա մի դուռ տփեցին:
Պառավ էկավ, հարցուց.— Ո՞վ է:
Ասին.— Կարիբ տղերք ենք, մամիկ, հյուր չէ՞ս ուզի
Ասաց.— Ինչի՞ չեմ ուզի, որդիք, հյուրն աստծունն

Պառավ դառ էբաց, տղեք ներս առավ:
Ասաց.— Ես էլ զավակ չունիմ.
Դուք ինձի լա՛ճ, է՛ս ձեզի մե՛ր,
Մեկտեղ ապրինք, հացն աստծունն է:

Առավոտուն լուս որ բացվեց,
Սանասար ասաց Բաղդասարին.
— Քաջանց թագավոր մեզ ուղարկեց էստեղ, որ ի՞նչ:

Մենք ի՞նչ պիտի անենք էստեղ:
Բաղդասար պատասխանեց.
— Ա՛ղբեր, էլնենք, ման գանք էս քաղքի մե՛ջ,
Աստված ինչ որ կը տա՝ էն էլ կ'անենք,
Չուր կը տեսնենք՝ վերջն ի՞նչ կ'ըլնի:
Ձիանք, զենքեր թողին պառվու մոտ,
Էլան քաղքի մեջ ման գալու:

Էկան թագավորի ախոռի դո՛ւռ, կայնան:

Ախոռապետն էկավ, էնոնց հարցուց.
— Ա՛յ տղա, ի՞նչ մարդ եք. չե՞ք ըլնի ձիապան.
Ասին.— Կարիք մարդ ենք. կ'ըլնինք:
Հարցուց.— Գիտեք ձի թիմարեք:
Ասին.— Այո, գիտենք:
Ախոռապետն էնոնց տարավ ախոռ,
Ասաց.— Դե, ձիերու տեղ շինեք:
Սանասար ցախավել առավ, Բաղդասար՝ թիակ,
Ձիերի տեղ ավլեցին:
Ախոռապետն ասաց.— Հիմի ձիանք թիմարեք:
Սանասար հարցուց.— Ո՞ւր է քերոց:
— Էս ականատն են քերոցներ,—
Ասաց ախոռապետն ու դուրս էլավ:
Սանասար որին ձեռ տվավ,
Էն քերոցներ ձեռաց մեջ էղան հո՛ղ:
Ախոռի մեջ ման էկավ, տեսավ՝
Քերոցի պես՝ մեծ մի բան դրած էնտեղ.—
Պղընձե գուռ էր, ինչ ձիերուն ջուր կը տային.
Գարի լցած մեջ՝ ձիերու համար:—
Գարին դատարկեց գետին,
Էդ պղինձ առավ ձեռ, ձիեր թիմարի:
Որի քամկին մեկ դիր պրտեց,
Կաշին հանեց, բերեց, էթալ պոչից դո՛ւրս:

Էդ ժամանակ ախոռապետ դարձավ ետ,
Կանչեց, ասաց.— Էս ի՞նչ եք արե:
Պատասխանեցին, թե.— Քերոցեր ենք:
— Աստված ձեր տուն ավրի,
Ամեն սպաներ եք ձիանք:
Ախոռապետ գնաց, թագավորին ասաց.
— Էսպես մեկ բան է էղե.
Էս մարդոց հետ ի՞նչ անենք,
Էս մարդեր զորեղ են, աժդահա են:
Էն էլ ասաց.— Թողեք՝ մնան.
Առավոտ կ'ուղարկենք սա՛ր՝
Վիշապի հետ կռիվ անեն:

Տղեք դարձան, էկան պառվու տո՛ւն:
Իրիկնապահին Բաղդասար ասաց.
— Մամիկ, ծարավ եմ, պատ մի ջուր:
Պառավ ասաց.— Հոգիս էլնի, էլ ջուր չկա:
Տղան հարցուց.— Մամի՛կ, էդ ի՞նչ խոսք է:

Պառավ պատասխանեց.— Մեռնիմ քեզի.
Էս Կանաչ Քաղաք անջուր քաղաք է, ջուր չկա:
Սարի գլուխ մեկ աղբյուր կա՛,
Էն էլ աղբրի ական վերա՝
Վիշապ մի էկեր, բերան տվե, նստե,
Չի թողնի, որ ջուր գա քաղաք:
Մենք էլ էնոր ահու չենք կարնա ջուր բերի:
Ամեն շաբաթ ազապ աղջիկ մի տի տանք,
Էդ վիշապ ուտի, որ ջուր բաց թողնի,
Ինչ է թե՝ ժողովուրդ ծարավ չկոտորվի.
Ու մեր քաղաք չավերի:
Թագավորի մոտ մեկ աղջիկ մի կա,
Վաղ հերթ էդ աղջկան է:
— Մամի՛կ, բա չե՞ք կարնա էդ վիշապ սպանի:
Ասաց.— Որդի, էնոր սպանելու ճա՞ր կըլնի.
Քանի՛ քանի դիր թագավոր՝
Իր զորքերով գնացե վերան կռիվ,
Բան չի կարցե անի:
Առավոտ որ լուսացավ,
Պառավ ասաց.— Հա՛նգո ձենձենոց կը գա,
Ես կ'ասեմ՝ աղջիկ կը տանեն, տան վիշապին:

Տղաներ իրիշկեցին, որ, ուղորդ,
Լուսնակի պես մեկ աղջիկ,
Ոտից գլուխ սներ հագցուցած,
Լալով առեր են, որ տանեն աղբրի գլուխ.
Կնանիք էլ՝ կժեր առած՝ կ'էրթան ջրի:
Էրկու աղբեր ընկան էնոնց հետև, գնացին:
Երբ որ քաղքից էլան դուրս,
Սանասարին, Բաղդասարին ասին.
— Էս աղջիկ առեք, տարեք, տվեք վիշապին,
Էնոր հետ կռիվ արեք, սպանեք:
Սանասար ու Բաղդասար ասին թագավորին.
— Մենք ինչո՞վ էրթանք կռիվ,
Մենք զենք չունենք հետ մեզ:
Էն էլ ասաց.— Դուք գիտեք:

Բաղդասար ասաց Սանասարին.
— Էրթանք, էնտեղ, էնա մոտիկ ջաջ տան մեջ,
Էրկու կլոր քար կա, առնենք, էրթանք.
Էրկուսի մեջն էլ ծակ է,

Կը մտուցենք մեր թիքեր, կ'էրթանք:
Գնացին քարեր առին:

Քարերի տերեր էկան,
Թագավորին գանգատ արին,
Թե.— Մենք էնքան ծախս արինք,
Հազիվ բերինք էդ քարեր.
Էդոնք կը տանեն, կը թալեն սա՛ր,
Էլ մենք չենք կա րնա բերի:
Թագավոր ասաց.— Որ տանեք, էլ կը բերե՞ք:
Ասին.— Հա՛, կը տանենք, էլ կը բերենք:

Էնոնք առին աղջիկ ու քարեր,
Գնացին, հասան սարի գլուխ,
Էնտեղ որ աղջիկները կը կապեն:
Ասին.— Աղջի՛կ, մի վախենա,
Կայնի էստեղ, մենք էրթանք,
Մեկ՝ վիշապը վերև կայնենք, մեկ՝ ներքև:
Աղջիկ էստեղ մտածեց,
Թե՝ «Ես թողնեմ, փախնիմ,
Թող վիշապ գա, զէնինք ուտի»:

Տեսան՝ վիշապ չկա, աղջիկ կը փախնի,
Ջաղցիս, բռնին, կապեցին:
Սանասար ասաց աղբոր.
— Ես կը կայնեմ ներքև, դու՝ վերև.
Ես կը վախեմ, որ ես վերև կայնեմ, քար զարկեմ,

Դու իմ քար չես կարնա բռնի.
Հետ վիշապ դուրս գա՛, զարնենք, սպանենք:
Համա զգուշ կաց, աղբեր,
Քարեր չէրթան, ձորի մեջ կորուսին:

Մեկ էլ տեսան՝ գլռոց ընկավ սարեր.
Իրիշկեցին՝ մեկ ջոջ գազան էկավ,
Մեկ գոմշի չափ բարձր, հինգ գոմշի չափ էրկեն:
Վիշապ հեռվեն տեսավ՝ էն որ մեկի տեղ՝
Իրեքն են էկեր իրեն կերակուր,
Ուրախացավ, ատամներ սրեց, բերան էբաց.
Պոչն օլրելով, ֆշշֆշալով,
Կը գար դեհ աղջիկ, որ կուլ տա:

Աղջկան կեռիք փակվավ,
Լեզուն կապվավ, ու կը լար,
Արցունք տաք տաք կը թափվեր էրեսն ի վար:
Վիշապ էկավ, հասավ էնոնց մոտ:
Բաղդասար քար մի էզար.
Քար բռնեց էդ գազանին, չի ձգեց:
Կանչեց աղբոր.— Իմ քար բռնի՛:
Սանասար էզար, գազանի մեկ կող կոտրեց,
Քար չգնաց աղբոր մոտ:
Մոտեցան, քարերով գլուխ ջարդեցին,
Քարեր առին, էկան աղջկա մոտ:
Արձակեցին զաղջիկ, ասին.
— Աղջիկ, էլի գնա տուն:
Վիշապ արենկոլոլ ընկավ, սատկեց:
Աղբուրների ակունք բացվան.
Աղբրի ջուր վարարեց, էկա՜վ, էկա՜վ.
Ամեն մարդ առատ-առատ ջուր կրեցին:
Բաղդասար ասաց Սանասարին.
— Քարեր թալենք էն ձոր, էրթանք:
Սանասար ասաց.— Աղբեր, հայեր մեղք են,
Չեն կա՛րնա քարեր բերի, տանենք, տանք էնոնց:

Քարեր առին, աղջկա հետ դարձան քաղաք:
Աղջիկ պատմեց թագավորին, ինչ որ տեսավ:

Թագավոր կանչեց, հարցաց.
— Տղեք, էն քարեր բերիք:
Ասին.— Այո, բերինք, դրեր ենք դո՛ւռ.
Էնոնց տերեր թող գան, տանեն, դնեն տե՛ղ.
Մենք էնոնց տեղ չենք գիտի:
Ջուր էստեղ բերեր ենք, դոր թող էնոնք տանեն:
Թագավոր ասաց.— Էնոնք չեն կարնա տանի ներս
Ասին.— Բա՛ առաջ ի՞նչպես են տարե ներս:
Ասաց.— Առաջ զոմեշներ, ձիեր լծեր են,
Էդ քարեր բերեր են իրենց տեղ,
Նոր՝ ձիթահանք շիներ են:
Սանասար ասաց.— Թող գան հետ մեզ,
Դռներ բանան, տեղեր շանց տան.
Մենք քարնր տանենք, տեղեր դնենք:
Տերեր գնացին տղաների հետ,
Քարերի տեղ շանց տվին.

Էնոնք քարեր տեղեր դրին.
Դարձան, էկան պառվու տուն:

Մեկէլ օր թագավոր կանչեց,
Սանասարին. Բաղդասարին ասաց.
— Ուզեք, ձեր ուզած տամ:
Բաղդասար ասաց.— Մենք բան չենք ո՛ւզի,
Մեր ազատած կուզենք:
Թագվոր նորեն հարցուց.
- Բա՛ղդասար, ի՞նչ կուզես՝ տա՛մ:
Թագավոր իրեք անգամ հարցուց,
Բաղդասար տղան իրեք անգամ էլ բան չուզեց:
Էն ժամանակ ասաց թագավոր.
— Որ բան մի չեք ուզի.
Ձեր ազատած աղջիկ չխո ձերն է:
Արի քեզ պսակեմ. Բա՛ղդասար:
Բաղդասար տղան ասաց.
—Հիմի ես ժամանակ չունիմ պսակվելու:
Բերին աղջիկ նշանեցին վեր Բաղդասարին:

10

Էրկու աղբեր էլան, կաց-բարով արին,
Էդ Կանաչ քաղքից դարձան,
Էկին, հասան Պղընձէ քաղաք:
Քշեցին վեր Քաջանց թագավորի դռան,
Որ զոռով իԴեղձուն քաշեն, տանեն:
Թագավոր ասաց.— Սա՛նասար,
Դեղձուն կո քաղքից դուրս իր դղեկի մեջ.
Համտոլ դնն էնոր դռան պահապանն է:
Կարնաս, գնա, տար քեզ հա՛մար:

Բաղդասար մնաց քաղաք,
Սանասար, Սասնա Ծուռն էր,
Առավ զենքեր, հեծավ իր ձին, գնաց:
Քարի մ' գլուխ սիպտակ դղեկ մի տեսավ.
Դեմ արավ էդ դղեկին,
Ասաց. «Տեսնեմ՝ էդ Դեղձունի դղեկ չի՛»:
Գնաց, հասավ դռան, տեսավ՝
Ջոջ, ահագին դարգահ մի կո վեր դռան:
Կանչեց.— Է՛, դուռ բացեք:

Համտոլ դն էն դեհեն ձեն էտու, սսաց.
— Դու ո՞վ ես, դուռ բանամ վեր քեզ:
Սանասար ասաց.— Իմ անուն չէ՞ս լսե:
Համտու հարցուց.— Քո անուն ի՞նչ է:
Սանասար ասաց.— Դու իմ անուն չես գի՞տի:
Համտոլ ասաց.— Չէ՛, չեմ գիտի:
Սանասար ասաց.— Ես էլ չեմ գիտի,
Թե իմ անուն ինչ է.
Իմ մոր մոտեն լսեր եմ...
Համտոլ հարցուց.— Ի՞նչ ես լսեր:
Սանասար ասաց.— Ինչ եմ լսե՞ր:
Ճիժ էի, իմ մեր ինձ վեր կը թալեր
Ու կասեր՝ Համտոլի գրող:
Համտոլ ասաց.— Որ դու իմ գրողն ես,
Մի քո մատ դռան ճղուն վե տուր դե՛ս...
Սանասար ասաց.— Ահա քեզ ձեռ:
Ու թև պարզեց էն դեհ:

Համտոլ ինչ որ էնոր ձեռ տեսավ, զարմանք մնաց:
Առավ իր ձեռաց մեջ, քամեց,
Ապա ինչպես լու մի Սասնա Ծուռ կծի,
Բան չկարցավ աներ էնոր:
Սանասար ասաց.— Համտո՛լ:
Մի քո՛ ձեռ տուր դըսա:
Համտոլ ըղձեռ էտու:
Սանասար ինչ որ էնոր ձեռ քամեց,
Համտոլի մոր ծծի կաթ արնի հետ մեկտեղ՝
Էնոր ձեռից էտու դուրս էղունգի բերնից:

Համտոլ փախավ, գնաց մոտ Դեղձուն:

Դեղձուն ասաց.— Վա՛-վա՞, Համտոլ,
Ի՞նչ էղավ քեզ, որ դու էսպես փախար:
Համտոլ ասաց.— Խաթո՛ւն,
Մարդ մի կո վեր դռան.
Ասաց՝ դուռ բաց, չբացի.
Իմ ձեռ քամեց, իմ մոր ծըծի կա՛թ
Իմ էղունգի բերան վե էտու դո՛ւրս:
Դեղձուն ասաց.— Դու չկարցա՞ր
Էնոր ձեռ՛ քամեիր:
Համտոլ ասաց. Իր ձեռ էտու իմ ձեռ,
Ձեռ չէ՛ր, ապա գերա՛ն էր:

Դեղձուն ասաց.— Դու չհարցուցի՞ր,
Թե էնոր անուն ի՞նչ էր:
Համտոլ ասաց.— Հարցուցի, ասաց՝
«Ես պզտիկ էի, իմ մեր ինձ վեր կը թալեր,
Կ’ասեր՝ Համտոլի գրող»:
Դեղձուն ասաց.— Կարելի է,
Էնոնք Սասնա Ծռերն են:
Համտոլ հարցուց.— Սասնա Ծռեր ո՞վ են:
Դեղձուն ասաց.— Սանասար, Բաղդասար են,
Էնոնք որ էկած՝ սասուն տան են շինած,
Անուն դրած Սասուն—Սասնա տուն:

Զր՛նգ... զրնգ... էզար դռան:
Ասաց.— Դուռ բա՛ց, թե չէ՝
Քո դուռ, էրդիս՝ վեր քո գլխուն կը քակեմ:

Համտոլին ձեռ-ոտ չկար, ահու կանգներ էր:
Դեղձուն պատուհանից իրիշկեց տեսավ՝
Սասնա Ծուռն էր, Սանասար.
Իր չմըշկներ ձգեց իր ոտք,
Վազեց առաջ, դուռ էբաց, ասաց.
— Գլխուս, էրեսիս վերան էկար, իմ տե՛ր:
Սանասար իջավ ձիուց.
Ձեռ թալին իրար վզի վերան,
Գնացին, մտան մեջ դղեկին:
Համտոլ էղավ քանց մժիկ մի, փախավ դր՛ւրս:
Դեղձուն ասաց.— Է՜, հոգուդ, արևուդ մեռնիմ,
Սանասար, ի՞նչ կա, բարի ըլնի:
Սանասար պատասխանեց, ասաց.
— Ես էկեր եմ, քեզ ինձ կնիկ տանեմ:
Դեղձուն ասաց.— Աչքի՛ս վերա,
Ես քեզ պես կտրիճ՝ մի էլ տի տեսնե՞մ:
Որ էկավ Սանասարի դիմաց,
Տեսավ՝ Դեղձուն էնպես խորոտ էր.
Որ էրազի մեջ տեսածեն, իր պատկերեն,
Յոթնապատիկ ավելի էր:
Էդ տեղ մատանիներ հետ իրարու փոխեցին:

Դեղձուն-Ծամ վերուց, ասաց.— Սանասար,
Հազա՛ր ափսոս քո ջահելութնին,
Որ էկեր, էկեր ես իմ հետև:
— Ի՞նչ դիմացով ափսոս կ’ասես:

Դեղձուն պատասխանեց.
— Էն ապով, որ կը վախնամ՝ զարնեն, քեզ սպանեն.
Էսա երկիր իմայքի երկիր է:
Գիշերով էնպես էրթանք, ասաց,
Որ քաղաք չակաիի, չիմանա.
Որ քաղաք ակաիի, իմանա.
Չեն թո՛ղնի՝ դու ինձ տանես:
Էն էլ պատասխան էտու, ասաց.
— Ես չեմ վա՛խենա, ես ցերեկո՛վ տ՚կրթամ,
Երկեն խոսք պետք չի,— ասաց.—
Թե որ կը գաս ցերեկով,
Թռի՛ ձիուս վերան՝ քեզ տանեմ.
Թե չես իգա, վերջի խոսք տուր՝
Ես դառնամ, էրթամ Սասուն:

— Ինչպե՛ս չգամ, ասաց Դեղձուն.
Ինձ ջան մի կա՝ քո սիրուն է:
Քեզ կանչեցի, բերի, որ հետ քեզ գա՛մ:
Ասաց թե չէ՝ իսկուն թռավ ձիու քամակ,
Սանասար քշեց ու գնացին:
Վեր ճամփուն ինչ որ ըռաստ էկավ,—
Թե քար, թե թափ, թե գազան,—
Բարն էտուր Սանասար,
Մինչև էզրեց էն երկիր:
Էնտեղ մեկ մուրտառ գազան մի ռաստ էկավ,
Էնոր բարն չէտուր:
Էն գազան էլ էլավ հետ երկնուց.
Բարձր ձենով կանչեց.
«Հա՛, տարա՛վ, տարա՛վ.
Սանասար Քառսուն-Ճուղ-Ծամ աղջիկ տարավ»:

Էս ձեն քարն լսեց, տվավ թփին,
Թուփն՝ ծառին, ծառն՝ անասնին,
Ջուր ձեն հասավ մեջ քաղքին:
Քաղաք քաղքով մեկ մեկին իմաց տվին
Քաղքի մարդեր զըմեն ակիան,
Հետիրաց էլան կռիվ:
Հեծել հեծավ, բազմացավ,
Ընկան Սանասարի էտևեն:
Ծովու ավազին համար կա՛ր,
Երկնուց աստղին համար կա՛ր,

Գետնի բուսին համար կա ր,
Հեծելին համար չկար:

Սանասարն էր, զաղջիկ տարավ,
Էդի մեկ բարձր սարի գլուխ,
Դարձավ դեհ էդ հեծել.
Քաշեց Թուր Կեծակին, ասաց.
«Հիշեմ քեզ, հեր կենդանին,
Խաչ Պատերազմին վեր իմ աջ թևին».
Անոթի, ծարավ բրդեց էդ հեծել:
Քաղքի մարդեր չորս բոլոր բռնին,
Դարգաիի առաջ չաթուն բռնին, կայնան:

Սանասար էնոնց մեջ կռիվ կ'աներ,
Կը կոտրե՛ր, կը ջարդե՛ր, առաջ կ'էրթար:
Քիչ էլ մնաց, իրիշկեց, տեսավ՝
Դարգաիի կողմեն մարդեր կը փախնին,
Կ'էրթան, կը մտնեն քաղքի մեջ.
Քաղքի կողմեն կը փախնին,
Կը զան դարգաիի առաջ:
Մեկէլ կողմեն՝ Ծուռ Բաղդասարն էր
Կը գար, կը ջարդեր զմարդեր:

Էնի զատանց տեսավ մեկ սիպտակ ձիավոր,
Որ արընի մեջ թաթախվեր,
Ընկե մեջ հեծելին կը կտրեր:
Կանչում մի կանչեց վեր ձիավորին,
Ասաց.— Պատրա՛ստ կաց, կա-չկա.
Դու ես իմ աղբեր սպանե.
Հետ հասա, քո հոգին աստծուն կ'ավանդեմ:
Տարավ, էրեր, մեկ գուրզ էզար մեջ աղբոր սրտին.
Աղբեր ընկավ վեր ձիու զավակին.
Ամա նորեն շուտ թռավ մեջ թամքին.
Դարձավ, գուրզ մ' էլ էզար, թամքից ձգեց դուրս.
Աղբեր նորեն շիտկվավ մեջ թամքին.
Սկսեց եղանակով ասել.

«Օրհնյա՛լ, բարերա՛ր աստված*,
Խնամք շա՛տ է մեծ թագավորին.
Դարբիկ նման էր մեր Ծուռ Բաղդասարին,
Թափիկ նման էր մեր Ծուռ Բաղդասարին»:

Էս խոսքի վերան Բաղդասար ճանչեցավ,
Որ իր աղբերն էր, ասաց.
— Դու արնոտվեր ես, քե չըճանչեցա.
Դո՞ւ ինչի ինձի չըճանչեցար.
Խաբար չտվիր, որ քե դարբ չտայի:
Դարձավ հարցուց Սանասարին.
— Էն տեղեն որս բերե՞ր ես, չէ՝ դատարկ ես էկե:
Պատասխան էտու, ասաց.
— Քաջանց թագավորի աղջիկ բերեր եմ,

Կո՛ էնա բարձր սարի գլուխն է:
Առավ իր աղբեր, տարավ մոտ աղջիկ.
Ջատանց աչքով, արավ աղջկան,
Որ գա իր աղբոր ձե՛ռք:
Էն էլ իսկուն էլավ, էկավ Բաղդասարի ձեռք:
Բաղդասար վերան շատ ուրախացավ.
Էնտեղ ասաց.— Հարսնիկ,
Իմ աղբոր շորեր արնից լվա՛:
Էն մնացած զորքեր՝ ի՛մ բաժին:
Ասաց թե չէ Բաղդասար,
Հա՛մա առավ իր նիզակ,
Ընկավ մեջ հեծելին, կտրեց.
Մենակ էն էթող, որ տնեն չէ՛ր էկե,
Մեկ խաբրաբեր մի չփրթուց:

Էսպես էրկու աղբեր,
Մեկ է՛ն դեհեն, մեկ է՛ն դեհեն,
Ջիեծել ամեն ըսպանեցին,
Ըրիվ-ճրիվ ընկավ մեջքեր:
Քաջանց թագավոր էկավ, ասաց.
— Աստծու սիրուն, Սանսա Ծռեր,
Բավ է զիմ մարդիկ սպանեք.
Ինչ որ կ'ուզեք, ես կը տամ.
Աղջիկ կուզեք, ես կը տամ,
Թագավորություն էլ ուզեք, ես կը տամ:
Ասին.— Աղջիկ կ'ուզենք, կո՛ կը տանենք:

11

Ջաղջիկ առան, էկին քառասուն հալվորի մոտ.
Էդտեղ կայնան, աղջիկ իջուցին գետին,
Ջաղջիկ էնտեղ կայնեցուցին:

Սանասար տղան ասաց.
— Աղջի՛կ, էս քառսուն մարդ քեզի համար էկած,
Էս մարդեր դո՛ւ ես հմայք արեր, էսպես արեր.
Դու կը բերես, կ’արձակես էսա մարդեր,
Էն հասակին կը դարձուցես,
Ինչ հասակի էկած են:

Դեղձուն Ծամ աղջիկն ասաց.
— Էնոնք զըմեն ինձի ապով են էկած.
Որ Ես զէնոնք ժրացուցեմ,
Տ’էլնեն, հետ ձեզ կռիվ անեն.
Առե՛ք ըզիս, զնացե՛ք:
— Չէ՛, անկարելի է, ասաց Սանասար:
Աղջիկն էլ դարձավ հմայք արավ,
Կանչեց իր հավք էրեր.
Հավք ինչ կանչեց, ինչ հասակի էկած էին.
Էլի էն հասակին դարձան:
Սանասար ասաց.— Հա՛յ աղե՛կ:
Ապա զաղջիկ էդիր մեկ կողմ,
Ինք էկավ մոտ էդ մարդեր,
Ասաց.— Է՛հ, կտրիճ փահլևաններ,
Դուք զըմեն էսա աղջիկ ապով եք էկե.
Դուք տ’էրթայիք, կռիվ անեիք,
Կռվով էսա աղջիկ տի բերեիք:
Մենք էլ էսա աղջիկ ապով ենք էկե,
Կո՛ մենք էրկու աղբեր զնացեր ենք,
Կռիվ արեր, հաղթեր ենք,
Նո՛ր՝ էսա աղջիկ առեր, բերեր էստեղ:
Դե, մկա նորեն դուք ձեռ ուժի վերա հասաք:
Աղջիկ թող կենա էն դեհ,
Մենք էստեղ կռիվ անենք:
Թե դուք ըզմեզ էրկու աղբեր հաղթեցիք.
Աղջիկ թող ձե՛զ կենա:
Թե մենք ըզծեզ հաղթեցինք,
Աղջիկ թող մե՛զ կենա:
Էդա մարդեր դարձան, ասին.
— Հե՛յ, Սանասա՛ր, Բաղդասար,
Դո՛ւք էդաք պատճառ, զմեզ ազատեցիք,
Էնպես արիք՝ մենք ժրացանք նորեն.
Դիր մ’էլ էլնենք, հետ կռի՞վ անենք:
Մենք չենք իշխենա հետ ձեզ կռիվ անենք:

Ա՛ղբեր, մենք չենք կռվի,
Մենք տ՚էրթանք մեր էրկրներ:
Սանասար ասաց.— Ա՛յ կարիբ աղբերներ,
Դուք հոժար կըլնիք՝ ես աղջիկ տանեմ,
Էդոր հետ կյանք վայելեմ:

Էնոնք դարձան, ասին.
— Տա՛ր, բարի տեսնես մոտեն.
Շնորհավո՛ր ըլնի, բարո վ վայելես:
Էն քառսուն մարդեր կաց-բարով արին,
Էլան, գնացին իրենց էրկրներ,
Դարձան ամեն մեկ իր տան:
Սանասար, Բաղդասար էլան, զաղջիկ առին.
Ընկան ճամփա, որ գան Սասուն:
Սանասար ասաց.— Աղբեր,
Էս Դեղձուն աղջիկ դո՛ւ առ;
Բաղդասար ասաց.— Չէ՛, ես զէն չեմ առնի.
Էնի էրկու դիր քեզ բարն գրե.
Կռիվն էլ դո՛ւ արիր, դա տ՚առնես:
Ո՞վ է լսե. ո՞վ է տեսե,— ասաց.
Աղբեր զաղբոր նշանածն առնի:
Ես կ՚առնեմ իմ նշանած,
Զէն աղջիկ, որ վիշապից ազատեցինք:

Ու շատ էկին, թե քիչ էկին,
Տեսան՝ կապուտ ձիավոր մի էն դեհեն էկավ.
Կանչեց.— Հա՛յ զիտի, սրիկաներ,
Հուրի-փարին ինձ է վայել, դո՞ր կը տանիք:
Սանասար ասաց.— Ա՛ղբեր,
Դու էնա ձիու զլուխ բռնի՛.
Ես գնամ, տեսնեմ՝ էն ինչ կ՚ասի:
Բաղդասար ասաց.— Դո՛ւ զրո դտուն,
Ամեն անգա՛մ էլ դու կ՚էրթաս.
Էս անգամ էլ ե՛ս տի գնամ:
Սանասար ասաց.— Դո՛ւ գնա,
Ինչո՞ւ կը նեղանաս:
Բաղդասար ըզձին քշեց, գնաց առաջ.
Խոսք մի էնոր մոտեն. խոսք մի էնոր մոտեն.
Իջան, թռան դեհ իրար:
Բաղդասար վերուց. զէն էդիր գետին:
Իսկուն զփողսյաս քակեց,

Ծլծեր էհան դուրս, ասաց.— Բա՛ղդասար.
Ահա էն որ կը տանի, իմ քուրն է.
Յոթ տարի կա՝ ես փախեր էի,
Անհետացեր էի էնոր դարդեն,
Որ վեր խալխին էնպես հմայք կը թալեր.
Ընկեր էի սարեր, էղեր ինչպես հարամիք.
Վերջըն գնացեր Կանաչ Քաղաք,
Մոտ էն տեղաց թագավոր:
Որ լսեցի՛ զէնոր հմայք խափանեցիք,
Ջէնի բերիք Սանասարի համար,
Ես էլ, քո նշանած, էկա կո քեզ համար:

Ելան չորսով հեծան ձիանք,
Քշեցին, որ գան Սասուն:
Ականջկլա գնաց էնոնց կողմից,
Մորըն խաբար էտու,
Թե.— Բերեր ենք Քաջանց թագավորի աղջիկներ,
Քառսուն-Ճուղ-Ծամ Դեղձուն ու իր քուր.
Փող ու թմբուկ, գուսանք պատրաստ ըլնի,
Որ գանք, հարսնիք անենք:
Մերն էր, Ծովինար խանում, ուղարկեց,
Քառսուն ձեռք փող ու թմբուկ, գուսանք բերել էտու,
Քաղաքացիք զամեն ժողվեց:
Աղջիկներ պսակեցին,
ԸզԴեղձուն-Ծամ վեր Սանասարին,
Ջէնոր քուրն էլ վեր Բաղդասարըն:
Քառսուն օր, քառսուն գիշեր հարսնիք արին.
Քեֆ, ուրախություն, ինջույք արին:

Բաղդասար էլավ, զիր կին առավ, գնաց Բաղդադ,
Սանասար մնաց Սասուն:
Բաղդասար անորդի մնաց:
Սանասարին, աստված էտու,
Լաճ մի էլավ, անուն էդին Վերգո:
Քանի մի տարի վերա անցավ,
Սանասարին էրկու տղա էլ էլավ,
Մեկի անուն էդին Ձենով Հովան,
Մեկի անուն՝ Միհր:
Էդոնց մեջ Վերգոն իսկի բանի պետք չէր.
Ձենով Հովան էնպես ձենով էր,
Որ յոթ գոմշի կաշի կը փաթթեր զինք

Ու նոր կը բռռար, որ չըլնի պատռեր:
Միեր քանց էն երկուսն էլ հունարով էր:

Մնաց: Սանասար, մահու օրն էկավ, մեռավ:
Ծովինար խանում, էնոնք զըմեն մեռան:
Մնացին Քեռի Թորոս, Դեղձուն,
Վերգո, Ձենով Հովան ու Միեր:

Ընկավ Միերի ժամանակ:

ՃՅՈՒՂ ԵՐԿՐՈՐԴ

ՄԵԾ ՄՀԵՐ

1

Դառնամ, զօղորմին տի տամ
Դեղձուն Ճուղ-Ծամին,— հազա՛ր օղորմի.
Դառնամ, զօղորմին տի տամ
Քեռի Թորոսին,— հազա՛ր օղորմի.
Դառնամ, զօղորմին տի տամ
Ձենով Հովանին,— հազա՛ր օղորմի.
Դառնամ, զօղորմին տի տամ
Էն Ձոջ Միերին,— հազա՛ր օղորմի.
Դառնամ, զօղորմին տի տամ
Արմաղանին,— հազա՛ր օղորմի.
Դառնամ, զօղորմին տի տամ
Իսմիլ խաթունին,— տի տա՛մ օղորմի:

ՄԱՍՆ Ա

ՄՀԵՐԸ ԽՆԱՄՈՒՄ Է ՍԱՍՈՒՆԸ

2

Սանասարի մահից հետո Ձենով Հովան ասաց.
— Սասուն քե՛ կը հասնի, վերգո,
Դո՛ւ ես մեր ջոջ աղբեր:
— Հե՞,— ասաց Վերգո.— ես չեմ կարնա կառավարի,
Ճողված եմ վաղվընե.
Օր մի, Սանասարի գուրզ վերուցի, թալի,
Էնոր զոռեն ճողվա:
Վերջը նստան, խորհուրդ արին.
Քանի տղեք պստիկ էին,
Ասին.— Թողնենք Քառսուն-Ճուղ-Ծամ Դեղձուն կառավարի՝
Չուրի տղեք մեծնան:
Դեղձուն Ճուղ-Ծամ հեծավ Քուռկիկ Ջալալուն,
Գնաց սարեր ֆրռա,
Չունքի շատո՛ւնց էր, որ դուրս չէր էլե տնեն:
Մարդ տի էն գախ թամաշ աներ զինք ու իր ձին:
Սաղսփե Թամք դրե ձիու վերան,
Պողպատե Սանձ դրե ձիու բերան,
Հագե էրկաթե զրահ, պողպատե սոլ,
Բռնե ի ձեռ Սանասարի թոփուզ,
Կախլան էլ կապեր էր քամակ:
Էլավ, քշեց չուր սարեր մեկ:
Էսպես քանի մ’ տարի Դեղձուն կառավարեց:

3

Բաղդադու Խալիֆային մոտիկ մա՛րդ մի կար.
Մըսրա Մելիք անունով մա՛րդ մի կար:
Մըսըր էնոր ձեռն էր– Մելիք Մըսըր կը նստեր:
Էն իմացավ Սանասարի մեռնել,
Էլավ, էկավ վեր Սասնա,
Խարջ ու խարաջ կապեց Սասնա քաղքին.

Տարին քառսուն անծին էրինջ,
Տարին քառսուն կոտ ոսկի,
Տարին քառսուն ազապ աղջիկ կ'առներ։
Քանի մի տարի Սասուն Մելքին խարջդար էղավ։

4

Երբ որ Միեր էկավ-էղավ յոթ տարեկան,
Յոթ շենք էղավ իր բոյ։
Էնոր վանք—վարժատուն դրին.
Քիչ մի սորվավ, շնորհքով լցվավ,
Օր մէկ իր մոր ասաց.
— Մարե՛, հերիք էսպես մնամ.
Հրաման տու ինձ՝ էրթամ սարեր, քարեր շրջեմ,
Գազան ու հավք զարկեմ,
Մարդերու շարք մտնեմ։
Քառսուն-Ձուղ-Ծամ ասաց.— Միեր,
Պստիկ ես, չես կարնա գնա,
Քանի մի տարի համբերե։
Ամա Միեր ասաց.— Մարե՛,
Քանի մեր տուն դեռ մարդ չկա՝
Դներ մեր տան վերա տի գան, վնաս տի տան։
Աղեկ է, որ հիմիկվանե պատրաստ ըլնեմ՝
Թըշնամու դե՛մ կայնեմ։
Դեղձուն Ձուղ-Ծամ տեսավ՝ չի կարնա վեր տղուն,
Հրաման էտուր։
Էդ ժամանակ Միեր գնաց որսի.
Կը պտտվեր սար ու դաշտեր,
Ցերեկ կ'էրթար՝ որս անելու,
Գիշեր կը գար՝ իր տեղ կը քներ։
Ոտքով կ'էրթար կը գար—ձի-բան չըկար։
Օր մի Միեր շատ էր լարե,
Աղվեսներու հետև շատ էր վազե,
Էլ չըկարցեր էր բան բռնի։
Իրիկուն էկավ հերստ, դաղրած,
Իր ձեռաց փետ թալեց գետին։
Քեռին հարցուց.— Տըղա, հոռի՞ ես հերստե։
Միեր ասաց.—Քեռի Թորոս,
Անտե՛ր մնա էդ տեսակ որս,
Էս մեկ օր ես շա՛տ եմ վազե,
Էս մեկ օր ես շա՛տ եմ լարե...

Գազաններ որ կան՝ կը փախնեն,
Չեմ կարնա հասնի լարելով.
Հեռվանց նետ-աղեղ կը թալեմ՝
Չի՛ հասնի, դարդակ կը դառնամ:
Ա՛խ, քեռի, իմա՛լ կը դադրեմ...
Ինք որ մարմնով ծանրացեր էր՝ վատ կը վազեր.
Որ կը վազեր՝ չոքերեն հետ հող կը խրվեր:
Քեռին ասաց.— Դու, իմկընի՛, Սասունա ծուռ,
Սասունցիք բոլոր ծո՞ւռ տըլնեն.
Ախար մարդ էլ ոտքո՞վ վազի:
Ջանավարներ ձեռքո՞վ բռնի:
— Հապա՞, քեռի,— ասաց Մհեր— ինչպե՞ս անեմ:
Մհերի մեր վերցուց, ասաց.— Տղաս, Մհեր,
Գորգիկ իշխան մի կա Բիթլիս քաղաք,
Հրեղեն ձիեր շատ կա էնոր. ինքն էլ մեզ բարեկամ,
Էլիր գընա իր մոտ:
Հոգին չ՚էլնի, գընա, քեզ ձի՛ մի առ, հեծիր:
Առ, բեր, ձի՛ով գնա որսի:
Մհեր ասաց.— Նանե, մեկ-երկու հաց պահե,
Լուսուն պիտի էլնեմ էրթա՛մ,
Էրթա՛մ պիտի Բիթլիս քաղաք:

5

Լուսուն Մհեր էլավ,
Առավ երկու կորեկի հաց—դրավ գոտին,
Ծառ մի քաշեց՝ դրավ ուսին, ընկավ ճամփա.
— Բիթլիսու դաշտ, ո՞ւր ես հապա, եկա՛ քեզի:
Գնաց իջավ Մառընկա դաշտ,
Գնաց հասավ Բիթլիս քաղաք.
Մըտավ թաղի գըլուխ:

Ջահել տղեք կը խաղային թաղի գըլուխ:
Ջահել տղեք տեսան՝
Մարդ մի կը գա—խոշո՛ր մարդ մի—
Դրած ուսին խոշոր ծառ մի,
Խոշոր գերան, որ կը թալեն կտրի վերան:
Տղեկներ որ էդ մարդ տեսան, ասին.
— Իդա հըմլա էլ մա՞րդ կ՚ըլնի,
Գերան դրե ուսին, կ՚էրթա:
Մհեր հասավ էնոնց, հարցուց.

— Տղեկներ, Գորգիկ իշխանի տուն ո՞ր մեկն է:
Տղեք թափվան էնոր բոլոր՝ ասին.
— Արի տանենք քեզի Գորգիկ իշխանի տուն:
Առան բերին Գորգիկի դուռ:
Միեր իր փետ դրեց գետին ու մտավ ներս:
Տեսավ՝ Գորգիկ իշխան նստուկ է իր սենեկ,
Իր իշխաններ շուրջ բոլորած՝ զրուց կանեն:
Միեր բարև տվեց:
Գորգիկ իշխան էնոր բա՛րև չա՛ռավ.
Միեր տեսավ, որ էն վերն է նստուկ, ասաց.
— Կըլնի-չըլնի, է՛դ է Գորգիկ իշխան:
Միեր գնաց, բռնեց էնոր թևեն,
Վերցուց, կանգնեցուց իր տեղեն,
Քիչ մի իշխանի թև քաշեց:
Գորգիկ գիտցավ՝ իր թև կոտրեց յոթը տեղով:
Դարձավ, ասաց.— Տո, կտրիճ, հո՞ւստ ես դու:
Միեր ասաց.— Սասնեցի՛ եմ:
— Ո՞ր մեկի որդին ես, տըղաս:
Ասաց.—Սանասարի՛:
Գորգիկ ասաց.— Ա՛խ, դու բարո՛վ էկար, տըղա՛ս,
Ա՛խ, դու հազա՛ր բարով էկար...
Գորգիկ կեղծավորութեն արավ.
Էն Միերի ուժ որ տեսավ՝.
Ուզեց Միերի սիրտ շահի,
Ասաց.— Հաց բերեք տըղին:

Միեր նստավ, հանգստացավ,
Իր հաց կերավ, պրծավ:
Ու նոր Գորգիկ հարցուց.— Անունդ ի՞նչ է, տղաս:
Տղան ասաց.— Միեր:
— Միե՛ր, տըղա՛ս, իմա՞լ էղավ,
Որ դու դե՞մ էկել ես ինձի:
Ասաց.— Քեռի, էնպես մարմնես ծանրացեր եմ՝
Երբ որ սարեր որսի կէլնեմ՝
Չեմ կա՛րնա զել-զազաններու հետն, հասնեմ.
Կը փախնե՛ն, կ՚ազատվե՛ն ձեռքես:
Էկա՝ որ ձի՛ մի տաս՝
Հեծնեմ, ձիո՛վ էրթամ որսի:
Կը տաս՝ դե տուր, չե՞ս տա՝ հիմիկ կ՚էլնեմ կ՚էրթամ:
Գորգիկ դարձավ, ասաց.
— Միե՛ր ջան, արևո՛ւդ մեռնիմ,

Ուզածդ ձի մի չէ՞,
Տա՛ւ ձի քեզի մատաղ ըլնի:
Քառսուն ձի կա գոմըն կապուկ.
Քառսունից ո՛ր մեկ հավնեցիր՝
Էն էլ ա՛ռ, տար քեզի, հեծի՛ր:

6

Էդ իրիկուն քնան, առավոտուն էլան.
Առավոտուն որ էլա՛ն, հաց բերին.
Հաց որ կերան, պրծան,
Գորգիկ մշակին կանչեց, ասաց.
- Մըշակ, կը տանես իմ Միեր, շանց կը տաս թավլեն
Ձիերու միջեն ո՛ր մեկ ձի Միեր սրտով կը հավնի,
Կը տաս թող տանի...
Միեր մշակի հետ գնաց թավլեն.
Տեսավ, ի՞նչ տեսնի.
Քըսան ձին մե՛կ շարքին կապուկ,
Քըսան մեկէ՛լ շարքին կապուկ —
Քառսունն էլ՝ սադափե թամքով՝
Քառսունն էլ՝ պողպատե սանձով:
Մըշակն ասաց.— Մի՛եր ջան, ես մեռնի՛մ քեզի
Ո՛ր մեկ ձին որ սիրտդ կուզի՝ քաշի ու տար:
Միերն անցավ էդ ձիերու էրկու շարքով՝
Ո՛ր մեկ ձիու մեջքին զարկեց,
Ձին, փոր գետին առավ, կըզեց:
Քառսուն ձին էլ փորձեց Միեր՝
Դարձավ, ասաց.– Ինձ պետքական ձի՛ մի չկա:
Էդոնք ես տանեմ՝ ի՞նչ անեմ:
Իմ ձեռ, որի մեջքին զարկի՝
Ամենի փոր իջավ գետին.
Իմ տակ կը դիմանա՞ն ըսկի:

Միեր էկավ, որ դուրս էլնի դռնեն՝
Մեկ էլ տեսավ՝ գոմի միջին,
Էրկու տարվա կլոր, փոշոտ,
Պատիկ քուռակ կը վազվըտեր:
Միեր միտ վե՛ ասաց.
— Ինձի պետքական ձի չըկա.
Կայնի՝ գոփ մի զարկեմ քուռկին,
Քուռակ փետնա—էլնեմ՝ էրթամ:

Էդ է՛լ ինձ մեկ անում կըլնի:
Ասաց, գոփ մի զարկեց քուռկի մեջքին:
Էդ գոփ քըվավ քուռկի գավկին:
Քուռակ թռավ, զռաս ձի կտրեց,
Ջուխտ մի քացի էզարկ պատին.
Թե Միհերի՛ն առներ քացին,
ԸզՄիեր կը թալեր Սասուն:
Քըվավ քացին թրքընոցի քարին
Ու քար կրակ տվավ: Միեր ասաց.
— Խա՛չ, թե ինձի վերցնո՛ղ կա՝ էդ քուռա՛կն է.
Վերցնող չըկա՝ էդ քուռակն է:
Ախր ես իմ ուժ լա՛վ գիտեմ:
Զարկ որ զարկի՝ քուռակ իր տեղը տի փետնար:
Կէրթամ՝ թե զէղ քուռակ տվե՛ց—կը տանեմ.
Չըտվեց՝ զաթի թողնեմ— կ’էրթամ:

7

Միեր էլավ, էկավ սենեկ, նստավ:
Գորգիկ իշխան հարցուց.
—Միեր ջան, ո՞ր ձիուն հավնար:
Ասաց.— Գորգիկ իշխան, քո ձիաներ
Քեզի թող բումբառաք ըլնեն.
Ես չեմ ուզի ձիերուդ տեղ խոռեմ.
Կը տա՛ս՝ փոչոտ քուռա՛կն ինձ տուր.
Որ էդ քուռակ չըտաս՝
Զաթի թողնեմ, կ’էրթամ մեր տուն:
Քեռին ասաց.— Միե՛ր, տըղա՛ս, ախըր ամո՛թ է.
Ախր ես Գորգիկ իշխա՛նն եմ,
Էդ քուռակն ի՞նչ է, որ տանես:
Մարդեր տ’ասեն.— Սանասարի տղան էկավ,
Գորգիկ իշխան խնայեց խորոտ ձի տար նվեր:
Միերն ասաց.– Չէ՛, քեռի, չէ՛,
Էն քուռա՛կն եմ քեզնե ուզե.
Կը տաս՝ հո կը տանեմ—
Չըտաս՝ կը թողնեմ, կ’էրթամ:
Գորգիկ իշխան ասաց.
— Տըղա, դե, դո՛ւ գինաս,
Հո զոռովեն չըլնի, դե դո՛ւ գինա՛ս,
Որ կը տանես՝ զէղ քուռակ, տար:
Մըշակ գնաց, պախուց դըրեց քուռակի վիզ,
Դոմեն զէղ քուռակ հանեց դուրս,

Դախուց տվեց Միհերի ձեռ:
Միհր քաշեց՝ քուռակ տեսնի,
Տեսավ՝ քուռակ չ'էրթա:
Դարան ուզեց—բերին:
Բռնեց քուռկի չորս ոտ ամուր կապեց իրուր,
Գերան մտուց մեջ ոտներուն,
Վերցուց, դրեց ուսին, ասաց.
— Քեռի՛, դե մնացի՛ր բարով,
Աստված քո տուն թող շեն պահի:
Վեր էլավ Միհեր, ընկավ ճամփա:
— Ո՞ւր ես, Սասուն, էկա քեզի...
Բիթլիս քաղքի ճժեր, մարդեր սատանա են.
Հավաքվեցին շուրջ Միհրին,
Հու-հու կանեն, բու-բու կանեն,
Կծաղրեն, որ մարդ շալկեր է ձի — կը տանի:
Միհր էդ ծաղրին տեր չեղավ,
Էլավ, էկավ, հասավ Սասուն:

8

Քեռի Թորոս տեսավ Միհեր կը գա՝
Քուռակն էնպես ուսին դրած:
Ասաց.— Տղա՛, փրչոտ քուռակն
Անջա՞խ առար էն Գորգիկից—
Չըկարցար խորոտ ձի մ'առնես:
Միհրն ասաց.— Քեռի՛,
Ձի՛ շտ էր, ինչ կ'ասեիր.
Գորգիկ իշխան ուներ կապուկ քառսուն ձի.
Անտերներու ո՛ր մեկին որ ձեռ կպցուցի՝
Կըզավ, իր փոր զարկեց գետին:
Պետքական ձի մի չըկար մեջ:
Ասաց.— Քեռի, զոփ մի զարկի՝
Էդ քուռակի զավկին քսվավ.
Քուռակ թռավ, տաս ձին կտրեց,
Ջուխտ մի քացի զարկեց թրքնոցի քարին—
Թրքնոցի քար կըրակ տվավ:
Քեռին ասաց.— Որ էդպե՛ս է,
Էդ քուռակ բե՛ր, հրեղեն է:
Էդ քուռակ ես լա՛վ մի պահեմ,
Իրեք ամիս որ լրանա՝ նոր կը հեծնես:
Քեռի Թորոս պայտար էր—ձի լավ կճանչնար:

Առավ, իրեք ամիս պահեց,
Քուռակն իր տեղն առավ,
Ու նոր տվավ՝ Միհեր հեծնի։

Միհեր որ էղավ ձիավոր՝
Սասուն ոտի տակ տվավ.
Ու կը հեծներ զուր ձին,
Ինչքան ջին-ջանավար ըլներ, կը բռներ,
Կը բերեր էղ իր որս՝
Սասունցոց վերան կը ցրվեր։
Յոթ տարի Սասուն պահեց որսով։

9

էղավ մեկ օր՝ որ Սասնա մեջ
Հացի մեծ թանկություն ընկավ.
Միհեր տասնիինզ տարեկան էր։
Ժողովուրդն էլավ, էկավ լցվավ Միհերի դուռ,
Ասաց.— Միհեր, ատոծո՛ւ սիրուն,
Մենք սովամահ տի կոտորվենք,
Արի մեզի ճա՛ր մի գտի։

Միհեր ասաց.— Ես չե՛մ գիդի.
Էրթամ քեռուն ասեմ.
Էնի թ՚ գիտնա՝ էս թանկություն ինչի՛ց կըլնի։

Էլավ, գնաց քեռուն,
Ասաց.— Քեռի, թանկությո՛ւն է.
Կարնա՞ս մեզի ճար մի գտի։
Քեռին ասաց.— Միհեր, որդի,
Ի՞նչ ճար գտնեմ, էրկիր հաց չըմնաց։
Թե հաց ըլնի՝ քո հոր ամբարներ տի ըլնի։
Միհեր հարցուց.– Ինչի՞ց է՝ հաց չըկա.
Կարկու՞տ զարկե, քամի՞ն քաղե,
Տո՞թն է տվե...
Քեռին ասաց.— Չէ՛, էդուց չէ։
Մեր էրկիր վար ու ցանք քիչ է.
Էծ կը պահենք, տավար ու էշ,
Մեր հաց Շամա, Հալեպա կըգար.

Չէ, մեկ առյուծ է լուս ընկե.

Երբ սար չութի էրթանք՝ մեզ կո՛ւլ կը տա:
Ճամփան կտրեց ճամփորդներեն.
Գալող ու էրթացող հատավ.
Մարդ չի կարնա ճամփա էրթա՝
Շամից էստեղ, էստեղից Շամ.
Էդո՛ր համար հացի պակաս
Ու թանկություն ընկավ աշխարք:
Միերն ասաց.–Քեռի՛,
Առյուծն ի՞նչ է. իմա՞լ առյուծ:
Ասաց.— Գազաններու ջո՛ջն է առյուծ, մարդիկ կ'ուտի:

Միեր հարցուց.— Հեռվա՞նց կ'ուտի,
Թե՝ մոտենաս, ու նոր կուտի:
Քեռին թե՝ մոտենաս ու նոր:
Միերն ասաց.— էդպե՛ս է՝ ես լուսում կ'էրթամ:
Քեռին ասաց.— Որդի, չ'էրթաս, քեզ կը ջարդի
Ականջ չարավ, գնաց:
Առավոտուն վիր ոտ-որ ուզանգուն հասավ,
Ամե՛ն, ինչքան ձի հեծնող կար՝
Հեծան՝ Միերի հետ գնացին:

Գնացին էն առյուծին:
Առյուծ տեսավ՝ մա՛րդ մի կը գա՝
Էլավ, էկավ իրեն տեղեն:
Պոչը գետին կը տփտփեր.
Թոզ ու դուման կը բարձրացներ.
Էլավ՝ էկավ Միերի դեմ:
Միեր ասաց իրեն զորքին.
— Էդ ի՞նչ է, որ մեր դեմ կըգա:
Ասին.— Առյուծ է՛դ է, որ կա:
Ասաց.— Ո՛վ որ էդ առյուծին թրով զարկեց՝
Ես կը թողնեմ առյուծն իր տեղ,
Ետ կը դառնամ էնոր վերան ու կը սպանեմ զէնի:
Դարձավ, ասաց.— Առյուծի մեր
Աստված կանչեց՝ ծնավ էնոր.
Իմ մե՛րն էլ ինձ, աստված կանչեց, էնպե՛ս ծնավ.
Ես իմ ապպապը տի հանեմ,
Կուշտի՛ կպնեմ առյուծի հետ:
Միերի հետ գնացած մարդիկ հեռու կանգնան.
Միեր մենակ գնաց:
Գնաց, ինք ու առյուծ առան իրար:

Միեր կանչեց.— Հացն ու գինին, տեր կենդանին:
Կանչեց, մի ձեռ թալեց էդ առյուծի վերի՛ ծնոտ,
Մյուս ձեռ թալեց ներքի՛ ծնոտ,
Ճղեց էդ առյուծ մեջտեղեն,
Արե՛ց էնոր էրկու կտոր:
Մեկ դրեց ճամփու էս դին, մեկել՝ էն դին:

Իր հետ գնացած մարդեր էկան,
Կայնան Միերի մոտ:
Մեկ մարդ էլ շուտ խաբար հասցուց Սասուն,
Միերի մոր, թե.— Աչքդ լուս ըլնի,
Միերն առյո՛ւծ սպանեց:
Չուր հիմիկ Միեր էր,
Հիմիկվնե հետ էղավ Առյուծաձև Միեր:

Միեր դարձավ, էկավ Սասուն:
Ու սասնեցիք էդ ժամանակ
Էկան Միերի դուռ, ասին.
— Էստուց հետև մեր տեր դո՛ւն ես,
Մեզի կառավարի:

Երբ սասնեցիք Միեր արին կառավարող՝
Քառսուն-Ճուղ-Ծամ Դեղձուն տվեց էնոր
Քուռկիկ Ջալալին,
Թուր Կեծակին,
Գուտն զրեհին,
Գոտին ի մեջքին,
Կապան դաղիֆեն:
Հեծավ Միեր Քուռկիկ Ջալալին,
Առավ ի ձեռ Թուր Կեծակին,
Շրջեց իր հոր հողեր:
Ու թշնամիք կորագլուխ էլան էնոր առջև:

10

Մնաց: Օր մի Քեռի Թորոս, իշխան մարդեր
Ժողվան, նստան Դեղձուն-Ծամի սենեկ, ասին.
— Սանասարի տղեն հորի՞ չես կարգի դու:
Խորհուրդ արին:
Լուսուն Քեռի Թորոս, Հովան ու կտրիճներ
Ամեն ձի մի հեծան,

Ընկան ճամփա, գնացին:
Գնացին Մելքոն թագավորին:
Մելքոն թագավոր հարցուց.
— Ապա ինչի՞ էկեր եք դեմ ինձի:
Քեռի Թորոս ասաց.— Թագավոր,
Էկեր ենք՝ գործ աջողեցուս:
— Ի՞նչ գործ,— հարցուց:
Քեռի Թորոս ասաց.
— Թագավոր, քաղքեն ըլնի, գեղեն ըլնի,
Մեկ լավ աղջիկ գտնես,
Տանենք, պսակենք Միհերի վերան:
Մելքոն ասաց.— Էլեք էրթանք Մանաձկերտ,
Թնաթորոսի աղջիկ՝ Արմաղան ուզենք Միհերին:

Էլան Մելքոն թագավոր ու վազիրներ,
Էլան Քեռի Թորոս ու կտրիճներ,
Գնացին Մանաձկերտու բերդ:
Մանաձկերտու բերդ Թնաթորոս կա.
Կայնան Թնաթորոսի դուռ
Ու հարցուցին, թե.— Թնաթորոս տա՞նն է:
Ասին.— Թնաթորոս գնացեր է Վան:

Ազրատզահ գնացին վան
Ու հարցուցին.— Թնաթորոս հո՞ղ է:
Ասին.— Չէ՛, բերդի հիմ թալեց,
Իր հաց կերավ, գնաց Արզրում:
Գնացին կեսավուր Արզրում
Ու հարցուցին էնտեղ.— Թնաթորոս հո՞ղ է:
Ասին.– Բերդի հիմ թալեց,
Կեսօր կերավ ու գնաց Կարս:
Գնացին ի Կարս:— Թնաթորոս հո՞ղ է:
Ասին. — Բերդի հիմ թալեց,
Հրամեն կերավ ու գնաց բերդ Մանաձկերտու:
Էկան նորեն հասան Մանաձկերտու բերդ:
Համբավ տարան Թնաթորոսին,
Ասին, թե.— Մելքոն թագավոր,
Քեռի Թորոս, Հովան ու կտրիճներ
Կո, հյուր կը գան քեզի:

Էն էլ— մարդ ուղարկեց առաջ, առավ, զընաց:
Իշխանների տեղ ջո՛կ սարքեց,
Կտրիճների տեղ ջոկ:

Էկան, նստան ու հաց կերան.
Հաց որ կերան, պրծան, հաց վերուցին,
Թնաթորոս հարցուց Մելքոն թագավորին.
— Է՜, թագավոր, բարով էկաք,
Ի՞նչ գործ պատահավ, որ էկաք:
— Հապա, էկեր ենք քո օջախ,
Հետ քո խնամություն անենք:
— Ի՞նչ խնամություն է,— ասաց:
Ասին.— Քո աղջիկ, Արմաղան,
Մեր Միհերին տի տաս:
Ասաց.— Միհեր ո՞րիդ տղան է:
Ասին.— Սանասարի՛ տղան է:
Ասաց.— Մելքոն, Քեռի Թորոս, Հովան,
Երբ որ դուք էկեր եք ինձի՝
Աղջիկ իմ կը տայի ձեզի փեշքեշ,
Ամա կըլնի էս յոթ տարի
Արմաղան Խլաթի տեր, Միպտակ Դևն տարե գերի,
Թե գերութենե ազատ անի— Արմաղան Միհերին հալալ:
Էսոնք էս զրուց թող անեն՝
Մենք խաբար տանք Միպտակ Դևեն:

11

Էդ ժամանակ Միպտակ Դև Խըլաթ թագավոր էր.
Էսեր էր, որ Միհերի պատիվ
Օրեօր շատ կը բարձրանա մեջ աշխարքին:
Ասաց.— Օր մը չէ, օր մըլնի
Միհեր ինձի վնաս տի տա.
Խըլաթ պիտի առնի:
Ու Միպտակ Դև էլավ, թուղթ մի գրեց,
Տվեց Քամի փահլևանին,
Քամին էդ թուղթ տարավ Սասուն:

Միհեր էդ օր էլեր էր սար՝ որսի.
Մեկ էլ էդ փահլևան Քամին
Էնոր առաջն էլավ, ասաց.
— Օհո՜... բարո՛վ, բարո՛վ, Միհեր,
Էնչափ արդեն դու ջոջացար,
Որ կը գաս սար ո՞րս անելու:
Գիտցած ըլնես՝ որ Միպտակ Դև քեզ կը կանչի կռիվ:
Էն թուղթ տվեց Միհերի ձեռ.

Մեջ թղթին գրուկ էր.
— Արի ինձ հետ կռիվ:
Միեր զթուղթ առավ, ասաց.
— Աղեկ, պատրա՛ստ կաց, կռ, էկա:
Թուղթ բերող դև ասաց.
Միեր, խնդիր ունեմ.
Դու բախտ տաս ինձ, որ ինչ ասեմ՝ անես:
Միեր պատասխանեց.– Իմ տված խոսք– խո՛սք է.
Թե դուք դև էք,
Մենք էլ Սասնա կտրիճ փահլևան ենք:
Մեզ սուտ, չկա. ասա, ի՞նչ կուզես:
Ասաց.— Գիտցած ըլնես,
Մենք Միպտակ Դևրն չենք սիրի.
Կուզենք՝ գաս, ըսպանես.
Ու ազատվենք էնոր ձեռեն:
Միեր ասաց.— Աղեկ:
Միեր ետ դարձավ տուն,
Մոր ձեռ պագեց,
Ասաց.— Գիտցած ըլնես,
Միպտակ Դև գիր մի ուղարկե՝
Ինձ կը կանչե կռիվ:
Քառսուն-Ճուղ-Ծամ Դեղձուն ասաց.
— Մեռնե՛մ քեզի, դուն տըղա ես.
Իր հետ ինչպե՞ս կարնաս կռվի:
Էն ամեն թագավորներեն զորըղեղ է.
Էնոր վերան թուր չի բանի:
Միեր, դու քիչ մի համբերի,
Չուր մեծանաս ու նոր էրթաս կռիվ:
Ասաց.—Մարե, համբերելն աղեկ է,
Ամա ես խոսք տվի Դևին, տ'էրթամ:
Քառսուն-Ճուղ-Ծամ ասաց.— Աղեկ,
Գընա, ամա էս իմ խրատ լսի–
Դու Քուռկիկ Ջալալին հեծիր,—
Գիտնա՛ս՝ Սանասարի ձին է,
Ամեն շնորհիքներով լեցուն,—
Սանասարի զրահ հագիր,
Պողպատ ջըմեն քաշիր քո ոտք,
Էրկաթե գոտն դիր քո գլուխ,
Նետն-աղեղ ու կախլան քամակըդ առ,
Զգուրզ բռնի քո ձեռ,
Կապի Թուր Կեծակին, քըշի:

Էդ խրատներ առնելուն պես,
Միհեր շուտ մի հագավ իր հոր զենք ու զրահ,
Թռավ Քուռկիկ Ջալալու քամակ, քշեց:

Քշեց Միհեր էտա տեղեն,
Գնաց հասավ Միպտակ Դնի յայլան,
Մեկ բարձրիկ սարի մի գլուխ:
Ժամանակ գարուն էր.
Սար հազար ծաղկունքով, ավելուկով լեցուն էր:
Էն ժամանակ Միպտակ Դևըն իր մարդերով
Յայլա էին էկած էդ սար:

12

Միհեր մինչև հասավ էդ տեղ՝ էնոր ծարավ բռնեց.
Ընկավ սար-ձոր՝ աղբուր գտնի.
Մեկ էլ տեսավ՝ երկու դև-աժդահա
Աղբրի մ' վերա, գոմշու տիկ մի ջրով լցե՝
Կայներ էին էդտեղ:
Միհեր էնոնց բարև էտու, ասաց.
— Կը թողնե՞ք աղբրից պուտիկ մի ջուր խմեմ:
Դևեր ասին.— Էսա աղբուր Միպտակ Դևի աղբուր կ'ասեն.
Էնորեն զատ՝ հրաման չկա
Մարդ ջուր խըմի էսա աղբրից:
Միհեր ասաց.— Աղբե՛ր ջան,
Ձեզի խնդիր կանեմ—պուտիկ ըմ ջուր տվեք ինձի,
Խըմեմ, էրթամ ճամփա:
— Չէ, չէ,— ասին.— Միպտակ Դևըն երդվեցուցե,
Մեզ պահապան դրե էստեղ,
Որ օտար մարդ գալու ըլնի, էնոր իմաց տի տանք:

Էլ Միհերի համբերություն հատավ,
Հասավ, զարկեց էնոնց,
Էլավ Միհեր, գնաց վեր աղբրին,
Մեկ ըսպանեց, մեկ վիրավոր էղավ, փախավ:
Կուշտ մի էդ ջուր խմեց,
Փախած դևի արնի հետքով գնաց,
Հասավ մեկ անվեր-վիրի տեղ, այրի մի մոտ:
Էն այրից բոց կը թալեր դուրս.
Էն այրի դուռ, ծառին կապած՝
Հուրի-հրեղեն աղջիկ մի

Նատե վիրավոր Դևի կուշտ,
Էնոր արունըն կը սրբեր:
Միեր հասավ, բռնեց էղ Դև,
Էնոր ձեռ-ոտ կապեց, դրեց քարի մի տակ,
Ու աղջկա կապեր քանդեց:
Էլավ էղ հրեղեն աղջիկ կայնավ,
Տեսավ՝ էնպե՜ս խորոտ, էնպե՜ս կըտրիճ ըմ է Միեր.
Խելագնաց էլավ վերան.
Էնչա՜փ, որ էնոր սիրտ ճըխաց:
Շուտ մի ասաց.— Հե՜յ, դու, կտրիճ,
Հավքն իր թևով, օձն իր պորտով
Չեն կա՛րնա գա էստեղ,
Դու ինչպե՞ս էկար:

Միեր հարցուց.— Հապա ինչպե՞ս էղավ,
Որ դու էկար էսա սարեր:
Աղջիկ խորունկ ախ մի քաշեց,
Ասաց.— Ախ-վա՜խ, մի՛ հարցուցի:

Էս յոթ տարի կ'ըլնի
Միպտակ Դևի ձեռ կը տանջվեմ.
Էղ անիրավ Միպտակ Դևըն
Էկավ վեր մեր էրկրին կռիվ.
Էղ պահ ես խաս բախչեն սեյր կանեի:
Էկավ անկարծ՝ ինձ առնել փախնել մե՛կ արավ:
Բերեց էստեղ, ուզեց ինձ կին առնի.
Ամա աստծու կամքով իմ ուժ պատավ
Ես էնոր հետ չապրա:
Ես կույս եմ չուր էսօր:
Գիտցած ըլնես.— ասաց.— ես էրազ մ'եմ տեսե.
Էն էրազի՛ մեջ ինձ ասին,
Որ շատ գընաց ու քիչ մնաց.
Միեր անունվոր կտրի՛ճ մի տ'էլնի,
Միպտակ Դև տի սպանի
Ու ինձ ազատ անի էնոր ձեռքեն:
— Ո՞ւր է ապա Միպտակ Դև.— հարցուց Միեր:
Ասաց.— Գնացե Սև Սար՝ ուխտի.
Էլավ ինն օր, էսօր ետ տի դառնա:
Էնոր զորությունն սև եզան մի վերան է,
Էն սև եզ կը հեծնի՝
Կ'էրթա ամեն աշխարք,

Կը պտտի, ավերություն կանի:
Էնոր առաջ չի կարնա մարդ կայնի:
Մարդ մ'որ էն սև եզ ըսպանի՝
Նոր Միպտակ Դըլըն կը հաղթվի:

Միեր էլ բան չասաց: Թռավ իրեն ձիու քամակ,
Ու ձին քշեց Սև Սար:
Մեջ Սև Սարին Միեր ճահճուտ տեղ մի տեսավ.
Էն ճահիճեն սև եզ մ' էլավ իր դեմ:
Միեր ասաց իր աղոթք,
Քաշեց զԹուր Կեծակին,
Խոթեց էդ եզան փոր:
Եզ բառաչեց, ծառս էլավ վեր էնոր,
Ընկավ գետին, խատավ:
Միեր դարձուց իր ձին,
Էկավ էն այրի դուռ, նստեց:

13

Միպտակ Դըլըն կերե, խմե,
Իր քեֆ հասուցե, նոր ծարավցեր էր,
Իր աչք քցե ճամփա, ջուր կ'աչքեր.
Շատ աչքեց, քիչ աչքեց,
Տեսավ, ջուր բերող դներ չէն ի՛գա:
Մտածեց, ասաց.— Կա՛-չկա,
Մեկ զորավոր մարդու մ' են պատահե էնոնք:
Շուտ մի էլավ-հեծավ քամու ձին,
Քըշեց՛ գնաց դեհ էն աղբուր:
Ճամփին մեկ էլ տեսավ՝ այրի առաջ
Սարի մը պես մարդ մ' է նստե
Ու իրեղեն ձի մ' էլ թողե, կ'արածի:
Միպտակ Դն գոռաց, ասաց.— Է՛յ, հողածին,
Հավքն իր թևով, օձն իր պորտով
Չեն կա՛րնա էս տեղ պտտվեն,
Դու ինչ սրտով էկե,
Հասեր ես չուր էստեղ:
Ասաց.– Կանչեր էիր, կո, Միե՛րն եմ,
Էկա վեր քեզ կռիվ: Դե, էլիր, կռվենք:
Ինչ որ ձեռնեդ կըգա, արա:
Միպտակ Դն որ էդ խոսք լսեց՝
Սարսափ մի զինք բռնավ.

Ձեռ-ոտ ահա թուլցան:
Ամա սուտ ուրախաթենով ասաց.
— Վայ դու, Միհր, բարո՛վ էկար,
Էլիր էրթանք վրանի տակ,
Ուտենք, խմենք, չուր լուսանա՝
Տեսնենք՝ աստված որո՞ւս կը տա:
— Չէ՛,— ասաց Միհր,— մեր մեծ պապեր
Մեզ էնպե՛ս են խրատ տվե,
Որ թշնամու դեմ էնելուն պես՝ տի կովենք...

Միպտակ Դևըն ու Ձոջ Միհր ձիեր քշին վեր իրարու.
Իրեք օր ու իրեք գիշեր իրարու հետ կռիվ արին:
Միհր որ իր ձեռ կը թալեր Միպտակ Դևին,
Միհրի ձեռ խոր կը խրվեր էնոր մարմին.

Գիտես թե՝ խրմորից ըլներ էդ Միպտակ Դև:
Վերա իրեք օր Ձոջ Միհր էնոր սպանեց,
Արմաղանին զավակ առնել ու գնալ մեկ արավ:

14

Իրիկուն Միհր իջավ Սասուն.
Ու հալա նոր Քեռի Թորոս, Ձենով Հովան
Դարձեր էին տուն:
Խաբար ղրկեցին Թևաթորոսին,
Թե Միհր քո աղջիկ ազատե:
Թևաթորոս ու իր իշխաններ հեծան ձիանք,
Էկան, հասան Սասուն,
Էն հուրի Արմաղան բերին
Պսակեցին վեր Միհրին:
Էսօր համար բերին նոան գինին ու հաց դրին,
Կերան, խմին, ուրախություն, խնդում էղավ,
Յոթ օր ու յոթ գիշեր հարսնիք արին:
Յոթ օրեն հետ Թևաթորոս, իր վազիրներ
Ետ դարձան, գնացին իրանց տեղ:

Խաբար հասավ Խլաթ,
Թե,– Միհր Խյաթի Միպտակ Դե սպանեց:
Խլաթա ժողովուրդ ուրախացավ,
Էյավ, էկավ Ձոջ Միհրի առաջ.
Առավ էնոր, իրենց քաղաք տարավ:

Էդ քաղաքի դևեր էլան Միհերի դեմ։
Կռվան, չէին թողնի՝ Միհեր մտնի քաղաք։
Միհեր քաշեց Թուր Կեծակին։
Ընկավ մեջ դևերուն, զարկեց, զամեն ջարդեց,
Դարձավ, էկավ Սասուն։

ՄԱՍՆ Բ

ՄԵԾ ՄՀԵՐԻ ԿՌԻՎԸ ՄԸՍՐԱ ՄԵԼԻՔԻ ԴԵՄ

1

Դեռ կ'ապրեր էդ վախտ Մըսրա Մելիք։
Միհերի քաջություն լսեց Մըսրա Մելիք կատղավ,
Չէ՞ Սասուն Մելքի խարջդարն էր։
Ամա Միհեր էդ բան չը գիտեր։
Մելիքին հարկ չէր ուղարկի։
Մըսրա Մելիք հրաման արավ,
Ասաց.— Գնացեք Սասուն.
Ասեք Միհեր իրեն պատրաստություն տեսնի։
Ես ու Միհեր տի կռվենք։
Մըսրա Մելիքի փահլևաններն էկան, ասին.
— Մելիք քեզնե կռի՛վ կուզի
Միհեր ասաց.— Կռի՞վ կուզի.
Թող գա, տեսնենք ի՞նչ է կուզի մեզնե։

Էստեղ Ձենով Հովան ասաց.—Միհե՛ր,
Էղեր ես խոջա մարդ, խելքի հասած,
Հեծի՛ր, գնա Մըսըր, Մըսրա Մելիքի մոտ։
Մելիքի հետ խաթրով վարվի,
Մարդ ճանչցիր, մարդու շփվիր,
Ու խնդրվի, թող բան մ'էլ մեր խարջ պակսեցու.
Մեր խարջ շատ է, չենք կարնա տա։
Միհեր դարձավ, ասաց.
— Աստված քա տուն չավրի, Հովան,

Մենք չը զինանք, դուն էլ չ'ասիս,
Թէ Մելիքին մենք խարջ կը տանք:

2

Ասաց Միեր, էլավ հեծավ Քուռկիկ Ջալալին,
Քշեց, հասավ Մըսրա սահման:
Մըսրա Մելիք իր դուռ բինակ
Դաշտի վերան նստուկ էր:
Տեսավ հեռվանց ձիավոր մի կը գա.
Ինք խոջա ամրոց էր նստած ձիու վերան:
Էդ ձին փոթորկի պես կը գար:
Էկավ, հասավ: Միեր բարև տվեց,
Մըսրա Մելիք էդոր դեմքիցըն զարզնդավ:
Չը կարցավ, թե բարև առներ իրեն վախից:
Ու ինք միտ վե ասաց.
«Մազյար հրմլա մարդ է՞լ կըլնի աշխարհ»:
Ասաց.— Ձձին բռնե՛ք:
Ծառաներ ձին բռնին:
Միեր իջավ: Մըսրա Մելիք հարցուց.
— Դու ո՞ր տեղացի ես, կըտրիճ:
Միեր ասաց.— Սասունցի եմ:
Ես Սանասարի տղան եմ:
— Հայ-հայ,— ասաց Մըսրա Մելիք,
Իմ հողի մեջ որ կը նստիք, դուք եք:
Միեր դո՞ւն ես:
Ասաց.— Միեր ե՛ս եմ:
Մըսրա Մելիք ասաց.— Կովի՞ էկար վեր ինձ:
Ինչի՞ դուք իմ խարջ չեք իտար:
Սասուն որ կա—էդ հող ի՛մն է.
Առավոտուն իրար զարկենք:
Միեր ասաց.— Զարկենք:

3

Առավոտուն Սասնա Միեր
Գընաց, էնոր դեմը կայնավ:
Սասնա Միեր, Մըսրա Մելիք
Իրար դեմ ըսկսան կռվել...
Հո՛ղը էնոնց ոտքերու տակը կը հերկեր.
Ասես՝ գութնի՛ պես կը հերկեր:

Կես կասեին.— «Ամպեր են որ կը գոռգոռան»:
Կես կասեին. — «Երկրաշարժեն սարե՛ր բլան»:
Էդոնց զարկ-զարկոցից աշխա՛րք կը դողդողար
Ամեն մեկի գուրզն էր իրեք հարիր լիդրից.
Գուրզեր առա՛ն, տվի՛ն, զարկի՛ն մեկ-մեկըլի.
Հա՛ր գնացի՛ն, էկա՛ն, զարկի՛ն մեկ-մեկըլի,
Իրեք ցերեկ, իրեք գիշեր կռվան
Ու չըկարցան հաղթեն իրար:
Էն ինչ Միհե՛րն էր, ուժով էր,
Էն ինչ Մըսրա Մելիքն էր՝ խորամանկ էր, ֆանդով էր:

Մըսրա Մելիք տեսավ, որ Միհեր չի հաղթվի.
Տեսավ՝ Միհեր շատ ազնավուր, հաստա՛տ մարդ է.
Ասաց.— Սասնա Միհեր,
Քըլե մենք մի պայման կապենք:
Ասաց.— Ես կասեի՝ մեջ աշխարքին
Ինձնեն ուժեղ մարդ մի չկար՝
Ամա ես ու դու չը կարցանք իրար հաղթենք:
Ասաց,— Ինչքան խարջ կա ձեզի
Ամեն ես քեզի բաշխեցի:
Էլ Սասունն ինձ խարջաղար չի.
Քոնն են Սասնա ամեն հողեր,
Գընա, կե՛ր, խըմի՛, վայելե՛:
Մենակ՝ կռվի վախտ որ ըլի
Մենք իրարու պառեկ ըլնինք:

Ասաց.— Թե ես մեռնեմ՝
Ջիմ թագուհին ու էրեխեք հանձնեմ քեզի.
Թե դո՛ւ մեռար՝ զքոն հանձնի մեզի:
Որ խալխ չ'ասի, մնացեր են որբ:
Մատներ կտրին, արուն արնի խառնեցին,
Պայման դրին, էղան աղբեր:
Մըսրա Մելիք էս բան մաքուր սրտով չասաց.
Էն Միհերից վախցավ, կեղծավորցավ:

4

Միհեր ընկավ ճամփա,
Էկավ, հասավ Սասուն:
Տեսավ՝ Ձենով Հովան կանգնած է դուռ:
Միհեր բարև տվեց էնոր:

Չենով Հովան բարև առավ, հարցուց.
— Մհե՛ր, լաո, ընկի մեր խարջ պակսեցուցի՞ր:
Հովա՛ն, դու ի՞նչ կ'ասես,— ասաց.—
Աղե՛կ մարդ է Մըսրա Մելիք.
Մեր հարկ բաշխեց ինձի,
Ասաց. «Սասնա հողեր թող ձեզ ըլնի»:—
Էդտեղ Միեր ասաց.— Հովա՛ն, հապա գինա՛ս,
Մենք Մելքի հետ աղբեր էղանք:

Էդ օրեն անցավ ժամանակ մի:
Միեր էնպես կը շախեր Սասուն,
Որ մարդ կը վախենար Սասնա մոտենա:
Հավք չէ՛ր կարնա իր թևով անցնի էն տեղեն,
Օձ չէ՛ր կարնա իր պորտով սողա էն տեղեն:
Սասուն շատ առաջացուց Միեր:

5

Ժամանակ մի վրա անցավ, Մըսրա Մելիք մեռավ:

Մըսրա Մելքի մահից հետո
Մըսրա Մելքի կին, Իսմիլ խաթուն,—
Էնիկ ջահել ու խորոտիկ կին մ'էր,—
Ասաց,– Ջա՛նըմ, ինձի մա՛րդ մի հարկավոր է՝
Որ էրկրին տիրություն անի,
Մեր իշխաններ խաղաղեցու.
Չ'էլնի՞նք՝ ճամփենք Միերի մոտ,
Միեր թող գա ինձ հյուր ըլնի.
Թող իմ սենեկ պառկի,
Էնոր ցեղեն ինձ կտրիճ տըղա մի ըլնի:
Չէ՞ որ իմ մարդ կ'ասեր.— Իսմի՛լ,
Թե Միերից ու իր ձիուց ջինս չը վերունք,
Միերի ցեղ մեր քոքըն տի կտրի:

Մըսրա Մելքի կնիկ կ'էլնի ու ի՞նչ կանի:
Էրկու փահլևան կ'ուղարկի Սասնա քաղաք.
Էդ փահլևաններու ձեռով Իսմիլ խաթուն
Իր գոտիկ-լաչակ կ'ուղարկի,
Ու մեկ գի՛ր մի կըտա, կ'ասի.
— Տարեք էս գիր, տվեք Միերի ձեռ,
Ասեք՝ Իսմիլ խաթուն

Քեզ կը կանչէ «իր մոտ»:
Էլան երկու փահլևաններ, զգիր բերին,
Բերին ու հարցուցին Միհրի տուն:

Միհր որսի՛ էր գնացե.
Իրիկուն սարից էկավ՝
Փահլևաններ էնոր առջև էլան, ասին,
— Մըսրա խաթուն գիր մ' է ուղարկե,
Ուղարկեր է գոտիկ-լաչակ,
Քեզ կը կանչէ «իր մոտ»:
Միհր աչքեց գոտիկ-լաչակ,
Ասաց.— Էդ ի՞նչ խոսք է:
Տեսնե՛մ էդ թուղթ:
Փահլևաններ էդ թուղթ տվին Միհրի ձեռ:
Միհր կարդաց, տեսավ՝ Իսմիլ խաթուն գրեր է.
— Արի՛, ինձ ա՛ռ.
Գոտիկ-լաչակ, կո, կ'ուղարկեմ,
Էն որ Սասուն քո ձեռն է,
Մըսըրն էլ թող մնա քո ձեռ:
Թե դուն չըգաս՝ քան զիս շատ կընիկ ես:
Դուն Մելիքի հետ ուխտ ունիս,
Որ էնոր կնիկ-էրեխեք պահես:
Միհր ասաց.— Է՛յ, կտրիճներ,
Աստծու ուխտ թող վեր ինձ ըլնի:
Էկեք, էրթանք մեր տուն,
Էկեք, փըշուր մի հաց կերեք,— գացեք,
Մըսրա խաթնին բարև տարեք:
Քառսուն ավար վրեն կը գամ իր մոտ:
Տեսնեմ էդ ի՞նչ է կա:

Փահլևաններ էլան, գնացին Միհրի տուն,
Հաց կերան, էլան դարձան Մըսըր:
Միհր մնաց մենակ:

6

Միհր էդ գիր մեկ է՛լ կարդաց,
Գնաց Արմաղանին.— Կնի՛կ,— ասաց,—
Իսմիլ խաթուն թուղթ ուղարկե՝
Ինձ կը կանչէ Մըսըր, տ'էրթամ:
Արմաղան ասաց.— Միհր, մ'էրթա.

Ինչի կ'էրթաս.
Էնոր հետ զլուխ մե՞կ անես:
Իսմիլ քեզ տեսե՞ր է,
Որ իր լաչակ-զոտիկ կուղարկե քեզ:
Գիտի թե՝ խորո՛տ ես, զե՞շ ես, ինչպե՞ս ես:
Ո՞ւր կը կանչե Մըսըր. էնի քեզ կը խաբե՛.
Մ'էրթա, էնի քո խորոտություն չ'ուզի.
Էնի քո իզիթությո՛ւն, քո կտրիճությո՛ւն է կուզի.
Քո կտրիճություն լսե, հասկացե,
Կը կանչե՝ քեզնե լա՛ճ ունենա:
Աղեկ բան չէ՛, մարդ, դու մ'էրթա:
Դու զէն կուզես, ինձի կը թողնես:
Ասաց.— Կընիկ, ես որ չ'էրթամ՝
Ես էլ էնոր պես կընիկ եմ.
Մըսրա Մելքին ո՛ւխտ եմ արե,
Իմ ճար ի՞նչ է. ես տի զնամ:
Միհերի կնիկ ասաց.– Մ'էրթա:
Միհեր ասաց.— Տ'էրթամ:
Միհերի կնիկ ասաց.– Մ'էրթա:
Միհեր ասաց.— Տ'էրթամ:
Միհերի կնիկ ասաց.– Միհե՛ր,
Իմ զոռ քո վրա չ'անցնի:
Ամա՝ թ'էրթաս—ես ուխտ կ'անեմ.
Իմ հե՛րն ես դու, իմ աղբե՛րն ես—
Քառսուն տարի դու իմ զողենք չըզաս:

7

Միհեր էլավ, զնաց Դեղձուն-Ծամի սենեկ,
Բարեկամնե՛ր կանչեց,
Կանչեց իշխան մարդե՛ր,
Կանչեց վարդապետնե՛ր, ասաց.
— Մըսրա թագավորի կընիկ ճամփեր է իմ էտև.
Ես տի զնամ, դո՞ւք ինչ կասեք:
Ձենով Հովան ասաց.— Ինչի՞ կ'էրթաս,
Մելքի կնիկ խորամանկ է,
Էն մեր դուշմանի կնիկն է,
Քեզի կը խաբե: Մ'էրթա,
Քեզի տղա չկա -դու կաց քո տուն,
Աստված բալքի քեզ տըղա մի տա:
Ամա ինչ իշխաններ, վարդապետներ էին, ասին.

— Միեր, որ դու կ՚էրթա՛ս,
Մենք չե՛նք ասի՝ մ՚էրթա:

Մենք չե՞նք ուզի, թո՛ղ զՄըսըր,
Ուրիշ թագավորաց տեղ է՛լ հալա կ՚ուզենք զավթեն:
Խմիլ խաթուն որ կը կանչե՝ ինչի՛ չ՚էրթաս:
Էտա հազըր տեղ է՝ շուտ զընա... Մըսըր տիրապետի:

8

Երեսունինն օր զընաց, մե՛կ օր մնաց:
Հա՛մա Միեր էլավ ոտքի, պիտի էրթար,
Արմաղան ի՞նչ արաց.
Էլավ, սև մուշամբեն բերեց,
Քաշեց վեր էնոր սնարին:
Էլավ Միեր, հեծավ իր ձին.
Ձենով Հովան վազեց,
Կախվեց ձիու վզին, կուլար, կ՚ասեր.
— Մ՚էրթա, մ՚է՛րթա, էն անառակ խաբած է քեզ:
Շատ որ չարեն կտրավ՝
Միեր իր գուրզ վերցուց.
Շարժեց վեր Ձենով Հովանին:
Գուրզու քամին որ էսար Հովանին՝
Հովանի ուշ գնաց, Միեր մնաց շիվար:
Իջավ ձիուց, լալով Հովանի սիրտ մաժեց, ասաց.
— Հովան, իմ մե՛ծ ախպեր, մե՛ր էլի, վե՛ր,
Ես հետ աստծու ուխտ եմ արեր:
Թե որ չ՚էրթամ՝ էդ իմ ուխտի տակ տի մեռնեմ:
Հովան էլավ նստավ, ասաց.
— Հոյ, հո՛յ, Միեր, դու որ տ՚էրթաս՝
Չոր ճամփաներ քո առջև թող կանաչ դառնան.
Քո թշնամու ձեռք վեր քեզի չը բարձրանա:
Էլավ Հովան ու Միերի ճակատ պագեց:
Միեր հեծավ, քըշեց Քուռկիկ Ջալալին
Ու Չարբահար Քամին իր հետ տարավ:

9

Առավոտուն էլավ, էդ իրիկուն հասավ Մըսըր:
Մըսրա խաթուն էլե, նստե փանջարեն,
Էն իր աչքեր դեղե,

Էն իր բսկեր հանե դուս,
Էն մեկ ժամվա ճամփա խալիչեք փռե,
Փռե ճամփաներ, մոմակալներ վառե,
Կ՚ուզեր, որ Միեր իրեն սերի՛ գար.
Ու աչք բռներ էր ճամփա.
Տեսավ՝ հեռվանց ձիավոր մի կը գա.
Ձիավոր՝ մեծ ամրոց մ՚ էր՝
Նստուկ ձիու վերան
Ու ձին փոթորկի՛ պես կը գար։
Իսմիլ խաթուն ասաց.
— Կա թե չըկա՝ էդա Սասնեցի Միերն է։
Միեր էկավ, հասավ, բարև էտու։
Միեր կայնեց, էնպե՛ս փանջարի առջև, ասաց.
— Իսմիլ խաթուն, ասա՛ քո խոսք։
Իսմիլ խաթուն ասաց.— Ջանըմ, Միեր,
Հյուրը էդպե՛ս կը զրուցի.
Իջիր ձիուց տակ, արի, էլիր էստեղ՝
Նոր ես քեզի պատմեմ։
— Չէ՛, չեմ գիտի, հիմի՛կ տ՚ասես.
Ուխտ եմ արե հետ աստծուն.
Իմ ոտ զանգուեն չեմ հանի դուրս.
Ասա՝ ի՞նչ է քո ասելիք։
Իսմիլ ասաց.— Ուղորդ կ՚ասեն,
Որ հաստակող են սասնեցիք.
Ձեր էրկիր ավերակ հո չէ՞.
Կրակ հո չի՛ պակասե Սասուն,
Որ դու էկիր էսա տեղեն կրակ տանես.
Իջիր տակ, հյուրասիրվե, նոր է՛լ, գընա։
— Չէ՛, չէ՛, ջանըմ,— ասաց Միեր,—
Էդ խոսքեր որ դու ինձ կ՚ասես՝ ես չեմ ճանչնա։
Ասա, նայեմ՝ ի՞նչ է քո ասելիք։

Իսմիլ խաթան տեսավ՝ Միեր պիտի դառնա,
Ծառաներին ասաց.— Ձեր տուն ավրի՝
Նայեք, յոթը տարվա գինի չըկա՞
Էնի պիտի դառնա գնա, շուտ արեք, շո՛ւտ։
Ծառաներ էլան, յոթ տարվա գինին բերին,
Տվին Միերին՝ վեր ձիան. Միեր խմեց։
Միեր որ խմեց՝ Միերի ճակատ բռնեց։
Իսմիլ խաթուն հրաման տվեց.– Ջձին բռնեք։
Ջձին բռնին՝ Միեր իջավ տակ։

Իսմիլ խաթուն տարավ զՄհեր պալատ,
Էնտեղ էնոր բարն էկար արավ:

Մհեր հարցուց.— Ինչի՞ ես ինձ կանչե:
Ասաց.– Մհեր, կանչեր եմ՝ կը խնդրեմ—
Էս մեր էրկիր խաղաղեցուս.
Մեր յոթ իշխաններ ինձ չեն ճանչնա:
Մհեր ասաց.— Լավ, հաց թող բերեն,
Ուտեմ, չուրի լուսնա՝
Էդ իշխաններ կանչեք:
Որ էկան՝ ե՛ս գիտեմ, էնոնք:

Իսմիլ խաթուն դարձավ, ասաց.— Մհե՛ր,
Ես քեզ իմ գոտիկ-լաչակ ուղարկեր եմ,
Կանչեր եմ՝ դու ինձ մոտ պառկես,
Էտոր համար եմ կանչե:
— Էտա չէլած բան է,— ասաց Մհեր:
Ի՞նչպես կարնամ ես քո գողենք մտնի.
Դու անօրե՛ն ես, ես՝ քրիստոնյա:
Իսմիլ խաթուն ասաց.— Մհե՛ր,
Դու ինձ էրիկ տի ըլնիս.
Իմ թագավորություն քոն տի ըլնի,
Իմ դուշմաններու դեմ տի կայնես:
Մհեր, ես քեզ սիրե՛ր եմ.
Խաթրով ըլնի՝ տի գաս,
Զոռո՛վ ըլնի՝ տի գաս:

Իսմիլ խաթուն քաղցր խոսքով,
Սիրով արբեցուց Մհերին,
Պատվեց, կերցուց, խմցուց,
Մհերին որ շատ գինովցուց՝
Մհերի չարեն կտրավ—
Քըշեց, էլավ Իսմիլ խաթունի մոտ:
Իսմիլ խաթուն էդ վախտ մշակներուն կանչեց,
Ասաց.— Քուռկիկ Ջալալին քաշեք դուրըղներու վերան:
Մըշակներ Ջալալին քաշին դուրըղներու վերան:
Իսմիլ Մհերից մնաց էրեխով,
Ղուրըղներ Քուռկիկ Ջալալուց բռնեցին:

Առավոտուն Մըսրա յոթ իշխաններ էկան Մհերի մոտ
Կայնան դիվանխանի դռան:
Մհեր իրիշկեց, ասաց.

— Էհե՜յ, իշխաններ, էկե՞ր եք։
Էնոնք յոթ տեղով բաժանվան,
Ետ քաշվան, կանգնա՜ն։
Ասաց.— Այ իշխաններ, ես ի՞նչ մարդ եմ։
Ասին.— վերին դեհ աստվա՜ծ գիտենք,
Ներքին դես քեզի՜ գիտենք։
Մըսրա յոթ իշխաններ խոնարհվեցին։

Էլավ էդ տեղեն Միեր, որ դառնար Սասուն.
Ամա Իսմիլ Խաթուն չէթող,
Որ Միերի գլխին զինովություն անցներ։

Ինն ա՜միս, ինն օր, ինը սհաթ որ լրացավ՝
Իսմիլ խաթունին տըղա մի էլավ.
Էնոր հոր հիշատակի համար
Տըղի անուն դրին Մըսրա Մելիք։

10

Յոթ տարի Իսմիլ խաթուն զՄիեր պահեց զինով։
Միեր մեկ օր դըրսուց տուն կըմտներ՝
Էկավ, կայնավ դուռ։
Տնեն ձեն մի էկավ.
Մըսրա խաթուն տըղան կը խաղցըներ,
Կը ծիծաղեր, կ'ասեր.
«Քո մեր քեզի մեռնի, Մելիք,
Մըսրա օջախ կանգնացուցես,
«Հայու օջախ փչացուցես»։
Միեր, որ էդ խոսքեր լսեց,
Ուշքի էկավ, ասաց.
- Օհո՜, էկա էստեղ՝ հայու ճրագը հանգցուցի,
Մըսրա ճրա՜գ վառի։
Միեր մըտավ սենեկ, հարցուց.
- Իսմի՜լ, էդ ի՞նչ խրատ կը տաս էդոր։
Էդիկ ձըվից դեռ դուրս չ'էկած՝
Հիմիկվընե դու չարությո՞ւն կը սորվեցուս։
Էն մեծանա՝ Սասնա ճրա՜գը հանգուցի։
Իսմիլ ասաց.– Հալբաթ, կ'ծիծաղեմ,
Կ' ուրախանամ տղուս վերան։
Էն որ էլնի՝ ամբողջ աշխարքը տի զավթի։
Միեր ասաց.

— Տըղա մունես, ասենք, Սասուն տի փչացնի՞:
Դու իմ ազգ կորցուցես՝ զՄըսը՞ր կը կայնեցուցես.
Թոբա թէ՝ էլ քեզ մոտ կը գամ.
Թոբա թէ՝ էլ Մըսըր մնամ:
Ես տի դառնամ էրթամ Սասուն:
Մելքի կընիկ ասաց.— Մհե՛ր,
Ես կ'ուզեի, որ ինձի տըղա մի ըլներ.
Ես կ'ուզեի, որ ժառանգ մի ըլներ Մըսրա.
Ես կ'ուզեի, որ չըհանգչեր Մըսրա ճրագ:
Ես յոթ տարի զքեզ զինով կը տիրեի.
Հիմի կ'էրթաս՝ դու զինաս, չե՛ս էրթա՝ դո՛ւ զինաս:
Էս ասելո՛ւ պես՝ Միհերին զինովություն էթող:
Որ Միհերին զինովություն էթող՝ Միհեր մտածեց.
«Հայ-հո՛յ, էս մե՛կ օր չեմ ես էստեղ,
«Ես ինչպե՞ս տի Արմաղանին ու Հովանին պատասխան տաս՛:
«Տեսա՞ր, իմ կընկա խո՛սք էլավ:
«Իմ կընիկ ասաց մ'էրթա:
«Ես էնոր խոսք չը լսեցի»:
Էդտեղ Միհեր բախտակոծվավ, ասաց.
«Թող իմ աչքեր քոռանար,
«Որ ես էկա, էս յոթ տարի
«Խալխի արտ ջրի՝ կանաչ պահեցի,
«Իմ արտ չորցավ: Վայ, էս ի՞նչ արի:
«Հայու ճրագ հանգուցի, Մըսրա ճրագ վառի»:
Էլավ սուս-փուս, ու դուրս էլավ Մըսրա,
Քոռ ու փոշման դարձավ իր տուն—Սասուն:

11

Աչքալուս տարան Արմաղանին,
Ասին.– Միհեր էկավ:
Արմաղան էլավ, դարբասներ հողեց
Ու դռներ փակեց:
Միհերն էկավ, տեսավ՝ դարբասներ փակ՝
Դռներ գոց—դուռ-բան չ' էրնար:
Ասաց.— Պատճառն ի՞նչ է,
Դռներ իմ վրա շինած են.
Չեն թողնի որ իմ տուն էրթամ:
Ու Արմաղան պատասխանեց.
— Պատճառն էն է՝ դու իմ մարդ չես.
Դու ինձ թողիր, զնացիր Մըսըր.

Էլ դու չըգաս մոտ ինձ:
Միեր կանչեց.— Դուռ բա՛ց...
Արմաղան ասաց.— Միե՛ր,
Ես էրթում կերեր եմ.
Չուր քառսուն տարի դուն չես գա իմ գողենք.
Դու իմ հերն ես, իմ աղբերն ես:
Դու գնացիր Մըսրա օջախ կայնեցուցիր,
Սասնա օջախ փչացուցիր:
Էդ քո մեղք քավելու համար՝
Քառսուն տարի դա քառսունք տի պահես,
Ու նոր քեզի հրամանք կա, որ գաս իմ գողենք:
Միեր մնաց շիվար՝ ասաց.
— Քառսուն տարուց էդն էլ բան բանի չ՚հա՛սնի:
Մելիք կըլնի կատարյալ մարդ:
Միեր նստավ էնտեղ.
Ինչպես արավ, քանի մի համզեց,
Չէլավ, զկընիկ բառա չարեց:

12

Խաբար բերին Ձենով Հովանին՝
Միեր Մըսրա էկե:
Հովան էկավ, ասաց.
— Ա՛յ Արմաղան, էսօր ու էսօր հետ էկավ Միեր,
Էլիր, հե՛տ վերու էդ սև մուշամբեն:
Հարս մուշամբեն վերցուց, ասաց.
— Հովա՛ն, իմ մեծ աղբեր,
Ջաթի՝ գիտեմ Միեր անառակեն խաբված էկավ,
Արծաթ տարավ՝ փախր հետ բերեց...
Ես չեմ կարնա իմ ուխտ խախտեմ:
Ձենով Հովան ասաց.— Հարսի,
Մենք վարդապետներ կը ժողվենք,
Քանի մի հատ իշխան մարդիկներ կը ժողվենք,
Գան, ձեզի արձակում անեն:
Վարդապետներ բերին՝ ժողվեցին,
Իշխաններ բերին՝ ժողվեցին.
Էն իշխաններ էկան, ընկան մեջտեղ,
Վարդապետներ էկան, ընկան մեջտեղ,
Ասին.— Օրհնած, ախր վնաս չըկա,
Իսան է, մա՛րդ է՝ կը խաբվի՛:
Հաշվենք՝ դաղեր, յա՛ր է բռներ, հիմիկ էկեր է:

Քանի՞ տարի էրդում արեր ես, Արմաղան:
Ասաց.— Քառսուն տարի:

Վարդապետներ ու իշխաններ ասին.
Օ՛րհնած, օրենքն ի ձեռ վարդապետաց.
Քառսուն տարին բերենք անենք քառսուն ամիս,
Քառսուն ամիս բերենք անենք քառսուն շաբաթ,
Քառսուն շաբաթ բերենք անենք քառսուն օր,
Քառսուն օր էլ բերենք անենք քառսուն սհաթ:
Ծուռ տերտեր մ' էլ կար՝ ասաց.
— Քառսուն սհաթ բերենք անենք մըկա:
Վարդապետ մ' էլ պահպանիչ մի ասաց.
Ասաց.— Աստված ձեզ թողություն շնորհէ:
Էլեք, գացեք, էդեք էրիկ կընիկ:
Ըլնի թող, մեկմեկու խաբրով ըլնեք:

Միեր ասաց.— Կընիկ, ըղորդ կասեն:
Թողնիս ես զամ քո զողենք:
Բալքիմ աստված զավակ մի տա,
Չը հանգցնի հայու ճրագ:
Կընիկ դառ բաց արեց, ասաց.
— Տղամարդ որ կա՝ գլուխ է.
Կնիկ որ կա՝ ոտ է:
Էն չի կարնա դուռ բռնի մարդու վերա.
Դուռ կը բանա՛մ, դու կը զաս տուն,
Աստված մեզ մեկ տըղա կը տա,
Համա էրթմակոտոր կըլնենք, էրկուսս էլ կը մեռնենք.
Տղան անտեր պիտի մըն— խարի վերա:
Միեր ասաց.— Աստված թող մեկ տըղա տա մեզ,
Էրթա Մելիքի օձիք բռնի,
Թող չը հանգչի Սասնա ճրագ,
Աստըծու զառ, զել չի՛ ուտի:
Որ մենք կանք վեր աշխըրքին—տի մեռնենք.
Համա որ մենք մեռնենք,
Մեր տղան մեր տեղ սաղ ըլնի՝
Մենք էլ սաղ տի հիշվենք:
Մեր տան անուն չի կորսվի:
Ու Արմաղան պատասխանեց.
— Էրթմակոտո՛ր կըլնենք, դր՛ւ գիտես:
Քառսուն տարին արին քառսուն ամիս,
Քառսուն ամիս արին քառսուն շաբաթ,

Քառսուն շաբաթ արին քառսուն օր.
Քառսուն օրն էլ արին քառսուն սհաթ,
Քառսուն սհաթ որ լրացավ,
Նոր Արմաղան Միերին թող էտուր,
Էլան, իրարու մոտ գնացին:
Միերի կին էղավ տըղով:
Էդ վախտ էլավ Միեր, գնաց Սասունա սար.
Մեկ խաս բախչա՛ մի տնկել էտու էնտեղ,
Իր սարեն կայնեցուց էնտեղ,
Աստծու ստեղծած ամեն անասուններ, հավքեր
Մեջ էն բախչի դրեց, շուրջը պարիսպ քաշեց:
Էդ տեղի անուն դրեց Ծովասար:
Ծովասարեն էրկու սահաթի չափ զատն
Գնաց խորոտ վանք մի շինեց,
Վանքի անուն դրեց Մարութա բարձր Աստվածածին:
Էլավ, էտա վանքում շատ անգյալներ բերեց.
Էլավ բերեց կուրեր, էլավ բերեց կաղեր,
Կանչեց բերեց տերտեր, վարդապետներ,
Թողեց էդտեղ, էդ բան պրծավ,
Իջավ Սասնա քաղաք:
Ինն ամիս, ինն օր, ինը սհաթ որ լմնցավ,
Արմաղանին տղա էլավ:
Տարան կնքեցին, անուն դրին Դավիթ:
Տղան որ տուն բերին,
Միեր ու իր կնիկ էրթմակոտոր էղան, մեռան:

Միերի մեր, Քառսուն–Ճուղ Ծամ Դեղձուն,
Միերի մեռնելեն հետն սուգ մտավ.
Մտավ յոթ դռների ետն.
Փակվեց մեկ սենեկի մի մեջ,
Որ արև իր գլխան չ՛առներ,
Էնտեղեն արև լուս չէլներ,
Ջուր նոր մանուկ մեծանար՝
Միերի տեղ բռներ:
Սասուն սուգ մտավ Միերից հետո:

Դավիթ մնաց որբ:

ՃՅՈՒՂ ԵՐՐՈՐԴ

ՍԱՍՈՒՆՑԻ ԴԱՎԻԹ

1

Դառնանք, զօղորմին տի տանք
Դեղձուն Ճուղ Ծամին
— Քառսուն, օղորմի:
Դառնանք, զօղորմին տի տանք
Քեռի Թորոսին
— Քառսուն օղորմի:
Դառնանք, զօղօրմին տի տանք
Ձենով Հովանին
— Քառսուն օղորմի:
Դառնանք, զօղորմին տի տանք
Արտատեր Պառվան
— Քառսուն օղորմի:.

Դառնանք, զօղորմին չը տանք
Չմշկիկ Սուլթանին,
Չը տանք օղորմի:
Դառնանք, զօղորմին չը տանք
Մըսրա Մելիքին
Չը տանք օղորմի:
Դառնանք զօղորմին տի տանք
Իսմիլ խաթունին
Քառսուն օղորմի:
Դառնանք, զօղորմին տի տանք
Խանդութ խանումին:
Քառսուն օղորմի:
Դառնանք, զօղորմին տի տանք
Թաղլան Դավթին,
— Հազար օղորմի:

ՄԱՍՆ Ա

ԴԱՎԹԻ ԿՌԻՎԸ ՄՍՐԱ ՄԵԼԻՔԻ ԴԵՄ

ՄԱՆՈՒԿ ԴԱՎԻԹԸ ՄԸՍՐՈՒՄ

2

Դավիթ որ մնաց որբ,
Հորողբերներ էկան, ասին իրար:
Ձենով Հովան ասաց.— Վերգո,
Դո՛ւ կը տանես զԴավիթ,
Թե չէ՝ ե՛ս տանեմ:
Վերգոն ասաց.— Չէ, ես որդի ունեմ,
Դո՛ւ տար, պահի...
Ձենով Հովան տարավ զԴավիթ,
Արավ իրան հոգեզավակ:
Էլան, ու էդ Սասնա քաղաք
Ինչքան ծծմեր որ կար՝
Էտա տղան տվին զետա ծծմեր:
Տղան ո՛չ մեկլի ծիծ էլ չըվերցուց:
Ձենով Հովան քաղաքացիք ժողվեց էդտեղ,

Ասաց.— Էսա տղան տի մեռնի:
Բա ի՞նչ անենք, բա ի՞նչ չանենք,
ԶԴավիթ չենք կա՛րնա շահի:
Սասնեցիք ասին.
— Մհեր յոթ տարի որ Մըսըր մնաց,
Մըկա էնտեղ ծծմեր մի կա,
Ու Մհերի խաթեր համար՝ ըզԴավիթ տի շահի:
ԶԴավիթ Մըսըր ուղարկի.
Էնի էնտեղ տ'ապրի, թե չէ էստեղ
Անկարելի՛ բան է.— ծիծ չի վերցու:

3

Հովան ասաց.— Բա ո՞վ կ'տանի, բա ո՞վ չի տանի:

Ասին.— Քուռկիկ Ջալալու թամբի վրեն դի՛ր,
Ամուր մի կապիր,
Քուռկիկ Ջալալուն լավ ճիպոտ մի զար,
Թող տանի Մըսըր։

Հովան էլավ, Քուռկիկ Ջալալին դուրս քաշեց գոմից,
Քուռկիկ Ջալալուն թիմար մի տըվին,
ԶԴավիթ առան, բարուր կապեցին Քուռկիկի քամակ,
Հովան ասաց.
— Քուռկիկ Ջալալին, քեզնե կը խնդրեմ*.
Իմ տըղան դու գե՛տ չ՚թալես,
Իմ տըղան դու քա՛ր չը զարնես.
Տանե՛ս Մըսրա էրկիր,
Մըսրա խաթունին դու թալիմ անես։
Քուռկիկ Ջալալին կը տամ ամանաթ,
Կը տամ ամանաթ մեր Սասնա Ճրագ.
Ոչ քա՛ր կը թալես, ոչ թո՛ւփ կը թալես—
Հասցնես սալամաթ մեր Սասնա Ճրագ։

4

Քուռկիկ Ջալալին ըզԴավիթ առավ,
Մեջ էրկինք-գետինք թռավ ու գնաց։
Մըսրա Մելքի մեր պատուհան նստե՝
Տեսավ թոզ կը գա դաշտերու վերան.
Տեսավ, որ կրակ գետնա էրեսեն կը տա վեր, էրկինք.
Մեջ էրկինք, մեջ գետինք կը մոտենա իր տան։
Մըսրա խաթուն ասաց.
— Էսի ամպ չի՛, կա ու չկա,
էսի Քուռկիկ Ջալալու օտաց կրակն էպես կ՚ էնի։
Դարձավ, ասաց.— Դռնապաններ,
Գնացեք դռներ բացեք.
Կո՛, ձի մի կը հասնի մեր դուռ։
Դռնապաններ հասան ու դռներ բացին։
Տեսավ Քուռկիկ Ջալալին է։

Բան մի վեր քամակին։
— Մըսրա Մելի՛ք,— կանչեց Իսմիլ խաթուն,
— Էն բան առեք, բերեք ինձի։
Մըսրա Մելիք գնաց, մոտիկացավ ձիուն։
Չին իր գլուխ կոռեց։

Մելիք աչքեց, տեսավ— բարուր:
Ձիու քամկից բարուր առավ,
Տարավ էտուր Իսմիլ խաթուն:
Մելքի մեր բացեց ու ի՞նչ տեսավ—
Բարուրի մեջ՝ մանուկ Դավիթ,
Թուղթ մէլ գրուկ դրա՛ծ կըշտին:
Էդ թղթի մեջ Զենով Հովան կ'ասէ.
— Աղբո՛ր կընիկ, հարսէ՛,
Միհերն էկավ էստեղ, էնոր տըղա՛մ՛ էլավ.
Միեր ու իր կնիկ մեռան, տըղան մնաց որբ:
Ա՛ռ, Միհերի խաթեր համար տըղան շահէ:
Մինչև որ քիչ մի մեծանա, չըղաղարի.
Նոր ես կ'առնեմ, է՛ս կը շահեմ:

Մըսրա թագավորի կընիկ միտ վէ՛ ասաց.
— Միեր ինձի օր մի աղեկություն արեց,
Էնոր խաթեր ես կը շահեմ Դավթին.
Իմ ծիծ կաթ կա՛ հալա.
Իմ տըղան կաթեն կը կըտրեմ,
Զէն կը շահեմ: Շահե՛մ, էստեղ կենա,
Մելիքի հետ աղբէ՛ր ըլնեն,
Իրար աղբերություն անեն,
Մըսը՛ր, ամբո՛ղջ երկիր, զավթեն, տիրապետեն:
Հէ՛յ, մըկա նոր Դավիթ տի մեծնա, էրթա Սասո՞ւն;

5

Էդտեղ Մըսրա Մելիք ակահեց, ասաց.
— Տղեկնե՛ր, դարբաններ զոցեք:
Քուռկիկ Ջալալին զոռո՛վ ընկավ մեր ձեռ,
Բռնե՛նք մեզ համար: Դարբաններ զոցին,
Ջիավորներ էկան իրար՝ ձիու բոլոր:
Քուռկիկ Ջալալին տի բռնեն:
Քուռկիկ Ջալալին ասաց.
— Ի՞նչըղ տի պրծնեմ էսոնց մոտեն, տե՛ր աստված:
Գընաց դեն, էկավ դես մեջ պարսպին,
Ասաց.— Տո, տե՛ր աստված,
Ես տի զարնեմ էդա պարիսպ.
Թե՛ անցնեմ, թե՛ մընամ:
Քուռկիկ Ջալալին ո՛ւժ էտու զինք,
Ջիավորներու միջեն էլավ դուրս:

Էզարկ, զքառուն գազ պարիսպ անցավ,
Թռա՛վ, գնա՛ց:
Մըսրա Մելիք ասաց.
— Ո՛ւ ըլլա. գընա՛ց Քուռկիկ Ջալալին,
Մեր ձեռնեն պրծավ:

6

Ձին փախավ, գընաց,
Գիշեր ու ցերեկ անդադար քելեց,
Ու էլավ Սասուն:
Ձենով Հովան իր աչք զցե ճամփան՝ կիրիշկեր.
Մեկ էլ տեսավ՝ իրիկվան կողմ՝
Մեջ էրկինք, մեջ գետինք թոզ մի կ'էլնի:
Էլավ, տեսավ, Քուռկիկ Ջալալին է կը գա.
Բան մի չկա՛ հետ:
Քուռկիկ Ջալալին էկավ, հասավ:
Ձենով Հովան իր դեմ էլավ, հարցուց.
- Մեռնեմ քե, Քուռկիկ Ջալալին,
Դավիթ ո՞ր սարն ես թալե,
Ո՞ր քարն ես թալե, ո՞ր թափն ես թալե,
Ո՞ր գելն է կերե, ո՞ր ջանավարն է կերե
Իմ թաղլան Դավիթ:
Ասաց.— Ոչ սա՛րն եմ թալե, ոչ ձո՛րն եմ թալե,
Ոչ գե՛լն է կերե ու ո՛չ ջանավար:
Տարեր եմ Մըսըր, Իսմիլ խաթունին թալիմ եմ արե,
Համա հազիվ պրծեր եմ, էկե.
Դարբասներ վեր ինձ ամուր զարկեցին,
Կուզեին բռնեն.
Քառսուն գազ պարիսպ թռեր եմ, էկե:
Ձենով Հովան ձիու զըլուխ պագեց, ասաց.
- Աստծու անեծք վեր էնոր տան տեղա՛ց ըլնի,
Վեր էնոր զավակի՛ն ըլնի,
Ով էս ձիու խաբար աշխարի հանի:
քԱ ձին տարավ, մըլեց յոթ դռնով ներս,
Գոցեց դռներ, հողեց,
Ձիու կեր ու ջուր հերթկեն կըտար:

7

Իսմիլ խաթուն Դավթի վերա շատ խնդացավ։
Ձծիծ էտուր Դավթին։
Դավիթ էնոր ծիծ վերուց։
Ժամանակ մի Դավիթ ծիծ կերավ։
Օր մէկ Դավիթ էնոր ծիծ չըծըծեց։
Իսմիլ խաթուն Դավթի գլուխ կը բերեր է՛ս ծծի վերա,
Դավիթ է՛ն կողմ կը փախցներ,
Կը բերեր մեկէլ ծծի վերա,
Էն մեկէլ կողմ կը փախցներ։
Իրեք օր, իրեք գիշեր Դավիթ բան չը կերավ։
Իսմիլ խաթուն էլաց, մնաց շիվար,
Չը գիտեր ինչ աներ հետ Դավթին։
Կանչեց Մըսրա Մելքին, ասաց.
— Էսա տղան իրեք օր ու գիշեր իմ ծիծ չ՚ո՛ւտի։
Ապա ի՞նչ անենք էսա տղի հետ, ապա ի՞նչ չ՚անենք։
Մըսրա Մելիք ասաց.
— Էդա ազգ հաստակող են, մարե,—
Էնի մեր գլխուն ցա՛վ տըլնի։
Էնի հայ է, մենք արաբ ենք,
Քո ծիծ մի՛ տար էնոր։
Իսմիլ խաթուն ասաց.— Էսպես մնա՝ մեռնի,
Մեզ ամոթանք կ՚ըլնի էնոր տիրոջ մոտեն։
Էլ վերջ չըկըտըրի, ընկել ենք մեջ...
— Քո տուն ավերի,— ասաց Մելիք.—
Էնոր հոր մալ շա՛տ է,
Էնոր հոր տուն չկա՞ մեղր ու կարագ,
Չըկան անուշ-անուշ բաներ.
Բաթմանա Բուղեն ուղարկի,
Թող էնի, էրթա Միհերի տուն,
Գնա բեռ մի մեղր բերի,
Գնա բեռ մի կարա՛գ բերի,
Կը շինես եղ-մեղր, կը տաս, տղան կ՚ուտի։

Իսմիլ խաթուն Բաթմանա Բուղեն ճամփեց՝ մեղր-կարագ բերի.
Բաթմանա Բուղե՛ն է, էլավ, գնաց Սասուն։
Ձենով Հովան մեղր, կարագ —
Էնոր ուտելիք ի՞նչ է,—
Ամեն տվեց Բաթմանա Բուղին։
Բաթմանա Բուղեն բեռ մի մեղր, բեռ մի կարագ

Բերեց դրեց Իսմիլ խաթնի առաջ:
Մըսրա Մելիք է՛ դ որ տեսավ, ասաց.
— Տեսա՞ր բան, էնպես աղեկ բան ո՞ր տեղ կա.
Տո՛ւր, թող ուտի՛, ջոջնա:
Մեղրով, կարագով Դավթին պահեց Իսմիլ խաթուն:
Թե ուրիշ տղեք տարով կը մեծնան,
Դավիթ օրեօր կը մեծնար:
Իսմիլ խաթուն զԴավիթ լա՛վ կը տիրեր.
Կ'ասեր. «Դավիթ Մելքին քոմագ կ'ըլնի—
Ամբողջ երկիր տի զավթեն, տիրապետեն»:
Ամա Դավիթ էնպես զորեղ էր՝ բնդեր կը կտրեր:
Իսմիլ խաթուն շղթա բերեց, արավ բնդի թել.
Դավիթ էնչափ ուժ ուներ՝
Շղթան չըդիմացավ, կըտրավ:
Ինչ բերեց՝ ճար չէղավ, կըտրավ:
Բերեց էն որվանք, փեխր մանեց,
Արավ էնոր բնդի թել, որ պահեց:
Ինչ Դավիթ շունչ կը քաշեր ներս՝
Որվանք կը երկարնար,
Նորեն Դավիթ որ շունչ կը հաներ դուրս՝
Որվանք կը կըծկեր:

8

Մըսրա Մելիք որ իմացավ Սասնա Միեր մեռե՝
Կալնավ, թուղթ ուղարկեց,
Իր տեղաց մեջ ցրվեց, զորք հավաքեց,
Գնաց Սասնա տեղաց վերան.
Սասնա երկրի վերա իր սուր քաշեց,
Սասնա ժողովուրդ կոտորեց,
Անհաշիվ խարջ ու խարաջ առավ,
Քըշեց Սասնա տավար, օչխար,
Սասուն ավրեց, առ ու ավար արավ:
Սասունցոց հպատակ դարձուց,
ՌզՎերգոն ու Հովան գերեց, Տարավ Մըսըր:
Ժամանակ մի անցավ,
Էնոնք ապրուստ չէին կարնա անի էնտեղ:
Ձենով Հովան Մելքին ասաց.
— Հրաման տուր մեզ, էրթանք մեր երկիր:
Մելիք հրաման էտուր, էլան, գնացին:
Էս հետ Վերգոն էղավ կառավարող.

Մըսրա Մելիք չէթող, որ Դավիթ էլ էրթար:
Մըսրա Մելիք պատվեր տվավ,
Որ զԴավիթ մեջ օդային փակված պահեն:
Առավոտուն էլավ Դավիթ, տեսավ՝ դուռ փակ.
Գնաց դռան էտև.
Զարկեց, դուռն իր տեղեն հանեց,
Էլավ դուրս, տեսավ այգի՛ մի.
Տղեկներ հավաքվե՝ դռնգռզա կը խաղային:
Դավիթ բարձր բարդի ծա՛ռ մի բռնեց,
Կորե՛ց, բերեց տակ,
Ինք բռնեց ծառի կատարեն, ասաց.
— Էկեք, հեծեք, ձի՛ խաղացեք:
Էկան, շարվան վերան:
Դավիթ ծառ պահե՛ց, պահե՛ց,
Իր ձեռ շատ որ դադրավ՝ գոռաց.
— Ցա՛ծ իջեք, ցա՛ծ, իմ ձեռ դադրավ:
Տղեկներ ականջ չ’արին, չ’իջան:
Էդ վախտ Դավիթ ծառի կատար էթող:
Տղեկներ թափվան գետին.
Որ մեռավ, որի գլուխ կոտրավ:
Մեծ մարդերու տղեկներ էին:
Էդոնց հերեր էկան, լցվան Մելիքի դուռ,
Բողոք բարձրացուցին, ասին.
— Թագավոր, էդ ծուռ Դավիթ հեռացուր,
Թե չէ՝ կը քոչենք, կ’էրթանք էս էրկրեն:

9

Մելիք ավելի կատղավ.
Դրավ Դավիթ մութ սենեկ, փակեց,
Որ էն արևի լուս չըտեսնի.

Դավթի վերան վարպետ դրավ,
Որ հնազանդություն սովրեցու:
Ու էնոր հաց տանողներին ասաց.
— Դավթին որ հա՛ց տաներ,
Մի՛ս կ’ ըլնի՝ ոսկոր կը հաներ,
Չի՛ր կ’ ընի՝ կորիզ կը հաներ:
Մեկ օր Դավթի հաց տանողին շա՛տ նեղություն տվին,
Էդ հաց տանող ասաց.— Կայնե՛ք,
Էսօր Դավթին հաց տանելու՝

Միս կը տանեմ, ոսկոր չե՛մ հանի,
Թող ուտի, ոսկոր դեմ առնի,
Դուրս էլնի՝ ձեզի սպանի:
Հացը վերցուց, տարավ էտու Դավթին:
Դավիթ հաց կերավ, միս թալեց իր ատամներ,
Տեսավ՝ որ միս փլվեց, ոսկոր ատամներ չ' կտրավ:
Վերցուց, զարկեց ոսկոր լուսամատին,
Լուսամուտ փլվեց, շող ընկավ գետին:
Ասաց.— Էս ի՞նչ ընկավ մեջ սենեկին:
Դավիթ էլավ, ընկա՛վ հետ էդ շողին, ընկավ գետին:
Էլ ետ էլավ, ընկավ հետ էդ շողին, ընկավ գետին:
Էնպե՛ս էլավ, որ քրտինք է՛ս կողմեն,
Էն կողմեն թափավ:

Վարպետ, որ էդոր դաս կը տար,
Դռնով մտավ,
Տեսավ՝ Դավիթ կ՛ էլնի ու կը տփվի գետին.
Ասաց.— Դավիթ, մեռնե՛մ քեզի,
Ինչի՞ էդպես կը տփես դու էդա գետին:
Ասաց.— Էսիկ մտել է իմ սենեկ, չի՛ էլնի դուրս:
Ասաց.— Մեկ աչքերդ խփիր: Աչքեր խփեց:
վարպետ թաշկինակով բռնեց էն շողի ծակ կալավ,
Շող կտրավ: Դավիթ ասաց.
— Յա՛, ես էսքան կը չարչարվեմ.
Չե՛մ կարնա դուրս հանի:—
Ասաց.— Ինձնեն զոռբա՞ էիր:
Ինչպե՞ս դու զէն հանեցիր դուրս:
Վարպետն ասաց.— Ղո՛ւրբան, հե՛յրան,
Էնիկ մարդ չէր, էնիկ արևու շո՛ղքն էր:
Դավիթ ասաց.— Յա, էդ արև որ կա՝
Բա ինչի՞ եք ինձի նստեցուցե էս բանտ:

Ասաց.— Ղո՛ւրբան, հե՛յրան,
Արև՛ էլ կա, ցերե՛կ էլ կա, գիշե՛ր էլ կա:
Ասաց.— Բա ինչի՛ ինձ չեք հանի դուրս:
Ասաց.— Կեցի էրթամ՝ թագավորին ասեմ:
Գնաց, ասաց.— Թագավոր ապրած կենա.
Դավիթ կ'ուզի, որ սենեկեն հանենք,—
Կ'ուզի արևի լո՛ւս տեսնի:
Թագավոր ասաց.— Գնա, հան դո՛ւս, պտըտեցուր:

10

Վարպետն էկավ, Դավթի թևեն բռնեց
Ու հանեց դուրս, տարավ, քաղքի մեջով, զընաց:
Ինչ պատահեց, Դավիթ հարցուց՝
Տավա՛ր, գոմե՛շ ու ձի՛
Ամեն ինչի հարցում կ'աներ.—
Էսիկ ի՞նչ է, էնիկ ի՞նչ է:
Վարպետ կ'ասեր.— Էսիկ՝ է՛ս է, էնիկ՝ է՛ն է:
Քաղքից էլան: Դավիթ աշկեց,
Տեսավ՝ քաղաքի ամեն մարդեր ժողված են դաշտ:
Ասաց.— Արի էրթանք էն տե՛ղ:
Վարպետն ասաց.— Մեռնեմ քեզի,
Էն տեղ բան մի չըկա:
Արի էրթանք է՛ս կողմ:
Ասաց.— Չէ՛, ինձի տար էնտեղ:
Ասաց.– Ախր էնտեղ ի՞նչ կա, որ մենք էրթանք:
Ասաց.— Չէ՛, կը տանիս, տար, չէ՞ս տանի...
Որ ասաց.— Չէ՛,
Դավիթ իր ձեռք թալեց վեր վարպետի ականջ՝ պոկի:
Վարպետն ասաց.— Քելէ էրթա՛նք:
Տարավ էդոր, գնաց, մի մեյդանի գլուխ: Կայնան:
Կայնելուն պես տեսավ՝ էրգնուց բան մի կը գա:
Տեսավ՝ ջրինդ կը գա իր մոտ:
Ջրինդ կը թալեին: Ջրինդ Մըսրա Մելքին էր:
Դավիթ հասավ, ջրինդ բռնեց,
Թալեց՝ գնաց տաս գազ անցուց Մելքի գլխով:
Մսրա Մելիք ասաց.— Հայ-հա՜յ,
Էս ո՞ր փահլևանն էր՝ որ իմ ջրինդ անցուց:
Գնացին, տեսան, էկան, ասին.
— Թագավո՛ր ապրած կենա, Դավիթն էր:

Ասաց.— Գնացեք, էնոր բերեք, գլուխ կտրեմ:
Վաքիլ, վազիր ընկան Մըսրա Մելքի ոտ-ձեռ պագին,
Թե.— Թագավո՛ր ապրած կենա, էնի էրեխա՛ է,
Էն ի՞նչ է, որ էնոր գլուխ կտրես:
Վազիր մարդ ուղարկեց վարպետի կուշտ.
Էկան ասին.— Առտուն չ'ավրի, էլ մի՛ բեր էստեղ:
Վարպետն ասաց.— Ձեր տուն չ'ավրի.
Մազյար իմ կամքո՞վ կը բերեմ.
Բռնի, ականջես կը քաշի,

Ջռովեն ինձ բերել կը տա:
Ասին.— Առ զընա՛, առ զընա՛, առ զընա՛:
Բերեց իրեն սենեկ:

11

Էն իրիկուն Մելիք դաշտեն դարձավ.
Դավիթ հարցուց Իսմիլ խաթնին.
— Ի՛մ մեր, չուր իրիկուն Մելիք էդ ո՞ւր կերթա:
Ասաց.— Մե՛ր մեռնի քեզ,
Կ'էրթա իրա սեյրանատեղ, ու իրիկուն կը գա.
Կ'էրթա հոլ կը խաղա:
— Ապա ինչի՞ ինձ չի՛ տանի,
Որ իմ միտք էլ քիչ մի բացվի.
Ես կը մնամ մենակ տուն վե,
Իմ համբերություն կը կտրի:
Մարդ մի չունեմ որ հետ խաղամ:
Ինձ է՛լ թող դաշտ տանի:
Իր մեր ասաց.— Մեռնե՛մ քեզ,
Ձիանք կը տան վեր քեզ, ըզքեզ կը ճղոտեն:
Չուր հիմիկ տիրեր, պահեր ենք քեզ,
Հիմիկ կ'ընկնենք ամոթու տակ:
Դավիթ էլաց, ասաց.— Մարե՛,
Ես կ'էրթամ զա՛տ տեղ կը կայնեմ:
Մեր ասաց.– Մելիք, ի՞նչ կ'ըլնի,
Առավոտուն զԴավիթ տար հետ քեզ,
Հոլ խաղ անի, սորվի:
Մըսրա Մելիք ասաց.
— Դավիթ, դու դեռ էրեխա՛ ես,
Չես կարնա հոլ խաղալ հետ մեզ:
Դավիթ ասաց. Տի գա՛մ հետ քեզ:

Իսմիլ խաթուն ասաց.— Խնդիր կ'անեմ,
ԸզԴավիթ տա՛ր, կը տեսնե՞ս թե ինչպես կը լա:
— Մերիկ,— ասաց,— ախր չորակոր են էդ ազգ.
Վախնամ՝ Դավիթ պատիժ մի բերի մեր գլուխ:
Մեր էնոր հետ կռվավ, ասաց.
— Չէ՛, տա՛ր, տար, դիր բարձր մի տեղ.
Դավիթ թող թամաշա՛ անի:
Չելնի՝ գա ցած ընկնի ձիանց ոտքերի տակ:
Մըսրա Մելիք ասաց.

— Թե չտանե՛մ, շատ մարդ տ՚ասի.
Որբ է, Մելիք ականջ չի՛ դնի:
Աղեկ, մարե, առավոտուն տանեմ հետ ինձ:

12

Առավոտուն Մըսրա Մելիք էլավ, հեծավ իր ձին,
Առավ զԴավիթ, տարավ իր հետ:
Չ՚իշխեց տանի իր մոտ, տարավ մեկ մեծ սարի գլուխ:
Էրկու փահլևաններ տարան,
Դավթի ոտ ու ձեռքեր կապին,
Դրին էդ մեծ սարի գլուխ:
Ու էրկուսով Դավթի մոտ նստան պահապան:
Մելիք իր զորք առավ, իր իշխաններ,
Փահլևաններ առավ ու Լեռա դաշտ իջավ.
Խաղաց հետ փահլևաններուն:
Դավթի մոտեն էդ Լեռա դաշտ
Համա-համմա՛ կը նշմարվի:

Դավիթ մինչև կեսօր էնտեղ նստած կեցավ,
Դավիթ նայեց, նայեց՝ բան չը տեսավ:
Բա՛ն մի չը հասկացավ իր նստելուց.
Դավթի սիրտը հոժար չէղավ.
Դարձավ, ասաց.— Փահլևաններ,
Էկեք, իմ ձեռներ արձակե՛ք:
Փահլևաններ ասին էնոր.
— Թագավորի հրամանըն է՝
Մենք քեզ տի պահենք.
Չ՛էրթաս՝ ձիաներու ոտքերի տակ ընկնես:
Դավիթ ըռկավ ու կամացուկ հիրար տվեց իրան,
Կապած պարաններ կտրտեց:

Էրկու փահլևաններ կախվան Դավթից.
ԸզԴավիթ չը կարցան պահեն:
Դավիթ էրկու փահլևաններ վեր քիթ-բերնին քաշեց.
Ու մինչև տուն տարավ:
Դավիթ գլուխ դրավ գետին, պառկավ էնտեղ:
Մըսրա Մելքի մեր ասաց.
— Ինչի՞ ըռըկար, էկար:
Ասաց.– Մըսրա Մելիք ինձի տարավ՝
Բարձր սարի գլուխ դրավ.

Ու ինք գնաց դաշտ, կը խաղար.
Բան չի տեսա, էկա:

Իրիկուն էղավ, Մելիք կտրիճներուն ասաց.
— Հոլեր զարկե՛ք, գնան զԴավիթ ըսպանեն:
Կտրիճներ մեկ-մեկա հոլ զարկեցին,
Մելիքըն էլ իր հոլ զարկեց:
Տարան, հանին Դավթի տեղաց վերան,
Տեսան՝ Դավիթ չըկա:
Էլան, էկան տներ:

Մըսրա Մելիք էկավ իր տուն,
Իսմիլ Խաթուն էնոր առջև, չ՚էլավ-կայնավ.
Մըսրա Մելիք ասաց.
— Դու ինչի՞ ըռկեր ես, նստեր ես էսատեղ.
Չես կայնի, չես էնի առջև:
Մեր ասաց.— Ինչի՞ զԴավիթ չը տարար՝
Հոլի տեղ, թամաշա աներ:
Ասաց.— Մարե, էն խոսք մտիկ չ՚անի՛.
Հոլ դպնի, էնոր տի սպանի,
Ուրիշ մարդեր տ՚ասեն՝ էլավ հացի կերող,
Մելիք իրեն հացի ապով էտու սպանել:
Ամո՛թ է ինձ իմ մարդերու առաջ:
Տարա, փախավ, էկավ:
Իրիկուն, որ հաց դրին Դավթի առաջ,
Դավիթ ըռկավ, ինչ որ արին հաց չը կերավ:
Իսմիլ խաթուն նորեն կպավ Մելքի օձիք, ասաց.
— Մըսրա Մելիք, որդի,
Առավոտուն տար, մոտի՛կ դիր:
Մելիք ասաց.— Աղեկ, մարե,
Վաղ ես տանեմ, դնեմ մոտիկ:

13

Էս հետ, առավոտուն՝
Մըսրա քաղքի ձիանք, ձիավորներ, որ դուրս ելան,
Մըսրա Մելիք էլավ, իր ձին հեծավ,
Առավ զԴավիթ, տարավ իր հետ:
Մեկտեղ գնացին իր իշխաններ,
Կտրիճ մարդեր, փահլևաններ:
Գնացին էն դաշտ, քարե կալի մեջ գո՛ւրզ թալեն:

Դավիթ նստեցուցին էդ կալի մոտ,
Մեկ արտաչափ հեռու դրին:
Մըսրա Մելիք ասաց.— Դավի՛թ,
Էդտեղ կայնի, մտի՛կ արա.
Դավի՛թ,— ասաց,— դու կը տեսնե՛ս, այ, էդա գուրզ

Շատ գե՛շ բան է, շատ գե՛շ բան է.
Էդա գուրզ որ մարդո՛ւ առնի՝ մարդ կը սպանի.
Չգա՛ս, մըտնես մե՛ջ մեր խաղին:
— Աղբեր, աղեկ, քո խոսք կ'անեմ,– ասաց Դավիթ:

Մելիք կայնեց էդ քարե կալ,
Հետ իր ընկերներաց՝ գուրզ կը թալեր.
Դավիթ նստե էնտեղ՝ հետ հողին խաղ կաներւ
Հող կ'առներ ու կը լցներ վեր ոտքերուն,
Հողերու մեջ կը թավալվեր:
Փահլևաններ սովրուկ էին.
Հա՛ խաղացած էին.
Կը խաղային, մեկ մեկըլի վնաս չէին իտա.
Էդպես գուրզեր կը թալեին,
Չար կեսավուր ժամանակին:
Դավիթ իր տեղ նստե՝ կ'աչքեր,
Չուր հերթը Մելիքին հասներ–իր գուրզ զարկեր:
Որ Մելիքի հերթը հասավ,
Մըսրա Մելիք հեծավ իր ձին,
Քըշեց, էկավ զորքերու մեջ:
Բոլոր ժողվան, էկան՝ մտիկ անեն:
Մեծ գուրզ մի կար Մելիքի ձեռ,
Իրեք հարիր վաթսուն ու վեց լիտր էր էդ գուրզ:
Կը խաղցներ—կը տաներ աջ,
Կը բերեր գուրզ իր ձեռի մեջ.
Պտտցնելով էդ գուրզ՝
Գուրզից կըրակ կը թափեր դուրս:

Մելիք գուրզ կը զարներ՝
Գետին սելի աղուրի պես կըճըղճըղվեր:
Դավիթ տեսավ՝ որ հերթ Մելիքին է,
Գընաց, մտավ մեջ աղուրին:
Մեկ ծակ քոլոզ մ' էլ կար Դավթի գլուխ:
Դավիթ նըստած էնտեղ, հող կը չափեր իր քոլոզով.
Կասեր.— Էսա՛ մե՛կ...

Քանի չափեր, կ'ասեր.— «Էսա՛ մե՛կ...»,
Էլ չէր կարնա ասի «էրկո՛ւ»։
Մըսրա Մելիք կանչեց.
— Դավիթ, էդ տեղեն վեր էլի,
Ես իմ գուրզ տի թալեմ։
Իրեք անգամ կանչեց.
Դավիթ չը լության դրեց վեր իր։
Մելիք ասաց.— Փահլևաննե՛ր, Կակա՛ն, Ասլա՛ն,
Գնացեք, ձիվ բռնեք, դուրս թալեք։

Կական, Ասլան ու հինգ փահլևաններ
Էկան, ձիվ բռնեցին։
Ինչպես կանեն՝ չի՛ էլնի վեր։
Կ'ասի.— էսա մե՛կ, էսա մե՛կ...
Փահլևաններ շատ ջանք արին,
Չը կարցան իր տեղեն հանեն,
Ինչպես որ մա՛րդ մի չի կարնա
Դուրս քաշի ծառն իր արմատով։
Փահլևաններ շիվար կայնան.
Էնոնց խաղ խանգարվեց։
Մըսրա Մելիք շատ բարկացավ, ասաց.
— Գուրզ զարկեցեք, թող գա, սպանի։
Փահլևաններ գուրզ զարկեցին։
Դավիթ գուրզ աջ ձեռով բռնեց, թալեց էրկինք,
Ձախով գուրզ մ'էլ բռնեց թալեց էրկինք։
Մըսրա Մելիքն է, որ տեսավ, շա՛տ զարմացավ,
Ասաց.— Դե՛ն գնացեք.
Ես իմ գուրզ տի զարկեմ։
Իմ մոր ասի՝ ես Դավիթ չե՛մ տանի։
Ես գիտեմ Դավթի բնություն.
Երբ էղեր է, էն իմ գլուխ տի ցավցացի։
Աղեկ է՛ն է՝ մըկա զարկեմ ու մեռցուցեմ։
Գիտեմ, էն իմ գլխակե՛րն է, ձեզ տվեք դե՛ն։
Դավիթ էնոր խոսքեր լսե՛ց,
Ու ձեն տվեց, ասաց.
— Մելիք, զա՛րկ, զա՛րկ, թող գա՛ քո գուրզ։
Չըլնեմ, չիմանամ, որ էրկու մըտանի՛ ըլնես։
(Աստծուց դրած չէր,
Որ մեր ազգ մըսրցոց դեմ փախնի։
Դավիթ էլ Մըսրա Մելիքի դեմ չէ՛ր փախնի)։
Մըսրա Մելիք լսավ Դավթի խոսքեր,
— Հող է, հող դարձուցեմ,— ասաց ու փուրզ զարկեց։

Դավիթ գուրզից էնպե՛ս ակահավ,
Անեն՝ ջաղցի քար մի կը գա մեջ իր գլխուն:
Իսկուն Դավիթ իր ձեռ տվեց առջև,
Ու գուրզ բռնեց.
Որ գուրզ բռնեց՝ ծանր-թեթև արավ,
Ասաց.— Ափսո՛ս, հազա՛ր ափսոս,
Մի քիչ թեթև՛ է էսա գուրզ:—
(Քառսուն փութ էլ արճիճ ըլներ,
Հալեին, լցնեին վերան,
Նոր Դավթի համար լավ տ՚ըլներ):
Մելիք էդ որ տեսա՛վ, փոշմանավ, հոնքնը կիտեց:
Էնոր ընկերներ տընազ տվին, ասին.
— Մելիք, Մելիք, դու կ՚ասեիր՝ ուժո՛վ եմ ես:
Տեսա՞ր, Դավիթ դեռ տըղա է,
Ամա ինչպես բռնեց քո գուրզ:
Մելիք ասաց.— «Հեյ վա՛խ,
Որ ես իմ գուրզ զարկեմ ու չը դպնի Դավթին,
Իմ թագավորութեն էն իմ ձեռնեն տ՚առնի՛:
Ինչ Դավի՛թ էր՝ Մելիքի գուրզ ձեռք պտտցուց,
Դրավ իր ծնկան տակ, պահեց:
Կական, Աւլան ու շատ փահլաններ
Ձիեր քշին, հասան Դավթին,
Մեջ դաշտին գուրզ շա՛տ փնտռեցին, գուրզ չը գտան:
Դավիթ էն ժամանակ գուրզ հանեց դուրս,
Պտտցուց մեջ ձեռքին, պտտցուց, ասաց.
— Գո՛ւրզ, սաջար գուրզ:
Ասաց ու էդ գուրզով զարկեց: Որ զարկեց՝
Կական, Աւլան ու հինգ ուրիշ փահլաններ սպանեց:

Մնացածներ դարձան ասին.— Մե՛լիք,
Էկանք մենք էսատեղ՝ քեֆ անելու:
Թե դու գիտիր՝ Դավիթ ծուռ էր,
Ինչի՛ բերիր՝ էսա մարդեր սպանեց:
Էն սպանուկներ ի՞նչպես տանենք քաղաք.
Քաղաք տ՚ասեն.— Տնեն գնացիք
Քե՞ֆ անելու, թե՞ էնտեղ մարդ սպանելու:
Մելիք էնպես բարկացավ՝ թուր քաշեց,
Լարեց Դավթի էտև., որ վիզ կտրի:
Կանչեց.— վայ-վայ, էն շան որբ տի սպանեմ:
Էնոր փահլաններ թափվան վերան, ասին.
— Վայ-վայ, Մելիք, դու զԴավիթ տի սպանե՞ս;

— Էն որբ է, մե՛ղք է։
— Բա՛ց թող։
— Էն տըղա՛ է։ Էնոր խելք չի հասնի։
— Մելի՛ք, մի՛ ըսպանի։ Խալխ տի ասի.
«Մելիք որբ մի սպանեց իրեն հացի ապով»։
— Էն չէ՛ր կարնա քո գուրզ թալի.
Աստըծուցն էր, հրեշտակն էր, որ քո գուրզ թալեց։
Շատեր ասին. էդ Միհերից կ'ըլնի,
Դավիթ հոր ուժն ունի։
Չը թողին, որ Մելիք զԴավիթ սպաներ։

Դավիթ էլավ, մինչև տուն՝ չը կայնավ։
Էկավ ու զինք զարկեց Իսմիլ խաթունի փեշ։
Իսմիլ խաթուն ասաց.— Դավիթ, էն ի՞նչ էղավ։
Ասաց.— Մա՛րե, Մելիք կը գա՝ ինձ ըսպանի։
Գախ է, գա իմ վիզ տի կտրի։
Խաթուն ասաց.— Ինչի՞ տի գա քո վիզ կտրի։
Էդտեղ Դավիթ ուր պատմություն արեց։

14

Իրկուն Մելիք որ տուն էկավ,
Մըսրա խաթուն հարցուց.
— Մըսրա Մելի՛ք, դու ինչի՞ չե՛ս խոսա.
Ինչի՞ ես քո նոթեր կախե։
Պատասխանեց.— Ինչի՞ խոսեմ.
Դավիթ էսօր ինձ ամչեցուց խալխի առաջ։
Մեր ասաց.— Ի՞նչ արավ։
— Հապա՝ իմ գուրզ որ զարկեցի՝
Էն ձեռ էտու, իմ գուրզ բռնեց։
Մեր ասաց.— Ի՞նչ կա, բան չկա։
Մելիք վեր մոր շա՛տ բարկացավ,
Էլավ, Դավթի թեից բռնե՛ց, գոռաց.
— Ինչի՞ էկար իմ գուրզ բռնիր։
— Ինչի՞ չըբռնեմ,— ասաց Դավիթ,
Ես քեզնե պակաս տըղա չե՛մ։
Ես է՛լ գուրզ տի խաղամ հետ քեզ։
Նախանձեց Մելիք Դավթին,
Ձեռ բարձրացուց, ասաց.
— Մա՛րե, Դավիթ ես տի սպանեմ։
Մեր մոտ վազեց, էկավ Մելքի վրա, ասաց.

— Ա՛յ տղա, ծուռ հո չե՞ս:
— Մարե՛,— ասաց.— էն որ իմ գուրզ էսօր բռնեց,
Վա՛ղ էլ կը գա, զիմ տուն ու տեղ էլ կը բռնի:
Մեր ասաց.— Մարե՛ն մեռնի քո արևուն,
Դավիթ քո ուժն է, քո մեջքի թռ՛ւրն է.
Դավթի հեր—քո հեր—ջոջ փահլևա՛ն էղե:
Վաղ Դավիթ էլ փահլևա՛ն կ’ըլնի:
Մեկ մեկէլի քամակ պիտի բռնեք, կայնեք:
— Է, մարե ,— ասաց Մըսրա Մելիք,—
Ուրիշներ իմ գուրզի տակն ընկնեն, կը մեռնեն:
Դավիթ բռնեց իմ գուրզ ու չը մեռավ:
Չէ՛, մարե, ես չեմ ընդունի.
Դավթի վիզ տի կտրեմ:

15

Մելիք իշխաններ կանչեց պալատ,
Էլավ, հայտնեց, ասաց.— Իշխաննե՛ր, ի՞նչ կ’ասեք
Էդա Դավիթ հիմիկվանե ձեռ կը թալի իմ գուրզ,
Իմ մարդիկ կը սպանի:
Մարդու մեկ բարեխիղճ էր, ասաց.
— Թագավոր ապրած կենա,
Դավթի խելք չի՛ հասնի, խելք ջո՛ւր է, տղա է:

— Չէ,— ասաց,— իր խելք իմից, քոնից շա՛տ է:
Չէ՛, էնոր տի զարկեմ:
— Թագավոր ապրած կենա,— ասաց.—
Կուզե՛ս, քելե փորձ մի անենք:
Թե որ Դավիթ տղա չէլավ,
Էլեք զիմ գլուխ, զԴավթի գլուխ զարկեք:
Մելիք ասաց.— Ի՞նչ փորձ անենք:
Ասաց.— Բերեք սինի մի ոսկի մի կողմ դնենք,
Սինի մի կրակ էն մեկէ՛լ կողմ.
Դավիթ դնենք էդ կրակի, ոսկու արանք:
Թե որ կրակ վերցուց
Խելք չի հասնի, տղա է,
Թե որ ոսկի՛ն վերցուց,
Գնա գլուխ զարկի:

Բերին, զԴավիթ դրին սեղանի մոտ.
Ոսկին մի կողք լցրին, կրակ մի կողք:

Դրին Դավթի առջև, ասին.
— Դա՛վիթ, ա՛ռ, առ, ո՞ր մեկ կուզես:
Դավիթ իր ձեռ պարզեց ոսկուն,
Հրեշտակ ձեռնեն բռնեց, տարավ դեհ կրակ:
Իր մատ որ կրակին կըպավ, կրակ կպավ մատին.
Մատ էրելով՝ տարավ բերան, լեզո՛ւն էլ երեց:
Տղան վըժժա՛ց, էլաց:
Կրակ բերնեն դո՛ւրս հանեցին:
Իսմիլ խաթուն Դավթին գրկեց, էլաց:
Դավիթ էլ էլաց:
Իսմիլ խաթուն ասաց.— Ո՛րդի, Մելիք,
Դու հո տեսա՛ր, էնոր ըսպանել մե՛ղք է:
Դու կ'ասեիր՝ թե իր չարությունեն արավ.
Ապա տեսա՛ր՝ միամի՛տ է,
Չը հասկացա՛վ, ձեռ տարավ, դրավ վեր կրակին,
Հալա լեզուն էլ էրեց, էլավ թլոր:
Բարեխիղճ մարդն ասաց.
— Թագավոր ապրած կենա,
Իմ խոսք ճի՞շտ է, ճիշտ չէ՞:
Ասաց.—Հա՛, շա՛տ ճիշտ էր քո խոսք:
Անխելքությո՛ւն արավ, խելք չի՛ հասնի:

16

Էստեղեն Դավիթ էլավ,
Գընաց Մելքի զինանոցի դռան վերան:
Տեսավ՝ զինանոցի դուռ բաց:
Սանդուղքով իջավ տակ, մտավ մեջ էդ զինանոցին,
Տեսավ, Մելքի մեծ գուրզ էնտեղ դրած:
Դավիթ ասաց.
— Էս ի՛նչ խաղալու լավ բան է:
Ասաց, գուրզ վերցուց ու ձեռնեն թալեց գետին:
Գըմփոց ընկավ մեջ քաղաքին,
Մարդիկ, կընիկ, տըղեք վախցան:

Մըսրա Մելիք տեսավ՝ քաղաք ժաժք ընկավ:
Կռահեց, ասաց.— Էս իմ գուրզի ձենն էր.
Տեսեք ո՞վ է. ի՞նչ բան էկավ վեր քաղաքին:
Վազիր գիտցավ, որ Դավիթն է,
Շուտ մի էլավ ու վազելեն գընաց.
Գնաց, զինանոցի դռան վերան կայնեց:

Դավիթ զըմփոց մէլ հանեց:
Վազիր կանչեց, ասաց.
— Դա՛վիթ, Դա՛վիթ, քո տո՛ւն չ՚ավրի.
Դու ի՞նչ կ՚անես էդտեղ.
Շո՛ւտ արա, արի վե՛ր:
Դավիթ վեր էլավ ու դուռ դրեց:
Վազիր ասաց.— Դա՛վիթ, Դա՛վիթ,
Դե շո՛ւտ գընա Իսմիլ խաթունի մոտ:
Թե չէ Մըսրա Մելիք կը գա,
Քո գըլուխ կը ջարդի:
Դավիթ գնաց:

Մըսրա Մելիք շուտ-շուտ էկավ,
Կայնեց դռան վերան, գոռաց, կանչեց.
Ասաց.— Վազի՛ր, ո՞վ է էդտեղ:
Պատասխանեց.— Դուռ բա՛ց էր, չ՚իմացա՝ ով էր:
Եազիր էդ սուտ կ՚անի՝ չ՚ա՛սի ով է:
— Չէ՛, էդնի, չ՚էդնի՝ էդ Դավիթ էր,— ասաց Մելիք: —
Դավիթեն զատ իմ գուրզ մարդ չի՛ կարնա վերցու:
Մըսրա Մելիք էլավ քաղաք պտտեց,
ԶԴավիթ փնտռեց, չը գտավ.
Էկավ տուն, տեսավ, որ Դավիթ ընկե,
Քուրսու տակ քներ է:
Մըսրա Մելիք աղեղան լար արձակեց,
Բերեց՝ Դավթի բողազ խեղդեր:
Էդ վախտ իր մեր դռնեն էկավ,
Մելիքի ձեռ բռնեց, ասաց.– Մե՛լիք, ի՞նչ է կ՚անես:
Ասաց.— զԴավիթ տի խեղդեմ,
Իմ գուրզի հետ խաղացեր է,
Գըմփոց մ՚ էլավ մեջ քաղաքին:
Մելիքի մեր ծծեր էբաց, կայնեց Մելքի առջև,
Ասաց.– Թե դու Դավիթ ըսպանես՝
Էս ծծերի կաթ քո վերան հարա՛մ ըլնի:
Մելիք ասաց.– Մա՛րե, օձու ձա՛գ է Դավիթ,
Թե որ ինձի վնաս դիպնի, է՛դ տըղից է:

17

Էդտեղ Մելիք ու մեր կռիվ արին Դավթի վերա:
Վազիր էլավ, Դավթի ձեռեն բռնեց,
Գնաց Իսմիլ խաթնի առջև,
— Դե,— ասաց,— թագուհի,

Ինչո՞ւ Դավիթ չես ուղարկի ուր տիրու քով.
Չես ուղարկի—գնա Սասուն:
Օր մէ, օր ըմ չէ, Մելիք զԴավթի տի զարկի:
Դէ, վեր էլիր, հաց պատրաստիր,
Ուղարկիր՝ թող էրթա Սասուն:
Հերիք է մեր էրկիր մնա:

Իսմիլ խաթուն ասաց.— Դավիթ, տըղա,
Ուղարկեմ քեզ՝ կ'էրթա՞ս Սասուն քո հրողբրանց:
— Հրողբե՞ք ունիմ,— ասաց— ինչի՞ չեմ է՛րթա:
Մարե, իմ հրողբերանք ո՞րտեղն են:
Ասաց.— Սասուն քաղաք կ'ապրեն:
— Էնոնց անուն ի՞նչ է:
— Էնոնց անուն,— ասաց.—
Մեկին Ձենով Հովան կ'ասեն, Մեկին՝ Վերգո:
— Մարե՛, քո աչքե՛ր քոռանար,
Ինչի՞ շուտ չ'ասիր,
Դէ, շուտ,— ասաց.—
Տաս ջուխտ պուճիկ, տաս ջուխտ տրեխ,
Տաս ավուր հաց տի պատրաստես,
Առնեմ, գնամ Սասուն:
Իսմիլ խաթուն պատրաստեց տաս ջուխտ պուճիկ,
Տաս ջուխտ տրեխ, տաս ավուր հաց,
Օրհնեց Դավթին, ասաց.
— Գնա՛, գնա՛, տըղա.
Գնա Սասնա քաղաք, հրողբրանցդ քով.
Աստված թող քեզի հետ ըլնի:
Էդտեղ Մըսրա Լքելիք ասաց.
— Դավիթ թող գա՛, էս իմ թրի տակով անցնի՝
Որ թողնեմ՝ էրթա իր էրկիր:
Ու թուր բարձրացուց: Դավիթ պատասխան էտու.
— Էնպես կանի՝ որ վաղ մեծնամ՝
Սուր չը քաշե՞մ էնոր վերան:
Էն ինձ թրով զարկի՛—ես չըզարկե՞մ էնոր:
Հազար էդպես Մելիք մեռնի՝
Էս մեկ չարսու լաչակ է,
Էս լաչակի տակով կ'անցնե՛մ.
Էնոր թրի տակով չե՛մ անցնի:
Ինչ ձեռեն կը գա՝ թող անի:
Վազիր Դավթի թևեն բռնեց,
Գընաց, որ անցուցի թրի տակով,
Դավիթ չընկռավ, կայնեց–

Չէրթա՛, չ՚անցնի՛ թրի տակով:
Վազիր Դավթի պառեկ բռնեց,
Հըլրեց, քաշեց, որ անցուցի թրի տակով.
Դավիթ չը գնաց, չ՚անցավ թրի տակով,
Կըշտով անցավ.
Ճկութ քսվավ ի ջարդու քար՝
Քարեն կրա՛կ էլավ:

Մըսրա Մելիք տեսավ՝
Շա՛տ վախեցավ, ասաց.
— Էդ դեռ պստիկ է՝ էսպես է—
Որ մեծանա՝ ի՞նչ տի ըլնի:

18

Էլավ Մելիք, կանչեց էրկու փահլևաններ,
Բաթմանա Բուղեն ու Չարբահար Քամին,
Ասաց էդ փահլևաններուն.
— Դավթին տարեք յոթ սարով դեն՝
Տարեք, վեր Բաթմանա կամուրջ — սպանե՛ք:
Դավթի վերան հելակ մի կար:
Մելիք էդ փահլևաններուն ասաց.
— Դավիթ սպանե՛ք, էնոր հելակ
Մեջ արունին թաթխեք, ինձի համար բերեք:
Կուժ մ՝ էլ էնոր արնեն բերեք՝
Խըմեմ՝ իմ սիրտ հովնա:
Փահլևաններ գնացին պատրաստություն տեսան:
Իսմիլ խաթուն գիտեր, թե Դավթին Սասուն տի տանեն,
Դավթի համար տաս ավուր հաց պաշար դըրավ.
Տաս ջուխտ պուճիկ, տաս ջուխտ տըրեխ տըվավ.
Դավիթ Իսմիլի ձեռ պագեց,
Կաց բարով արավ, գնացին...
Թող էնոնք իրենց ճամփան էրթան,
Մենք խաբար տանք Քեռի Թորոսից:

19

Միհրի մեռնելոից էտև՝
Յոթ տարի Սասուն սուգ մընաց:
Յոթ տարին որ անցավ,
Սասնա իշխաններ, տերտերներ, ռամիկ
Ժողովան, էկան Քեռի Թորոսի մոտ:

Սասունցիք ասին Քեռի Թորոսին.
— Ա՛յ Քեռի Թորոս,
Մեր տղեկներ հալնրան,
Մեր աղջիկներ պառավան. թե դու գիտես,
Որ յոթ տարի սուգ պահելով Միեր կը սաղնա՞
Յոթ տարի էլ ավե՛լ պահենք:
Քեռի Թորոս հրաման տվեց,
Իր դուռ-դրկիցներուն ասաց.
— Կարգե՛ք ծեր տղեկներ ու աղջիկներ,
Սուգ պահելով բան չի՛ ըլնի:
Էկան, սեղան պատրաստեցին, նստան,
Բերին, գինի դրին, դրին գինեխում:

Բերին, քեֆ, կեր ու խում անեն:
Ու Թորոս տերտերոջ ասաց.
— Տերտե՛ր դու Միերին հոգո՛ց ասա:
Տերտեր հոգոց ասաց, պրծավ,
Սկսան գինին լցնել,—
Տվին Քեռի Թորոսին,— թե խմե՛:
Քեռի Թորոս առավ կթխեն ի ձեռ,
Կայնեց ու միտք արեց.
Ոչ կը խմե ու ոչ կթխեն տեղ կը դնե:
Խոր Մանուկ էն տեղից ասաց.— Քեռի՛ Թորոս
Կըխմես՝ խմե, թե չե՛ս խմե՝
Իգին տուր, թող մարդիկ էրթան:
Թորոսի տղա՛ն էլ մի կողմեն
Ձե՛ն տվեց հորն,— ասաց.
— Աբո, Սասնա ծուռ են էդոնք,
Մկա մեկ վատ խոսք կ'ասեն քեզ,
Կա՛մ խմե, կամ դիր գետին, քըլեն:
Թորոս վերցուց տղին ասաց.
— Հեյ ջա՛ն տղա,
Ես էսատեղ նստեմ, ես կերուխում անեմ,
Մըսրա Մելիք Դավթին գերի՞ պահի:
Բա ամոթ չէ՞ մեզի...
Հացն ու գինին, տեր կենդանին.
Չուր էդա որբ հետ չը բերեմ,
Էս բաժակ իմ բերան չ'առնեմ:
Ու թող տվեց, մարդիկ էլան, գնացին:

20

Սասունցի քանի մի տան ջուլհակ կար Մըսրա մեջ,
Էդոնք լսեցին էդ ձեն-ձուն,
Թե Սասնա Դավիթ տ' ըսպանեն,
Էլան, իրանք ժողով արին,
Թո՛ւղթ մի գրին Քեռի Թորոսին:
Թղթի մեջ գրուկ էր.
«Քեռի՛ Թորոս,
«Քո գլուխ էդտեղ թրջես, էստեղ կընտես—
«Քանի որ Դավիթ չեն վնասած,
«Բալքի պըրծցուս, տանես Սասուն»:
Էդ թուղթ տվին ջահել տըղի մի ձեռ, ասին.
— Կըհեծնես, կ'էրթաս Սասուն,
Կը տաս Քեռի Թորոսին:
Իրիկուն հասնես՝ իրիկուն թող գա,
Լուսո՛ւն հասնես՝ լուսուն թող գա:
Տըղան կարճ ճամփով էլավ,
Գընաց դեպի Սասուն:

21

Ջուլհակներու ճամփած տղան
Էդ գիշեր էկավ, հասավ Սասուն.
Հարցուց.— Քեռի Թորոս ո՞րն է:

Էդ տղին տարան Քեռի Թորոսի մոտ:
Տղան բարև էտու, կանգնեց.
Քեռի Թորոս էնոր բարև առավ:
Տղան հանեց զթուղթ իր ծոցեն.
Քեռի Թորոս նամակ կարդաց,
Ասաց.— Կընիկ, վեցոտնեն Լազգին դո՛ւրս քաշե:
Դու տըղին կը պատվես, չուր հետ կը դառնամ:

Էդ գիշեր Քեռի Թորոս հեծավ իր ձին,
Սասնու որ զարկեց՝ առավոտ իջավ Մըսըր:

Մըսրա Մելիք դուռ նստուկ էր:
Ասաց.— Կաց, բարով, Քեռի՛ Թորոս:
Պատասխանեց.— Աստծո՛ւ բարին, Մըսրա՛ Մելիք:
Ասաց.— Քեռի՛ Թորոս, բարի՞ է,

Էսպես ըշտապեր ես էստեղ:
Ասաց.— Փառք աստծու, բարի է,
Խեր է, բան չկա:
Բարևեցին, նստան: Ասաց.
— Հա՛յդե, ես ու դուն՝ աստծու դատաստուն:
Գերին զին ընի, տիրուն կը հասնի:
Ես էկեր եմ, որ Դավիթ տաս, տանենք:
Ասաց.— Իրեք օր է, ինչ մեռեր է Դավիթ:
Քեռի Թորոսի արցունքներ թափվան միրուք վե,
Ամա զԴավիթ չը գտավ:
Նստավ Քեռի Թորոս իր վեցոտնեն Լազզին,
Առավոտուն ճամփա ընկավ Մըսրա՝
Իրիկուն իջավ Սասուն,
Էդ տխուր խաբար էրեր սասնեցոց:

22

Էն ինչ Դավիթ էր՝
Փահլևաններու հետ շա՛տ էկավ, քի՛չ էկավ,
Հինգ-վեց օր ճամփա էկավ:
Բաթմանա Բուղեն, Չարբահար Քամին
Կուզեն զԴավիթ սպանեն,
Հարմար չեն տեսնի զԴավիթ սպանեն:
Դավիթ ճամփու հետ չ’էրթար:
Պահ մի էսպես, պահ մի էնպես կ’էրթար,
Չը խոսեր, կ’էրթա՛ր ու կ’էրթա՛ր...
Փահլևաններ հա առաջադե՛մ կ’էրթային,
Դավիթ մեկ առջևից, մեկ հետևից, ճամփակորուս կ’էրթար:
Դավիթ էնոնց մոտեն զա՛տ կը մնար,
Հետ քարի՛ն, հետ թփի՛ն կ’խաղար:
Կ’ընկներ սար-ձոր, հետև հավքերուն, հետև գազաններուն:
Էդա երկու փահլևաններ ճամփին կը նստեին՝
Հաց կուտեին, Դավթին հաց չէին ի տա:
Դավիթ ի՞նչ կ’աներ.—
Կը քաղեր բանջարներ, կ’ուտեր.
Կ’ընկներ մեջ արտերուն, արմատ կը քաղեր, կ’ուտեր.
Սարեր որ վե՛ր կ’ը գար, սունկ կը քաղեր, կ’ուտեր.
Մեկ լոր կը տեսներ՝ կը սպաներ,
Մեկ նապաստակ կը տեսներ՝ կը զարկեր, կը սպաներ,
Ականջ չէր անի փահլևաններուն:

Որ գնացին հասան մոտ Բաթմանա կամրջին,
Բաթմանա Բուղեն ասաց.— Չարքահար Քամի,
ԶԴավիթ առնենք, թալենք ջուր: Դավիթ հեռու էր;
Նստեցին էդա երկու փահլևաններ հաց ուտելու,
ԶԴավիթ կանչեցին, ասին.
— Դա՛վիթ, Դա՛վիթ, շո՛ւտ արի:
Դավիթ զընաց, հասավ, ասաց.
—Էսա հինգ օր կա, վեց օր կա, մենք ճամփա կը զանք,
Դուք մեկ օր չասիք՝ «Դա՛վիթ,
Անոթի՝ ես, ծարա՞վ ես»․
Էդ կամըրջի մոտ նստէ ինձ ինչի՞ կը կանչեք:
Ասին.— Հապա, Դավիթ,
Չուր հիմիկ մենք Մելիքի հող-ջուրն էինք–
–Հիմիկ քո հոր հող-ջուրն էկանք,
Էն ապով քեզի կը կանչենք:
Արի, Դավիթ, արի, հա՛ց կեր:
Դավիթ ասաց.— Իսմիլ խաթուն յոթ ավուր հաց
Հետ մեզ դրեր է. դուք կերաք, ինձի չը տվիք:
Էսօրվան օր, որ ես իմ հոր հող-ջուրն ընկա,
Էլ չե՛մ ուզի ձեր հաց:

Դավիթ իրիշկեց, տեսավ՝
Էդ երկու փահլևան էլան գնացին
Չուր վեր Բաթմանա կամուրջին, կայնան:
Դավիթ էկավ, հասավ էնոնց, նորեն հարցուց.
— Ինչի՞ կայնաք:
Ասին.— Էկեր, քե՛զ համար կայներ ենք.
Մելիք մեզի ասաց.
«ԶԴավիթ աղեկ կամուրջ անցուցեք,
Որ Դավիթ չը վախենա, չ'ընկնի ջուր»:
Դու պստիկ ես. դու կը վախենաս:
Դավիթ ասաց.— Ջուր մենք Մըսրա էկա՛նք՝
Դուք չասիք թե՝ «Դավիթ տըղա՛ էր. կը վախենար».
Հիմի ի՞նչ էղավ, դուք քելեք,
Զկամուրջ անցեք, ես հետևեն տի զամ:
Փահլևաններ ասին. (Դավիթ չէր իմանա)
— Մեկն անցնենք Դավթի առաջ,
Մեկն զնանք Դավթի հետև.
Որ կը հասնենք կամուրջի կես՝
Մեկն առջևից կ'ոլորվենք Դավթի վերան,
Մեկն հետևից,— Դավիթ կը սպանենք,

Թալենք ջուր, որ էրթա:
Դարձան Դավթին ասին.— Չէ՛, Դավիթ,
Մեկ անցնի, մեկ կենա հետև, որ չը վախենաս:
Ասաց.– Որ էնպես է՝ թողեք ձեր խոսք ըլնի:
Դավիթ իր միտ վե ասաց.
— Ինչո՞ւ չուր հիմիկ էրկուսն կ առաջս էին,
Հիմիկ մեկն անցավ առաջ, մեկ մնաց հետև.
Չէ՛, բա՛ն մի կա էնոնց սրտին:

23

Գրնացին, հասան կամրջի կես տեղ:
Մեկն առջևեն դարձավ Դավթի վերան,
Մեկ՝ հետևեն դարձավ:

Դավիթ ասաց.— Էդ ի՛նչ տ՚անեք:
Վա՛յ, դուք կուզեք ինձ ջո՞ւր թափք:
Դավիթ ձեռ մի թալեց էնո՛ր փողպատ,
Մեկէլ թալեց էնո՛ր փողպատ,
Տրփեց իրո՛ւր, տըփեց իրո՛ւր,
Կախեց էրկուսն էլ կամրջի էրկու կողեն,
Ասաց.— Դուք չեք գիտի մարդ թալել ջուր:
Ես ձեզ նշանց տի տամ, ինչպես մարդ թալեք ջուր:
Էրկու փահլևաններ ասին.– Աստծո՛ւ սիրուն,
Դու ըզմեղ մի՛ թալի էդ ջուր:
Դավիթ էնոնց բռնեց, հետ իրարու էզար գետին,
Իր ծունկ էդի վեր սրտերուն, ասաց.
— Ըզձեզ էրկուսդ էլ տի սպանեմ ու թալեմ գետ.
Յա դո՛րդ կ՚ասեք, յա կը թալեմ:
— Դավի՛թ,– ասին,– մենք քո բա՛խտն ենք,
Դու ըզմեզ թող, որ մենք էլնենք
Ու դորդ խաբար տանք քեզ:
Դավիթ իր ձեռ էնոնց մոտեն վերցուց:
Էնոնք էլան վե՛ր, նստան:

Սըհաթ մի խելք չէր գա էնոնց գլուխ,
Էնքան որ զոռ արավ:
Դավիթ ասաց.— Դէ, ասեք է՛:
Նոր՝ քիչ մի շունչ առան էնոնք,
Ուշքի էկան, ու Չարբահար Քամին ասաց.— Դավիթ,
Քեզնե պահենք, աստծուց ի՞նչպես պահենք:

Էդ քյաֆուր, էդ զալըմ Մելիք
Զորբությունո՛վ էդի վեր մեր վզին,
Զմեզ էդի հետ քե՛զ, որ քեզ սպանենք.
Մըսրա Մելիք ասաց մեզի՝
«Տարեք Բաթմանա կամըրջի վերան Դավիթ զենեցեք.
Կուժ մի էնոր արնեն առեք,
Էնոր ջանդաք թալեցեք ջուր,
Արուն բերեք, որ ես խըմեմ, իմ սիրտ հովնա»։
Ամա աղաչանք կ'անեմ՝ ինձի չըր սպանես։
Դավիթ էր՝ Բաթմանա Բուղա արաբ չըր սպանեց,
Խղճավորվավ, էթող։ Էնոր քաշեց վե՝
Կայնեցուց վեր կամըրջին, ասաց.— Գնա՛։
Բաթմանա Բուղեն ասաց.— Քո հելակ որ չըր տաս,
Մեջ արնին թաթախենք, տանենք՝
Մըսրա Մելիք մեզ կըր սպանի։

Դավիթ տեսավ՝ էդտեղ նապաստակ կըր փախնի,
Էլավ, հասավ հետևեն,
Բռնեց, վիզ կտրեց, կուժ լցրեց արունով,
Հելակ մեջ էտոր արնին թաթախեց, ասաց.
— Տա՛ր Մելքին, ասա Դավիթ սպանեցիր։
Բաթմանա Բուղեն ուրախացավ, ճամփա ընկավ Մըսըր,
Էն որ Չարբահար Քամին էր՝ ասաց.
— Ես որ կամ՝ Դավի՛թ,
Քո հոր սուփրի վերա՛ն եմ մեծացե։
Չըր գիտեի՝ դու էտա հունարի տերն ես.
Ինչ որ քո հեր մեռավ
Մըսրա Մելիք զմեզ տարավ գերի։
Թալել եմ ինձ քո բախտ.
Ես էլ Մելքին ծառայություն չեմ անի։
Որ դու էդա մարդն ես,
Որ էդա հունար քո փոր կա,
Քանի կենդանի՛ եմ՝ ես քո ծառան տըլնեմ։
Քո հոր խաթեր համար քեզի կըր ծառայեմ։
Դավիթ ասաց.— Որ էդպես է, կայնի՝ էրթանք։
Էտատեղ մեկ-մեկու զլուխ պագեցին,
Էկան էլան Սասնա սահման։

24

Էդ գիշեր Ձենով Հովան Դավիթի վրա էրազ տեսավ։
Ասաց.— Աստվա՛ծ գիտի, մանուկ Դավիթ կա՞, թե չկա։

– Կարելի է, որ մեր Դավիթ
Շուտով էսա երկիր կը գա:
Ու մե՛ջ մեր հոգուն է մտե:
Ձենով Հովան կնկան ասաց.
— Սառյե՛, Սառյե՛, դու վե՛ր էլի: Սառյեն ասաց.
— Ա՛յ հալևոր, ինչի՞ չես թողնի, որ քնենք:
Ձենով Հովան ասաց.— Սառյե՛,
Օտար զարմի՛ց ես դու, քո սիրտ հեչ չի՛ ցավի:
Վե՛ր էլի, վե՛ր:
Դու վե՛ր էլի, իմ սիրտ բա՛ց, տե՛ս.
Էսօր մեր քաղքի պարիսպ կայնե՛ր էր,
Մեր թազա բաղ կանաչեր էր,
Մեր ջահեր քաղքի պարսպին վառվեր էր,
Մեր բաղի պլպուլ կանչեր էր.
Կա չըկա, մեր որբ Դավիթ մեջ մեր հողին մտեր է:

ԴԱՎԻԹԸ ՀՈՎԻՎ

1

Դավիթ, ինչ խոտ, ինչ բան ընկեր էր ձեռ՝
Անոթութնե կերեր էր:
Էստուց քիչ մի ծուռ էր դարձե—
Խելք էլ գլուխ չէր մնացե:
Քանի մի օր գնացին էսպես
Դավիթ ու Չարբահար Քամին,
Օր մէլ մոտեցան Սասնա:
Էդտեղ հորթարածներ, էդտեղ նախրորդներ,
Էդտեղ հովիվներ ու գառնարածներ
Թողե իրենց տավար, թողե իրենց օչխար,
Կիրիշկեին զԴավիթ:
Ու ճանչըցան իր շորերաց,
Թե Սասնա Ջոջանց տնի ց է:
Գեղացու մեկ էլավ,—
Էնոր Դավիթ պատմեր էր, թե՝ ես Սասուն տ՛էրթամ,
Սասուն իմ հայրենիքն է,—
Ակընջկալա տարավ Ձենով Հովանին:
— Ձենո՛վ Հովան, դու իմանա՛ս,

Մեկ կը գա, ձեր որդի Դավիթն է:
Իմ ակընչկալեն քե:

Ձենով Հովան շատ խնդացավ,
Իմաց արավ Քեռի Թորոսին,
Էն մեծ տունեն էլան, էկան էնոնք,
Քաղաքացուն ու գեղացուն ասին.
— Աստվածություն մեզի նոր տղա մի տվեց.
Կը խնդրեմ ձեր մոտեն, էլե՛ք, էրթանք Դավթի առաջ:
Քաղաքացիք ու գեղացիք էլան, ժողվան,
Հետ Ձենով Հովանին գնացին Դավթի առջն:
Տեսնան՝ ի՞նչ տեսակ տըղա է Դավիթ:
Գիտեն թե հորից աղե՛կ է:
— Հե՛յ-հե՛յ, Դավիթ ո՞րն է, հե՛յ-հե՛յ,
Դավիթ ո՞րն է.— ասին:

Էլավ Ձենով Հովան, իրիշկեց իր ճամփան.
Իրիշկեց, տեսավ, որ մեկ փահլևան կը գա.
Մեկ տղա էլ հետևանց կը գա,
Ճամփուց դուրս կը քելե,
Կորընգանու արտերու մեջ:
Հովանն ասաց.— Քեռի Թորոս,
Էն տղան, որ ճամփուցը դո՛ւրս, ծուռ-ծուռ կը գա՝
Էնիկ, վա՛յ թե, մեր ծուռ Դավիթն է, որ էկավ.
Սասնա ճրագ վառվեց:

Չուրի Դավիթ էկավ, էլավ Սասուն՝
Էնոր տրեխներ կտրտվան,
Էնոր պուճիկներ կտրտվան,
Ինք էլավ անոթի:
Տեսավ՝ շատ մարդեր ժողվված,
Չը գիտեր՝ ո՞ր տեղն է էկե,
Շիվար մնաց, ասաց.
— Ես անոթի, ծարավ՝ ինչպե՞ս տէրթամ Սասուն:
Էն ինչ գեղացիք՝ ձեռ կտան Դավթի ձեռաց:
Դավիթ խաբար չի, չի մոտենա,
Էնի տըտուշ ընկե ճամփա, կըգա՝
Խաբար չունի, թե սասնեցիք են
Էնոր առջն պատվի էկե:
Սասնեցիք էլ խաբար չե՛ն էնոր հալից,
Թե ինչպես հալից ընկե,

Ինչպես դաղրած, անոթի է:
Ձենով Հովան էկավ առաջ,
Էկավ զԴավիթ տեսավ,
Էնոր քով կայնավ, ասաց.
— Տղա՛, դու ո՞ր տեղացի ես:
— Ես Սասնու քաղքից եմ,— ասաց:
— Սասուն քաղաք ես քեզի չե՛մ տեսեր:
Է՛ս է Սասուն քաղաք, էստեղըն է:
Սասուն քաղաք դու մարդ ունի՞ս:
— Իմ մեր կ'ասեր՝ երկու հորողբե՛ր ունիմ:
– Իրանց անուն ի՞նչ է.— հարցուց:
— Մեծ հորողբոր անուն,— ասաց,— Վերգո,
Էն մեկլին Ձենով Հովան:
Էդտեղ Հովան ըզԴավիթ պինդ գրկե՛ց, պագեց,
Դավթի ճակատ լալեն պագեց:
— Վա՛յ, Դավիթ,— ասաց.— էս դո՞ւ ես:
Ես էլ—քո հորողբեր Հովա՛նն եմ:
Հովան, նորեն պագելեն առավ ըզԴավիթ,
Ուրախ–ուրախ գնաց տուն:
Ձեն տվեց ճամփին, կանչեց.– Է՛, աղբերնե՛ր,
Էկե՛ք, ձեր աչքը լո՛ւս, էկե՛ք, մեր ա՛չքն էլ լուս,
Մեր Դավի՛թն է էկե...
Դավթի հորողբերներ էնտեղ,
Գրկին, համբուրեցին ըզԴավիթ:
Սասունցիք էլ շատ աչքալուս արին:
Ձենով Հովան ասաց.– Փա՛ռք իմ աստծուն.
Էս մեկ զավա՛կ էլ մեզ էլավ կայնավ.
Էկավ մեր աղունիկ:
Համա ի՞նչ տ'անեմ՝ շիվա՛ր է:
Մենք ասինք լա՛վ մարդ մ'էր,
Ափսոս շիվա՛ր տըղա մէ. փա՛ռք իմ աստծուն:
Նստան Հովան, բարեկամներ, քաղաքցիք,
Ուրախություն ու քեֆ արին իրենց համար:
Շատ զրուցին, էլան մեկ-մեկ իրանց տներ գնացին:
Մնացին Ձենով Հովան, Դավիթ:
Դավիթ ասաց.– Հրողբեր, ինչպե՞ս ես, ի՞նչ ունիս:
Ասաց.— Որդի, փառք իմ աստծուն,
Էհ, տեր աստծո՛ւ օղորմությամբ
Քո հոր գերեզմանով մեր իդարեն կանենք:
— Աղե՛կ, ասաց Դավիթ, որ էդպես է, աղեկ է:

2

Առավոտուն Ձենով Հովան էլավ, կայնավ.
Իրեք անգամ ձեռք էտու գետին, փառք էտու աստծուն,
Ասաց.– Փա՛ռք իմ քո մոտեն, աստված,
Էս անգամ էլ էրազ ես քո մոտեն տեսա.
Մեկ պուրակ ըմ էլավ Մասնա օջխի վերա,
Ես, իմ աղբեր էլ վախ չ'ունենք:
Էլավ, բերեց ձեռք մի խորոտ հալավ, հագցուց,
Ջեբեր լիք ճան, չամիչ, պոպոք արեց,
Գլուխ պագեց, ասաց.— Դավիթ,
Գընա մոտ ճժերուն, խաղա:
Դավիթ գընաց մոտ ճժերուն, խաղաց:
Ճժեր լեպ արին, ճաներ զամեն մոտեն տարան:
Դավիթ ապտակ մեզար իշխանաց լաճերուն,
Լաճու մի վիզ ծովեց:

Իրիկուն էդ լաճու մեր էկավ մոտ Հովանին զանգատ:
Ձենով Հովան ասաց.— Ոչինչ, բան չի ընի:
Թամբահ կ' անեմ, որ էլ կռիվ չ' անի:
Գնաց Հովան, Դավթին ասաց.
— Հորողբեր քե մեռնի, Դա՛վիթ, էլ հետ խալխին կռիվ չ' անե՛ս:
Դավիթ լուսուն էլավ, գընաց մեջ ճժերուն, խաղաց.
Ճժեր նորեն ողջ մեկ էլան,
Թափվան Դավթի վերան, կռվան.
Դավիթ զարկեց, իրեք լաճերու վիզ ծռեց:
Էդ վախտ էկան քաղքի մեծեր,
Ամեն ժողվան, իրար ասին.
— Էն շան որբ մեր ճժեր խեղեց:
Մենք տ'էրթանք, Դավթին սպանենք,
Դավիթ ինչի՞ մեր տղաներու վիզ ծռեց:
Էլան էկան, կանչեցին Ձենով Հովանին, ասին.
— Դավիթ դո՞ր է, կանչի, թող գա:
Ասաց.— Ինչի՞ կանչեմ Դավիթ:
Ասին.— Մացյար էդ ծուռ Դավիթ
Դուշմա՛ն է մեր տղեկներուն.
Ինչի՞ էնոնց վզեր ծռեց:
Հովան վախեցավ, գնաց Դավթին, ասաց.
— Աստված քո տուն ավրի, Դավիթ,
Էդ տղաներ ինչի՞ խեղիր:
Ասաց.— Ջայնամ էնոնց գլուխ,

Ինձ հետ կռվան՝ ես էլ զարկի։
Ասաց.— Քաղքի մարդիկն էկե,
Մեր դուռ բռնե՛, էլի՛ր, պատասխա՛ն տուր էնոնց։

Դավիթ էլավ, էկավ դուռ, տեսավ.
Էնքա՛ն մարդ է հավաքված դուռ։
Շատեր կան՝ Դավիթ չե՛ն տեսած.
Էկած են՝ թամաշա՛ անեն, Դավի՛թ տեսնեն։
Շատեր էլ կան, Դավթին զարկելու ապով են էկած։
Դավիթ որ էլավ դուրս,
Էսքան մարդիկ Դավիթ տեսան,
Ահուց դողդողացին, իրարու զաղտուկ ասին.
— Դավթին դուք ձեռք չը տաք,
Որ ակահի՝ մեզ է՛լ տ՚ըսպանի։

Ու դարձավ, ամեն մեկ գնաց իր տուն։

3

Էն մեկէլ օր քաղքի չոչեր
Կանչեցին Հովանին, ասին.
— Հո՛վան, գիտե՞ս ինչի համար ենք քե կանչե.
Մենք որ էրեկ էկանք ձեր դուռ,
Դավթին տեսանք՝ շա՛տ վախեցանք։
Արի Դավթին գործի՛ մի դիր.
Էդոր գործի որ չը դընես՝
Քաղքի մեջ շա՛տ ավերություն տ՚ըլնի։
Հովան ասաց.— Ի՞նչ անեմ, ի՞նչ գործի դնեմ։
Էնոնք ասին.— Դավթին մենք զառնարա՛ծ անենք,
Թող չը մընա՛ քաղաք։

Ձենով Հովան իրիկուն տուն էկավ, ասաց.
— Դավիթ, մեռնե՛մ քեզի, չե՞ս ըլնի զառնարած։
Աղքատացեր ենք մենք—
Չա՛փ մի էրկու կորեկ առնենք, ուտենք։
Դավիթ ասաց.— Հորողբեր, ինչի՞ չեմ ըլնի...
Էսպես պարապություն չեմ կա՛րնա անցուցեմ։
Դու ջո՛ջ մարդ ես,
Հիմիկ քեզ խաթր կա մոտ մեր խալխին,
Ինձ համար մեկ ռանչպարություն մի առ։
Ասաց.— Դա՛վիթ, քեզի բռներ են զառնարած։

Ամեն մեկ տավարի գլուխ մեկ կոտ կորեկ,
Մեկ կոտ ցորեն մեզ վարձ կը տան:
Կարնա՞ս պահի զառներ, թե՞ չես կարնա:

Ասաց.— էնենց պահեմ, ծաղկըներու պես:
Ձենով Հովան էկավ քաղքցոց ասաց.
— Էս տարին իմ աղբոր տղան տ՚անենք զառնարած:
Դուք լուսուն ձեր զառներ բերոք քաղաքի դուռ.
ԶԴավիթ կը ճամփեմ, թող ամեն ժողվի, տանի:

Ձենով Հովանին դրկիցներ ասին.— Հովան,
Մեկ ջուխտ մի սոլ էնոր համար կտաս կարել.
Էդոր ի՞նչ սոլ տի դիմանա, որ էդ հազնի,
Էրթա Սասնա սարեր, արածացնի, ֆըռա:
Հովան ասաց.— Իսկուն կ՚էրթամ, կը տամ կարե՛լ:
Էլավ Հովան գնաց, դարբնին
Պողպատե սո՛լ էտու կարել,
Պողպատե կո՛ռ էտու կոռել,
Առեց, բերեց, առավոտուն էտու Դավթին:
Դավիթ իր սոլերու վերան ուրախացավ.
Ձենով Հովան ասաց.— Ո՛րդի,
Էլիր, զառներ քըշիր
Սասնա սարի հետև՝ արոտատեղ.
Կեսօրին զառներ կը հավաքես վեր աղբրին,
Քեղի կեսօրին հաց կ՚ առնեմ, կը գամ:

4

Էլավ Դավիթ, պողպատե սոլ հազավ,
Պողպատե կոռ բռնեց ի ձեռ,
Կանգնեց Սասնա մեջ, կանչեց.
— Դրկիցնե՛ր, ձեր զառներ հանե՛ք,
Ձեր ուլեր հանեք, դո՛ւրս բերեք,
Տանեմ Սասնա սարեր, արածացնեմ:
Դրկիցներ առան զառներ, առան ուլեր,
Բերին քաղաքի դուռ:
Դավիթ զզառներ ժողվեց, տի տաներ սար.
Մարդեր որ տեսան զԴավիթ, ասին.
— Հո՛վան, Դավիթ տի սպանի՛ զառներ:
Հովան ասաց.— Դա՛վիթ,
Մենք դրկից ենք, տես զառներ չը սպանե՛ս.
Սալամաթ տար, սալամաթ ե՛տ բեր իրիկուն:

— Հորողբեր,— ասաց,— մազյար ես ծո՞ւռ եմ,
Գառներ շա՜տ խորոտ կը պահեմ:

Դավիթ գառներ առաջ արավ, տարավ,
Մեկ բարձըր սար մի կար՝ էնտեղ արածացուց:
Գառներ կուշտ կուշտ կերան:
Դավիթ էնոնց գոմեց քարայր,
Դավիթ հեռացա՜վ գառներուց.
Իր համար թե՜ք ընկավ, քընավ,
Դավիթ ակահ չունե՜ր գառներուց:
Գառներ արթնացան, քարայրից էլան,
Գառներ ամեն մեկ իր տեղ ցրվավ՝ արածելու:
Դավիթ ակահ չուներ գառներուց:
Քնավ, զարթնեց, իրիշկեց, տեսավ գառներ, ուլեր
Ամեն մեկ մի կողմով գացած—վերա՜ կորուսված;
Կայնավ, զրնաց քարայրի դուռ, մեկ գառ չկա:
Է՜ս կող իրիշկեց՝ գառ չրկա.
Է՜ն կող իրիշկեց՝ գառ չըկա.
Կայնավ՝ գոռաց, էլավ ընկավ հետնքեր,
Ման էկավ, ընկավ էդ սար ու ձոր.
Էնոր ոտքի ձեն որ էլավ,
Էնոր բոռոց որ դըմդըմաց,
Նապաստակներ ու աղվեսներ սարից, քարից էլան,
Թողին իրենց բներ, կը փախչեն, հա՜ կը փախչեն:
Տեսավ նապաստա՜կ մի փախավ,
Ասաց.— Ուրի, նա ուլ ինչպե՞ս կը փախնի:
Ընկավ հետն նապաստակին, էն չալ ուլ էր:
Կուզ, մ՚էլ զընաց, աղվե՜ս մ՚էլ փախավ,
Դավիթ է՜լ ասաց.
— Օ՜հ, էն ուլեր ինչպե՞ս կը փախնեն:
Էնպես վազեց հետևներեն,
Ձուր լեզուներ հանին, դաղրան, կանգնան:
Ինչքան աղվես, կուզ, նապաստակ որ կար՝
Բռնեց բերեց, զցեց մեջ գառներուն, մեջ ուլերուն:

Էդտեղ պողպատե սոլեր կտրտվան:

5

Կեսօրին Հովան հաց առավ, տարավ,
Գնաց տեսավ՝ Դավիթ էնպե՜ս է ման էկե սարեր,
Որ էն պողպատե սոլ կտրտվե,

Էն պղպատե կոռ մաշվե՛։

Ասաց.— Դավիթ, քո բան ինչպե՞սն է։
Տըղա, գլխուդ մեռնեմ.
Օրեն մեկ ստ՛լ կարել տամ քե,
Օրեն մեկ կոռ կոռել տամ քե,
Քո հախն էն չափ չի հանի.
Էլ մեր օգուտըն ի՞նչ տ’ըլնի։
Դավիթ ասաց.— Է՛հ, հորողբեր,
Էլ վաղն էղ զառներ չեմ տանի։
Էսօր էնպե՛ս եմ վազվզե,
Որ իմ սոլ կտրտվե։
Ձենով Հովան ասաց.— Դավի՛թ ջան, ի՞նչ է,
Գառնարածութեն անուշ բան չէ՞։
Ասաց.— Անո՛ւշ է, հա, էն խա՛չ, անո՛ւշ բան է.
Էդա սև ուլեր միամիտ են.
Էդա կարմիր ուլերու հետ,
Էդա սևլիկ ուլերու հետ
Ես շատ աղեկ ճամփա կ’էրթամ.
Համա էդա բալբալոս ուլեր, էդա սիպտա՛կ ուլեր,
Էդա էրկարականջ ուլեր— չե՛ն կանգնի.
Էդոնք ինձ շատ կը չարչըրեն, շա՛տ կը փախնեն,
Ջիմ հոգին անգրո՛ղ առան.
Էէնքան ինձ ցավցուցին։
— Լա՛ո,— ասաց Հովան.—
Մենք շեկ, սիպտակ ուլեր չունենք։
Դավիթ ասաց.– Չէ՛, հորողբեր,
Շեկ ու սիպտակ ուլեր էլ կան։
Թե էն ուլեր առավոտուն չը հանե՛ս զառներաց մեջեն,
Ես չե՛մ էրթա հետ զառներաց։
— Մեկ է՛լ,— ասաց Հոկան,—
Քարայրեն էղ զառներ հան դո՛ւրս,
Էդ շեկ ուլեր տեսնեմ։

Էլան, էկան, քարայրի դուռ բացին։
Դավիթն ասաց.– Հորողբե՛ր, դու մտի ներս,
Գառներ հանի՝ ես էնա ուլեր կը բռնե՛մ,
Դու էնոնց չե՛ս կարնա բռնի։
Հրողբեր ասաց.– Չէ՛, չէ, տըղա, դու պստի՛կ ես։
Դու մտի նե՛րս, քըշե, թող գան, ես կը բռնեմ։
Դավիթ մրտավ էդ քարայր,

Փետ մի զարկեց, մեկ էս քարին, մեկ է՛ն քարին.
Կուզեր, աղվես, նապաստակներ ամեն դո՛ւրս թափվան:
Չենով Հովան տեսավ՝ աղվեսներո՛ւն,
Նապաստակներո՛ւն կ'ասի Դավիթ ըսպիտակ ուլ:
Նապաստակներ, աղվեսներ ամեն փախան:
Քարայրեն Դավիթ էլավ դուրս, ասաց.— Հրողբե՛ր,
Դու ինչի՞ իմ ուլեր թողիր՝ գնացին:
Ասաց.— Էնոնք ջանավար են, տղա լաո, ուլ չե՛ն,
Էդ չեկ ուլեր թո՛ղ, թող էրթա՛ն:
Դավիթ ասաց.— Դու իմ ուլեր թողի՛ր,
Ինչպե՞ս տ'անեմ, էնոնց տերեր ո՛ւլեր տ'ուզեն,
Ինձ ուլ չը կա՝ ես տամ:
Էնոնց ջուաբ ինչպե՞ս տի տա՛մ:
Ասաց Դավիթ, էլ հետ վազեց սարեր,
Որ նապաստակ, աղվես ժողվի:
Հրողբեր հետևեն գոռաց.
— Դավիթ, աստվա՛ծ քո տուն ավրի.
Էնոնք գազաննե ր են, թո՛ղ, թո՛ղ գընա՛ն:
Դավիթ ականջ չ'արեց, գնաց:

Հրողբեր դարձավ, էկավ տուն. ասաց.
— Ջա՛նըմ, էսա ի՞նչ մուր էր՝ քըսեցինք մեր էրես:
Էսա մեր ծուռ Դավիթ ինչ ջանավար տեսե,
Բերե, լցրե մեջ գառներուն,
Ո՛ւլ, նապաստա՛կ մեկ-մեկից չի՛ ջոկի.
Ասաց.— Դրկից-ցեղացիներ, աստծո՛ւ սիրուն,
Լուսուն Դավիթ էլ չը դընեք առջև ձեր գառներուն:

6

Էն ինչ Դավիթ էր՝ էլավ վեր,
Ընկավ հետև աղվեսներու ու կուզերու
Էն կուզ, աղվես ու նապաստակ
Լեզուն թալած կը վազեն,
Հըլհըլոց ընկեր էր գառներ
Ու տկի պես կը զարկվեին:
Դավիթ էնոնց կը տաներ սար, կը բերեր ձոր,
Կը բերեր, կ'աներ մեջ ուլերուն,
«Կ'ասեր.— Էսա տերով տերամեռներ,
Գառ-մառ, ուլեր, չեն թողնի՝ ես հանգստանամ.

Չե՛ն դադարի՝ ես հաց ուտեմ:
Ջանավարներ Դավթի ահուց էլ չը փախան:

Իրիկուն Դավիթ զառ ու զազան քշեց քաղաք:
Դավթի սոլեր էնպե՛ս էին ցրվե՝
Էնպես էին կտրտվե, որ Դավիթ սոլեր հանե,
Մտուցե ի կո՛ռ, ոտաբոբի՛կ կը գար:
Էդա անասուններ բերեց, լցրեց մեջ քաղաքին:
Կանչեց.— Դրկիցնե՛ր, էկե՛ք, ձեր ուլ ու զառ տարե՛ք...
Էնա երկենականջ ուլեր ո՞ւմն է, չեմ ճանչնար,
Շա՛տ կը փախնեն, էկե՛ք, տարե՛ք, կը խատուցեմ...
Էնա երկեն պոչով ուլեր ո՞ւմն է, չեմ ճանչնա,
Շա՛տ կը փախնեն, տփելո՛վ եմ բերե. խառնե մեջ զառներուն,
Քաղքըցիք էդա բան տեսան, ասին.
— Դավիթ ամեն աղվես ու նապաստակ ժողվե,
Մըլե մեջ զառներուն — գնանք, առնենք:
Էլան, ջոկեցին իրանց զառներ, տարան:
Ամեն մեկ ինչ ուզեց՝ տարավ—
Կուզ, նապաստակ, աղվես:
Նապաստակներ մորթին, հետ ուլերու կերան.
Աղվեներու, կուզերու մորթիք քուրքեր արին, հագան:
Էն վախտեն չուր հիմիկ՝
Նապաստակ հա՛ կը զենե՛ն, հա՛ կուտե՛ն,
Աղվես, կուզ էլ կանեն քուրք, կը հագնե՛ն:

Էն իրիկուն իշխան մարդեր գնացին,
Ձենով Հովանին ասին.
— Էն ծուռ արեր ես զառնարած,
Ջանավարներ, ուլեր իրարուց չի՛ ջոկի:
Էն սարի որս ամեն ժողվե բերե՝
Սարեր որս չի՛ թողե:
Մենք չենք թողնի, որ Դավիթ զառնարած անեք:

7

Ժողովուրդ հավաքվավ, ասաց.
— Ապա ի՞նչ անենք Դավթի հետ
Բերենք նախրո՛րդ անենք:
Դավիթ ասաց.— Ինձ բերիք, արիք զառնարած

Ու հանիք դո՞ւրս—հիմիկ նախրո՛րդ կանեք:

Ձենով Հովան ասաց.— Դավիթ, տղա,
Ուլեր քեզ շատ կը չարչարեն.
Դու ուլեր մի՛ տանի.
Նախի՛ր տար, էդա դաշտ արա,
Պառկի էնտեղ քընի,
Մինչև ես քեզ հաց կը բերեմ:

Հրողբեր գնաց, պողպատե սոլ մ' էլ էտու կարել,
Պողպատե կոռ մէլ էտու կոռել,
Առավ, բերեց, առավոտուն էտու Դավթին,
Էլավ լուսուն կանչեց.
- Հեյ-հե՛յ, էլե՛ք, մալեր թողեք Դավթի առաջ:
Դավիթ հորթեր չի՛ տանի արածացնելու,
Դավիթ տավա՛ր կը տանի արածացնելու:
Էլան, տավար թողին առաջ:
Դավիթ ժողվե՛ց էդա տավար,
Գընաց, էլավ Սասունա դաշտ:
Տավար բաց էթող, թավալավ, քնավ:

Քնուց որ ակահավ, նստեց, տեսավ՝
Տավար բարձրացե, էլե քարափներու պռունկ:
Էլավ, ընկավ հետև տավարներուն:
Էս դիր՝ խանդքներուց գելե՛ր, արջե՛ր փախան.
Ասաց.- Անիծե՛մ ես ձեր տիրու հեր, էլի՛ փախան:
Էնոնք փախան, Դավիթ ընկավ հետևներեն,
Էնչափ վազեց մինչև նեղացա՛ն, դադրան, ուժից ընկան:
Դավիթ բռնեց, բերեց մեջ տավարին:
Նորեն ընկավ սար-ձոր ու ման էկավ.
Ի՛նչ կաղար ջանավար որ կար՝ ամեն ժողվեց,
Ասլանը մե՛կ կողմից բերեց,
Ղափլանը մե՛կ կողմից բերեց,
Պընգըլը մե՛կ կողմից բերեց,
Գելերը մե՛կ կողմից բերեց,
Արջերը մե՛կ կողմից բերեց —
Ամե՛ն գազաններ ժողվեց, դաշտ լի՛ք արավ:
Դավթի ահից մեկ կարող չէր իրար դիպնի.
Մեկ որ փորձեր իրար դիպներ, տեղեն շարժվեր՝
Դավիթ էնպես կը բարձրացներ, կը տար գետին,

Որ՛ մեջ գետնին կը խըրվեին:
Անասուններ գազաններու ահա կանգնած էին,

էդ գազաններ Դավթի ահու կանգնած էին,
Դավիթ էլ ամենու առաջ կայներ էր:

8

Իրիկուն Դավիթ նախիր քշեց,
Բերեց լցրեց մեջ Սասնա քաղքին:
Էլ մարդ դուրս չ՚էլավ:
Քաղքըցիք վախից դռներ չը բացին.
Դռներ գոցեցին, դարգահներ զարկին:
Ինչ Դավիթ՝ կանգնավ Սասունա մեյդան,
Բա՛րձր ձենով կանչեց, բոռաց, հա՛ բոռաց.
— Հե՛յ ժողովուրդ, էլե՛ք, ձեր տավար տարե՛ք,
Տարե՛ք, տեղավորե՛ք,— ասաց.
— Ով կո՛վ չուներ՝ կով եմ բերե,
Ով ե՛զ չուներ՝ եզ եմ բերե,
Բա՛ց արեք ձեր դռներ, դե բա՛ց արեք:
Ում մեկն ուներ՝ արի երկուս,
Ում երկո՛ւսն էր՝ արեր եմ տաս,
Ում որ տա՛սն էր՝ արեր եմ քսան,
Ում քսան էր՝ արեր եմ քառսուն,
Ինչի՞ չեք գա ձեր տավար տանեք:
Մեկ չի՛ էլնի իրեն տավար ջոկի, տանի:
Էնչափ կանչեց՝ մարդ չը տեսավ.
Մարդ չէր իշխենա դուրս էլներ:
Դավիթ ըռկավ, էդտեղ ասաց.
— Կէլնեք՝ չխո բարո՛վ չ՚էլնեք, ջահաննա՛մ ըլնի.
Ես չոլերից ազատե, բերեր եմ տուն.
Տեր չեք ըլնի՝ ո՛ւր կէրթան, թող էրթա՛ն:
Հա՛յ գիդի աշխարք,— ասաց.—
Արի ու լավությո՛ւն արա:
Դավիթ իր գդակ կործեց գլուխ,
Պառկավ էնտեղ, քնավ՝ մինչև առավոտուն:

Իշխան մարդեր էլան, Ձենով Հովանի մոտ գնացին,
Ասին.— Ձենով Հովան, մեզ տավարից պիտի կտրես:
Քո տղան մեր քաղաք ավրեց.
Կը վախենանք էդ գելերեն,
Էդ արջերեն, գազաններեն:
Էս ի՞նչ բան է, էսքան գազան...
Տըղատերեր վախցան, ահու մեռան:

— Որ էնպես է,— ասաց Հովան,—
Կ'էրթամ զԴավիթ բերեմ տուն:
Ձենով Հովան գնաց, կանչեց.
— Դավիթ, իորողբեր մեռնի քեզ, ասա.
«Հալալ մնացե՛ք, հարամ գնացե՛ք.
Հալալ մնացե՛ք, հարամ գնացե՛ք...»:
Դավիթ էլավ վեր, ասաց.
— Հալալ մնացե՛ք, հարամ գնացե՛ք...
Հալալ մնացե՛ք, հարամ գնացե՛ք...
Գազաններ փախան, գնացին սարեր,
Մնացին տավարներ:

Տավարներու տերեր էլան, դռներ բացին,
Զիրենց տավար տարան, արին գոմեր:
Դավիթ ասաց.— Աստվա՛ծ ձեր տուն ավրի,
Դուք թող տվիք, պարարտ տավարներ փախան սարեր,
Մնացին լղարներ:

Իշխաններ Հովանին ասին.
— Էս է՛լ չ'էլավ, էս է՛լ չ'էլավ:
Էս տնավեր իսկի՛ մարդու շնորք չունի,
Ծուռ, օղորթմանց ծռ'ռ...
Դավիթ հասկացավ, ասաց.
— Ձեր գլուխն ուտի՝ էլ չե՛մ ըլնի ձեզ նախրորդ:
Էդտեղ Հովան բարկացավ, ասաց.
— Դու որ էսպե՛ս կ'անես,
Էլ ես քեզ չե՛մ կարնա շահի,
Դոր էլ կ'էրթաս՝ գնա:

9

Դավիթ էլավ Սասնուց, տեղ մի պառկավ քնավ:
Քեռի Թորոս առավոտուն էկավ Սասուն, հարցուց.
— Էս մեր տղան, Դավիթ, ո՞ւր է:
Ինչքան մարդ կար՝ զԴավիթ հայհոյեց,
Ինչքան կնիկ կար՝ անիծեց:

Քեռին գնաց տղան փնտռի.
Տեսավ՝ տեղ մի Դավիթ քնե:
Էնպես քացի մ' զարկեց էնոր,
Որ թե Դավիթ չ'ըլներ, ուրի՛շ ըլներ,

Յո՛թըն գազ գետնի տակ տ՚էրթար:
Դավիթ քնից էլավ, ասաց.
— Քեռի ջան, ինչի՞ կը զարկես:
Քեռին ասաց.— Հաբա, ի՞նչ ես արեր, լաո:
Դավիթ ասաց.— Քեռի՛ Թորոս,
Էն-էն լըբոք տավար ինձի շատ չարչըրեց:
Էդոր համար էլ քաղքցիք ինձ դուրս արին:
Ասաց.– Անխե՛լք, Սասունա ծուռ,
Էն տավար, որ շա՛տ կը փախնի, էնի մի՛ բեր.
Էն, որ շատ չի՛ փախնի, էնի տուր քո առաջ ու բեր:
Դավիթ ասաց. — Չէ՛, ես էսա տեղ չե՛մ կայնի:
Ուրիշ էրկիր նշանց տուր ինձ,
Որ ես էրթամ էնտեղ:
Էս անգամ քեռին առավ Դավթին, տարավ իր տուն:

10

Ժամանակ մի անցավ:
Էդ տարին գարուն նոր բացվեր էր.
Դավիթ ասաց.— Քեռի, գարուն է,
Հոտաղ-մշակի վախտ է, ռանչպարու վախտ է:
Մենք քառսուն ջանով լցվեր ենք էդա տուն,
Խո դու պարտական չե՞ս՝ մեզի զամեն պահես:
Էլի՛, մեզի աշխատող դարձու:
Դատենք, աշունք բերենք մեր աշխատանք:
Ժողվենք վեր իրարու, ուտե՛նք, ապրենք:
— Հա՞,— ասաց,— Դավի՛թ, աստված քո արև ըսպանի,
Հըմլա էդար ինձի աշխատո՞ղ...—
Քեռի Թորոս ծիծաղեց վեր Դավթին, ասաց.
— Տո, ծո՛ւռ Դավիթ, արի քեզի տանեմ Դաշտու Պաղրիալ,
Հոնի քեզ տամ նախրորդ, հոտաղ,
Դու առնես քո հախ՝ կոտ մի կորեկ.
Առնես, բերես մեր տո՛ւն,
Ես տանեմ ջաղաց, աղա՛մ,
Բերեմ քո քեռակին շաղա՛
Թխա, թոնդրեն հանա, տա՛ քեզի,
Վերցուս, հաց մի ինձի տաս,
Ասես՝ քեռի, էդ իմ աշխատանքն է.
Առ, էդա հացըն՝ կեր —
Էլի չեմ հա՛վտենա, էփ չեմ հա՛վտենա:
Ասաց.— Քեռի, որ էդմալ է՝
Էլիր, ինձ տար, արա նախրորդ:

Քեռին գիտեր՝ Դավթի խոսք մեկ էր, երկու չէր անի:
Էլավ առավ զԴավիթ, գնաց Դաշտու Պադրիալ:
Տարավ, տվեց նախրորդ:
Ամեն բան էլ էնոր խրատ տվեց, ասաց,
— Տըղա, է՛դ տեսակ, էդ տեսակ տավար կը պահեն.
Լուսուն նախիր կը տանես,— ասաց,—
Սասնա սարի հետև, արոտատեղ.
Միպտակ Քար կա, Միպտակ Քարի տակ աղբո՛ւր կա.
Էն աղբրի վրա կեսօր տի հավաքես, ջուր տի տաս:
Խրատ էտու, էլավ, թողեց զԴավիթ,
Էկավ հասավ Սասուն:

Առավոտուն Դավիթ զնախիր տարավ արոտատեղ,
Ճաշին տարավ Միպտակ Քար, վե՛ր աղբրին:
Տեսավ՝ որ յոթ գեղի նախրորդ ժողովված են.
Տավար բերե, կարածան:
Դավիթ ասաց.— Այ նախրորդներ,
Արեք եղուք աղբեր ըլնենք:
Էդ նախրորդներ ու Դավիթ էղան աղբեր:

11

Գարո՛ւն էր. խալխի մալ զարուն էր...
Անձրև՛ էր. թացութըյո՛ւն էր, տի՛լ էր..,
Մալեր կը չոքվեին տիղ, կը պաղեին.
Օրական յո թուխ հատ տըլի մեջ կը մնային:
Դավիթ կը քաշեր դուրս, տըլից կը հաներ,
Իր փետ էնոնց ոտներ կը կապեր,
Փետ մ, էլ կը մտուցեր մալերու ոտներ,
Կը դներ ուսին, ու կը բերեր գեղ.
Կը բերեր տիրու տուն, կ'արձակեր,
Ու կընկտոց կ' աseր.— Նանե, ձեր կովեր նիհար են:

Եղանակ ցո՛ւրտ է, կը պաղե՛ն, կը տլվե՛ն,
Չեն կարնա էլնի, կը փետնան, մե՛ղք են:
Էդ վախտ կընկտիք կ'օրհնեին Դավթին, կ'ասեին.–
— Շա՛տ դատիս, շա՛տ ուտիս.
Քի՛չ դատիս, շա՛տ ուտիս.
Աստված քո արև պահի.
Որ դու չ'էղնեիր էս տարի՝
Մեր կովեր ամեն կը փետնին:

Էդ վախտ Դավթին կը պատվեին,
Հաց կ'անեին կը տային, ձվածեղ կ'անեին,
Հավկիթ կը տային Դավթին,
Շա՛տ խորոտ հոգ կը տանեին:
Գեղացիք կ'օրհնեին Դավթին, կ'ասեին.
— Հարի մըկա էդպես նախրորդ մեզի ռաստ չի՛ էկե:
Դավիթ արածեցուց տավար մինչև ամառ.
Տավարներ լցվան, գիրացան:

12

Մնաց: Էկավ, էլավ Աստվածածին.
Աստվածածնա կիրակի օր ցասման ժամ կ'անեն,
Կ' էրթան ուխտ, պատարա՛գ կ' անեն.
Պատարագ որ կ' անեն, հարիսա կը դնեն:
Հարիսա որ կը դնեն, ժամից որ կելնեն,
Կը գան պատարագի տիրոջ մոտ, հարիսա կ'ուտեն:
Էդ Աստվածածնա կիրակի օր ճաշցին
Դավիթ զնախիր ժողվեց, տարավ արոտատեղ,
Միպտակ Քարի տակ, վե՛ր աղբրին:
Տեսավ՝ յոթ գեղի նախրորդներ ժողոված են.
Դավիթ տեսավ՝ գեղացիք, իշխաններ,
Խմբով ընկած ճամփա վե, հա՛մա կ'էրթան:
Ասաց. Ջա՛նըմ, լուսուն չուր կեսօրին հա՛ կ'էրթան,
Էդ կողմեր ո՛ւր կ'էրթան:
Ասին.– Ցասման ժամ է՝ կ' էրթան մատա՛ղ տի կտրեն,
Էնտեղ սա՛զ տի զարկեն,
Տէլնեն խա՛ղ անեն,
Էնտեղ քե՛ֆ տ'անեն,
Հարիսա՛ տի դնեն,
Տ'ուտեն, տի գան տակ:

Նախրորդ մի ասաց.
— Ո՞վ կ'էրթա էդ տեղեն մեզի հարիսա բերի՝
Փըշուր մի ուտենք:
Էդոնցեն մե՛կ էլ չը գնաց:
— Որ էդպես է,— ասաց Դավիթ,—
Դուք իմ նախիր պահեք՝ էրթամ:
Էնպե՛ս մի հարիսա բերեմ, որ կուշտ ուտեք:
Համա թե էդ նախրեն տավար մի կորչի՝
Ձեր յոթի գլուխ էլ տի կտրեմ:

Դավիթ էդոնց որ աի տըվեց՝
Էդոնք աիու նստան:

Ու Դավիթ էլավ, գնաց էդա հարիսատեղ:
Հարց ու փորձ արավ էստր ու էնոր,
Թե հարիսեն ո՞ր տեղն է դրած:
Ասին.— Է՛, է՛ն տեղն է դրած:
Ու գնաց Դավիթ տեսավ՝
Չորս ունկանի պղինձ մի հարիսա թոնդիր դրած.
Կընիկ մ՚ էլ կայնուկ պղնձի մոտ:
Դավիթ ասաց.— Նա՛նե, նա՛նե,
Ինձի քիչ մի հարիսա տուր,
Ցոթ գեղի նախրորդ ժողովվեր ենք մեկտեղ,—
Դե՛ հ, գեղի աղքատ որ կա.
Գեղի նախրո՛րդն է, հոտա՛ղն է,—
Քո հո՛ր խերին՝ մեզի հարիսա՛ տուր —
Տանենք, ուտենք: Կընիկ ասաց.
— Դե դո՛ւրս կորի, Սասունա ծուռ,
Չը գինաս, որ ժամեն դեռ չեն էլած:
Կեցի՝ ժամեն էլնեն,
Տերտեր ժամեն տի գա մեր հարիսեն օրհնի,
Նոր հարիսեն տ՚ուտենք:
Դավիթ ասաց.— Նանե,
Տավար թողած եմ ուրիշին, մոտ մարդ չը կա,
Ես վռազ եմ, հիմի՛կ տանեմ.
Նախիր կ՚էրթա սարեր, խալխին վնա՛ս կը գա:
Էդ կընիկ ասաց.— Չե՛մ իտա.
Չուրի տերտեր չը գա, հարիսեն չօրհնի, չե՛մ իտա:
Թող ժամավորն էլ գա, ուտի.
Մնացող կը տամ՝ տարեք, կերեք:
Դավիթ ասաց.— Նա՛նե, մնացող շա՛ն կ՚իտան:

Որ ասաց՝ նանեն քըվեց: Դավթի հերս էլավ,
Իր ձեռ թալեց, պղինձ թոնդրեն առավ,
Դրեց թոնդրան պռունկ,
Իր փետ անցաց պղնձի ունկ,
Վերցուց պղինձ շալկեց,
Վերցուց տաշտ մ՚ էլ դրեց գլխուն,
Եղի փարիաջ առավ ի ձեռ,
Ինչքան որ հաց թխած էին, վերցուց,
Զարկեց տակ իր թևին:

Յոթ շերեփ էլ վերցուց, ասաց.
— Էդա էլ մեզի գդա՛լ:
Աստված թող ձեր մատաղ ընդունելի՛ անի:
Էդա կընիկ դարձավ Դավթին ասաց.
— Անիծե՛մ ես հըմլա մատաղ,
Էլ ի՞նչ մնաց, որ ի՞նչ ընդունելի անի:
Դավիթ զարկեց ու գնաց դաշտ:

Կընիկ վազեց, հավար տըվեց ժամ.
— Ձեր տուն ավերի՛, ա՛յ խալխ,— ասաց.—
Սասանա ծուռ Դավիթ էկավ,
Հարիսեն ու հացեր զամեն ժողվե՛ց, տարա՛վ:
Էնտեղ շատ մարդ զրուց կ'աներ,
Մարդու մեկ բոռբոռաց.
— Էլե՛ք, զարկե՛ք Դավթին,
Հարիսեն ձեռնեն խլեք:
Մեկ մարդ էնտեղ էր, ասաց.
— Դուք չ'էլնիք ընկնիք էնոր առջև:
Քահանան էլ ասաց.
— Մ'էրթաք, էրկու պղինձ հարիսա կա՛ դեռ կրակին,
Էն Սասունա ծառ է, մ' է՛րթաք,
Ձեզ տի զարկի, ձեզ տի խեղի,
Մեզ էլ բենամուս տ'անի:
Ծերունի մարդ մ' էլ էնտեղ ասաց.
— Էն Միերի զարմի՛ց է, մ'է՛րթաք:
Թե որ կարցաք՝ էն չորս ունկանի պղինձ
Չորսով տեղից վերուք՝ գնացեք,
Թե չէ, մ'էրթաք, չէ՞ դուք խե՛ղճ եք...
Դավիթ հասավ Միպտակ քար:
Էնտեղ պղինձ դրեց գետին,

Հարիսեն լիք լցրեց,
Եղ էն շերեփով լիք լցրեց՝
Բոռաց ընկեր նախրորդներուն.
— Արե՛ք, տղեկնե՛ր, հարիսա՛ կերեք:
Է՛յ, ինչի՞ չեք գա:

Տղեկներ ահուց ցամքած են.
Նոթեր կախած նստեր են:
Դավիթ դարձավ էնոնց, հարցուց.
— Ինչի՞ եք նոթեր կախե:

Նախրորդներեն մեկ ասաց.— Դավի՛թ,
Մենք նոթեր չը կախե՛նք, բա ո՞վ կախի,
Դու որ գնացիր՝ քեզնից էտև
Քառսուն հարամի դև էկան, զարկին,
Նախրից քառսուն տավար տարան:
Ասաց.— Բան չի՛ ըլնի, տղեկներ,
Արեք, ստեք, կուշտ մի ուտենք:
Էդ նախրորդներ ահու չը կարցան ճաշ ուտեն:
Դավիթ ասաց.— Տղեկնե՛ր,
Գիտեք թե ո՞ր տեղով տարան:
Տղեկներ Դավթին ասին.
— Հա՛։ Ա՛յ, էդա սարո՛վ զարկին, անցան վերև:

13

Դավիթ կոպալ դրեց իր թև,
Ճամփան տվեց առաջ,
Շրջվեց սարի էն մի էրես,
Էլավ սարձոր փնտռեց, դներ չը գըտավ:
Դավիթ գնաց, իջավ Արքըլու տակ, Մըպղանաց մոտ,
Գնաց, հասավ սարի մի լանջ.
Տեսավ՝ քարափներու մեջեն ծուխ կը գա դուրս,
Բռնեց էդ ծուխ, գնաց.
Տեսավ, քառսուն հարամիդն
Քառսուն կովեր բերե՝ մորթե,
Լցե քառսուն կանթեն պղինձ,
Օջախ շինե, դըրե օջախ,
Քըլքըլթալեն կէփեն:
Դավիթ վերցուց քառսուն կանթեն պղինձ,
Շրջեց էդ օջախի վերան.
Քառսուն կաշին ժողվեց, լցեց մեջ պղնձին,
Գնաց, մտավ էնոնց քարայր:
Մտավ ու ի՛նչ տեսավ.
Որն իր խալու վրա պառկե,
Որն իրեն քամար խա՛ղ կ'անի,
Որն իրեն տեղ պառկե, քնե,
Որն էլ— ուրախութե՛ն կ'անի:

Դավիթ որ էդ տեսավ՝ Դավթի աչքեր դարձան:
Դավիթ դարձավ ու էլավ դուրս,
Մեկ մեծ քար մի առավ, գրկեց,

Էկավ մտավ մեջ քարայրին,
Էդ քար դրեց քարայրի դուռ,
Որ էդոնք չ՚ելնեն, չը փախչեն:
Դավիթ էդտեղ մեկ որ բոռաց,
Սարսափ թափավ հարամի դներու վերան.
Դներու մեծ էնոր ձեն լսեց, ասաց.
Էլե՛ք, ծառայությո՛ւն արեք, որ չըսպանի մեզի:
Էնի Դավիթն է, էլեք վե՛ր:
Համա Դավիթ բռնեց, մեկմեկ էնոնց վիզ օլորեց,
Կտրեց, թալեց քարայրեն դուրս:

Դավիթ դարձավ տեսավ՝ քարայր էնպե՛ս է լիք —
Խազինա՛ է էնոնց քարայր:
Մարդու ինչ բան որ պետք կը գա՝ լի՛քն էր էդտեղ.
Տեսավ՝ էդտեղ ոսկի էրկանք...
Տեսավ կուտակ մի ոսկի՛ է, մեկէլ՝ արծաթ:
Ողջ Սասունա ապրանք, հարստություն՝
Քանի Դավթի հեր մեռեր էր՝
Էդոնք ավերությո՛ւն արած,
Բերած լցած են էդա տեղ:

14

Դավիթ իր հաբզա՛ն լցեց ոսկին, կապեց մեջքին,
Էն մորթոտած մալի կաշիք ու գլուխներ
Լցեց մեջ էնոնց պղնձին,
Ոսկի լցրեց մեջ պղնձին,
Կոպալն անցրեց պղնձի կանթ,
Թալեց իրեն ուսի վերան,
Առավ, էկավ հարիսատեղ:
Տեսավ՝ տերտերներ նո՛ր հաց կ՚օրհնեին:
Առավ պղինձ, տարավ դրեց ժամու դռան.
Տերտերոջ պա՛հ տվեց, ասաց.
— Տերտե՛ր, ճա՛շ տվեք, ես ուտեմ.
Տարածս անջախ իմ ընկեր նախրորդնե՛ր կերան:
Տերտերն ահու ասաց. — Էս տղին ձեռ չը տաք.
Համ մեր պղինձ տարավ, համ էլ դարձուց, բերեց.
Հաց է՛լ կտաք, ուտի, էլնի էրթա:

Գնաց, նստավ Դավիթ լուկ մի էդ հարիսից կերավ,
Էլավ, էկավ, դարձավ ռամկին.

Ըշյեզներու տերեր կանչեց, ասաց.
— Ձեն մի՛ հանեք, ձեզ բան տասեմ:
Եզան կաշիք հանե՛ց, թափեց.
Ամենք էկան, իրենց տավրի կաշին ճանչցան:
Դավիթ ասաց.– Ձեր մալերու ոտն ու գլուխ՝
Ձեր հարիսի՛ փոխ՝ ինչ տարա, առեք,
Էսա մեծ պղի՛նձն էլ՝ ձեր պստիկ պղնձին է փոխ.
Էս ոսկի՛ն տարեք,
Բաժին արեք՝ ձեր տավարի մսի՛ն է փոխ.
Համա կաշիք թողեք տանեն էն շիվարներ.
Հագնեն իմ հոր խերի՛ն:
Վա՛յն է էկե ձեր գլխներուն,– ասաց.–
Թե իմ աղբերներու հախից ճանկ մի կորեկ կտրեք՝
Ձեր տուն ես կ'անեմ Դավթի ավերած:
Ասին.— Ջա՛նըմ, առ քո խաթեն ու հեռացի:
Աղբերներուդ հախ չե՛նք կըտրի:
Դավիթն էլավ, էկավ հասավ աղբերներուն:
Էկավ տեսավ հալա հարիսան չե՛ն կերե,
Հալա նստած են՝ նոթեր կիտած:
Ասաց.— Աղբերներ, հարի ե՞րբ նոթեր կիտեք,
Դարդ կ'անեք, որ աղ չե՞մ բերե.
Էլեք, կերեք էդ հարիսան,
Գացեք իրիկուն, աղն էլ ձեր տուն կերեք.
Ասին.— Դավիթ, բա ի՞նչ անենք.
Էդ եզներու տերերուն ի՞նչ պատասխան տանք:
Ասաց.– Տարե, եզան կաշին տերվըտեր եմ արե:
Ու թամբահ եմ արե,
Որ ձեր հախից ճանգ մի կորե՛կ էլ չըլ կտրեն.
Թե որ կոտրեն, ինձի ասե՛ք,
Կ'էրթամ, էնոնց տներ կ՛անեմ Դավթի ավերած:
Նոր էդ նախրորդներու չանեք բացվավ,
Կարցան հարիսան ուտեն:
Որ կերան, Դավիթ ասաց.
— Էլեք, տավար ջոկեք, ես տէրթամ տուն,
Ասին.— Դեռ կեսօր է, Դավիթ:

Դավիթ յոթ հարամու ականջ տվեց էնոնց,
Ասաց.— Գընացեք գեղ, ասեք,
Թող զչորիք առնեն,
Գան էդ ապրանք տանեն:
Նախրորդներ վազեցին գեղ, ասին.

— Էլե՛ք, գընացեք, դներ զքառսուն եզ մորթեր են.
Դավիթ զքառսուն հարամի դն սպանե՛ր է,
Կ’ասի՝ թող գա՛ն, ապրանք տանե՛ն։
Գեղականներ ասին.– Դուք սուտ կ’ասեք։
Տղեկներ ասին.
— Թե սուտ էղավ՝ զմեր ականջ կտրեք։

15

Ինք, Դավիթ էլավ,
Նախիր խառնեց առաջ,
Քշեց, էկավ Դաշտու Պադրիալ, ասաց.
— Առեք ձեր տավար, ձեր նախիր.
Ձեր նախիր չե՛մ պահի։
Թողեց, գնաց Սասուն, իր տուն։
Էկավ, հասավ Քեռի Թորոսի օղեն,
Մտավ, բարև՛ էտու, հարցուց.— Քեռի,
Մեր տուն քանի՞ մարդ ենք։
Ասաց.— Լաո, քեզնով քառսո՛ւն մարդ ենք։
Ասաց.— Քեռի՛, օղորմի քո պապուն,
Մեր տուն քանի՞ տղամարդ ենք։
Ասաց.— Տըղա, լա՛ո, չէ՞ որ ասի,
Աստված քեզի վերու,
Քեզնով քառսո՛ւն կը թամամենք։
— Էդ լավ,— ասաց.— Բա մենք քանի՞ ջվալ ունենք։
Ասաց.— Աստված քո արև սպանի,
Քո ջվալով քառսո՛ւն ջվալ ունենք, ի՞նչ կ’ուզես։

Դավիթ ասաց.– Քեռի ջան, դու մի՛ նեղանա.
Էլի՛ր, մարդոց խաբար արա,
Ջվալ առնեն՝ էրթանք ոսկի բերենք։
— Դե, դե՛,— ասաց.— Շա՛նորդի ծուռ,
Կորեկ չը բերիր՝ ոսկի՞ բերես։
Ասաց.— Քեռի՛, էլե՛ք, էլե՛ք,
Շա՛տ կ’աղաչեմ, էլեք էրթանք,
Աշխարքի մալխազինեն ամեն տամ ձեզ.
Էդ էրեսունինը մարդ ինձ հետ թող գա, էրթանք։
Թե էրեսունին ջվալ ոսկիարծաթ բերենք՝
Ջաթի մեր մալն է՝ կը բերենք, կ’ուտենք։
Թե չը բերի՝՝ դուք էրեսունինը մարդ
Ինձ ըսպանեք, էլեք, էկեք ձեր տուն։

Քեռի Թորոս սուտ խոսելուց կը խրտըներ:
Ասաց.— Տղե՛ք, էլեք էրթա՛նք.
Որ սուտ էղավ՝ զԴավիթ կը սպանենք:
Էդ վախտ Դավիթ իրա մեջքեն քանդեց հաբզան,
Թափեց ոսկին Քեռու առջև:
Քեռին ոսկին տեսավ՝— Վա՜յ, Դավիթ ջան,— ասաց.
— Քո գլխուն, արևո՛ւն մեռնեմ,
Դու հարամի դևեր ըսպաներ ես...
Բռնեց Դավթի էրեսներ պագեց:

Էլան, առան ջրիք, էլան էրսունինն էլ կանգնան.
Առան էրսունինը ջվալ,
Ձենով Հովան ու Վերգոն էլ
Առան ամեն մեկմեկ ջվալ,
Ընկան Դավթի հետև, գնացին...
Դավիթ գնա՛ց, գնա՛ց.
Գնաց հասավ Միպտակ Քար:

Էնտեղեն էլավ քարայր:
Էնոնք տեսան դևեր ընկած են այրի դուռ,
Ուռած, էղած են ամեն մեկ քանց Պող Բլուր:
Ցռան Վերգոն՝ վախցավ,
Իրան ջրին մեկէլ ջրիներուց պրծուց, փախավ:
Ուրիշներ էլ, դևի ջանդաք, գլուխ որ տեսան՝
Մեկմեկու հետևեն կ'ուզեն փախնեն:
Դավիթ դարձավ, բոռաց.— Հեյհե՜յ,
Տնավերնե՛ր, ո՞ւր կը փախնեք, ըսպանե՛ր եմ.
Ասաց.— Թե չե՛ք հավատա ինձ
Դարձեք, ձեր էտև նայեք.
Էնոնց ականջ կտրե, լցրեր եմ էդատեղ:
Դարձան, էդ ականջներ տեսան,
Ջրիներն առան, էկան դեհ էն քարայր:
Քարայրի բերնից Դավիթ էն ժայո վերցուց, քցեց,
Առավ Քեռի Թորոս, Ձենով Հովան, Վերգո,
Մըտավ մեջ քարայրին:
Էնոնք ինչ որ տեսան էդա ոսկի՛ն, ապրա՛նք,
Ուրախութենեն էնոնց ոտներ գետնեն կտրավ:
Ինչ կա՛ր, չկա՛ր ժողովեցին,
Ոսկիք լցրին ջվալներ,
Ոսկի էրկանք, ամեն ապրա՛նք,
Բե՛ռ բեռնեցին, ջրիք բարձին,
Տարան իրենց տներ:

Էդ ամեն լցրին Սասնու ամբարներ:
Սասուն էնպե՛ս էղավ, որ կը ճրճեր:

Դավիթ իր համար մենակ ձի մի առավ քարայրեն:

ՈՐՍՈՐԴ ԴԱՎԻԹԸ ՎԵՐԱՇԻՆՈՒՄ Է ՀՈՐ ՎԱՆՔԸ ԵՎ ՊԱՏՈՒՀԱՍՈՒՄ Է ԽՈՒԼԲԱՇՈՒ ԶՈՐՔԵՐԻՆ

1

Դավիթ դներուն որ կոտորեց,
Էդ վախտ էղավ տան ազիզ.
Գտավ աղեկ բազե մի,
Ընկավ արտեր, որս կ'աներ.—

Ճնճղո՛ւկ կը սպաներ, կաքա՛վ կը սպաներ:

Սասուն Պառա՛վ մի կար.
Էդ Պառավ Միերի յարն էր էղե:
Էնի արտ մի կորեկ ուներ:
Կորեկի մեջ լորերը շա՛տ, ճնճղուկը շա՛տ:
Պառավ օր մի էկավ, տեսավ՝
Բազեն ի ձեռք, քուռակ հեծած՝
Դավիթ մե՛ջ իր արտին լոր, ճնճղուկ կը զարկեր:
— Դավիթ,— ասաց,— փոեմ, լա՛մ քո արև,
Էդ ի՞նչ կ'անես.
Էկեր ես իմ կորեկի մեջ լո՞ր կը սպանես,
Էլի՛ ր, գնա, մեջ սարերուն քի՞ չ կա օչխար.
Էն վիրու օչխարներ զարկի,
Էս ճնճղու մեջ ինչքա՞ն միս կա,—
Դու Պառավի կորկի ճրնճղով տի կշտանաս...
Դավիթ ասաց.— Պառավ, հապա, սար որ էրթամ
Ինչո՞վ զարկեմ վիրու օչխար:
Ասաց.— Քո հեր նետ ու աղեղ ուներ:
Էդ նետաղեղ, ասա, թող տան՝ էնով գնա:
— Բա՛,– ասաց Դավիթ.
— Իմ հոր նետաղեղ ո՞ւմ մոտն է:
— Քո հրողբոր կընկան հարցուր:

Էկավ Դավիթ, հրողբոր կնկան, Սառյեին հարցուց.
— Հրողբոր կնիկ, իմ հոր նետ ու աղեղ ո՞ւր է:
Ասաց.— Մեռնե՛մ ես քե, Դավիթ, ես չե՛մ գիտի:
Տեսեր եմ՝ նետաղեղ քո հոր թև՛ն էր.
Հիմիկ ես չե՛մ գիտի ո՛ւր են մնացե:
Մնաց: Դավիթ տեսավ, որ ճար չը կա՝
Էլի գնաց Պառավու կորկի արտ:
— Պառա՛վ,— ասաց,— իմ հրողբոր կընիկ
Նշանց չի՛ տա նետ ու աղեղ:
Ասաց.— Մեռնե՛մ քեզ, ծուռ Դավիթ, թլո՛ր Դավիթ,
Գնա, նեղի քո հրողբոր կնկան
Ու նետաղեղ զոռովեն առ:
— Ինչպե՞ս նեղեմ, Պառավ:
Ասաց.— Գնա, քարից աղանձ արա, ասա՛
«Կամ էս աղանձ տուտես,
Կամ նետաղեղ նշա՛նց տի տաս»:
Դավիթ էկավ, ասաց.— Սառյե, անոթի՛ եմ:
Սառյեն ասաց.— Մեզ հաց չը կա:
Դավիթ նստեր է թոնդրան շուրթ,
Քարե աղանձ կանի, կը ճրնճըլա:
Սառյեին դժար էկավ, ասաց.
— Դա՛վիթ, էլի, նա ցանոցից քի՛չ մի ցան բեր.
Խմոր անեմ՝ թխեմ ուտես:
Դավիթ էլավ՝ ցանոցից ցան բերի, տեսավ՝
Բան մի էդա պատից կախուկ—կոռուկ փետ մի:
Առավ էդ փետ, բերեց, ասաց.
— Հրողբոր կնիկ, էնա ի՞նչ է:
Ասաց.— Չեմ գիտի, հրողբեր գիտի:
Դավիթ ըոկավ, ասաց.— Հրողբո՛ր կընիկ,
Ասա՛, էն ի՞նչ կոռուկ փետ է:
Սառյեն ասաց.— Էլիր,
Թե էնա թել դու զցեցիր էնա չախմախ, կ’ասեմ,
Թե չէ՝ չե՛մ ասի:
Դավիթ ինչ ձեռ տվավ էդա փետին՝
Թել թալեց վեր չախմախին:
Սառյեն շատ շշկլավ, ասաց.
— Միեր սհա՛թ մի կը բաներ, նոր կը զցեր էդ թել,
Էսի մեկ դիր որ ձե՛ռ էտու, զցեց չախմախ:—
Դարձավ, ասաց.— Ես չե՛մ գիտի՝ էդ ինչ է, թող:
Էդա վախտ Դավիթ Սառյեի ձեռ բռնեց,
Քաշեց, տարավ էն աղանձի բովի վերա.

Իր ձեռ զարկեց, մեկ բուռ քարե աղանձ վերցուց,
Լցեց Սառյեի ձեռաց մեջ՝ ու էնոր ձեռ խփեց:
Սառյեն «յամա՛նյամա՛ն» արեց, ասաց.
— Քո արևո՛ւն մեռնեմ, Դա՛վիթ, թող, ես ասեմ:
— Թափի՛ գետին, հրողբոր կընիկ:
Թափեց գետին, ասաց.– Չե՛մ գիտի, չե՛մ ասի:
— Հրողբոր կընիկ, տե՛ս, մեկ է՛լ կը լցեմ:
էդ վախտ Սառյեն ասաց.— Դավի՛թ,
էդա քո հոր նետաղեղն է,
էնով Միեր որսի կ'էրթար:
Դավի՛թ էր՝ խնդացավ,
Զնետաղեղ առավ,
Բերեց մաքրեց, լվաց,
Ժանգերմանգեր քերեց,
Զնետաղեղ իր թև էթալ
Ու ամեն օր որսի կ'էրթար:

2

Ամիս մէրկու էսպես վրա՛ անցավ.
Չ'ասես՝ Ձենով Հովանի կնիկ Սառյեն —
Դավիթ շատ սիրուն, խորո՛տ տղա էր —
Գաղտուկ աչք էդի վեր Դավթին, ասաց.
Տի զաս հե՛տ իմ ձեռաց:
Դավիթ ասաց.– Հրողբո՛ր կնիկ,
Դուն իմ մե՛րն ես, ես քո որդի՛ն...
Հրողբոր կնիկ ասաց.– «Տանեմ, գլուխ լվամ,
Դավիթ գա՝ ջո՛ւր լցի վեր իմ գլխուն.
Որ Դավիթ իմ մարմին տեսնա՝
էնոր սիրտ տի մեղավորնա,
Տի գա հետ իմ ձեռաց»:
էլավ, ջուրն առավ, տարավ,
Դավթին կանչեց, գա, ջո՛ւր լցնի:
Դավիթ աչքեր բոնեց,
Որ հրողբոր կնկան լեշ չը տեսներ,
Որ իր սիրտ չը մեղավորնար,
Ու էնպես ջուր լցրեց Սառյեի գլխուն:
Հրողբոր կնիկ գլուխ լվաց,
էլավ, իրիշկեց, տեսավ՝
Դավիթ իր աչքեր պինդ բռնած:
էլաց, էտո՛ւ գլխուն,

Իր էրեսներ արնեց,
Մազեր քըրքըրե՛ց վեր գլխուն,
Գնաց իր տուն՝ նստավ,
Չուր էնոր մարդ, Ձենով Հովան էկավ:
Հե՞, կընիկ, ի՞նչ է էղեր քեզի:
Կնիկ ասաց.— Ի՞նչ տըլնի:
Ես գիտեի՝ թե ինձ որդի՛ էիր բերե,
Չը գիտե՛ի, թե դու գնացե՝
Ինձի էրի՛կ էիր բերե:
Հե՞, կնիկ, էդպես չէ՛, դու սո՛ւտ կ’ասես:
Կնիկ ասաց.— Ես սուտ չե՛մ ասի.
Էլավ, իր ձեռ էթալ ինձի,
Ես էնոր չը թողի...
Որ էդպես է, իրիկուն դուռ շինենք:
Իրիկուն Ձենով Հովան դուռ շինեց.
Չէթող Դավիթ գար տուն:
Դավիթ ասաց.— Հրողբեր,
Հիմիկ կարամ քացի մի զարկեմ՝
Դո՛ւ էլ, քո դռ՛ւռ էլ էրթաք գետնի սակի անդունդք:
Ամա ի՞նչ անեմ, հերազուր հրողբեր,
Լրբե՛ խաբված ես:

3

Դավիթ գնաց, իրիկուն մնաց Պառավու տուն:
Առավոտուն էդ տեղեն էլավ, գնաց որսի:
Ճամփին տեսավ շատ ագռավներ —
Զարկին վեր Պառվու արտին, կորեկ տուտեն:
Դավիթ ասաց.— Ինչպե՞ս անեմ,
Որ քսան հատ մեկից զարկեմ.
Էսա ագռավներ կը թռնեն:
Չէ, ես բա՛ն մի տ’անեմ:
Ձեռ որ թալեց, մեկ ահագին բարդի քաշեց,
Քաշեց ու մեկ էնպե՛ս էզար,
Որ ագռավներ, կորե՛կ մեկտեղ ժողվեց,
Բերեց, արեց բարդոց: Պառավ էկավ,
Տեսավ մեկ հատ կորեկ չը կա մեջ իր արտին:
Ասաց.— Օ՛յ, օ՛յ, գրողմահ տանի քե, Դավիթ.
Դու ինչի՞ իմ կորեկն էսպես արիր:
Ասաց.— Պառավ, չէի թողնի,
Որ ագռավներ զքո կորեկ ուտեն:

— Չարըս զքեզ տանի, զրո՛ղ զքեզ խեղդի,— ասաց,
Տո, դու գաս վեր Պառվու կորկին
Քո փռո՞ղք տի թափես:
Աստծու կրա՛կ ըլնի վեր քեզ.
Էն իոր տղեն դո՞ւ տի ըլնես:
Աստված օղորմի Առյուծ Միերին.
Էնի որ կար՝ խեղճերու պապ ու մամ:
Համա դու էդ ի՞նչ է՝ կ'անես.
Իմ հույս՝ էդ փշուր կորե՛կն է:
Դուն էլ էկար, տրորեցի՛ր:
Ե՛ս եմ՝ մեկ աղջի՛կ, էս կորե՛կ,
Իմ բա՞խտը կը կըտրես վեր ինձ:
Դուն որ էդպես տղամարդ ես՝
Հորի՞ չես էրթա Ծովասար:
Թե կտրիճ ես՝ գնա, քո իոր որսատե՛ղ առ:
Քո իոր սեյրանատեղ Ծովասա՛րն է:
Հրեն, Մըսրա Մելիք էկե,
Քո իոր սար զավթե՛,
Էդա Ծովասար բոլոր պարիսպ քաշած՝
Էնքան գազաններ, վիրու օչխարներ
Թալած են պարսպի էտև —
Չեն կարնա դուրս էնեն:
Հիմիկ ինչի՞ դու չես էրթա էնտեղ.
Վեր ինձի՞ էդար կտրիճ:
Դավիթ ասաց.— Պառավ,
Ես հոգո՛ւդ, արևո ւդ մեռնեմ,
Ո՞րտեղն է, շա՞նց տա ինձ,
Ծովասար ո՞րտեղն է, ես չը գիտեմ:
Ասաց.— Դավիթ, գնա քո հրողբոր օձիք բռնի.
Քեզ կը տանի, նշա՞նց կը տա:

4

Դավիթ էկավ հրողբոր մոտ, ասաց.—
Հրողբե՛ր, Ծովասար ո՞րտեղն է, նշա՛նց տուր ինձ:

Իմ հոր սեյրանատեղ ո՞րտեղն է:
Հրողբեր ասաց.— Ո՛րդի, քեզ խաբե՛լ են.
Քո հոր սեյրանատեղ չըկա՛.
Քեզ խաբել են, քեզ սո՛ւտ կ'ասեն:
— Չէ, հրողբեր, ես գիտե՛մ, կա՛.

Ես կ’էրթամ, չէ՛մ կայնի: Սուտ մի՛ ասա:
Հրողբեր ասաց.— Սովրեցնողիդ բերան կոտրի:
Ա՛յ որդի, ինչ քո հեր մեռավ՝
Մըսրա Մելիքն էն սար խլեց.
Չէ՛նք իշխենա էրթանք:
Ասաց.— Հրողբեր, դու ինձ նշա՛նց տու,
Որ զան, ինձի՛ թող ըսպանեն, քեզի չէ՛ն ըսպանի:
Ասաց.— Ո՛րդի, էսօր մնանք, էն մեկէլ օր էրթանք:
Դավիթ նորեն ըռկավ, ասաց.— Հրողբեր,
Ծովասարի տեղ թե հիմիկ կ’ասե՛ս, ասա՛,
Չ’ասես՝ հա՛ցն ու գինին, տեր կենդանին,
Միլա մի կտամ քո էրես, քո վիզ ծռի:
Որ էդպես ասաց, հրողբեր վախեցավ,
Տեսավ, որ Դավթի ծռությունըն բռներ է:
Ասաց.— Տղա, լա՛վ, մի՛ հերսոտի,
Արի, տանե՛մ, քեզ նշանց տամ:

Ձենով Հովան էկավ Քեռի Թորոսի մոտ,
Քաղքի մարդերու մոտ, ասաց.
— Ես չէ՛մ գիտի՝ Դավթին ո՞վ է նշանց տվե.
Էսօր Դավիթ ինձ զոռէ՝ կ’ասի տ’էրթանք Ծովասար:
Էդա քաղքի ամեն մարդեր ասին.
— Հովան, դուք որ կ’էրթաք՝
Մենք է՛լ զանք, էնտեղ մտիկ անենք:
Էնտեղ հիմիկ ջօջօջ արջե՛ր կան, գելե՛ր կան,
Կխտա՛ր, վիրու օչխար էլ կա.
Տեսնանք Դավիթ ինչպե՞ս տի սպանի վիրու օչխար:
Էլավ Դավիթ՝ ձի հեծավ, գնաց Ծովասար:
Տղերք պատրաստություն տեսան,
Ձենով Հովան ու քաղքըցիք իր հետ գնացին:
Գնացին, հասան ու — ի՞նչ տեսան:
Ծովասարի բոլոր մի մեծ պարիսպ քաշած,
Դո՛ւռ մէկ չը կա վերան:
Դավթի հեր – Միհր,
Որ սարերու չորս բոլոր պարիսպ էր քաշէ,
Էնքա՛ն ժամանակ՝ էնոր մեռնելուց հետո՝
Ինչքան ջեյրան, վիրու օչխար,
Գե՛լ, ա՛րջ — լցվեր էր Ծովասար:
Դավիթ հարցուց.— Հրողբեր, էս ի՞նչ պարիսպ է:
— Քո հոր որսասարն է,— ասաց:
Դավիթ էլավ սարի գլուխ,

Տեսավ՝ չորս կողմ պարիսպ:
Ո՛ր կողմ դարձավ, փնտռեց, դուռ չը գտավ:
Դավիթ կանչեց.
— Յա՛, բարձրիկն Մարութա Աստվածածին...
Գուրզ զարկեց, պարիսպ փլավ:
Դավիթ մտավ ներս — ի՞նչ տեսավ.
Էնտեղ ծա՛ռ, ճուղ, բա՛ղ ու բաղչա՛, կանա՛չ,
Էնտեղ մեկ մեծ հավո՛ւզ շինուկ,
Աղբուրի պես, մեջ հավուզին ջուր կը զլզլա՛, կ'էրթա՛:
Ի՛նչ չափ գազաններ կա՛ն՝ ամեն էդտեղ են:
Ասաց.– Վա՛յ, իմ հեր ինչքա՞ն մեղք է գործե՝
Որ էս գազաններ գերի՛ է դարձուցե:
Էդա մարդիկ, ինչ իր հետ գնացեր են՝
Ուզեցին զարկեն, սպանե՛ն օչխարներ:
Դավիթ իրիշկեց, իրիշկեց, կանչեց ասաց.
— Էհեյ, ձեզ իրավունք չկա՛...
Էնոնցից մե՛կն էլ չը սպանե՛ք:
Մոտիկ մի գաք, ես չե՛մ թողնի էնոնց զարկեք:
Ձենով Հովան ասաց.
— Հրողբե՛ր մեռնի քեզի, Դավիթ,
Զա՛րկ, հա՛տ մի ըսպանի, բռնենք զէնենք:
Դավիթ ասաց.— Հրողբեր, ջա՛նըմ,
Կապուկ տեղ պա՛պս էլ կը զարկի.
Տղամարդն է՛ն է, որ արձակի ու նո՛ր զարկի,
Չէ՞ որ էնոնք գերի են, հրողբեր,
Մարդ էլ գերին զարկի՞:
Դավիթ քացի մ' տվեց, պատեր զամեն քանդեց:
Իր կապան հանեց, թալեց էրկինք վե՛ր, ասաց.
— Հոյհո՛յ... Ամեն գազաններ փախան:
Ասաց.— Գնացե՛ք, ձեզի համար ապրե՛ք:
Ինքն էլ էլավ էկավ սարի մեջ, ձորի մեջ,
Ման էկավ քարի տակ, ծառի՛ տակ,
Հա՛, ման էկավ, ասաց.
— Չըլնի՝ մեկ ջանավար քնուկ ըլնի — մե՛ղք է:

Գազաններ ամեն դուրս հանեց,
Էկավ քաղքըցոց ասաց.— Դե, գնացե՛ք,
Ով կըտրիճ է՝ իր համար թող զարնի:
Ով ինչ կտրիճ էր՝ գնաց, իրան որս արեց.
Ով ինչ անշնորհք էր՝ ետ մնաց:
Ամենն էլ ետ դարձան, էկան Ծովասար,

Դավիթ էլ գնաց, երկու վիրու օչխար բռնեց,
Բերեց դրավ հավուզի մոտ,
Ինք մտավ հավուզ լողացավ, էլավ,
Օչխարներ զէնեցին աստծուն,
Իրանց համար կրակ կպցուցին,
Խորոված շինեցին, կերան, նստան էդտեղ:

5

Էն մարդեր ու Դավիթ մնացին չուր իրիկուն:
Իրիկուն էդա քաղքի մարդեր
Ամեն դարձան, էկան տուն:
Հովանն ասաց.— Դավիթ,
Էլիր, մենք է՛լ էրթանք տուն:
Դավիթն ասաց.— Հրողբեր,
Իմ հեր էստեղ շա՛տ է ման էկե,
Ես էս գիշեր տի մնամ էստեղ:
Ասաց.— Դա՛վիթ, մարդ գիշերներ դուրս չի՛ մն՛ա,
Գիշեր կ’էրթա իր տուն:
Տեսա՛ր, էդա քաղքի մարդեր ամեն գնացին:
Մենք էլ տէրթանք մեր տուն:
Ասաց.— Հրողբե՛ր, չէ, էս իմ հոր տեղրանքն է.
Գիշեր ես տի մնամ էստեղ:
Կ’ուզես՝ դուն գնա տուն:
Էլավ, ծառերու տակ պառկավ՝ քնի:
— Դավի՛թ, — ասաց Հովան, —
Որ դու կը մնաս՝ ես է՛լ կը մնամ:
Մընաց: Իրիկուն Դավիթ շուտով քնավ:
Հովան նստեց, չէ՛ր իշխենա՝ քնի.
Էն իր միտ վե՛ ասաց.— Ինչպե՞ս անեմ,
Որ դադարի Դավիթ:
Բերեմ, էնոր փեշ դնեմ տակ իմ գլխին,
Որ գիշերով Դավիթ ինձ չը թողնի՝ չ’էլնի՝ էրթա:

Հովան Դավթի կապայի փեշ ժողվեց, քաշեց,
Գաղտուկ բերեց, դրավ տակ իր գլխին,
Քընավ: Համա կը դադարի՞ Դավիթ...
Մընաց. էղավ գիշերվա կես:
Դավիթ զարթնավ քնից.
Էլավ, նստեց, իրիշկեց — ի՞նչ տեսավ.
Սարի գլուխ ճրա՛գ մի կը վառվի:

Տեսավ՝ լուսկամար կանգներ է.
Ասաց.— էսա ի՞նչ ճրագ է.
Տեսնեմ՝ ի՞նչ մարդիկ են էնտեղ։
Ուզեց էլնի, տեսավ՝ կապայի փեշ
Հրողբեր իր գլխու տակ դրե, քնե։
«Ո՜վ տեր աստված,— ասաց,—
Թե իմ հրողբեր վե՛ր հանեմ,
Տ'ասի՝ Դավիթ վախեցավ։
Թե չը հանե՛մ՝ կապայի փեշ իր գլխու տակն է»։
Դավիթ հրողբոր վե՛ր հանեց, ասաց.
— Էնա լեռի գլոխ ի՞նչ կանաչկարմիր բոց կ'իջնի։
Հովան գիտե, որ Միհերի գերեզմանն է,
Ու լուս կէլնի գերեզմանից,
Համա զԴավիթ խաբեց, ասաց.
— Կըրակ կը կըպցնեն. հայբաթ հովիվ,
Կամ թե նախրո՛րդ է, գառնարա՛ծ...
Ես ի՞նչ գիտեմ՝ ո՞ր մեկըն է։
Դավիթ իր սրտի մեջ չը համոզվավ էդ խոսքերուն։
Էրկուսի քուն էլ տարավ, կող էլան, քնան։
Ձենով Հովան մեկ էլ Դավթի փեշ դրեց գլխու տակ,
Որ Դավիթ չերթա՝ էդ գերեզման նայի։
Մնաց, մեկ մ'էլ Դավիթ զարթնավ,
Տեսավ՝ սարի մոտ մարմար քա՛ր մի բացվե,
Էրկնուց լուս էնե վե՛ր էն բարին։
Էս դիր Դավիթ հրողոր ձեն չը տըվեց, ասաց.
— Թե դանակ հանեմ՝ կապայի փեշ կըտրեմ՝ ափսո՛ս է։
Ասաց.— Զայնամ թե ափսոս է։
Զինք իր դանակ հանեց,
Դրեց՝ իր կապայի փեշ կտրեց,
Կապայի փեշ մնաց Հովանի գլխու տակ։
Դավիթ իրիշկեց էն կրակ, էլավ գնաց վեր։
Գնաց, տեսավ կո, գերեզմա՛ն մի կա էնտեղ
Կանաչկարմիր բոցն էդ գերեզմանե՛ն կէլնի։

Լուս կամար գերեզմանի վերան կանգնե։
Դավիթ գնաց մոտ, ձեռ էտու բոցին—ձեռ չ'էրեց։
Հո՛ղ թալեց վերան—չը հանգավ։
Նոր մեջ իր խելքին մտածեց.
«Է՛ն, ինչ Մարութա բարձր Աստվածածին կ'ասեն՝
Սա է»։ Ձնետաղեղ էզար էնտեղ նշան,
Էլավ, իջավ հրողբոր մոտ։

6

Իջավ Դավիթ, տեսավ՝ հրողբեր հալա քնած:
Նստավ իր տեղ, կանչեց, ասաց.
— Հրողբեր, քո անուշ քնից վե՛ր էլի*,
Տո, հրողբե՛ր, մեռնե՛մ քեզ, հրողբեր,
Ես տեր չ՚ունեմ, դու ինձ արա տերություն.
Տո, հրողբե՛ր, մեռնե՛մ քեզ, հրողբե՛ր,
Ես հե՛ր չ՚ունեմ, դու ինձ արա հերություն.
Տո, հրողբե՛ր, մեռնե՛մ քեզ, հրողբե՛ր,
Ես մե՛ր չ՚ունեմ, դու ինձ արա մերություն.
Տո, հրողբե՛ր, մեռնե՛մ քեզ, հրողբե՛ր,
Ես աղբե՛ր չ՚ունեմ, դու ինձ արա աղբերություն:
Հրողբեր վե՛ր էլավ, ասաց.
— Տո՛ւո Դավիթ, էլ ի՞նչ է էղե:
Ասաց.— Հրողբեր, օրհնյա՛լ է բարերար աստված,
Խնամքը շա՛տ է աստծուն.
Մարմար քար հրեն բացվեր է.
Լուս կամար կապեր է մեջ Ծովասարին.
Էլի՛, էրթանք, քեզ նշանց տամ:

Դավիթ առավ զհրողբեր,
Բերեց վեր հոր գերեզմանին:
Գերեզման շանց տվեց, ասաց.— Էնի ի՞նչ է:
Ասաց.— Էնի քո հոր գերեզմա՛նն է:
Վանք էլ, որ քարուքանդ էղե՝
Քո հեր, Միհեր էտու շինել
Անունն էլ է՛ն էդի Մարութա բարձր Աստվածածին:
Համա ինչ որ քո հեր մեռավ՝
Մըսրա Մելիք էզար, հիմեն ավրեց, տարավ:

Դավիթ էդ լսեց, դարձավ,
Էզար չոքեր գետին, զընաց.
Ձեռներ էզար գետին, համբուրեց.
Իր նետաղեղով էդա մարմար քարի բոլոր
Գիծ մի քաշեց, նշան արավ,
Լուսու ձևով խորանների կամար քաշեց,
Սեղանատեղ քաշեց, հիման տե՛ղ էլ քաշեց
Ասաց.— Էսա էսպե՛ս տի շինվի:
— Հրողբե՛ր, մեռնեմ քեզ, հրողբեր, ես քենե* կ՚ուզեմ.
Հինգ հարիր—համար հազա՛ր—քար կտրո՛ղ, քենե կ՚ուզեմ.

Հինգ հարիր—համար հազա՛ր—քար տաշո՛ղ, քենե կ՚ուզեմ.
Հինգ հարիր—համար հազա՛ր—խիճ բերո՛ղ, քենե կ՚ուզեմ.
Հինգ հարիր—համար հազա՛ր—ջուր կրո՛ղ, քենե կ՚ուզեմ.
Հինգ հարիր—համար հազա՛ր—պատ շարո՛ղ, քենե կ՚ուզեմ.
Հինգ հարիր—համար հազա՛ր—ավաղ անող, քենե կ՚ուզեմ.
Հինգ հարիր—համար հազա՛ր—փայտ փորող, քենե կ՚ուզեմ:
Թե որ չը շինե՛մ ես էս վանք՝
Իմ ուխտի տակ կը մեռնեմ.
Չուր վաղն իրիկուն էս ամեն պատրա՛ստ կ՚ուզեմ,
Որ լո՛ւս տա՝ մեկէլ օր պատարագ մեջ մատուցվի:

Հրողբեր լա՛վ գիտեր,
Որ Դավթի խոսք մե՛կ էր – երկու չէր անի:
Էդոր համար Հովան լսեց Դավթի խոսքեր, ասաց.
— Դավի՛թ, մենք տո՛ւն էրթանք, բանո՛ղ ճարենք:
Դավիթ ասաց.— Ես տի մնամ մարմար քարի մոտ,
Ես տուն չեմ իգա: Դու շո՛ւտ գընա,
Ուստեք, բանողներ ճամփի, թող իգան,
Դու էլ էնոնց հետներ արի:
Ձենով Հովան ասաց.
— Ես էս լաճու խորհուրդ տի կատարեմ:
Ասաց.— Ո՛րդի,
Ես Ձենով Հովա՛նն եմ, ի՞նչ կը վախենաս,
Քառսուն ավուր ճամփա իմ ձեն կ՚էրթա:
Իմ ձեն յոթ քաղաքի ուստա մարդիկ,
Հազարհազար բանող մարդիկ տի լսեն, տի գան:
Վե՛ր, յոթ հատ վիրու ե՛զ զարկի,
Առնեմ, էրթամ քաղաք, պատի՛վ տամ քաղքըցոց.
Էն ժամանակ ուստեք ու բանողներ
Ամեն կը ժողովվեն,
Դուն էլ սրտիդ մուրազ կը կատարես–վանք կը շինվի:
Դավիթ էլավ, վեց վիրու եզ զարկեց.
Հովան եզներ շալակն առավ, գնաց քաղաք:

7

Առավոտուն Հովան էլավ, կանչեց ձենով.
— Ա՛խ, կը կանչե՛մ, թող գան*,
Ով իր աստված կը սիրե, թող գա.
Մարութա բարձր Աստվածածին տի շինենք, թող գա՛:
Ա՛խ, կը կանչե՛մ, թող գան,

Ա՛խ, կը կանչէ՛մ, թող գան,
Ա՛խ, հի՛նգ հարի՛ր—համա՛ր հազար–քար կտրո՛ղ,
Ա՛խ, հի՛նգ հարի՛ր—համա՛ր հազա՛ր—քար տաշո՛ղ,
Ա՛խ, կը կանչէ՛մ, թող գա՛ն,
Ա՛խ, կը կանչէ՛մ, թող գա՛ն,
Ա՛խ, հի՛նգ հարի՛ր—համա՛ր հազա՛ր—խիճ բերո՛ղ,
Ա՛խ, հի՛նգ հարի՛ր—համա՛ր հազա՛ր–ջար կրո՛ղ,
Ա՛խ, կը կանչեմ, թող գա՛ն,
Ա՛խ, կը կանչեմ, թող գա՛ն,
Ա՛խ, հի՛նգ հարի՛ր—համար հազա՛ր—փայտ փորո՛ղ,
Ա՛խ, հի՛նգ հարի՛ր—համա՛ր հազա՛ր—պատ շարո՛ղ,
Ա՛խ, կը կանչեմ, թող գա՛ն,
Ա՛խ, կը կանչեմ, թող գա՛ն...
Հովանի ձեն չուր յոթ քաղաք լսան:
Էդ յոթ քաղքի բանողներ, ուստա մարդեր
Հազարհազար թափվան,
Էլան, էկան Հովանի տուն:
Ձենով Հովանին պատիվ տվին, էլան, գնացին՝
Մարութա բարձր Աստվածածին շինեն:
Դավիթ էդ վախտ ի՞նչ է արե.
Գնացե, էնտեղ, ուր նետաղեղով
Էնա մարմար քարի բոլոր գիծ էր քաշե.
Գընացե՝ հիմ էր փորե, հիման քարեր բոլոր դրե,
Պա՛տ էլ մեկ մեջք բարձրացուցե:

Ձենով Հովան որ առավ ուստեք, էկավ,
Ուստեք կը տեսնան, կը զարմանան էնտեղ,
Էնպես ջոջ քարեր բերեր, դրեր է մեջ հիման
Որ ամեն բանողներ ժողվեն մեկտեղ՝
Չեն կարնա էն քարեր բերեն:

Ուստեք կը կանգնեն պատի վերա,
Դավիթ էն ջոջ քարեր ձեռ կը տա,
Կը վերցու, կը բերի, կը դնի իր տեղ:
Ոչ բանողներ կարնան էն քարեր բերեն,
Ոչ ուստեք կարնան վերցուն, դնեն տեղ:
Բանողներ էլ էնա պստիկ քարեր կը բերեն,
Ուստեք էդ պստիկ քարեր կը տան ջոջ քարերու բոլոր,
Բանողներ տիլ կը շինեն, կը տան ուստեքին,
Ուստեք տիլ կը զարկեն էդ քարերու բոլոր:
Չուր մութ կը տա գետին,

Էդ վանք կը գլխեն, կը լմնցուցեն,
Օրե՝ Մարութա բարձր Աստվածածին կը շինեն:

8

Էն գիշեր կը քնեն. Դավիթ կը տեսնա՝
Մարութա բարձր Աստվածածին կը գա էրազ, կ'ասի.
«Քո թուր քո մեջքեն քաշի,
«Իմ հիմ քո թրի վրա՛ ձգի,
«Օրե՛ մի կը շինես, կը թամամցես,
Պատարագ մեջ վանքիս կը մատուցես,
«Որ ես վեր իմ հիման կանգնեմ»:
Ուստեք տիլ կը զարկեն էդ քարերու բոլոր:
Դավիթ զարթնավ, տեսավ՝
Մարաթա բարձր Աստվածածին չըկա:
Քարն իր տեղն է գնացե,
Հողն իր տեղն է գնացե,
Ավազ, կավ ու ինչ որ պատրաստություն կար՛
Ամենն իր տե՛ղն է գնացե:
Էլավ Դավիթ, Հովանին ձեն տվավ,
Քեռի Թորոսին ձե՛ն տվավ, ասաց.
— Հրողբեր, Քեռի՛, ձեր անուշ քնից վե՛ր էլեք:
Մարութա բարձր Աստվածածին էսօր էկե ինձի էրազ.
Իմ մեջքնն իմ թուր տի քաշեմ՝
Վանքի հիմ իմ թրին տի դնեմ.
Վանք տի շինե՛մ, տի թամամեմ:
Պատարագ մեջ տի մատուցեմ:
Հովան շա՛տ զարմացավ, համա ասաց.— Դավիթ,
Ես Ձենով Հովա՛նն եմ. լուսուն մեկ էլ կէլնեմ,
Մեկ է՛լ բանող կը բերեմ քեզ համար, մեկ է՛լ շինեն:
Առավոտուն կէլնի Հովան, նորեն կը բոռա,
Հազարհազար բանող, ուստա նորեն կը գան:
Կը գան, կը տեսնեն Դավիթ էլ հետ
Էնպես ջոջ քարեր բերե, դրեր է մեջ հիման,
Իր մեջքեն թուր քաշե՝ խրեր է մեջ հիման:
Քարեր, բաներ հելըստա կ'անեն,
Մինչ մութ կը տա գետին, կը շինեն, կ'ավարտեն:
Իրիկուն Դավիթ կ'ասի.— Հերահոտ հրողբեր,
Էդա վարպետներու վարձ տո՛ւր,
Էդա բանողների վարձն է՛լ տուր...
Առանց վարձ մի՛ թող:

Հովան կը գնա կը բերի երկուիրեք բեռ ոսկի,
Կը բերի, Մարութա բարձր Աստվածածնա դուռ,
Էդտեղ ամեն մարդու մեկ ոսկի կը տա,
Մարդիկ կ'էրթան իրենց տուն:
Դավիթ Ձենով Հովանին կը դառնա, կ'ասի.
— Հրողբեր, մեռնե՛մ քեզ, հրողբեր*,
Ինձ քենե պետք են քառսուն էպիսկոպոս,
Ինձ քենե պետք են քառսուն վարդապետ,
Ինձ քենե պետք են քառսուն ավագ սարկավագ,
Ինձ քենե պետք են քառսուն սարկավագ,
Ինձ քենե պետք են քառսուն լուսարար,
Որ վանք լուս տան, շաբաթ պատարագ մատուցենք:
Էլավ Հովան կանչեց.
Վարդապետներ էկան, լուս տվին,
Շաբաթ պատարագ մատուցեցին:

Դավթի քեֆ էնքան էկա՛վ էկեղեցու վերա՝
Որ գնաց, Չարբահար Քամին բերեց,
Վանքի դռան հետև դրեց պահեցող:
Օրեն մեկ տիկ մեղր, մեկ տիկ կարագ
Չարբահար Քամու կերակուրն էր:
Թամբահ արավ Դավիթ Չարբահար Քամուն, ասաց.
— Ավեր մարդ — որ կը գա՝ դուռ վերան չը բանաս.
Որ ուխտավոր կը գա, շիվարմարդեր կը գան՝
Դուռ բաց արեք, կերակրեցեք:

Մնացին էնտեղ չուրի առավոտուն:
Առավոտուն էլան, Դավիթ աչքեց, տեսավ՝
Մեջ Սասունա, մեջ Մարութա սարի գե՛տ մի կ'անցնի.
Դավիթ ասաց. — Պետք է էսա գետին կամուրջ շինվի:
Թե չէ՝ մարդիկ տի գան, տի ընկնեն գետ:
Բերին՝ կամուրջի հիմ թալեն՝
Ամա թալած քարեր ջուր կը տաներ՝
Հիմ չէր բռնի: Էն ժամանակ էլավ Դավիթ՝
Սարից է՛ն տեսակ ջոջ քարեր գլորեց տակ,
Որ ամեն քար քանց ջոջ տո՛ւն մի:
Էդ ջոջ քարեր կամրջի չորս հիմե՛ր թալին,
Քիչ ետ՝ կամուրջ կապին, պրծան:
Էդ քարերաց վերա ուրիշ քարեր շարին,
Էնպես լեն էր էն կամուրջ,
Որ երկո՛ւ սել կուշտ կշտի կ'անցնեին:

Էն կամրջի անունն մնաց Դավթի կամուրջ:
Քանի մի օր հետո՛ Դավիթ ու իրողբեր Հովան
Իջան Սասուն՝ աչքե անցնեն,
Թե ի՞նչ էր Սասնա տեղ էլե, դարձե:

10

Խաբար հասավ Մըսրա Մելիքին,
Թե՝ «Դավիթ գնացե Ծովասար ավրե,
Ամեն բռնավոր գազաններ թողե,
Պարիսպ փլցուցե ա Մաւրութա վանք շիներ է տվե:
Մըսրա Մելիքի հերս էլավ.
Իր նախանձ սիրտ չը հովացավ.
Էլավ, կանչեց իր Խոլբաշան, ասաց.
— Ես տի էլնեմ, հեծե՛լ առնեմ, էրթամ,
Վանք Մարութան թալնեմ բերեմ:
Էդ Խոլբաշին ասաց.— Թագավոր ապրած կենա,
Դու հեծելներ ինչի՞ առնես.
Մենք հինգ հարիր հոգի հեծել՝
Կէրթանք էն Ծովասար, վըրաններ կը զարկենք,
Էն վանք կը թալենք, կը բերե՛նք,
Դավթին էլ կը սպանենք,
Ականջներ կը կտրենք, կը բերե՛նք:
Մելիք ասաց.— Դու էդպես բան անես՝
Քաղա՛ք մի կը տամ քեզ նվե՛ր:
Պատրաստությունդ տե՛ս, դու Ծովասար կ’էրթաս.
Մարութա բարձր Աստվածածին թալնես, ավրես ու գաս
Դավթին էլ տի սպանես, իր ականջներ բերես:

11

Էդ Խոլբաշին հինգ հարիր ձիավոր առավ, էկավ.
Չէր իշխենա գա Սասնա քաղաքի վերան:
Էկավ, էլավ Մարութա բարձր Աստվածածին:
Չարբահար Քամին էլավ դուրս, իրիշկեց, տեսավ՝
Քանի մի հարիր ձիավոր մեջ դաշտին կը գա:
Ասաց.— Թե ասեմ էսիկ զամեն ուխտավո՛ր են՝
Ուխտավոր զամեն ձիավոր չի՛ ըլնի.
Մա՛ս մի ձիավոր, մա՛ս մի ոտավոր տըլնի.
Ես ասեմ էսիկ ավե՛ր մարդ են, ավազա՛կ են.
Ես տ’էլնեմ, դուռ դարբաս զարկեմ,

Իմ մեջք տամ դարբասի առաջ։
Թե ուխտավոր էլավ՝ դուռ տի բանամ, զան ներս.
Թե ավե՛ր մարդ էլան, զաթի դուռ չե՛մ բանա,
Թող էլնեն, էրթան։
Ու Չարբահար Քամին էլավ իր մեջք տվեց դռան։
Խոլբաշին հի՛նգ հարիր ձիավորով էկավ,
Էկան, մեռա՛ն, կտրա՛ն, չը կարցան դուռ բացեն։
Խելքով մա՛րդ մի կար մեջ զորքին, ասաց.
— Բերեք նապաստա՛կ մի զարկենք, շոր մի,
Դավթի շորի տեսակ, թաթխենք մեջ արունին,
Էդ շոր զարկենք մզրախի ծեր,
Ու պարիսպ վե՛ թալենք տակ, ասենք.
«Չարբահա՛ր Քամի, մենք քո տեր սպանե՛ր ենք,
Դու ո՞րտեղ տի մնաս, ի՞նչ տ'անես»։
Որ տեսնա Դավթի շորեր,
Դարբասներ տի բանա, մենք տ'էրթանք ներս։
Բերին էդ շոր, թալին պարիսպ վե՛ տակ։
Չարբահար Քամին տեսավ շորեր, ասաց.
— Էս Դավթի հագուստն է։
Բո՛ւռ մի մոխիր զցեց իր գլուխ,
Համա դուռ բաց չարավ.
Ինչ արի՛նչ'արին, դուռ բաց չարավ։

Խոլբաշին գնաց վանքի պարսպի մոտ,
Մեկ է՛լ կանչեց, ասաց.
— Միաբաննե՛ր, վարդապետնե՛ր, դուռ բացե՛ք։
Ասաց.— Անիրավնե՛ր, ձեր տեր զէներ եմ.
Դուք դո՞ր կը մնաք՝ դուռ չեք բանա դեմ ինձ։
Մենք գնացինք Սասնա Դավիթ բսպանեցինք.
Էլ ձեր հույս մեռա՛վ։
Կուզե՞ք դուռ բացեք, կուզե՞ք մի բանաք,
Զուր սև կուպր կը սիպտակի։
Էսա բան որ լսին վարդապետներ՝
Իրենք իրենց ասին. «Սասնա քաղաք ավերեր են,
Մեր տեր ըսպաներ են,
Էլ ինչպե՞ս մենք մնանք վեր աշխարհին»...
Գիշեր, Չարբահար Քամու քնած պահին,
Էնոնք ահու էլան, վանքի պարսպի դուռ բացին..
Չարբահար Քամին զարթնավ քնուց,
Էտո՛ւ վեր իր գլխուն, դռներ էթող բաց,
Փախավ գնա՛ց, գնաց սար վե՛ր։

Խոլբաշին զորքով մտավ վանք,
Վանքի դուռ բռնեց, ինք կանգնեց դռան,
Էդա հինգ հարիր ջան մտցըրեց ներս.
Թալանեցին, թախթըփեցին,
Կտրեցին քառսուն վարդապետ մեջ խորանին,
Կտրեցին քառսուն ավագ սարկավագ մեջ սենեկին,
Կտրեցին քառսուն լուսարար
Ու քառսունեն մեկ պակաս սարկավագ.
Էն մեկ թաքնվավ սպանվածներու լեշերու տակ:
Խոլբաշա զորքեր որ գնացին,
Էն էլավ լեշերու տակեն,
Առավ սարկավագի մի շապիկ,
Թաթխեց սպանվածներու արնով,
Հավար տարավ Սասուն, Դավթին:

13

Սարկավագ էկավ, հասավ Սասուն:
Էկավ Ձենով Հովանի սենեկ:
Տեսավ՝ Դավիթ նստե, Դավթի քեֆ հասեր է.
Սազեր արե խորոված՝ դրե փլավի վերա,
Յոթ տարվա նռան գինին խմե,
Ոտ թալե վեր ոտուն, ազապ լաճերու,
Ազապ աղջիկներու հետ կեր ու խում կ՚անի:
Սարկավագ էկավ, էդոր դիմաց կանգնավ:
Ձենով Հովան ասաց.— Էդ ի՞նչ է էղե:
Սարկավագ ասաց.— Մեր վանք թալնեցին.
Դավիթ ծուռ է—էկե նստե, քե՞ֆ կ՚անի:
Ձենով Հովան սիլա՛ մի զարկեց սարկավագին:
Դավիթ էն կողմեն ասաց.
— Հրողբեր, ինչի՞ սարկավագին տփիր:
Ասաց.— Սարկավազ կ՚ասի՝ Դավիթ ծո՛ւռ է,
Էկե, նստե, էստեղ քե՛ֆ կ՚անի:
Դավիթ կանչեց սարկավագին, ասաց.
— Տեսնե՛մ, արի էստեղ, ի՞նչ կ՚ասես.
Էն ի՞նչ է պակաս իմ վանքին.
Խո՞ւնկն է պակաս, ձե՞թն է պակաս, ինչի՞ էկար,
Շուտ ա՛ռ, զրնա՛, քո ժամուն հասի՛ր:
— Դավի՛թ,— ասաց էդ սարկավազ,—
Սպանեցին քառսուն էպիսկոպոս*
Սպանեցին քառսուն վարդապետ,
Սպանեցին քառսուն ավագ սարկավազ,

Սպանեցին քառսուն լուսարար,
Սպանեցին քառսուն՝ մեկ պակաս՝ սարկավագ,
Վանք պլոկեցին, թալնեցին, առա՛ն, գընացին:
— Է՜,— ասաց Դավիթ,— ինչի՞ գլուխ կը ցավցնես:
Դարձավ Հովանին ասաց.— Հրո՛ ղբեր,
Սարկավագն էկեր է. խո՞ ւնկն է պակաս,
Ձե՞թն է պակաս, մո՞մն է պակաս,
Տո՛ւր թող էրթա:
Սարկավագ մնաց շվար:
Չի կարնա հասկացնի Դավթին:

Դավիթ որ էտենց ասաց, չը հասկացավ,
Սարկավագ արնոտ շապիկ տվեց առաջ, ասաց.
— Աստված քո տուն ավրի,
Ո՞ւր են քո էպիսկոպոսներ,
Ո՞ւր են քո վարդապետներ,
Ո՞ւր են քո ավագ սարկավագներ...
Դավիթ՝ որ տեսավ արնոտ շապիկ,
Գինին գլխից անցավ, ասաց.— Տըղա՛,
Էդա ի՞նչ է, ի՞նչ է եղեր:
— Դավիթ, մեռնեմ ես քեզ,— ասաց*,—
Սպանեցին քառսուն էպիսկոպոս,
Սպանեցին քառսուն վարդապետ,
Սպանեցին քառսուն ավագ սարկավագ,
Սպանեցին քառսուն լուսարար,
Սպանեցին քառսուն՝ մեկ պակաս՝ սարկավագ:
Վանք պլոկեցին, թալնեցին, առան, գնացին:
— Ո՛ւրի,— ասաց,— վանք թալնա՞ծ,
Վարդապետներ սպանա՞ծ.
Դու էդպե՞ս կ'ասես, սարկավագ, ո՞վ էր, ո՞վ չէր:
Սարկավագն ասաց.— Խոլբաշին էր
Հինգ հարիր ձիավորով:
Ամեն ըսպանեց, ես էլ հազիվ փախա:
— Սարկավա՛գ,— ասաց Դավիթ,—
Էնոնք շո՞ւտ են գացած, թե նոր:
Ասաց.– էնոնք էնտե՛ղ են գացած,
Կո, ես էստե՛ղ էկա:
Դավիթ էլավ կայնեց, ասաց.
— Ազա՛պ լաձեր, ազապ աղջկե՛րք, կերե՛ք, խմե՛ք,
Ձեր քե՛ֆն արեք... Ես գնացի...

14

Իսկուն Դավիթ էլավ վազեց, մտավ Պառավու տուն:
Ասաց.— Պառավ, ես ո՞ր ճամփով էրթամ —
Էդ Խոլբաշու առջն բռնեմ.
Էն իմ վանք թալաներ, տարեր է:
Պառավ նշանց տվեց ճամփան, ասաց.
— Կ'էրթաս էն Բաթմանա գետի վերան, կամրջի մոտ:
Էդ Խոլբաշին ո՛ւր էլ էրթա,
Տի գա, էդ տեղեն տանցնի:

Դավիթ իրա ոտքեր չըլտեց,
Իրա թեքեր վե՛ր էտու,
Գնաց, բարդի ծառ մի քաշեց,
Իր ձեռ քսեց վերան,
Չլուտկացուց, դրեց թևին, գնաց:
Գնաց՝ էդա ջոջ քարի տակ կայնեց:
Խելի ժամանակ կայնեց, նայե՛ց, նայե՛ց...
Դըրդըռոց մի, ձա՛յն մի չի՛ գա:
Ասաց.— Վա՛յ թե անցած ըլնեն:
Մեկ էլ՝ լսեց, որ Խոլբաշին կ'ասի.
— Դավթի հե՛ր անիծեցինք,
Համ վա՛նք թալնեցինք,
Համ քառսո՛ւն վարդապետ, սարկավագ կտրեցինք:
Դե՛հ, թող գա, իմ առջն առնի՛:
Դավիթ իսկուն կանչեց.
— Խոլբաշի, դու դո՞ր տի փախչես:
Խոլբաշին հետն աչկեց, տեսավ
Դավիթ բարդու ծառ մի քաշե զորքերու մեջ
Կը փարատի, ու կամրջի վերան
Մեկ է՛ս կողմեն շուռ կը տա ջուր,
Մեկ է՛ն կողմեն շուռ կը տա ջուր:
Էնոր զորքեր ամմեն ջարդեց, էնոնք սպանեց,
Մնացած էլ լցեց գետ, էնոնք էլ խեղդեց:
Իրիշկեց՝ մարդ չի՛ մնացե. տեսավ՝
Խոլբաշին իրեն ձիով անցե գետի էն երես:
Ասաց.— Ձիո՛ւ տեր, ես կարնամ զամ քեզ բսպանեմ,
Համա ես քեզ չե՛մ բսպանի.
Դու գնա, Մելքին բարո՛վ արա,
Ասա՝ դեռ Սասուն չի՛ մեռե.
Մեկ էլ թող էսպես բան չանի՛.

Ավեր բանից ինչ կը դառնա։
Է՛, Խոլբաշին կիշխենա՞, դառնա՝ պատասխա՛ն տա.
Կը զարկի ձիուն, կը փախնի։
Դավիթ կէլնի կը դառնա Սասնա քաղաք։

ԴԱՎԻԹԸ ՊԱՏՈՒՀԱՍՈՒՄ Է ՄԸՍՐԱ ՄԵԼԻՔԻ ՀԱՐԿԱՀԱՆՆԵՐԻՆ

1

Խաբար գնաց, հասավ Մըսըր։
Գընացին Մըսրա Մելիքին ասին.
— Մելիք, ի՞նչ կ'անես.
Էն Սասունցի Ծուռ քո զորքեր ջարդեց...

Մըսրա Մելիք մեջլի՛ս հավաքեց.
Խելացի մարդեր՝ ինչքան կար, ժողվեց,
Խորհուրդ հարցրեց՝ ճամփան շանց տան՝
Դավթի կյանք երկրի էրեսից վերցուն։
Մեջ մեջլիսին Կոզբադին անունով
Կտրիճ փահլևան մի կար, էն ասաց.
— Թագավո՛ր ապրած կենա, վայել չէ՛մ տեսնի՝
Դու էրթաս վեր զյավուրի՛ն։
Դու ինձ հազար փահլևան տաս՝
Տ'էրթամ, Սասնա քաղաք թալնեմ, բերեմ քեզի.
Քառսուն էրկեն կնիկ բերեմ՝ ուղտեր բառնան,
Քառսուն կոլոտ կնիկ բերեմ՝ էրկանք աղան,
Քառսուն ազապ աղջիկ բերեմ քեզ արմաղա՛ն։
Քառսուն արջաո, քառսուն էրինջ,
Քառսուն ուղտու բեռով արծաթ,
Քառսուն ուղտու բեռով ոսկի՛ բերեմ—քե խա՛րջ,
Սասուն անեմ առ ու թալան։
ԶԴավիթ էլ սպանեմ, գլուխ բերեմ քեզի։
Մելիք ասաց.— Քաջ Կոզբադին,
Էդ իրավունք տվի՛ քո ձեռ։
Կ'էլնես կ'էրթաս Սասնա վերան։

Կը բերես մեր յոթ տարվա խարջ.
Քառսուն էրկեն կնիկ՝ մեզի ուղտեր բառնան,
Քառսուն կոլոտ կնիկ՝ մեզի էրկանք աղան,
Քառսուն կույս աղջիկ մեզի՝ արմաղա՛ն—
Արջառ ու էրինջ, ոսկի ու արծաթ,
Մեկ էլ Դավթի գլուխ:
Կոզբադին Մելիքին ասաց.
Մե՛լիք, դու ի՞նչ տի տաս ինձի:
Ասաց.— Թե դու էդպե՛ս արիր,
Իմ կես թագավորություն կը տամ քեզի:
Կոզբադին կ'էլնի, հազար կտրիճ մարդեր կը ջոկի,
Կ'առնի, որ էրթա Սասնա վերան:

2

Բադին, Կոզբադին, Սուդին, Չարխադին
Ու Մելքի տված զորք ու զորական ընկան ճանապարհ.
Մըսրա քաղքի կընկտիք
Երբ որ տեսան էնոնց,
Պար բռնեցին, ասին.

«Բարո՛վ Բադին ու Չարխադին*,
Էդ ո՞ւր կ'էրթաք էդպես վազան,
Էյ Կոզբադին, է՜յ դու Սուդին,
Որ դարձեր եք էդպես զազան...»:
Կոզբադին վերցուց, էդ կընկտոցն ասաց.
— Մտեք տուն, արեք շիվան*,
Էլեք դուրս, արեք դիվան.
Կերթանք Սասան առ ու թալան.
Կարմիր եզներ բերենք լծան,
Սիրուն կովեր բերենք կըթան,
Որ դուք անեք եղ ու չորթան:
Կընկտոցից մեկ դարձավ ասաց.
— Սասնա ծռե՞ր... թե ես գիտե՛մ՝
Էդ ձեր ուզած թե՛ տան, թե տան:

3

Կոզբադին իր զորքով գնաց,
Գնաց ու Սասնա մոտկացավ.
Մեջ դաշտին վրաններ զարկեց,

Քառսուն մարդեր ջոկեց զորքից,
Էդ քառսուն մարդ ու քառսուն ուղտ առավ,
Գնաց Հովանի մոտ,
Որ յոթ տարվա հարկ հավաքի:
Ասաց.— Մելիք Ճամփե՛ր է մեզ,
Որ յոթ տարվա ձեր հարկ տանենք:

Հովան էդ բան լսեց, — Դավթից կը վախենար,—
Կանչեց ասաց.— Դա՛վիթ,
Էսօր իմ սիրտ վիրու օչխարի մի՛ս կ'ուզի.
Գընա՛, օչխար մի զարկ, բե՛ր, ես ուտեմ:
ԶԴավիթ խաբեց ու Ճամփեց սար,
Որ Դավիթ խաբար չ'աներ, թե խարջ կը տան:
Դավիթ էլավ գնաց սար:
Վերգոն ու Կոզբադին կ'էրթան,
Քառսուն աղջիկ կը ժողովեն,
Կը լցնեն մեկ մարագ,
Քառսուն երկեն կընիկ կը ժողովեն,
Կը լցնեն մեկ մարագ,
Քառսուն կարճ կընիկ կը ժողովեն,
Կը լցնեն մեկ մարագ,
Պառվու աղջիկն էլ կը տանեն:
Կը տանեն արջառներ, կը տանեն էրինջ,
Կը տանեն եզներ, կը տանեն կովեր,
Կը փակեն մեջ մարագներուն:
Սուղին, Չարխադին, Բադին, Կոզբազին
Կը գան, կը մտնեն ոսկու զարզամբին.
Կը գան, քուրսու վերան կը բազմեն.
Վերգոն էլ կ'էլնի որ ոսկին չափի,
Մըսրա Մեյքի ջվալներ լցնի:
Էդ վախտ Մըսրա զորք կը մտնի Սասուն քաղաք,
Թալանթուլան կ'անի:
Կնիկ ու ապրանք կը տանի:

4

Դավիթ սարձոր ընկած՝ իր որս կ'աներ:
Սարեն իջավ Դավիթ՝
Իր նիզակին վերա օչխար տնկած:
Էկավ, մտավ Սասուն,
Իր ձեռ էտու, ժանգոտ շեղբիկ մ'առեց իր ձեռ,

Գնաց Պառվա շաղգամի մարգ,
Շաղգամ քաղեց, շեղբկով մաքրեց,
Ու շաղգամ ուտելեն մտավ քաղաք։
Մտավ քաղաք, էկավ տեսավ՝ ինչ,—
Ամեն օր որ կը գար, կը տեսներ՝
Աւե՜լ, խոսե՜լ, ծիծա՜ղ, ուրախությո՜ւն.
Էս օ՜ր որ էկավ, տեսավ՝
Ինչ որ քաղքի վերան հո՜ղ մաղես,
Քաղաքն ինչ լա՜լ, գոռա՜լ, ծեծկուք,
Մեր ու մանուկ ուրացեր են.
Տեսավ Պառավ, ձեռները ծոց դրած՝
Կը լա՜ կը մոմռա՜, կ'էրթա, կը գա, կասի
— Ավե՜ր, ավերվիս Սասուն,
Մեկ թաք աղջիկ ունեի՝ էն էլ գերի՜ գընաց Մըսըր։
Էդ ձեն ընկավ Դավթի ականջ.
Դավիթ էլավ, ասաց.— Պա՜ռավ,
Էդ ի՞նչ է, էդ ի՞նչ խաբար է։
Ասաց.— Գրողմահ քեզ տանի, Դավիթ,
Սասունա ծո՜ւռ, շաղգամակեր,
Թող դարդակվի քո թամք։
Դավիթ ասաց.— Ինչի՞ համար ինձ կ'անիծես,
Ի՞նչ եմ արե, Պառավ։
Պառավ ասաց.— Ապա էն թաղթ նստող ո՞րն է։
Ասաց.— Իմ հրողբեր Վերգոն է.
Նանե, ինչի՞ ինձ կանիծես։
Պառավ ասաց.— Հալա դեռ չանիծե՜մ,
Մենք ի՜նչ նեղությունով, ի՜նչ տանջանքով
Մեծացուցինք մեր աղջիկներ,
Հիմիկ Վերգոն մեր աղջիկներ ժողվե,
Լցե էն մարագներ,
Որ տա, տանեն Մըսրա Մելքին։
Գընա, տե՜ս, Կոզբադին էկե՝
Քո հրողբոր մոտեն խարջ կը տանի՝
Մենք էրոնց խարջ տվո՞ղն ենք, ի՞նչ։

Դավիթ ասաց.— Պառա՜վ, Պառա՜վ,
Կոզբադին ո՞վ է, ի՞նչ խարջ է։
Պառավ ասաց.— Հը՜, Կոզբադին ո՞վ է...
Կոզբադնին Մելիքն է ճամփե.
Քառսուն կարմլիկ կընիկ տանի*,
Քառսուն էրկեն կընիկ տանի,

Քառսուն ազապ աղջի՛կ տանի:
Կովեր տանի, եզնե՛ր տանի,
Քառսուն ուղտի բեռնով ոսկի՛, արծա՛թ տանի;
Աղջիկ, կընկտիք, ամեն տարե,
Իրեք մեծ մարագներ արե,
Հիմիկ էլ ոսկի՛ն կը չափեն:

Դավիթ շատ բարկացավ,
Ամուր բռնեց Պառավու ձեռ, ասաց.
— Պառավ, էդա բաներ ո՞ր տեղն է,
Արի, էրթանք, ինձ նշանց տուր:

Պառավ Դավթին բերեց, նշանց տվեց գոմեր,
Ուր կարմ կընկտիք, էրկեն կընկտիք,
Ազապ աղջիկ լցուկ էին:
Դավիթ իրեք գոմի դռներ կոտրեց,
Դռներ բացեց, կընկտիք, աղջիկներ դուրս հանեց,
Ասաց.— Իմ մերե՛ր, իմ քուրե՛ր,
Դուրս էլեք, գնացեք ձեր տներ,
Գնացեք, ձեզ համար աղոթք արեք,
Ես կ'էրթամ ձեր չար կը տանեմ:
Դավիթ գնաց, արջառներու, կովերու դուռ էլ բացեց,
Ասաց.— Աստծու անասուններ,
Գնացեք ձեր տիրու դուռ:
Ապա Դավիթ Պառավու ձեռ քաշեց, ասաց.— Պառավ,
Արի՛ ոսկու զարզամբա տեղ նշա՛նց տուր ինձ:
Ո՞ր տեղն է՝ կը չափեն ոսկին:
Պառավ բերեց, էսապես. հեռու կայնեց.
— Դավի՛թ, — ասաց, — իմ ձեռ թո ղ,
Որ չը թողնես, չեմ ասի:
Դավիթ Պառավու ձեռ թողեց,
Պառավ ասաց.– Դե՛հ, ահա՛, տե՛ս, էնա՛ է, տես:
Ու խազնի դուռ նշանց էտու:

5

Դավիթ էլավ, գնաց,
Տեսավ քառսուն փահլևաններ
Խազնի դռան, թրեր հանե՝
Կես մեկ կողմեն, կես էն մեկէ՛լ՝ նստե:
Էնոնց բարև էտու, հարցուց.

Տեսնես իմ հրողբեր էդ ի՞նչ կանի։
Ջուաբ տվին, թե ի՞նչ կը հարցուցես։
Ասաց.– Էրթամ էնոր օգնեմ։ Նե՛ղն է։
Փահլևաններ ասին.
Էն ի՞նչ արեց, որ դու ի՞նչ անես։
Էս խոսքի վերան Դավիթ բարկացավ.
Վիրու օչխար դրավ գետին,
Բռնեց էն քառսունի վիզն էլ քաշեց,
Ինչպես մարդ հավու մի վիզ դուրս քաշի...
Էլ ետ վիրու օչխարն առավ իր թև,
Մտավ զարզամբին։
Դավիթ մտավ ոսկու զարզամբին,
Տեսավ՝ ոսկին գետնի վերան դիզած.
Տեսավ՝ Հովան ջվալների բերան բռնե,
Վերգոն էլ կոտ առե,
Կոտով ոսկի կը չափի՛, կը տա՛,
Կը լցնե՛ն, կը չափե՛ն, կը լցնե՛ն, կը չափե՛ն,
Կը դարդակեն, Մըսրա բեռնե՛ր կը լցնեն.
Հրողբերներ էնպես են քրտընե,
Կը լողան մեջ քրտընքին։
Դավիթ աչքեց տեսավ՝
Քուրսու բոլոր նստեր են.
Մեկտեղ Բաղին, մեկ՝ Կոզբաղին,
Մեկ՝ Չարխաղին, մեկէլ՝ Սուղին։
Կոզբաղին մեկ մեկ թիզ պռնգներ ունի,
Սուրսուր ցըցված բեղեր ունի,
Որ մարդ տեսնի՝ կը սարսափի։
Էդ Կոզբաղին նստե էնտեղ,
Որ հրողբեր ոսկին չափեր՝ կ'ասեր՝ «էրկու–ո՛ւ»
Կոզբաղին կ'ասեր «մե՛ե՛կ»։

Բարկությենեն արյուն լցվավ Դավթի աչքեր։
Հովան տեսավ՝ Դավիթ էկավ,
— Համա խեղճ Վերգոն չը տեսավ։
Մեկ էլ Դավիթ էնենց բոռաց Վերգոյի վերա,
Վերգոն էնենց վախցավ, որ լավոտեց։
Իրիշկեց՝ Դավիթ գլխու վերև կայնուկ է,
Ասաց.— Դա՛վիթ, մա՛հ քեզ տանի.
Դիր մի քո հե՛ր բոռաց—ես վախեցա։
Դիր մ'էլ էդպես դու բոռացիր։
Դավիթ դարձավ Ձենով Հովանին, ասաց.

— Հրողբեր, էդա ի՞նչ է կ'անեք:
Ասաց.— Ծո՛ւռ Դավիթ, քո թևի կեղտե՛ր կը սրբենք:
— Ա՛յ հրողբեր, իմ թևին կեղտ ո՞ւր է,
Չէ՞ս տեսնա, որ չը կա, բա՛ն էլ չը կա:
Հովան ասաց.— Տե՛ս, հա՛ն, քո թևի վերան:
Դավիթ օչխար թևեն թալեց էն վերի տեղ,
Էկավ մոտ հրողբրանց:
Կամաց Վերգոյի ձեռ բռնեց, ասաց.
— Հրողբեր Վերգո, հրողբեր Հովան,
Դուք շա՛տ եք ծերացե,
Դուք չեք կարնա Սասնու ոսկին չափեք,
Տվեք, ես տի չափեմ, լցնեմ Մըսրա բեռներ.
Մելիք որ խարջ կ'ուզե,
Մելիքի խարաջ ե՛ս տի տամ:
Էդա փահլևաններ ասին.— Ջանըմ.
Դե, էդա ճիժ թող դեն, քո գո՛րծ արա:
Դավիթ ասաց.— Չէ՛, աստվա՛ծ գիտե, ե՛ս տի չափեմ:
Ձենով Հովան ասաց.— Դավիթ, գնա՛ քո բանին,
Քեզ բան չը կա՛ էսա գործին:
— Չէ՛,— ասաց,— ես չե՛մ էրթա, տո՛ւր:
Ու ձեռ էթալ, հրողբոր ձեռեն կոտ խլեց,
Կոտ կործեց վեր բերնին, ասաց.
— Հրողբեր, լից, լից, ոսկի՛ լից:
Հրողբեր մեկ թիակ ոսկի լցեց չափի ռոք,
Դավիթ փետ էտու վերան, թափեց,
Դատարկ կոտ վերուց իր ձեռ,
Շրջեց ջվալի մեջ, ասաց.— Էսա մե՛կ կրկո՛ւ...
Կոզբադին չը դիմացավ, բոռաց, ասաց.
— Տո, ծո՛ւռ, էդ ի՞նչ է կ'անես:
Գնա, տեղդ նստի, կէլնեմ գլուխդ կը թռցում:
Բոռաց ասաց.— Ձենով Հովան, խաղա՛լի՞ք ենք.
Դու էդա ճիժ բերեր ես, որ ծիծաղա վեր մեզ:

Կը տաս՝ տո՛ւր յոթ տարվա մեր խարջ.
Թե չե՛ս իտա, կ'էրթամ Մըսրա Մելքին կ'ասեմ,
Կը գա Սասնա քաղաք կ'ավերի, տանի:
Դավիթ հերսոտավ, էլավ, կանգնավ,
Էսպես, վիզ ծռելով՝ մեկ մ'էլ Կոզբադնի կողմ աչքեց,
Կոտ վերցուց, ասաց,
— Յա՛ հացն ու գինին, տեր կենդանին,
Մարութա բարձր Աստվածածի՛ն:

Ասաց, կոտ զարկեց Կոզբադնի գլխուն:
Կոզբադին իր գլուխ կոռեց, բարձր կպավ.
Թե Կոզբադին գլուխ չր կոռեր,
Վիզ կը կտրեր, գլուխ կ'էրթար:
Կոզբադին շուտ մի էլավ՝ փախնի:
Դավիթ ընկավ հետև, Կոզբադին բռնեց,
Էնոր շրթունքներ կտրեց,
Էնոր ատամներ քաշեց, շարեց ճակատ,
Բերեց, դրեց ձիու վերան,
Ոտքեր ձիու փորի տակ կապեց, ասաց.
— Դե, գնա, թագավորիդ բարև արա, ասա.
Էն Միերի տղա Դավիթն էդպես արեց.
Մեկ էլ չը գա՝ Սասնա կընիկ, աղջիկ տանի՛.
Սասնա տուն դեռ չի՛ ավերվե՛,
Որ դուք էկե մեզեն խարջ ու խարաջ կ'ուզեք:
Մըսրա զավառ իրեն, Սասնա զավառ մեզի:
Թե չէ՝ ինչ իրմեն կը գա, թող չը խնայի:

6

Էլան քոռ ու փոշման Բադին, Կոզբադին,
Սուդին, Չարխադին, իրենց զորք թողին
Փախան Մըսրա էրկիր:
Կոզբադնի զորքեր էլ իրենց ավար քշե,
Հաներ էին Սասնա սինորեն դուս, կը տանեին:

Դավիթ էլավ, հեծավ իր ձին,
Քըշեց Կոզբադնի զորքերի առաջ, կանչեց, ասաց.
— Էս մարդիկ ո՞ւր կը տանեք,
Էս թալան ո՞ւր կը տանեք:
Թողեք, գընացեք, քանի շո՛ւտ է.
Խե՛ղճ եք, մի՛ թողեք, որ ձեր գլուխ կտրեմ:
Ասին.— Դու մե՛կ՝ մենք հազար.
Ինչպե՞ս կարնաս դու մեզի հետ...
Դավիթ մըզրախ քաշեց ու ընկավ մեջ,
Էդ զորք բոլոր ջարդ ու փշուր արեց:
Ժողովուրդ, կնիկ, աղջիկ,
Քաղքեն տարած ալանթալան հետ դարձուց,
Բերեց, հասավ Սասնա քաղաք,
Կանչեց ժողովուրդ, ասաց.
— Ամեն մարդ գա, իրեն ապրանք ճանչնա՛, վերցու

Ով որ ապրանք տվե՛,—
Թող գա իր ապրանք վերցու:
Ով որ ոսկի, փող տվե,
Թող գա, իրեն ոսկի՛ն վերցու:
Ով որ մեկ կորեկ ավե՛լ վերցու՝
Կը զարկեմ՝ զգլուխ կը կտրեմ:
Ամեն իր տվա՛ծ թող վերցու:
Զապրանք, զոսկի, զփող՝
Բոլոր ցրվեց, տվեց ժողովրդին.
Ինք էկավ իր տուն նստավ:

7

Սուղին, Չարխաղին, Բաղին, Կոզբաղին
Լեղապատառ կ'էրթան, կը հասնեն Մըսըր:
Կիրիշկեն, Մըսրա աղբրրի վերա
Կնկտիք ժողվեր են՝ կժեր կը լցնեն:
Կնկտիք զէղ տեղաց տեսան Կոզբաղին,
Որ բերան բացած՝ ուրախ կը ծիծղա:
Ասին.— Կոզբաղին խարջ բերե, կը գա:
Համա Կոզբաղին զնաց, մոտեցավ,
Տեսան՝ էնոր պռնգներ կտրտած,
Ատամներ քաշած, բնեռած ճակտին:
Կնկտիքըն ասին.– Տեսե՛ք մի, տեսեք,
Մեր Կոզբաղին ինչպես կը գա լերանլերան,
Բերնից կը թափե չորթընե թան:
Կոզբաղին որ քիչ մէլ մոտիկ էկավ կնկտոց՝
Կնկտիքըն ասին ու խաղ արին.
— Այ, Կոզբաղին, մեծաբերան*,
Կերթիր Սասուն՝ բերես թալան՝
Քառսուն էրկեն կնկտիք բերես՝ ուղտեր բառնան,
Քառսուն կարճլիկ կնկտիք բերես՝ էրկանք աղան,
Քառսուն կույս աղջիկ բերես արմաղան,
Քառսուն բեռով ոսկի, արծաթ բերես թալան.
Կարմիր կովեր բերես կթան,
Որ մենք անենք եղ ու չորթան:
— Ո՞ւր են հապա կարմիր կովեր:
— Ո՞ւր են հապա են քու կնկտիք.
— Հապա, էկար դու էտապես լերանլերան,
— Քո ատամներ ճակտիդ վերան շարանշարան:
— Ցեխո՛վ մոլված մեծաբերան:

— Իդա դիհեն գացիր՝ քանց գէլ գազան,
Ու էն դիհեն էկար՝ քանց շուն վազան.
— Մըզրախդ քո վզեն կախուկ՝ քանց շան խառան
Բերանդ է բաց՝ քանց պատուհան.
— Փալիք կ՚էրթա, քանց տոպրակի տակի թան՝
Ճանճեր վերան կապած քարվան:

Կոզբադին ամոթու էղավ՝ ձիու գըլուխ կոռեց,
Ուրիշ ճամփով էրթա: Կնկտիք տեսան՝
էնոնց մարդիկ գացած՝ հետ չե՛ն իգա:
Շատերու աչք ճամփին էր—բոռացին, ասին.
— Աբա մեր էրիկներ ո՞ր տեղ թողիր:
Դարձավ ասաց.
— Այ կընկըտիք շատախոսան*,
Ես գիտեի, թե էդ Սասուն դաշտ է, դուրան,
Չը գիտեի՝ քար էր, կապան:
էնտեղ, ճժեր, որ նոր էլած՝ դիվանական
Իրենց նետ կա՝ քանց ձիթհանի գերան,
էնոնք խոտե՛ր ունին կծան,
էնոնց թրերը կեծական,
էնոնք կը զարկեն մարդու ջան,
Մարդու լեշ կ՚անեն պատուհան.
Ձեր էրիկներ էնտեղ ընկան.
Շատ մի անձրև կը գա զարնան՝
Սասնա տեղաց հեղեղ կը գա,
Ձեր մարդերու քիթ ու ականջ՝
Կբերի ձեզ՝ եդ ու չորթան:

8

Մնաց: Օր մը, էրկու՝ վերա անցավ.
Մըսրա Մելիք հարցում արեց իր Մեջլիսին.
Կոզբադին որ գնաց Սասուն՝
Խարջ ու խարաջ դեռ չի՞ բերե:
Ջուաբ տվին Մըսրա Մելքին, թե—Հա՛լ, հավա՛լ...
Կոզբադին ե՛տ էկավ Մըսրը:
Մելիք ասաց.– Կանչեք, թող գա՛, գա էստեղ:
Կոզբադին ամոթու չէկավ:
Էդ վախտ, որ Կոզբադին զորքեր սպանե՛լ էտու,
էնոնց բարեկամներ ժողվան Մելիքի դուռ,
Գանգատ արին, ասին.

Կոզբադնին տարեք Մելքի Դիվանխանեն, դատեք:
Մելիք չորս մարդ ճամփեց Կոզբադնի հետև:
Գնացե՛ք,— ասաց,— զոռո՛վ բերեք:
Էդա մարդիկ գնացին, ասին.
Վա՜յ, Կոզբադին, Մելիք հրամա՛ն արե՝ տի գաս,
Որ դու չը գաս՝ մենք քե տրփելով տի տանենք:
Երբ Կոզբադին առան, բերին Մելիքի դեմ,
Տեսավ՝ էնոր ակռեք քաշած՝ զարկած ճակատ՝
Շա՛տ բարկացավ, ասաց.— էդ ի՞նչ է էղե քեզ:
Դու շատ կտրիճ կայիր էստեղ*.
Ասիր տ’էրթամ Սասուն թալնեմ,
Ո՞ւր են ապա, բեր մի տեսնեմ:—
Քառսունքառսուն էրկեն կնիկ,
Քառսունքառսուն կոլոտ կընիկ,
Քառսունքառսուն կույս աղջիկ արմաղա՛ն:
Հապա ի՞նչպես գացիր Սասուն,
Էդքան կտրիճ մարդեր տարար.
Ո՞ւր են ապա էդ քո մարդեր:

Կոզբադին ասաց.— Թագավո՛ր, ապրած կենաս,
Սասնա մեջ Դավի՛թ դուրս էկավ,
Էնի քո հրաման չը լսե՛ց:
Մեր զորք ջարդեց, յոթ տարվա խարջ չէտուր,
Մեզ էլ էսպես խեղեց:
Ասաց. «Դե ե՛լ, գնա՛,
Բարև՛ տար դու Մըսրա Մելքին,
Թող ի՛նք գա իր խարաջ տանի,
Ես ձեզի խարաջ տվող չե՛մ:
Մըսըր էնոր, Սասուն մեզի:
Չէ՞, չի՞ ուղի: Ինչ կուզի՝ թող անի»:
Շա՛տ կտրիճ տըղա դառեր է Դավիթ.
Էնպես կտրիճ տըղա չըկա ...

9

Էդ որ լսեց՝ Մելիք կատղա՛վ,
Կատղավ, արուն էլավ աչքե՛ր,
Էլավ, էկավ իր տուն, ասաց.
— Ա՜խ, մարե, ա՜խ, մարե,
Ես էն օր Դավթին տի սպանեի՛, դու չը թողի՛ր:
Տեսա՞ր՝ հիմիկ ի՞նչպես վեր ինձ
Զոռբայություն կը բանացնի:

Ես զուր էն քո ասած արի:
— Հա՞,— ասաց մեր,— դու իմ ասած չ՚արի՛ ր.
Դու Կոզբադնի՛ ասած արիր:
Մելիք ասաց.— Ես քո ո՞ր ասածն էր՝ չարի:
Ասաց.– Որ դու իմ ասա՛ծն անեիր,
Տարին երկու անգամ դու տ՚էրթայիր իր տուն
Ու տեսնեիր Դավթին.
Ու դեռ Դավի՛թն էլ կանչեիր՝ բերեիր տուն:
Էն վախտ կ՚ուրախանա՛ ր, կ՚ասեր՝ աղբեր կա ինձ:
Էլ մարդ չէր կարնա քո վերա խոսի:
Մելիքն ասաց.– Մա՛րե, ես արա՛ք եմ,
Դավիթ՝ հա՛յ է. էն ո՞նց կըլնի ինձի աղբեր:
— Մելիք,— ասաց Իսմիլ խաթուն,—
Է, քո խելք չի՞ կըտրի:
Շատեր՝ արաբ ու հայ, կըլնեն աղբեր.
Մեկմեկի տուն կ՚էրթան
Ու իրար շատ կ՚օգնեն:
Էն Դավիթն էլ մեր պահածշահած տըղե՛ն էր.
Թե աղեկ վարվեիր իր հետ՝
Դավիթ քո խոսք տի կատարեր...
Աղե՛կ, Դավթի մոտ չը գնացիր,
Դավիթն էլ չը կանչի՛ր քո տուն,
Էլ ի՞նչ ունեիր Դավթի հետ,
Որ ճամփեցիր՝ յոթ տարվա խարջ ուզիր:
Դավիթն էլ տեղ հանեց:
— Մարե՛,— ասաց Մելիք,—
Դավիթ էդա բանե՛ր հանեց իմ գլուխ,
Որ ամոթու մե՛ջ էղ քաղքին
Չեմ կարնա գլուխ հանի դուրս:
— Մելի՛ք,— ասաց Իսմիլ խաթուն,—
Էլ դու Դավթի հետ գործ չունե՛ս.
Էլ բաղալ բաղալի՛ն էլավ.
Ես մեկ թուղթ կը ճամփեմ Դավթին,
Դավիթ քեզ հետ կը բարիշցում.
Էլ էնոր հետ դու գո՛րծ չ՚ունես:
Է՛, Մելի՛քն է, կը դադարի՞:— Մարե՛,— ասաց.–
Քանի ես քո ասածն արի՝ վնաս տեսա:
Կամ ես զԴավիթ կը սպանեմ,
Կամ Դավիթ ինձի կը սպանի:
— Մելի՞ք,— ասաց Իսմիլ խաթուն,— իմ խո՛սք արա,
Դու չե՛ս կարնա զԴավիթ սպանի:

Որ ասաց՝ դու չես կարնա զԴավիթ սպանի՝
Մելիք բարկացավ.
Էլավ, իր վազիրի ձեռնեն բռնեց.
— Էլի՛, էրթա՛նք,– ասաց:

10

Մելիք գնաց մեջ քաղքին,
Քաղքի խելոք մարդիկ ողջ ժողովեց,
Առաջ էդա խելոք մարդկանց հարցմունք արեց:
Շատեր կային՝ ավերություն չէի՛ն ուզի.
Շատեր կային՝ որ կ՚ասեին.— Մե՛լիք,
Դավիթ քեզ ի՞նչ վնաս կը տա իսկի.
Դավիթ միամիտ իր տան նստե,
Դո՛ւ ես ավերություն արե,
Էլի դո՞ւ ես, որ չես դադրի:

Մելիք էդ մարդերու հետ էլ խորհուրդ չ՚արեց:
Ջո՛կ մարդերու հետ զրուցեց.
Ասաց.— Դո՛ւք ինչ կ՚ասեք.
Մենք Դավթի հետ կռի՛վ տ՚անենք:
Ասին.— Մե՛լիք, էսօր Դավիթ քսան տարեկան է.
Դավիթ դեռ չը գիտե կովել.
Թե դու էսօր կռիվ չ՚անես՝
Թե որ Դավթին դու չը սպանես,
Էն որ էլավ էրեսուն տարու,
Քեզ կը սպանի ու զՄըսըր էլ կը զավթի.
Աղե՛կն է՝ քո ամեն զորք ժողովես,
Էրթաս Դավթի վերա կռիվ:
Թե որ դու մեզ ականջ դնես
Էդա ամե՛ն բանեն լա՛վ է: Էս տարի թե չ՚էրթաս
Էլ Դավթին վրա չե՛ս կարնա...

Մելիք դարձավ խելոք մարդերու վերա
Գոռա՛ց, կանչե՛ց, ասա՛ց.
— Կէրթամ Սասուն, Սասուն կավերե՛մ:
Ըգհող ու ջուր, ըգժողովուրդ կը վերում,
Քանդեմ, տանեմ
Մըսրա հետև նոր քաղաք մի շինեմ.
Էլ թող Սասուն անուն չըլնի մեջ աշխարհին:

ԴԱՎԹԻ ԵՎ ՄԵԼԻՔԻ ՄԵՆԱՄԱՐՏԸ

1

Իրեք կողմըն աշխարիի Մըսրա Մելքի ձեռն էր.
Մենակ մե՛կ կողմն աշխարիի Դավթի հայրենին էր.
Մելիք կանչեց, իրեն իշխաններ ժողվեց,
Հետո բերավ, տաշտ մի դրեց իրեն առջև,
Ածելի զարկեց իրեն ճակտին,
Արուն թափվեց, տաշտ լցրեց:
Բացեց Մելիք մեկ թուղթ,
Էն արնով գրեց զորականչ.
«Թղթիկ մի գրեմ հարավային*,
Թղթիկ մի գրեմ հյուսիսային,
Թղթիկ մի գրեմ արևելյան,
Թղթիկ մի գրեմ արևմտյան,
Իմ բոլո՛ր զորքին ու զորապետին,
Ձենքեր վե՛րցնո՛ղ, թող գա՛,
Պատերա՛զմ է.
Էկե՛ք, էկե՛ք.
Խա՛չ պարոններ,
Սակռի՛ գլխներ,
Լե՛ն ճակատներ,
Թիա՛կ լեզվներ,
Էկե՛ք վեր գյավուրին.
Պատերա՛զմ է, պատերա՛զմ...
Ինձ պետք են հազա՛ր—հազար անբեղ, անմորուս զինվոր.
Ինձ պետք են հազա՛ր—հազար էն մոր մինուճար զինվոր.
Ինձ պետք են հազա՛ր—հազար թխամազ մորուսով զինվոր.
Ինձ պետք են հազա՛ր—հազար սիպտակ մորուսով զինվոր.
Ինձ պետք են հազա՛ր—հազար կարմիր մորուսով զինվոր.
Ինձ պետք են հազա՛ր—հազար սիպտա՛կ ձիավոր,
Ա՛խ, սիպտա՛կ ձիավոր.
Ինձ պետք են հազա՛ր—հազար կարմի՛ր ձիավոր,
Ա՛խ, կարմիր ձիավոր.
Ինձ պետք են հազա՛ր—հազար սևսև՛ ձիավոր,
Ա՛խ, սևսև՛ ձիավոր.
Ինձ պետք են հազա՛ր—հազար փո՛ղ փչողներ,
Թմբո՛ւկ զարկողներ,
Ա՛խ, թմբո՛ւկ զարկողներ,

Էկե՛ք, էկե՛ք, ինձ պետք են բյուրհազար հետնակ զինվոր,
Ա՛խ, հետնա՛կ զինվոր։
Էկեք, էկեք վեր գյավուրին.
Պատերա՛զմ է, պատերա՛զմ»։

Քիչ ժամանակ վերա անցավ.
Մըսրա Մելիք տեսավ,
Որ չորս կողմեն օգնականներ հասան։
Էն ժամանակ էլավ Մելիք,
Ձենով ասաց.
«Էկա՛ն, որ էկան լոտրիկ ջահելներ*,
Էկա՛ն, կո հարի՛ր հազար համար,
Էկա՛ն, որ էկան թառբեղ ջահելներ,
Էկա՛ն, կո հարի՛ր հազար համար,
Էկա՛ն, որ էկան մորո՛ւս կնդուկներ,
Էկա՛ն, կո հարի՛ր հազար համար,
Էկա՛ն, որ էկան փողե՛ր փչողներ,
Էկա՛ն, կո յո՛թ թագավորներ՝ չորս կողմ աշխարհեն
Էկա՛ն, որ էկան իմ կտրի՛ճ օգնողներ,
Պատերա՛զմ է, Մելիք, պատերա՛զմ...»։

Էնպես, անթիվ ու անհամար ձիավորներ էկան,
Որ Մըսրա գետ հասած ժամանակ՝
Առաջին էկողներ ջրի կե՛ս խմեցին,
Միջին էկողներ ջրի մնացա՛ծ կես խմեցին,
Հետո էկողներ գետի քարե՛ր լիզեցին,
Մնացած հեծելներ ծարա՛վ մնացին։
Էկան հասան Մըսրա դաշտին, վրան զարկին
Ու հարցում արին Մըսրա Մելիքին.
— Մեր դուշման ո՞վ է, ո՞ւմ հետ տի կռվենք։

Պատասխան տվեց.— Դավիթ անունով Սասնեցին.
Ինձի շատ ու շատ մարդ է կոտրե.
Օգնություն տվեք,
Կռի՛վ տ'էրթամ էդ Դավթի դեմ։

2

Էդ գիշեր Իսմիլ խաթուն իրեք էրազ տեսավ.
Քուն որ փախավ՝ էլավ էկավ,
Տըղի բարձի վերև նստեց, ասաց.

— Մե՛լիք, ո՛րդի, մեկ է՛լ կ’ասեմ,
Դու մի՛ էրթա Դավթի վերան:
Ես էս գիշեր էրա՛զ տեսա.
Մըսրա աստղը մութ, խավար էր,
Սասնա աստղը լո՛ւս, պայծա՛ռ էր.
Ու մեկ դի՛ր էլ էրազ տեսա՝
Մեր Մըսրա ձին փախեփա՛խ էր,
Սասունա ձին հասեհա՛ս էր.
Էն մեկ դի՛ր էլ էրազ տեսա.
Սասնա էրկիր արև՛ էր, լո՛ւս էր, տա՛ք էր.
Մեր Մըսրա էրկիր ա՛մպ էր, մո՛ւթն էր,
Մըժ էր, անձրև՛ կը գար:
Հեղեղ կայնավ. հեղեղի ջուր դառավ արուն,
Ու ջանդաքներ մեջ կը տաներ...
Արի, մի՛ էրթա վեր Դավթին,
Դու իմ խոսքին ակա՛նջ արա:
Մելիք ասաց.— Սո՛ւս, խաբեբա,
Դու քեզ համար կը քնես՝ էրազ ինձ համա՞ր կը տեսնես:
Տ’էրթամ Սասնու վերան:
— Որ տ’էրթաս,— ասաց իր մեր,
Ես է՛լ տի գամ, մենակ չե՛մ թողնի քեզ:

Մելիք ասաց.— Դու կընիկ ես, մի՛ գա:
— Կը գա՛մ,— ասաց,— ես չե՛մ դադրի:

Էլավ Իսմիլ խաթուն,
Ժողվեց քառսուն աղջիկ, քառսուն կնիկ,
Ու էրկու ձեռք շավար քաշող,
Ու էրկու ձեռք զուռնա փչող առավ,—
Էդ աղջիկներ խաղալո՛ւ ապով առավ,—
Մելիքի հետ զընաց Սասուն:

Մելիք իր զորքեր առավ,
Ինք էլ ընկավ զորքի առաջ
Ու դուրս էլավ Սասնա վերա:
Էկավ ու մեջ Լեռա դաշտին բանա՛կ դրավ
Ու անհամար վրա՛ն զարկեց:
Էնոր բանակ էնքան էր մեծ,
Որ չուր հետինն էկավ, հասավ,
Առջին էկող քարեր քաղեց, ավազ մաղեց
Ու գետ կըտրեց...

Էդտեղ Մելիք թուղթ մի գրեց Դավթին.
— Դավի՛թ, կռի՛վ տ’անես, արի՛ իմ դեմ,
Չէ հո՝ տի տամ ես իմ զորքեր քաղքի վերա
Ու ինչքան ո՛րձ կա՝ տի սպանեմ,
Կրա՛կ տի տամ Սասնա քաղաք ու տի վառեմ,
Ջրիեղեղի տակով տ’անեմ,
Սասնա քարհող քշեմ գերի:
Առան էդ թուղթ, բերին, տվին Հովանի ձեռ:
Ձենով Հովան կարդաց, ասաց.
— Ջա՛նըմ, էսա ո՞ւմ վերան է՝ կը գա կըռիվ,
Էսքան զորքեր ժողվէէկեր է, ի՞նչ տ’անենք:
Ոչ մա՛րդ ունենք, ոչ զո՛րք:
Կը լա Հովան՝ մորուսը վե,
Կը թափի տաք արտասուքներ:
— Հէ՛, բարերա՛ր աստված,— կ’ասի,—
Դո՛ւ օգնություն հասնես մեզի:

Սասուն էդ թուղթ որ կարդացին՝ ահդող ընկան.
Ամա Դավիթ դեռ չէր լսե:

3

Ձենով Հովան Մելքի գրած էդ թուղթ առավ՝
Գնաց Վերգոյի մոտ:
Երբ որ Վերգոն լսեց՝
Մելիք մեծ զորքերով էլե՛ր, էկե,
Ջարկե վրան, ասաց.
— Հովան, մեր ձեռքեն չի՛ գա, որ կռվենք,
Բերենք Դավթին, նստենք, քե՛ֆ մի անենք,
Խաբենք Դավթին, խմեցուցենք,
Էլնենք, տանենք կրնիկ, աղջիկ,
Ոսկիարծաթ տանք Մելիքին,
Անցնենք էնոր թրի տակով,
Բալքի Մելիք խղճա մեզի:

Էլավ Ձենով Հովան, կերխում սարքեց:
Դավթին կուշտկուշտ գինի տվին,
Յոթը կանթեն պղինձ լցրին,
Բերին, դրին իրենց միջն:

Թորոսն էլ էդ քեֆին էկավ,
Ու իր միտ վե՛ ասաց.

«Դավիթ տաքարուն տղա է,
Ինքզինքը մեջ կռվին վնաս կը տա,
Խմեցուցենք՝ թող տուն մնա...»:
Դարձավ ասաց.– Դավիթ,
Թե էդ պղինձ գինին խմես՝ Միհրի տղեն ես,
Թե չը խմես՝ բիճ ես:
— Քեռի՛,— ասաց,— լի՛ց մի տեսնենք էդա բարոշ:
Քեռին պղինձ լցրեց լիք — չուր բերան:
Դավիթ վերուց, դրեց բերնին,
Խըմեց, խըմե՛ց, խլսուց թողեց,
Պղինձ ընկավ գետին, ծակվավ:
Դավիթ էնպես մի գինովցա՛վ—պառկավ, քնավ:
Քեռի Թորոս ինք էլավ, թմբուկ զարկեց, ասաց.
«Էլե՛ք, էլե՛ք*,
Քոթո՛թ, մոթո՛թ,
Անուշ Քոթոթ,
Վժիկ Մըխո,–
Ճընճղափորիկ,
Ու Խոր Մանուկ,
Ու Խոր Գուսան,
Ու Ճոռ Վիրապ,
Էլե՛ք, էլե՛ք,
Էսօր լավ է, քանց ամեն օր,
Էրթանք, տեսնենք —
Շատեն՝ շա՛տ, ու քչեն՝ քիչ.
Յա աստված էդ մարդո՛ւն կը տա,
Յա թե՝ աստված կը տա մեզի»:
Քեռի Թորոս երեսունինը վրան վերցուց,
Առավ իր տան անդամներուն,
Էլան, հեծան, գնացին.
Գնացին Լեռա սարի գըլուխ,
Իրենց վրաններ զարկեցին:
Էրեսունինը վրան զարկեց Քեռի Թորոս,
Մնաց, չուր լուս բացվի:

4

Քեռի Թորոսի կընկա, Սադուխտի սիրտ լցվավ,
Սանդուխտ միտ վե ասաց.
«Թորոսին էնտեղ կը սպանեն,
Մեր տղեքներ էլ կը սպանեն,

Կը գան, մեզի՛ էլ կը սպանեն,
Մեր քոք կը բերեն, կը կտրեն»:
Էկավ Սանդուխտ նստավ,
Լացեց Դավթի գլխու վերև:

Էնոր արտասուքն օր թափավ Դավթի էրես,
Դավիթ զարթնավ, տեսավ՝ ասաց.
— Յա, նանե, աստված խե՛ր անի.
Հալա ես ո՛ղջ եմ—դու ինչի՞ կը լաս:
— Ա՛յ Դավիթ,— ասաց.— լաո, գրո՛ղ քեզ խեղդի.
Կոզբաղնի զորք տվիր, ջարդիր.
Մըսրա Մելիք անթիվ զորք է քաշե, էկե.
Քեռիդ էլավ, գընաց դեմ էնոր:
Քեռուդ Մելիք տի ըսպանի
Ու գա, մեզի էլ տի ըսպանի,
Մեր քոքըն տի կտրեն.
Մեզի ամեն գերի տանեն:

Դավթի հերսըն էնպե՛ս էլավ,
Որ քո՛ւն, գինովութե՛ն անցան:
Էլավ, իր նետաղեղ առավ,
Ասաց.— Նա՛նե, մի՛ վախենա,
Հիմա կ՚էրթամ, ես Մելքին պատասխան կը տամ:
Էլավ, գնաց...

5

Գնաց Ձենով Հովանի մոտ, ասաց.— Հրողբեր Հովան,
Ինձ զենք ու ձի մի տուր, կռիվ տ՚էրթամ,
Ձենով Հովան ասաց.— Գընա՛,
Գոմի ձիերուց մեկ ջոկի,
Օդի թրերուց էլ՝ թո՛ւր մի ջոկի:
Վերգօն էղտեղ ծաղրով ասաց
— Դավիթ, որ Մելիք կը սպանես,
Էնոր ականջ ինձ նվեր բեր:
Դավիթ ըռկավ, ամա բան չասաց:
Դավիթ գնաց, գոմից կռուտ քուռա՛կ մ՚առավ,
Թրերեն էլ ժանգոտ թուր մի առավ,
Ձին հեծավ, քըշեց, գընաց:

Էդ վախտ արտատեր Պառավ էլավ դեմ Դավթին,

Ասաց.— Դա՛վիթ, ո՛րդի, ի՞նչ տ՚ անես:
Ասաց.— Կ՚էրթամ վեր Մըսրա Մելիքին կռիվ:
Պառավ խնդաց Դավթի վերա, ասաց.
— Դավիթ, ծո՞ւռ ես, որ էդոնցով կ՚էրթաս կռիվ.
Բա ափսոս չի՛, որ դու էն հոր տղան ըլնես:
Դավիթ ըռկավ, ասաց.— Պառա՛վ,
Հապա ինչո՞վ էրթամ կռիվ.
Կ՚ուզես՝ անթարոցի՛ց, շիշի՛ց,
Ի՛նչ որ ունես՝ հազի՛ր արա,
Բե՛ր, էնոնցով էրթամ կռիվ՝.
Պառավն ասաց.— Դավիթ, մեռնե՛մ քո արևուն,
Մի՛ բարկանա, կ՚էրթաս, քեզ բա՛ն ասեմ՝ նո՛ր զընա:
— Պառավ, դե, շո՛ւտ, ասա տեսնեմ:

Պառավ ասաց..
«Մագյար չը կա՞ր քո հոր Թուրն Կեծակին*,
Մագյար չը կա՞ր քո հոր Քուռկիկ Ջալալին,
Մագյար չը կա՞ր Քուռկուն Նալն պողպատի,
Մագյար չը կա՞ր քո հոր Գյամն պողպատի,
Որ դնես Քուռկիկ Ջալալու բերնին:
Մագյար չը կա՞ր քո հոր Թամքը սադաֆի,
Զանգուներ իր վերան կախուկ են ոսկի,
Մագյար չը կա՞ր քո հոր Գուտն ի գլխին.
Մագյար չը կա՞ր քո հոր Կապեն ղադիֆե.
Մագյար չը կա՞ր քո հոր Քամարն ի մեջքին.
Մագյար չը կա՞ր քո հոր Շալվարն ի ոտին.
Մագյար չը կա՞ր քո հոր Կոշիկն ի ոտին.
Մագյար չը կա՞ր քո հոր Խաչ Պատերազմին
Վեր իր աջ թևին»:
Ասաց.— Պառավ, էդ բոլոր ո՞րտեղն է:
Պառավն ասաց.— Դավի՛թ, քո հորողբեր
Անեծք դրեց էնոր վերան,
Ով քեզ քո հոր բաներ, նշանց կը տա:
Ասեմ՝ էնոր անեծքի տակը տի մնամ:
Էլիր, քանի դու էղապես շիվար էղար—
Մըսրա Մելիքն էկե, քեզնից կռիվ կ՚ուզե,
Գընա, զոռի՛, Հովան թող դը՛ւրս հանի.
Ամա խաթրով Հովան չի՛ տա էդա բաներ.
Տ՚էրթաս, էնոր փողպատ պինդ տի բռնես
Ու զոռովեն տ՚առնես:

6

Դավիթ գնաց հրողբոր մոտ.
Իր ձեռ էթալ ու հրողբոր փողպատ բռնեց,
Պինդ թափ էտու, էնոր ոտքեր հողից կտրեց:
Ասաց.— Ես կուզեմ քենե իմ հոր Թո՛ւրն Կեծակին*.
Ես կուզեմ քենե իմ հոր Քուռկի՛կ Ջալալին՝
Վեր ոտին Նալն պողպատի,
Ես կուզեմ քենե Սա՛նձը պողպատի,
Որ դնեմ Քուռկիկ Ջալալու բերնին:

Ես կուզեմ իմ հոր Թա՛մքը սաղաֆի՝
Վերան կախուկ զանգուներ ոսկի.
Ես կուզեմ քենե իմ հոր Գուտն ի գլխին,
Ես կուզեմ քենե իմ հոր Կապա՛ն ղադիֆե,
Ես կուզեմ քենե իմ հոր Քամա՛րն մեջքին,
Ես կուզեմ քենե իմ հոր Շալվա՛րն ի ոտին,
Ես կուզեմ քենե իմ հոր Կոշի՛կն ի ոտին.
Ես կուզեմ քենե իմ հոր Խա՛չ Պատերազմին.
Կըտաս տուր խաթրով —
Չես ի տա՝ կը կայնեմ, զոռվե՛ն կառնեմ:
Հրողբեր դարձավ, ասաց.
— Էն բերան կոտրի, որ քեզ սովորցուց.
Էն քո գիտցած չէ՛ր, քեզի ուստա՛ կա:
Էն տարին, ինչ Միհեր մեռավ —
Շեմքի տակ էնոր գեստեր խորեցի:
Դե գնա՛նք, հանեմ:

Գնացին, հանին:
Դավիթ բերեց տուն, էդ գեստեր հազավ:
Հրողբերն ասաց.— Մեռնե՛մ քեզ, Դավիթ,
Քո հոր զենքզրահ, կո՛, էն ներքնատան:
Քառսուն աստիճան սանդուղք ցած իջնես,
Նո՛ր քո հոր զենքեր էն տեղեն հանես:
Թե էդ զենք վերո՛ւ ու՝ դու կարնաս կռվես.
Թե չէ՛՝ մի՛ էրթա, չե՛ս կարնա կռվես:

Դավիթ էր՛ գնաց, իջավ ներքնատուն,
Իր հոր զենքզրահ տեսավ պատեն կախ:
Էդ ամեն գրկեց, քաշեց իր թևին,
Դուրս հանեց, բերեց Ձենով Հովանին:
Ձենով Հովան էդ բան տեսավ, ուրախացավ:

Ասաց.— Բալքի Դավիթ իրա հոր տեղ բռնի:
Ես Միհերի աղբե՛ր էի՝ չէի կարնա դուրս բերեի,
Ամա Դավիթ զրկեց, բերեց:

7

Ձենով Հովան ուրախացավ, ասաց.— Դա՛վիթ,
Էն օրից, ինչ քո հեր մեռավ, մինչև էսօր,
Ես քո հոր ձին փակեր էի մեծ գոմ,
Դուռն էլ շարե. հերթիկեն խոտ ու ջուր կը տայի:
Մըսրա Մելքի ահուց չե՛մ իշխենա,
Որ դուռ բանամ, ձին հանեմ դուրս:
Տարավ Դավիթ Ձենով Հովան,
Հեռվանց գոմի դուռ շանց տվեց, ասաց.
— Դավիթ, քո հոր ձին էնտեղն է.
Թե դու կարնա՛ս՝ գնա քաշի, հան դո՛ւրս:
Դավիթ դուռ քանդեց, բացեց, մտավ ներս:
Ձին Միհերի զենքզրահներ տեսավ թե չէ,
Ճանաչեց, ուրախացավ,
Տռճիկ տվեց ու խրխնջաց:
Դավիթ մոտիկ գնաց ձիուն, մազեր բռնեց,
Աչքեր մաժեց, քամակ մաժեց.
Ձին հոտոտաց, ձին լա՛ց էղավ:
Էլավ Դավիթ, զձին գոմեն քաշեց, հանեց:
Գոմեն էլան՝ ձին ճանաչեց, որ Միհեր չէր:
Պինդ աքացի՛ մէզար գետին,
Կրակ էտու ոտի տակեն:
Աստծու շնորհքով լեզու առավ, ասաց.
— Հողածին, հո՛ղ ես, քեզ հո՛ղ տի դարձնեմ.
Ինձ ի՞նչ տ'անես:
Ասաց.— Ես քեզի տի հեծնեմ:
Ձին ասաց.— Քեզ էնպե՛ս տի բարձրացուցեմ,
Տի տամ արեգական—վառեմ:
Ասաց.— Կոլորվե՛մ քո փորի տակ:
Ձին ասաց.— Քեզ տի տակեմ սար ու ձորեր,
Զարնեմ քարեր, ծառեր՝ փշրեմ:
Ասաց.— Տ'օլորվեմ, էնեմ քո մե՛ջք:
Ձին ասաց.— Հա՞յ զիղի մարդ,
Դու ինձ տե՛ր, ես քե ձի՛ ըլնենք:
Դավիթ ձիուն ասաց.

— Քե տեր չը կար՝ ես քե տե՛ր կըլնեմ,
Քե թիմարող չը կար՝ ես քե թիմարող կըլնեմ:
Քե կեր տըվող չը կար՝ ես կեր տըվո՛ղ կըլնեմ:

Դարձավ Հովանին՝ ասաց.— Հրողբեր,
Ես կուզեմ քենե Թա՛մքը սադաֆին:

Թամք բերեց Հովան, իր միտ վե ասաց.
— Ինչ Միեր էդ թամք կը դներ ձիուն,
Ինչ թանգ կը կքեր,
Ձիու առաջի էրկու ոտ գետնուց կը կտրեր:–
Ասաց.— Թե Դավիթ ձիու ոտ վերուց,
Թող էրթա կռիվ.
Թե որ չը վերուց՝ չի՛ կարնա էրթա:
Դավիթ թամք դրեց ձիու քամակին
Ու թանգ որ կքեց,
Ձիու չորս ոտն էլ գետնուց կտրեց:
Ասաց.— Հրողբե՛ր,
Տո՛ւր ինձ Միերի Խաչ Պատերազմին:
Հրողբերն ասաց.— Ես չե՛մ կարնա տա.
Թե արժա՛ն ես՝ կը գա քո թևին,
Թե արժան չես՝ չի գա քո թևին:
Էդտեղ աստծու հրամանով
Խաչ Պատերազմին իջավ վեր աջ թևին:
Դավիթ էլավ հոր ձին հեծավ,
Իր հոր ջոջ սազ էտու զարկել,
Փչեց իր հոր Պղլորի Փող,
Անգամ մի իր դրան առաջ գընաց, էկավ:
Սասուն ողջ ժողովավ էդտեղ:

8

Ձենով Հովան կայնեց, լավ մի աչքեց տղին,
Սիրտ մրմըռաց, ըսկսեց լալ, երգով ասաց,
«Ա՛խվա՛խ, ափվա՛խ, հազա՛ր ափսոս*,
Ափսո՛ս, հազա՛ր ափսոս Քուռկիկ Ջալալին,
Ա՛խ, հալա Քուռկիկ Ջալալին,
Ափսո՛ս, հազա՛ր ափսոս Թամքը սադաֆին.
Ա՛խ, հալա Թամքը սադաֆին.
Ափսո՛ս, հազա՛ր ափսոս Սանձը պողպատին,
Ա՛խ, հալա Սանձը պողպատին.

Ափսո՜ս, հազար ափսոս Գուռն ի գլխին,
Ա՜խ, հալա Գուռն ի գլխին,
Ափսո՜ս, հազա՜ր ափսոս Կապան ղաղիֆե,
Ա՜խ, հալա Կապան ղաղիֆե.
Ափսո՜ս, հազար ափսոս Քամարն ի մեջքին,
Ա՜խ, հալա Քամարն ի մեջքին.
Ափսո՜ս, հազա՜ր ափսոս Կոշիկն ի ոտին,
Ա՜խ, հալա Կոշիկն ի ոտին,
Ափսո՜ս, հազա՜ր ափսոս Խաչ Պատերազմին,
Ա՜խ, հալա Խաչ Պատերազմին»:
Ձենով Հովան Դավթին չէր տեսնի,
Դավիթ իր ձիուն նստած՝
Ձեռ զարկեց վեր թրին,
Տի քաշեր, զարկեր հրողբոր,
Ձենով Հովան կանչեց.
«Ափսո՜ս, հազա՜ր ափսոս մեր թաղլան Դավիթ*,
Ա՜խ, հալա մեր թառլա՜ն Դավիթ.
Ափսո՜ս, հազա՜ր ափսոս եղնիկն ջահել,
Որ գնաց մեր Սասնա տնեն»:

Որ ասաց՝ «Ափսո՜ս մեր թառլան Դավիթ»,
Դավիթն ասաց.— Հրողբե՜ր,
Դու մատա՜ղ ըլնես էդա մե՜կ խոսքին.
Էդա մեկ խոսք որ չ՚ասեիր՝
Քո վիզ տի զարկեի.
Տըվի՜ էդա մեկ խոսքի խաթեր:
Ինչի՞ առաջ ամե՜ն բանի ափսոսացիր— հետո ինձ.
Առաջ ինձի՜ ափսոսայիր ու հետո էնոնք:
Ե՞ս եմ ափսոս, թե՞ Թուր Կեծակին.
Ե՞ս եմ ափսոս, թե՞ Քամարն ի մեջքին:
Ասաց.— Դավի՞թ, քո գլխուն մեռնեմ,
Ախր ես քո ապով կը լամ:
Դավիթ ձիուց իջավ տակ,
Պագեց իր հրողբոր ձեռ, ասաց.
— Հրողբեր, հալա՜լ արա, ինչ ամագ տվեր ես ինձի:
Հրողբեր Հովան էդ բան որ լսեց,
Միերի ջոջ սազ էտու զարնել,

Միերի թմբո՜ւկ էտու ծեծել:
Միերի փո՜ղ էտու փչել:
Հարսներ էկան, դեմ կայնան,

Խաղով ասին Դավթին.
«Դավիթ, էրթալ քեզ չ'ըլնի, դառնա՛լ քեզ ըլնի*»
Դառնալ քեզ ըլնի, մեր աղբեր Դավիթ.
Չուր հիմիկ քեզ հարսնություն չե՛նք արեր —
Նո՛ր տի հարսնություն անենք, մեր աղբե՛ր Դավիթ.
Նո՛ր տի քո ձեռքին ջո՛ւր լըցնենք, մեր աղբե՛ր Դավիթ.
Քո ոտներին սոլ տի դնենք, մեր ախպե՛ր Դավիթ.
Քեզ հարսնությո՛ւն տ'անենք, մեր աղբեր Դավիթ»:

9

Դավիթ էլավ, թռավ վեր իր ձիուն,
Աստծու անուն տվեց,
Դարձավ, առավ խաթրը քաղքըցոց,
Դարձավ, առավ խաթրը գեղացոց,
Առավ Դաւիթ խաթրը մարդ ու կընկտոց, ասաց.
— Աղբերնե՛ր, քուրե՛ր, դուք մի՛ վախենաք*
Աստծու կամքով կ'էրթամ ես կռիվ
Օ՛, քուրեր, դուք կացեք բարով,
Դուք ինձի քուրությո՛ւն եք արե.
Օ՛, մերեր, դուք կացե՛ք բարով,
Դուք ինձի մերությո՛ւն եք արե:
Բարի՛ դրկիցներ, դուք կացե՛ք բարով,
Դուք կացե՛ք բարով մեծ ու պստիկով.
Իմ դուռդրկիցներ, ձեր էրես շա՛տ եմ թռեր,
Ինձ հալա՛լ արեք:
Բարի տանտիկիննե՛ր, ինչ հա՛ց կը թխեք,
Դավթի անուն հիշեցեք:
Ջահելնե՛ր, դուք է՛լ, ինչ որ քե՛ֆ կ'անեք,–
Դավթի անո՛ւն հիշեցեք:
Իմ քուրե՛ր, մերե՛ր, իմ լա՛վ դրկիցներ,
Մնացեք բարով:

10

Երբ որ Դավիթ էս խոսք կ'աuեր՝
Իր մամիկ, Մըհերի մեր, Դեղձուն Ծամ,
Իր սուգեն էլավ սգահան:
Էն ժամանակեն որ Միեր մեռեր էր,
Ու մամիկ մտեր էր յոթոտանու հետև,
Ծառա մի կար,
Էնոր հաց կը տաներ:

Էն օր, որ Դավիթ էլավ
Միհրի սազ էռու զարկել,
Էղ ծառան հաց կը տաներ Միհրի մոր:
Միհրի մեր ասաց.
— Էս Միհրի սազի՛ ձեն կ'առնի իմ ականջ,
Էս ի՞նչ բան է:
Ասաց.— Խանում, հալա դու դեռ չե՛ս հասկացե,
Դավիթ էլե, իր հոր շորեր հագե,
Իր հոր զենքեր կապե վեր ի՛ր,
Իր հոր Քուռկիկ Ջալալին հեծե,
Իր հոր սա՛զն է, որ կը զարկի,
Կռի՛վ կ'էրթա Մելիքի դեմ:
Միհրի մեր՝ էղ լսեց, թողեց իր սուգ,–
Էլավ, իրան տեղեն կայնեց, ասաց.
— Իմ մուրազ կատարվեց, տ'էլնեմ դուրս:
Գնաց, գլուխ փանջարեն վեր կախեց,
Աչքեց, տեսավ՝ նորմանուկ Դավիթ
Միհրի ձին հեծե, կայնե: Կանչեց.
— Քուռկի՛կ Ջալալին, մեռնե՛մ քե, մուրա՛զ:
Դավիթ շա՛տ զարմացավ, կայնեց:
Դեղձուն շարունակեց.— Քուռկի՛կ Ջալալին*,
Իմ Դավիթ հե՛ր չ'ունի՝ անես հերություն.
Իմ Դավիթ մե՛ր չ'ունի՝ անե՛ս մերություն,
Իմ Դավիթ աղբե՛ր չ'ունի՝ անե՛ս աղբերություն,
Իմ Դավիթ դու տանես իր հոր Կաթնով Աղբյուր,
Դավիթ ձիուց իջնի, իջնի ջուր խըմի,
Իմ Դավիթ դու տանես իր հոր փորձաքար —
Դավիթ իր թուր զարկի, զարկի սան, փորձի:

Քուռկիկ, քե ամանա՛թ իմ նորամանուկ Դավիթ:
Ձին վիզ թեքած լսեց, ասաց.— Շա՛տ լավ, մամիկ:
Պառավ իր խոսք դարձուց Դավթին, ասաց.
— Դավիթ, քո օղորմած հեր իր ձիուն
Ամեն ճար ու ճամփա շանց է տվե,
Ձին էղ ամեն գիտի:
Դավիթն ասաց.— Շա՛տ լա՛վ, մամիկ:
Ու էլավ Դավիթ՝ քըշեց Քուռկիկ Ջալալին:

11

Քշեց, գնաց մեջ հոր Ծովասարին.
Դավիթ որ Սասունեն էլավ՝

Էնպես մշո՛ւշ մի, դումա՛ն մի դրեց,
Որ Դավթի աչք ըսկի ճամփեն չէ՛ր ջոկի:
Ամա Քուռկիկ աղավնիկի՛ նման թռավ:
Դավիթ ասաց.– Ջա՛նըմ, էդ է՛լ աստծու բան է:
Կայնեմ, թողնեմ Քուռկիկ Ջալալու կամքին,
Ուր որ էրթա՛, թող էրթա՛:
Քուռկիկ Ջալալի՛ն էր, գընա՛ց, գընա՛ց,
Էն յո՛թ օրվա ճամփան մի սհաթվան անցավ:
Էլավ բարձրիկ սարի գլուխ.
Որ էլավ էդ սարի գլուխ, կանգնեց.
Կանգնեց վեր էն Կաթնաղբրին:
Մըժ բացվավ, դուման բացվավ.
Քուռկիկ չոքեր էգար գետին, մնաց.
Դավիթ գիտցավ, թե ձին դադրավ, ասաց.
— Հեյվա՛խ, Քուռկիկ Ջալալին,
Քո վի՛զ կոտրի,
Ես կ'ասեի՝ դու ինձ արնի գետե՛ր տ'անցուցես,
«Էս պո՛ւտ մի ջուր է—ինձ չէ՞ս կարնա անցուցես:
Էսա տեղ որ էսպե՛ս կ'անես՝
Բա մեջ կռվին ի՞նչպես տ'անես.
Ի՞նչպես տ'էրթամ Մըսրա Մելիքի դեմ կռիվ:
Ասաց, զանգուն էգա՛ր,
Ձիու կողաշար կոտրեց:
Ձին ըռկավ, ասաց.
— Կարնամ զքեզ զարնեմ արեգական էրես
Համա քո հոր խաթրին չե՛մ իտա:
Դավիթ ըռկավ, քաշեց իր թուր,

Ու Քուռկիկի վիզ տի կտրեր.
Թուր մինչև կես քաշեց՝
Էն դեհեն քամի՛ մի զարկեց էնոր ճակատ.
Դավիթ ուշքի եկավ—լսեց ձիու ձեն:
Ձին ասաց.
— Էսի քո հոր Կաթնաղբուրն է.
Իջի՛ տակ, ջո՛ւր խմի:
Իջի պո՛ւտ մ'էլ ջրից տուր իմ կողաշարին:
Դավիթ իջավ, ձիու գլուխ պագեց,
Պուտ մի ջուր էտու ձիու կողաշարք:
Դավիթ ձին էթող խոտերի մեջ արածա,
Ինքն էլ աղբուրեն ջուր խմեց,
Պառկեց, քնեց, հանգստացավ:

Ձին էլ կանգնեց արևու դեմ՝
Հով արեց վերան:

12

Քնից ակահավ, ի՞նչ տեսավ,— հզորացե,
Իր հոր հագուստ հազիվ կը գա վերան:
Ձին խրխնջաց, էկավ, կանգնեց Դավթի առաջ:
Դավիթ սանձ դրեց բերան, էլավ, հեծավ:
Խնդացավ, քըշեց, գնաց:
Ճամփին տեսավ մեկ էրկաթե սուն:
Ձին ասաց.— Դավի՛թ,
Էն սուն որ կը տեսնես՝ էնի քո հոր փորձաքա՛րն է:
Թե դու մեկ դարբից կտրեցիր՝ կ'էրթա՛նք կռիվ.
Չը կտրեցիր՝ չե՛նք էրթա կռիվ:
Դավիթ թուր քաշեց, մեկ դարբից էզարկ.
Թուր Կեծակին էն սուն կտրեց, մեջեն անցավ:
Էրկաթե սուն է—էդ սուր որ մեջեն անցավ՝
Կտոր վեր կտորի՛ն մնաց.
Դավիթ չ'իմացավ թե թուր կտրեր անցեր է.
Նոթեր կիտեց, էնոր սիրտ թռռմավ:
Ասաց ձենով.
«Ոտի՛կ, դու թո՛ւլ կենայիր*.
Չը գայի՛ր, հասնեի՛ր էստեղ:
Որ իմ դարբ զարկեի՛ էդ սան,

Չը կտրեի՝ իմ սիրտ թռռմե՛ր:
Ձեռիկ, դու կոտո՛ր կենայիր,
Որ ուժ էնքան չըկար քեզի,
Զարնեիր, էն սուն շո՛ւռ տայիր,
Իմ սիրտ էսպես չը թռռմե՛ր:
Աչքի՞կ, դու խավա՛ր կենայիր,
Որ էսա բան չը տեսնեիր,
Ինչի էրկաթե սուն չը կտրեի,
Որ գնայի կռիվ դեմ Մըսրա Մելքին»:

Մեկ էլ՝ Դավիթ տեսավ՝ քամի՛ էլավ.
Էդա քամին փոթորկի՛ պես էկավ,
Էկավ, զարկեց էրկաթե սուն,
Սուն շո՛ւռ առավ:
Դավիթ գնաց, տեսավ,
Իր զարկած տեղ թուր կտրե՛, անցե:

Խնդացավ, ասաց.
«Ոտի՛կ, դու ուժո՛վ ըլնես*,
Դու բարո՛վ էկար էստեղ.
Որ ես զարկեցի՛ էս սուն կտրի.
Ձեռիկ, դու կանա՛չ ըլնես,
Թող քո ուժ է՛լ ավելի ըլնի,
Որ Մելքի դեմ գնա՛մ կռիվ.
Աչքիկ դու լուսո՛վ ըլնես,
Որ էս բան տեսար»:

Ասաց, քշե՛ց իր ձին,
Էն քարերուց, աղբրներուց, էն սարերուց.
Հալալութեն ուզեց,
Մնաք բարև՛ ասաց, երգեց.
«Ծովասարու պաղպաղ աղբրներ*,
Մնացե՛ք բարով, բարի՛ մնացեք:
Ես կ’էրթամ կռիկ, կը ծարավնամ.
Դուք ինձնից կարո՛տ մնացեք:
Ծովասարու պաղպա՛ղ քամիներ,
Մնացե՛ք բարով, բարի՛ մնացեք,
Ես կ’էրթամ կռիվ, կը շոգնամ,
Դուք հո՛վ մնացեք»:

13

Ասաց, քըշեց, գնաց Մըսրա Մելիքի դեմ.
Տեսավ՝ էրկնուց աստղին հաշի՛վ կար,
Էնոնց վրաններին հաշիվ չը կար.
Կայնեց բարձր սարի վերա,
Տեսավ՝ որ զորք քանց ծովու ավազ շատ է:
Գլուխ թափ էտու, ասաց.
«Տեր աստված, ինչպե՛ս տէրթամ կռիվ*:
Խնամք շա՛տ է մեծ թագավորին:
Էնոնք ըլեն զարնան մատղաշ գառներ,
Ես ըլնեմ անոթի գել՝
Չեմ կարնա էնոնց խեղդի.
Էդ վրաններ ըլնեն դեզեր, ես ըլնեմ կրակ,
Չե՛մ կարնա ես էդոնց վառի:
Էդոնք ըլնեն մոխիր, ես ըլնեմ քամի՝
Չե՛մ կարնա էնոնք տեղից վերցուցի»:

Զին իմացավ Դավթի էրկմտիլ, ասաց.
— Է՛յ անիրավ, ի՞նչ կը վախենաս*,
Քանի մի քո թո՛ւր կը կտրի,
Էնքան էլ իմ շո՛ւնչ կը կտրի.
Քանի մի քո թո՛ւր կը կտրի,
Էնքան էլ իմ ո՛տ կը տրորի:
Դավիթ, մի՛ էրկմտի, քըշի:
Դու իմ քամկից վե չը գաս, չը խաբվես:

Դավթի սիրտ պնդացավ էդ խոսքերով,
Դավիթ քշեց, գնաց, ասաց.
— Ջանըմ, ես տի խաբա՛ր անեմ ու նո՛ր տէրթամ:
Գնաց, էլավ Լեռա սարի գլուխ, կանչեց.— «Էհե՜յ*,
Ով քընած է՝ արթուն կացեք,
Ով արթուն է՝ ձիե՛ր թամբեք,
Ով թամբեր է՝ զենքե՛ր կապեք,
Ով կապեր է՝ էլե՛ք, հեծեք.
Չ'ասեք Դավիթ գող գող էկավ,
Գողգող գընաց»:

Ասաց, ընկավ էդ զորքի մեջ,
Զարկեց, զարկեց, կանչեց.

«Վազե՛, Քուռկիկ, վազե՛,
Կըտրե՛, թըրիկ, կըտրե՛...»:
Կռվան, զարկին, կոտորեցին,
Արնե հեղեղ էլավ, լեշեր տարավ:

Էդ վախտ Քեռի Թորոս աչքեց
Դեպի Մըսրա Մելքի զորք,
Տեսավ՝ Մըսրա զորքերի մեջ
Էնպե՛ս մի կտրում ընկե,
Էնպե՛ս վայնասուն ընկե —
Զիրար կը ջարդեն, կը կտրեն:
Քեռի Թորոս դարձավ, ասաց.
— Տղեկներ, վե՛ր էլեք, մեր աստված մե՛ծ է.
Կտրում ընկե՛ր է Մելիքի զորքերի մեջ:
Էլեք, մենք էլ ներքի դեհեն առնենք...
Վերի դեհեն Դավի՛թ կտրեց,
Ներքի դեհեն՝ Քեռի Թորոս...

Մըսրա Մելքի զորքի միջեն մարդ մի էլավ,—
Մեկ ալևոր—յոթ տղու հեր:
Մելիք էնոր յոթ տղեկներ զոռովեն էր բերեր կռիվ:
Էդ ալևոր ասաց.— Հէյվա՜խ, հեյվա՜խ...
Դուրս էկավ էն՝ առանց զենքի ու գլուխբաց՝
Զորքի միջեն վազեց,
Ասաց.— Ճամփա՛ տվեք, էրթամ Դավթի առաջ:
Մի խոսք ասեմ, էսա զորք ազատեմ կռվից:
Էկավ, կանգնեց Դավթի առաջ,
Ասաց.— Դավի՛թ, մեռնե՛մ քեզի,
Ակա՛նջ արա, ձիդ դադրեցրու,
Գամ՝ քեզի խո՛սք տ՚ասեմ:
— Ի՞նչ տ՚ասես ինձ, ալվոր.— հարցուց Դավիթ:
— Դավի՛թ,— ասաց,— մեռնե՛մ քո արևուն.
Չէ՛ որ էնոնք էլ մա՛րդ են, իսան են.
Ինչի՞ կը կոտորես, ինչի՞ կը սպանես,
Չէ՞ էդոնք է՛լ էրեխաներ ունեն,
Տուն ու կընիկ ունեն:
Էնոնց սպանես՝ ճժերու մեղք կ՚ընկնի քո վիզ:
Աղքատ ու խեղճ մարդ են էդոնք.
Որը իր մոր մեկուճարն է,
Որը նոր պսակված տըղա,

Որը իր օջախի սունն է,
Որը հանգած մի տան ճրագ:
— Ապա ինչի՞ էկած են, հետ ինձ կը կռվեն:
Պատասխանեց.— Մեզ ի՞նչ մեղք կա.
Մըսրա Մելիքն է զոռովեն բռնե, բերե.
Մըսրա Մելիքն է քո դուշման,
Գընա իր հետ կռիվ արա:
— Ապա Մելիքն ո՞ւր է հիմա:
— Ա՛յ, էն կանաչ վրանի տակ քնա՛ծ է, տե՛ս,
Ոսկի խնձորն էնոր չադրի գլխին դրուկ.
Յոթն ազապ աղջիկ էնոր ճանճ կը քշեն,
Յոթն ազապ աղջիկ էնոր ոտ կը մաժեն:
Էն վրանից մուխ որ կ՚էլնի՝
Էն մուխն էլ հո մուխ չի,
Էն շոգելքն էնոր բերնի:
Դու որ էրթաս Մելիք սպանես՝
Էդ զորք քեզի աղոթք տ՚անի,
Տի խնդանա ու ա՛մեն մեկն իր տուն տ՚էրթա:

Էդտեղ Դավիթ խղճավորվավ,
Ջորք ջարդել վերջացուց,
Դարձավ, ասաց.— Հա՜լվոր,
Աղեկ խոսք ասացիր.
Ես քո ասած տ՚անեմ:

14

Դավիթ քշեց իր ձին, գընաց,
Մելքի վրանի դուռ կայնեց.
Տեսավ՝ Մելիք վրանի տակ
Մեջ վերմակին կոլոնվե՝ պառկե:
Յոթն աղջիկ էնոր չորս դին նստե՝ ճանճ կը քշեն,
Յոթն աղջիկ իր ոտ կը մաժեն,
Իմիլ խաթուն նստե Մելքի գլխու առջև,
Էրկու արաբ ծառայող էլ դռան կանգնած:
Դավիթ արաբներին ասաց.
— Վե՛ր հանեք էդա ձեր աղեն,
Կանչեք, Մելիք թող դուրս գա դուռ:
Էդ արաբներ ասին.
— Մենք չենք կարնա, էնի յոթըն օր տի քնի:
Իրե՛ք անցե, չո՛րս օր էլ կա, որ վեր էնի:

Դավիթ ասաց.— Ես չե՛մ դադրի,
Չուր էնիկ իր քեֆով էնի:
Քընիմընի ես չե՛մ գիտի,
Շուտ մի կանչեք, թող դո՛ւրս էնի,
Թե մահ չունի՝ մա՛հ եմ բերե.
Թե գրող չունի՝ գրող եմ դառե.
Էնոր ջո՛ջ քուն կը քնացնեմ:
Էլան՝ շամփուր կարմրցուցին,
Դրին Մելքի ոտների տակ:
Ասաց.— Օ՜ֆ, աղջիկներ,
Ինչի՞ իմ տեղ լավ չեք շինե.
Լու կա իմ տեղ, ինձ կը խածե:
Ասաց, էլի մնաց քնուկ:
Բերին՝ գութնի խո՛փ մի կարմրցուցին,
Դրին էնոր ոտների տակ:
Ասաց.— Օ՜ֆ, մեջ իմ տեղաց ինչքա՜ն լու կա:
Ինձ կը խածեն, չեն թողնի՝ ես քնեմ:

Դավիթ էդտեղ չը համբերեց, քաշեց նիզակ,
Զարկավ, Մելքի կրունկ ծակեց։
Ասաց.– Մե՛լիք, դե վեր էլի, բա՛վ է քնես։
Մըսրա Մե՛լիքն ասաց.— Օ՜ֆ օ՜ֆ,
Չե՛ք թողնի դինջանամ։
Էլավ, նստեց.
Մեկ ձեռ դրեց էսա՛ աչքի վերա,
Մեկ ձեռ դրեց մեկէ՛լ աչքի վերա,
Աչքեր սրբեց, էնպես իրիշկեց դուրս,
Տեսավ Դավիթ իր ձին հեծե՝
Մեջ արնին շաղախվե,
Վրանի դուռ կանգնե։
Մելիք որ ճանաչեց զԴավիթ,
Փչեց, որ թռցնի տեղեն։
Տեսավ՝ Դավիթ իրար չէկավ։
Մելքի մոտեն քառսուն գոմշի ուժ պակասեց։
Դավիթ ասաց.— Էկել եմ, որ կռվենք։
Մելիք խնդացավ, ասաց.
— Չա՛ր սատանեն զքեզ տանի, Թլո՛ր Դավիթ,
Էդ ե՞րբ էղար դու ձիավոր՝
Էկար, կանգնիր իմ չադրի դուռ։
Դավիթ, ձիուց իջի,
Արի էստեղ, խոսենք, հանգստանանք։

Նորեն էլնենք, կռիվ անենք։
Դավիթ ասաց.— Չէ՛, չեմ իջնի։
Էսա խեղճ ու կրակ մարդեր
Ինչի՞ ես դու բերե կռիվ.
Մենք էլ նստինք հանգստանա՛նք։
Դուրս արի, դուրս, զարկե՛նք իրար։
Մելիքի մեր, Իսմիլ խաթուն առաջ էկավ,
Ասաց.— Դավիթ, ճամփա էկե՝ նեղացեր ես.
Ձիուց իջի, հանգստանաս,
Նորեն կէլնեք, կռիվ կ’անեք։
Շա՛տ որ խնդրեց՝ Դավիթ ուզեց ձիուց իջնի։
Ձին փախ տվավ, չ’ուզեց Դավիթ իջնի։
Մըսրա Մելիք քառսուն զազ հոր փորե մեջ վրանին,
Էրկաթե թոռ զցե բերնին,
Ու խալիներ փռե վերան,
Կ’ուզեր Դավիթ զար՝ նստեր,
Ընկներ մեջ էն հորուն։

Խաբեցին Դավթին՝ ձիուց բերին տակ:
Ձին ըռըկավ, փախա՛վ, գընա՛ց,
Գընաց՝ էլավ սարի գլուխ:
Տարան Դավթին, նստեցուցին վե՛ր էն հորին:
Դըրըմբ... ընկավ հոր վե՛, գընաց:
Մեջ էդ հորուն երկաթե թոռ, օղե՛ր կային:
Դավիթ ընկավ օղերու մեջ,
Չըկարցավ դուրս էլներ.
Երկաթե թոռ էկավ իրար:
Մելիք բերեց ջաղցի քարեր,
Քաշեց հորի բերնի վերան, թողեց, ասաց.
— Է՛ն էր, որ հետ ինձի կռիվ տ՚աներ,
Հայհո՛յ... Դավիթ Սասնա էկեր է՝
Հետ Մելքին կռի՛վ կ՚անի.
Թըլո՛ր Դավիթ Սասնա էկեր է՝
Կուզի հետ Մըսրա Մելիքին կռի՛վ անի... հայհա՛յ...
Դե թող կենա էնտեղ, չուր օսկորներ փտեն...

Իրիկուն էղավ: Մելիք ընկավ քնավ.
Դավիթ մնաց էն հոր:
Դավիթ թող մնա էն հոր.
Մենք դառնանք վի՞րմեն խաբար տանք:
Խաբար տանք Ձենով Հովանեն:

15

Ձենով Հովան գիշերն էրազ տեսավ.
Մըսրա աստղը շողի՛ն կը տար,
Սասնա աստղը կը խավարեր:
Հովան քնուց էլավ, ասաց.— Կընիկ, վե՛ր էլի, վե՛ր,
Տեսա՝ Մըսրա աստղը շողի՛ն կըտար,
Սասնա աստղը կը խավարեր —
Դավիթ մեր ձեռքեն գնաց:
Սառյեն ասաց.— Աստված քո տուն ավրի.
Դու քուն քեզ հա՛մար կը քնես,
Էրազ խալխի՛ն կը տեսնես:
Ձենով Հովան էլի՛ քնավ:
Մեկ է՛լ էրազ տեսավ.
Մըսրա աստղը շա՛տ էր պայծառ.
Սասնա աստղը խավարե՛ր էր, հա՛, կը հանգչեր:
Հովան քնից էլավ, ասաց. — Կընի՛կ, վե՛ր էլի, վե՛ր:

Ես տեսա՝ Մըսրա աստղ շա՛տ էր պայծառ,
Սասնա աստղ հա՛ կը հանգչեր:
Սառյեն ասաց.— Քո տո՛ւն ավրի,
Դու ինչի՞ չես քնի, ա՛յ մարդ.
Չը թողի՛ր, որ էսօր քնեմ:
Ձենով Հովան մե՛կ էլ քնավ:
Քնավ, մեկ է՛լ էրազ տեսավ.
Տեսավ՝ Մըսրա աստղ էկավ,
Ու Սասնա աստղ կուլ էտու:
Ասաց.– Կընի՛կ, վե՛ր էլի, Դավիթ ըսպանեցին:
Սառյեն ասաց.— Ինչի՞ չես քնի դու, ա՛յ մարդ,
Ով գիտի՝ ո՞ր կընկա ծոց է պառկե Դավիթ.
Ով գիտի ո՞ր տեղ քեֆ կ'անի:
Ձենով Հովան ըռկավ,
Քացի մ' էզար կընկան:
Կնիկն էլավ ճրագ վառեց:
Ձենով Հովան ասաց.— Իմ զրահներ բե՛ր:
Կընիկ բերեց: Ձենով Հովան էլավ,
Յոթ գոմշի կաշի փաթեց իրեն վերա,
Յոթ գոմշի շըղթա փաթեց իրեն վերա.
Որ բոռալեն չը պա՛տռվի:
Հագավ իր զենքզրահ,
Գնաց, գոմի դռներ էբաց:

Իր ձեռ տվեց վեր Սիպտակ ձիու մեջքին,–
Սիպտակ ձին փոր էտու գետին:
Հովան ասաց.— Սիպտակ ձի,
Ե՞րբ տի տանես ինձ, հասցնես Դավթի կռվին:
Ձին ասաց.— Չուր կեսօրին:
Ձենով Հովան ասաց.
— Հարա՛մ ըլնի էնա իմ կեր, որ տվի քեզ:
Չուր կեսօր Դավթի նաշի՞ն հասնեմ, թե լաշին:
Գնաց Հովան ու ձեռ էտու Կարմիր ձիու մեջքին,—
Կարմի՛ր ձին էլ իր փոր էտու գետին:
Հովան ասաց.— Ա՛յ Կարմիր ձի,
Ե՞րբ տի տանես ինձ հասցնես Դավթի կռվին:
Ասաց.— Չուր արևն առնելուն:
Ձենով Հովան ասաց.
— Հարա՛մ ըլնի իմ պահել, որ պահեցի՛ զքեզ:
Դավթի ինչի՞ն հասնեմ արևն առնելուն:
Հետո գնաց ու ձեռ էտու Սևո՛ւկ ձիու մեջքին,

Էս Մն ձին փոր չէտու գետին:
Ձենով Հովան պագեց Մնուկ ձիու գլուխ,
Ասաց.— Մն՛ ձի,
Ե՞րբ տի տանես ինձ—հասցնես Դավթի կռվին:
Մն ձին ասաց.
— Որ դու կարնաս քե4 վե՛ր իմ քամակին բռնես՝
Մեկ ոտ թալես զանգուն,
Չուր մեկէլ ոտ շո՛ւռ տաս մեկէլ զանգուն,
Կը հասցնեմ Դավթի կռվին:
էլավ, հեծնի Հովան Մն ձին,
Մի ոտ էդիր զանգուն,
Ցուր մեկէլ ոտ շուռ էտու մեկէլ զանգուն,—
Մն ձին հրեղեն էր–
Լեռա սարի գլուխ կայնավ:
Քուռկիկ Ջալալին զՁենով Հովան տեսավ,
Խրխնջալեն էկավ մոտիկ:
Ձենով Հովան վախցավ, ասաց.
— Դավիթ սպանված է, ձին փախե, էկե էստեղ:
Կանգնեց Ձենով Հովան, կանչեց.
Ձեն ընկավ սար ու ձոր.
Ասաց.— Դավիթ, ո՞ւր ես,
Հիշա՛, Մարութա բարձր Աստվածածին,
Հիշա՛ զԽաչ Պատերազմին,

Ինչ վեր քո աջ թևին,
Ու թա՛փ տուր քեզ...

Կանչեց...
Հովանի ձեն՛ հասավ, ընկավ Դավթի ականջ.
Դավիթ ասաց.— Հայիա՛յ,
Հրողբերս է էկե էստեղ.
Ի՛նձ կը կանչի.
Յա, Մարութա բարձրիկ Աստվածածին,
Խա՛չ Պատերազմին, վեր իմ աջ թևին:
Ասաց, զինք թափ էտու:
Էրկաթե օղ ու շղթաներ թռան էրկինք,
Ջաղցի քարեր բլան, թռան,
Էնոնց ամեն կտոր քառսուն մարդ ըսպանեց:
Դավիթ թռավ, կանգնավ հորի բերան, ասաց.
— Մըսրա Մելիք, էլ դու բերախտություն չ՚անե՛ս:
Լուսուն տղամարդո՛ւ նըման կովենք:

Մըսրա Մելիք էլ չը զիտցավ մոտենալ:
Դավիթ էլավ՝ իր ձին փնտռի.
Չենով Հովան կանչեց.— Դավի՛թ, արի՛:
Դավիթ էնոր կանչով գնաց մոտ հրողբեր:
Ամա ձին ըռկեր էր՝ չէ՛ր իգա ձեռ:
Դավիթ գնաց, գուրգուրելով էքեր.
Ձին էկավ ձեռ, Դավիթ էլավ, հեծավ, ասաց.
— Հրողբեր, դու գնա քաղաք, ես տ'էրթամ կռիվ:

16

Գնաց, հասավ Մըսրա Մելքին, ասաց.
— Մըսրա՛ Մելիք, էն դիր ինձ խաբեցիր,
Մըկա էլ ի՞նչ տ'անես:
Մելիք տեսավ՝
Դավիթ դրեր էր ձեռ գուրզին:
Ահից դողաց, ասաց.
— Դավի՛թ ջան, դե արի՛, նստի՛:
Ասաց.— Ես չե՛մ նստի, կռի՛վ անենք:
Մըսրա Մելիք հրաման տվեց.—
Քյահլան ձին դուրս բերին:
Հագավ շորեր, կապեց զենքեր,
Նստեց իր ձին, գնաց մեյդան:

Ըսկսեցին մեջ մեյդանին էրթալ ու գալ:
Մըսրա Մելիք ասաց,
— Դավի՛թ, կըռիվ զոռովե՞ն անենք թե հերթով.
Դավիթ ասաց.– Ինչպես քո ջան կուզի:
Մըսրա Մելիք ասաց.
— Կուզեմ հերթո՛վ անենք.
Իրեք դարբ մեկ զարկի,
Իրեք դարբ մեկէլ զարկի:
Առաջ ո՞վ տի զարկի:
Դավիթ ասաց.— Առաջ դո՛ւ զարկ,
Տարիքով մեծ դուն ես:
Դավիթ ձիուց էկավ տակ.
Գնաց, կանգնեց մեջ դաշտին:
Ասաց.– Մըսրա Մելիք, քո դարբեր զարկ:
Մըսրա Մելիք իր գուրզ առավ:
Քըշեց, գնաց մինչև Փարկին.
Իրեք ավուր ճամփա՛ անցավ,

Քրշեց, էկավ, հասավ Դավթին,
Գո՛ւրզ մի զարկեց Դավթին:
Ինչպես շո՛ւն մի օռնա՝ գետին պոռթեց.
Ինչպես քառուն ջուխտ գոմեշնե՛ր լծես,
Գութան վարես՝ գետին պոռթա,
Թոզ ու դուման էրկիրէրկինք բռնեց,
Օր ու գիշեր էդ թոզ չիջավ գետին:
Մելիք ասաց.– Է՛, Դավիթ, հո՛ղ էիր,
Հող դարձուցի:
Դավիթն ասաց.— Մելիք, դեռ ես կենդանի՛ եմ::
Էդ մեկ, մե՛կ էլ զարկի:
Մելիքն ասաց.— Հա՛, տնավեր,
Էս մեկ անգամ ճամփաս մո՛տ էր.
Թափ չը մնա՛ց մեջ իմ գուրզին:
Ասաց, դարձավ, մեկ է՛լ քըշեց:

Գընաց, հասավ չուր Դիարբեքիր
Ու էնտեղից քըշեց, էկավ Դավթի վերա:
Էկավ՝ իր գուրզ թալեց Դավթին:
Ինչպես առյո՛ւծ օռնա՝ գետին պոռթեց,
Ինչպես հեղեղ ավերի, գետին պոռթեց:
Թոզ ու դուման էրկիրէրկինք բռնեց,
Արեգական էրեսն առավ:

Էրկու գիշեր ու էրկու օր էդ թոզ կանգնեց Դավթի վերա:
Մելիք ասաց.– Դավի՛թ, հալա կենդանի՞ ես,
Հող էիր, քեզ հող դարձուցի:
Դավիթ ասաց.– Մելիք, կենդանի՛ եմ.
Էսիկ էրկու, մեկ էլ զարկի:
— Հայհա՛յ,— ասաց Մելիք,–
Իմ ձիու մանգզիլ քի՛չ էր.
Թափ չը մնա՛ց մեջ իմ գուրզին:

Նորեն Մելիք դարձավ, գընաց,
Քըշեց, հասավ Մըսըր քաղաք:
Ու Մըսրից քըշեց, էկավ Դավթի վերա:
Էկավ, գուրզ մ’էլ զարկեց:
Ինչպես գարնան ամպ գոռգոռա՝ էրկիր պոռթեց,
Ինչպես էրկրաշարժ մի զարկի՝ էրկիր պոռթեց:
Թոզ ու դուման էրկիրէրկինք բռնեց,
Արեգական էրեսն առավ.

Իրեք ցերեկ, իրեք գիշեր
Էդ թոզ կանգնեց Դավթի վերան:
Մելիք ասաց.– Մեռա՛վ Դավիթ.
Հող էր Դավիթ, հող դարձուցի:
Ինչ թոզդուման գետնեն էլավ,
Դավիթ, իր ձին, էլան, իրենց տեղ կանգնեցին:

Դավիթ ասաց.– Մելիք, դու քո դարբեր պրծար:
Հերթ ի՛նձ հասավ:
— Է՛յ, — ասաց.— տնավե՛ր, մեկ է՛լ էրթամ:
— Չէ, չէ՛,— ասաց,— դու ո՞ւր տ'էրթաս:
Հերթ իմըն է. աշխարի հերթո՞վ է, թե զոռով:
Մելիքի մեր էկավ, ասաց.
— Դավի՛թ, Մելիք քո աղբե՛րն է.
Բեբախտաթյուն չ'անես:
— Հա՛, մարե՛, չե՛մ անի բեբախտություն.
Իրեք դարբ տի զարկեմ Մելքին:
Մելիք ասաց.— Դավիթ, քեզնե կը խնդրվեմ,
Յոթ սհաթ ժամանա՛կ տաս ինձ:
Թող ես էրթամ, վրանի տակ պառկեմ,
Դու գաս ու ինձ զարկես:
Ասաց.— Գընա, պառկի,
Մենակ թե ինձ ասա, Մելիք,

Ինչո՞վ զարկեմ, թրո՞վ զարկեմ, թե՞ իմ գուրզով.
Մելիք իր մտքի մեջ ասաց.
«Ձա՛նըմ, էդ գուրզ որ ինձ զարկի՝
Էդ գուրզին դիմանա՛լ կ'ըլնի»:
Ասաց.— Դավի՛թ, թրո՛վ զարկի:

17

Գընաց Մելիք վրանի տակ, ասաց.
— Ես իրեք դարբ Դավթին զարկի,
Դավթին ընկի բան մի չէղավ.
Հիմի Դավիթ կը գա, էստեղ ինձ կը զարկի:
Մելիքի մեր ասաց.
— Մե՛լիք, արի մտի մեջ էդ հորին:
Մելիք մտավ մեջ հորին:
Քառսուն գոմշու կաշի բերին քաշին վերան,
Քառսուն ջաղացի քար դրին վերան,

Վերմակ քաշին քարի վերան:
Մելիք մեջ էն հորին հանգիստ նստեց, ասաց.
— Հիմի հերթ Դավթինն է:
Դավիթ գիտի, թե էն ինչ արեր է.
Կը գա, կը տեսնա ջաղացի քար,—
Չէ՞ որ հորու բերնին դրած էսպես բարձրացեր է
Վերմակ քաշած քարի վերա:
Գիտի, որ էնքան Մելիքի ջանդաք չի՛:
Ապա Մելիքի մեր էնտեղ կայնուկ է:
Դավիթ չասաց՝ զՄելիք հանեք դուրս, տեսնեմ:

Հեծավ Դավիթ Քուռկիկ Ջալալին,
Գնաց հասավ չուր Ծովասար.
Քաշեց իր Թուր Կեծակին,
Քըշեց իր Քուռկիկ Ջալալին,
Էկավ, որ տի զարկեր՝
Իսմիլ խաթուն իրեն ծծեր հանեց,
Դավթի առաջ վազեց, ասաց.
— Դավիթ, քաղցր ծիծ եմ տվե քեզի,
Դու իմ կաթի խաթեր էդ զարկ ինձի բախշի:
Դավիթ ասաց.— Մարե, ինչի՞ դուն չուր հիմիկ,
Մելիքի զարկ կը գար մեջ իմ գլխուն,
Մեկ մ'էլ չ'ասիր՝ Մելի՛ք, զարկ մի ինձի՛ բախշի:

Դավիթ իր թուր իջեցուց, տարավ, բերեց,
Բարձրացուց էդ թուր, համբուրեց,
Դրեց ճակատին, ասաց.— Մարե՛,
— Էս մեկ զարկ քո՛ խաթեր:

Մեկ էլ դարձավ, գնաց Դավիթ,
Իր ձին քըշեց էկավ. էկավ, որ տի զարկեր՝
Մելիքի քուր վազեց էնոր առաջ, ասաց.
— Դավիթ, դու որ պստիկ էիր՝
Ես քեզ շա՛տ եմ գրկեր, պահեր, խաղցուցեր եմ,
Էդա մեկ թուրն էլ ինձ բախշի:
Դավիթ էդ թուր իջեցուց, տարավ, բերեց,
Բարձրացուց էդ թուր, համբուրեց,
Դրեց իր ճակտին, ասաց.
— Էս մեկ զարկ էլ քո՛ խաթեր:
Մընաց մե՛կ զարկ, մեկ աստված, մեկ ես
Յա կը սպանեմ, յա կը թողում:

Դավիթ դարձավ,
Գընաց, հասավ Սասնա սարեր,
Քըշեց, էկավ Մելքի վերա:
Որ տի հասներ հորի բերան՝
Իսմիլ խաթուն իր հետ բերած կնիկներուն,
Էդա ազապ աղջիկներուն,
Էդա շավար քաշողներուն ասաց.
— Շո՛ւտ, շա՛վար քաշեք,
— Շո՛ւտ, փողե՛ր փչեք,
— Շո՛ւտ, թմբո՛ւկ զարկեք,
— Շո՛ւտ, ձեր քաֆկիրնե՛ր բռնեցեք ձեր ձեռ.
— Խաղացե՛ք, խորո՛տ խաղացեք,
— Դավիթ որ գա՝ ազապ տըղա է,
Կ’իրիշկի ձեզի, զարկ թո՛ւլ կը զարկի.
Մելիք չի՛ սպանի:

Աղջիկներ էլան,
Շավա՛ր քաշեցին,
Փողե՛ր փչեցին,
Թմբուկնե՛ր զարկին,
Էլան, խա՛ղ կ’անեն:
Ապա Դավիթ գիտի՛.
— Էդա ինձի՛ համար կ’անեն,— ասաց,—

Կ’ուզեն ինձի շըշկըռացնեն:
Կանչեց, ասաց.
— Յա՛ Մարութա բարձրիկ Աստվածածին,
Յա Խաչ Պատերազմին, ինչ վեր իմ աջ թևին:
Կանչեց, զարկեց Թուր Կեծակին:

Կըտրեց քառսուն ջաղացի քար,
Կըտրեց քառսուն գոմշու կաշին,
Կըտրեց հըրեշ Մըսրա Մելքին,
Կըտրեց ճակտից, ոտքերուց դուրս էլավ
Ու յոթ գազ էլ մտավ գետին,
Գնաց հասավ սև ջուր:
Թե իրեշտակ իր թև չ’առներ առջև,
Սև ջուր տէլներ, աշխարք առներ:
Մըսրա Մելիք կանչեց, ասաց.
— Դավիթ, ես էստե՛ղ եմ,
Մեկ է՛լ զարկի:

Դավիթ ասաց.— Մըսրա Մելիք, քեզի թա՛փ տուր:
Մըսրա Մելիք զինք թափ էտուր,
Մեկ կտոր ընկավ էստեղ, մեկել՝ էնտեղ:
Մըսրա Մելիք խատավ:

18

Դավիթ ասաց.— Մարե՛,
Վերմակ բացե՛ք, տեսնեմ Մելիք:
Ասին.— Գնա, մենք կը բանանք:
Դավիթ զծին քըշեց, էկավ կանգնեց,
Ձեռ էթալ, վերմակ բացեց,
Տեսավ քառսուն ջաղցի քարեր,
Ամենն էլ թրի առջև կտրտված.
Իր ձեռ էթալ, քարեր վերուց, գցեց,
Տեսավ քառսուն գոմշու կաշիք՝
Ամեն կտոր կտոր արած:
Մելիքի մեր կըրացավ էդ հորի վերան,
Կանչեց.– Մե՛լիք, Մե՛լիք, Մե՛լիք:
Մելիք ձեն չէտու:
Մելիքի մեր ու քիր նստան էնտեղ, վերան լացին:
Ապա մեր դարձավ Դավթին, ասաց.
— Դավի՛թ, սպանեցիր Մըսրա Մելքին,
Վնա՛ս չը կա, դու է՛լ իմ տղան ես:

Արի, էնոր կնիկ դու ա՛ռ,
Մըսրա թագավորություն մնա՛ քեզի,
Սասուն զաթի քո՛նն է:
Դավիթ ասաց.
— Ես մորե որ ծնվեր եմ՝ անարա՛տ եմ,
Ես իմ հալալ լեշ հարամ լեշերու չե՛մ խառնի:
Կուզես արի, քե կը տանեմ մոտ ինձ, Սասուն:
Ասաց.— Չէ՛, Դավիթ, չեմ գա Սասնա էրկիր:
Ասաց.— Որ չես գա մեր Սասնա էրկիր,
Գընա, Մըսըր տվեր եմ քե, ապրի:

Դավիթ ձիու գլուխ շրջեց,
Էլավ, գընաց մեջ զորքերին.
Ինչ զորք զորական մնացե՝
Կանչեց, հրամայեց, ասաց.
— Ամենիդ իրավունք կը տամ.

Ուր տեղեն էկեր եք՝ էլեք, գնացեք ձեր տեղ։
Էլեք, գնացեք ու ձեր տներ նստեք,
Դուք ինձ համար աղո՛թք արեք,
Իմ հորն ու մորն էլ օղորմի՛ տվեք,
Հանդա՛րտ կացեք,
Մեկ էլ չէլնեք ու զաք վեր Սասնա։
Մեկ էլ որ զենք առնեք մեր դեմ,
Թե որ դուք կովի գաք վեր մեզ՝
Քառսուն գազ խոր հորում ըլնեք,
Թե ջաղացի ջոջ քարի տակ,
Տ'էլնի ձեր դեմ Սասնա Դավիթ,
Տ'էլնի ձեր դեմ Թուր Կեծակին։

Էդա զորք Դավթին օրհնեց,
Համա դժար կը հավատար, թե Մելիք սպանուկ է։
— Հա՛, Դավիթ,— կ'ասեն,—
Մեռնե՛նք մենք քո գլխուն,
Ո՛ւր էլ գնաս՝ աստված հետ քեզ,
Աստված քո բան միշտ աջողի,
Աստված քեզ ջանսաղությո՛ւն տա,
Աստված քո հոր ու մոր արքայություն տա։
Իմիլ խաթուն առավ իր զորք, գընաց Մըսըր.
Էն եկած թագավորներ, փաշեք ու զորքեր
Էլան, ցրվեցան չորս կողմն աշխարհին,

Դավթի արած կտրճություն ամեն տեղ պատմեցին,
Ասին.— Դավիթ իր հոր ուխտ արավ
Մըսրա Մելիք սպանեց,
Սասուն ազատեց։

19

Իր կռվի տեղեն իմացավ Թորոս,
Որ Դավիթ Մըսրա Մելքին սպաներ է։
Դաղարեցուց իր կռիվ,
Էկավ, հասավ Դավթին։
Դարձուց Դավիթ իր Քուռկիկ Ջալալին,
Դարձուցին իրենց ձիեր Քեռի Թորոս
Ու երեսունութ կտրիճներ—էկան Սասուն։
Ի՛նչ կ'բերեն հետներ էն կռվից.
Իսկի բան չեն բերի։

Էնոնց բերած էղավ ջուխտ մի եզ,
Լծեցին սել, քցեցին հետևներ,
Մըսրա Մելիքի ականջ Դավիթ զարկեց նիզակի ծեր,
Դրավ վեր սելին, քաշեցին, բերին,
Քաշեցին բերին՝ Սասնա քաղաք հասցնեն,
Վերգոյին նվեր:

Էդ ժամանակ ի՞նչ կ'անցներ կը դառնար Սասուն:
Հովան որ հասավ Սասուն,—
Չէ՞ որ Հովան էն զորք ամեն տեսեր էր,
Ամեն վրաններ տեսեր էր,
Գընացեր Սասնա քաղաք, ժողովրդին ասեր էր—
Էսքան չա՛ղր կա, էսքան զո՛րք կա.
Ժողովուրդ ասեր էր.— Ախվա՜խ, ախվա՜խ,
Ախվա՜խ, տի սպանե՛ն զԴավիթ.
Տի զան կընիկ, աղջիկ, ճժեր տանեն գերի:
Ախվա՜խ, տեր աստված,
Ախվա՜խ, դո՛ւ ճար արա...
Էդա քաղքի մարդեր
Էն սարի գլուխ պահապան են դրե՝ ի՞նչ ապով.
Որ իրիշկեն ճամփան,
Դավի՞թ կը գա, թե զո՞րք կը գա:
Որ շատ մարդ գա՝
Քաղքի մարդերուն խաբար տան,
Իրենց պատրաստություն տեսնեն:

Էդ պահապաններ մեկ էլ տեսան՝
Մեկ ձիավոր կը գա առաջից,
Էրեսունինը ձիավոր հետևից:
Պահապաններ վազեցին քաղաք, ասին.
— Ձիավորնե՛ր կըզան, մեկն էլ առջևեն.
Հավատաս, Դավի՛թն ըլնի:
Հովանին ասին.— Դավիթն էկավ:
Հովան էլավ՝ էրթա Դավթի առաջ: Էն քաղքցիք,—
Մարդ, կընիկ, ալևոր, պառավ, ճիժբիժ—
Ամե՛ն գնացին Դավթի առաջ:

Դավիթ նայեց, տեսավ, ջոջ զորք կը գա:
«Զա՛նըմ,— միտ վե ասաց,— էդա զորք ի՞նչ է.
Ինձի քանի՞ դուշման կա՝ կը գան վեր ինձի»:
Դավիթ իր ձին քըշեց, ասաց.
— Ձի՛, գընա՛, աստված ինչ արե՛ր է, արե՛ր է...

Ձին քըշեց, մոտեցավ, տեսավ՝
Հովան ամենու առջևն է.
Իրիշկեց՝ տըղա, աղջիկ, գեղական ամեն էկած են.
Բոռաց.— Հրողբեր, դու է՛լ էկեր ես հետ ինձ կռիվ;
Հրողբեր ասաց.— Դավի՛թ,
Մենք էկել ենք քո վերա կը խնդանանք,
Մենք փառք կը տանք աստծուն,
Որ սալամաթ էկար։
Դավիթ հարցուց.– Էդ կնիկնե՞ր ինչի էկած են։
— Դավի՛թ,— ասաց,— ինչ դու գնացիր՝
Չուր հիմիկ էդա շիվարներ կը լան,
Աստված կը կանչեն, կը վախենան,
Թե Մըսրա Մելիք քեզի կը սպանի,
Արաբներ կը գան, քաղքի մարդեր ամեն կը սպանեն,
Կընկտեր կը տանեն։
Քո գալ լսան, ամեն խնդացան, ուրախացան։
Մեծ ու պստիկ քո ապո՛վ էկան։
— Դե դարձեք, գնացե՛ք,— ասաց,—
Մելիք սպանե՛ր եմ. դե դարձե՛ք, դարձե՛ք։
Դավթի հրողբեր էլավ,
Դավթի գլուխ պագեց, քրտինք սրբեց, ասաց.
— Էլ իսկի չե՛նք վախենա։
Սասունցիք գնացին արխային տներ նստան։

Տուն որ էկան, հրողբեր Դավթի արնոտ շորեր փոխեց.
Առաջ փառոք նստեցուց,
Քուռկիկ Ջալալին էլ մաքուր լվացին,
Տարան, կապեցին իր տեղ։

Ինչ Դավիթ՝ գնաց նստեց իր տեղ,
Ասաց.— Դե մեկ կթխա գինի՛ տվեք ինձ։
Գինին խմեց ու պառկավ, քնավ իրեք օր։
Ինչ իրեք օր անցավ,
Արտատեր Պառավ էլավ էկավ Դավթի մոտ,
Ասաց.— Դավի՛թ, բարով էկար, Դա՛վիթ, բարո՛վ էկար։
— Աստծու բարին քե, Պառավ։
— Տեսա՞ր,— ասաց Պառավ,—
Ժանգոտ թրով, քոսոտ ձիով ինչպե՞ս կ՚էրթայիր.
Տեսա՞ր Մելիքի դեմ կռիվ քանի մի զոռ է։
— Պառավ,— ասաց,— շնորհակալ եմ քեզնե.
Կը գա՞ս դու ինձի մե՛ր ըլնես. ես մեր չ՚ունեմ։
— Դավիթ, ես էլի՛ քեզ մեր եմ,— ասաց,—

Կ'էրթամ իմ տուն.
Ինչ բան քեզ պետք կ'ըլնի՝ կը գամ, կ'ասեմ:
Ընկի՛ մի վախենա, Դավիթ, ծլիս, ծաղկիս:
Ջուր հիմիկ պըստիկ էիր՝ ջոշացար,
Էլ էստեղ մի՛ նըստի.
Դու գընա, Հովանին ասա.
«Իմ հոր սենեկ պատրաստի,
Ես էրթամ, իմ հոր սենեկ նստեմ»:
Դավիթ, դե մնա՛ս բարով:

Դավիթ գնաց, Հովանին ասաց.
— Հրողբեր, իմ հոր սենեկ բաց:
Տ'էրթամ, իմ հոր սենեկ նստեմ:
— Հա՛,— կ'ասի Հովան,— հիմիկ կը բանամ:
Էդա Սասնա Ճրագ չուր հիմիկ հանգա՛ծ էր,
Հիմիկ Սասնա Ճրագ վառվավ.
Ապա չը բանա՞մ:
Քո արածն, որ դո՛ւ արիր, ես շա՛տ կը խնդանամ.
Որ դու էսպես կտրիճ ես —
Ես գիտեմ, թե աշխարի ամեն իմն է.
Ես կը խնդանամ, որ դու ասես, մենք ծիծաղանք:

ՄԱՍՆ Բ

ԴԱՎԻԹ ԵՎ ԽԱՆԴՈՒԹ

ԴԱՎԹԻ ԱՄՈՒՍՆՈՒԹՅՈՒՆԸ

1

Քանի Դավիթ չէր գնացե կռիվ,
Որբ տղա էր, պահող, ականջ արող չկար.
Որ գնաց կռիվ, էկավ, փոխվավ, լցվավ.

Ով կը տեսներ էնոր խորոտ աչքեր,
Կարմիր էրեսներ, խորոտ քի՛թբերան,
Էնոր գլխեն իր խելք կ'էրթար:

Մեկ օր, Ձենով Հովան քնած էր,–
Էնոր կնիկ էլավ,
Շաքարհաց թխեց գողտուկ,
Հավ մորթեց, տապակեց,
Մեղր, կարագ, յոթ տարվա գինին առավ,
Էլավ իր խորոտխորոտ շորեր հագավ,
Աչքեր դեղեց, բսկեր էհան,
Խորոտխորոտ կոնդուրեք հագավ,
Առավ էդ բաներ, մոմ վառեց,
Էկավ Դավթի սենեկ:
Դավիթն էլ դուռ շինե, քներ է:
Ասաց.— Դա՛վիթ, էլի՛, դուռ բա՛ց:
Դավիթն էլ հարցմունք արավ էնոր մոտեն,
Ասաց.— Դու ո՞վ ես՝ ես դուռ բանամ:
Ասաց.— Քու հրողբոր, Հովանի կնիկն եմ:
Դավիթն էլ էլավ, դառ էբաց.
Հովանի կնիկ էկավ սենեկ, նստավ:

— Դավիթ,— ասաց,— ես շուտուց քո կարոտով էի,
Չեմ կարցեր անուշանուշ բան շինե,
Պատրաստ էդ էր, քեզ համար բերի:
Բացեց իր բերած, էդիր առջև,
Կուժ մի գինի, մեկ կըթխա,
Էն էլ էդիր առջև Դավթին:
Դավիթ միտք արավ, թե.
«Ինձի մեր չկա, էս իմ մոր տեղն է»:
Շա՛տ շնորհակալ էղավ, ասաց.
— Դու իմ մոր տեղն էիր,
Էսօր ինձի ճանչեցար, էկար իմ մոտ:
Հովանի կնիկ ասաց.
— Դավի՛թ, մատաղ եմ քե,
Սասնա մեջ քո պես կտրիճ՝
Ոչ էղեր է, ոչ կ'ըլնի:–
Դավիթ հաց կերավ, նռան գինին խմեց:—
Է՛, յոթ տարվան գինին,
Դավիթն էլ շա՛տ խմեց:
Խնդացավ, ասաց.— Խմե՛մ,

Էսօր իմ հրողբոր կնիկ պատիվ կանի:
Աղե՛կ մի խմեց, հարբավ,
Գլուխ էդիր վեր բարձին, քնավ.
Էլ չը կարցավ, որ զրուցի:

Հովանի կնիկ Դավթի էրեսներ պագեց,
Ճակատ պագեց, իրիշկեց՝
Դավիթ քներ է, իսկի՛ խաբար չի իր մոտեն:
Էլավ, գնաց տուն, դեռ Հովան քնած:

Մեկ շաբաթ էդպես գնաց, էկավ:
Էն մեկ օր միտք արեց, ասաց.
— Ես էդ յոթ տարվան գինին ինչի՞ կը տանեմ.
Դավիթ կը խմի, պառկի, քնի՛.
Ես էնոր մոտեն ի՞նչ կը հասկանամ:
Էն մեկ օր էլավ մե՛կ տարվան տարավ,
Գինին էլ քիչ տարավ:
Գնաց սենեկ, նստավ:
Էդիր առջև Դավթին:
Դավիթ հաց կերավ, գինին խմեց.
Էլ գինին էնոր գլուխ չը բռնեց, չը քնավ:

Հովանի կնիկ նստավ Դավթի զոգ,
Ձեռ քցեց, էնոր վիզ բերի, գրկի.
Արեց, որ Դավթի էրես բերի, պագի,
Դավիթ էնտեղ ըռըկավ, չ՚էթող, որ պագի:
Ասաց.— Դու իմ մոր տե՛ղն ես.
Էլի՛, նստի՛ էնտեղ, ես դու զրուցենք:
Ասաց.— Դավի՛թ, ինչի՞,
Ես քո մոր տե՛ղն եմ.
Ես օտար աղջիկ եմ,
Էկեր եմ քո հրողբորն առեր:
Դավիթ ասաց.— Իմ մեր, հրողբոր կնիկ մեկ է.
Էն էլ իմ մոր տեղն է...
Էն ինձի համար քանց լուսնարեզակն է:
Հովանի կնիկ ասաց.
— Դավի՛թ, դու չես գիտի ես օտար աղջիկ եմ,
Էսքան ժամանակ քո հրողբոր ձեռքին էի,
Հիմի էնոր չեմ ուզի, ըզքե կ՚ուզեմ:
Դավիթ մնաց մտածելով.
«Ես հիմի էլնեմ զարնեմ, սպանե՛մ,

Իմ իրողբեր զանգատ տ'անի,
Թե՝ իմ կնիկ սպանեց Դավիթ.
Թե չը սպանե՛մ, էղ կնիկ ինձնե չը դա՛դարի»:
— Հրողբո՛ր կնիկ,— ասա՛ց Դավիթ,
Էլի՛ գնա՛, ես քնեմ.
Չուր վաղ, վաղ քե բան կ'ասեմ:
Խաբեց, էղիր ճամփու:

Առավոտուն շուտ Դավիթ էլավ,
Գնաց վեր աղբրին, լվացվեց,
Նստավ էնտեղ, մտածեց:
Տեսավ՝ Պառավ էնտեղ էրնաց:
Կանչեց.— Պառա՛վ, արի՛ էստեղ:
Ձեռով արավ, Պառավ էկավ:
Հովանի կնիկ ինչ արեր էր,
Ամեն մեկմեկ Պառվուն պատմեց:
Ասաց.— Պառա՛վ, իմ մոր տեղն ես, ընդուց կ'ասեմ
Ասաց.— Դավի՛թ, ես էն կնկան մեղք չեմ դընի:
Էն ժամանակ դու պստիկ էիր,
Հիմի էղեր ես քսան տարեկան,
Դեռ ազապ մնացեր ես.

Ով զքեց տեսնի, իր խելք կ'էրթա,
Կուզի որ գա, քո ծոց պառկի:
— Է՛, Պառավ, ապա ի՞նչ անեմ,— ասաց Դավիթ
— Ե՛լ, քեց համար կնիկ մի բեր,
Որ էլ կնիկ քե չը նեղի.
Ով կ'իրիշկի քո բոյբոսին՝
Էնոր գլխեն իր խելք կ'էրթա:

Մեկ տարի մի վերա անցավ, Ձենով Հովան ասաց.
— Դա՛վիթ, դու զմեզ ազատիր Մելիքի ձեռեն.
Տ'էրթամ, քեզ համար կնի՛կ ուզեմ:

Գնաց Չմշկիկ Սուլթան ուզեց Դավթին:
Չմշկիկն էլ շատ խորոտ փահլևան էր,
Դեռ չէր պսակվե:

Դավիթ, Չմշկիկ Սուլթան
Մատնիքներ իրարու հետ փոխեցին:

2

Դավիթ որ Մըսրա Մելքին հաղթեց,
Ձեն ի ձեն հասավ Կապուտկող,
Կապուտկողի թագավոր ՎաչոյՄարջոյին,
Էնոր աղջկան՝ Խանդութ խանումին:
Ինչպես որ Դավիթ՝ քաջ, խորոտ մարդ էր,
Խանդութ՝ թե՛ խորոտ էր, թե՛ քաջ էր.
Էնոր սիրունություն աշխարի բոներ էր:
Շապուհ արքան լսեր էր էնոր ձեն՝
Մարդ ղրկեր, Խանդութին կ'ուզեր:
Ուրիշ քաջ մարդիկ քառսուն հոգով
Իրենց ուժին վստահ,
Էկած են Խանդութին ուզելու:
Էդոր սիրուն կ'ուտեն, կը խմեն,
Որ բալքի հավներ, մեկին առն՛եր:
Համա Խանդաթ՝ Դավթի ձեն լսեր էր,
Իրեն մտքի մեջ կ'ասեր՝
«Իմն որ կա՝ Դավիթն է.
Իմն որ չկա՝ Դավիթն է.
Էդոնք ի՞նչ մարդ են՝ որ ես էդոնցմե առնեմ»:

Մեկ օր Խանդաթ նստած էր պատուհան,
Տեսավ իրեք գուսան կ'անցնեն փողոցով:
Կանչեց էնոնց, ասաց.
— Գո՛ւսաններ, մի էկե՛ք էստեղ:—
Հարցուց էդ գուսաններուն.
— Գուսաննե՛ր, օրական դուք ի՞նչ կ'առնեք:
Ասին.— Խա՛նում, գուսանություն է,
Մենք ի՞նչ գիտնանք, որ ասենք.
Օր կա՝ շատ կառնենք, օր կա՝ քիչ.
Օր կա՝ մեկ արծաթ, օր կա՝ երկու:
Խանդաթ ասաց.— Գո՛ւսաններ,
Դուք էկեք, գնացեք Սասուն.
Քանի օր գնացիք, էկաք,
Օրական ձեզի մեկական արծաթ փող տամ:
Գուսաններ շուտ մի էլան, դարձան,
Ուրախուրախ դեմ ի Սասուն գնացին:
Խանդութ ասաց.— Գո՛ւսաններ, ո՞ւր կ'էրթաք:
Գուսաններ ասին.— Խա՛նում, դու չասի՞ր՝
Էլե՛ք, գնացեք Սասան, էկեք:

Ասաց.— Աստված ձեր տուն քանդի,
Սասուն որ կ’էրթաք, ես բանի կը ճամփեմ,
Հո՛ դատարկ չե՛ք էրթա, գա:
— Խա՛նում,— ասին,– ի՞նչ կ’ասես:
— Գուսաններ,– ասաց,— կ’էրթաք Սասուն.
Կը հարցուք Դավթի սենեկ,
Կ’էրթաք, կը նստեք էնտեղ,
Դավթի առջև ինձի կը գովեք,
Որ էնի, գա, ինձի առնի՛:
Թե հավնա՛վ ինձի, հավնա՛վ,
Թե չհավնավ՝ գլուխ քար, էրես պատ,
Էն էլ ինձի պետք չի:

Գուսաններ էլան, գնացին.
Գնացին դեմ ի Սասուն:
Հասան Սասնա քաղաք:
Էդոնց տղաներ կը խաղային:
Գուսաններ տղաներուց հարցուցին,
Թե.– Դավթի սենեկ ո՞ր մեկն է:
Տղաներ մոտեցան էդոնց, ասին.
— Արե՛ք, ձեզի տանենք Դավթի սենեկ:

Էնոնք որ մոտիկցան գուսաններուն,
Տեսան՝ մեկմեկ փետ կա էդոնց թև,
Էդ փետերի վերան էլ ականջ կա:
Հասան տղաներ, ձեռ քցեցին,
Էդ գուսաններու սազեր բռնեցին:
Ասին, թե.— Էդ ի՞նչ տեսակ փետ է.
Ձեռ քսվավ էն մեկ սազի թելին,
Էդ սազի միջեն ձեն էլավ:
— Վա՛յ,— ասին էդ տղաներ,
Ու թափան գուսաններու վերան,
Որ սազեր էնոնց ձեռեն առնեն:
Էնոնք մեկմեկի ասին.
— Տըղա՛, էդ փետի միջեն ձեն կ’էլնի,
Մի արի՛, աչկենք, տեսնենք էդ ի՞նչ է.
Քեռի Թորոս տեսավ, էկավ.
Էկավ, էդ տղաներուն բարկացավ.
Իմկնի Սասունա ծռեր,
Էդ գուսա՛ն է, սա՛զ է.

Չեն կ’էլնի մոտեն, անո՛ւշանո՛ւշ:
Դուք իսկի բան չեք տեսե,
Արե՛ք, տանեմ մեր սենեկ,
Էդոնք սազ զարկեն, խաղ ասեն,
Մենք էլ ականջ անենք...
Առա՛վ գուսաններուն, գնաց իր սենեկ:
Հաց բերել էտու, գուսաններ կերան:
— Դե՛,— ասաց,— փշուր մի մեզի դամ արեք,
Մենք էլ մեր ձեռնեն զալած նվեր կը տանք,
Կ’էլնեք, կ’էրթաք ձեր տուն:
Գուսաններ ասին.— Մենք էկեր ենք,
Խանդութ խանում Դավթի համար գովենք:
Քեռի Թորոս ասաց.— Դավիթ ե՛ս եմ,
Դե՛հ, տեսնեմ՝ ինձի համար գովեցեք:
Գուսաններ հանեցին թևերուց սազեր,
Թելներ զըլցուցին, սազեցին,
Դարձան զԽանդութ խանում գովեցին:
Որ գովեցին պրծան,
Քեռի Թորոս հարցուց, ասաց.
— Գո՛ւսաններ, էդ ո՞րտեղ է ձեր գոված Խանդութ:
Գուսաններ ասին.— Կապուտկող է,

ՎաչոյՄարջոյ աղջիկն է:
Քեռին դարձավ տղաներուն, ասաց.
— Զարկե՛ք էդ գուսաններուն:
Էդոնք էկեր են, որ խաբեն,
Մեր էղնիկի սիրտ ավերեն:
Քեռին ձեռաց հասկացավ,
Որ Խանդութ ճամփեր է գուսաններ՝
Դավիթ հասկանա, էրթա իրեն առնի:
Զարկեցին գուսաններուն, սազեր ջարդեցին,
Գուսաններ էլան փախան...

3

Էկան,— քաղքի տակ կամուրջ մի կար,—
Կամրջի գլուխ կայնան, միտք արին, ասին.
«Կ’էլնի՝ մենք Խանդութի ասած չասինք,
Որ մեզի ծեծեցին, զարկեցին:
Չէ՛, աղբեր, Խանդութ մեզի էդպես սովրցուց,
Ապա էդոնք ծո՞ւռ են,
Ինչի՞ մեզի ծեծեցին, զարկեցին»:

Էդ որ գուսաններ կ՚ասեին,
Դավիթ Ավազ սարեն որս վեր թեին՝
Կուգար դեմ ի իրենց տուն:
Իրիկուն էր. կամրջի գլուխ կայներ
Գուսաններու սասած ականջ կաներ:
Դավիթ մոտեցավ էնոնց, ասաց.
— Գո՛ւսաններ, էդ ի՞նչ է, որ կասեք:
Գուսաններ ասին.— Մենք գնացինք Սասուն,
Խանդութ Դավթի համար տի գովեինք,
Դավիթ էլավ, Սասունա ծուռ ճժեր
Մեր վերան լարեց, մեր սազեր ջարդեցին,
Մեզի ծեծեցին, քաղքեն հանին...
Մեր հույս վեր են սազերին էր:
Ասաց.– Գո՛ւսաններ, Դավիթ որ կա, ես եմ,
Էն իմ քեռին է էղեր:
Առեք էսա փողեր՝
Գնացեք, ձեր սազեր տվեք շինել,
Ոսկի թել տվեք քաշել վերան,
Բերեք, ինձի համար Խանդութ խանում գովեցեք:

Գուսաններ գնացին, սազեր տվին շինել,
Էկան Դավթի սենեկ,
Իրեքն էլ ջոկջոկ խաղ ասին,
Ամեն մեկ՝ մեկ դիր Խանդութ խանում գովեց:

Առաջին դիր էն սիպտակմորուս գուսան
Առավ ձեռ իր դամբուրեն, լարեց,
Խանդութ խանում գովեց, ասաց.

«Տ՚ասեմ, տի գովեմ Խանդութ խանում Դավթին*.
Էնոր բոյ գյոլու էղեզ նման է:
Տ՚ասեմ, տի գովեմ Խանդութ խանում Դավթին.
Էնոր սրտիկ Քուռկիկ Ջալալու մեյդանն է,
Տ՚ասեմ, տի գովեմ Խանդութ խանում Դավթին.
Էնոր բերան մեղրով բացած է:
Տ՚ասեմ, տի գովեմ Խանդութ խանում Դավթին.
Էնոր ատամներ մարգրրիտ շարած է:
Տ՚ասեմ, տի գովեմ Խանդութ խանում Դավթին.
Էնոր աչքեր գինու կթխա է:
Տ՚ասեմ, տի գովեմ Խանդութ խանում Դավթին»:

Էնոր էտնեն էն թուխմորուս գուսան
Առավ ձեռ իր տամբուրեն, լարեց,
Խանդութ խանում գովեց, ասաց.

«Կ՛իրիշկեմ Խանդութ խանում, ձեռոտ կալամով քաշած է՜,
Ա՜խ, հալա տըգո, կալամով քաշած է:
Կ՛իրիշկեմ՝ էնոր էդնգներ, ռանդայով տաշած է,
Ա՜խ, հալա տըգո, ռանդայով տաշած է:
Կ՛իրիշկեմ՝ էնոր ծամեր, քառսուն ճուղ ծամ է,
Ա՜խ, հալա տըգո, քառսուն ճուղ ծամ է:
Կ՛իրիշկեմ՝ բոյն ու բուսաթ, շատ նման է քաղքի բրջին,
Ա՜խ, հալա տըգո, քաղքի բրջին:
Կ՛իրիշկեմ՝ էրեսի կարմրություն, նռան գինի է,
Ա՜խ, հալա տըգո, նռան գինի է.
Կ՛իրիշկեմ՝ էնոր ծըծեր մեջ ծոցին,
Քանց Հալապա շաքար քաղցր է,
Ա՜խ, հալա տըգո, քաղցր է»:
Վրա իրեք դիր էն ջահել գուսան
Առավ ձեռ իր սազ, լարեց,
Խանդութ խանում գովեց, ասաց.

«Ընդրա բոյն ասեմ,
Քառսուն գազ է, լգո՜, մե չափ ավելի*.
Ընդրա աչքի թարթափներ ասեմ,
Կռնկի թևի նման է, լգո՜, մե չափ ավելի—
Ընդրա սրտի լենք գովեմ,
Յոթը գազ է, լգո՜, մե չափ ավելի.
Ընդրա սիպտկություն ասեմ,
Քանց մեկ օրվա գալած ձուն սիպտակ է, լգո՜, սիպտակ է:
Ընդրա կակղություն ասեմ,
Քանց բամբակի քուլեն կակուղ է, լըգո՜ կակուղ է»:

Դավիթ որ Խանդութ խանումի գովք լսեց,
Էն ինչ գուսաններ իրեք դիր գովեցին,
Առավ ձեռ իր սազ, լարեց, ասաց.

«Գո՜ւսաններ, դուք բարով էկաք*.
Իմ սիրտ քանց կաթն անարատ էր,
Մերան թալիք, մակարդիք:
Իմ սիրտ քանց Սասնա բերդն ամուր էր,
Քլունգ առաք, իմ հիմ քանդեցիք:

Իմ սիրտ քանց աշունքվա գետ զուլալ էր,
Գարնան հեղեղի նման պղտորիք:
Գուսաններ, դուք ինձի հալիք, մաշեցիք,
Դեհ ձեր Խանդութ խանում ինձի քաշեցեք»

Դավիթ որ պրծավ, սազ էղիր գետին, ասաց.
— Գուսաննե՛ր, էդ ո՞րտեղ է Ձեր գոված Խանդութ խանում:
— Կապուտկող է, ՎաչույՄարջոյ աղջիկն է:
Ասաց.— Գո՛ւսաններ, կ'էրթաք, կ'ասեք,
Դավիթ ասաց՝ վեց օր կը սպասի,
Յոթն ավուր վերան իրեն հյուրն եմ:
Իմ Ճաշ կ'ուտեմ Ճաժվան,
Խրամենց կը գամ Բանդումահին,

Ընթրիսին կը հասնեմ սեր խանումին:
Հանեց, քանի մի փող էտու նվեր,
Բարով էրթաք ասաց, Ճամփու էղիր:
Գուսաններ՝ «Տը՛մբ, տը՛մբ»... սազեր զարկեցին,
Էլան, ընկան Ճամփա:

Դավիթ էլավ, գնաց տուն, Հրողբոր կնկան ասաց.
— Իմ շորեր լվա, ես տեղ տ'էրթամ:
Դառավ հրողբորն ասաց.
— Ես Չմշկիկ Սուլթան չե՛մ առնի.
Տ'էրթամ, Խանդութ խանում բերեմ:
Հրողբեր ասաց.— Դա՛վիթ, էս յոթ տարի էղավ,
Քառսուն փահլևան նստած են առջև էնոր դուռ.
Դու էլ կ'էրթաս առջև էնոր պատուհան.
Թե քե նշան էտու, կ'էրթաս.
Թե չէտու, կը դառնաս, կը գաս:

Գուսաններ էկան, հասան Կապուտկող:
Խանդութ խանում պատուհան նստած էր.
Որ տեսավ էնոնց, հարցուց, ասաց.
— Գո՛ւսաններ, գնացի՞ք Սասուն:
Ասին.— Հրամանք ես, խանո՛ւմ:
Աստված էնոնց տուն ավերի,
Էդոնք ամեն ծուռ են:
Գնացինք Դավթի սենեկ,
Քեզի տի գովեինք,
Բռնեցին մեզի ծեծեցին, մեր սազեր ջարդին,

Էկանք քաղքի տակ,—
Էլի աստված կյանք տա էն Դավթին,
Մեր սազեր էտու շինել, ասաց.
«Կերթաք Խանդութին կասեք՝ վեց օր կը սպասի,
Յոթն ավուր վերան իրեն հյուրն եմ:
Իմ ճաշ կուտեմ Ճաժվան,
Խրամենց կը գամ Բանդումահին,
Ընթրիսին կը հասնեմ սեր խանումին»:

Խանդութ գուսանների փող հաշվեց,
Քանի օր գնացեր, էկեր էին, էտու:
Գուսաններ էլան, գնացին իրենց տուն:

4

Դավիթ խոսք տվածին պես,
Վեց օրեն գնաց իր սենեկ,
Մնդուկ էբաց, շորեր հագավ,
Թուր Կեծակին կապեց,
Քուռկիկ Ջալալին քաշեց դուրս,
Սանձ էդի բերան, թամք էդի մեջքին,
Հեծա՛վ, ընկավ ճամփա:
Սասնա մինչև Ճաժվան
Յոթն ավուր ճամփա է,
Ճաժվանա Բանդումահու կամուրջն
Յոթն ավուր ճամփա.
Բանդումահու կամրջից Կապուտկող՝
Յոթն ավուր ճամփա:
Դավիթ իր ձին քշեց.
Չուր ճաշ հասավ Ճաժվան.
Կեսօրին՝ Բանդումահու կամուրջ:
Տեսավ Գործութա գութան
Էկեր է էնտեղ, դաշտ կը վարի:
Յոթ գութան է:
Գութանավոր նստեր են հացի:
Դավիթ էկավ, ասաց.
— Բարի աջողում, գո՛ւթանավոր:
— Աստծու բարին,— ասին,—
Կարիբ աղբեր, դու բարո՛վ էկար.
Նստի, հաց անուշ արա:
Դավիթն ասաց.— Չէ՛, ես կ’էրթամ,

Թող հաց ձեր ճժեր ուտեն:
Ես ուտեմ իրենց բան չի մնա:
Գութանավոր վերուց ասաց.
— Աշխարի գութանի մոտ կը լիանա:
Դավիթ գնաց արտի կուշտ, ձիուց իջավ,
Սանձ ձիու բերնեն հանեց,
Ձին էնտեղ թողեց,
Գնաց, նստավ, մեջք տվեց սելի ական:
Մեծ մի աման փլավ են բերած,
Բերին դրին Դավթի առաջ.
Երկու հաց կաներ մեկ պատառ.
Հինգ պատառ զարկեց, փլավի տակն առավ:

Յոթ օրվա պաշար
Բերին դրին Դավթի առաջ.
Յոթ գութնի հաց ու ջուր
Բոլոր կերավ, խմեց, մանանա չ'էթող:
Էլավ որ պիտի էրթար,
Գութանավորներ իրար ասին.
— Ի՞նչ անենք, մենք մնացինք անոթի,
Էդ ճամփորդ մեր յոթ օրվա պաշար կերավ.
Վեց օր պիտի էստեղ գութան անենք,
Մեր էտև հաց բերող չկա, ի՞նչպես տ'անենք:
Մենք ճամփենք տուն, պիտի ասեն՝
Կեսօր եք գնացե, ձեր հաց չի պրծե.
Թե որ ասենք՝ հյուր էկե մեկ մարդ, չեն հա՛վատա:
Թ'ասենք՝ գոմեշն է կերե, էլի չեն հա՛վատա:
Դավիթ լսեց, ասաց.— Ի՞նչ տի վարեք:
Ասին.— Այ, էդա դաշտ:
Ասաց.— Դուք էստեղ քիչ մի նստեք,
Ես կ'էլնեմ, էն վեց ավուր գութան
Մեկ ժա՛մվա մեջ կ'անեմ:
Էդ ասելուն Դավիթ էլավ,
Յոթ գութան կապեց իրարուց, ձին նստավ
Ու քաշեց զգութաններ:
Մեկ տաս փաթ գնաց, էկավ,
Դաշտ մի տեղ սնցուց:
Մշակներ ասին.— Էդ քո շնորիք չէ,
Քո ձիո՛ւ շնորիքն է:
Էն ժամանակ Դավիթ իջավ ձիուց,
Դավիթն բնատեն առավ ձեռ,

Ու ինք վարե՜ց, վարե՜ց, արտ պրծավ։
Մշակներ զարմացան, բերաններ մնաց բաց։
Գութանավոր ասաց.— Սասունա Դավիթ որ կասեն,
Չըլնի՞ դու ես, ա՛յ ճամփորդ։
Ասաց.— Ե՛ս եմ, որ կամ։
Ասին.— Դավի՛թ, աշխրքի մեջ՝
Քո պես կտրիճ՝ ոչ էղեր է, ոչ կ՚ըլնի,
Որտեղ որ դու էրթաս՝
Քո ոտ քարին չըդիպնի.
Աստված քեզի վատ օր նշանց չը տա։

Դավիթ էլավ էդ տեղեն,
Սանձ դրեց ձիու բերան, հեծավ քշեց։
Կապուտկող, ո՞ւր ես... էկա քեզի։

Դավիթ էկավ, տ՚անցներ
Չմշկիկ Սուլթանի պատուհանի տակով,
Չմշկիկ Սուլթան տեսավ՝
Էկավ էնոր առաջ, ասաց.
— Դա՛վիթ, արի էրթանք էսօր ինձի հյուր։
Ասաց.— Չէ, ինձի ճամփուց ետ մի գցի։
Ասաց.— Ես գիտեմ, դու Խանդութի համար կերթաս,
Համա Խանդութ իմ ճկութի հավասար չիլնի։
ԶԴավիթ խաբեց, տարավ տուն.
Կերան, խմեցին, էլան քնան։

Լուսուն Դավիթ փոշմնավ իր բռնած բանեն, ասաց,
«Էդ ի՞նչ բան էր՝ ես բռնեցի,
Պիտի մեր ազգ չխաբվեր.
Ես ինչի՞ խաբվա մեկ կնկա ապով»։
Էլավ, ձին քաշեց, հեծավ, քշեց։
Չմըշկիկ Սուլթան ասաց.— Դու կեցի՛.
Էկար, ինձի խաբեցիր, գնացիր։
Ու հակառ ընկավ հետ Դավթին։

5

Վեց օր որ էկավ անցավ,
Խանդութ խանում առավոտ լուսուն՝
Էլավ, նստավ պատուհան,
Դավթի ճամփան բռնեց։

Մեկ էլ իրիշկեց՝ ինչ տեսնի.
Կրակ մեջ էրկինք, մեջ գետինք կը տա:
Մեկ ձիավոր մի մեջ էրկինք, մեջ գետինք կը գա,
Հազիվհազ կերևա:
Ասաց. «Կաչկա էս Դավիթն է»:
Դարձավ դռնապանին, ասաց. —
Գորգիզ, հասի, դուռ զարկ.
Գահ է, որ ձիավոր մի հասնի դուռ:
Գորգիզ հասավ, դուռ էզար.
Խոսք դեռ բերանն էր, Դավիթ հասավ վեր դռան,

Քշեց, գնաց առջև Խանդութի պատուհան:
Խանդութ խանում՝ որ աչք ընկավ,
ԶԴավիթ տեսավ՝ ուրախացավ.
Ուրախությունն խնձոր մեզար Դավթին:
Դավիթ խնձոր բռնեց վեր ձիուն,
Խնդացավ վեր խնձորին:
Իրիշկեց, տեսավ զԽանդութ
Գուսաններ ինչ գովացեր էին,
Դեռ կեսն էլ չէին ասե:
Ձին քշեց առաջ, տեսավ՝
Մարդու մեկ գուրզ ձեռք կայնե էտև դռան:
Դավիթ միտ վե ասաց.
«Ինչ մորե մեկներ եմ, մարդու բարև չեմ տվե..
Թե որ էդոր բարև տամ՝
Տ'էլնի ցավ, ընկնի իմ սիրտ, ինձ տի սպանի:
Թե որ էդոր բարև չը տամ՝
Էդ փահլևան ինձ տի սպանի»:
Ահու բարև էտու, մտավ ներս:
Գորգիզ էնոր բարև առավ:
Դավիթ ասաց.
— Ինչ մորե մեկներ եմ՝
Մարդու բարև չեմ տվե.
Էսօր Գորգիզն եմ տեսե՝
Ահու բարև եմ տվե,
Լզո, ահու բարև եմ տվե:
Գորգիզ ասաց.
— Քառսուն տարի դռնապանություն, եմ արե՝
Մարդու բարև չեմ առե.
Էսօր Դավիթն եմ տեսե՝
Ահու բարևն եմ առե,

Լգո, ահու բարևն եմ առե:
Դավիթ հարցուց էդոր.
— Գորգիզ, էդ ի՞նչ զունդ են դրած քո ձեռք:
Թև էրկնցուց, առեց զգուրզ ու թալեց.
Ու դեռ հալա կերթա՜...
Գորգիզ հարցուց.— Դավիթ, ինչի՞ ես էկե:
Ասաց.— Խանդութ խանումի համար.
Ես ինչպե՞ս տեսնեմ էնոր:
Ասաց.— Ուրբաթեուրբաթ Խանդութ խանում
Քառսուն նաժիշտներով կը գա Խաս բախչեն.

Էսօր ուրբաթ է, կ'էրթանք էնտեղ, կը տեսնես:
Գորգիզ վերուց ասաց.
— Որ Խանդութ խանում առնես,
Ինձի կանե՞ս քեզի քավոր:
Ասաց.— Կ'անեմ,
Կ'ըլնենք սանհեր Դավիթ, քավոր Գորգիզ:
Դավիթ էլավ գնաց,
Ձիով քշեց Խանդութ խանումի Խաս բախչի մեջ:
Ձին թողեց վարդ, ըռեհաններու մեջ արածի,
Ինք անմահության հավուզի վերան պառկավ:
Արև որ տաքցավ,
Խանդութ խանում քառսուն նաժիշտով էկավ,
Տեսավ Դավիթ կռ ձին թողե Խաս բախչի մեջ,
Վարդ, ըռեհաններ կարածի,
Ինք պառկե հավուզի վերան, քնե:
Խանդութ խանում ասաց.
— Էն Դավիթ ինչ անհիմա մարդ է.
Գնա՛ցե՛ք, ասեք, որ էն տեսակ մարդ է,
Թող էլնի, էնտեղեն էրթա:
Մեկ հաց էլ տարեք, թող ուտի,
Նոր ասեք՝ մեր Խանդութ խանում կասի՝
Թող էլնի, էնտեղեն էրթա:

Հաց տարան, դրին առջև Դավթին, Դավիթ կերավ:
Ծառաներ ասին.— Մեր Խանդութ խանում կասի՝
«Թող էլնի, էնտեղեն էրթա:
Էնոր ո՞վ ասե՝ գա,
Ձին թողնի Խա՛ս բախչի մեջ,
Վարդ, ըռեհան ուտի, տրորի, թավալ տա.

Էն էնոր հոր չիմա՞նն է,
Օձն իր պորտով, հավքն իր թևով
Մեր Խաս բախչի վրա չէր իջե.
Էն քա՞նի գլուխ ունի,
Մտնի Խաս բախչի մեջ,
Ձին թողնի էնտեղ արածի:
Ի՜նչ տեսակ անիմա մարդ է.
Թող էլնի, էնտեղեն էրթա.
Ափսոս է, թե չէ փահլևաններ կը գան,
Էնոր ջոջ պատառ ականջ կը թողնեն»:

Դավիթ ասաց.— Ինչի՞ դուք շուտ չէիք ասե,
Քանի ես հաց չէի կերե.
Հաց կերա, պրծա, նոր ասիք:
Որ էդպես է, ես չեմ էրթա.
Ինչ էնոնց ձեռնեն կը գա, թող չըխնայեն:
Գնացին, Խանդութ խանումին ասին՝
— Դավիթ էսպես ասաց:
Էնոնք որ գնացին,
Դավիթ կանչեց Խանդութի ձիապան,
Ասաց.— Իմ ձին թողնեմ ո՞րտեղ:
Էն էլ դարձավ, ասաց.
— Քառսուն փահլևանների ձիանք
Կռ գոմն է, դո՛ւ էլ տար:
Դավիթ գոմի դուռ բացեց,
Ձիու սանձ բերնեն էհան,
Քաշեց, էթող էն ձիերու մեջ, ասաց.
— Թե դու էդ ձիեր հաղթեցիր,
Ես էլ էնոնց տերվանք տի հաղթեմ:
Քուռկիկ Ջալալին խրխնջաց,
Էն քառսուն ձիու կեր մոտերուց առավ,
Էտու իրեն դոշի առջև, ճխթեց, կպցուց պատ,
Էնոնց ամենի դարման կերավ:
Ծառաներ խաբար տարան Խանդութին, ասին.
— Ձին իր հունար ծախսեց, մնաց տեր:

6

Ինչ Խանդութ խանում խնձոր էզար Դավթին,
Էն քառսուն փահլևան, որ էնոր համար
Յոթ տարի էնտեղ նստեր էին,

Շատ նեղացան, ասին.
— Մենք յոթ տարի էստեղ ենք,
Մեզի նշան չ՚էտու,
Սասնա շաղգամակեր Դավիթ նոր էկավ,
Դեռ չի տեսե՝ խնձոր էզար էնոր վեր ձիուն։
Դավիթ գնաց էղ քառսուն փահլևանի մոտ,
Տեսավ՝ քառսունն էլ նստած, գինի կը խմեն։
Էնոնք ինչպես ճժեր մոտ Դավթին։
Փահլևաններ ինչ Դավթին տեսան,
Ամեն վախեցան, դողացին,

Խոսք մեկ արին, ասին.
— ԶԴավիթ հարբեցնենք, սպանենք,
Թե չէ՝ մեր բան զուր է.
Մենք էլ Խանդութի տեղ ըլնինք,
Էնոր չենք թողնի, մեզնե մեկին առնի։

Տարան Դավթին, նստեցուցին իրենց մեջ,
Յոթ տարվա նռան գինին դրին՝ խմեն։
Դավիթ ինչ նստավ, էնոնք մեկմեկ թաս տվին,
Ասին.— Դավի՛թ, դու բարով ես էկե,
Ա՛ռ, Խանդութ խանումի կենաց խմի։
Ասաց.— Գինու կարաս ինձի նշանց տվեք՝
Էրթամ գինի խմեմ, զամ հաց ուտեմ,
Որ իմ սրտի թոզեր սրբվի.
Էդով մարդու բերան չի թացվի.
Ես ճնճղուկ չեմ, որ ինձի ջուր կուտաք,
Ուղտ գդալով կը ջրվի*։

Էլան մեկ ուր՛իշ թաս բերին,
Էն թա՛սն էլ քանց ջոջ տաշտ էր։
Էն թասով սկսեց խմել։
Դավիթ քեֆովցավ, հարբավ.
Դինին էնոր վերուց, տարավ,
Էղավ շուխ շաբզան, սըմբուլ գըդական։

Դավիթ որ հարբավ, գլուխ կիջեցներ սրտին,
Նորեն կը բարձրացներ, կը շիտկեր։
Փահլևաններ էղ որ տեսան,
Թրեր քաշին, կայնան,
Ու պիտի խփեն Դավթին։

Գորզից դռնից տեսավ, կանչեց.
— Սանհե՛ր Դավիթ, սանհե՛ր Դավիթ,
Ճանճ գլխուդ վերնով կ'անցնի, գլուխ թռու:
Փահլևաններ իրենց թրեր պահին,
Համա Դավիթ բան չէր լսի:
Խանդութ խանում վերուց աչքեց,
Տես՛ավ Դավիթ գլուխ կ'իջեցնի սրտին:
Որ տեսավ, էլավ, գնաց,
Ջվալ մի կաղին բերեց, էղիր էրղիսին,
Էն ժամանակ ինչ Դավթի գլուխ կիջներ ծոցին,

Փահլևաններ ինչ թրեր կը հանեին դուրս,
Որ զարկեն, Դավթի վիզ կտրեն,
Խանդութ խանում վերուց կաղին կը թալեր:
Կը դիպներ սինուն, սինին կը զրնգար.
Դավիթ գլուխ կը վերուցեր,
Էնոնք թրեր կը պահեին,
Կը սըրսըրփային, կը դողային:
Խանդութ էն ջվալ կաղին՝
Մեկմեկ թափեց տակ, պրծուց:
Դավիթն էլ լուրջացավ, ծառային ասաց.
— Էլի՛, էսա սուփրեն վերու,
Մեղք է էսա հացեր կոխեն:
Էլավ ձեռ էտու, սուփրեն տի վերուցեր,
Փահլևաններ ասին.— Սուփրեն թող կենա.
Գնացեք, հաց բերեք մեկ էլ ուտենք: —
Էնպես կանեն, որ թրեր չ'էրևան:—
Դավիթ ասաց.– Սուփրեն վերուցե՛ք:
Ձեռ էտու, վերուց, ասաց.
— Սուփրեն կ'էրթա էտև հացին,
Հաց չ'էրթա էտև սուփրին:
Տեսավ ամեն փահլևանի առջև մեկ թուր տկլորած:
Ասաց.– Էդ ի՞նչ է ձեր առջև:
Ասին.— Մեր թրերն են:
Ասաց.— Տվեք տեսնեմ:
Ամեն ժողվեցին, տվին ձեռ:
Դավիթ վերուց, ասաց.
— Էսոնք խորոտ կանգրիան կ'էլնեն,
Գարուն աղջիկներ տանեն, բանջար հանեն:
Ձեռ տվեց, թրեր ամեն ժողվեց,
Էտու ծնկան, կոտրտեց,

Ինչ որ մարդ բուռ մի քիբրիթ կոտրի:
Ծալեց, ծալմլեց, ասաց.— Գորգիզ,
Տար, թալ մեր ձիու խուրջին.
Լավ պողպատէրկաթ է,
Իմ ձիուն նալ, բնեռ չկա.
Տանեմ, շինեմ իմ ձիուն նալ, բնեռ:
Մեկ տարի իմ ձիու համար հերիք է:
Փահլևաններ որ էնոր արած տեսան,
Շուտ մի էլա՛ն, փախան սենեկեն դուրս:
Դավիթ կանչեց.— Քավո՛ր Գորգիզ, արի մտնենք ներս,
Տուն մնաց մեզի, բակ մնաց հավերում:

7

Էն փահլևաններու մեջ
Խանդութ խանում Դավթին հավնեցավ,
Ասաց. — Թող Դավիթ գա վեր,
Մեկէլ քառսունին հաց տանեն էնտեղ:
Դավիթ էլավ, գնաց Խանդութի սենեկ:
Ինչ աչք ընկավ, Խանդութին տեսավ,
Դե՛, ջահել տղա էր, չդիմացավ,
Ձեռ թալեց, զԽանդութ խանում կիք մի գրկեց,
Թն էթալ վիզ, ճակատ պագեց,
Սիրտ չըհովացավ.
Մեկ էլ՝ էրես պագեց,
Էլի սիրտ չըհովացավ.
Մեկ էլ՝ ձեռ թալեց, որ սիրտ պագի,
Խանդութ թռունգքի մէզար Դավթի քիթբերան:
Ինչ աղբուր ջուր կը թալի,
Էնպես արուն Դավթի բերնեն թալեց:
Ասաց.— Դու քո հոր կտրիճն ես, ես էլ իմ.
Դու էն մեկ անգամ իմ ճակատ պագեցիր,
Քո ճամփու խաթրի համար, ինչ դու էկեր էիր.
Էն մեկէլ անգամ, որ իմ էրես պագեցիր,
Քո ջահելության համար, քեզ հալալ էր.
Դու ինչի՞ վրա իրեք դիր իմ սիրտ տի պագնեիր:

Դավիթ ըռըկավ, դարձավ ետ,
Էկավ Գորգիզին ասաց.
— Գո՛րգիզ, իմ ձին քաշի դուրս:
Գորգիզ գնաց ձին բերեց,

Դավիթ հեծավ, տ՚էրթար,
Խանթուղ խանում ընկավ էտև,
Լացեց, աղաչեց Դավթին:
Դավիթ ետ չդարձավ:
Խանդութ խանում էնպես գնաց,
Չմուշկներ թողեց, թաթացիկ գնաց.
Թաթեր կտըրտվան, ոտքեր ընկան գետին,
Փշուր մի բոբիկ գնաց.
Ոտքեր ճղճըղվան, վիրավոր էլան,
Արունարնջուր լցվավ տակ.
Էնտեղ ինչ ոտ կը դներ, լիք արուն կ՚էլներ գետին:

Դավիթ վեր ձիուն հա՛ կը գա, հա՛ ականջ կ՚անի.
Իրիշկեց մեկ ձեն կը գա, հա՛ կը բոռա.
— Դավի՛թ, Դավի՛թ, կանգնի,
Կանգնի, չուր ես գամ, հասնեմ.
Իրիշկի էտև՝ իմ հալ տես, նոր գնա:
Դավիթ ձիու վերևեն կը դառնա, կիրիշկի,
Կը տեսնի Խանդութ խանում՝
Բոբիկ էտևեն կը վազի:—
Է՛, էսքան ժամանակ Խանդութ խանում
Բոբիկ ոտ գետին չէր դրե,
Հիմի բոբիկ դաշտի մեջ կը վազի.
Ոտ ամեն էղեր է արուն:
Խանդութ Դավթին ասաց.
— Իմ մեղք մի՛ թալի քո վիզ, դարձի էրթանք.
Դավի՛թ, տնա՛շեն, ի՛նչ շուտ նեղացար:
Դավիթ ասաց.— Ես Սասունա քո ապով էկա.
Էսքան ճամփա էկա, հասա քո մոտ.
Մեկ անգամ քո էրես պագի.
Ապա էն բռունցքին դու ինձի զարկիր,
Հալբա՛թ կը նեղանամ:
Խանդութ ասաց.— Ուխտ ըլնի՝ քանի հոգի ինձի կա,
Ես քո էտևեն բոբիկ տի գամ:
Դավիթ խղճացավ, դարձավ:
Ինք, Խանդութ էկան տուն:

8

Աջմու Շապուհ արքան էլավ,
Թուղթ գրեց Բապը ֆրենկին,

Ասաց. «Մեկ մարդ Սասունա էկե,
Էդ մարդու անուն էլ Դավիթ կ՚ասեն,
Կապուտկողու խորոտ Խանդութ
Ջռովեն կուզի տանի»:
Բապը ֆրենկին կանչեց իր վազիրվաքիլ, ասաց.
— Շահու թուղթ կարդացեք,
Տեսնենք ի՞նչ է գրած մեջ:
Թուղթ կարդացին, իմացան:
Բապը ֆրենկին էլավ գրեց Դավթին.
«Դա՛վիթ, մենք լսեր ենք՝
Դու շատ զորեղ մարդ մ՚ ես.
Կը գաս, արի հետ մեզ կռիվ.

Որ չես իգա, զորք կը քաշենք՝
Քո էրկիրը քար ու քանդ կանենք,
Ինչ կա, չկա, լոպկենք տանենք»:

Թուղթ առան, բերին,
Տվին Խանդութի ծառային.
Էն էլ էտու Խանդութին.
Խանդութ կարդաց, ասաց.
— Էդ թուղթ ո՞վ է բերե:
Ծառան ասաց.— Էրկու հատ մարդ:
Խանդութ ասաց.— Տար մեր սենեկ,
Էն էրկու մարդ լավ մի պատվի:
Ծառան էլավ էնպես արեց:
Մնաց, չուր լուս բացվեց,
Խանդութ խանում թուղթ գրեց.
«Մենք քե վնաս մի չենք տվե,
Մենք քո անուն չենք էլ լսե,
Ու քեզի էլ չենք ճանչենա:
Որ դու կը գաս, մենակ մի՛ գա,
Դու չես կարնա Դավթին հաղթի.
Քեզ հետ ուրիշ թագավոր էլ բե,
Թող էն էլ գա, որ քեզ օգնի»:

Խանդութ էն թուղթ ծալեց,
Տվեց ծառային, ասաց.
— Առ էս նամակ, տու էն էրկու մարդուն,
Աղեկ շոր հագցրու, տաս ոսկի էլ հետ,
Էրկու ձի էլ տու, թող հեծնեն էրթան:

Ծառան էլավ էնպես արեց:
Էն երկու մարդ Խանդութին օրհնեցին,
Գլուխ տալով ասին.
«Ոտքով էկանք, ձիով կ'էրթանք»:
Խանդութ Դավթին բան չի ասի՝
Մեջ էն թղթին ինչ կար գրված:
Էն էրկու մարդ թուղթ տարան,
Տվին իրենց թագավորին:
Թագավոր իր վազիրվաքիլ ժողվեց.
Թուղթ կարդացին, զարմացան, ասին.
— Էդ ի՞նչ զորեղ մարդ է Դավիթ.
Էլեք,— ասին,— խաբար ղրկենք

Խանդութի հոր հողի դուշման՝
Էն վեց էրկրի նստողներին:
Էլան էնտեղ խաբար ղրկին...
Մեկ թուղթ էլ ճամփեցին Դավթին, ասին.
«Դավիթ, կո՛ մենք էկանք»:

Թուղթ բերին, տվին Դավթին.
Էն էլ տվեց Խանդութին.
Խանդութ կարդաց, ասաց.
— Էս էրկու Դիր թուղթ կը գա.
Մեկ առաջ, մեկն էլ հիմի:
Բապը ֆրենկի թագավորն է
Էդ թուղթ գրե, ղրկե քեզի.
Հետ քեզ էնիկ կռվել կուզի:
Էն մեկ անգամ թուղթ որ էկավ,
Ես քեզ չ'ասի, ասաց Խանդութ.
Էլա գողտուկ թուղթ գրեցի.
«Թե որ կը գաք՝ էրկսով էկեք.
Դուք չեք կարնա մենակ կռվեք»:
Էնպես գրի, որ վախենա,
Չ'էլնի ու գա հետ քեզ կռիվ:
Համա դու տես, չի՛ վախեցե,
Զորքով, զոռով էլեր էկե, կուզի կռվել...

9

Ջուր լուսուն, ինչ աղոթրան բացվավ,
Քանի աստղ էրկինք կար,

Էնքան վրաններ բռնեցին
Բոլոր Խանդութ խանումի հոր քաղքին,
Ամեն Խանդութ խանումի հոր դուշման:
Բապը ֆրենկին
Ժողվեր է իր զորք, էկե
Դրե մեջ Խանդութ խանումի հոր հողին,
Որ Խանդութ խանում առնի, տանի:

Աջմու Շապուհ արքան
Ժողվեր է իր զորք, էկե,
Դրե մեջ Խանդութ խանումի հոր հողին,
Որ Խանդութ խանում առնի, տանի:

Չինաստանա թագավոր
Ժողվեր է իր զորք, էկե,
Դրե մեջ Խանդութ խանումի հոր հողին,
Որ Խանդութ խանում առնի, տանի:
Սև թագավոր
Ժողվեր է իր զորք, էկե,
Դրե մեջ Խանդութ խանումի հոր հողին,
Որ Խանդութ խանում առնի, տանի:

Օղան-Տողան
Ժողվեր են իրենց զորք, էկե,
Դրե մեջ Խանդութ խանումի հոր հողին,
Որ Խանդութ խանում առնեն, տանեն:

Հալապա թագավոր
Ժողվեր է իր զորք, էկե,
Դրե մեջ Խանդութ խանումի հոր հողին,
Որ Խանդութ խանում առնի, տանի:

Լանդբանդ թագավոր
Ժողվեր է իր զորք, էկե,
Դրե մեջ Խանդութ խանումի հոր հողին,
Որ Խանդութ խանում առնի, տանի:

Էն քառսուն փաhլէւաններ մեկմեկի ասին.
— Մենք կռիվ չենք էրթա.
Էս յոթ տարի էստեղ նստեր ենք,
Մենք Խանդութի էրես չենք տեսե.

Դավիթ էրեկն էկավ,
Ջխանդութ տեսավ, հետ էնոր քեֆ արեց.
Թող էն էրթա կռիվ անի:

Լուսուն Խանդութ ասաց.
— Ո՞վ տ’էրթա ձեզնեն կռիվ:
Էն քառսուն փահլևան ասին.
— Ով տ’էրթա մեզնեն կռի՛վ.
Խնձոր ում տվեր է՛ս՝ էն տ’էրթա կռիվ:
Թե կուզես խաբար մեզ տուր, մենք էրթանք կռիվ:

Դավիթ լսավ էդ խոսքեր, ասաց.
— Էն կռիվ իմ բանն է.
Ես տ’էլնեմ, էրթամ կռիվ:

Էլավ, Խանդութի կամքն առավ, ասաց.
— Ես գնացի կռիվ...
Իրեք օր որ լըմընցավ, էկա՝ էկա,
Որ չ’էկա, ես սպանվա.
Գաս, սպանվածներու, մեջեն
Իմ մարմին վերցնես, տաս թաղել:
Իմ նշան էլ ի՞նչ է.—
Խաչ Պատերազմին վեր իմ աջ թևին:
Էն խաչով ինձի կը ճանչենաս,
Իմ մարմին կը բերես, կը հօրես:

Դավիթ գնաց, որ ձին քաշի, Խանդութ ասաց.
— Վա՜յ, իմ մտեն գնաց քո ձին քաշեի դուրս:
Ետև Դավթին վազեց, ասաց.
— Դավի՛թ, Դավի՛թ, կանգնի.
Ես գամ քո ձին քաշեմ դուրս:
Դավիթ էնտեղ դադրավ:
Խանդութ մտավ ախոռ՝
Տ’եսավ էն քառսուն ձին էլ
Փախած են վերին քունջ, կծկըված,
Չեն իշխենա դուրս փա՛խնի.
Դավթի ձին մեկ սարի պես մեջ ախոռին կայնե:
Խանդութ ձեռ թալեց ձիու վիզ՝
Տի բռներ, քաշեր դուրս,
Ձին իրիշկեց, չը ճանչեցավ, վիզ չ’էտու.

Գլուխ էնպես թալեց,
Խանդութ էկավ, թըլփալով դիպավ գետին:
— Վա՛խ, Դա՛վիթ,— ասաց,— քո ձին ինձի սպանեց:
Դավիթ մտավ ներս, Խանդութին զրկեց, ասաց.
— Է՛յ ձի, աստված քո շնորհք կտրի.
Ինչի՞, մարդ կնկան կը վարկի.
Դու չը տեսա՞ր՝ կնիկ էր:
Ասաց.— Խանդո՛ւթ, ձեռ տու, քաշի դուրս:
— Միտք ունես ինձի քո ձիով սպանե՞ս:
— Չէ՛,– ասաց,– ձին էլ ձեռ չի տա, քաշի,
Էն գիտեր դու օտար էիր:
Գնաց, ձեռ էտու ձիու գլուխ, քաշեց.
Ձին բան էլ չ՚արավ. թամք էղիր վերան:
Դավիթ ինք փորքաշներ կապեց,
Էլավ, հեծավ Քուռկիկ Ջալալին,

«Հի՛» էրավ, թռուց Քուռկիկ Ջալալին,
Ջպարիսպ անցավ, հասավ մեջ կռվին:

10

Դավիթ մեկ քարի վրա կայնավ, իրիշկեց՝
Տեսավ, ինչքան ծառ կա անտառ.
Էնքան մարդ էկած մեջ դաշտին.
Էնքան վրան զարկած են էնտեղ, ասաց.
«Էնոնք տի զարթեցնեմ, նոր կռվեմ»: Ասաց.— Է՛յ,

«Ով քուն եք, արթուն կացեք*,
Ա՛խ, հալա արթուն կացեք.
Ով արթուն եք, ձեր ձիանք թամքեցեք,
Ա՛խ, հալա ձիանք թամքեցեք.
Ով թամքեր եք, էլեք հեծեցեք,
Ա՛խ, հալա էլեք հեծեցեք.
Չասեք՝ Դավիթ գող էկավ, գող գնաց
Ա՛խ, հալա գող գնաց»:

Դավիթ քշեց Քուռկիկ Ջալալին,
Շիտկավ թամքին, կանչեց, ասաց.
«Հիշա Աարութա բարձր Աստվածածին,
Խաչ Պատերազմի՛ն վեր Դավիթի աջ թևին.
Աջու էրթա, ձախու գա,

Կտրելով, զորք չը թողա»:
Ասաց, անցավ վրաններու մեջ, զարկեց:

Ինչ որ կարկուտ ընկնի՝
Հասած արտ փչացու, ջարդի,
Էնպես Դավիթ ընկեր է զորքի մեջ,
Շարքով կը ջարդի, կը գա:
Շապուհ արքան, որ Դավթին տեսավ,
Գիլու պես կատղավ, ոռնաց:
Շապուհ արքան զորքին ձենեց.
«Էլե՜ք, պատրաստվե՜ք, ամուր կա քնե՜ք»:
Էլան մեյդան, կռիվ արին:
Դավիթ դարձավ, զարկեց Շապուհին,
Թուր Կեծակով գլուխ կտրեց.

Զորք ահու չըխլվլաց:
Էլավ, գնաց մեկմեկ էբեր՝
ՕղանՏողան թագավորներ,
Կտրեց մեկմեկ էնոնց վզներ,
Դրեց էնտեղ:
Իրիկուն էկավ մոտ Խանդութին:
Լուսուն էլ մ' էլ գնաց կռիվ:
Չկարցան հետ Դավթին կռիվ անեն:

11

Դուշմաններ խորհուրդ արին,
Հալապա թագավոր ղրկեցին Սասնա քաղաք՝
Մոտ Ձենով Հովան, ասին.
— Մենք իմացեր ենք՝
Սասնա քաղաք շատ կտրիճ փահլևան կա.
Մեկ փահլևան ճամփես,
Էստեղ մարդ մի կա, շատ կտրիճ է,
Գա, էնոր սպանի, էրթա,
Մենք յոթ քաղաք նվեր կը տանք:

Ցռան Վերգոյին մեկ տղա կար,
Անուն էնոր Պարոն Աստղիկ:
Պարոն Աստղիկ հեծավ իր ձին,
Մեջ էրկինք, մեջ գետինք,
Թռավ, գնաց, հասավ կռվուն:
Դավիթ ճանաչեց էնոր:

Իրիկուն էկավ, ասաց.— Խանդո՛ւթ,
Ես չեմ էրթա լուսուն կռիվ:
Խանդութ խանում դարձավ, ասաց.
— Որ դու չե՛ս ամչենա, ե՛ս կ’էրթամ կռիվ:
Դավիթ ասաց.— Դե՛, էրդըվցի,
Որ էրթամ կռիվ, դուրս չ’էլնես,
Դուռ չը բանաս, էրդիս չը բանաս,
Նոր ես կ’էրթամ կռիվ:
Խանդութ խանում ասաց.
— Լավ, ես չեմ էլնի դուրս,
Իմ դուռ կը շինեմ, կը նստեմ էստեղ,
Ինձի համար քարգահ քաշեմ:

Լուսուն Դավիթ գնաց կռիվ:
Չուր կեսօրին կռիվ արեց,
Կռիվ արեց հետ Պարոն Աստղկան:
Թրի շառավիղք էզար մեջ էրդիսին:
Խանդութ խանում մեկ էլ տեսավ՝
Լուս մի էկավ իրեն սենեկ.
Ասաց, «Էս ի՞նչ բան է, ես չեմ գիտի.
Ամպ չի, անձրև չի գա,
Գիշեր չի, կայծակ չի տա»:
Խանդութ խանում չը դիմացավ,
Էլավ, պատուհան էբաց, իրիշկեց.
Տեսավ մեկ մի իրեղեն ձին հեծե,
Դավթի գլխու վերև կը ֆրռա.
Հավլունի թուր կը ֆըռացու,
Կրակ կը թափի վեր Դավթի գլխուն:
Խանդութ խանում իմաստուն, կարդացվոր էր.
Գիրք էդիր էնտեղ, գիրք կարդաց.
Տեսավ Դավթի հրողբոր տղան էր,
Ինչ թուր կը շարժեր էնոր գլխուն,
Կրակ կը թափեր վեր Դավթին, կ’էրթար անդունդք:
Դավիթ էնոր բան չէր անի:
Խանդութ խանում երգեց, ասաց.

«Հրողբեր, դու էկիր բարով, հազար բարով*.
Կրակ թափեցիր մեր Դավթի գլխուն,
Կրակ թափեցիր մեր Դավթի գլխուն,
(լա՜) Տուն ավրեցիր Խանդութ խանումին»:

Դավիթ էնոր ձեն առավ, ասաց.
— Վա՜յ, քո կնկան բախտ կտրի.
Ես գիտեի դու չես մնա տուն:
Դավիթ շատ բարկացավ,
Նետաղեղ դեմ արավ
Պարոն Աստղկա ձիու փորին,
Ձիու փոր նետով ծակեց,
Պարոն Աստղկան գլխու գագաթ վե դուրս էտու:
Պարոն Աստղիկ ընկավ գետին, ձեն էտու, ասաց.
— Ա՜խ, ես մեր ազգականի զարկերն է ինձի հասավ —
Էն չէր ճանաչի զԴավիթ:
Դավիթ ասաց.— Ես իմ աչքեր կուրցուցի.

Մեր աղաթ էն է, ով մեռնի,
Գլուխ դնի ազգականի ծնկան վերան,
Հոգին տա աստըծուն:
Դավիթ Աստղկան գլուխ էդիր վեր իր ծնկան
Էնոր քռոց ընկավ, հոգին էտու:
Որ Պարոն Աստղիկ հոգին էտու,
Դավթի ուշ գնաց,
Զորքեր էկան, որ էնոր բռնեն:
Քուռկիկ Ջալալին տիրոջ բոլոր կայներ էր,
Չէթող, որ Դավթին բռնեն,
Չուր էնոր ուշ էկավ գլուխ,
Էլավ, ձին հեծավ, ընկավ մեջ զորքին:
Զորք առջն Դավթին փախավ:
Դավիթ կանչեց.— Դու մի՛ փախնեք,
Ձեր թագավորի տեղ ինձի ասեք:
Էնոնք կանգնան, էլ չը փախան:
Մեկ մի դարձավ Դավթին, ասաց.
— Մեր թագավոր Բապը փռենկին է,
Էնիկ փախե, գնացե իր քաղաք:
Դավիթ դարձուց ձիու գլուխ
Էկավ Բապը փռենկու քաղաք,
Մարդ ճամփեց թագավորին, ասաց.
— Թող էլնի գա, իրեն տեսնեմ:
Թագավորն էլավ, էկավ,
Որ տեսավ էնտեղ Դավթին,
Վախեցավ, ուզեց փախչի:
Դավիթ ընկավ ետև,
Բռնեց, էնտեղ գլուխ կտրեց:

Քաղքի մեջ ով մնացեր էր,
Էնոնց համար թագավոր դրեց.
Ջոջ մարդեր սպանեց,
Պատիկներ տեղ դրեց, ասաց.
— Քանի դու ժիր եք, կռիվ միք է՛րթա:
«Որ դու նեղ կ'ընկնեք,
Ինձի՛ թուղթ գրեք, ես կը գամ:
Քաղաք ամեն ասաց.— Դավի՛թ,
Ջուր մեռնենք, քո խոսք տ'անենք:
Դավիթ էլավ, էկավ դեհ զորք,
Ասաց.— Դարձեք ձեր քաղաք,
Ձեր թագավոր սպաներ եմ:

12

Էն օր իրիկուն Դավիթ չէկավ Խանդութի մոտ:
Խանդութ գիտցավ, որ Դավիթ սպաներ են,
Կակծուց իր սիրտ վառվավ:
Լուսուն էլավ, մարդանակ շորեր հագավ,
Նիզակ առավ, ձին հեծավ, ասաց.
— Էրթամ Դավթի մարմին ջոկեմ, բերեմ, թաղեմ:
Գնաց, ընկավ մեջ լեշերուն:
Ինչ կը տեսներ, որ մեծ լեշ է,
Նիզակ կը տար, կը հաներ վեր,
Կը տար առջև արեգական,
Ու կ'իրիշկեր՝ խաչ կա՞ թևին:
Մեկ էլ տեսավ՝ էն մեկ կողմեն,
Մեջ լեշերուն մեկ մի էկավ:
Դավիթ պրծեր իր կոտորած,
Մեջ լեշերուն էլեր, կը գար:
Իրիշկեց, տեսավ Խանդութ խանում
Նիզակ կը զարկի մեջ լեշերուն,
Լեշ կը վերցի, թև կ'իրիշկի:
Դավիթ կանչեց – Է՛յ, ի՞նչ կը փնտռես.
Ում ետնեն տու ման կը գաս,
Իրեք օր կա սպաներ եմ,
Թե մարդ կուզես, ես քեզի մարդ:
Խանդութ աչքեց, աչքեց, ասաց.
«Էսա ձին Դավթի ձին է,
Ամա ինք չը նըմաներ զԴավիթ, էս ո՞վ է»:
Դարձավ ասաց.— Բերանդ շատ մի՛ ցրվի.

Քենե ավել է, դու էն մարդ սպանէս.
Քսան քե պես, տասն էլ իմ պես
Մատաղ կ'անեմ էնոր էղնգին,
Էնոր սպանած լե՛շն էլ տեսնեմ,
Քենե՛ ավել է ինձ համար:
Դավիթ ասաց.
— Որ էնպես է, մենք տի կռվենք:
Էլան, կռվան.
Թոզ ու դուման զդաշտ բռնեց:
Հող ճղվավ ձիերու ոտքերու տակ:
Շատ կռվան, իրարու չ'աղթեցին.

Դավիթ սրտով չէր զարնի,—
Ամա Խանդութ կ'ուզեր սպանի:
Մեկ էլ տեսար՝ իր գուրզ քաշեց,
Արեց որ զարնի Դավթին,
Դավիթ վահան դեմ էտու,
Խանդութ դառավ, որ փախնի,
Դավիթ քշեց Քուռկիկ Ջալալին,
Շիտկավ թամքին, դարձավ, ասաց.
«Հացն ու գինին, տեր կենդանին»,
Քաշեց իր գուրզ, որ զարներ,
Խանդութ էտնանց ծամեր էթող,
Թռավ ձիուց, իջավ գետին:

Էնոր ետևեն Դավիթ թռավ,
Վերուց, զԽանդութ էտու գետին,
Չոքեր զարկեց էնոր սրտին:
Խանդութ խանում ասաց.
— Ամա՜ն, կտրի՛ճ, ինձ մի՛ սպանի, ես կնիկ եմ:
Դավիթ ասաց.— Ես գիտեմ դու կնիկ ես,
Էսիկ էն ավուր փոխ՝
Մի՞տդ է, ինչ դու բռունցքի մ' զարկիր՝
Արունարնջուր էկավ բերնես:
Խանդութ ասաց.— Դավիթ, դո՞ւ ես:
Դավիթ ասաց.— Ես եմ, Խանդութ:
— Որ էդպես է, ինձի թող դու.
Տեսա՞ր, Դավիթ, քառսուն փահլևան,
Յոթ տարի կա էնտեղ նստած.
Ջիմ նշան ես տվի քեզի,
Ինչ դու էկար, իջար իմ տուն.

Դավիթ, ինձի թող դու,
Դոր ես քե կնիկ, դու ինձի մարդ։
Դավիթ Խանդութին թող էտու։
Էլան մեկտեղ, էկան դեհ տուն։
Ճամփեն Խանդութ Դավթին ասաց.
— Դավի՛թ, բան մի պատմեմ քեզի,
Էրկուիրեք տարի կ'ըլնի՝
Ինձի տարան մեկ թագավորի տղի,
Դրին մեկ սենեկի մեջ.
Մարդս էլ էկավ, մտավ էնտեղ.
Հետ իրարու հանաք արինք.

Ձեռս թալի որ թև բռնեմ, տեղեն պրծավ
Թագավորի տղա է, ասի,
Չ'էրթա վարցանք ինձի համար.
Անթև էլ ինձ բավական է։
Ձեռս թալի էն մեկէլ թև,
Համ մեջք կոտրավ, համ թև պրծավ,
Շունչը փչեց, ընկավ, մեռավ։
Ես նոր իմացա իմ ուժի չափ։
Թագավորն էլ դւսրձավ, ասաց.
«Վա՛խ, էդա հարս մարդասպան է»։
Ինձի նորեն մեր տուն Ճամփին։
Էլ մ'էլ էկա իմ հոր տուն.
Ուխտ արեցի, ասի էնտեղ՝
«Ով իմ մեջք գետին դնի՝
Ես էնոր կ'առնեմ»։
Էսօր ես՝ դու կռիվ արինք,
Դու դրեցիր իմ մեջք գետին.
Էստուց ետքը՝ ես քե կնիկ, դու ինձի մարդ,
Ուր կը տանես՝ ա՛ռ ինձի տար։

13

Ինչ հասան տուն, Խանդութ կանչեց ծառաներին.
Էկան Քուռկիկ Ջալալին տարան,
Դավթի արնոտ շորեր լվացին։

Դավիթ ու Խանդութ սեղան նստեցին.
Կերան, խմեցին, էլան քնեցին...

Իրեք օր որ անցավ, Դավիթ քաշեց ձին,
Մեկ ձի էլ Խանդութ բերեց.
Էլան երկսով հեծան էն ձիեր,
Թնթնի զարկին, էկան դեհ Սասուն:
Որ էկան հասան Խլաթ՝
Առջև Չմշկիկ Սուլթանի պատուհան տի անցնեին:
Չմշկիկ Սուլթան զԴավիթ տեսավ,
Էկավ էնոր առջև,
Ասաց.— Թըլը՛ր Դավիթ,
Դու ուխտ արիր ինձի առնեիր.
Մենք մատնիքներ իրարու հետ փոխեցինք,
Դու ինձի թողիր, գնացիր Խանդութին բերիր.

Ինչի՞, ես խորոտ չէ՞ի,
Դու ինձի չը հավնար,
Գնացիր էնոր բերիր:
Տի գաս, ես դու կռիվ անենք.
Կամ ես քեզի տի սպանեմ,
Ես էլ, Խանդութ խանումն էլ մնանք որբևարի.
Կամ դու ինձի սպանես,
Նոր էրթաս Խանդութ խանումի ծոց պառկես:
Դավիթ ասաց.— Չմշկիկ Սուլթան,
Խնդիրք կ'անեմ քո մոտեն.
Կնիկարմատ կա հետ ինձի.
Թող ես էրթամ իմ տուն,
Յոթ օր որ լրանա,
Ես կը գամ, կռիվ անենք:
Չմշկիկ Սուլթան ասաց.
— Դե՛, էրդըվցի՝ Մարութա բարձր Աստվածածին,
Խաչ Պատերազմին վեր քո աջ թևին,
Ինչ յոթ օր լրանա,
Գաս հետ ինձ կռիվ,—
Որ թողնեմ դու էրթաս:
Դավիթ ասաց.— Մարութա բարձր Աստվածածին
Խաչ Պատերազմին, ինչ վեր իմ աջ թևին,
Ինչ յոթ օր լրանա,
Ես կը գամ, կռիվ անենք:
Ասաց, առավ զԽանդութ խանում, էկավ դեհ Սասուն:
Որ էկան, հասան տուն,
Բերեցին յոթ ձեռք զուռնան,
Յոթն օր, յոթ գիշեր հարսնիք արին,
Դավիթ ու Խանդութ պսակեցին...

Ուտել, խմել, մեծ ու պստիկ ուրախացան...
Ինչ Դավիթ Խանդութ խանումի ծոց պառկավ,
Խաչ Պատերազմին, որ էրդում էր արե,
Մոռացավ:

ԴԱՎԹԻ ՄԱՀԸ

1

Ավուր մեկ Դավիթ ասաց.— Խա՛նդութ,
Էն, ինչ ես քեզի բերի՝
Էն քառսուն փահլևանի մեղաց տակ ընկա.
Իմ խիղճ չի տանի՝ քեզի էնոնց ձեռքեն խլեցի:
Ես լսեր եմ՝ Գյուրջիստան խորոտ աղջիկներ շատ կան,
Տ'էրթամ, զըտնեմ էն քառսուն փահլևաններ,
Քառսուն ազապ աղջիկ պսակեմ վեր էղոնց,
Ո՛ր աղջիկ իրենց քեֆ կ'ուզի,
Նոր դառնամ, գամ Սասուն:
Խանդութ խանում ասաց.
— Դա՛վիթ, դու իմ մեղաց տակ մտար,
Ինձի հորե, մորե հանեցիր,
Ինձի բերիր, ես քաղաք դըրիր,
Կը թողնես ինձի, էրթա՞ս:
Որ քեզի տղա մ'էլավ, ես ի՞նչպես տ'անեմ:
Դավիթ ասաց.— Խանդութ խանում,
Որ ինձի տղա էլավ,
Անուն կը դնես Միեր.
Իմ հոր անուն գետին չը մնա:
Հանեց մեկ ոսկի բազբանդ էտու,
Անգին քարերն էլ մեջ:
Ասաց.— Թե տղա էլավ,
Կը կապես էնոր աջ թևին.

Թե որ աղջիկ էլավ,
Ասաց,— Կըտաս իրեն բաժինք:
Ես որ շատ ուշացա, զՄհեր ճամփի, թող գա,
Բազբանդ տեսնեմ, կը ճանչենամ:
Էլավ, հեծավ Քուռկիկ Ջալալին,

Ընկավ Ճամփա, քշեց գնաց:
Էն քառսուն փահլևաններ,
Քառսուն երկիր մեկ–մեկ գտավ,
Տարավ էնոնց դեհ Գյուրջիստան:
Գնացին, գնացին հասան Գյուրջու քաղաք:
Քառսուն փահլևանին աղջիկ գտավ:
Դավիթ էնտեղեն դարձավ գնաց Աղրբեջան:
Իրիշկեց, տեսավ, որ մեկ աղջիկ կա էղա տեղ
Էն աղջկան պես էլ աղջիկ խորոտ չկա:
Ասաց.— Տանեմ Խանդութ խանումին խըղամ:
Էդ մեկ աղջիկ էլ վերուց
Ասաց.
— Ամեն մարդ իրեն աստված,
Էրթա իրեն երկիր,
Ես էլ կ'էրթամ դեհ Սասուն:
Փահլևաններ առան իրենց աղջիկներ,
Գլուխ տվին, ասին.
— Շնորհակալ ենք քենե, Դա՛վիթ,
Որ հասուցիր մեր մուրազին:
Կացբարև արին, գնացին:
Դավիթն էլ առավ էն մեկ աղջիկ,
Էդի ձիու գավակ, էկավ:
Մենք խաբար տանք Խանդութի մոտեն::

2

Դավիթ որ գնաց Գյուրջիստան,
Վաչոն մարդ Ճամփեց Խանդութի ետև,
Առավ, էկավ Կապուտկող:
Խանդութ էն ժամանակ երեխով էր.
Որ էկավ իր հոր տուն,
Պառկավ, տղա մի բերեց:
Վաչոն ասաց Խանդութին.
— Թե որ էդ տղան Դավթի տղան է,

Էնոր մոտեն նշան մի, զորություն մի տ'էլնի:
Էլան զտղեն բարուրեցին,
Գութնի շղթաներ բնդի տեղ փաթթեցին վեր էնոր.
Տղան էր՝ ինչ էլաց ու Ճմլտկաց մեջ ճղորիս,
Էն շղթաներ կտորկտոր էղան:
Դե՛ հ, Դավթից ու Խանդութից

Մանդր տղա հո՛ չ’ըլներ…
Տեսան որ՝ Ազնանցորդի՛ է:
Համա տղան, որ կը լողկըցուցեն,
Տեսան՝ մեկ ձեռք խուփ է:
Ինչ ճար արինչարին,
Տղի ձեռք չը բացվավ,
Քաղաք քաղքով չեն կա՛րնա էնոր ձեռք բանա.
Վաչոն էլավ իրեն ահուն,
Նամա՛կ գրեց Դավթի քեռուն.
«Թո՛րոս, աչքդ լուս ըլնի.
Դավթին տղա մի էղեր է,
Մենակ մի ձեռք խեղ է»:
Թորոս որ էդ նամակ կարդըցավ,
Էլավ, հեծավ Վեցոտնեն Լազգին,
Էկավ, հասավ Կապուտկող.
Էկավ Վաչոյի տուն, ասաց.
— Հըլա տղի բարուր տվեք,
Աչքեմ իմա՛լ տղա է:
Թորոս առավ ըզտղան, տեսավ.
Զմանուկի ձեռք մաժեց, մատներ բացվան.
Տեսավ, կաթ մի արուն ձեռքի մեջ.
Ասաց.– Հա՛յ, հա՛յ, թե քար էսօր մուտ տա, մուտ տա,
Հող չի կարնա պահի.
Զաշխարք արեր է կաթ մի արուն,
Դրեր է մեջ ձեռքին:
Թե որ էղի մնաց,
Էդոր մոտեն զարմանալի բան տ’էլնի:
Մնաց էրկուիրեք օր,
Խանդութ տղան էտու կնքել,
Անուն էդիր Միհր:

Ինչ խալխի տղեք տարով կը ջոջանային,
Միհր օրով կը ջոջանար,
Ինչ ամսով, Միհր՝ ժամով:

Մնաց ժուկ մ’ ու ժամանակ մի՝
Քեռի Թորոս էլավ, առավ զՄիհր,
Առավ զԽանդութ խանում,
Էկան, էլան Սասուն:

Տարին որ թամամավ,
Միհր էլավ, գնաց մեջ քաղքին ման կը գար:

Ջոջ գետ մի Սասնու քաղքի առջևեն կ'էրթար.
Միեր վեց էլից՝ կամուրջ կապեց վեր էն գետին
Որ մարդիկ կ'էրթային՝
Վեր կամրջին ինի կ'էրթային:
Միեր կ'էրթար, մարդեր կը տփեր, կ'ասեր.
— Շա՛ն որդիք, ես կամուրջ կապեր եմ,
Ձե՞զ համար եմ կապե.
Ինչի՞ վեր իմ կամրջին կ'էրթաք:
Մարդիկ կը դառնային, գային,
Ջարկեին, ջրով անցնեին:
Միեր կ'էրթար, կը տփեր, կ'ասեր.
— Շա՛ն որդիք, ես կամուրջ կապեր եմ,
Ձե՛զ համար եմ կապե,
Դուք ինչի՞ կը տաք ջրին,
Ջուր զձե տանի, մեղք ընկնի իմ վիզ:
Քաղքցիք էկան մոտ Քեռին գանգատ:
Քեռի Թորոս զՄիեր խրատեց:

3

Յոթ տարին լրացավ, Դավիթ չէկավ:
Միեր իր մորն ասաց.
— Ի՛մ մեր, իմ հեր ո՞ւր է.
Էրեխեք ինձի կ'ասեն՝
Դու հեր չունես, բիճ ես,
Ինձի հեր չկա՞, էրթամ ետև.
Իմ հեր ո՞ւր է գնացե:
Մերն ասաց. — Քո հեր Դավիթն է.
Գնացե Գյուրջիստան էրկիր,
Քառսուն փահլևաններուն պսակի, գա.
Մեկ ոսկե բազբանդ էլ տվե,

Որ իրեն տղա ընի՝ կապեմ թևին,
Ճամփեմ զնա էնոր առջև:
Միեր ասաց.— Ես տ'էրթամ իմ հոր գտնեմ:
Մերն էլ էբեր ոսկե բազբանդ,
Կապեց Միերի թևին,
Գյուրջիստանի ճամփան նշանց էտու:

Միեր զնաց ախոռ, ձի մի հանեց,
Ջենքեր առավ, հեծավ, ընկավ ճամփա:

Եկավ մեջ դաշտին, իրիշկեց՝
Տեսավ թուխմորուս մարդ մի,
Խորոտ աղջիկ մի առե ձիու գավակ, կուգա.
Միեր կանչեց.— Է՜յ, մարդ,
Դու միրուքավոր մեկ մի, էդ ջահել աղջիկ
Քե վայե՞լ է, որ առեր, կը տանես:
Էդ աղջիկ տի տաս ինձի:
Ասաց.– Տղա՛, դու զյադա մի,
Քեզի վայել է, ինձի վայել չէ՞:
Ասաց.– Ենդուց ինձի վայել է,
Ես ազապ, էն ազապ:
Դավիթ արավ, որ անցներ,
Միեր ձեռ էթալ, ասաց.
— Չե՛մ իտա, տ'առնեմ քո մոտեն:
Էնտեղ Դավթի սիրտ էլավ, ասաց.
— Հա՛յ–հո՜յ, հա՛յ–հո՜յ, իրիշկեցեք.

«Շատ ծովեր եմ մտե*.
Իմ ձիու ճանձեր չեն թացվե.
Հիմիկ մեկ բարակ առու եմ տեսե,
Չի թողնի, որ ես անցնեմ:
Շատ սարեր, քարեր եմ ման էկե.
Իմ առջև դեմ կանգնող չէր էղե,
Մեկ բարակ բատան եմ տեսե,
Շատ եմ մոտեն վախեցե»:

Դավիթ որ պրծավ, Միեր ասաց.
— Գյուվա բարակ առուն ե՞ս եմ,
Գյուվա բարակ բատան ե՞ս եմ:

Ձիուց վեր էլի, ես դու կպնենք կուշտի:
Դավիթ ձիուց վեր էկավ, ասաց.— Կայնի,
Էս աղջիկ տանեմ էնտեղ,
Նոր ես դու կռվենք:
— Էլի տար,— ասաց Միեր:
Տարավ, աղջիկ էդիր սարի գլուխ,
Ինք դարձավ, էկավ էնտեղ:
Դավիթ, Միեր մտան կուշտի:
Էնպես զարկվան, կռվան իրարու հետ,
Փոշին էլավ էրկնուց էրես բռնեց,
Քրտինք իջավ գետին ցեխ արեց:

Էնոնց զուրզի զորությունից
Քամին զարկեց Դավթի թաշկինակ տարավ,
Տարավ, թալեց առջև Խանդութի դռան:

Խանդութ խանում էլավ դուրս,
Իրիշկեց, փոշին աշխարք բռներ է:
Տեսավ էնտեղ մեկ թաշկինակ.
Առավ, հոտ արավ, ասաց.
«Ըհը՛, էս Դավթի թաշկինակն է»:
Տեսավ՝ զրգռոց ընկե դաշտ:
Էլավ, ձին հեծավ, քշեց գնաց.
Տեսավ՝ թոզդուման կ'էլնի,
Ինչ որ երկու սար
Կը զան, դիպնեն իրար,
Էնպես էն Դավիթ, Միեր առած իրար.
Արընի մեջ լող կր տան:
Մարդ չէր կարնա մոտենա:
Խանդութ խանում առավ կանչի, ասաց.
«Դավի՛թ, դու մի՛ զարնի*,
Դավի՛թ, դու մի՛ զարնի,
Մեր նորելուկ մեկ տակ մանուկին»:

Դավիթ ինք չի զարնի,
Համա կուզի իր հոգին փրկի,
Իր ահու կը զարնի Միերին:
Միեր դարձավ, ասաց.

— Մա՛րե, դու հոգ մի՛ անի,
Էնոր զարկեր կը նմանի Ծովասարու քամի՝
Որ կը հասնի իմ մազերուն:

Խանդութ խանում դոր ասաց.
«Միեր, դու մի՛ զարնի*,
Միեր, դու մի՛ զարնի,
Մեր թուխմորուս Դավթին»:

Միեր իսկի չը լսավ:
Խանդութ խանում դոր երգեց.

«Սարեր, հըմդաթ էկեք*,
Ջրեր, հըմդաթ էկեք,
Հե՛ր, տղեն մեմեկից բաժանեք»*:

Սարեր, ձորեր հըմդա՞թ կը գան,
Սարեր, ձորեր հըմդաթ չեն իգա:
Խանդութ խանում կանչեց.

«Օրհնյա՛լ, բարերար աստված*,
Քո հրամանքն էր շատ.
Հրաման էնես՝ Գաբրիել հրեշտակ վար իջներ,
Հեր, տղեն մեմեկից հետ կտրեր»:

Աստծու հրամանքով Գաբրիել հրեշտակ վար իջավ,
Ձեռ էտու, հերտղան ետ կտրեց իրարուց,
Ինչ որ էրկու աքլոր կովեն, մեկ էրթա, ետ կտրի:

Դավիթ դարձավ, ասաց.
— Ա՛յ տղա, դու ինձի տի սպանեիր,
Իմ կտրիճի ձեռնեն ի՞նչպես տի պրծնեիր:
Ասաց.— Քո կտրիճն ո՞վ է:
Ասաց.— Իմ կտրիճ էն է,
Ինչ ոսկի բազբանդ կո վեր թևին:
Տղան իրիշկեց վեր իր թևին,
Տեսավ՝ ոսկի բազբանդ կապած է.

Լացեց, հասավ Դավթի ձեռք պագեց, ասաց.
— Իմ հեր դո՞ւն ես, ես քե մեղա:
Դավիթ կանչեց, ասաց.
— Մհե՛ր, որ դու հետ ինձի կռիվ արիր,
Ինձի ամանչեցրիր,
Կանչեր եմ քաղցրիկ աստված,
Անմահ ըլնիս, անժառանգ:

Ինչ Դավիթ անեծք էտու,
Մհեր ըռկավ, գնաց Կապուտկող:
Քառսուն ազապ լաճ առավ,
Քառսուն ազապ աղջիկ, նստավ,
Յոթ տարվան նռան գինին դրին, խմեցին:

4

Դավիթ էլավ, առավ էն աղջկան,
Առավ զԽանդութ խանում, էկան տուն:
Ինչ կռիվ արին հետ Մհերին,

Մեջ արընին կարմրցեր էր.
Ասաց.— Խանդութ խանում, ջուր բեր, լվացվեմ:
Դավիթ շորեր էհան, տի լվացվեր,
Կնիկ իրիշկեց՝ էնոր խաչ վեր թևին
Սևցեր էր ածուխի պես,
Էլաց, դժարացավ:
Դավիթ ասաց.— Կնի՛կ,
Ինչի՞ դժարացար, լացիր:
Ասաց.— Խաչ Պատերազմին վեր քո աջ թևին՝
Սևցեր է, էլեր է սև կուտ:
Ասաց.— Խանդութ խանում,
Էն չէր Միհրի զարկեր կը գար վեր իմ գլխուն,
Էն Խաչ Պատերազմին էր, ինձի կը զարներ:
Կնի՛կ, ես տէրթամ Չմշկիկ Սուլթանի մոտ,
Էրթում արի յոթ օր, գնաց յոթ տարի.
Ես էրթմակոտոր եմ էլե,
Կնի՛կ, ես գնացի...
Ասավ թե չէ, էլավ,
Քուռկիկ Ջալալին հեծավ,
Թուր Կեծակին կապեց, գնաց:

Հասավ առջև Չմշկիկ Սուլթանի քոշկին;
Չմշկիկ Սուլթան տեսավ՝
Դավիթ էկավ առջև իրեն սարին, ասաց,
— Դավի՛թ, դու էրդում էիր արե յոթն օր,
Քո էրդում տարար յոթ տարի.
Ես մնացի առանց մարդ,
Քո ճա՛մփան կ՚իրիշկեմ:
Ասաց.— Դե՛հ, քո պատրաստություն տես,
Էլնենք մեյդան, կռվե՛նք:
Էն էլ ասաց.— Մեկ ժամ ժամանակ սալ,
Ջիմ շորեր հագնեմ, զենքեր կապեմ, գամ:
Դավիթ կապեց զՔուռկիկ Ջալալին
Վեր Չմշկիկ Սուլթանի դռան, ասաց.
— Ձին էստեղ թող մնա,
Ես էրթամ գետ, լողանամ,
Չուր քո շորեր հագնես, գաս:

Դավիթ շորեր էհան,
Մտավ գետ, մեջ ջրին լողանա:
Էդ ջրի ափ էղեգնուտ էր,
Չուր Չմշկիկ Սուլթան կը գար,

Էնոր աղջիկ առավ նետաղեղ,
Էկավ էղ էղեգներու մեջ, պահ մտավ:
Դավիթ որ լողանալու հետ էր,
Էղ աղջիկ գողտուկ էլավ՝
Թունավոր նետով էզար Դավթին,
Որ էզար մեջքին, ծակեց,
Սրտեն ինի էտու դուրս:
Որ զարկեց՝ Դավիթ բոռաց,
Էնոր մոտեն յոթ գոմշու ձեն էլավ.
Գնաց, հասավ Սասուն.
Քեռի Թորոս լսեց Դավթի ձեն,
Ասաց.— Տղեկնե՛ր, էլեք,
Մեր Դավթին զարկեցին:
Քեռի Թորոս, Ձենով Հովան, Ճնճղափորիկ,
Խոր Մանուկ, Խոր Գուսան ժողվին իրար:
Ձենով Հովանն էլ Սասնու բոռաց.
— Դավի՛թ, կո մենք էկանք:
Ու էկան Դավթին օգնության:

Էկան, հասան էն ջրի մոտ:
Քեռին հարցուց Դավթին.
— Տղա՛, Դա՛վիթ, քեզի ո՞վ զարկեց:
Ասաց.— Չեմ գիտի ով զարկեց.
Էն էղեգնուտեն մեկ մի էլավ, զարկեց:

Գնացին էղեգնուտի մեջ,
Փնտռեցին, գտան, տեսան՝
Մեկ չինի աչքերով աղջիկ.
Ինչ Դավիթ բոռացեր էր, մեռեր էր ահու:
Էղ աղջիկ Չմշկիկ Սուլթանի աղջիկն էր:
Դավիթ որ իմացավ՝ ասաց.
— Իմ ցեց իմ անձից է,
Էղ իմ սերմն էր, որ ինձի սպանեց:
Դավիթ էղ խոսք ասաց,
Ու ինքն էլ էնտեղ մեռավ,—
Արն էտու ձեր որդոց:
Էն մեռավ, ձին էնտեղ ծռավ,
Ծռակապ կտրեց, ընկավ դուրս,
Ինչքան մարդ պատահավ,
Տավար պատահավ, ձի, կտրեց,
Գնաց, կանգնավ առջև Խանդութ խանումի դռան:
Խանդութ խանումն էլ էլավ, իրիշկեց,

Տեսավ՝ ձին էկե, տեր հետ չը կա.
Շուտ մի խաբար արավ,
Թե Դավիթ կորե, չը կա:

5

Քեռի Թորոս ասաց.
— Տղեկնե՛ր, բերեք Դավթին,
Քոթակ կապենք ձիու վերան,
Էլնենք ջրինդ խաղալով էրթանք,
Բալքի Խանդութ չը գիտնա, որ Դավիթ մեռեր է:

Համա Խանդութ էլած տանիք,—
Բարձր էր իրենց տանիք,
Քարերու վրա էր շինած,—
Ամեն կողմ կ՚իրիշկեր, տեսներ՝
Դավիթ ո՞ղջ կը գա, թե՝ մեռած:

Խանդութ իրիշկեց, տեսավ, որ
Ջրինդ խաղալով կը գան էդոնք:
Դավիթ հեծեր է մեկ ուրիշ ձի,
Իսկի չի խլվլա իր տեղեն:
Էն հասկացավ, որ Դավիթ մեռած է.
Ասաց.

«Որ աժեց, էկավ*,
Որ չ՚աժեց, էկավ,
Իմ կանաչ կտրիճ Դավիթ չէկավ»:

Էն քոփակ Ցռան Վերգոն
Էնտեղ տանքի վերան կայնած էր.
Առաջ էկավ՝ վերցուց, ասաց,
— Դավիթ մեռավ առանց կոիվ,
Էն մեռավ, ես քեզի անուշ.
Կը պակսի քե կտրիճ Դավիթ,
Չի պակսի պարոն էրիկ:
Խանդութ դարձավ ասաց.
— Ըստուց ետև արևլուս ինձի հարամ ըլնի,
Ետև Դավթին ես աշխարք չեմ մնա:

Էս անգամ Խանդութ էլավ բերդի գլուխ
Ու էնտեղեն իրեն թալեց.

Գլուխն առավ վեր քարին, քար ծակեց, էղավ փոս:
Էն փոսի մեջ՝ Մասունա կես շնիկ կորեկ
Կը լցնեն ու կը ծեծեն սանդի տեղ:
Էնոր ծծերի տեղ հիմի էլ երկու աղբուր կը թալի:
Յոթ ճուղ ծամի տեղ էլ հիմի կ՚էրնա,
Քանց յոթ սուն կը սնկըտի:
Ու հիմի էլ սանդ էնտեղ է, բերդի առաջ:

Էկան տեսան, որ Խանդութ խանում ընկե մեռե:
Մեկ դարդն էղեր է երկու:
Քեռի Թորոս հարցուց.
— Էդ ո՞վ ասաց:
Ասին, թե. — Վերգոն էր:
Ասաց — Քոփա՛կ, ինչի՞ չը համբերիր՝ չուր գայինք:
Բերին, էրկուսին էլ պատանքեցին,
Էլան էրկսի նաշն էլ կապեցին իրարու,
Քառսուն տերտերով, քառսուն վարդապետով,
Քառսուն էլ սարկավագով,
Քաղքի ժողովուրդն էլ բոլորը հետ.
Լալով, գոռալով, ժամովպատարագով,
Տարան էրկուս մեկտեղ Ծովասար,
Մարութա վանք թաղեցին,
Յոթն օր սուգ կապեցին:
Էնոնք մեռան, աստված օղորմի իրենց հոգուն,
Դո՛ւք, ձեր անուշ ջան սաղ ըլնի:

ՃՅՈՒՂ ՉՈՐՐՈՐԴ

ՄՀԵՐ ՓՈՔՐ

1

Տի տամ օղորմին Պստիկ Միհերին,
Տի տամ օղորմին Գոհար խանումին,
Տի տամ օղորմին Ձենով Հովանին,
Տի տամ օղորմին Քեռի Թորոսին,
Տի տամ օղորմին յոթ ճուղ Դավթին,
Ճղեճուղ էկանք վեր Միհերի ճուղին:

ՄԱՍՆ Ա

ՄՀԵՐՆ ԱՌՆՈՒՄ Է ԴԱՎԹԻ ԱՐՅԱՆ ՎՐԵԺԸ

2

Էն ժամանակ ինչ Դավիթ մեռավ,
Իր արև էռու ձեր որդոց,
Էնոր տղան՝ Միեր, Կապուտկող էր.
Միեր չ'իմացավ՝ իր հեր մեռե:
Քառսուն ազապ լաճ առեր,
Քառսուն ազապ աղջիկ առեր,
Յոթ տարվան նռան գինին դրեր, քեֆ կ'աներ:

Մնացին մեկ ժամանակ՝
Քեռի Թորոս միտք արեց,
Ասաց.— Ձենով Հովան, էլի՛,
Չմշկիկ Սուլթան տի գա,
Սասնա հողքար տ'որողի, տանի:
Էլի էրթանք Դավթի տղա Միեր առնենք, զանք,
Թե՛ իր հոր վրեժ առնի,
Թե՛ Սասուն չը մնա անտեր,
Տեր կենա Ջոջանց տան:

Էլավ, առավ Ձենով Հովան,
Յոթ հատ էլ գոմշի կաշի,
Գնացին, հասան Կապուտկող,
Ու տեղի նստողին ասին.
— Մեր աղբոր ու հարսին էդտեղ տղա մի կա, ո՞ւր է.

Էնոնք էլ ասին՝ մեռեր է:–
ՁՄիեր տարե յոթ դարգհով ներս,
Պահապան են դրե վերան,
Փող ու թմբուկ կը զարնեն՝
Որ էն չը լսեր էդոնց ձեն, դուրս չը գար:
Միեր մեկ բերդի պես կայներ էր,
Չէր թողնի, որ դուշման թագավորներ
Ոտ դնեն Կապուտկողի հող:—
Քեռի Թորոս ասաց.

— Մեր մեռելներուն նշան կա.
Մեր տան մարդ որ մեկ տարեկան մեռնի,
Էնոր տապան տաս Հալապա գազ է.
Էրկու տարեկան մեռնի՝ քսան Հալապա գազ.
Քանի տարեկան որ մեռնի՝
Ամեն տարվան տաստաս գազ է էնոր գերեզման
Մենք մեր ցեղի գերեզման կը ճանչենանք:

Էլան, գնացին գերեզմաններ,
Տեսա՛ն, որ իրենց շենքով գերեզման չը կար:
Ձենով Հովան ասաց.
— Բերե՛ք, կաշիք փաթթեք, որ ես բռռամ:
Բերին յոթ գոմշի կաշի փաթթեցին:
Էլան, գնացին սարի գլուխ.
Ձենով Հովան կանչեց.

«Տա՛ Միեր, դու խմի՛*,
Տա՛ Միեր, դու խմի՛
Նռան գինին.
Քո հեր սպանած,
Էսօր յոթն ենք արե»:

Ձեն էկավ, Միերի ականջ ընկավ:
Փող, թմբուկ ավելի զլվեցին:
Միեր գուսաններուն ասաց.
— Էդոնց ձեն կտրեք, էդ իմ ցեղի ձենն էր էկավ:

«Ձենիկ մի կը գար, չեմ գիտի*
Արևելն էր, թե արևմուտն էր.
Չեմ գիտի հարավա էր, հյուսիսա էր»:

Հրողբեր դարձավ, ասաց.
«Մեջ հյուսիսա էր*,
Մեջ հարավա էր,
Մեջ արևմուտ էր,
Մեջ արևել էր
Քո հեր սպանած,
Էսօր յոթն ենք արե:

Քո հոր վրեժ մնացե գետին.
Հիմի դու չե՞ս գա էնոր վրեժ առնենք:
Ախըր, դու էլ Սասնա տան խոյերեն ես»:

Գուսաններ ավելի զլեցին իրենց փող ու թմբուկ:
Միեր ասաց.— Ես տ'էրթամ,
Իմ հրողբոր ձեն կը գա:
Արեց, որ տ'էլներ, պահապան ասաց.
— Էդ ձեր ցեղի ձեն չէ՛.
Ճժերն են ու թմբուկներն են. էնո՛նց ձենն է:
Միեր իրեք անգամ որ ձեն լսեց,
Աքացի մ'էզար դարգահին,
Առաջի դարգահ կոտրեց.
Էնի հասավ մեկլին, մեկել մեկլին,
Յոթն էլ ջարդեց, էլավ դուրս:
Որ հասավ Քեռի Թորոսի մոտ,
Քեռի Թորոս ասաց.
— Ջենով Հովան, կայնի փորձեմ,
Թե Դավթի տղան է, կը տանեմ,
Թե Դավթի տղան չէ, կը զարկեմ,
Թողնենք էրթանք Սասուն:
Որ հասավ Քեռի Թորոսի մոտ,
Քեռին ասաց.— Տղա՛, էդ ո՞ւր էդպես հպարտ, հպարտ:
Ասաց.— Ինձի էրկու մարդ կը կանչէն,
Էնոնք ո՞ր կողմ գնացին:
Ասաց.— Դու ի՞նչ մարդ ես, որ քեզի կանչեն.
Դու ճիժ մ' ես, տղա ես:
Միեր ասաց.— Ինչի դու մարդ ես, ես մարդ չե՞մ:

Քեռի Թորոս ասաց.
— Ա՛յ տղա, քեզի գուրզ մի կը թալեմ,
Համա դու ճիժ ես, առաջ դու քո գուրզ թալ,
Եոն ես կը թալեմ իմ գուրզ:
Տղան որ իր գուրզ բերեց,
Քեռի Թորոս քշեց Վեցոտնեն Լազգին,
Միերի գուրզ էնոր ձիու տակով պարապ գնաց:
Քեռի Թորոս կայնավ, օլըրավ, ասաց.
— Ա՛յ տղա, քեզի պատրաստ պահի,
Որ իմ գուրզ զարկեմ:
Թորոս որ գուրզ զարկեց,
Միերի ճուռ բնեռեց թամքին.
Որ քաշեց, Միեր իսկի օ՜ֆ չարեց:
Քեռի Թորոս ասաց.
— Յա՛, տղա, քո հոր հերական ասա,
Քո մոր մերական ասա.

Յա, ես գիտեմ դու բիճ ես.
Ես իմ գուրզ կը զարկեմ,
Ապառաժ քարեր կը ձևի, կը թալի,
Դու իսկի օ՜ֆ չ'արիր...
Միեր ասաց.— Բիճ դու ես,
Իմ հոր հերական Դավիթն է.
Իմ մոր մերական Խանդութն է:
Էդտեղ իրար ճանչեցան:
Միեր որ տեսավ քեռին, հրողբեր էկեր են,
Հեր չկա, հարցուց էնոնց:
Ձենով Հովան ասաց.
— Քո հեր սպանած, քո մերն էլ մեռե.
Չմշկիկ Սուլթան զաh է զա,
Սասնա հողքար ողողի, տանի:

Էլաց ու վեր քիթ ու բերնին ընկավ գետին:
Միեր որ ընկավ գետին,
Քեռին ու հրողբեր թափան վերան՝
Ինչ արեցին, չը կարցան շիտկել:
Միերի արտսունք գետին արեց խանդակ, գնաց:
Իրեք օր որ թամամավ, Միեր նոր շիտկավ, ասաց.
«Աչքեր, դուք կուրանայիք, տղատղա չ'որբանայիք*,

Խնդայիք վեր ձեր հոր Գուտն ի գլխին,
Աչքեր, դուք կուրանայիք, տղատղա չ'որբանաւիք,
Խնդայիք վեր ձեր հոր Քամարն ի մեջքին,
Աչքեր, դուք կուրանայիք, տղատղա չ'որբանայիք,
Խնդայիք վեր ձեր հոր Թուրն Կեծակին,
Աչքեր, դուք կուրանայիք, տղատղա չ'որբանայիք,
Խնդայիք վեր ձեր հոր Շապիկն զրեհին.
Աչքեր, դուք կուրանայիք, տղատղա չ'որբանայիք,
Խնդայիք վեր ձեր հոր Կոշիկն ի ոտին.
Աչքեր, դուք կուրանայիք, տղատղա չ'որբանայիք.
Խնդայիք վեր ձեր հոր Քուռկիկ Ջալալին»:

Ասաց, հեծավ իր ձին՝
Ու հետ Քեռի Թորոս, հետ հրողբեր
Ճամփա ընկավ դեհ Սասուն:

3

Սասունա ճամփին մեկ վանք կար.
Էդ վանքի անունն էլ Մատղավանք էր։
Դավթի թշնամի թագավորներ
Իմացան, որ Միեր պիտի գա,
Էդ ճամփով էրթա Սասուն,
Էլան, էկան վանահորն ասին.
— Ինչ ժամանակ Միեր գա, անցնի էստեղեն,
Մարդ ղրկես, մեզի իմաց տա։—
Էնոնց միտք էն էր՝ ճամփան կտրեն,
Միերին ըսպանեն։—
Որ էկան, մոտեցան վանքին՝ իրիկվա կողմն էր,
Մեկ էլ Քեռի Թորոս կայնավ,—
Էն առաջ կէրթար, Հովան ու Միեր ետևեն,—
Միեր որ տեսավ Քեռու կայնել, ասաց.
— Քեռի՛, ինչի՞ կայնար։
Ասաց.— Ջոջ գերաններ թալե, ճամփեն փակեր են,
Որ դուշման գա մեզի բռնի։—
Էդ թալաք վանահոր սարքածն էր։
Էրեր էր, որ Միեր գերաններ թալելուց բեզրի,
Իջնի վանք հանգստանա,
Դուշմաններ գան, վրա տան։
Միեր հարցուց. — Ի՞նչ հնարք կա՝ ճամփեն բանանք։

Ասաց.– Հնարքն էն է, որ Դավիթ էստեղ ըլներ
Ես իմ նիզակով կը վերուցի էդ գերաններ,
Էն էլ կ՛առներ, կը թալեր դեն։
Միեր ասաց.— Քեռի՛, դու վերու, ես թալեմ։
Թորոսն էլավ նիզակ էտու՝
Մեկ ջոջ գերան վերուց,
Էտու Միերին, ասաց.
— Ա՛ռ, էսա էն կողմ թալ։
Միերն էլ, փաթթվավ գերան,
Տարավ ձորի բերան
Ու ոտքով քշեց անդունդք։
Էդպես մեկմեկ գերաններ վերուցին,
Ջուր իրիկուն ճամփեն բացին.
Գնացի՛ն առաջ, հասան վանք։
Վանահեր էնոնց մեկ ջոջ սենեկ էտու.
Հաց էդիր որ ուտեն,
Ինքն էլ գողտուկ էլավ,

Խաբար ղրկեց դուշմաններին:
Միհր, Ձենով Հովան, Քեռի Թորոս
Իրիկնահաց որ կերան, քնան:
Քեռի Թորոս լուսուն շուտ մի զարթնավ,
Իրիշկեց, տեսավ՝ յոթ թագավորի զորք
Էկե, փաթթեր է վանքի բոլոր:
Թորոս որ էդ զորք տեսավ,
Ձեն էտու Միհրին, բոռաց.
— Միհ՛ր, վեր էլի, մեկ դուրս իրիշկի՝
Յոթ թագավորի զորք էկե,
Փաթթեր է վանքի բոլոր:
Միհր զարթնավ, աչքեր տրորեց,
Ձենով Հովանն էլ էն կողմեն էլավ,
Էկան աջև պատուհան, իրիշկեցին.
Տեսան՝ անտառի ծառներին թիվ կա,
Էն յոթ թագավորի զորքին թիվ չկա:
Վանահերն էլ էնոնց մեջ:—
Միհր ասաց.— Ես գնացի,
Դուք էլ իմ ետևեն էկեք:
Գնաց, հեծավ իր ձին, քշեց...
Քեռին ու հրողբերն էլ էլան՝
Իրենց ձիանք թամքեցին, քշեցին:
Միհրն ընկավ զորքի մեջ,

Աջո՛ւ էզար, ձախո՛ւ էզար,
Էնպես ջարդեց, քշեց,
Ինչպես քամին մժիկի էրամ:

Քեռին ու Հովան էդ որ տեսան՝
Իրենց եռանդն էլ էկավ.
Մեկմեկ բարդի քոքհան արին,
Առան իրենց ձեռ, ընկան մեջ զորքին:
Միհր որ տեսավ, հարցուց.
— Էդ ի՞նչ կանեք, ծառո՞վ կը կռվիք:
Ասին.— Բան չենք անի, տղա՛,
Տեսանք, որ դու կալի մեջ հաշան կ'անես,
Օրանը ցրիվ կը տաս,
Մենք էլ ափները վրա կը բերենք:

Զորքի քոք որ առան, պրծան,
Վանահոր հետ էկան վանք:
Միհր մեկ ձեռքով վերուց վանքի զերան,

Մեկլով բռնեց վանահոր մազեր,
Գլուխ դրեց գերանի տակ,
Գերան թողեց վեր գլխուն, ասաց.
— Էս վանքի անուն ըստուց ետ՝
Մատղավանք չը պիտի ըլնի,
Մատնավանք պիտի ըլնի,
Քանի որ վանահեր մատնություն արեց:
Ու էլան իրեքով էկան դեհ Սասուն:

4

Որ էկան հասան Սասուն,
Ձենով Հովան Սասնա տան շորեր,
Զենքեր հանեց, Միհրին էտու:
Քուռկիկ Ջալալին բերեց,
Ասաց.— Ո՛րդի, ա՛ռ հազի, նստի,
Սասնա տան խույերեն դու ես մնացե,
Էլ ես խնայեմ ո՞ւմ համար:

Միհրն էր, էլավ վեր,
Հագավ Դավթի Զրեհի Շապիկ,
Կապան Ղաղիֆե, Կոշիկ Արզըրմին,
Կապեց վեր իրեն Թրիկ Կեծակին,
Առավ էն իր ձեռ Նիզակ կտրիճին,
Դրեց վեր թևին Դուրզիկ ջոջանին,
Սանձ պողպատին էդար Քուռկիկ Ջալալու բերան,
Թամք սաղաֆին էդիր Քուռկիկ Ջալալու մեջքին,
Քաշեց դուրս որ հեծներ,
Քուռկիկ Ջալալին լեզու առավ, ասաց.
— Է՛յ, անիրավ, դու ո՛վ ես, որ ինձի հեծնես:
Քո բերա՞ն է, ինձի հեծնես դու:
Միհր ասաց.— Քուռկիկ Ջալալի,
Անբախտություն մի՛ անի հետ ինձ,
Ես էլ Սասնա տան խույերեն եմ:
Քուռկիկ Ջալալին ասաց.
— Դավթի խաթեր համար,
Էդ մեկ խոսք ասիր,
Քեզ ձեռ չեմ տա, էլի հեծի:
Միհր էլավ, հեծավ,
Հրողբեր ու քեռին էտու առջև,
Գնաց Չմշկիկ Սուլթանի կռվի մեջ:

Ձենով Հովան ասաց.— Ես ի՞նչպես անեմ,
Միեր տղա է, բան չի հասկանա.
Ես էլ ծերացեր եմ, չեմ կարնա կռվի:
Միեր ասաց.— Հրողբե՛ր,
Բա մենք Սասնա տնեն չե՞նք,
Չէ՛ մենք Սասնա տնեն ենք.
Մենք մեռնենք, մեր գերեզմանի վերա
Թագավորներ չեն կարնա գա:
Քշի՛, էրթանք, մեր կռիվն անենք:
Քուռկիկ Ջալալին ասաց.
— Է՜յ, անիրավ, ի՞նչ կը վախենաս,
Իրեք էդքան զորք ըլնի, կը կոտորեմ:
Էն ի՞նչ բան է, իմ պոչի առջև,
Իմ ոտներու, իմ շնչի առջև,
Էնոնք ամեն կը կոտորեմ:

Էլան գնացին, քաղաքին հասան:
Միեր ասաց.

— Հրողբեր, դուք տ’էրթաք դեհ քաղաք, թե՞ դեհ զորք:
Էնոնք մտածեցին, ասին.
— Էրթանք դեհ քաղա՛ք՝ քաղաք ծանր է,
Չենք կարնա ավերի:
Միեր վերուց ասաց.
— Ամեն մեկդ էրկու անգամ ինձի կը կշռեք,
Ես էրկուսիդ ղրկեմ մե կողմ,
Մենակ էրթամ մե կողմ, ձեր սրտով չի՞:
Ձենով Հովան, Քեռի Թորոս ասին.
— Մենք տ’էրթանք դեհ քաղաք: Գնացին:
Միեր էլավ, Թուր Կեծակին քաշեց,
Գնաց խառնվավ զորքին.
Աջու էզար, ձախու էզար,
Ո՛չ զորք թողեց, ո՛չ զորական,
Ինչ որ կար, բոլոր կոտորեց, ասաց.
— Էս իմ հոր փոխ:
Չմշկիկ Սուլթան բերեց,
Ծամեր կապեց Քուռկիկ Ջալալու պոչ.
Ձին էնոր ամեն պատառ մեկ էրկիր թալեց,
Ծամեր մնացին պոչ:
Միեր ասաց. «Տ’էրթամ տեսնեմ՝
Իմ քեռին ու հրողբեր ի՞նչ են արե»:

Գնաց, տեսավ քաղաք ավերած,
Մնացե մեկ կատու, թռե մինարի ծեր,
Դադրած կիրիշկի։
Միեր քաշեց չինարի մ' ծառ,
Զարկեց, կատուն էբեր տակ։
Ու էլավ Նեմրութա սարի գլուխ։
Իրիշկեց որ ծուխ կ'էլնի.
Մեկ էլ դարձավ, գնաց,
Տեսավ՝ մեկ ջաղու պառավ է մնացե,
Որ քաշված անկյուն մի ծուխ կ'անի։

Էլան իրեքով էկան էնոր քով,
Հարցուցին.— Ինչի՞ ծուխ կ'անես։
Պառավ ասաց.— Որ չ'ասեք թե՛
Էնպես ավերեցինք Խլաթ,
Որ հեչ մի տեղից ծուխ չ'էլնի։

Միեր բռնեց էն ջաղու պառավ,
Ամեն ոտ կապեց մեկ ծառ
Ու ծառեր թողեց։
Խլաթի ծուխ ու մուխ կտրեց,
Ասաց.— Օխա՜յ, իմ հոր վրեժ առա։
Էլան իրեքով էկան տուն։

ՄԱՍՆ Բ

ՄՀԵՐԻ ԱՄՈՒՍՆՈՒԹՅՈՒՆԸ ԵՎ ՎԵՐՋԸ

1

Մեկ ժամանակ վրա անցավ,
Միեր ասաց.— Հրողթեր,
Տ'էրթամ աշխարի ման գալու,
Ես չեմ կարնա էստեղ նստի,
Ոչ ժառանգ կա ինձի, ոչ մահ ունիմ։

Էլավ, առավ Թուր Կեծակին,
Հեծավ Քուռկիկ Ջալալին, գնաց:
Շատ գնաց, քիչ գնաց,
Տեսավ ճամփեն ընկեր է անտառի մեջ.
Ծառներ չեն թողնի ինք էրթա:
Ջարդեց զծառներ, անցավ առաջ:
Գնաց, գնաց, չուր առավոտ.
Դեմ ընկավ մեկ մեծ քարափի:
Միեր չէր ուզի ետ դառնա,
Ամա քարափ կտրեր էր էնոր ճամփան:
Մեկ էլ տեսավ աղվես մի էնտեղով փախավ,
Միեր գնաց էնոր ետևեն,
Էլավ քարափի գլուխ:
Իրիշկեց, թագավորական քաղաք մի.
Ճամփան էտու առաջ ու գնաց...
Հասավ մեկ խորոտ էրի առաջ.
Նստավ էնտեղ հանգստանա:
Մեկ էլ տեսավ մարալ մի՝
Լեզուն թալե դուրս, կը վազի:
Միեր քաշեց իր նետ ու աղեղ,
Զարկեց մարալին, սպանեց:
Աչքեց — տեսավ էն դեհեն՝
Քանի չափ ձիավորներ էկան,
Հայհոյանք կ'անեն, կ'ասեն.
— Սասնա ծուռ Դավթի տղան
Էլնի մեր թագավորի մարալ սպանի՜...
Էդ որ լսեց Միեր, սիրտ համբեր չէտու,
Էլավ, ընկավ էտոններ.
Էնոնք որ տեսան Միերին,
Ձիերու գլուխ դարձուցին, փախան...

Միերն էր, շատ գնաց, քիչ գնաց,
Մոտեցավ Պաճիկ թագավորի քաղաքին:
Ձիուց իջավ տակ, վրան զարկեց:
Խաբար տարան Պաճիկ թագավորին,
Թե՝ Սասունա Միեր էկե,
Քո քաղաքի մոտ վրան զարկե:
Պաճիկ թագավորն էլ առավ իր վազիր, վաքիլ,
Առավ իր սինոդներ,
Էկավ Միերի առաջ, ասաց.
— Էն ժամանակ, ինչ քո հեր

Մըսրա Մելիքի հետ կռիվ արեց,
Ես ու քո հեր ուխտ ենք արե:
Թե.— Ի՞նչ ուխտ եք արե:
Ասաց.— Ուխտ ենք արե քո հոր հետ,
Որ ինձի աղջիկ ըլնի, քեզի տղա,
Իմ աղջիկ տամ քո տղին.
Որ քեզի աղջիկ էղավ, ինձի տղա,
Քո աղջիկ տաս իմ տղին:
Հիմի աստված քեզ քո հորն է տվե,
Ինձի էլ աստված աղջիկ է տվե.
Տեսնենք՝ դու կառնե՞ս իմ աղջիկ:
Ասաց.— Որ աղջկան հավնա, կ'առնեմ.
Թե չը հավնա, չեմ առնի:
Էլան գնացին աղջկա մոտ.
Էնոր անունն էլ Գոհար խանում էր:
Միեր որ տեսավ, հավնավ.
Աղջիկն էլ տղին հավնավ:

2

Մնաց: Առավոտ Գոհար էլավ,
Պատուհանեն իրիշկեց, տեսավ՝
Միեր վրանի տակ քնած է:
Էնոր ոտներ չուրի չոքեր մնացե դուրս:
Գոհար տեսավ, սիրտ ցավեց, ասաց.
«Չըլնի՝ արև զարնի Միերին»:
Էլավ, հեծավ խարտեշ ձի մի,
Հագավ կարմիր շորեր,
Զենք կապեց վեր իրեն,
Էկավ դեմ ի Միեր.
Էկավ դռնեն բոռաց, ասաց.
— Միե՛ր, տե՛ս, արև քեզի կը զարնի:
Միերն ասաց.— Է՛, ես ի՞նչ անեմ, որ վրան պստիկ է:
— Պստիկ չէ,— ասաց Գոհար,– ջոջ է,
Համա դուն ազնահուրի ջան ունիս:
Միեր ասաց.— Լա՛վ, թող քնեմ:
Ասաց.— Է՛լ, ես թագավորի տղան եմ,
Էկեր եմ, որ քեզի փորձեմ:
Հետ ինձի կռիվ տ'անես.
Թե դու ինձի հաղթեցիր,
Լուսուն զիմ քուր Գոհար կը տամ՝ կ'առնես կ'էրթաս:

Թե դու ինձի չը հաղթեցիր,
Ես քո գլուխ կը զարնեմ:
Միեր հեծավ, էլավ մեյդան:
Գոհարն էլ էլավ մեյդան, կայնավ:
Միեր որ գուրզ թալեց, Գոհար վերուց.
Գոհար որ թալեց, Միեր վերուց:
Մեկ մեկ ու չը կարցան հաղթեն:
Գոհար ասաց.— Միե՛ր, հերիք է,
Էդ անասուններ սպանեցինք.
Գնա, իջի քո տեղ, հանգստացի.
Ես քեզի հաց ու ջուր կը ճամփեմ:
Գոհար էլավ գնաց,
Օշխար մի կարմրցուց,
Տիկ մի գինի, հաց էլ հետ,
Էտու իր առջևի ծառային,
Տարավ Միերի վրանի դուռ:
Միեր հաց կերավ, գինին խմեց,
Պառկավ, քնավ չուրի լուս...

Լուս որ բացվավ, Գոհար հագավ սև շոր,
Զենքեր կապեց վեր իրեն,
Էլավ, էկավ դեհ Միեր:
Էկավէ էնոր վրանի դուռ կտրեց,
Ասաց.—Դավթի տղա Միեր դո՞ւն ես:
Միեր ասաց.— Հա՛, ես եմ:
— Իմ քուր Գոհար որ էկեր ես կ’առնես, դո՞ւն ես:
Միեր ասաց.— Հա՛, ես եմ:
— Դ’էլի, արի քեզի պայման մի կտրեմ:
Թե դու տարար, ասաց,
Իմ քուր Գոհար կը տամ քեզի,
Առավոտուն կ’առնես, կ’էրթաս.
Թե ես տարա քեզի,
Ես գքո գլուխ կը կտրեմ:
Ասաց.— Ի՞նչ է քո պայման:
Ասաց.— Քո մատնիք դնենք, զարկենք,
Նետաղեղ միջեն անցունք:
Ով որ չը կարցավ, էն տարված է:—
Միերի մատնիք պստիկ մատնիք չէր, որ չ’անցներ:
Բերին, դրին մեջտեղ:
Առաջ Գոհար զարկեց:
Նետ էնպես անցուց,

Մատնիք իսկի չը խըլվլաց:
Էս անգամ հերթ էկավ Միերին:
Միեր որ զարկելու արեց,
Գոհար էկավ, կայնավ էնոր առաջ:
Միեր աչքեց Գոհարի էրես,
Գոհար էնպես խորոտ էր,
Աչք մնաց էնոր էրես.
Նետ էզար, մատնիք թռուց.
Չը կարցավ միջէն անցուցեր:
Գոհար զուրզ քաշեց, ասաց.
— Խոսք խոսք է, ըզքո գլուխ տի զարկեմ:
Միեր վերուց, ասաց.
— Չէ՛, դու իմ աչք խաբիր.
Դու կայնար իմ առաջ,
Որ աչքեցի քո էրես,
Իմ նետ դիպավ մատնիքին:
Բերեց, մեկ էլ էդիր, ասաց.
— Միե՛ր, էս անգամ անցուցիր,

Իմ խոսք խոսք է,
Իմ քուր Գոհար կը տամ քեզի.
Չանցուցիր, քո գլուխ տի զարկեմ:
Դրեցին. Միեր նշնեց, զարկեց,
Մատնիքի միջէն անցուց իր նետ:
Գոհար էդտեղ ասաց.
— Դու արժան ես՝ Գոհարի մարդն ըլնիս,
Համա էլի կ՚ասեմ՝ տե՛ս, արև չը զարնի:
Գնաց մեկ վրան էլ դրկեց, ասաց.
— Զարկեք Միերի ոտներին:
Միեր գլխի ընկավ,
Որ էն թագավորի տղան չէր,
Աղջիկն էր, ինք Գոհարն էր:
Մնաց քանի մի օր՝
Բերին Գոհարին ու Միերին պսակեցին.
Յոթն օր, յոթ գիշեր հարսնիք արին,
Կերան, խմեցին, ուրախացան:
Միեր գիշեր պառկավ Գոհարի մոտ.
Գոհար բերեց, թուր էդիր մեջտեղ, ասաց.

— Արևմտից թագավոր մեր մոտեն խարջ կ՚առնի
Ասաց,— Էն խարջ որ կտրեցիր,

Ես քեզի կնիկ, դու ինձի մարդ:
Քնան: Լուս բացվավ, էլան,
Միեր հեծավ ձին, քշեց:
Հասավ արևմտից թագավորի քաղաք:
Էտոնք որ տեսան Միերին՝
Մենակ ձիու վրա նստած՝
Ինչպես մի մեծ սար էլնի սարի վերա,
Շատ վախեցան էնոր մոտեն:
Էլան զորք արին, էկան Միերի վերան:
Միեր քշեց Քուռկիկ Ջալալին,
Մեկ կողմեն ինք, մեկ կողմեն ձին,
Զորքի ծերն առան, սկսին ջարդել...
Ջարդեցին, կտրեցին չուրի իրիկուն:
Իրիկուն Միեր ձիու գլուխ դարձուց,
Էկավ տուն Գոհարի մոտ, ասաց.
— Արևմտից թագավոր սպաներ եմ,
Էլ քո հոր մոտեն խարջ տանող չ’իլնի:

3

Մնաց ժամանակ մի՝
Ձենով Հովան էլավ,
Թուղթ ճամփեց դեհ Միեր, ասաց. «Միե՛ր,
Կոզբադնի թոռներ էլած են, կտրճացած,
Էկած Սասնա քաղքի վեճ կանեն.
Ես չեմ կարնա, իմ ուժ չի հաղթի.
Կ’էլնես, կը գաս, հասնես»:
Միեր ասաց.— Ա՛յ կնիկ,
Կ’առնես զիմ գուրզ, դուռ կը դնես,
Ինչ փահլևաններ կը գան,
Քեզի նեղություն չեն տա.
Կ’ասեն՝ Միեր տուն քնած է:

Էլավ քշեց, էկավ Սասնա քաղաք.
Որ էկավ, Սասնա քաղաքին մոտեցավ.
Էլաց, դժարացավ:
Իրիկվան ժամանակն էր.
Հրողբեր դուռ շիներ, քներ էր:
Կանչեց.
«Հերահո՛տ հրողբեր, վե՛ր էլի*,
Քո անուշ քնուց վե՛ր էլի,
Ա՛խ, հալա վե՛ր էլի»:

Ձեն ընկավ հրողբոր ականջ, մեջ քնուն ասաց.
— Մեկ բարակ ձեն էկավ, դիպավ ականջիս,
Իմ խոր քնու մեջեն զարկավ:
Կնիկ ասաց.— Ա՜ յ աղբեր, ի՞նչ ձեն:
Ասաց՝ Սասնա տուն է, դուռ շիներ ես,
Դեռ էլի կը վախենա՞ս:
Հրողբեր ասաց.
— Հալբաթ կը վախենամ,
Ծերացեր եմ, իմ ազգական մոտես հեռացած:
Մեկ էլ գնաց՝ էրդսի վերա.
Կանչեց.
«Հերահո՜տ հրողբեր, վե՜ր էլի*.
Իմ տուն գետին եմ դրե,
Իմ տուն իմ գուրզին պահ եմ տվե,
Իմ գուրզ Պաճիկ թագավորի աղջկան պահ եմ տվե:

Հրողբեր վազեց, գնաց,
Միերի գլուխ պագեց,
Ասաց.— Դու ի՞նչխ ես պահ տվե,
Քո տուն թողե, էկե:
Ասաց.— Ես էնպես եմ էկե,
Մեկ աստված խաբար էլե, մեկ հրեշտակ:
Ասաց.— Քո գուրզ դուռ դրեր ես, նշան ի՞նչ է:
Ասաց.— Ջավահիր քար կո էրեսին.
Ինչ արև դիպնի, լուս կը տա,
Մարդ չեն քըշի վեր իմ դռան.
Ինչ իրիկուն կը գա,— ասաց,—
Մեղրե մոմեր կը վառեն,
Էլի լուս կը տա, չեն իշխենա քըշի:
Ասաց.— Դու հազար բարով էկար.
Ես գիտեմ՝ քո հոր տեղ կը բռնես:
Ասաց.— Ո՞վ է՝ քեզի նեղություն կը տա:
Ասաց.— Կոզբաղնի թոռներն են:
Չորս թոռ են, չորսն էլ նման են զազան:
Ասաց.— Ես էրթամ, չորսին էլ բռնեմ՝
Սպանե՞մ, թե ողջողջ բերեմ:
Ասաց.— Էրկսից մեկն արա՝
Կ'ուզես սպանի, կ'ուզես բեր:

Միերն էր, լուսուն էլավ,
Իր ձին հեծավ, քշեց, գնաց Լեռա դաշտ:

Տեսավ՝ Կոզբադնի չորս թոռներ էկան.
Որ տեսան Միհերին,
Իրենց նետ թալեցին.
Որ թալեցին, նետ մի էկավ,
Կպավ Քուռկիկ Ջալալու ոտին:
Միհեր Թուր Կեծակին էզար:
Կես կտրավ, կես մնաց ձիու ոտին:
Էլավ, չորս թոռներն էլ բռնեց,
Առավ, էբեր հրողբոր մոտ:
Քուռկիկ Ջալալին զոտ վերուց.
Որ վերուց, հրողբեր ասաց.
— Էդ ի՞նչ է էլե քո ձիու ոտաց:
Աչքեց, տեսավ՝ կո նետի կտոր մեջն է:

Էլավ, էբեր յաղութ, զմրութ,
Հալեց, էլից էնոր ոտաց վերք,
Ժրավ, էլավ քանց առաջ աղեկ:

Միհեր էբեր զԿոզբադնի չորս թոռներ,
Էրկուս բնեռեց դռան էն կողմ, էրկուս էն կողմ:

Էլավ, հեծավ Քուռկիկ Ջալալին,
Ճամփա ընկավ դեհ Գոհար խանում:
Շատ գնաց, քիչ գնաց,
Տեսավ Հալեպա թագավորի տղաներ,
Քառսուն փահլևան աղբերներ,
Իրենց հեծնելու ձին էլ ուղտ է:
Էդ քառսուն առջև Միհերին էկան:
Բարև էտու,— բարև առան:
Բարև առնելուց էտև ասին.
— Մենք քառսուն ենք, աղբեր ենք,
Դուն էլ ըլնիս մեզի աղբեր,
Ըլնենք քառսունմեկ աղբեր:
Ասաց.— Ես կ'ըլնեմ ձեզ հետ աղբեր,
Համա ասեք տեսնեմ՝ ձեր քաղաք ո՞րն է:
Ասին.— Հալեպ:
Ասաց.— Դուք էստեղ ի՞նչ կանեք:
Ասին.— Մենք մե քուր ունենք,
Մեր քուր մեր հոր թախտ զավթե,
Մեզի ճամփեր է էստեղ,
Ինք թագավորություն կանի:

Ասաց.— Դուք կը գաք, ինձի նշանց տաք,
Տեսնեմ ի՞նչ տեսակ քուր է,
Որ թագավորություն կանի:
Ասին.— Որ դու հարցնես,
Մեր քուր ինչ մորից էլավ, մարդակեր էր.
Մեր հերն էլ, մեր մերն էլ էն է կերե.
Քաղքի ժողովուրդ բոլոր կերե:

Միեր գնաց, էն քառսուն փահլևանի քուր՝
Մարդակեր պառավին գտավ,
Մեկ ճըլխտրիկ էզար, գլուխ թռուց...
Էն քառսուն փահլևանների կուշտ էկավ, ասաց.
— Ձեր մարդակեր քուր սպանեցի,
Դարձեք ձեր քաղաք:

Էնոնք Միերի ոտ ու ձեռ պագեցին,
Ասին.– Մենք չէինք կարնա էդ պառվուն հաղթի,
Որ դու էնոր սպանիր, մեզի ազատիր,
Կուզե՞ս, քաղքի թագավորություն առ,
Մենք քո ծառան մինչև օր մեռնելուն:
— Ես ձենե բան չեմ ուզի,
Ո՛չ թագավոր կ’ըլնեմ,
Ո՛չ քաղքի տեր կ’ըլնեմ:
Ես Դավթի տղա Մհե՛րն եմ,
Ես չեմ կարնա էստեղ նստի,
Ոչ ժառանգ կա ինձի, ոչ մահ ունեմ:

4

Միեր էնտեղեն ճամփա ընկավ, գնաց,
Հասավ Բաղդադ քաղաք.
Տեսավ՝ մեկ ծերանուկ մարդ էնտեղ նստած.
Հարցուց, ասաց.— Ի՞նչ կա Բաղդադ քաղաք.
Բաղդադա թագավոր ո՞ր մեկն է:
Ասաց.— Ես թագավոր չեմ ճանչենա,
Համա կասեն՝ թագավոր Խալիֆի թոռներն են:
Ասաց.— Բաղդասարի գերեզման ո՞րտեղ է:
Ասաց.— Թագավորի սենեկի դեմն է:
Միեր ասաց.— Բաղդասար մեր ազգեն է,
Սասնա տնեն է.
Էնոր գերեզման ինձի նշանց կը տա՞ս:
Նշանց էտու, տարավ էնտեղ,— տեսավ:

Միեր ձիուց իջավ բախչի մեջ,
Գերեզմանին էրկրպագություն էտու,
Աղոթք արավ։— Ինչ աղոթք արեր է,
Ձեռն էլ զարկեր վեր քարին, տեղ կ’էրևա։—
Միերն էնտեղեն էլավ, գնաց,
Էկավ հասավ Զզիրու քաղաք.
Զզիրու քաղաք մեկ գետ կա,
Անուն Զզիրու Շատ.
Կ’էլնի որ հարուր քառսուն գետ
Իրարու կը խառնվեն, կ’էլնեն մեկ գետ։
Էդ գետ իրեք անգամ զէն քաղաք ավերեց։
Միեր էկավ էնտեղ,
Մեկ մեծ, ահագին քար էբեր,
Թալեց քաղքի քամակ, գետի մեջ.

Գետ էլավ էրկու, ճուղ.
Մեկ ճուղ էն կողմեն կ’էրթա, մեկ՝ էն,
Էլ քաղաք չի ավերի։
ԲրջաԲալաքն էլ վեր էն քարին շինեց,
Իսկի ավերել չը կա էն բերդին։

Միեր էլավ՝ զձին հեծավ,
Քշեց, գնաց Պաճիկ թագավորի քաղաք։
Գնաց տեսավ՝ գուրզ ինչպես դրեր էր,
Էն էնպես մնացեր էր.
Մարդ չէր գնացե էնտեղ.
Գնաց, մտավ իր տուն,
Տեսավ՝ կնիկ կռ թախտին մեռեր է։
Ձեռ էտու կնկան ձեռ,
Տեսավ՝ թուղթ մի կա էնտեղ,
Մեջ գրուկ. «Քենե կը խնդրեմ՝
Ինչ ժամանակ դու գաս, ինձի տեսնես,
Ինձի տանես Սասուն,
Խանդութ խանումի կուշտ թաղես»։

Միեր էլավ, էբարձ Գոհարի մարմին,
Առեց, տարավ Սասնա տուն.
Էկավ, տեսավ՝ հրողբեր մեռած.
Գերեզման շինեց, զԳոհար Խանդութի կուշտ թաղեց,
Էլավ, քառսուն պատարագ էտու անել,
Սասնա տուն քանի որ մեռած կային,
Բոլրին պատարագ արավ։

Էլավ, որ տ'էրթար,
Տեսավ՝ ոտքեր չէր ղադրի վեր հողին.
Դարձավ, գնաց վեր մոր գերեզմանին, կանչեց.
«Մերիկ, վե՛ր էլի, մերիկ, վե՛ր էլի*,
Միհերն եմ, քո ծծի որդին,
Ինն ամիս ինձի շահեր ես վեր քո սրտին,
Շատ տանջան ես քաշե վեր աստնվորին,
Շատ եմ ման էկե աշխարք, շվար եմ ման էկե,
Չը տեսա քո պես քաղցրիկ մեր վեր աշխրքին»:
Մոր գերեզմանեն ձեն էկավ, ասաց.

«Ո՛րդի, վի՞նչըխ անեմ*,
Ո՛րդի, վի՞նչըխ անեմ,

Գույն, կերպ թափե էրեսես,
Լուս կտրվե աչքերես,
Օձ, կարիճ բուն դրե վերաս:
Բոլ է ման գաս վեր աշխրքին,
Բոլ է ման գաս...
Քո տեղ Ագռավու քարն է,
Գնա Ագռավու քար»:

Միհեր էնքան էլաց,
Էլ ձեն չէլավ մոր գերեզմանեն:
Դոր գնաց վեր հոր գերեզմանին,
Էլաց, ասաց.

«Հերի՛կ, վե՛ր էլի, հերի՛կ, վե՛ր էլի*,
Սասնա Ջոջ տնեն անմաս եմ, էլի,
Աշխրքի էրեսեն անմաս եմ, էլի:
Հերի՛կ, վե՛ր էլի, հերի՛կ, վե՛ր էլի,
Էսօր մոմուռ ձուն էկեր է,
Քո որդի Միհերի ոտքեր կը մոռան:
Հերի՛կ, վե՛ր էլի, հերի՛կ, վե՛ր էլի,
Քո անուշ հոտուն փափագ մնացի,
Քո անուշ խոսքերուն կարոտ մնացի,
Էնքան մենակ աշխարք գնացի»:

Հոր գերեզմանեն ձեն էկավ, ասաց.

«Ո՛րդի, վի՞նչըխ անեմ*,
Ո՛րդի, վի՞նչըխ անեմ,

Գույն, կերպ թափե էրեսես,
Լուս կտրվե աչքերես,
Օձ, կարիճ բուն դրե վերաս:
Բոլ է ման գաս վեր աշխրքին,
Բոլ է ման գաս...
Քո տեղ Ագռավու քարն է,
Աշխարք ավերի, մեկ էլ շինվի,
Որ գետին քո ձիու առջև դիմանա,
Աշխարք քոնն է»:
Էնքան էլաց, էլ ձեն չէլավ հոր գերեզմանեն,
Էդ մեկ խոսք էլավ:
Միհեր գնաց, հասավ Ոստանա կապան.
Որ հասավ Ոստանա կապան,

Էնտեղեն,— մեկ իշխան կար,
Կապ էթալ, զՄիհեր կապեց:
Միհեր ձիով ընկավ կապ, ասաց.
«Հիշա իմ հացն ու գինին, տեր կենդանին,
Մարութա բարձր Աստվածածին»:
Ասաց, էզար, կտրեց ըզկապ,
Ազատեց Քուռկիկ Ջալալին:

Դարձավ աստծուց խնդրեց՝
Որ կամ կռիվ մի տա իրեն,
Կամ իրեն ամանաթ առնի:

Աստված յոթ ձիավոր հրեշտակ ճամփեց
Հետ Միհերին կռվելու:
Կես օրվնե չուր իրիկուն կռվան,
Միհեր Թուր Կեծակին կը թալեր,
Հրեշտակներուն չէր բռնի.
Ձիու ոտ չէր դադրի վեր հողին,
Որ զուռքեր կը թալեր՝ կ'էրթար մեջ հողին.
Հող առջև թուլացեր էր,
Չէր դադրի առջև Միհերին:
Միհեր ասաց. «Հա՜յհո՜յ, զո՜ւր է,
Գետինն էլ հալևորցեր է,
Իմ ձիու ոտաց տակ չի դիմանա»:
Օր կեսօր էր, քանի քշեց,
Ձին թաղվավ չուր իրիկուն:
Ձձին առավ, քաշեց էկավ,

Հասավ Վանա մոտ սարի մի տակ:
Մեկ քար մի պատահավ էդոր:
Էդ քարին Վանա քար կ'ասեն:
Ասաց. «Կանգնի, իմ թուր դարնեմ էդ քարին,
Թե կտրեց, ես չեմ մեղավորցեր.
Թե չը կտրեց, մեղավորցեր եմ»:
Թուր որ էզար քարին,
Քար էրկու կողմեն փեղկվավ,
Ինք, իր ձին գնացին մեջ.
Քար էկավ, իրար կպավ:
Քեռի Թորոս կսկծուց մեռավ,
Որ իմացավ Միերի փակվել:

ՎԵՐՋԵՐԳ

Կ'ասեն՝ տարին էրկու անգամ
Էդ քար իրարուց կը բացվի.
Մեկ անգամ Վարդևորին,
Մեկ անգամ՝ Համբարձման:
Որ քար կը բացվի, Միեր՝
Քառուռն ավուր ճամփա մեկ ժամվա կ'էրթա.
Քառուռն օր վեր քարերին կ'էրթա,
Ինչ հողի վերան ընկնի՝ ձին կը խանդկի,
Չը կարնա քելի, ետ կը դառնա:
Կ'ասեն՝ մեկ Համբարձման գիշեր
Հովիվ կ'էրթա էդ քարի առաջ,
Միերի քար իրարուց կը բացվի,
Հովիվ ներս կը մտնի, կը տեսնի՝
Հսկա մարդ մի էդտեղ նստած.
Հովիվ կը հարցու.
— Մհե՛ր, դու ե՞րբ տ'էլնիս էդտեղեն:
Միեր կը դառնա՝ կ'ասի.
— Ես որ էլնեմ էստեղեն,
Հողն ինձ չի պահի:
Քանի աշխարք չար է,
Հողն էլ դալբցեր է,
Մեջ աշխրքին ես չեմ մնա:
— Որ աշխարք ավերվի, մեկ էլ շինվի,

Երբ ցորեն էղավ քանց մասուր մի,

Ու գարին էղավ քանց ընկուզ մի,
Էն ժամանակ հրամանք կա, որ էլնենք էդտեղեն:
Ձովիվ որ դուրս կ'էլնի,
Քար կը գա, կը հասնի իրարու:

Ուրբաթե ուրբաթ,— կ'ասեն,—
Ջուր կը գա, կաթի էղ քարեն:
Կ'ասեն՝ Միերի ձիու ջուրն է:
Ու ամեն ճամփորդ՝ ուրբաթ օրեր
Կը լսի Քուռկիկ Ջալալու խրխնջոցն էղ քարեն:

Հիշենք զօղորմին Ծովինարին,
Քառսուն օղորմի Սանասարին:
Հիշենք զօղորմին Բաղդասարին,
Քառսուն օղորմի Դեղձուն Ծամին:
Հիշենք զօղորմին Քեռի Թորոսին,
Քառսուն օղորմի Ձենով Հովանին:
Հիշենք զօղորմին Ջոջ Միերին,
Քառսուն օղորմի Արմաղանին:
Հազար օղորմի էն Թառլան Դավթին,
Քառսուն օղորմի Խանդութ խանումին:
Հիշենք զօղորմին Պստիկ Միերին,
Քառսուն օղորմի Գոհար խանումին:
Հիշենք զօղորմին, քառսուն օղորմի,
Մեր փիր վարպետին, որ մեզի պատմեց:
Հիշենք զօղորմին, հազար օղորմի
Ականջ արողի հոր ու մոր հոգուն:

ՎԱՅՐԵՐԻ ԱՆՈՒՆՆԵՐ

ԱԳՌԱՎՈՐ ՔԱՐ, ԱԳՐՓՈՐ ՔԱՐ, ՎԱՆԱ ՔԱՐ, ՄՀԵՐԻ ԴՈՒՌ — Վանա մոտ մի քար է,՝ հին սեպագրերով

ԱԽՄԱԽՈՐ ՍԱՐ — սարի անուն է

ԱՆԳՂԱ ԳԵՏ — Տիգրիսի վտակներից մեկը

ԱՐԶՐՈՒՄ, ԷՐԶՐՈՒՄ — Կարին քաղաքի անունն է

ԱՐՔԻԿ — գյուղ Սասուն գավառում

ԲԱՆԴՈՒՄԱՀՈՐ ԿԱՄ ԲԵՐԿՐԻ ԳԵՏ — գետ Վանի շրջանում

ԲԻԹԼԻՍ — քաղաքի անուն է Սասունի հարավարևելյան կողմը

ԲԱՂԴԱԴ — քաղաք Միջագետքում

ԲԱԹՄԱՆԱ ԿԱՄՈՒՐՋ, ԳԵՏ — կամուրջի և գետի անուն, Սասնա սահմանում

ԳՅՈՒՐՋԻՍՏԱՆ — Վրաստան

ԴԻԱՐԲԵՔԻՐ — քաղաք, նախկին Տիգրանակերտը կամ նախկին Տիգրանակերտի սահմաններում

ԴԵՂԴԻՍ ԿԱՄ ՏԵԽՏԻՍ — գյուղ Սասունում

ԴԱՇՏՈՒՊԱԴՐԻԱԼ — գյուղ Սասունում

ԼԵՌՎԱ ՍԱՐ ԿԱՄ ԼԵՌԱ ՍԱՐ — սար Սասնա սահմաններում

ԽԼԱԹ, ԱԽԼԱԹ— միջնադարյան հայկական քաղաքի անուն, այժմ գյուղ

ԾՈՎԱՍԱՐ — սար Սասունում

ԾԾՄԱԿԱԿԻԹ — սար Սասունում

ԿԱԹՆԱՂԲՅՈՒՐ — առասպելական աղբյուր

ԿԱՆԱՉ ՔԱՂԱՔ — առասպելական քաղաքի անուն

ԿԱՊՈՒՏԿՈՂ — կապայտ բերդ

ԿԱՊՈՏԻՆ ԲԵՐԴ ԿԱՄ ԲԵՐԴ ԿԱՊՈՏԻՆ — բերդ Կաղզվանում

ՀԱԼԵՊ — քաղաք Միջագետքից արևմուտք, Սիրիայում

ՀԻԼԻ — վանքի անուն Ռշտունիքում

ՃԱԺՎԱՆ— հին Ճոճվանը, տեղի անուն է

ՃԱՊԱՂՋՈՒՐ— տեղի անուն է, Տարոնի և Դիարբեքիրի մեջտեղը

ՄԱՆԶԿԵՐՏ, ՄԱՆԱԶԿԵՐՏ — միջնադարյան բերդքաղաք, այժմ գյուղ

ՄԱՌՆԻԿ, ՄԱՌԸՆԿԱ ԴԱՇՏ — գյուղ Տարոնում

ՄԱՐՈՒԹ, ՄԱՐՈՒԹՈՒԿ, ՄԱՐՈՒԹԱ — սար Սասունում

ՄԱՏՂԱՎԱՆՔ — հին Հայաստանի վանքերից, մեկը

ՄԱՐԱԹԿԱՋՈՒՐ — Տիգրիսի վտակը

ՄԱՐՈՒԹԱ ԱՍՏՎԱԾԱԾԻՆ — վանք Մարութա սարի վրա

ՄՈՒՐԱԴ ԳԵՏ — Արածանի գետը, այժմ Մարադչայ

ՄՈՒՇ — քաղաք Տարոնում
ՄՍԸՐ— Եգիպտոս
ՆԵՄՐՈՒԹ — սար Սասունի և Մոկսի մեջտեղը
ՆՈՐԱԳԵՂ — գյուղի անուն Մուշում և Վանի մոտերքը
ՋԶԻՐ — պատմական Աղբակից դեպի հարավ ընկնող գավառ
ՇԱՄ — Դամասկոս քաղաքը
ՋԶԻՐՈՒՇԱՏ — Ջզիրու գետի անունը
ՊՂՆՁԵ ՔԱՂԱՔ — առասպելական քաղաք
ՍԱՍՈՒՆ — ՏարոնՏուրաբերանի լեռնային գավառներից մեկը
ՍԵՂԱՆՍԱՐ— սար Մուշի գավառում
ՍԵՎՍԱՐ — սար Սասունում
ՍՈՒՐԲ ԿԱՐԱՊԵՏ — Իննակնյան Գլակա վանքը
ՎԱՆ — քաղաքի անուն է
ՌՍՏԱՆԱ ԿԱՊԱՆ — Վանա ծովի հարավային ափին, պատմական Ռշտունյաց գավառի կենտրոնը, հայտնի Նարեկ գյուղի մոտ
ՏՈՍՊԱՆ ԲԼՈՒՐ — տես՝ Ագռավու քար
ՖԱՐԿԵՆ — Նփրկերտ քաղաքը, Դիարբեքիրի մոտերքը

ԲՈՎԱՆԴԱԿՈՒԹՅՈՒՆ

www.ingramcontent.com/pod-product-compliance
Lightning Source LLC
Chambersburg PA
CBHW011341010726
47493CB00009B/2901
* 9 7 8 1 6 4 4 3 9 8 7 7 7 *